Mondschatten

Band 1 der

Mondschatten-Trilogie

Roman

THEA HARRISON

Ins Deutsche übertragen von Simone Heller

Bestsellerautorin Thea Harrison präsentiert den ersten Band einer bahnbrechenden neuen Trilogie aus der Welt der Alten Völker …

Ihre Vergangenheit ist ein leeres Blatt, ihre Zukunft ungewiss …

Während sie sich von einer Schussverletzung erholt, kündigt Sophie Ross, Hexenberaterin des LAPD, ihren Job und reist nach Großbritannien, um nach Antworten über ihre Kindheit zu suchen. Als sie auf einen Ritter der Daoine Sidhe vom Hof der Dunklen Fae trifft, wird sie in eine uralte Geschichte des Hasses zwischen zwei arkanen Kräften verstrickt.

Er gab seinen Körper und seine Seele für sein Volk hin …

Gemeinsam mit seinen überlebenden Ritterbrüdern aus seinem Heimatland ausgesperrt, steckt Nikolas Sevigny in einem Konflikt, der alles bedroht, was ihm lieb und teuer ist. Nur vereint kann sein Volk hoffen, gegen Isabeau zu bestehen, die tödliche Königin des Hofs der Hellen Fae. Er würde alles tun und jeden benutzen, um in seine Heimat Lyonesse zurückzukehren.

Als Nikolas Sophie begegnet, sieht er in ihr zunächst nur ein Werkzeug. Die unbekümmerte Hexe könnte der Schlüssel dazu sein, den Übergang zu öffnen, der für die Ritter des Dunklen Hofs versperrt ist. Doch in den Überresten seiner Seele manifestiert sich bald eine hartnäckige Faszination für sie.

Sophie will sich auf keinen Fall von jemandem benutzen lassen. Aber der kämpferische Nikolas ist so anziehend, dass sie die Versuchung, die ihr verschlossenes Herz bestürmt, nicht ignorieren kann.

Während sie Lyonesse mit Magie bedroht, lässt Königin Isabeau ihre gnadenlosen Jagdhunde los, und Nikolas und Sophie müssen ums Überleben kämpfen. Dabei entzündet sich zwischen ihnen eine Leidenschaft, die zu heiß brennt, als dass man sie leugnen könnte, und rasch zu einer Besessenheit wird.

Zum Glück sind beide nicht so dumm, sich zu verlieben …

Stimmen zu Mondschatten

„*Mondschatten* ist genau das, was ich von Thea Harrison erwarte – ein Buch, das man nicht mehr aus der Hand legen kann. Sensationelle Figuren, viel Action und Romantik und genau die richtige Prise Humor. Das kommt ins Lieblingsregal. Ich hatte so viel Spaß mit diesem Buch."

~ Patricia Briggs – auf Platz 1 der Bestsellerliste
der *New York Times* mit der *Mercy-Thompson-* Reihe

„*Mondschatten* bietet alles, was gute Romantasy für mich haben muss: einen Alpha-Helden, eine Heldin, die auf den Putz haut, einen Weltenbau, der stetig besser wird, und eine erotische Geschichte, die mich von der ersten Seite an reinzieht!"

~ Carrie Ann Ryan – *NYT*-Bestsellerautorin von
Wolf Betrayed

„Dieses Buch war toll. *Mondschatten* ist Thea Harrisons Spitzenleistung. Seit *Im Bann des Drachen* war ich nicht mehr so aufgeregt!"

~ Kristen Callihan – *USA Today*-Bestsellerautorin

„Ein geniales neues Kapitel in einer faszinierenden Saga! *Mondschatten* ist der Auftakt einer neuen Trilogie in Thea Harrisons fantastischer Reihe um die Welt der *Alten Völker*. Mit einer unwiderstehlichen Heldin, die in diese Welt eintritt, ist es die perfekte Gelegenheit für Leser, um in die fortlaufende Geschichte einzusteigen. Der Held ist intensiv, die Heldin klug, und die erotische Spannung prickelt. Ich muss unbedingt wissen, wie es weitergeht!"

~ Jeffe Kennedy, ausgezeichnete Autorin von
The Twelve Kingdoms und *The Uncharted Realms*

„Ich bin jetzt schon süchtig nach Thea Harrisons neuer Welt voller Alpha-Krieger aus der Artus-Sage – vor allem, weil ihnen eine knallharte amerikanische Heldin eine Lektion über Frauen des 21. Jahrhunderts erteilt!"
~ Eloisa James, *NYT*-Bestsellerautorin von
In einem fernen Schloss

„Glühende Chemie, perfektes Tempo und beeindruckende Figuren haben mich auf eine Achterbahnfahrt der Gefühle mitgenommen! Ich will in der Welt von *Mondschatten* leben!"
~ Katie Reus, *NYT*-Bestsellerautorin von *Breaking Her Rules*

„*Mondschatten* ist ein wunderbares Buch und genau das, was ich gebraucht habe – mit heißer Romantik, wildem Sex und einem Happy End. Lasst euch bloß nichts aus Thea Harrisons Feder entgehen. Sie ist unvergleichlich."
~ Ann Aguirre, *NYT*-Bestsellerautorin

„Spannend und köstlich sexy, klug und actionreich läutet *Mondschatten* ein neues Abenteuer in Harrisons komplexer und unwiderstehlicher Welt der *Alten Völker* ein. Intrigen und süchtig machende Romantik stehen nebeneinander und werden neue und alte Leser gleichermaßen verzaubern. Ich bin so gespannt auf den nächsten Band."
~ Elizabeth Hunter, Bestsellerautorin der
Elemental Mysteries-Reihe

„Die Geschichte ist wie eine atemberaubende Achterbahnfahrt mit einer kämpferischen Heldin, die sich zu helfen weiß, und einem starken, mächtigen Helden, der ihrer in jeder Hinsicht würdig ist. Die Bande von Liebe, Vertrauen und Freundschaft werden auf die Probe gestellt und reißen bisweilen in einem zermürbenden Krieg, der Zeiten und Welten überspannt. In *Mondschatten* übertrifft Thea Harrison sich selbst mit einem unglaublich guten Erzähltalent."
~ Grace Draven – *USA Today*-Bestsellerautorin
von *Radiance*

Ich schulde Eloisa James riesigen Dank für die E-Mails zum Thema Worldbuilding, für ihre Begeisterung und ihren wirklich genialen Rat in letzter Minute. Alle Fehler liegen allein bei mir.

Außerdem vielen Dank an Patty, Carrie Ann, Kristen, Jeffe, Katie, Ann, Elizabeth und Grace. Es ist mir eine solche Ehre, euch alle zu kennen.

Und zu guter Letzt schulde ich meiner Assistentin Charlotte großen Dank, ebenso wie meiner außerordentlichen Testleserin Andrea. Ich weiß nicht, womit ich dieses Glück verdient habe, aber ich bin froh, dass ihr beide in mein Leben getreten seid.

Kapitel 1

NACH EINER WEITEREN Nacht voller Alpträume schlief Sophie zu lange. Als sie endlich aufwachte, schaute sie sich benebelt im Schlafzimmer um und erkannte schon am Winkel, in dem das Licht an den Rändern der Jalousien einfiel, dass der Tag nicht mehr jung war.

Der Tag war sogar schon ziemlich alt. Ihr rutschte das Herz in die Hose, als sie sich den Wecker griff. *Verdammt.* Ihr Technik-Fluch hatte wieder zugeschlagen. Es hatte kein bisschen geholfen, auf eine alte Uhr zum Aufziehen umzusteigen. Um 4:26 Uhr waren die Zeiger stehengeblieben.

Ohne den aufflammenden Schmerz in Schulter, Bauch und rechtem Oberschenkel zu beachten, schob sie sich hoch und humpelte ins Wohnzimmer, um einen Blick auf ihr Mobiltelefon zu werfen. Der Bildschirm bestätigte, was sie bereits wusste. Sie war furchtbar spät dran.

Nun stand sie vor einer Wahl, vor der eine kaffeesüchtige Hexe niemals stehen wollte. Sie konnte entweder Kaffee aufsetzen oder ihre Runen werfen, um sie noch schnell zu lesen, bevor sie duschte und zu ihrem Termin ging.

Erholsamer Nachtschlaf gehörte der Vergangenheit an, und sie hatte das Koffein wirklich nötig. Aber dass sie ihre Wohnung verließ, ohne die Runen gelesen zu haben, war mittlerweile ein Ding der Unmöglichkeit. Nicht seit der

Schießerei. Sie versäumte es nie, am Morgen die Runen zu werfen, um ihnen jegliche Botschaft über den Tag zu entlocken, die sie ihr verraten konnten, ob sie nun gut war oder schlecht.

Sie könnte den Termin absagen, und einen Augenblick lang fühlte sie sich versucht. Ein Teil von ihr wollte im Dunkeln bei geschlossenen Jalousien Kaffee trinken, während sie dem fernen Verkehrslärm von L.A. lauschte, aber damit hatte sie die meiste Zeit verbracht, seit sie aus dem Krankenhaus entlassen worden war.

Sie brauchte eine neue Strategie, um sich dem Leben zu nähern, und in den Schatten ihrer Wohnung würde sie die nicht finden. Die einzigen Dinge, die hier lauerten, waren Erinnerungen, Zweifel daran, wie sie in der Vergangenheit gehandelt hatte, und Reue.

Wenn sie hinaus an die frische Luft kam und sich mit jemandem unterhielt, den sie nicht kannte, mochte das zwar keines ihrer Probleme lösen, aber es wäre ein Schritt vor die Tür. Ein Schritt irgendwohin. Vielleicht sogar ein Schritt in die richtige Richtung.

Also. Kaffee oder Runen.

Die Wahl war eine Qual. Aber nachdem sie unter die Dusche gesprungen war, sich angezogen und sich fünf kostbare Minuten Zeit genommen hatte, um sich zu schminken und ihre langen, lockige Haare zu einem losen Knoten im Nacken zusammenzustecken, setzte sie sich mit einem gefalteten, bestickten Tuch und dem abgenutzten Samtbeutel, in dem sie ihre Runensteine aufbewahrte, an den Küchentisch.

Sie hielt einen Augenblick inne, um den dummen, zeitraubenden Kaffeekocher auf dem Herd finster anzustarren. Sie hatte das Gefäß vor ein paar Monaten als Ersatz für die idiotische Luxuskaffeemaschine gekauft, nachdem diese ihren Dienst eingestellt hatte.

Sie wandte sich der anstehenden Aufgabe zu und faltete das kleine Deckchen auseinander. Den königsblauen Stoff hatte sie selbst mit Goldfaden bestickt. Das Projekt hatte Wochen in Anspruch genommen. Da Sticken keines ihrer dauerhaften Hobbys war, sahen die Symbole weder professionell noch gleichmäßig aus, aber die Einzelheiten waren akribisch ausgearbeitet, und jeder Stich war mit den Beschwörungen angereichert, die sie während der Arbeit an dem Tuch geflüstert hatte.

Sie nutzte das Deckchen nur zu einem Zweck. Als sie es sorgsam ausbreitete, entfaltete sich die Magie, veränderte die Luft über der Stelle, auf der es lag. Während sie den Runenbeutel in der rechten Hand hielt, legte sie die linke Handfläche auf die Mitte des Tuchs und sammelte sich.

Vor der Schießerei hätte sie die Wohnung verlassen, ohne die Runen zu werfen. Dieser Gedanke ließ sie zögern. Es war keine gute Idee, die Runen übereilt zu lesen, und sie würde auch so schon zu spät kommen.

Aber nein. Manche Dinge änderten sich unwiderruflich. Man bog um eine Ecke, hörte ein neues Lied, las ein Buch, ver- oder entliebte sich oder sah ein Gemälde in einem anderen Licht.

Oder man bekam ein paar Schüsse ab.

Dann konnte man, sosehr man es auch versuchte, das Ganze nicht ungesehen oder un-erfahren machen, um das Leben wieder in das zurückzuverwandeln, was es gewesen war. Der Strom floss immer flussabwärts.

Sie schüttete die Runensteine in eine Hand, konzentrierte sich auf ihre nahe Zukunft und warf sie sanft auf den Stoff. Sie waren hübsch, bestanden aus poliertem

Rosenquarz, die Runen waren in den Stein geätzt und mit Gold aufgemalt, und sie leuchteten geradezu auf dem tiefblauen Stoff.

Nordische Runensteine waren ihr lieber als Wahrsagekarten mit aufgemalten Bildern, weil für sie die Steine die richtigen mentalen Pfade eröffneten. Die Bilder, die kamen, waren echte Weissagungen, keine Abbildungen, die ein ihr unbekannter Künstler für Geld geschaffen hatte.

Konzepte waberten und taumelten durch ihre Gedanken, während sie die Steine rollen und dann zum Liegen kommen sah. Raidho stand für Reisen. Thurisaz, Zerstörung und Verteidigung. Hagalaz, zerstörerische, unbeherrschbare Kräfte. Dagaz, der Stein für den Durchbruch. Dann ließ sie ihren Blick in die Ferne schweifen, während sie auf das Muster starrte, das sie ergaben.

Zu diesem Zeitpunkt kamen meist die Visionen, falls ihre auf die Runenmuster gerichtete Aufmerksamkeit ein Fenster zum Schicksal öffnete.

Stille herrschte in ihrer kleinen Wohnung. Aus der Ferne hörte sie, wie die stehengebliebene Uhr wieder zu ticken begann.

Sie lauschte ihrem eigenen Atem. Ließ die Augenlider zu einem Blinzeln herabfallen.

Als sie die Augen wieder öffnete, erhaschte sie einen Blick auf eine seltsame Landschaft. Ein frischer Wind fegte durch die Wohnung, zerzauste ihr das Haar und brachte einen schwachen, scharfen Geruch mit sich, wie Rauch.

Der Geruch verhieß Gewalt und Gefahr. Wie andere Nachrichten, die der Wind ihr von Zeit zu Zeit brachte, war es kein körperlich wahrnehmbarer Geruch, aber intuitiv und allzu vertraut.

Ihr Adrenalin schoss hoch, so dass das Phantom einer

feurigen Schmerzempfindung durch ihren Körper wogte, die sich auf drei Orte konzentrierte – die linke Schulter, den rechten Oberschenkel und die rechte Seite gleich unter den Rippen. Während sie sich eine Hand auf den Bauch drückte, erschien die Gestalt eines Mannes.

Er war von ihr abgewandt, so dass sie auf dunkles Haar, die lange, starke Linie seines Halses und breite Schultern schaute.

Er stand so dicht bei ihr, dass sie das Gefühl hatte, sie könne den Arm ausstrecken und ihn berühren, und bei den Göttern, was hatte er nur für eine Macht. Wie konnte ein Körper das alles beherbergen? Es war, als wäre unter seiner Haut kaum verhohlen ein Blitz verborgen. Er war nicht menschlich. Konnte nicht menschlich sein. Er musste den Alten Völkern angehören.

Der Mann war so bemerkenswert, dass er alles andere um sich herum vergleichsweise blass aussehen ließ. Auch wenn sie es besser wusste, hob sie eine Hand und streckte sie nach ihm aus. Er war nur eine Vision. Er war nicht wirklich in ihrer Wohnung.

Dann wandte er den Kopf, und *er sah sie direkt an.*

Nein. Das musste eine Illusion sein. Er konnte sie nicht ansehen, nicht in ihrer Vision, hervorgerufen durch einen Spruch, den sie gewirkt hatte.

Sie erhielt den Eindruck eines ausnehmend attraktiven Gesichts mit so scharf definierten Zügen, dass es schien, es wären sie aus einer unsterblichen Klinge geschnitten. In seinen glitzernden, dunklen Augen lagen unzähmbarer Wille und eisige Wildheit.

Macht verschob sich, als er den Körper drehte, um sie anzuschauen. Er bewegte sich so anmutig, mit dem Geschick eines ganz und gar unmenschlichen Assassinen. Die winzigen Härchen in ihrem Nacken richteten sich auf. In einer Hand hielt er ein Schwert umklammert, und von der langen, brutalen Klinge tropfte purpurrotes Blut. Das Gold eines schweren Siegelrings blitzte an seinem Ringfinger.

Die Wucht des Anblicks traf sie gleichzeitig mit einer Erkenntnis.

Er drehte sich um, um sie anzuschauen.

Er konnte sie sehen und drehte sich um, um sie anzuschauen.

Entsetzen ließ sie auf ihrem Stuhl zurückzucken. Sie öffnete die Lippen, um etwas zu sagen. *Hoppla*, oder vielleicht *Hallo auch*. Oder: *Tut mir leid.*

Das, was man eben sagte, wenn man sich verwählte oder jemandem auf den Fuß trat oder die psychische Verdrahtung kurzschloss.

Oder eine tödliche, unsterbliche Kreatur störte, wenn sie gerade jemanden umbrachte …

Während sie hinstarrte, blähten sich die scharf geschnittenen Nasenflügel des Mannes. Er stieß eine Hand in ihre Richtung, die Finger gespreizt, sein grausam schöner Mund verzogen, als er ein Wort ausspie. Ein Lichtblitz aus Macht schoss auf sie zu. Sie spürte ihn herannahen, einen Speer aus reiner, knisternder Bosheit.

Auch das sollte in einer Vision nicht vorkommen. Was, wenn er sie traf?

Bevor sie die Absicht ganz gefasst hatte, packte sie schon den Rand des magischen Deckchens und riss daran. Steine flogen durch die Küche, zerbrachen das Muster.

Die Vision stürzte so heftig in sich zusammen, dass sie Kopfschmerzen hinterließ, oder vielleicht auch ein Echo des mentalen Angriffs, den der Mann auf sie geschleudert hatte. Er verschwand, zusammen mit der Landschaft. Der Lichtblitz kam niemals an, obwohl sich das Bild in ihre

Netzhaut gebrannt hatte.

Ihr Herzschlag galoppierte wie ein entlaufenes Pferd, während Adrenalin durch ihre Adern gepumpt wurde. Als sich ihre Sicht klärte, drückte sie sich die bebenden Finger gegen die ebenso zitternden Lippen und schaute sich in der vertrauten Umgebung ihrer Wohnung um, sog jedes Detail auf, während sie um ihre Fassung rang.

Scheiße, was war das gewesen? Sie hatte noch nie etwas Derartiges erlebt, und sie nutzte Magie, seit sie denken konnte. War die Vision so lebhaft gewesen, dass sie einfach ihr Gefühl für ihre direkte, echte Umgebung ausgeblendet hatte?

Es konnte nicht echt gewesen sein.

Oder doch?

Ihr Kopf sagte nein, aber ihr Bauch sagte ja. Er hatte sich genauso benommen, als hätte er sie gesehen. Sie hatte seine Macht gespürt, hatte den Angriff gespürt, der wie ein geworfener Speer in ihre Richtung flog. Ihr Bauch hatte keinerlei Zweifel, dass der Speer, hätte er sie getroffen, sie verletzt hätte, womöglich schwer.

Was bedeutete das?

Sie musste ein paar Mal Luft holen, um sich wieder so weit zu fangen, dass sie aufstehen konnte. Ein dumpfes Pochen nistete sich hinter ihren Augen ein. Sie marschierte ins Schlafzimmer, öffnete einen kleinen Schranktresor und holte ihre Pistole heraus, die sie verdeckt in einer Halterung ihrer Handtasche trug. Als sie das Schlafzimmer verließ, warf sie dem Kaffeekocher einen letzten verbitterten Blick zu.

Mann, sie hatte sich falsch entschieden.

Sie hätte sich diese Tasse Kaffee gönnen sollen.

✧ ✧ ✧

VERÄNDERUNG, FLÜSTERTE DER Wind. *Neue Informationen stellen sich bald ein.*

Echt jetzt? Die Nachricht war angekommen, laut und deutlich.

Sophies Absätze klickten auf dem heißen Asphalt der Stadt. Mit einer Hand tastete sie über die Umrisse der Glock, die in ihrer Handtasche versteckt war. Dann hielt sie inne und betrachtete aufmerksam die umliegenden Läden und den Verkehr.

Die Szenerie um sie herum wirkte ruhig und normal, eine reiche Gegend, die sich in der südkalifornischen Sonne wärmte. Es gab keine unmittelbar drohende Gewalt und auch sonst keine Gefahr.

Aber beides war irgendwie nahe, wie eine Ansammlung schwarzer Wolken, die sich am Horizont türmten, und es fühlte sich … vielschichtig an. Die Warnung im Wind bezog sich nicht auf Schüsse aus einem x-beliebigen Auto oder ein ausgeraubtes Spirituosengeschäft. Sie war zu gewichtig, besaß zu viel Geschichte.

Während sie ihre psychischen Barrieren fest verankerte, ging sie auf dem Bürgersteig weiter, bis sie ihr Ziel erreichte. Sie schob sich durch die Glastür und musterte das Restaurant genau.

Der Laden war gehoben. Nur ein paar Blocks entfernt vom Rodeo Drive in Beverly Hills und ausgestattet mit poliertem, naturbelassenem Holz, leuchtendem Metall und großen, erstklassigen Kunstwerken, die man strategisch platziert hatten. Es sah zu gut aus, um wahr zu sein, eine elegante Fassade, unter der es brodelte.

Doch sie war nur nervös. Das Runenlesen hatte sie beunruhigt und aufgeregt. Sobald sie an die psychische

Attacke dachte, die auf sie gerichtet worden war, wurden ihre Handflächen feucht, und ihr Herz begann wieder zu rasen. Hätte dieser Lichtblitz sie getroffen, hätte er sie töten können.

Das Bild des Mannes verfolgte sie wie der Tod, der sich an die Fußspuren einer sterbenden Frau heftete – dieser Blick auf ein hartes, männliches Gesicht mit dunklen Raubtieraugen und einem Schopf aus schwarzem Haar, das in eine starke Stirn fiel. Sein Gesicht war schön gewesen, von unmenschlicher Schönheit, aber völlig skrupellos, sein Mund hart, als wäre er aus Stein gemeißelt, seine Miene geschlagen mit etwas, das wie uralter, festsitzender Hass aussah.

Oder Hunger.

Sie spürte immer noch die heftige Erschütterung ihrer Verbindung, die entstanden war, als sich ihre Blicke begegnet waren. Das Ganze hatte sie so aus sich herausgerissen, dass sie sich fehl am Platz und nicht geerdet fühlte. Die alltäglichen Ärgernisse, die der Verkehr von L.A. mit sich brachte, fochten sie nicht an. Ihre Füße schienen nicht ganz den Kontakt mit dem Bürgersteig herstellen zu können. Sie war sich nicht sicher, ob sie noch vollständig in ihrem eigenen Körper steckte. Selbst ihr Koffein-Kopfschmerz fühlte sich an, als würde er zu jemand anderem gehören.

Wegen des Angriffs durch den Fremden hatte sie die Vision zu früh abgebrochen. Sie hatte nicht genügend Informationen sammeln können. Da die Auslegung der Runen unvollkommen und unzufriedenstellend verlaufen war, hatte sie nicht die geringste Ahnung, ob sie sich auf ihre Verabredung zum Mittagessen bezogen, auf die bevorstehende Veränderung, die sie im Wind gespürt hatte, oder ob sie einen Hinweis auf drohende Gefahr geliefert hatten.

Es konnte gut und gerne alles zusammenhängen, musste aber nicht. Bisher hatte sie nur Splitter von Botschaften, und ihr war nicht klar, wie und ob sie überhaupt zusammenpassten. Die Folge waren verspannte Schultermuskeln, und dass sie alles mit misstrauischem Blick beäugte.

Für das Treffen hatte sie einen fließenden, ärmellosen Hosenanzug aus ungefärbtem Leinen angezogen. Die Säume der Hose endeten über den Knöcheln und setzten ihre schmalen Füße in einer Art Riemchensandalen in Szene, die trotzdem robust genug waren, um darin zu sprinten.

Dazu hatte sie schweren, petrolfarbenen Schmuck über einigen magiesensitiven Silberstücken kombiniert, die sie mit Schutzzaubern und Talismanen belegt hatte. Die Magie klimperte angenehm in ihrem inneren Ohr, wenn sich der Schmuck an ihrer Haut verschob.

Als sie am Eingangstresen stehenblieb, näherte sich eine schöne Frau in einem schicken Outfit. Die Frau trug einen Stapel Speisekarten und wirkte gelangweilt.

„Haben Sie reserviert?", fragte sie, während sie offen abschätzig an Sophies Gestalt hinabschaute.

Das Gesicht der Platzanweiserin war kühl und berechnend. Sophie war sich nicht ganz sicher, ob sie den Test bestanden hatte.

Du kannst mich mal. Ich habe mich geschminkt. Ich sehe sensationell aus.

„Ich weiß nicht." Sie warf einen Blick auf die voll besetzten Tische. „Ich bin mit jemandem verabredet."

„Wie lautet der Name?"

„Kathryn Shaw."

Die Platzanweiserin schaute auf einem Computerdisplay nach, und ihr Gesichtsausdruck veränderte sich. Mit sehr viel freundlicherer Stimme sagte sie: „Sehr gut. Bitte folgen

Sie mir.“

Kathryn Shaws Name hatte Sophie offenbar über eine unsichtbare Grenze zur Akzeptanz hingeschoben. Während sich ihre Mundwinkel nach unten zogen, folgte sie der Platzanweiserin zu einer ruhigen Nische in einer Ecke, wo eine Frau wartete.

Als Sophie und die Platzanweiserin kamen, stand die Frau mit kühler, flüssiger Anmut auf. Lächelnd streckte sie eine Hand aus. „Sophie Ross? Wie schön, Sie kennenzulernen.“

„Dr. Shaw.“ Während sie sich die Hände schüttelten, betrachtete Sophie die Frau rasch und nicht so offensichtlich wie die Platzanweiserin vorhin.

Kathryn Shaw war nicht ganz das, was sie erwartet hatte. Die Frau war leicht gebräunt und hatte eine hochgewachsene, grazile Figur, goldbraunes Haar, das ihr elegant und gerade über die Schultern floss, große, intelligente Augen und die Art von Haltung, die sich aus Bildung, Geld und dem Wissen um den eigenen Wert in der Welt ergab. Sie hatte schöne, feinfühlige Hände, einen festen Griff und makellos gepflegte Fingernägel. Ein Hauch von Macht, gut in Schach gehalten und geschärft wie ein Skalpell, haftete an ihrer Gestalt wie ein teures Parfum.

Kathryns kühle, geschmeidige Perfektion war beinahe ein Gegenentwurf zu Sophie, die etliche Fingerbreit kleiner war. Sophies blasse Haut wurde nie braun, ihr Körper neigte zu Kurven an Brust und Hüften, und ihr dichtes schwarzes Haar hatte einen eigenen Willen.

Ein Testlauf mit einem desaströsen Kurzhaarschnitt, mit dem sie ausgesehen hatte wie eine Zwölfjährige mit Schmachtlocken, war ihr eine Lehre gewesen, ihre Haare so lang zu lassen, dass das Gewicht sie ein Stück weit bändigte.

So konnte sie sie zumindest zu einem Zopf flechten oder zurückstecken.

Gerade jetzt hatte sich der Knoten im Nacken auf dem Weg vom Auto zum Restaurant gelöst, sodass die Haare ihr in losen Wogen über den Rücken fielen. Ihre Fingernägel waren kurz und nicht annähernd so gepflegt wie die der anderen Frau. Sie hatte sie gestern selbst abgeknipst.

Auf den ersten Blick war nicht offensichtlich, dass Kathryn Shaw eine Wyr war, aber dann beschien das gedämpfte Licht im Restaurant sie genau auf die richtige Weise, und in ihren Augen blitzte eine goldene Spiegelung auf. Sophie schätzte, dass die andere Frau nicht nur eine Wyr war, sondern zu einer Vogelart gehörte. Das würde passen, wenn man ihren schmalen Knochenbau und ihre Figur betrachtete.

„Bitte setzen Sie sich", sagte Kathryn.

Sophie glitt auf den Platz ihr gegenüber in der Sitznische.

Die Platzanweiserin nahm ihre Getränkebestellung auf und ließ ihnen die Speisekarten da. Sophie bestellte einen Kaffee. *Kaffee Kaffee Kaffee.* Nach allem, was passiert war, wollte sie sich in eine Tasse werfen und darin baden.

Kathryn schob ihre Karte beiseite, ohne hineingeschaut zu haben, und faltete ihre schönen Hände auf dem Tisch. „Danke, dass Sie gekommen sind. Ich habe halb erwartet, dass Sie nicht auftauchen."

„Ich habe darüber nachgedacht", gab Sophie zu. „Dann hat die Neugier die Oberhand gewonnen."

Eine ernsthafte Schwäche, diese Neugier. Sie hatte sie schon früher in Schwierigkeiten gebracht. Sophie hoffte inständig, dass sich diese Schwäche nicht als tödlich erweisen würde.

Brutale Bilder drängten an die Oberfläche. Diesmal waren die Bilder keine Weissagung, sondern Erinnerungen, und ihr Körper reagierte darauf – das Phantom des Schmerzes pulsierte wieder an den drei Stellen.

Sie schob es beiseite. Es waren keine lebenswichtigen Organe zu Schaden gekommen, und der Schmerz ließ mit jedem Tag nach. Sie konzentrierte sich auf die Gegenwart und fügte hinzu: „Immerhin waren Sie ganz schön stur."

Kathryn grinste. „Sturheit ist meine schlechte Angewohnheit."

Sophies Grinsen wurde trocken. „Ich habe gerade dasselbe über mich und meine Neugier gedacht."

Die andere Frau lachte, ihr feinknochiges Gesicht öffnete sich wie eine Blume. „Und da sind wir nun."

„Ja." Obwohl sie ihre Barrieren aufrechterhielt, stellte Sophie fest, dass sie Dr. Kathryn Shaw mochte. Ungesehen verschränkte sie im Schoss die Hände ineinander und drückte fest die Finger zusammen.

Die Kellnerin kam, brachte ihnen ihre Getränke und stellte sich vor. Nach einem kurzen Gespräch über die Tagesangebote bestellten sie etwas zu essen.

Überwältigt von Nervosität und Vorsicht bestellte Sophie das erste, was sie auf der Karte sah, einen einfachen Salat mit Hühnchen und Mango. Sobald die Kellnerin wieder gegangen war, umklammerte sie ihre Kaffeetasse und nahm den ersten Schluck von der duftenden, schwarzen Flüssigkeit. Er war hervorragend, mit einem weichen Röstaroma.

Sie räusperte sich. „Vielleicht können Sie mir jetzt verraten, was Sie den ganzen Weg von New York hierhergeführt hat. Vor allem, da ich Ihren Brief weggeworfen und Ihre ersten beiden Anrufe nie beantwortet habe."

Eigentlich war sie überzeugt gewesen, dass Kathryns Brief eine Betrugsmasche war, bis die Frau eine dritte Nachricht bei der Polizeiwache von L.A. hinterlassen hatte, für die Sophie als Beraterin arbeitete.

Zornig und verstört, weil jemand so in ihr Leben eingedrungen war, hatte Sophie von Rodrigo, einem ihrer Freunde beim Department, eine weitreichende Überprüfung der Anruferin durchführen lassen, wodurch sie herausgefunden hatte, dass Kathryn Shaw wirklich eine prominente, angesehene Chirurgin aus New York war.

Erst dann hatte sie Kathryn zurückgerufen. So zurückhaltend Sophie auch gewesen war, Kathryn hatte zu viele Köder vor ihr ausgelegt, indem sie ihr zumindest die eine oder andere Antwort zu ihrer Vergangenheit in Aussicht stellte. Widerstand hatte sich als unmöglich erwiesen. Nachdem sie sich ein paar Minuten unterhalten hatten, hatte Sophie schließlich zugestimmt, sich mit ihr zu treffen.

Sophie war von einer Hexenfamilie adoptiert worden, und ihre Vergangenheit vor dem fünften Lebensjahr war ein unbeschriebenes Blatt. Sie hatte keine frühen Kindheitserinnerungen und wusste nichts über ihre Herkunft.

Die Details ihrer Adoption hatten auch keinen Hinweis geboten – nachdem sie achtzehn geworden war und Zugriff auf ihre Unterlagen erhalten hatte, hatte sie oberflächlich die Namen in der Akte recherchiert, aber die Suche hatte nirgendwohin geführt. Entweder waren ihre Eltern schon seit langem verschwunden, oder die Namen, die man bei ihrer Abgabe den Behörden übermittelt hatte, waren falsch gewesen.

Kathryn zögerte, ihr ruhiges, intelligentes Gesicht musterte Sophie. Dann griff sie in ihre große Ledertasche und zog ein paar Dokumentumschläge heraus. „Erst muss ich alles, was ich sagen werde, in einen kleinen geschichtlichen Kontext setzen. Mein verstorbener Vater war der Earl von Weston, Francis Shaw.“

Sophies Aufmerksamkeit blieb auf den Akten, während sich ihr alter Freund Neugier erneut regte. „Ein Earl – ein englischer Earl?“

„Ja.“

„Haben Sie damit auch einen Titel?“ Ihr Wissen über englische Titel war so gut wie nicht vorhanden.

Kathryn zuckte mit den Schultern. „Habe ich. Ich bin eine Gräfin, aber ich lebe schon so lange in den Staaten, dass ich ihn nie benutzt habe. Ich bin sehr amerikanisch geworden. Für mich ist der wichtigste Titel *Doktor*, denn den habe ich mir verdient.“ Sie legte die Umschläge auf den Tisch. „Mein Vater war ein einzigartiger Mann und hat sich einigen Angelegenheiten sehr hingebungsvoll gewidmet. Vor einiger Zeit – vor Jahrzehnten, um genau zu sein – kam ich in die Staaten, um Medizin zu studieren, und beschloss, mich in New York niederzulassen. Eine der Angelegenheiten, denen sich mein Vater widmete, war die britische Regierung. Wir waren nicht einer Meinung, was meine Wahl des Wohnsitzes anbelangte.“ Kathryn hob kurz einen Mundwinkel, eine bittersüße, liebevolle Regung.

Fasziniert und ein wenig neidisch auf das Gefühl des Verlusts der anderen Frau blickte Sophie auf den Tisch hinab. Offenbar hatte Kathryn ihren Vater zutiefst geliebt. Wie es wohl war, eine Familie zu haben, die man so sehr liebte? Und die einen genauso sehr zurückliebte?

Vorsichtig rückte sie ihre Kaffeetasse auf der Untertasse zurecht. „Er ist verstorben?“

„Ja, er starb beim Bombenangriff in London 1995.

Zwanzig Parlamentsmitglieder kamen an diesem Tag ums Leben."

Sophie wusste nur das Gröbste über den Terroranschlag, kannte nur markante Schlagzeilen aus den Medien. Es war das erste Mal, dass sie jemanden traf, der persönlich mit solch einem Ereignis zu tun hatte.

„Tut mir leid, das zu hören", sagte sie, gespannter denn je, was das alles mit ihr zu tun hatte.

„Danke. Es ist schon lange her." Kathryn hielt inne. Dann fuhr sie in einem schrofferen Tonfall fort: „Er hat sich auch einer anderen Sache gewidmet, die er im frühen achtzehnten Jahrhundert begann, als er seine erste Kindergruppe rettete. Das hat ihn heftig bewegt, daher führte er diese Rettungsaktionen im Lauf der Jahre fort. Seine Bemühungen waren sporadisch und situationsbedingt. Wann immer er von Kinderhandel oder misshandelten Kindern hörte, forschte er nach, und wenn die Situation es erforderte, unternahm er etwas. Manchmal ging es bei den Rettungen um Kinder der Alten Völker, manchmal um Menschen."

Während sie zuhörte, erkannte Sophie, dass sie die Hände so fest ineinander verschränkt hielt, dass ihre Finger taub geworden waren. Sie lockerte ihren Griff und flüsterte: „Interessant."

Kathryn zupfte am Saum ihrer zusammengerollten Leinenserviette. „Wenn er die geretteten Kinder nicht an ihre Familien zurückgeben konnte, arbeitete er mit Agenturen auf der ganzen Welt zusammen, um ihnen ein geeignetes Heim zu verschaffen. Sicherheit war bei diesen Platzierungen ein Thema. Er achtete immer darauf, dass sich keine Spuren zur ursprünglichen Heimat der Kinder zurückverfolgen ließen, damit nie das Risiko bestand, dass sie gefunden und noch einmal ausgenutzt wurden."

Sophie holte tief und zittrig Luft. Eine Gewissheit setzte sich in ihr fest.

„Ich war eines dieser Kinder, ja?", fragte sie.

Kathryn räusperte sich, ein leises, zartes Geräusch. „Ja, Sie waren eine seiner letzten Rettungsaktionen."

„Heißt das, dass ich Britin bin?" Sie blinzelte, während ihre Sichtweise sich gewaltig verschob. Die Nachforschungen, die sie angestellt hatte, sowohl auf konventionelle als auch auf magische Weise, hatten sich alle auf die USA konzentriert. Es war ihr nie in den Sinn gekommen, außerhalb der Staaten zu suchen.

„Tut mir leid, das weiß ich nicht. Ich habe auch keine Informationen über die Einzelheiten Ihrer Rettung."

Ausgenutzt, hatte Kathryn gesagt. Kinderhandel. Sophie war fünf Jahre alt gewesen, oder jünger, als er sie gefunden hatte. Gott, sie war ein Baby gewesen. Eine plötzliche Woge des Abscheus ließ ihre Haut abkühlen, und Blut hämmerte in ihren Ohren.

Mit harscher Stimme und einem unsicheren Kratzen im Hals sagte sie unverblümt: „Bei meinem ersten Mal war ich Jungfrau."

Sie war auch ein Arschloch-Magnet, und jeder Wichser, mit dem sie sich je getroffen hatte, war ein Loser oder Schlimmeres gewesen. Aber das tat im Augenblick nichts zur Sache.

Das Gesicht der anderen Frau hellte sich zu einem sanften Lächeln auf. „Das klingt, als hätte mein Vater Sie rechtzeitig gerettet."

Ihre Bedienung kam mit dem Mittagessen. Sophies Salat sah köstlich aus, und Kathryn hatte sich ein Steak bestellt. In den nächsten Minuten aßen sie schweigend, was Sophie die

Gelegenheit verschaffte, sich wieder zu fangen.

Sobald sie genug gegessen hatte, um das Loch in ihrem Magen zu besänftigen, sagte sie: „Die Namen meiner leiblichen Eltern in meinen Unterlagen. Sind sie erfunden?"

Kathryn nahm den obersten Umschlag. „Ich denke schon. Das ist die Akte, die mein Vater über Sie aufbewahrt hat. Es tut mir leid, viel steht nicht drin."

Sophie hatte die Akten beim Essen beäugt. Als Kathryn sie ihr anbot, schnappte sie sie sich und klappte sie auf.

Wie Kathryn sie vorgewarnt hatte, fanden sich nicht viele Informationen. Nur ein paar Seiten mit Anmerkungen zusammen mit dem Foto eines kleinen, ernst blickenden Mädchens mit einem wilden Schopf schwarzer Haare, blasser Haut, die leicht mit Sommersprossen bestäubt war, und einem zarten Feengesicht.

Irgendwann im Laufe des Gesprächs war Sophies Skepsis an ihre Grenzen gestoßen und hatte sie mehr oder weniger überschritten, und die Fotografie gab ihr den Rest. Während sie zur Erwachsenen gereift war, hatte das zarte Feengesichtchen seine kindliche Rundlichkeit verloren und war kantiger geworden, aber das Mädchen war eindeutig, ohne Zweifel sie.

Sie überflog schnell den Inhalt, registrierte die Schlüsselworte.

Frühreif. Hochmagisch. Größtenteils menschliches Kind, vermutlich vier Jahre alt.

Größtenteils menschlich. Ja, das fasst es in etwa zusammen.

Eltern unbekannt. Wohnort unbekannt. Spricht nicht, vermutlich traumatisiert.

Es gab weitere Anmerkungen, dazu ein paar handgeschriebenen Zahlen – die Anzahl der Nummern und die Art, wie sie notiert waren, ließ sie nach amerikanischen Telefonnummern aussehen –, dann kam der Name einer Adoptionsagentur in Kentucky. Die Adoptionsagentur, die ihren Fall geregelt hatte. Sie blätterte die letzte Seite um, aber dort stand nichts mehr.

„Das war es", murmelte sie, und ihr Magen zog sich zusammen. „Das ist alles."

Alles über ihre frühe Kindheit, hingekritzelt auf ein paar vergilbten Seiten. Es fühlte sich unwirklich an, wie aus einem Dickens-Roman oder einer spanischen Seifenoper. Aber es war keine Geschichte. Es war ihr Leben.

Sie hatte die Frage nicht ausgesprochen, aber Kathryn antwortete dennoch. „Es tut mir leid. Ich wünschte, ich könnte Ihnen mehr erzählen."

Hinter Sophies Augen brannte es, doch sie vergoss schon lange keine Tränen mehr über diese alte Geschichte. Als sie die Akte zuklappte, zwang sie sich zum Nachdenken.

„Sie haben mich über die Adoptionsagentur in Kentucky aufgespürt", sagte sie. „Als ich achtzehn wurde, habe ich auf meine Fallunterlagen zugegriffen und Kontaktinformationen hinterlassen."

„Ja." Kathryn stellte ihren leeren Teller weg.

Die Bedienung kam vorbei. Kathryn bestellte Kaffee, und als die Frau zurückkehrte, füllte sie auch Sophies Tasse auf.

„Na, das war ja faszinierend", sagte Sophie, als sie wieder unter sich waren. Sie schaute der anderen in die Augen. „Auch wenn es nicht viel zu erfahren gibt, bin ich dankbar für diese Akte. Vor allem, weil sie die Gegend woanders verortet, in der ich suchen muss, wenn ich noch mehr über meine Vergangenheit herausfinden will – wofür ich mich womöglich entscheide. Aber ich verstehe immer noch nicht, warum Sie sich den Aufwand und die Mühe gemacht haben, sich mit mir zu treffen. Bis jetzt haben Sie noch nichts gesagt, das Sie mir nicht auch am Telefon hätten sagen oder zuschicken können."

„Das stimmt." Kathryn lächelte. „Aber alles, was wir besprochen haben, war nur Vorgeplänkel für das, was als Nächstes kommt. Wissen Sie, ich bin die Vollstreckerin des konkreten, ausführlichen und edelmütigen Testaments meines Vaters."

Sophie biss sich auf die Lippen, als ein plötzliches, unerwartetes Lachen durch ihren Körper schoss. Sie dachte: *Wenn Kathryn jetzt sagt, dass ich etwas geerbt habe, drehe ich womöglich durch. Denn das wäre dann wirklich wie aus einer Spam-E-Mail.*

„Ihr Vater starb vor über zwanzig Jahren", wandte sie ein, „und Sie vollstrecken noch immer sein Testament?"

„Leider ja, so ist es." Kathryns Lächeln wurde nüchtern. Sie nahm den zweiten Aktenordner und reichte ihn Sophie. „Vor Jahren war eigentlich schon fast alles geregelt, aber es gibt noch eine letzte Aufgabe, die abgewickelt werden muss. Es geht um eine alte Immobilie, die – wirklich, ich weiß nicht, wie ich es anders ausdrücken soll – ihren eigenen Kopf hat. Das Anwesen ist seit hunderten von Jahren im Familienbesitz. Zum letzten Mal war mein Vater als junger Mann in dem Haus, was sehr lange her ist."

Die Wyr mit ihren beiden Erscheinungsformen konnten sehr lange leben. Einige seltene Arten gehörten zur ersten Generation der Alten Völker und wurden als unsterblich betrachtet. Man konnte sie töten, aber sie würden nie an Altersschwäche sterben.

„Sie waren niemals selbst dort?", fragte Sophie. Sie öffnete den Ordner, um den Inhalt zu überfliegen.

Darin lagen Fotos eines riesigen mittelalterlichen

Hauses. Zum Teil war es eine steinerne Festung, zum Teil architektonischer Irrsinn, und es kauerte vor einem alten, verwachsenen Wald. Hinter dem Haus fiel das Land ab, und in einer Ecke schimmerte ein See oder Fluss. Sophie ging alle Fotos durch, studierte die verschiedenen Perspektiven. Ihre Handflächen prickelten, als sie die Bilder anfasste.

Die Fotos selbst waren nicht magisch, nicht wirklich. Aber etwas an dem Haus war es, oder am Land, und die Kamera hatte einen Hauch davon einfangen können.

„Oh, ich bin mehrmals dort gewesen", erklärte Kathryn, „aber noch nie im Inneren des Hauses. Dort war niemand, seit mein Vater es zum letzten Mal betreten hat. Es … lässt niemanden mehr hinein."

Sophie legte die linke Handfläche auf eines der Fotos und spürte dem flüchtigen Hauch von Magie nach. Als sie sich damit verband, prickelte ihre Hand erneut. Sie spürte den fernen Luftzug, der durch die Bäume in dieser Szene fuhr. Das Haus hatte fünf Giebel.

Eine zarte, beinahe nicht zu fassende Verwerfung wogte unter ihrer Hand. Sie beugte sich vor, wurde plötzlich aufmerksam.

Nein, keine fünf Giebel. Es gab sieben.

Teufel aber auch.

Verspätet kamen Kathryns Worte bei ihr an, und sie blickte zu der Frau auf. Sie hob eine Augenbraue. „Was meinen Sie damit, dass das Haus niemanden hineinlässt?"

Kathryn lachte leise. „Ich weiß, wie das klingt. Ich vermenschliche ein Gebäude, aber ich weiß nicht, wie ich es sonst ausdrücken soll. Es ist ein seltsamer Ort. Sie müssen es selbst gesehen haben, um es zu glauben."

Sophie schaute wieder auf das Foto, das unter ihrer Handfläche lag. „Erzählen Sie mir mehr."

„Der Familiensitz der Westons ist in den Welsh Marches, dem Land, das an England und Wales grenzt. Die Welsh Marches sind ein verhexter Ort und äußerst magisch, mit mehr Übergängen pro Morgen Land als irgendwo sonst auf der Welt. Viele Kriege wurden nur um das Land geführt. Einst, so erzählen die Geschichten, gab es einen Übergang genau an dieser Stelle." Kathryn griff über den Tisch und tippte auf eines der Fotos.

„Sie meinen, jetzt gibt es keinen mehr?"

Noch während Sophie die Frage stellte, begann ihr Verstand schon mit dem Konzept zu arbeiten. Was könnte einen Übergang zerstören? Übergänge existierten seit der Entstehung der Erde, als Zeit und Raum sich gekrümmt hatten. Sie führten in Anderländer, in denen moderne Technik nicht funktionierte, die Zeit anders verlief als auf der Erde und die Sonne mit einem anderen Licht schien.

Sophie kaute auf ihrer Lippe, während sie überlegte.

Manchmal wurden kleine Übergänge mit Sprengstoff verschlossen, wenn sie instabil waren und nur zu überschaubaren, abgeschlossenen Bereichen führten, wie etwa Höhlen. Um einen großen Übergang zu zerstören, mochte die Macht einer Naturkatastrophe wie eines Erdbebens nötig sein. Einstürzendes Land, Plattentektonik, sowas in der Art.

Oder Magie.

Sehr, sehr viel Magie. Eine beinahe unfassbare Menge äußerst zerstörerischer Magie. Bei diesem Gedanken durchlief sie ein Beben.

„Nein, jetzt gibt es dort keinen Übergang mehr, zumindest keinen funktionierenden", erwiderte Kathryn. „Der Krieg war schuld. An dieser Stelle fand eine Schlacht statt, und der Übergang wurde zerschmettert. Ein cleverer Vorfahre von mir beschloss, dass es schlau wäre, dort ein

Haus hinzubauen, um seine Eroberung des Landes zu besiegeln, aber das Land enthielt noch immer die gesamte Magie des zerstörten Übergangs. Im Grunde ist sie dort noch immer. In der Familienlegende heißt es, das Haus wäre von Anfang an seltsam gewesen, schon als die ersten Balken errichtet wurden, und im Laufe der Zeit wurde es noch seltsamer."

„Sie haben einen Vorfahren, der auf einen zerstörten Übergang gebaut hat?", schnaubte Sophie.

„Da fällt einem nichts mehr ein, oder?" Kathryn warf ihr einen beredten Blick zu.

Sophie grinste. „Ich kann mir nicht annähernd vorstellen, wie seltsam das Haus sein muss."

„Die Geschichten sind ziemlich unterhaltsam. Ganze Flügel verschwanden und tauchten wieder auf, und die Aussicht vor den Fenstern veränderte sich. Leute verirrten sich darin und fanden nicht wieder heraus. Zwei Kinder blieben wochenlang verschwunden, bevor sie wieder auftauchten, schmutzig und halb verhungert, und von merkwürdigen Abenteuern stammelten."

Sie beugte sich vor. „Haben Sie eine Aufzeichnung darüber, was sie gesehen haben?"

Kathryn schüttelte den Kopf. „Es gibt kaum schriftliche Aufzeichnungen abgesehen von der Besitzurkunde, nur Legenden, die mündlich weitergetragen wurden. Nach ein paar Generationen hielt die Familie die Kuriositäten nicht mehr aus. Sie baute ein weiteres Haus und verließ diesen Ort. Alle paar Jahre schaute jemand nach, um zu sehen, ob das Gebäude noch stand. Mein Vater sagte, als er zum letzten Mal vorbeikam, konnte er den Schlüssel im Schloss drehen, aber die Tür ging nicht auf. Als ich zum letzten Mal nachschauen ging, bekam ich nicht einmal den Schlüssel ins

Schloss.“

Sophie blickte auf das Foto hinab, das sie immer noch berührte, angezogen von dem Prickeln unter der Handfläche. Mit seinen Giebeln und seltsamen Schatten wirkte das Haus wie aus *Dark Shadows*, einer Kultserie, die auf den Klassikersendern lief und die sie als Kind gleichermaßen erfreut und erschreckt hatte. „Hat schon mal jemand versucht, ein Fenster einzuschlagen?“

„Mein Vater sagte, er hätte es probiert, aber das Fenster brach nicht.“ Kathryn lächelte. „Das Ding ist wie ein Zauberwürfel. Alle Teile sind vorhanden – das glaube ich zumindest –, aber die Farben passen nicht zusammen. Wir nennen es inzwischen den Familien-Albatros. Der hängt uns schon ganz schön lange am Hals.“

Sophie hob wieder die Augenbrauen. „Haben Sie Experten beauftragt, um hineinzugelangen?“

„Natürlich, aber das hat keiner geschafft. Ich glaube, dass seit mindestens dem sechzehnten Jahrhundert niemand mehr durch diese Hallen gegangen ist, und auch damals nur gelegentlich, denn das Haus ist schon einige Zeit früher verlassen worden. Nur die Götter wissen, was sich dort drin noch befinden mag. Darüber existieren auch keine schriftlichen Aufzeichnungen.“

„Wie mysteriös“, murmelte Sophie.

Kathryn wurde munter. „Jetzt kommen wir zur Crux des Ganzen. Die Bedingungen im Testament meines Vaters besagen, dass ich die Kinder aufsuchen soll, die er gerettet hat, eines nach dem anderen, und ihnen ein Angebot unterbreiten soll. Jedes von ihnen darf sich neunzig Tage Zeit nehmen, um einen Weg zu finden, in das Haus zu gelangen. Wenn jemand auf irgendeinem Weg hinein kommt, darf er das Haus in Besitz nehmen, alles, was sich noch darin befindet, und die Ländereien, die fünf Morgen umfassen, einen kleinen See und ein kleines Gebäude mit vier Zimmern, das früher das Torwächterhäuschen war. Er erhält auch einen Fonds, der als Erblehen zu dem Grundstück gehört. Sowohl das Grundstück als auch das Erblehen kann er seinen Erben hinterlassen."

Sophie blinzelte. Und blinzelte noch einmal.

Ländereien. Haus. Zwei Häuser.

Kathryn bot ihr tatsächlich ein Erbe an.

Das ungläubige Lachen drohte mit einer Rückkehr. „Ein Fonds", wiederholte sie. „Sie sprechen von echtem Geld?"

„Ja", sagte Kathryn. „Der Fonds steckt in Kapitalanlagen, daher entwickeln sich die jährlichen Einkünfte dynamisch. Es ist kein sensationelles Einkommen, aber genug, um die Grundsteuer zu bezahlen und für die Instandhaltung des Geländes aufzukommen. Danach bleiben vielleicht noch fünfundzwanzigtausend Pfund im Jahr übrig. Abhängig von Fluktuationen im Wechselkurs sind das jährlich etwa siebenunddreißigtausend Dollar. Seien wir ehrlich, nach so langer Zeit ist das Innere des Anwesens wohl unbewohnbar, aber ich habe schon im Häuschen des Torwächters übernachtet, und es ist zwar altmodisch eingerichtet, aber ganz gemütlich. Wenn man einen mobilen WLAN-Router kauft, kann man dort drin sogar Internet haben, auch wenn es auf den Ländereien zu viel Landmagie gibt, um überall eine stabile Verbindung zu bekommen."

„Siebenunddreißigtausend Dollar", wiederholte Sophie tonlos. „Jährlich. Nur für das Einbrechen in ein Haus."

Kathryn lachte. „Denken Sie dran, bisher hat es niemand geschafft. Und ja, wir zahlen, um den Familien-Albatros loszuwerden."

„Ein Fonds, der jedes Jahr siebenunddreißigtausend Dollar abwirft, ist eine verdammt großzügige Bezahlung." Sophie fuhr mit dem Zeigefinger am Rand des Fotos entlang.

„Es ist nur ein Bruchteil des Familienvermögens, und England hat sehr hohe Lebenshaltungskosten", warnte Kathryn. „Mit einem solchen Jahreseinkommen würde man nicht annähernd so weit kommen wie zum Beispiel im amerikanischen Mittleren Westen. Obwohl es sich außerhalb von London schon sehr viel billiger lebt. Falls man es ausprobieren wollen würde, schätze ich, dass man ganz gut zurechtkommen kann, solange man bescheidene Bedürfnisse hat und sparsam lebt. Man müsste sich keine Gedanken um Miete oder Hypotheken machen. Dafür wäre bereits gesorgt, sodass man das Geld für andere Dinge aufwenden könnte. Aber um das Erbe zu erhalten, müssten Sie – oder irgendwer – beweisen, dass Sie tatsächlich ins Innere des Hauses gelangt sind."

„Was für einen Beweis würde das erfordern?"

„Fotos wären ausreichend, falls eine Kamera innerhalb des Hauses funktioniert, aber die Magie des zerstörten Übergangs könnte das verhindern. Falls eine Kamera funktioniert, sollte die Lage der beiden Gebäude es erlauben, ein deutliches Foto vom Torwächterhäuschen zu schießen, wenn man aus den Fenstern an der Vorderseite blickt. Oder wenn Sie jemanden überreden können, ein Foto von Ihnen zu machen, wie Sie im Haus stehen, würde das auch funktionieren. Falls das nicht klappt, wäre auch eine unterschriebene eidesstattliche Erklärung zuverlässiger Zeugen akzeptabel."

Sophie berührte den Rand des Daches, um das Prickeln der Magie noch einmal zu spüren. „Neunzig Tage ist ziemlich lang", sagte sie langsam. „Für viele Leute würde eine zweiwöchige Reise ins Ausland schon ihre Mittel ausreizen, ganz abgesehen von einer so langen Zeit, in der sie nicht arbeiten können."

Kathryn nickte. „Ich fürchte, beim Problem der Urlaubstage kann ich nicht behilflich sein, aber was die Reise betrifft, würde der Nachlass ein temporäres Stipendium zum Unterhalt zusätzlich zu den Reisekosten gewähren." Ihr Mundwinkel ging nach oben. „Ehrlich gesagt glaube ich, dass die meisten Leute die Herausforderung nur angenommen haben, um einen dreimonatigen bezahlten Urlaub zu bekommen. Sie hatten entweder kein Interesse oder nicht die Fähigkeiten, um zu versuchen, in das Haus eingelassen zu werden."

Anstatt verärgert zu wirken, weil sie möglicherweise ausgenutzt wurde, schien die Frau nach wie vor amüsiert zu sein. Da Sophie derselbe Gedanke gekommen war, fragte sie vorsichtig: „Das stört Sie nicht?"

Kathryn zuckte mit den Schultern. „Das Geld kommt aus dem Fonds, der speziell für dieses Grundstück eingerichtet wurde. Da es ein Erblehen ist, könnte ich auf dieses Geld nicht zugreifen, selbst wenn ich es wollte. Falls jemand einfach in das Haus gelangen würde, könnte ich damit aufhören, Leuten nachzuspüren, die mein Vater gerettet hat, und immer wieder dasselbe Angebot zu unterbreiten, aber abgesehen davon ist mir das relativ gleichgültig."

„Sie machen das schon seit zwanzig Jahren", murmelte Sophie nachdenklich. Sie merkte fast nicht, wie ihre Finger das Foto liebkosten. Fast nicht. „Sicher haben sie das schon ziemlich satt."

„Eigentlich ist es zu einer Art Hobby geworden." Kathryn nippte an ihrem Kaffee und stellte die Tasse sorgsam wieder auf der Untertasse ab. „Mein Beruf ist stressig und anspruchsvoll. Wenn ich nicht aufpasse, saugt er mir das Leben aus. Das hier sorgt dafür, dass ich mal raus komme und gibt mir sogar einen Grund zum Reisen. Die Leute aufzuspüren, die mein Vater als Kinder gerettet hat, ist zu etwas Lohnendem und irgendwie sogar Tröstlichem geworden. Es wurde mir warm ums Herz, als ich sah, wie weit sein Einfluss reichte. Er hat sehr viele Leben gerettet, und ich bin wirklich stolz darauf. Auf ihn.“

Sophie ordnete die Fotos vor sich neu an, beobachtete ihre Hände dabei. „Ich bin sicher, dass nicht jeder darüber erfreut war. Bis ich einen Freund beim LAPD die Telefonnummer zurückverfolgen ließ, die Sie in Ihrer Nachricht hinterlassen haben, und Nachforschungen über Sie anstellte, war ich sicher, dass Sie hier irgendeine krumme Masche abziehen.“

„Stimmt.“ Kathryn nickte. „Und manchmal ist es schwer, wenn man herausfindet, dass nicht allen Erfolg beschieden war, nachdem sie gerettet wurden. Einer ist bei einem Autounfall ums Leben gekommen, und noch jemand ging zur Army und starb im Kampf. Aber weitaus häufiger sind es Leute wie Sie.“

Ich habe nie gesagt, dass mir Erfolg beschieden war, dachte Sophie. In ihrem Körper pochte es wieder, an den drei flammenden Stellen in Oberschenkel, Schulter und Bauch.

Aber war das denn nicht genau der Eindruck, den ihr guter Leinenanzug und ihr klobiger Schmuck erwecken sollten?

Kathryn musterte sie neugierig. „In den Anmerkungen in Ihrer Akte steht, dass mein Vater nicht herausfinden konnte, worin Ihre nicht menschliche Seite bestand, daher entschied er sich, sie bei magischen Menschen unterzubringen. Ihre Adoptivfamilie in der Hexendomäne – hat sie gut zu Ihnen gepasst?"

Sophies Hand, die auf dem Foto lag, ballte sich zur Faust.

Oh, sie hatten hervorragend gepasst. Mom backte Kirschkuchen, den sie mit Zucker voller magischer guter Wünsche bestäubte. Dad kam jeden Tag um halb fünf von der Arbeit heim. Sie ließen mich den Familienhund Snuggles aussuchen, und an Weihnachten brauchte ich immer den halben Tag, um alle meine Geschenke unter dem Baum auszupacken.

Derartigen Sarkasmus konnte sie im Angesicht von Kathryns Freundlichkeit nicht äußern. Stattdessen sagte sie etwas heiser: „Ja. Es war toll."

So toll, dass sie sofort abgehauen war, als sie achtzehn wurde. Nach einem kurzen Versuch, herauszufinden, wer ihre richtigen Eltern waren, hatte sie sich allein durchgeschlagen, und seither war sie wie ein loses Blatt mal hierhin, mal dorthin getrieben worden.

Kathryn lächelte. „Das freut mich zu hören. Und jetzt sind Sie Beraterin für das LAPD."

„Richtig", erwiderte Sophie. „Das war ich bis vor einem Monat."

Vor einem Monat, als gute Menschen starben, die ich kannte und die mir etwas bedeuteten. Als ich beinahe starb.

Aber auch das sagte sie nicht. Das ging Kathryn alles nichts an.

„Das sagt etwas über die Qualität Ihrer Arbeit aus. Sie stellen nicht jeden ein. Was machen Sie jetzt?", fragte Kathryn.

Sich erholen, herausfinden, wie es mit ihrem Leben weitergehen sollte. Langsam in Panik verfallen, während die Arztrechnungen eintrudelten und das Geld knapp wurde.

Bei Beraterjobs bekam man keine Lohnfortzahlung, wenn man krank wurde.

Um sich Zeit zum Antworten zu verschaffen, griff Sophie nach ihrem Kaffee und ließ den dunklen Röstgeschmack über ihre Zunge gleiten.

„Ich stecke zufällig gerade zwischen zwei Verträgen", sagte sie. „Ich habe mich von meinem Beraterjob beurlauben lassen. Das LAPD will mich zurück, aber ich habe noch nicht entschieden, ob ich wieder hingehe."

Kathryn beugte sich vor. „Also befinden Sie sich tatsächlich in einer günstigen Lage, um sich zu überlegen, ob Sie das Angebot annehmen. Sind Sie interessiert?"

Sophie blickte wieder auf die Fotos des Hauses hinab und wollte so sehr dorthin, dass sie das Verlangen danach schmecken konnte.

Das Haus faszinierte sie. Und darüber hinaus konnte sie neunzig weitere Tage herausschinden, um sich ganz zu erholen, während sie entschied, was sie als Nächstes vorhatte. Sie könnte ihre Sachen einlagern, damit sie keine Miete zahlen musste, während sie nicht da war, wodurch ihre derzeitigen Mittel noch länger reichen würden.

Wenn sie wollte, konnte sie sogar ihre Recherche wieder anlaufen lassen und versuchen, noch etwas über ihre Familie und ihre Vergangenheit herauszufinden, obwohl sie sich diesbezüglich keine Illusionen machte. Der Earl von Weston hatte für seine Suche bestimmt erhebliche Kontakte und Ressourcen zur Verfügung gehabt, so dass sie vermutlich nicht mehr über ihre wahre Familie herausfinden würde als er.

Aus alter Gewohnheit ließ sie ihre Miene unbewegt, um zu verbergen, wie viel ihr das Angebot bedeutete.

„Ich weiß nicht recht", sagte sie. „Ich brauche ein paar

Tage, um mir das zu überlegen.“

Noch während sie es sagte, erkannte sie, dass sie das Angebot annehmen würde. Teufel nochmal, sie könnte vielleicht sogar dieser dunkeln Bedrohung entkommen, die ihre jüngsten Runenbefragungen heimsuchte, zusammen mit dem Besitzer dieses raubtierhaften, attraktiven Gesichts.

Oder sie könnte, falls sie ging, geradewegs darauf zulaufen. Auf ihn.

Was soll's. Blödheit war nicht heilbar. Und Durchgeknalltheit auch nicht.

Das Wissen, dass sie in Schwierigkeiten geraten würde, würde sie nicht davon abhalten, zu gehen oder sich dem Schicksal zu stellen, das sie erwartete. Aber es würde sie zumindest etwas vorsichtiger werden lassen als üblich.

Hoffte sie.

An Kathryns zufriedenem Gesicht erkannte sie, dass ihre Ausflüchte die Frau nicht im Geringsten überzeugt hatten.

„Natürlich sollten Sie darüber nachdenken“, erwiderte Kathryn geschmeidig. „Nehmen Sie sich so viel Zeit, wie Sie brauchen.“

Kapitel 2

S O SCHNELL, WIE das Bild der seltsamen Frau erschienen war, verschwand es auch wieder, löste sich in einem gekringelten Hauch der nebelverhangenen Luft auf.

Nikolas wirbelte auf dem Absatz herum, während er sich auf der Lichtung umschaute, das Schwert erhoben, aber es gab keinen weiteren Hinweis auf einen Angriff. Wuchtige, uralte Eichen säumten einen smaragdgrünen Rasen, auf dem vereinzelte Parkbänke standen. Keine zwanzig Meter entfernt wirkte der hüfthohe Feldsteinwall, der den kleinen Park umgab, so unwirklich wie ein Schatten, da überall dichter Nebel herandrängte und die Sonne aussperrte, die Sicht begrenzte und Geräusche dämpfte.

Von der anderen Seite des Walls klang der Verkehr dumpf und fern. Ein Mann rief etwas, und Nikolas spannte sich an, aber die Stimme wirkte normal, fröhlich. Unwissend.

„Das ging ja verdammt schnell, was!"

Ein weiterer Mann rief zurück: „Hab noch nie gesehen, dass so schnell Nebel aufzieht!"

„Davon kriegt man ja richtig Durst. In einer Viertelstunde im Pub?"

„Aye!", rief die zweite Stimme.

Nachdem dieser Austausch als harmlos kategorisiert war, wandte sich Nikolas wieder dem Gemetzel zu, das er veranstaltet hatte.

Vier erschlagene Jagdhunde lagen auf der kleinen Lichtung verstreut, und es war weder hübsch noch leicht gewesen, sie zu töten. Angespannt, während seine Muskeln noch vom Kampf bebten, musterte er ihre robusten, fellbedeckten Körper. Jeder wog locker über zwei Zentner. Sie sahen ein wenig aus wie Kreuzungen aus Wolf und Mastiff und noch etwas, das ganz und gar monströs war.

Trotz ihrer Größe und ihres Gewichts wusste er aus finsterer Erfahrung, dass sie unermüdlich kilometerweit laufen konnten, mit unnachgiebiger Beharrlichkeit Spuren verfolgten und mit langen, messerscharfen Klauen und spitzen Zähnen Körper in Fetzen rissen.

Sein Gespür drängte ihn, diesen Ort rasch zu verlassen, solange der unnatürliche Nebel seine Anwesenheit noch verbarg, aber er nahm sich zusammen. Während er wartete, beugte er sich hinab, um sein Schwert im Gras abzuwischen, und ließ es zurück in die Scheide gleiten, die er an einem Gurt zwischen den Schultern auf dem Rücken trug. Als die Klinge verschwand, spürte er, wie sich der Zauber auf der Scheide aktivierte, der sowohl Schwert als auch Scheide Blicken entzog.

Sein Warten wurde belohnt.

Während er zusah, schimmerte der Körper des Jaghundes, der ihm am nächsten war, und begann sich zu verändern. Knochen ordneten sich neu, Fell ging zurück, und die lange, hässliche Schnauze schrumpfte zusammen, bis das Monster verschwunden war und ein toter Mensch an seinem Platz lag.

Sobald sie tot waren, verwandelten sich die Jagdhunde immer in ihre menschliche Gestalt zurück.

Mit einer Stiefelspitze drehte Nikolas den Leichnam um

und betrachtete die Gesichtszüge des Toten. Es war niemand, den er kannte. Er durchsuchte die Kleider des Mannes, zog alles heraus und stopfte den Inhalt in seine Taschen, um ihn später durchzugehen. Sobald die Leichen der anderen Jagdhunde schimmerten und sich verwandelten, machte er es bei ihnen genauso.

Keiner der Erschlagenen war Morgan, aber das wusste Nikolas bereits. Morgan war unendlich viel gefährlicher als diese Kreaturen und würde sehr viel schwerer zu töten sein.

Nikolas lebte für die Gelegenheit, dass er derjenige sein würde, der diese Tat vollbrachte. Wenn man Morgan tötete, wäre sein Tod ein herber Schlag für die Königin und ihre Jagdhunde. Sein Tod könnte den Verlauf des Krieges zwischen den Hellen und den Dunklen Fae drastisch verändern.

Magie funkelte hier und dort in den Gegenständen, die Nikolas an sich nahm — einem Ring am Finger eines Mannes, einem Medaillon an der Halskette eines anderen. Diese Gegenstände nahm er vorsichtig mit einem Taschentuch auf, damit er sie nicht berühren musste, bis er sie genauer untersuchen konnte.

Als er fertig war, warf er den Leichen einen letzten finsteren Blick zu. Wie hatten sie ihn gefunden? Hatte er irgendwie seinen Aufenthaltsort preisgegeben, oder war die Begegnung schlicht und einfach Pech gewesen? Und wer hatte den Nebel gerufen, um das zu verdecken, was offensichtlich als seine Ermordung geplant gewesen war?

Morgan hätte mehr als genug Magie gehabt, um den Nebel zu beschwören, aber Nikolas spürte seine Anwesenheit nirgends im Umkreis, und wäre Morgan in der Nähe gewesen, hätte er sich an dem Angriff beteiligt. Nikolas gestand ihm eines zu — er war kein Mann, der hinten stand und andere seine Kämpfe ausfechten ließ.

War es die Unbekannte gewesen, die Nikolas gesehen hatte?

Er hatte sie zunächst gespürt, als kühlen Hauch einer Präsenz, die vollkommen anders war als die glühend heiße Wut, die ihn nur Augenblicke vorher beherrscht hatte.

Als er sich umgedreht hatte, um sich dieser neuen Bedrohung zu widmen, hatte er sie gesehen – dunkles, lockiges Haar, blasse Haut und Sommersprossen, verstreut auf einem schmalen, kantigen Gesicht. Dunkelirische Farbtöne. Hohe Wangenknochen, über die sich zarte Haut spannte. Volle, rosarote Lippen. Die Augen eine helle, nicht bestimmbare Farbe, vermutlich grau oder haselnussbraun. Größe vernachlässigbar.

Seine erste Reaktion war auch vernachlässigbar. Sie hatte müde gewirkt, war vermutlich krank, und ihr Gesicht war zu schmal, beinahe hager.

Dann hatten sich ihre Blicke getroffen, und diese blassen, uninteressanten Augen waren groß geworden. Sie wirkte verblüfft, dass er sie sehen konnte, und als sie den Mund öffnete, bewegte er sich, um dem zuvorzukommen, was sie womöglich gesagt hätte. Es hätte ein Zauber oder Fluch sein können, oder einfach nur eine höfliche Begrüßung. Es war ihm scheißegal.

Nachdem er sie angegriffen hatte, war die Vision zersplittert. Jetzt konnte er sie nirgends mehr spüren.

Aber er wusste, wie sie aussah. Wusste, wie sich ihre Macht anfühlte. Wenn sie mit Isabeaus Jagdhunden im Bunde war, hatte sie gerade ihr Todesurteil unterzeichnet. Es war ganz gleich, wie lange es dauerte. Wenn Nikolas ihr je begegnete, würde er dafür sorgen, dass sie die Zusammenarbeit bereute, bevor sie starb.

Der Nebel lichtete sich langsam, der Schleier über dem Gemetzel auf der Lichtung wurde dünn. Seine Kleider waren nass vom Blut der getöteten Männer. Es war Zeit, dass er ging, aber erst musste er den Tatort reinigen.

Er kniete sich hin und legte die flachen Hände auf den Boden, dann ließ er sein Bewusstsein im Land versinken. Sobald er sich mit der Landmagie verband, die hier reichlich vorhanden war, bat er sie darum, die Körper aufzunehmen. Nach ein paar Augenblicken reagierte das Land. Der Boden warf sich auf, und die getöteten Jagdhunde sanken unter das Gras.

Sobald er die Lichtung von den Kampfspuren gesäubert hatte, wandte er seine Aufmerksamkeit der Sainsbury-Tüte auf dem Boden zu. Er hatte beinahe vergessen, warum er überhaupt in diesem Dorf gehalten hatte. Er nahm sie und marschierte rasch zum Parkplatz in der Nähe.

Zumindest hatte er getankt, bevor er sich auf die Suche nach einem Abendessen gemacht hatte, das er unterwegs verzehren konnte. Er nahm sich nicht die Zeit, seine blutgetränkten Kleider zu wechseln. Ein paar Augenblicke später, als der Nebel sich ganz auflöste und die spätnachmittägliche Sonne hervorkam, bog er auf die Autobahn und fuhr nach Norden.

✧　✧　✧

SPÄTER IN DIESER Nacht glitt Nikolas' schwarzer Porsche über die Serpentinen einer Waldstraße. Dichter, üppiger Bewuchs drängte sich aus allen Richtungen heran, sättigte die Luft mit einer Anmutung unendlichen grünen Lebens, das das Land meilenweit bedeckte, während ein früher Herbstmond tief über dem Horizont stand.

Er hatte das Fenster geöffnet, um frische Luft

hereinströmen zu lassen, und war hochempfänglich für kleinste Hinweise, dass etwas nicht in Ordnung war. Versammlungen waren ein kalkuliertes, aber notwendiges Risiko, und sie machten ihn immer nervös. Nach dem Angriff der Jagdhunde war er noch nervöser als sonst.

Sobald er ein paar Kilometer zwischen sich und den Schauplatz des Angriffs gebracht hatte, war er kurz stehengeblieben, um aus seinen blutigen Kleidern zu schlüpfen und sich die Gegenstände anzuschauen, die er den Leichen abgenommen hatte. Die magischen Gegenstände waren recht uninteressant gewesen – entweder Schutzamulette oder ein Stärkezauber. Es gab vier Mobiltelefone, alle mit Codes geschützt, die zu knacken er im Augenblick nicht zu Zeit hatte.

Die steckte er ein, um sie später genauer zu untersuchen, dann blätterte er die Geldbörsen durch, steckte die Ausweise und das Bargeld der Männer ebenfalls ein und warf die Börsen weg. Er fand nichts, was ihm einen Hinweis darauf gegeben hätte, wie die Jagdhunde ihn gefunden hatten, und nichts, das sie mit der Unbekannten aus der Vision zu verbinden schien.

Nachdem er alles untersucht hatte, war er weitergefahren, und er hatte einige Stunden Zeit gehabt, um über das Geschehene nachzudenken.

Als ihn die suchende, feminine Macht vorhin gestreift hatte, hatte er eine Drohhaltung eingenommen und war zum Angriff herumgewirbelt, aber nun, da die Hitze des Kampfes verflogen war, wurde ihm klar, dass die psychische Signatur der Frau sich anders angefühlt hatte als der magische Nebel und die Jagdhunde.

Und die Frau, die er gesehen hatte – zunächst hatte sie nicht furchtsam oder schuldbewusst gewirkt, nicht so, als wäre sie bei etwas Hinterhältigem erwischt worden. Stattdessen hatte sie schlicht verblüfft ausgesehen. Er hatte einen Blick auf schwarzes, lockiges Haar erhascht, das in weit aufgerissene, überraschte drein schauende Augen fiel. Dann hatte sie eine Hand nach ihm ausgestreckt, als ob sie wissen wollte, ob er echt war. Es war eine Geste der Verwunderung gewesen, nicht der Aggression.

Vielleicht war die psychische Verbindung unabsichtlich entstanden. Der Gedanke war skurril, aber es war nicht unmöglich, und es war ja nichts passiert.

Aber vielleicht waren seine Eindrücke auch falsch, und er hatte wirklich eine Spionin gestört, und das einzig Unabsichtliche war gewesen, dass er die Magienutzerin ertappt hatte, bevor sie einen weiteren Zauber wirken konnte. Das war die Möglichkeit, die ihn im Anschlag hielt wie eine Waffe, um beim ersten Anzeichen von Schwierigkeiten den Angriff weiterzutreiben.

Während er noch grübelte, verengte sich die Straße, auf der er fuhr, zu einem gepflasterten Weg, dann wurde das Pflaster zu Schotter. Das stete Schnurren des Turbomotors stockte kein einziges Mal. Nachdem er noch ein Stück weiter gefahren war, kam er schließlich an eine große, offene Lichtung. Ein Ende war entlang eines zerfallenden Feldsteinwalls mit Schotter bedeckt.

Eine Reihe von Fahrzeugen und Motorrädern drängte sich auf dem Schotterstück. Er fuhr mit dem Porsche neben eine große Harley-Davidson. Als er den Motor abstellte, die Tür öffnete und ausstieg, wurde es still um ihn her. Die kühle, feuchte Luft roch nach Holzrauch. Er holte seine Jacke aus dem Auto, legte darüber den Schwertgurt an und schlang sich eine schwere Segeltuchtasche über die breite Schulter.

Ein paar Meter entfernt glitt die schattenhafte Gestalt eines großen Mannes in sein Sichtfeld wie ein Messer, das aus der Scheide gezogen wurde. Die Gestalt bewegte sich mit einer gebändigten Aggression, und einen Augenblick lang flammte eine aggressive Gegenreaktion in Nikolas auf. Er brachte den Impuls, nach seinem Schwert zu greifen, unter Kontrolle.

„Nikolas." Die Stimme des Mannes war tief, rau und wohlvertraut. Nikolas' aggressives Aufbäumen ließ nach, als er erkannte, dass die näherkommende Gestalt Rhys war. „Als du nicht hier warst, um uns zu begrüßen, habe ich mir Sorgen gemacht."

„Ich bin einem Rudel Jagdhunde begegnet", erwiderte Nikolas knapp.

Rhys zögerte. „Ist alles in Ordnung?"

„Sie sind tot. Ich nicht. Situation geklärt."

Als der andere Mann näherkam, sah Nikolas die erschöpften Falten in Rhys' Gesicht. Obwohl sie beinahe gleich groß waren, endeten damit auch schon die Ähnlichkeiten zwischen den beiden Männern. Nikolas' Haare waren schwarz, seine Augen dunkel, genauso wie sein Wesen, und er hatte einen schlanken, langgliedrigen Körperbau, in dem eine peitschenartige Kraft steckte, wohingegen Rhys eine breite, solide Masse aus Muskeln war.

Rhys wirkte verhärtet und ausgezehrt, und eine neue Narbe verlief schräg über seinen Wangenknochen.

Als Rhys auffiel, wohin sich Nikolas' Aufmerksamkeit wandte, sagte er mit einem angespannten Lächeln: „Du solltest den anderen Typen sehen. Er ist tot und begraben obendrein."

„Nicht weniger habe ich erwartet." Als der andere ihn erreichte, zog Nikolas ihn zu einer harten Umarmung an sich.

Einen Sekundenbruchteil blieb Rhys' Körper steif und reagierte nicht auf seine Umarmung. Dann entspannte sich der Mann und erwiderte die Geste.

Als Rhys sich zurückzog, schaute er Nikolas mit zusammengekniffenen Augen an. „Glaubst du, es war Zufall, dass du einem Rudel Jagdhunde begegnet bist? Oder denkst du, sie haben dich irgendwie aufgespürt?"

Nikolas wollte keine Zeit damit verschwenden, über die Unbekannte zu reden. Sie hatten anderes, auf das sie sich konzentrieren mussten. „Wenn ich es herausfinde, lasse ich es dich wissen."

„Na, jetzt bist du ja hier, und nur darauf kommt es an, nicht wahr? Komm mit." Rhys klopfte ihm auf den Rücken, als er zurücktrat. „Ich weiß, dass wir nicht lange haben, aber wir können uns ein paar Augenblicke genehmigen, bevor wir anfangen. Gareth hat Essen dabei."

Nikolas folgte ihm über einen schmalen, zugewachsenen Weg zu einer weiteren Lichtung, die von einem kleinen Lagerfeuer beleuchtet wurde. Auf der anderen Seite stand ein schattiger, uralter Steinkreis. Nikolas warf einen Blick darauf, bevor er seine ganze Aufmerksamkeit der Gruppe Männer zuwandte, die sich unterhielten, während sie um das Feuer standen oder hockten.

Der Anblick war wie ein Schwerthieb in die Eingeweide. Düster zählte er sie durch.

Er hatte schon vor seiner Ankunft gewusst, dass sie weniger geworden waren, aber es war etwas ganz anderes, es zu sehen. Nur acht Männer waren Nikolas' Ruf gefolgt. Nur acht, wo sie doch einst hundert Krieger gezählt hatten.

Schnell musterte er die Gesichter der Anwesenden. Rhys, Ashe, Thorne, Gareth, Cael, Rowan, Braden und, bei den Göttern, es war so gut, Gawain wieder zu sehen.

Alle traten vor, um ihn mit einer festen Umarmung zu begrüßen. Von Gawain wurde er als letztes und am heftigsten umarmt.

„Schön, dich zu sehen", sagte er heiser.

„Dich auch." Gawain klopfte ihm auf den Rücken. Er hatte eine Faust wie aus Eisen. Nikolas machte es wenig aus. „Wir haben eine weitere Sonnwende geschafft."

„So ist es wohl." Nikolas holte tief Luft, während er und Gawain einen ernsten Blick wechselten.

Er erkannte das düstere Wissen in Gawains Gesicht, obwohl keiner der Männer ein Wort sagte.

Wenn ihre Umstände sich nicht drastisch änderten, und zwar bald, würde die Gruppe vielleicht keine weitere Sonnwende mehr erleben. Als er das letzte Mal von ihrem Konto abgehoben hatte, hatte Nikolas gesehen, dass sie knapp bei Kasse waren, obwohl das allein sie nicht umbringen würde. Nikolas konnte immer genug Geld auftreiben oder verdienen.

Nein, wirklich mörderisch war die Tatsache, dass sie voneinander isoliert waren. Sie hatten keine Zuflucht mehr, wo sie sich versammeln konnten, um sich aufeinander zu verlassen und sich wahrhaft auszuruhen und in Sicherheit zu erholen.

Sie kämpften inzwischen schon Jahrzehnte, starben seit Jahrzehnten, und vielleicht war das Tödlichste die Verzweiflung. Wild drängte er diesen Gedanken aus seinem Verstand. Verzweiflung hatte hier keinen Platz. Es war eine lange, finstere Schlacht gewesen, im finstersten aller Kriege, aber sie würden ausharren. Sie würden alle ausharren.

„Komm", sagte er zu Gawain, als er ihm die Segeltuchtasche überreichte. „Teil das aus, damit wir tun können, wozu wir hier sind."

Sie marschierten zum Ring um das Feuer, wo die anderen ihnen Platz gemacht hatten. Gareth schob Nikolas ein derbes Sandwich in die Hand, das aus gegrillter Wurst in Brot bestand. Nachdem er in einer Tüte von Tesco herumgewühlt hatte, zog Ashe eine Dose Guinness heraus, ließ sie aufploppen und bot sie ihm an.

„Wieso hast du so lange gebraucht?", fragte Ashe, als Nikolas die Dose entgegennahm.

„Ich wurde aufs Abstellgleis gestellt." Er nahm einen großen Schluck.

Der andere Mann runzelte die Stirn. „Du hast doch gesagt, du fährst auf der M6 nach Norden."

„Nicht diese Art Abstellgleis", sagte er trocken und warf einen Blick in die Runde. „Aber jetzt bin ich da."

Obwohl er schon etwas gegessen hatte, schlang er gerne das einfache Essen hinunter, eher, um die Kameradschaft zu spüren. Während er aß, wühlte Gawain in der Segeltuchtasche, die Nikolas dabei gehabt hatte, und reichte allen dicke Päckchen mit Geldscheinen.

Die Zeit drängte, aber es war gut, sich ein paar Minuten zu nehmen, in denen man einfach nur beisammen war. Das Essen war heiß und füllte den Magen, was sinnvoll war, da die Gruppe bei der Aufgabe heute Nacht eine Menge Energie verbrennen würde, und es würde keine Zeit bleiben, noch zu verweilen, nachdem sie fertig waren.

Nikolas hörte die anderen Männer reden, ihre leisen, müden Stimmen erfüllten die Lichtung. Für eine zu kurze Weile milderte sich die trockene Ödnis, die in seiner Seele Einzug gehalten hatte, zu etwas ab, das sich verdächtig nach Wärme und Trost anfühlte.

Etwas, das sich nach Heimat anfühlte.

Während die Männer von ihren Abenteuern in den letzten Monaten sprachen, blieb Nikolas still und beobachtete ihre Gesichter. Das isolierte Leben, ständig auf der Flucht, hatte Spuren hinterlassen. Einst schnell für einen Lacher und Scherze zu haben, war Caels Profil ernst geworden, verschlossen, mit einem forschenden Blick. Ashes Haltung war hart und sardonisch, wie ein Schwert, das ständig halb gezogen war. Und genauso wie bei der Umarmung mit Nikolas hielt sich Rhys zurück, stand etwas abseits vom Rest, konnte sich nicht entspannen und der Kameradschaft anschließen.

Sie waren bis aufs Mark erschöpft, wie hagere, fast verhungerte Wölfe, die in einem endlosen Winter ausharren mussten, auf ewig gefangen in einem langen, wilden Kampf ums Überleben.

Ich muss für uns alle einen sicheren Zufluchtsort finden, bevor es zu spät ist, dachte Nikolas. *Irgendetwas, das wir verteidigen und für uns beanspruchen können, zumindest für den Augenblick, bis wir einen Weg finden, um nach Hause durchzubrechen.* Sie brauchten einen Ort zum Ruhen und Genesen.

Seine Gedanken waren nicht neu. Sie beschäftigten ihn schon eine ganze Weile. Es war eine Herausforderung, eine sichere, leicht zu verteidigende Zuflucht zu finden, die man nicht aufspüren und in die der Feind nicht eindringen konnte. Im Augenblick wurde die Gefahr größer, je länger die Gruppe zusammenblieb. Diese Gefahr beschnitt den grundlegendsten Aspekt der Bande der Freundschaft und des gemeinsamen Ziels, das sie alle teilten.

Als er das Sandwich gegessen hatte und den letzten Rest Guinness trank, zog die Ödnis wieder seine Seele ein, und er war abermals von nichts anderem erfüllt als Zweckmäßigkeit und Willensstärke.

„Die Zeit ist um", sagte Nikolas. „Los geht's."

Die anderen kauten ihre letzten Bissen und stürzten ihre Getränke hinunter, standen auf und gingen über die Lichtung.

Die gestrandeten Ritter der Daoine Sidhe vom Dunklen Hof versammelten sich am alten Steinkreis unter dem blassen Licht des Herbstmondes.

Wann immer die Daoine Sidhe sich versammelten, wallten die natürlichen Energien der Welt um sie herum auf. Es geschah unwillentlich, wenn die Macht eines Ritters mit der eines anderen in Kontakt kam. Ein paar Ritter, die aktiv zusammenarbeiteten, konnten das Stromnetz einer größeren Stadt oder kleinen Großstadt ausschalten.

Als Gruppe konnten sie nicht lange zusammenbleiben, bevor Isabeau, die Königin der Hellen Fae, und ihre tödlichen Jagdhunde sie orteten und einen Angriff starteten. Sie waren zu wenige und die Jagdhunde zu viele. Ganz gleich, wie viele Jagdhunde sie töteten, Isabeau und Morgan konnten immer neue erschaffen, wohingegen sie jedes Mal, wenn einer aus ihrer Gruppe starb, einen unersetzlichen Verlust erlitten.

Von der Zuflucht in ihrem eigenen Land abgeschnitten, hatten sie keine andere Möglichkeit, als auf der Flucht zu leben und hin und wieder einen Kampf auszufechten. Und irgendwann, ganz egal, wie gut sie kämpften, starben sie.

Aus diesem Grund hatte Nikolas als Versammlungsort in dieser Nacht einen Steinkreis außerhalb eines abgelegenen Dorfes in Northumberland gewählt, mehr als zweihundert Kilometer entfernt von jedem Ort, der sie wirklich interessierte. Selbst damit konnten sie sich höchstens ein paar wertvolle Stunden zusammen genehmigen, bevor sie wieder getrennte Wege gehen mussten. Die Isolation nagte zwar an ihren Seelen, aber sie war auch ihr wichtigstes Mittel zum Überleben.

Von seinem Platz in der Mitte des Steinkreises aus beobachtete Nikolas, wie die anderen Ritter ihre Positionen einnahmen. Wo immer der Schatten des Mondes sie berührte, trat etwas von ihrem wahren Wesen hervor. Der Mondschatten enthüllte immer die Wahrheit für jene, die wussten, wie man sie sah.

Gawain ging durch den Schatten eines der großen Steine, und kurz sah Nikolas eine Vision seines echten Wesens.

Gargoyle-Blut floss in Gawains Adern. Während er im Mondschatten stand, entsprang sein Gesicht unmittelbar einem Alptraum, und riesige Flügel blähten sich hinter ihm. Er trug eine Kettenrüstung, und auf seinen Rücken war ein Schwert geschnallt, das mit magischen Runen bedeckt war.

Im nächsten Augenblick bewegte sich der Mann am Stein vorbei und trat aus dem Schatten. Die Vision verblasste, und seine körperliche Gestalt erschien wieder, ein großer, etwas grob wirkender Mann in Motorradbekleidung mit kräftigen, menschlichen Zügen.

Dämonen, so hatte man den Dunklen Hof der Daoine Sidhe genannt, auch wenn sie keine Dämonenartigen waren.

Wechselbälger. Unreine.

Monster der Götter.

Wenn sie Monster waren, dachte Nikolas, dann sollte es eben so sein. Sie waren die wildesten, treuesten Krieger, die er je gekannt hatte. Er würde seine großherzigen Monster immer dem Leben, dem Luxus und erst recht den korrupten Reinblütigen von Isabeaus Hellem Hof vorziehen.

Ashe und Rowan waren Dhampyre, jene merkwürdigen, seltenen Kreaturen, die aus der Vereinigung von halbblütigen

Fae oder Elfen mit einem Menschen hervorgingen, der sich gerade in einen Vampyr verwandelte. Einige der Männer, darunter Nikolas, hatten Wyr-Blut in den Adern. Manche besaßen stärkere Tierwesen als andere. In der Magie des Mondschattens waren Caels Fae-Züge von der hellgrünen Haut einer Medusa überzogen, seine Pupillen vertikale Schlitze, und Nikolas wusste nur zu gut, was in seinen Zügen zutage treten würde.

Das Gesicht einer Katzenbestie, teils Mensch und teils Leopard.

Sie waren alle Fae, doch nicht ganz Fae. Sie waren unter den seltensten aller Alten Völker. Im modernen Sprachgebrauch waren sie eine „Dreifachbedrohung", Wesen mit dem Blut dreier verschiedener Völker. Die stärksten, magischsten – und die beflecktesten.

Die Fae des Hellen Hofs nannten sie *Scheusale*.

Nikolas nannte sie Brüder.

Während er die Hände seitlich hielt, drehte er sie so, dass die Handflächen auf das Innerste des Kreises gerichtet waren. Er begann eine uralte Beschwörung zu singen, rief mit tiefer Stimme die sich im Gleichgewicht befindlichen Energien von Sonne und Mond an.

Macht stieg von der Erde und dem Steinkreis auf. Einer nach dem anderen schlossen sich die anderen an. Die vereinte Magie ihrer Stimmen schnitt durch das Gewebe dieses Landes, das einem anderen entgegenstrebte.

Eine Frauengestalt erschien. Ihre durchsichtigen Umrisse waren weniger deutlich zu sehen als bei früheren Anrufungen, aber sie waren inzwischen nur noch wenige, die den Zauber wirkten.

Die Frau war schön auf die Art der Fae, mit kantigen Zügen und eleganten, spitzen Ohren, aber anstelle der blassen Haut und des schwarzen Haars einer Dunklen Fae oder der goldenen Haut und des hellen Haars einer Hellen Fae war sie gefleckt wie ein Gepard, ihre Haut überzogen von goldenen Sommersprossen.

Große grüne Augen und hohe Wangenknochen verstärkten den Effekt. Ihre Haare hatten ein tiefes Rostrot, mit grauen Strähnen an den Schläfen. Lachfältchen küssten die Haut an den Augen- und Mundwinkeln, obwohl derzeit kein Lächeln auf ihrem Gesicht lag. Stattdessen wirkte der Ausdruck der Frau wie bei den Männern, die sie gerufen hatten, grimmig und angespannt.

Während die anderen den Zauber stark und ruhig hielten, zog sich Nikolas aus dem Bann zurück. „Annwyn", sagte er.

Sie wandte sich um, suchte, bis sie ihn sah. Nikolas wusste aus Erfahrung, dass sie die anderen im Kreis nicht sah oder hörte, nur ihn, da er in der Mitte stand.

Ihr Gesicht erhellte sich vor Freude. „Nikolas. Es ist so schön, dich zu sehen."

„Dich auch" sagte er. „Hast du noch Fortschritte beim Aufwecken von Oberon gemacht?"

Sie schüttelte den Kopf, ihr hilfloser Groll war deutlich sichtbar. „Nicht, seit er unter den Bann gefallen ist. Ich besitze nicht die nötigen Heilkräfte. Keiner unserer Heiler weiß, was man für Oberon tun könnte. Sein Körper ist kalt wie Eis. Ich würde meinen, er wäre tot, wenn ich nicht den Funken der Lebenskraft tief in seinem Körper spüren könnte, oder die Tatsache, dass seine Macht unbeherrscht wütet."

Nikolas' Mund spannte sich an. Oberon war der Stärkste des Dunklen Hofes, ein Wettermagier, und ihr König. Wenn seine Macht weiterhin ungehindert tobte, ohne dass sein eiserner Wille sie kontrollierte, würde es keine Rolle mehr spielen, wie sehr seine Ritter versuchten, die Barrieren zu durchbrechen, die die Übergänge zurück in ihr Land blockierten.

Bald würde es vielleicht kein Land mehr geben, in das sie zurückkehren konnten.

„Wie schlimm ist es?", fragte er und fürchtete sich vor der Antwort.

„Die Stadt steht komplett unter Wasser", sagte sie düster. „Und der Meeresspiegel steigt immer noch. Wir haben uns auf den höchsten Punkt der Insel bei Raven's Craig zurückgezogen, aber ich weiß nicht, ob das reicht, und wir haben wichtige Teile des bewirtschafteten Landes verloren. Selbst wenn der Meeresspiegel nicht mehr steigen sollte, haben wir es bald mit einer Hungersnot zu tun, da uns die Nahrungsvorräte ausgehen."

Sie hatten Lyonesse verloren? Die Nachricht durchfuhr ihn wie ein körperlicher Hieb.

Braden hatte Familie im Anderland. Seine Gesänge stockten, so dass der Spruch waberte. Nikolas warf ihm einen warnenden Blick zu, und die Stimme des anderen Ritters wurde wieder fester.

„Annwyn, wie lange ist es her, seit wir dich zuletzt kontaktiert haben?", fragte Nikolas.

Das fragte er immer, wenn sie sich unterhielten. „Vierzehn Tage. Und bei euch?"

„Wintersonnenwende", sagte er. „Vor sechs Monaten."

Sie schnappte nach Luft. „Also bleibt der Zeitverlust zwischen beiden Ländern erheblich."

„Das arbeitet gerade für uns", wandte Nikolas ein. „Hab Zuversicht und bleib stark. Wir kämpfen, um zu euch zurückzukehren."

Er erwähnte nicht, wie wenige von ihnen noch übrig waren, um sich den Weg nach Hause zu erkämpfen. Das zumindest war ein Schlag, den er ihr ersparen konnte.

Sie schüttelte den Kopf. „Du weißt, dass meine Stärke Kampfzauber sind, aber ich tue, was ich kann. Das tun wir alle."

„Es wird reichen. Bleibt stark." Während er in jedes Wort Überzeugung legte, franste der Zauber an den Rändern aus. „Wir sehen euch bald", sagte er.

Ihre schrägen, grünen Augen blickten wild. „Wenn ihr herkommt, bringt lieber einen begabten Heiler mit", sagte sie, „oder wir müssen dieses Land verlassen, und Oberon mit ihm."

Sie würden ihre Heimat und ihren König verlieren, und Isabeau hätte gewonnen.

Nikolas' Entschlossenheit erhärtete sich erneut.

Er würde *niemals* seine Heimat und seinen König aufgeben.

„Dazu wird es nie kommen", sagte er durch zusammengebissene Zähne. „Ich schwöre es. Nicht, solange ich noch lebe."

Annwyn nickte ihm knapp zu. „Gut zu hören."

Ihr Gesicht begann zu zerfallen. Schnell, bevor der Spruch ganz zerfaserte, sagte er: „Bis zum nächsten Mal."

Ihr Bild verblasste. „Lebwohl, alter Freund. Mögen die Götter mit dir sein."

Stille senkte sich über die Lichtung. Die neun Männer schauten einander in düsterem Schweigen an.

Sie brauchten einen Heiler, und zwar nicht nur irgendeinen Heiler. Sie brauchten einen erstklassigen, sowohl in medizinischen als auch magischen Künsten.

Sie hatten nicht mehr viel Geld, was bedeutete, dass sie

nicht mehr viele Ressourcen hatten.

Sie brauchten eine Zuflucht, echte Erholung und eine Möglichkeit, die Magie zu durchbrechen, die die Übergänge blockierte.

Und sie brauchten Oberon, der verdammt nochmal wieder aufwachen musste. Vielleicht konnten sie sich dann ausreichend sammeln, um dieses Miststück von einer Königin ein für alle Mal zu erledigen.

Kapitel 3

ZWEI WOCHEN, NACHDEM sie sich in L.A. mit Kathryn Shaw getroffen hatte, trat Sophie den letzten Abschnitt ihrer Reise an, und der Motor ihres Mietwagens fiel aus.

Quittierte sozusagen vollständig den Dienst. Kein Stottern, kein Rasseln, kein Klopfgeräusch, das sie vorgewarnt hätte. Keine Wolke aus fettigem Rauch. *Klick* und aus.

Sie zog beinahe nach rechts. Im letzten Augenblick fiel ihr ein, dass sie durch England fuhr, nicht die Vereinigten Staaten, und sie riss das Steuer nach links. Nicht, dass es eine Rolle gespielt hätte, denn die Gegend war ohnehin verlassen.

Trotzdem war es besser, von der Straße zu kommen, wenn sie konnte, anstatt das Auto mitten auf der Fahrbahn stranden zu lassen. Der Mini glitt sanft auf den Seitenstreifen und kam rollend zum Stehen, wobei seine Stupsnase in hohes, grünes Unkraut stieß.

Sie drehte den Zündschlüssel. Nichts. Der Anlasser zuckte nicht einmal.

Stille drängte auf ihre Sinne ein, grün und dicht mit der üppigen Anmutung eines verschwenderischen Sommers. Das Geräusch ihres angespannten Atems füllte das Wageninnere.

Sie tippte mit einem Fingernagel gegen das brandneue Navi, das auf dem Armaturenbrett angebracht war. Es war mausetot. Das Einzige, was sie sicher wusste, war, dass sie sich ein paar Meilen südlich von Shrewsbury befand, entweder in der Nähe oder jenseits der Grenze von Shropshire, und ein paar Meilen entfernt von ihrem Ziel, dem Dorf Westmarch.

Spaßeshalber schaute sie nach ihrem neuen Mobiltelefon und mobilen WLAN-Router. Obwohl es eigentlich hätte voll geladen sein sollen, war auch das Telefon tot.

Klar doch.

Sie stieg aus dem Auto, schaute nach Norden und Süden. Es war keine Menschenseele zu sehen. Die wogende Landschaft wurde von Linien aus Grün unterteilt – Hecken, Büschen und dichten, zugewachsenen Hainen.

Jetzt schien ein genauso guter Zeitpunkt zu sein wie jeder andere, um loszuschlagen. Nach einigen Wochen tiefen körperlichen Traumas und emotionalen Stresses fiel in ihrem Kopf ein Schalter um, und sie erlebte eine Kernschmelze. Sie verfluchte das Auto, trat an die Reifen und ließ die Hand auf die Windschutzscheibe krachen wie ein Biest, während sie sämtliche Scheißmomente ihres Lebens zählte.

Von denen es viele gab.

Der relevanteste Scheißmoment war, wie ihr Technik-Fluch über Nacht zugelegt zu haben schien. Bisher hatte er sich auf Kleingeräte beschränkt. Wecker, die blöde Kaffeemaschine. Ihre Computer gingen ständig kaputt, und sie brannte im Durchschnitt drei iPads pro Jahr durch. Telefone kamen und gingen mit deprimierender Häufig-keit – wobei sie normalerweise fünf bis sechs Monate aus ihnen herausholen konnte, wenn sie sie in einem anderen Zimmer als ihrem Schlafzimmer laden ließ. Sie schaute das aktuelle Telefon finster an.

Sie sollte wohl dankbar sein, dass ihr Fluch nicht die 747 einfach aus dem Himmel geholt hatte. Bei diesem Gedanken überlief es sie kalt, und sie schlug wieder auf das Auto ein.

Ein Funken von Bewusstsein begann sich in ihrem erschöpften Gehirn hochzukämpfen.

Schluss damit, Sophie, mahnte sie sich. *Du drischst auf ein unbelebtes Objekt ein, als wüsste es Bescheid oder würde sich was daraus machen. Du benimmst dich wie eine Irre.*

So schnell ihr Zusammenbruch gekommen war, verging er auch wieder. Ehrlich gesagt lag es größtenteils daran, dass der Jetlag zu schlimm war, um weiterzumachen, und nicht daran, dass sie irgendeine Art von Selbstkontrolle erwirkt hätte. Ihre zum Teil verheilten Verletzungen pochten, und die großen Oberschenkelmuskeln schmerzten. Die Reise hatte ihre körperlichen Reserven aufs Äußerste ausgereizt.

Sie holte tief Luft, trat einen Schritt zurück und ging ihre Möglichkeiten durch.

Sie könnte im Auto sitzen und in Selbstmitleid vergehen, und das klang verführerisch. Noch verführerischer, sie könnte wieder ins Auto steigen, die Schlösser zuschnappen lassen und ein Nickerchen machen.

Aber sie konnte wirklich niemanden sehen. Kein Mensch, kein Landwirtschaftsgerät, Stromkabel oder irgendeine Art Gebäude war in Sicht – nicht einmal ein Haufen uralter Ruinen, die diese Gegend sprenkelten wie Starbucks-Cafés Manhattan.

Als sie zum letzten Mal nachgesehen hatte, war es fast achtzehn Uhr gewesen. Die englische Sommerzeit verhalf ihr zu noch guten dreieinhalb Stunden Sonnenlicht.

Sie konnte zwar die Augen offen halten und abwarten, aber es war absolut möglich, dass bis morgen niemand mehr auf dieser Straße unterwegs war.

Und sie war so hungrig. Das wurde ihr mit einer Dringlichkeit bewusst, die sich wie ein Stachel in ihrer Körpermitte anfühlte. Ihr verwirrter Körper wusste nicht, ob es nun Tag oder Nacht sein sollte. Das Mittagessen, das sie zu sich genommen hatte, bevor sie sich in Shrewsbury mit dem Anwalt getroffen hatte, war ordentlich gewesen, aber das lag schon ein paar Stunden zurück.

Sie hatte ein paar Packungen gesüßte Nüsse und Chips vom Flug übrig, doch bei dem Gedanken, noch mehr davon zu essen, wurde ihr leicht flau im Magen. Ihr Körper brauchte echte Nahrung, keine leeren Kalorien.

Also musste sie zu Fuß gehen. Das Dorf Westmarch konnte nicht weiter als ein paar Meilen entfernt sein, vielleicht fünf. Normalerweise war eine solche Wanderung kein Thema. Jetzt musste sie schon beim Gedanken daran ihren müden Rücken stählen.

Sie musste nur den Ort erreichen. Paul, der Anwalt, der sich um das alte Anwesen mit Erblehen kümmerte, hatte gesagt, dass es in Westmarch im Pub Zimmer gab. Dort konnte sie eine warme Mahlzeit bekommen und die Nacht verbringen, bevor sie sich am Vormittag eindeckte und zum Torwächterhäuschen aufbrach.

Diese Vorstellung hatte ihr gefallen, daher hatte sie schon angerufen, um ein Zimmer zu reservieren. Wenn sie erst das Dorf erreicht hatte, konnte am Vormittag jemand das Auto und ihre restlichen Sachen abholen.

Sie trug noch den Rock und die Bluse, die sie im Anwaltsbüro angehabt hatte. Mit raschen Bewegungen öffnete sie den Kofferraum, wühlte sich durch einen ihrer Koffer und zog eine Jeans heraus, ein schwarzes T-Shirt, eine Jeansjacke und schwarze Doc Martens, in denen man bequem und problemlos gehen konnte. Oder laufen, wenn es nötig war.

Als Letztes kämmte sie ihre schwarzen Locken mit den Fingern zurück und band sie zusammen. Instinktiv griff sie prüfend nach ihrer Glock, bevor ihr einfiel, dass sie sie nicht dabei hatte.

Sie hatte kein Problem damit gehabt, ihre Wohnung zu verlassen und das Revier zu informieren, dass sie eine längere Auszeit nahm. Am schwersten war ihr der Aufbruch gefallen, als sie sich von Rodrigo verabschiedet hatte. Sie hatte ihm die Neuigkeit schon vorher mitgeteilt, und er hatte sie sich im selben Moment zu einer Umarmung ausgestreckt wie sie.

Irgendwie war aus der Abschiedsumarmung ein festes Klammern geworden, und sie hielten einander einen langen Augenblick fest, bevor sie losließen. Sie hatten stets gut zusammengearbeitet, und im Lauf der letzten Jahre waren sie Freunde geworden. Nun waren sie die einzigen beiden Überlebenden einer Konfrontation, von der niemand erwartet hatte, dass sie tödlich verlief.

Danach hatte sie L.A. ohne einen Blick zurück hinter sich gelassen, aber sie vermisste ihre Waffe mit jener leidenschaftlichen Intensität, die manche beim Verlust eines besten Freundes oder Geliebten empfanden. Trotz der Reihe von Angriffs- und Verteidigungszaubern in ihrem Repertoire fühlte sie sich ohne ihre Pistole nackt.

Die Glock war stromlinienförmig und dezent, und anders als die Auswahl an Kerlen, mit denen sie bisher ausgegangen war, oder ihr Elektronik-Fluch, war die Waffe vollkommen zuverlässig. Sie hatte ihr schon öfter den Arsch gerettet, als sie zählen konnte.

Sie hätte diese Pistole verdammt nochmal geheiratet, wenn sie es gekonnt hätte.

Stattdessen hatte sie sie mit dem Rest ihrer Habseligkeiten wegpacken müssen, um diese Reise anzutreten. Ihre Erlaubnis, in Kalifornien verdeckt Waffen zu tragen, bedeutete in Großbritannien, wo Handfeuer-, Halbautomatikwaffen und Pumpguns für die meisten Bürger verboten waren, gar nichts. Sophie infizierte sich hier noch eher mit Malaria, als dass sie ein Zertifikat für Schusswaffen bekam.

Während sie sich umzog, beobachtete sie aufmerksam die abgeschiedene Landschaft von Shropshire, aber niemand tauchte auf, um sie mitzunehmen.

Klar doch.

Denn wenn das passiert wäre, wäre ja alles viel zu einfach geworden. *Scheiße.*

Schließlich hängte sie sich die Tasche quer über den Körper wie eine Messenger-Bag, schnappte sich eine Flasche Wasser vom Beifahrersitz und zwang sich dazu, zwei kleine Päckchen Nüsse und Chips in ihrer Jackentasche zu verstauen.

Nachdem sie einen großen Schluck aus der Flasche genommen hatte, wischte sie sich mit dem Handrücken den Mund ab, ehe sie das Auto verriegelte. Anschließend schwang sie sich auf eine Gehgeschwindigkeit ein, die mühelos Meilen fressen würde und mit der ihr Körper klarkam, und machte sich entlang der Straße auf den Weg.

Der Anspannungsschmerz in ihrem rechten Oberschenkel löste sich, als sich müde Muskeln lockerten. Bald wurde ihr Gang weich und fließend, und die Stille um sie her zeigte langsam Wirkung. Die Hitze des Tages war gewichen und hinterließ die zunehmende Kühle eines Sommerabends. Beinahe fühlte sie sich, als würde sie in reinem, zeitlosem goldenen Sonnenlicht schwimmen.

Sie verstand langsam, warum Kathryn gesagt hatte, dass die Welsh Marches, das Grenzgebiet zwischen Wales und England, eine der mystischsten Landschaften der Welt waren. Landmagie umfing sie, archaisch und ungezähmt. Übergänge zu den Anderländern waren ganz nahe. Womöglich mehrere. Womöglich sogar richtig viele.

Während Sophie sie auf sich wirken ließ, marschierte sie stetig weiter, und sie fiel in eine Trance, bis ein paar Schritte vor ihr etwas, das wie der vordere Teil eines dunklen Wischmops aussah, auf die Straße zockelte.

Wie es der Zufall wollte, führte sie ihre Marschrichtung am Straßenrand entlang dichter an das vorbeistreifende Objekt. Anfangs dachte sie, es wäre vielleicht ein Dachs, aber als sie näherkam, stellte sie fest, dass das nicht stimmte.

Huch. Es sah wirklich aus wie der Kopfteil eines dunklen Wischmops, irgendwie aufgebauscht und wuschelig, und es hatte auch die passende Größe.

Es mäanderte so langsam in der Mitte der Straße dahin, dass sie es einholte, obwohl sie es weder wollte noch darauf anlegte.

Sie wollte es ignorieren und vorbeigehen. Sie wollte ihm keine Aufmerksamkeit schenken. Der spazierende Wischmop war ein Scheißmoment, den sie nicht auf ihrer Liste brauchte.

Sie reckte das Kinn, hielt an, um sich umzuschauen, erst in der einen Richtung die Straße entlang, dann hinter sich. Noch immer kein Fahrzeug in Sicht – aber das hieß nicht, dass das so bleiben würde. Es war hier richtig ländlich, und es gab keine Straßenbeleuchtung. Nach Sonnenuntergang würde es auf der Straße sehr dunkel werden.

Der Wischmop war auch dunkel. Er würde in den Scheinwerfern eines Autos nicht richtig erkennbar sein. Ihre

Vorstellungskraft erledigte den Rest.

„Husch", sagte sie. „Runter von der Straße."

Ein Ende des Wischmops schien sich zu heben und in ihre Richtung zu wenden. Er kam bedächtig näher.

Mit verschränkten Armen wartete sie. Als er nahe genug war, schaffte sie es nicht mehr, eisern stehen zu bleiben. Unwillkürlich ging sie in die Hocke.

Ein kleines, bizarres Gesicht, wie bei einem Mini-Ewok, blinzelte aus einer Mähne schmutziger, verfilzter Haare zu ihr auf. Es hatte riesige, knollige Augen, eines eindeutig schief, und eine kleine, schwarze Knopfnase.

Es war ein schielender Ewok.

Es war ... war es ein Hund? Vielleicht ein Mischling mit Pekinese oder Shih Tzu. In seinem Fell waren Dreadlocks, die bis zum Boden fielen. Er war so sichtlich verfilzt, dass sie mit den Zähnen mahlte.

Sie streckte eine Hand aus. „Beiß mich nicht", warnte sie ihn. „Oder ich gehe weg, ohne mich noch einmal umzudrehen."

Der Ewok zockelte noch näher heran. Er schnüffelte an ihr, dann stupste er ihre Finger an, eine sachte Berührung, die so flüchtig war, dass sie vorbei war, bevor sie es bemerkte.

Ach, verdammt.

Sie ging aus der Hocke auf die Knie. Vorsichtig tätschelte sie das Wesen. Als es herankam und ihr eine Pfote aufs Knie legte, vertiefte sie sanft ihre Inspektion.

Am vom runden Kopf aus gesehen anderen Ende steckte unter dem verknoteten Schmutz ein Ringelschwanz, und ja, auch vier Beine verbargen sich in dem Schlamassel. Die Körperform wirkte wie bei einem Hund. Als sie die Finger im Fell versenkte, spürte sie die kleine Wölbung herausstechender Rippen.

Sie berührte das verfilzte Fell rund um dieses lächerliche kleine Gesicht und stieß auf zwei zarte Hängeohren. Vielleicht trug er ein Halsband mit einem Namen und einer Adresse, aber der Gedanke, nach seinem Halter zu suchen, ließ sie vor Wut beben.

Der Hund war zu klein, um allein lange in einer so verlassenen Gegend zu überleben. Die hervorstechenden Rippen und Dreadlocks in seinem Fell waren Anzeichen für eine dauerhafte Vernachlässigung, vielleicht sogar Misshandlung.

Als sie die Dreadlocks teilte, um nach einem Halsband zu suchen, fand sie ein verknotetes silbernes Seil, viel zu fest um den Hals des Hundes gebunden und an einem herabhängenden Ende abgerissen. Als sie das Seil berührte, verbrannte sie sich die Finger an seiner Magie.

Mit einem gemurmelten Fluch auf den Lippen zuckte sie zurück. In dieses Seil war echtes, magiesensitives Silber gewoben, und es war mit einem gebrochenen Bann belegt, in dem immer noch genug Macht steckte, um gerötete Quaddeln auf ihren Fingerspitzen entstehen zu lassen.

Wenn es so auf ihre Haut wirkte, was machte es dann mit dem Hals des Hundes?

Plötzlich schoss dieser Scheißmoment auf ihrer langen Liste ganz nach oben. Ihre Wut verwandelte sich in wilden, stürmischen Zorn.

„Ok, Kleiner." Sie sprach leise, ließ sich den Zorn nicht anmerken. „Du hast mich noch nicht gebissen. Halt still. Ich nehme dir das ab."

Der Hund setzte sich auf den Asphalt und blinzelte sie an, fast so, als würde er verstehen, was sie sagte.

Sie wühlte in ihrer Tasche, holte einen Nagelknipser

heraus und machte sich an die Arbeit. Obwohl sie ihm bestimmt wehtat, regte sich der Hund nicht einmal, und er zuckte auch nicht zurück.

Trotz des gebrochenen Banns schien der Knoten im Seil sich zu verdrehen und vor ihren Bemühungen zurückzuweichen, als wäre er lebendig, während kalter Schmerz ihr die Finger versengte. Sie stieß einen Annullierungszauber hervor, um die Magie zu negieren.

Einen kurzen Augenblick verflüchtigte sich die Macht in dem abgerissenen Silberseil. Als sie spürte, wie sie sich wieder aufbaute, arbeitete sie schnell, bohrte das spitze Ende der Nagelfeile in den Knoten, bis sie ihn endlich aufriss.

Als sie das Seil wegzog, drehte sich der Hund mit einem Knurren zu ihr um. Er bewegte sich so schnell, dass sie keine Zeit hatte, zurückzuweichen. Scharf wirkende weiße Reißzähne schnappten sich das Stück Silberseil aus ihren Händen und schleuderten es über seine Schulter davon.

Sie hatte sich zu sehr an die zahme, kooperative Haltung des Hundes gewöhnt. Sie wippte zurück auf die Fersen und starrte ihn an, aber der kurze Anfall von Wildheit war bereits Geschichte. Das Ewok-Gesicht wandte sich ihr zu, die großen, trüben Augen blinzelten milde.

Ein paar Schritte entfernt löste sich das Stück Silberseil mit einem ätzenden Zischen auf, bis auf dem Asphalt nur noch ein dunkler Schmierer blieb, der nach verfaulten Eiern stank und einen schwachen Schatten geistiger Bösartigkeit hinterließ. Was hätte das Seil getan, wenn sie es noch gehalten hätte? Hätte es sich durch ihre Finger gebrannt?

Sophie blickte sich in der friedlich wirkenden Gegend um, dann schaute sie hinab auf den Hund.

Seufzend legte er ihr das Kinn aufs Knie.

„Um Himmels willen", murmelte sie. „Hast du das

gerade wirklich getan?"

Das hatte er tatsächlich.

Sie musterte ihre Finger. Die roten Quaddeln waren an einigen Stellen zu dicken Blasen geworden. Sie wollte am Hals des Hundes nachschauen, ob er dort auch Blasen hatte, aber es war zu viel verfilztes Fell im Weg. Außerdem war er erbärmlich schmutzig.

Sie musste die Dreadlocks abschneiden, den Hund in milder Seife baden und anschließend nach den Blasen suchen.

Aber alles der Reihe nach.

Sie zog ihre Wasserflasche heraus, goss Wasser in eine gewölbte Hand und bot es ihm an. Wer wusste schon, wann er zuletzt die Gelegenheit gehabt hatte, etwas zu trinken, von fressen ganz schweigen.

Er schnüffelte an ihrer Hand, öffnete ein seltsam aufklappbares Maul, breit wie bei einem Frosch, und saugte das Wasser aus ihrer Hand auf. Saugte, nicht leckte, wobei er leise, hörbare Schluckgeräusche machte. Mit schiefgelegtem Kopf sah sie ihm beim Trinken zu.

Als er mit dem Wasser fertig war, goss sie sich mehr in die Hand, bis er nicht mehr trank. Erst dann nahm sie selbst einen Schluck. Danach verschloss sie die fast leere Flasche und steckte sie in ihre Tasche.

„Also gut, Kleiner", sagte sie zu dem Hund. „Ich habe deine Beißerchen gesehen. Ich weiß, dass du ordentlich was damit anrichten könntest, wenn du es drauf anlegst. Beiß mich bloß nicht."

Mit dieser Mahnung hob sie ihn sanft auf. Er stieg dabei an ihrem Oberkörper hinauf und legte mit einem tiefen Seufzen sein Gesicht an ihren Hals.

Automatisch schlossen sich ihre Arme um den kleinen

Körper. Sie kniete dort wie festgenagelt, mit einem seltsamen, stinkenden Hund in den Armen. Wahrscheinlich hatte er Herzwurm und Flöhe.

O nein. O nein.

Das würde nicht passieren. Sie hatte eine Agenda für die absehbare Zukunft, und die schloss nicht ein, sich ein Haustier zu holen, und schon gar kein Haustier mit besonderen Bedürfnissen.

Sie würde ihn ins Dorf tragen und jemand anderem überlassen. Sicher gab es irgendwo einen Landtierarzt, der ihn medizinisch versorgen konnte.

Aber dann war da noch die Misshandlung, die Vernachlässigung. Das grausame magische Seil, das sich in Nichts aufgelöst hatte. Ihr Kinn spannte sich an, als ein neuerlicher Ansturm der Wut sie erfasste. Sie wusste nicht, wer einem Tier so etwas antun würde, aber wer es auch war, er musste entweder hier leben oder kürzlich vorbeigekommen sein.

Sophie, sagte sie sich, *du bist noch keine fünf Minuten hier, und du hast bereits eine schwarze Liste angelegt. Manche Leute wissen einfach nicht, wie man Urlaub macht.*

Laut sagte sie zu dem Hund: „Und nur damit du Bescheid weißt, dieses Gespräch ist noch nicht vorbei."

Als sie aufstand, spürte sie Macht. Nicht die Art Magie, die das uralte Land ausstrahlte. Nicht die Art Macht, die sie in dem Seil gespürt hatte.

Es war eine starke Konzentration persönlicher Macht. Sie schoss mit der Geschwindigkeit einer Kugel auf sie zu. Im selben Augenblick hörte sie das tiefe, mechanische Brummen eines näherkommenden Motors.

Instinktiv sprang sie auf. Vielleicht war die näherkommende Macht ihr wohlgesonnen oder zumindest gleichgültig ihr gegenüber.

Vielleicht auch nicht.

Sie war nicht in der Verfassung, eine mögliche Konfrontation mit einer unbekannten Entität auszutragen, die hier, in einem ihr fremden Land, eine solche Stärke besaß, besonders nicht ohne den Rückhalt durch ihre Glock. Sie verließ die Straße und schlug sich in das Dickicht, das daran angrenzte.

Während sich die Zweige des grünen Unterholzes um sie schlossen, *zog* sie die Schatten um sich wie einen Mantel. Erst dann warf sie einen Blick dorthin, woher sie gekommen war.

Die Straße krümmte sich sanft mit dem Land und war über dem Horizont, wo sie der Anhöhe folgte, noch sichtbar. In der Ferne sah sie ganz klein ihren Mini, der auf dem Seitenstreifen parkte.

Eine Gestalt auf einem Motorrad kam über die Anhöhe. Das Gefühl der sich nähernden Macht wuchs. Ihre Muskeln spannten sich an, während sie es beobachtete, gierten nach jeder Einzelheit.

Das Motorrad war groß. Es war immer noch zu weit entfernt, um es sicher zu sagen, aber die Masse und ungefähre Form ließen sie eine Harley vermuten. Die Gestalt trug schwarze Jeans, Stiefel, eine schwarze Lederjacke und einen Helm mit einer gesichtslosen, geschlossenen schwarzen Front.

Winzige Härchen stellten sich in ihrem Nacken auf. Es war eindeutig eine männliche Gestalt, mit einem massigen Körperbau, der die Kraft besaß, dieses riesige Bike zu kontrollieren, und die schwefelige Macht, über die er verfügte, fühlte sich an wie ein Donnerschlag.

Er wurde nicht langsamer oder hielt beim Mini an.

Innerhalb von Augenblicken erreichte er den Bereich, in dem sie sich versteckte, den Hund immer noch umklammert.

Dann wurde er langsamer.

Das tiefe Brüllen des Motorrads wurde zu einem leisen Brummen gedrosselt, als es langsam dort vorbeifuhr, wo das magische Seil geschmolzen war. Als die Gestalt auf dem Motorrad an die Stelle kam, an der Sophie die Straße verlassen hatte, wandte sich der ausdruckslose schwarze Helm nach links, dann nach rechts. Er sah aus, als würde er nach etwas suchen.

Die Luft fühlte sich gesättigt an und summte vor Energie. Während seine Macht vorher wie ein Donnerschlag gewirkt hatte, krümmte seine Präsenz aus dieser Nähe die Luft um ihn herum.

Warum war er langsamer geworden? Suchte er nach dem Hund?

Konnte er ein Wyr sein? Er konnte sie nicht riechen, oder?

Sophies Hände bebten, und ihr Herz taumelte in einen irren Sprint. Sie war noch nicht bereit, wieder zu kämpfen, nicht so früh und unerwartet.

Vielleicht war er nicht das, wonach er aussah. Sie flüsterte wieder den Annullierungszauber, und einen kurzen Augenblick schimmerte die Gestalt und veränderte sich.

Sie ging schnell die Einzelheiten durch. Der Kolben einer Schusswaffe ragte aus einem Holster, das am langen Oberschenkel des Mannes lag. Es könnte eine abgesägte Schrotflinte sein, oder vielleicht eine Halbautomatik. Sie kannte das englische Waffengesetz nicht allzu gut, aber dieser Typ sah ungefähr so legal aus wie ein Säbelzahntiger.

Und er hatte sich ein Schwert auf den breiten, mächtig

wirkenden Rücken geschnallt. Der Griff war an seiner massiven Schulter positioniert, so dass er mit einer Hand hinter den Kopf greifen und es ziehen konnte.

Ein Schwert. Der Mann in ihrer Vision hatte ein blutiges Schwert getragen. War es derselbe Typ? Sie konnte es nicht sagen – es waren schlicht keine Details zum Identifizieren sichtbar –, aber schon der Gedanke ließ sie ihr den Schweiß ausbrechen.

Nach einem kurzen Blick kehrte sein Verhüllungszauber zurück. Sowohl Schusswaffe als auch Schwert waren nicht mehr zu sehen.

Was war er?

Allein wegen der Anmutung seiner Macht konnte sie ihn nicht mit dem Mann aus ihrer Vision verbinden. Zu viel Zeit war vergangen, seit es zu diesem Erstkontakt gekommen war. Sie fand auch keine Übereinstimmung zwischen seiner Macht und dem grausamen Zauber, der das Silberseil gesäumt hatte, aber sie war überfordert. An all ihren internen Systemen blinkten rote Warnleuchten, eine primitive Reaktion aus ihrem Stammhirn.

Der Motorradfahrer hielt nicht an. Ein paar Meter weiter nahm er erneut Geschwindigkeit auf, und aus dem bedrohlichen, leisen Schnurren wurde wieder ein mechanisches Brüllen. Innerhalb weniger Augenblicke raste er außer Sicht.

Sie gab ihm ein paar Minuten, um sicherzugehen, dass er es sich nicht noch einmal anders überlegte und umdrehte. Erst dann ließ sie die Schatten los, die sie um sich *gezogen* hatte, und trat aus dem Gebüsch.

In der Luft hing noch ein unsichtbarer Nachhall der Präsenz des Fahrers. Aus einem Impuls heraus setzte sie den Hund auf dem Boden ab und ging durch den verbleibenden

Hauch der Macht. Einen flüchtigen Moment lang war sie von einer intensiven, fremdartigen Maskulinität umgeben, und sie öffnete ihre Sinne weit, um jede Information herauszuholen, die sie bekam. Dann löste sich die Macht in einer milden Abendbrise auf.

Frustriert rieb sie sich über das müde Gesicht. Als sie gerade über die Fingerspitzen schaute, zottelte der Hund zu ihr und kotzte ihr vor die Füße.

Zusammen betrachteten sie die schäumende Pfütze auf dem Asphalt. Als der Hund aufschaute, murmelte sie: „Ich habe dir zu schnell zu viel Wasser gegeben, was? Tut mir leid, Kleiner."

Sie kniete sich hin, und er stieg wieder in ihre Arme.

Innerhalb weniger Augenblicke schlief der Hund fest. Sie unterdrückte ein Gähnen und richtete ihren müden, schmerzenden Körper auf.

Beim Gehen umarmte sie ihn und flüsterte: „Ich sorge dafür, dass alles in Ordnung kommt."

Und sie gab nur Versprechen, die sie auch zu halten gedachte.

Obwohl es ihr schien, dass ihre Scheißmoment-Liste exponentiell wuchs.

Kapitel 4

RÜH AM ABEND läutete Nikolas' Telefon. Als er auf dem Display Gawains Namen sah, runzelte er die Stirn. Anrufe waren mit magischen Mitteln nachverfolgbar, daher sprachen sie nur selten, und wenn, dann hielten sie die Unterhaltungen kurz.

Nachrichten schreiben war sicherer. Wenn Gawain anrief, musste es wichtig sein.

Er ging dran. „Was ist los?"

„Ich habe den Geruch des Pucks aufgenommen", sagte Gawain, „zusammen mit einem Hauch der Magie der Königin."

Wie eine Klinge, die aus der Scheide kam, schärfte sich Nikolas' Konzentration. Ein früherer Liebling von Oberon, der Puck Robin, war schon sehr lange verschollen. Niemand wusste, ob er auf der Erde gewesen war, als die letzten Übergänge blockiert worden waren, oder ob er sich noch in Lyonesse aufhielt – aber wenn er in Lyonesse war, hatte er beschlossen, zu verschwinden, denn seit einer ganzen Weile hatte niemand von ihm gehört oder ihn gesehen. Nikolas hatte sich schon gefragt, ob Robins Talent als Störenfried sich womöglich als bedrohlich für die Ritter des Dunklen Hofes erwiesen hatte.

Wenn Robin sich noch auf der Erde befand und seine Treue tatsächlich auf Isabeau übergegangen war, ließ sich nicht sagen, in welchen Boshaftigkeiten dieser Kobold sich ergehen mochte.

Er hätte sogar für den unnatürlichen Nebel verantwortlich sein können, der über dem kleinen Park aufgezogen war, in dem der Angriff auf Nikolas stattgefunden hatte. Robins Magie war mit der Natur verbunden, und das passte zusammen. Nikolas wollte nicht, dass es so war, aber es passte.

„Erzähl mir genau, wo du auf seinen Geruch gestoßen bist", sagte er.

„Es war ein paar Meilen nördlich von Westmarch auf der Old Friars Lane." Gawain hielt inne, und Nikolas hörte das Geräusch eines vorbeifahrenden Lastwagens im Hintergrund. „Ich durchkämme schon die Straßen des Dorfes, aber bis jetzt habe ich noch keinen Hinweis auf den Puck oder die Königin gefunden – oder den Geruch von Jagdhunden, was das angeht."

Old Friars Lane hatte die Straße vor Jahrhunderten geheißen. Im Lauf der Jahre waren die alten Wege oft umbenannt und modernisiert worden, aber die Daoine Sidhe hielten immer noch an den alten Namen fest, und Nikolas wusste genau, was Gawain meinte.

Old Friars Lane und das Örtchen Westmarch grenzten an die Stelle, an der der Dunkle Hof eine der bittersten Niederlagen seiner Geschichte erlitten hatte, in einer Schlacht, die fünf Tage und Nächte gedauert hatte und seither schon lange aus der Erinnerung der meisten Leute getilgt war.

Das Ende war gekommen, als Morgan in einer Woge weltenzerreißender Macht den Übergang nach Lyonesse zum Zusammenbruch gebracht hatte. Abgeschnitten von ihrer Heimat an diesem bedeutenden Zugangsort, ohne

Verstärkung und in der Unterzahl, waren die Streitkräfte des Dunklen Hofs geflohen.

Das war einer der ersten Übergänge nach Lyonesse gewesen, die Morgan entweder zerstört oder blockiert hatte. Einst hatten viele Übergänge die Grenze zwischen England und Wales gesäumt, und das Volk des Dunklen Hofes war frei zwischen hier und der Heimat gewandelt.

Nun waren jene Übergänge, die noch existierten, mit Netzen aus Magie verhüllt, die so fest und undurchdringlich waren, dass Nikolas und seine Männer sie nicht mehr aufspüren konnten. Noch verstörender war das Wissen aus seinen Visionen von Annwyn, dass auch das Volk von Lyonesse die Übergänge nicht finden konnte. Die beiden Länder waren mehr oder weniger voneinander abgeschnitten.

Was hatte der Puck in dieser Gegend zu suchen, oder die Königin? Was heckte Isabeau diesmal aus?

„Ich will diesen Straßenabschnitt selbst überprüfen", sagte er zu Gawain. „Ich bin nur vierzig Minuten entfernt, also bin ich schnell da."

Die Gelegenheit, den Puck zu erwischen und womöglich Informationen über die Schachzüge der Königin zu entdecken, ließ jegliches Risiko verblassen, das entstand, wenn sie sich zusammentaten und vielleicht ein Rudel Jagdhunde anlockten.

Außerdem vertraute Nikolas niemandem mehr als Gawain, um ihm im Kampf den Rücken zu decken, wenn es zu einer Konfrontation kam

Der andere Mann brummte zustimmend. „Ich habe die Stelle etwa hundert Meter hinter einem liegengebliebenen Mini gefunden, aber das Auto könnte inzwischen abgeschleppt worden sein. Schau nach einer Gruppe von drei weißen Eichen auf der Westseite der Straße, und du findest sie. Ich warte im Ort auf dich."

Nachdem die Verbindung getrennt war, ging Nikolas schnell durch die Wohnung, die er diesen Monat zur Untermiete hatte, suchte Waffen zusammen und nahm seine schwarze Lederreisetasche. Er hielt nur inne, um eine Gruppennachricht abzusetzen.

Mögliche Spur zum Aufenthaltsort des Pucks. Wartet auf Updates und seid bereit zum Mobilisieren.

Rhys antwortete als erster. Wo hast du ihn gefunden?

Haben wir noch nicht. Gawain hat auf der Old Friars Lane seinen Geruch bemerkt. Mehr, wenn ich ihn habe. Nachdem er die kurze Antwort gesendet hatte, steckte Nikolas sein Telefon ein und ging.

Auf der Fahrt dachte Nikolas über das nach, was er durch die Mobiltelefone der getöteten Jagdhunde erfahren hatte. An dem Tag, an dem er angegriffen worden war, hatte einer der Jagdhunde einen Anruf aus einer öffentlichen Telefonzelle erhalten. Dann, genauso wie Nikolas gerade, hatte dieser Jagdhund eine Gruppennachricht an drei Leute geschickt, und diese hatten schnell geantwortet.

Wie Terroristen operierten die Jagdhunde meist in Zellen, oder genauer gesagt, in Rudeln. Der Alpha hatte einen Anruf erhalten, sein Rudel mobilisiert, und sie waren in dem Dorf zusammengekommen, in dem sich Nikolas aufgehalten hatte.

Jemand hatte gewusst, wohin Nikolas an diesem Nachmittag fahren würde, und dieser jemand hatte ein Rudel Jagdhunde informiert. Könnte Robin so etwas getan haben? Hatte er die Ritter des Dunklen Hofs verfolgt, nur um sie einen nach dem anderen zu verraten? War er der Grund, warum sich ihre Zahl in den letzten sechs Monaten so drastisch verringert hatte?

Nikolas hatte Oberons gute Meinung über den Kobold nicht geteilt. Er war nie übermäßig begeistert von Robin gewesen, weil er ihn für launisch und unberechenbar hielt, aber er hätte es auch nie für möglich gehalten, dass Robin zu einem solchen Verrat fähig wäre.

Jetzt war er sich nicht mehr so sicher. Keiner von ihnen war mehr das, was er einst gewesen war, als Oberon noch als starker, kraftstrotzender Anführer über einen blühenden, reichen Hof geherrscht hatte.

Der Porsche fraß die Meilen mit einem trägen Schnurren, und im nachlassenden Abendlicht kam Nikolas über eine Anhöhe und blickte über das Land. Streifen aus Ackerland formten ein anderes Muster als früher, aber das Auf und Ab des Landes selbst hatte sich nicht gewandelt.

Uralte Erinnerungen kamen in seinen Gedanken auf. Das Donnern der Hufe von Fae-Pferden, die auf den Boden hämmerten, und das Klirren von Schwertern. Die Schmerzensschreie und das Aufblitzen tödlicher Magie, so hell und schön, dass die Krieger vor Ehrfurcht erstarrt stehenblieben, während sie starben.

Und dann dieses finale, unübertreffliche Aufbrüllen der Macht, als Morgan freisetzte, was er zurückgehalten hatte.

Die Erde bebte und *brach* mit einer Kraft, die Pferde straucheln ließ und jeden – die mächtigsten Adligen und Krieger zweier Reiche – auf die Knie gehen ließ.

Solange Nikolas lebte, würde er dieses Geräusch nicht vergessen.

Ein Mensch hatte das getan. Ein Mensch hatte einige der Ältesten und Mächtigsten der Alten Völker auf die Knie gehen lassen.

Oder zumindest ein Wesen, das einst ein Mensch gewesen war.

Nikolas sah keine Spur von einem Mini, aber als er sich der Gruppe weißer Eichen näherte, hielt er am Straßenrand, stieg aus dem Porsche und ging zu Fuß weiter.

Das Sonnenlicht verblasste, und die Schatten wurden länger, die Insekten spielten eine sägende Symphonie im Unterholz. Die Dämmerung war nahe, die Zeit, die weder Tag noch Nacht war, wenn Schatten ihre Anker lichteten, um sich zusammenzutun und zu flüstern, bevor das blasse Licht des Mondes sie wieder nach Hause huschen ließ.

Während Nikolas am Unterholz entlangschritt, wurde die Symphonie stumm und begann erst wieder, als er vorüber war.

Zunächst nahm er den Geruch von Robin nicht wahr, aber er spürte einen Flecken Dunkelheit auf der Straße, der ihn anzog. Er kam an die Stelle, an der ein Zischen dunkler Magie ihr Leben ausgehaucht hatte, und ging auf ein Knie, um sie zu untersuchen. Die Dunkelheit war sowohl physisch als auch psychisch. Die Magie hatte sich in den Asphalt gebrannt.

Isabeaus Macht-Signatur war ziemlich eindeutig. Als er seine Hand über den Schatten streichen ließ, brannte seine Haut, der letzte Giftstich, bevor sich der Rest der Magie ganz auflöste. Mit einem Blick auf seine Handfläche, auf der sich eine rote Quaddel bildete, tat er die kleine Verletzung ab und holte tief Luft.

Mit Ausnahme von Oberon konnte sich keiner vom Dunklen Hof, unter dessen Vorfahren auch Wyr waren, in seine Tiergestalt verwandeln, aber ihr Wyr-Blut verlieh ihnen verstärkte Fähigkeiten. Gawain war ein besserer Spurenleser, und es musste etliche Stunden her sein, dass Robin hier vorbeigekommen war, aber sobald Nikolas sich hingekniet hatte, konnte er den Puck deutlich riechen, zusammen mit dem schwachen Geruch einer merkwürdigen Frau.

Wer war sie? Eindeutig war sie nicht Isabeau, und sie roch nicht wie eine Helle Fae.

Er legte eine Hand auf die Asphaltstraße und bat sie darum, ihm zu verraten, was sie über sie wusste. Die ältesten Straßen in diesem Übergangsland an der Grenze von England und Wales, der Anderländer und der Erde, hatten mehr Bewusstsein, als den meisten klar war.

Die Straße erwachte und übermittelte ihm einen Eindruck voller Widersprüche. Stärke und Zerbrechlichkeit. Erschöpfung und Entschlossenheit. Und Magie. So viel Magie.

Und noch etwas. An ihr war etwas. Etwas Spezielles, vielleicht sogar Vertrautes. Er bemühte sich, mehr Informationen zu bekommen, aber die Straße sprach nicht mehr zu ihm und war wieder eingeschlafen.

„Ich wünschte, ich wüsste, was du hier treibst", flüsterte er der Unbekannten zu und trommelte mit den Fingern auf der Straße. „Und was du mit einem entlaufenen Puck und einer feindlichen Königin zu tun hast."

Da er jetzt den schwindenden Geruch von Robin aufgenommen hatte, stand er auf und folgte ihm ein paar Meter weit, bis er verschwunden war. Dann kam etliche Meter weit nur noch der Geruch der Frau. Falls es Robin nicht irgendwie gelungen war, zu fliegen – und der Puck konnte sich in viele Wesen verwandeln, aber fliegen konnte er nicht – hatte die Frau ihn wohl hochgenommen.

Nikolas verfolgte Robins Fährte zurück zu dem Ort, an dem er die Straße verließ und in einem Loch in der angrenzenden Hecke verschwand. Robin war querfeldein gegangen, bis er die Straße erreicht hatte. Dann verfolgte Nikolas den Geruch der Frau auf der Straße zurück und kam an eine Stelle, wo Reifenspuren die hohen Gräser auf dem schmalen Seitenstreifen verunzierten.

Hier war ein Mini gewesen, hatte Gawain gesagt, und die Frau hatte ihn wohl gefahren. Als er liegengeblieben war, war sie in den Ort gegangen.

Und sie hatte unterwegs einen umherstreifenden Puck getroffen.

Der Rest der Geschichte würde nicht hier erzählt werden. Er ging zurück zum Porsche und fuhr nach Westmarch.

Die Siedlung war jünger als jene alte, verhängnisvolle Schlacht, aber älter als die meisten anderen. Ausgetretene Kopfsteinpflasterstraßen überlagerten sich in einem schiefen Muster. Die Läden hatten schon vor einiger Zeit geschlossen, alle bis auf einen einzelnen Zeitungshändler, einen Spirituosenladen an einem Ende der Hauptstraße und ein großes, weitläufiges Pub, das sich in die Ortsmitte schmiegte und *Dark Knight* hieß.

Auf dem Holzschild des Pubs war ein Ritter aufgemalt, der einen Schild mit Oberons Wappen trug — einem steigenden weißen Löwen vor scharlachroten gekreuzten Schwertern auf schwarzem Hintergrund. An Orten wie diesen reichte das Gedächtnis einiger Leute weit zurück.

Als Nikolas auf den Parkplatz des Pubs kam, sah er Gawains Harley-Davidson zwischen anderen Fahrzeugen geparkt stehen. Ein Mini war abseits weit hinten auf dem Platz abgestellt. Er parkte ein und stellte den Motor ab.

Kurz schaute er auf sein Telefon. Gawain hatte ihm vor fünfzehn Minuten geschrieben. `Warte im Pub auf dich.`

`Robin war hier. Ich kann ihn riechen.`

Wie er also vermutet hatte, waren der Puck und die Frau gemeinsam in den Ort gekommen. Das war eine Geschichte, die Nikolas nur zu gern hören wollte.

Und wenn der Mini ein Hinweis war, war zumindest die Frau noch hier.

Er schrieb Gawain: `Bewache den Vordereingang. Ich werde eine Theorie testen und hinten reingehen.`

`Alles klar,` antwortete Gawain.

✧   ✧   ✧

SOPHIE SCHAFFTE ES nicht bis zum Abend.

Sosehr sie sich auch abmühte, um wachzubleiben, eine erbarmungslose schwarze Flut strömte über sie hinweg, und sie fiel in eine tiefe Grube der Bewusstlosigkeit.

Sie träumte, dass sie in einem Käfig lebte.

Sie starrte zwischen den Gitterstäben hindurch auf eine Frau, die zugleich schön und schrecklich anzusehen war, mit langem, schimmerndem goldenen Haar und großen, kornblumenblauen Augen in einem hübschen, jungen Gesicht, das eine Mischung aus Blume und Alptraum war.

Das riesige Gesicht der Frau näherte sich, und der Alptraum war die Wut in ihren Augen.

Ich habe dich gewarnt, Schelm, deine Zunge zu hüten, sagte die Frau. *Das kannst du nicht? Dann hüten wir sie.*

Dann kamen andere und fassten sie mit riesigen Händen an, die ihr wehtaten. Sosehr sie sich auch wehrte, sie konnte sich nicht aus ihrem Griff befreien. Sie waren zu stark, hatten zu viel Magie. Mit Gewalt öffneten sie ihr den Mund, dann packten sie ihre Zunge mit einer Eisenzange und rissen sie heraus. Sie schrie und schrie, ein wortloses Wimmern blutiger Qualen. Und während sie zusah, warfen sie das Stück Fleisch auf ein Feuer.

Der appetitanregende Geruch von Grillfleisch stieg auf, während die Zunge schwarz wurde und verbrannte.

Sophie erwachte mit einem gedämpften Schrei. Mit hämmerndem Herzen starrte sie in den dunklen, unbekannten Raum. Einen Augenblick lang fühlte sie sich völlig fremd. Wo waren die Stäbe ihres Käfigs?

Dann holte ein Schnarchen auf dem Bett neben ihr sie wieder komplett in die Realität zurück.

Sie war in ihrem Zimmer im Pub, lag vollständig bekleidet auf ihrer Bettdecke. Der frisch geschorene und gewaschene Hund schlief neben ihr.

Als sie angekommen war, hatte Arran, der Besitzer des Pubs, seinen Sohn geschickt, der einen rostigen Land Rover und eine Abschleppstange besaß, um den Mini zu holen. Der Sohn behauptete, er hätte nur den Schlüssel umdrehen müssen, und der Mini sei angesprungen.

Natürlich war er das, diese Scheißkarre.

Arrans Sohn hatte ihn in die Stadt geschleppt und hinter dem Pub geparkt. Als sie versucht hatte, sich für die Umstände zu entschuldigen und für das Abschleppen zu bezahlen, wollten weder Arran noch sein Sohn das Geld annehmen.

„Keine Ursache", hatte Arran gut gelaunt zu ihr gesagt. „Hier passieren manchmal seltsame Dinge. Wenn man hier wohnt, gewöhnt man sich dran."

„Gut zu wissen", murmelte sie. Der Mini gab ihr Hoffnung. Vielleicht war ihr Telefon nicht so tot, wie sie gedacht hatte. Als sie es aus der Tasche holte, überprüfte sie die Akkuladung. Natürlich wurde der Bildschirm hell.

Also war sie auf ihr Zimmer gegangen, hatte sich eine

Stoffschere von Arrans Frau Maggie ausgeliehen, die den Zustand des Hundes mit einem mitleidigen Laut kommentiert hatte, und hatte das ganze verfilzte Fell abgeschnitten. Darunter wirkte er so verhungert, wie sie vermutet hatte, mit hervorstechenden Rippen, einem eingesunkenen Bauch und Hüftknochen, die sich unter der Haut abzeichneten. Der Bereich um seinen Hals war von tiefen, noch nicht ganz verheilten Blasen übersät, die so lang waren wie ihr halber Daumen.

Während sie ihren Zorn unterdrückt hatte, der nicht nachlassen wollte, hatte sie ihn sanft abgewaschen und in ein Handtuch gewickelt, und sie hatten sich einen Snack aus gekochten Eiern geteilt, den Maggie ihr angeboten hatte, um die Zeit zu überbrücken, bis das Pub Abendessen auftischte.

Zumindest hatte er keine Flöhe. Das hatte Sophie überrascht.

Er hatte die Ei-Stücke, die sie an ihn verfüttert hatte, hinuntergeschlungen, ohne zu kauen, und sie angeknurrt, als sie aufgehört hatte. „Schluss damit", hatte sie streng gesagt. „Es geht nicht in Ordnung, wenn du mich anknurrst. Ich will nicht, dass du wieder kotzt. Du kriegst bald mehr zu essen, versprochen."

Da hatte er aufgehört zu knurren, beinahe, als würde er sie verstehen, und sich auf dem alten, schmalen Bett fest zusammengerollt. Eine intensive Erschöpfung hatte sie neben ihm hinabsinken lassen. Da sie die schwarze Flut nicht bekämpfen konnte, die sie umfing, schloss sie die Augen.

Sie hatte sich nur ein paar Minuten ausruhen wollen, nicht einschlafen. Jetzt würde sie der Jetlag die ganze Nacht wachhalten.

Der schreckliche Traum war immer noch bei ihr, wie

klebrige schwarze Spinnweben in ihrem Gesicht und ihren Haaren, und ihr Herz raste. Noch ein weiterer Punkt für die Scheiß-Liste. Sie rieb sich übers Gesicht, setzte sich hin und schaltete das Nachttischlicht ein, dann schaute sie auf ihren unerwarteten Gefährten hinab. Sie wusste nicht, wie man einem Hund die Haare schnitt, und er sah ziemlich schlimm aus, ein kleines Bündel aus zottigem Fell und Knochen. Zumindest waren die verfilzten Stellen weg.

Sie wusch sich das Gesicht und die Hände in dem kleinen Becken in einer Ecke des Raums, dann ging sie hinüber, um den Hund sanft an der Schulter zu berühren. „Zeit zum Aufwachen, Kleiner."

Er knurrte sie an, ohne die Augen zu öffnen.

„He!", sagte sie scharf. „Kein Knurren! Willst du Abendessen oder nicht?"

Daraufhin richtete er sich ruckartig auf und schaute sie aufmerksam an. Wieder beinahe so, als würde er sie verstehen.

Sie sah ihn mit gerunzelter Stirn an. Teufel aber auch, vielleicht verstand der Hund sie ja tatsächlich. Sie hatte im Leben viele merkwürdige Dinge gesehen, sowohl nicht-menschliche Wesen als auch Ereignisse, die allein mit Logik nicht erklärbar waren.

„Und du musst bald nach draußen, damit du keinen Unfall in diesem hübschen Zimmer hast", sagte sie, dann seufzte sie. „Morgen fangen wir an, uns nach einem guten Platz für dich umzusehen, bei jemandem, der dich liebt und sich um dich kümmert."

An dieser Stelle ließ der Hund ein furchtbar niedliches kleines Wimmern hören und kam mit wedelndem Schwanz über das Bett, um sich mit den Vorderpfoten an ihre Hüfte zu stellen und ihre Hand anzustupsen.

Während sie seinen runden Kopf und die dünnen,

seidigen Ohren streichelte, verzog sie das Gesicht, weil ihr Herz sich langsam vom Acker machte, um zu schmelzen „Schleimer", murmelte sie.

Sie nahm ihn unter einen Arm, verließ ihr Zimmer, sperrte ab und steckte sich den Schlüssel in die Gesäßtasche ihrer Jeans. Auf dem Weg durch das schmale, steile Treppenhaus sagte sie zu dem Hund: „Ich passe auf dich auf, und ich verspreche, ich sorge dafür, dass es dir gut geht. Aber du musst dir etwas klarmachen – in meinem Leben ist nicht gut Platz für einen Hund. Hörst du mich? Ich bin nicht gut für dich. Ich bin zu viel unterwegs, und ich bin nicht nur ein Arschloch-Magnet. Ich bin auch ein Irren-Magnet. Ständig passieren mir irre Dinge."

Sowas wie dieser Hund zum Beispiel. Und dieses Seil, das ihm um den Hals gebunden war. Das Seil war nicht einfach nur irre gewesen. Es war böse gewesen.

Während sie dem Hund alle Gründe erläuterte, weshalb sie ihn nicht behalten konnte, erreichte sie das Erdgeschoss. Das Pub hatte etliche Gasträume, und die Treppe führte in ein Spielzimmer weit hinten, in dem zwei Männer, einer davon kleinwüchsig, rauchten, tranken und Darts spielten.

Sie hob die Augenbrauen wegen des Rauchs, ziemlich sicher, dass die beiden das Gesetz brachen, laut der Artikel über Großbritannien, die sie als Vorbereitung auf die Reise gelesen hatte. Die beiden Männer schauten sie mit ungezügelter Neugier an.

Sie nickte ihnen zu und marschierte zum Vorderraum. Sie war schon wieder am Verhungern, und ein klassisches Pub-Abendessen wie Fish and Chips oder Shepherd's Pie klang himmlisch. Es war vermutlich nicht das Gesündeste, um es dem Hund zu geben, aber im Augenblick mussten alle Kalorien für ihn gute Kalorien sein. Eine Diät aus anständigem Hundefutter konnte morgen beginnen.

Als sie über die Schwelle in den Vorderraum trat, gab der Hund ein Geräusch von sich, eine Mischung aus Knurren und hohem Jaulen. Da sie ihn verdutzt anstarrte, achtete sie zunächst nicht im Einzelnen darauf, wer sich in diesem Raum aufhielt.

Dann spürte sie eine männliche Präsenz, deren Macht so überbordend war, dass sie sich wie ein Donnerschlag anfühlte.

Sie hob den Kopf und suchte den Mann, der am großen Panoramafenster in der Nähe des Vordereingangs saß. Er trug Biker-Klamotten und war so groß, wie sie ihn in Erinnerung hatte, dieser Säbelzahntiger von einem Mann, nur war sein Gesicht jetzt nicht von dem leeren, ausdrucks-losen Helm verdeckt.

Ihr fielen die scharfen Augen auf, die nicht zu seiner entspannten Haltung passen wollten, und die starken Züge, die eine gewisse raue Attraktivität ausstrahlten. Obwohl sie sonst gut darin war, die Alten Völker zu erkennen, konnte sie sein Erbe nicht festmachen. Aber was immer er war, ein Mensch war er nicht.

Er schaute sie an, oder vielmehr den Hund unter ihrem Arm. Er erkannte den Hund, und eindeutig erkannte der Hund ihn.

Gemächlich stand der Mann auf.

Eine hohe Dosis Adrenalin wurde in ihren Blutkreislauf gepumpt. Sie beschwerte sich tonlos, dass sie sich einfach so hatte erwischen lassen – *als wäre das beschissene magische Seil nicht Hinweis genug gewesen, um verdammt nochmal in Habachtstellung zu gehen, Sophie* – und wich durch den Eingang zurück, drehte sich um und marschierte rasch nach hinten.

Ihre Glieder bebten. In ihrem Inneren tobten Flucht-

und Angriffsreflex, zu heftig, um es zu verarbeiten.

Genauso wie damals, als sie gesehen hatte, wie die Pistole in ihre Richtung schwenkte, wie sie ins falsche Ende eines Laufs geblickt hatte, als der Schütze zielte.

Sie hatte nach den Schatten gegriffen, um sie um sich zusammenzuziehen, doch es war zu spät gewesen, als dass dieser Trick noch hätte funktionieren können. Er hatte sie bereits im Blick gehabt … und sie hatte das tonlose rat-tat-tat *gehört und die einzelnen Einschläge auf ihrem Körper gespürt, aber zu diesem Zeitpunkt war schon Rodrigo ins Zimmer gestürmt, die eigene Pistole im Anschlag.*

Während ihr Körper sich in einer langsamen Spirale abwärts drehte, hatte sie rote Flecken auf der Stirn, dem Arm und der Brust des Schützen explodieren sehen, und sie waren beide gemeinsam gefallen …

Ein Teil von ihr war immer noch dort, im endlosen Fall. Sie war nicht in der Verfassung für eine mögliche Konfrontation, weder geistig noch körperlich. Es war zu früh. Sie war noch am Genesen. Und sie hatte weder ihre Glock noch irgendwelche Verteidigungszauber vorbereitet.

Aber sie hatte den Hund, und sie hatte ihm versprochen, dass sie alles in Ordnung bringen würde. Sie würde nicht zulassen, dass er weiterhin misshandelt wurde, nicht ohne Kampf. Manchmal kam es zu Konfrontationen, ob man verdammt nochmal bereit war oder nicht, also würde sie irgendwie damit klarkommen und sie zu einem guten Ausgang führen müssen.

Ihre Gedanken rasten wie ein Rennwagen, der über die Autobahn bretterte. Der Schattentrick würde nicht funktionieren, nicht drinnen. Nicht jetzt, da er wusste, dass sie und der Hund hier waren. Ihre beste Verteidigung waren die anderen Leute im Pub … hoffte sie … und der beste

Angriffszauber, den sie parat hatte, wenn es so weit kam, war ein grober, uneleganter Fluch, den sie im Hinterland von Kentucky gelernt hatte. Er würde sie genauso niederstrecken wie den anderen.

Keine optimale Wahl.

Aber sie hoffte, dass es nicht so weit kommen würde. Wenn sie vorher nach draußen gelangte, und unter die Bäume, dann war sie zuversichtlich, dass sie genug Schatten um sie beide *ziehen* konnte, um sie selbst vor den aufmerksamsten Blicken zu verbergen, wenn der verdammte Hund nur mit diesem bekloppten Knurrjaulgeräusch aufhören würde, das er von sich gab.

Sie zischte ihn an. „Pssst!"

Vor ihr öffnete sich die Tür zur Küche, und jemand schoss wie ein Blitz auf sie zu.

Ein Blitz, der, wie sie sah, als sie rasch blinzelte, um ihre überforderte Sicht zu klären, kaum von der tödlichen männlichen Gestalt gezügelt wurde, die sich auf sie zubewegte wie der Tod, der eine Sterbende verfolgte …

Sein Gesicht. Sein Gesicht.

Sie kannte sein Gesicht.

Die Formen und Umrisse so scharf, dass sie wirkten, als wären sie aus einer unsterblichen Klinge geschnitten. Der ungebändigte Wille in diesen dunklen, eisigen Augen, und diese Wildheit.

Die Anmut eines Mörders, der eindeutig nicht menschlich war, geschmeidige Muskeln, die unter seiner Haut dahinglitten wie ein Python, der durch Wasser schwamm, und, bei den Göttern, er besaß so viel Macht, sogar noch mehr Macht als der andere Mann. Er war ganz in Schwarz, die kompromisslosen Kleider zeichneten jede tödliche Linie seines schlanken Körpers nach. Einmal hatte

Sophie dem LAPD geholfen, einen berüchtigten Gang-Anführer zu schnappen, der immer Schwarz getragen hatte, um all das Blut besser zu verbergen.

Der Neuankömmling erkannte sie ebenfalls. Sie sah regelrecht, wie es *Klick* machte. Seine Augen wurden schmal, und dieses unfassbare Gesicht verhärtete sich – ernsthaft, sie hätte nicht gedacht, dass dieser Mann noch kantiger oder härter wirken könnte, aber das tat er, das tat er – und er griff nach oben hinter den Kopf, und sie wusste auch, was er als Nächstes tun würde.

Er zog sein Schwert. Das, von dem in ihrer Vision scharlachrotes Blut getropft war.

Alles kam in ihrem Inneren zu einem Höhepunkt, das Grauen und das Beben und das Gefühl der Bedrohung verbanden sich zu der Erkenntnis, dass sie festsaß, da Blitz direkt auf sie zukam und Donner hinter ihr nahte, zusammen mit dieser alptraumhaften posttraumatischen Belastungsstörung, die sich in ihr angestaut hatte. Und der verdammte Hund war kein bisschen leiser geworden. Inzwischen jodelte er.

Und sie hatte es satt. Hatte es satt und war überlastet, bis sie in einen ganz anderen Gedankenraum einbrach.

Was soll's.

Blödheit und Durchgeknalltheit konnte man wirklich nicht heilen.

„*Du!*“, geiferte sie. Der Zorn machte sie blind. Sie verabscheute Dinge, die sie einschüchterten. Es machte sie so *wütend*. Sie marschierte auf den schrecklichen Mann zu und gab ihm einen Schubs gegen die Brust, so fest es ihr mit der einen freien Hand möglich war. „Du Bastard! Du hast mich völlig grundlos angegriffen! Bist du wahnsinnig – was ist los mit dir? Wer macht sowas?! Irre? Serienkiller?“

Er hob eine Hand, und der Schwertgriff erschien.

Oje, da kommt das Schwert. Besser mal den Fluch bereithalten.

Wenn sie genügend Kraft hineinlegen konnte, würden sie alle zusammen zu Boden gehen. Aber es würde eine teuflische Menge Kraft brauchen, um diese beiden Männer niederzustrecken. Es bestand eine gewisse Wahrscheinlichkeit, dass sie nur genervt wären, wohingegen sie sich selbst ausknipste.

Während Blitz sein Schwert ganz zog, packte er sie am Handgelenk. Eine fließende, fremde Sprache strömte aus seinem grausam schönen Mund, und sie spannte sich an, aber es schien kein Zauberspruch zu sein. Er hatte die wilden, wilden Augen auf den Hund gerichtet, und er ...

Schimpfte mit ihm?

Der Hund fletschte die Zähne vor ihm, und er hatte überraschend viele. Für ein so kleines Wesen wirkten diese Reißzähne erstaunlich fies, lang und scharf.

Ein Teil von ihr spürte den Augenblick, als Donner den Raum betrat. Obwohl ihre Aufmerksamkeit auf Blitz lag, konnte sie nicht verhindern, dass sie es bemerkte. Mit beiden Männern war nun so viel Macht im Raum, dass sie gemeinsam die Mauern dieses Gebäudes in die Luft jagen konnten, wenn sie es wollten. Teufel auch, sie konnten vermutlich den ganzen Ort in die Luft jagen.

Sie zerrte an ihrem Handgelenk und kämpfte darum, sich aus seinem Griff zu befreien, aber die langen, quetschenden Finger von Blitz waren wie ein Schraubstock.

Seine harten, tödlichen Augen hoben sich. Als ihre Blicke sich trafen, ließ der Schock der Verbindung Sophie beinahe in die Knie gehen. Auf Englisch mit ganz leichtem Akzent befahl er: „Lass ihn fallen.“

„Ihn fallenlassen?“, wiederholte sie ausdruckslos. „Wen

fallenlassen, den Hund? Während du dastehst, mit deinem gottverdammten Schwert in der Hand, damit du was tun kannst – ihn in zwei Hälften hauen? Fick dich!"

Beide Männer starrten sie an. Sie ließ keinerlei Hinweis auf ihren Plan in ihrem Gesicht durchscheinen, als sie dicht zu ihm trat, schnell und geschmeidig, und ein Knie hochriss.

Es war ein sensationeller Move. Sie hatte ihn unzählige Male geübt und mehr als einmal eingesetzt. Sie war gut darin und konnte ihn zuversichtlich anwenden, und sie zögerte nicht. Und sie war sehr motiviert, damit einen Treffer zu landen. Vielleicht würde er dann den Griff um ihr Handgelenk lösen.

Aber sie hatte das rechte Knie genommen, auf ihrer schlimmen Seite, und sie hatte nach ihrem Krankenhausaufenthalt noch nicht wieder angefangen, ihre Kondition zu trainieren. Die Bewegung zerrte geschwächte Muskeln in ihrem Bauch, so dass sie vor Schmerz stöhnte, während sie versuchte, ihn mit dem Knie zu rammen.

Mit einer raschen Bewegung, so balletthaft wie bei einem Tänzer, verschob er seine schmalen Hüften, um dem Treffer zu entgehen, und ihr Knie streifte seinen schlanken, harten Oberschenkel. Dann riss er sie herum, schob sie an die Wand und nagelte sie mit seinem Körper fest.

„Nikolas", sagte Donner mit gerunzelter Stirn. Er legte dem Mann eine große Hand auf die Schulter.

Blitz – Nikolas offenbar – zuckte unter Donners Griff wütend mit den Schultern. Ein weiterer schneller Wortstrom in der gälisch klingenden Sprache kam aus seinem Mund.

Er atmete schwer, starrte sie immer noch an, und sein Angriff war zwar in keiner Weise sexuell aufgeladen gewesen, aber es lag trotzdem etwas in der Art, wie er sie anschaute. Ein grundlegendes Bewusstsein seiner Männlichkeit und ihrer Weiblichkeit. Sie erkannte es, weil sie sich seiner genauso bewusst war. Sie konnte nicht aufhören, seine Lippen zu betrachten.

Der Hund fauchte und schnappte, biss in das Hemd ihres Angreifers. Donner stand gleich an Blitz' Schulter. Hinter ihnen hatten sich die Gäste des Pubs versammelt, zusammen mit Arran und seiner bleich gewordenen Frau.

Sie alle existierten auf der einen Seite einer unsichtbaren Wand, wo sich auch Anstand, Richtig und Falsch, gesellschaftliche Sitten und normales Verhalten befanden. Auf der anderen Seite der Wand starrten sie und Blitz einander an.

Männlich. Weiblich.

Eine Verbindung, so sengend, dass sie alle anderen Überlegungen in ihrem Kopf überstrahlte. Hätte sie eine Hand frei gehabt, dann hätte sie nach oben gegriffen, um die Linie seines grausamen, schönen Mundes nachzuzeichnen. Sie wollte unbedingt wissen, wie es sich anfühlen würde …

„Nikolas, *halt*." Die Kraft in Donners Stimme drang schließlich zu ihnen beiden durch.

Beinahe nicht wahrnehmbar nahm Nikolas sein Gewicht von ihr, obwohl der quetschende Griff um ihr Handgelenk sich nie lockerte.

Erschüttert von ihren Impulsen griff Sophie tief in ihren persönlichen Quell der Stärke, versteifte die Wirbelsäule und bereitete sich geistig darauf vor, den Fluch auszusprechen. Mann, das würde echt nerven, wenn sie ihn einsetzen musste.

„Mir ist egal, wer du bist oder was du bist", presste sie hervor. „Dieser Hund ist schlimmer misshandelt worden als die meisten Kriegsgefangenen. Ich setze ihn nicht ab oder gebe ihn dir. Wenn du ihn willst, wirst du es erst mit mir aufnehmen müssen. Und was um Himmels willen ist mit dir los? Wer bitte will so dringend einen Hund?"

Es war reiner, dummer Mut. Sie war überwältigt und unterlegen, und das Einzige, was im Moment für sie sprach, war ein Fluch, der sie vermutlich eher töten würde, als dass er den beiden mehr als nur ein paar Augenblicke Unbehagen bescherte. Sie waren so viel stärker. *Verdammt.* Sie mochte blöd und durchgeknallt sein, aber sie war nicht lebensmüde.

Eine winzige Stille senkte sich herab, während die beiden sie wieder anstarrten.

„Lady", sagte Donner dann. „Das ist kein Hund."

„Was?", stieß sie hervor. Sie warf einen Blick hinab auf das lächerliche Ewok-Gesicht, das sich unter ihren Arm schmiegte. Riesige, schielende, trübe Augen blinzelten zu ihr hoch. Was immer es war, es wirkte alt und traurig. Ihre Stimme wurde hart. „Mir ist egal, was es ist. Es wurde verletzt und schlimm misshandelt, und das lasse ich nicht länger zu."

Das hieß, falls sie in dieser Hinsicht eine Wahl hatte. Was die Stärke betraf, hätten sie ihn ihr mühelos entreißen können.

Unvorhersehbarkeit schimmerte in der Luft. Sophie hielt ihr stand. Sie hatte schon oft mit Angehörigen der Alten Völker zu tun gehabt, und trotz der äußerst verschiedenen Persönlichkeiten und Situationen respektierten sie alle ohne Ausnahme eine Demonstration der Stärke.

Nikolas' Aufmerksamkeit richtete sich nach unten auf das Wesen, das sie hielt. Nach einem langen Augenblick hob er sein Schwert hinter den Kopf und steckte es in die Scheide. Sie beobachtete ihn wachsam. Tatsächlich konnte sie nicht wegschauen.

Er musste nicht mit der zweiten Hand nach der Scheide tasten, um das Schwert hineinzuschieben. Er wusste genau, wie lang es war und wo die Scheide zwischen seinen Schulterblättern lag, als wären beide Gegenstände Verlängerungen seines Körpers. Das war kein Mann, mit dem man sich auf einen Schwertkampf einlassen sollte.

Dann ließ er ihr Handgelenk los und trat einen Schritt zurück. Eher spürte sie, als dass sie hörte, wie ihre Zeugen einen gemeinsamen Seufzer ausstießen. Wenn sie ehrlich zu sich gewesen wäre, hätte sie auch den angehaltenen Atem ausgestoßen.

„Du bist Amerikanerin." Seine Stimme war abgehackt und kalt. „Ich will wissen, was du vor zwei Wochen getan hast, als du mich mit deiner Magie belästigt hast. Und ich will alles darüber erfahren, wie du den Puck getroffen hast."

Den Puck. Den Puck?

Der einzige Puck, den Sophie kannte, war ein Hockeypuck. Und dieser Typ konnte zwar womöglich jedes Quäntchen seiner monumentalen Arroganz auch durch Tatsachen stützen, aber nachdem er eine Waffe gezogen und sie angegriffen hatte, war sie noch viel zu wütend, um ihm nachzugeben.

„Willst du das, ja?", sagte sie mit anmaßender, unbeteiligter Stimme. „Ich will eine Million und eine Villa auf Capri. Danke, dass du fragst, Arschloch."

Das Blitzen seiner Macht flammte auf, blendete ihre geistigen Sinne, bis sie nur noch die maskulinen Umrisse seines Körpers sah. Er sah aus — fühlte sich an — wie ein Racheengel.

„Dränge mich nicht, Mensch", knurrte er.

Aber wenn Sophie einmal diesen Grad der Überladung erreicht hatte, hatte sie wirklich kein Konzept und kein Gefühl für Grenzen mehr. Sie reckte das Kinn und zischte: *„Ich werde dich genauso hart bedrängen, wie du mich bedrängt hast."*

Aus den Augenwinkeln sah sie, wie Donners Finger sich in Nikolas' Schulter bohrten, und plötzlich war auch Arran an seiner anderen Seite.

„Die Gemüter sind auf beiden Seiten sehr erhitzt, mein Lord", sagte er in besänftigendem Tonfall. „Vielleicht könnte sich jeder einen Augenblick Zeit nehmen, dann bin ich sicher, dass dieses unglückliche Missverständnis ausgeräumt werden kann. Ich wäre geehrt, Euch allen etwas zu trinken anzubieten, aufs Haus natürlich, und Ihr könnt Euch hinsetzen und Eure Differenzen ganz zivilisiert besprechen. Und ich kann der Miss einen Happen zu essen bringen. Ich weiß, dass sie sich auf eine warme Mahlzeit gefreut hat, weil sie doch heute erst in England eingetroffen ist."

Mein Lord. Arran sprach, als wäre dieser Typ für seine Leute ein Fürst. Sophie versuchte bei diesem Gedanken höhnisch zu lächeln, aber eigentlich konnte sie es aufgrund seines unfassbar scheußlichen Benehmens auch gleich glauben.

„Verdammt, Mann, hör auf ihn", murmelte Donner auf der anderen Seite. „Mach es."

Die Wut in Nikolas' Gesicht ließ etwas nach, während er die anderen reden hörte, aber die in Sophies Gesicht nicht. Sie wollte ihn *drängen* und *drängen* und sehen, was er dann tun würde, denn wie der Teil von ihr, der vorhin die Kernschmelze eingeleitet hatte, hatte der Teil von ihr, der völlig blindwütig war, nun das Messer zwischen den Zähnen und wollte Amok laufen.

Dann fiel ihr Blick noch einmal auf Arrans Frau, hinten an der Wand. Maggie wischte sich mit sichtlich zitternder Hand das Gesicht ab, und Sophies unbeherrschbare Wut erstarb. Diese Konfrontation war nicht nur für sie erschreckend. Sie erschreckte auch andere.

Während sie von Nikolas' angespanntem Körper abrückte, sagte sie direkt zu Maggie: „Tut mir leid, dass wir so einen Aufruhr veranstaltet haben. Wenn wir noch weiter streiten müssen, reden wir draußen, ein gutes Stück weg von hier."

Sie funkelte speziell Nikolas noch einmal an, als sie das sagte. Er wirkte äußerst, vollkommen gleichgültig. Mit ruhiger Stimme, als wäre nie sein Temperament mit ihm durchgegangen, sagte er zu Arran: „Danke für das Angebot, aber es ist nicht nötig, dass du die finanzielle Last unseres Konflikts übernimmst. Bitte kümmere dich darum, dass alle etwas zu trinken bekommen, was immer sie wollen, und setz es auf meine Rechnung. Wir sind dann am Ecktisch, wenn du fertig bist."

Erleichterung strömte über Arrans wettergegerbte Züge. Er nickte und lächelte. „Ja, Sir. Danke, Sir."

Mit einem langen, undurchschaubaren Blick auf sie und einem weiteren auf den Hund ... die hundeartige Kreatur ..., die sie immer noch festhielt, wandte Nikolas sich ab.

Ihre Möglichkeiten, ihm nachzustarren, wurden gestört, als Donner sich vor sie stellte, ihr den Blick auf Nikolas' Rücken versperrte und ihr seine Hand anbot. „Ich bin Gawain", sagte er mit leiser Stimme. „Ich entschuldige mich für das, was gerade passiert ist. Wir sind zu lange zu sehr in Kampfsituationen verstrickt gewesen. Unsere erste Reaktion auf jeden Konflikt oder jedes unerklärliche Ereignis ist tendenziell, naja, nicht so friedlich."

Das machte sie nachdenklich. Sie war solchen Männern schon begegnet, Männern, die so lange im Krieg gewesen waren, dass ihre Reaktion auf jedweden Konflikt Gewalt war. Oft war es ihnen nicht möglich, sich wieder an die normale Gesellschaft anzupassen, und sie verpflichteten sich erneut und gingen zurück zur Armee, oder sie wurden Polizisten. Manche richteten die Waffe auf sich selbst.

Sie kniff die Augen zusammen, während sie Donners grobe Züge musterte. Er wirkte recht ehrlich, und der Hund (das hundeähnliche Wesen) winselte oder jodelte nicht mehr und verhielt sich auch nicht mehr ängstlich.

Sie verstand das als Wink und nahm vorsichtig Gawains Hand, um sie zu schütteln. „Sophie Ross. Vielleicht hat es diesmal niemandem geschadet, aber Vertrauen wurde dadurch auch nicht gestiftet. Wenn einer von euch noch einmal seine Waffe zieht oder mich herumschubst, werde ich euch mit einem Fluch schlagen, bei dem sich euch der Kopf dreht. Das ist ein Versprechen, Gawain."

„Ich verstehe und respektiere es." Sanft drückten Gawains Finger ihre, und dann ließ er sie los. „Bitte, komm zu uns an den Tisch und erzähle uns deine Geschichte. Sie ist wichtig."

Sie zögerte, schaute von einem Mann zum anderen, aber so tödlich Gawain auch war, sie spürte keine Gefahr von ihm ausgehen.

Nikolas allerdings … Sie warf ihm einen Blick aus zusammengekniffenen Augen zu, den er mit mehr als einem Anflug gezügelter Bösartigkeit erwiderte.

Was Nikolas anging, ob er nun der Fürst seiner Leute war oder nicht, sie würde ihm nicht weiter trauen, als sie ihn werfen konnte.

Kapitel 5

DER RUNDE HOLZTISCH in der Ecke des Vorderraums war dunkel angelaufen und altersbedingt zerkratzt. Nikolas suchte sich einen abgenutzten Samtsessel aus, der sich in einen Winkel schmiegte, so dass er den Überblick über den restlichen Raum behielt und die Tür sehen konnte.

Von diesem Punkt aus beobachtete er, wie Gawain mit der Amerikanerin redete und lauschte mühelos ihrer gedämpften Unterhaltung. Nikolas speicherte ihren Namen ab, um in Zukunft darauf zurückgreifen zu können, während er sie sich genauer anschaute.

Sie war nicht klein für eine Frau, aber neben Gawain wirkte sie klein, denn seine muskulöse Größe betonte die Weiblichkeit ihrer schlanken Gestalt. Viele Einzelheiten, die Nikolas bei der Vision vor zwei Wochen aufgefallen waren, stimmten überein.

Ihre Haare waren lang, schwarz und lockig. Sie hatte sie aus dem blassen, scharf geschnittenen Gesicht zurückgenommen und zu einem kurzen Zopf geflochten. Am Ende des Zopfes explodierten die Haare zu einer extravaganten Lockenwolke. Wie in der Vision war ihre cremefarbene Haut mit Sommersprossen bedeckt, ihre Lippen waren üppig und rosarot, und sie wirkte müde auf ihn, ausgezehrt beinahe. Dunkle Ringe lagen unter ihren Augen.

Eines war atemberaubend anders als das, was er damals

gesehen hatte.

Diese Augen. In der Vision waren ihre Augen blass und uninteressant gewesen. In Wahrheit waren sie spektakulär. Man hätte sie als blassgrau oder sogar hellblau bezeichnen können – das war von der anderen Seite des Raums schwer zu erkennen –, aber beschreibende Worte allein wurden ihnen absolut nicht gerecht.

Ihre Augen funkelten, und das nicht nur durch die Energie ihrer Persönlichkeit und die Magie, die sie trug. Sie schienen alles Licht um sie herum anzuziehen und mit einer Strahlkraft beinahe wie Diamanten zu glitzern.

Er holte tief Luft, filterte die andere Gerüche im Pub heraus, um ihren femininen Duft aufzunehmen. Etwas war anders ihr. Sie war nicht ganz menschlich, und sie verfügte über eine erhebliche Menge an persönlicher Macht. Es wäre ein Fehler, sie zu unterschätzen.

Gawain überredete sie, sich ihnen anzuschließen, und mit Robin nach wie vor unter dem Arm folgte sie ihm zögerlich zu dem Ecktisch, wo sie Nikolas einen finsteren, raschen Blick zuwarf, bevor sie sich rechts von ihm niederließ, so dass auch sie nicht mit dem Rücken zum Raum sitzen musste.

Gawain nahm links von Nikolas Platz, ließ seinen großen, kräftigen Körper bedächtig in den Sessel sinken, so dass Nikolas' Sicht auf den Raum nicht versperrt wurde.

Nikolas schloss seine Einschätzung der Frau ab und wandte seine Aufmerksamkeit Robin zu, der seltsam klein und zerbrechlich wirkte. Die Macht des Pucks schien nicht zu existieren, und auch mit seinen Augen stimmte etwas nicht. Eines sah verrutscht aus, schaute zur Seite. Mit gerunzelter Stirn stützte Nikolas das Kinn in eine Hand, der Ellbogen ruhte auf dem anderen Arm, den er über die Brust gelegt hatte, während er den Puck musterte.

„Wie lang haben wir, glaubst du?", fragte ihn Gawain mit leiser Stimme.

„Nicht lange", erwiderte er. „Höchstens eine halbe Stunde. Länger sollte es nicht dauern. Die Gegend hier ist nicht so abgeschieden wie unsere Versammlung oben im Norden."

„Ich kann gehen, während ihr beide redet."

„O nein. Nein, nein." Sophie riss die freie Hand in einer allgemeinverständlichen Stopp-Geste hoch. „Wenn du gehst, gehe ich auch", sagte sie zu Gawain. „Ich bleibe nicht hier und rede mit *ihm* allein."

Die Betonung, die sie darauf legte, war auf keinen Fall positiv gemeint. Nikolas kniff die Augen zusammen. Es war ihm völlig egal, was die Frau von ihm hielt, sie *würde* auf die eine oder andere Art mit ihm reden.

„Ich gehe nicht", sagte er zu ihr, „genauso wenig wie du. Du und ich haben etwas miteinander zu besprechen."

Als sie ihn schließlich anschaute, war ihr Gesicht vor Wut und Abneigung angespannt. „Was willst du denn machen, um mich hier zu halten? Nochmal das hier?" Sie hob die freie Hand, um ihr blasses, schmales Handgelenk zu zeigen, das von den Spuren seiner Finger rot angeschwollen war.

Bei dem Anblick verzog Nikolas den Mund. Der Geist des Mannes, der er gewesen war, wälzte sich unruhig im Grab.

Er machte sich keine Illusionen über sich selbst. Einst hätte es ihn mit Reue erfüllt, eine Frau zu verletzen, aber er war schon lange kalt und hart geworden.

Eine Frau hatte so viele seiner Leute getötet. Seine Freunde. Diese Frau war darauf versessen, eine ganze

Domäne auszulöschen, und Nikolas war inzwischen zu Dingen fähig, die er nicht im Traum für möglich gehalten hätte.

„Ich würde das tun und sehr viel mehr als das", erwiderte er leise und bedrohlich, „wenn ich dadurch die Antworten erhalte, die wir brauchen."

Robin knurrte, während die Frau sich nach vorn beugte.

Nach vorn, zu Nikolas, nicht furchtsam von ihm weg. Sie erwiderte Aggression mit Aggression. Er hob die Augenbrauen. So reagierten Leute normalerweise nicht auf ihn.

„Wenn du mich noch einmal ohne Erlaubnis berührst, werde ich dich verletzen", flüsterte sie.

Dieses Gesicht. Diese hypnotischen Augen. Sie zeigte keinerlei Angst, obwohl er in ihrem Geruch Spuren davon wahrnahm. Überrascht lächelte er beinahe, bevor ihm wieder einfiel, dass sie niemand war, den anzulächeln er geneigt war.

Gawain beugte sich auch vor. „Dafür haben wir keine Zeit." Mit einem Blick zu Sophie erklärte er: „Wenn Nikolas und ich zusammen sind, sorgen wir gemeinsam für eine beträchtliche Menge Energie. Wenn wir mit unseren Kameraden zusammen sind, ist es genauso. Je mehr von uns sich versammeln, desto stärker wird der Effekt. Wir machen nichts, um sie zu generieren. Das kommt ganz natürlich, wobei der Effekt noch intensiver wird, wenn wir Magie einsetzen."

Während Gawain redete, hielt Nikolas seine Aufmerksamkeit auf sie gerichtet. Er stellte fest, dass er nur zögerlich den Blick von ihr nahm. Die winzigen Veränderungen in ihrer Miene waren faszinierend.

Ihre Lider senkten sich kurz. „Ich glaube, ich verstehe,

was du meinst. Ich kann es spüren, wenn ich nur mit euch hier sitze."

„Unsere Feinde nutzen das, um uns zu jagen. Da wir keine Gruppe sind, die stark genug ist, sie zu schlagen, hindert uns das daran, uns länger zusammenzutun."

Ihre Aufmerksamkeit wurde glasklar und durchdringend. Sie schien fast gegen ihren Willen Interesse an ihrem Problem auszustrahlen. „Was, wenn ihr einen Annullierungszauber wirkt? Würde das die Energie nicht zerstreuen?"

Nikolas gefiel nicht, wie sie sich allein auf Gawain ausrichtete. Abrupt warf er ein: „Ja, aber der Effekt hält nur ein paar Minuten."

„Normalerweise halten meine Annullierungszauber auch nicht lange." Sie zögerte, dann sagte sie leise, beinahe widerstrebend: „Was, wenn ich euch sage, dass ich vielleicht eine Möglichkeit habe, den Annullierungszauber länger als ein paar Minuten an Ort und Stelle zu halten. Wärt ihr interessiert?"

„Meinst du etwas wie ein Amulett?" Nikolas gefiel nicht, wie das klang.

Keinem Magieanwender gefielen Annullierungszauber auf Amuletten oder Schmuck. Typischerweise wollten nur nichtmagische Wesen Schmuck mit Annullierungszaubern als Schutzmaßnahmen einsetzen, und Gefängnisse nutzten Annullierungszauber in Zellen und Handschellen, um gefährliche Gefangene mit magischer Macht festzuhalten.

Annullierungszauber-Amulette würden auch dem Ziel der Daoine Sidhe entgegenwirken, wenn sie sich versammelten, um Lyonesse zu kontaktieren. Der Umgang mit solchen Amuletten behinderte ihre Fähigkeit, Verteidigungs- und Angriffszauber zu wirken und Gefahren um sich herum zu entdecken.

„Nein", erwiderte Sophie. „Was ich machen kann, ist nicht so permanent, und es wird leicht ausgehebelt. Wärt ihr interessiert?"

Nikolas schaute Gawain in die Augen. Er erkannte, dass der Mann genauso fasziniert war wie er. „Selbst wenn du das könntest, hätte es sehr begrenzte Anwendungsmöglichkeiten", sagte Gawain. „Wenn man unsere Macht dämpft, heißt das auch, dass unsere Fähigkeiten gelähmt sind und unsere Sinneswahrnehmung reduziert wird. Das ist ein ziemlich gefährlicher Vorschlag."

„Stimmt", pflichtete Sophie bei. „Es würde wirklich nur eines bewirken – ihr hättet die Möglichkeit, länger als ein paar Minuten miteinander zu verbringen, ohne aufgespürt zu werden."

Nikolas schaute wieder zu Gawain. Sie könnten sich richtig unterhalten, vielleicht zusammen essen. Die Verlockung war so groß, dass Nikolas emotional davor zurückscheute. „Was ist der Haken daran?", fragte er mit rauer Stimme.

Sophies schmale Augenbrauen hoben sich. „Soweit ich es sagen kann, gibt es zwei Haken. Den ersten kennt ihr bereits. Es würde eure Fähigkeit behindern, Sprüche zu wirken, zumindest bis ihr den Zauber abspült, was recht leicht zu bewerkstelligen ist. Der zweite Haken – ihr habt mich noch nicht überzeugt, dass ich gottverdammt nochmal für euch arbeiten sollte."

Sie hielt Robin schützend auf ihrem Schoß, während sie sprach und erst Nikolas und dann Gawain anschaute, der mit leiser Höflichkeit antwortete: „Du hast jedes Recht, so zu empfinden, nach allem, was gerade passiert ist. Wie können wir dich überzeugen?"

Sie presste die üppigen, sinnlichen Lippen aufeinander. „Hatte einer von euch etwas mit einem hässlichen Bann zu tun, auf den ich auf dem Weg in die Stadt gestoßen bin?“, fragte sie angespannt. Sie schaute Gawain an. „Du weißt, wovon ich rede. Ich habe gesehen, wie du dein Motorrad verlangsamt und den Bereich gemustert hast, in dem er gelandet ist.“

Gawains Gesicht veränderte sich. „Du warst dort, als ich da war?“

„Ja.“ Sie schaute auf das Wesen auf ihrem Schoß hinab. „Sowohl – wie heißt er, Robin? – als auch ich waren da.“

„Ich hatte keine Ahnung“, murmelte er vor sich hin. „Ich habe euch überhaupt nicht wahrgenommen.“

Ihr Mund zuckte. „Das liegt daran, dass ich das nicht wollte.“

Sie war anmaßend, das musste Nikolas ihr lassen. Geistesabwesend drehte er den Siegelring an seinem Finger, während er ihrem Austausch lauschte. Sophies Aufmerksamkeit richtete sich auf die Bewegung.

„Die Frau, die diesen Bann gewirkt hat, ist unsere Todfeindin“, fuhr er sie an. „Sie ist diejenige, die uns vernichten will.“

Zum ersten Mal betrachtete ihn Sophie ohne Wut und Abneigung. Sanft schob sie eines der Ohren des Hundes zur Seite, um seinen knochigen, blasenübersäten Hals zu zeigen. „Dieser Bann“, sagte sie, „war in ein abgerissenes Silberseil um Robins Hals gewoben.“

„Das ist also passiert?“, fragte Nikolas den Puck. „Hat die Königin dich eingesperrt?“ Der Puck blieb still. „Robin? Warum sprichst du nicht?“

Der Hund öffnete den Mund und zeigte es ihm. In der Mulde, in der die Zunge hätte sein sollen, war nur noch ein

Stumpf.

Nikolas mahlte mit den Zähnen. Gawain fluchte lautlos. Sophie wurde blass, während das Grauen ihre Augen verdüsterte. „Als ich vorhin eingeschlafen bin, habe ich geträumt, ich wäre in einem Käfig, während sie mir die Zunge herausrissen und sie ins Feuer warfen", flüsterte sie.

Nikolas versuchte es mit Telepathie. *Robin. Sag mir, was dir zugestoßen ist.*

Der Puck ließ durch nichts erkennen, dass er ihn gehört hatte. Mit nach hinten geneigtem Kopf musterte er unerschütterlich Sophies Gesicht, wie der Hund, als der er erschien.

„Er spricht auch nicht telepathisch", sagte Nikolas laut. „Ich bin nicht mal mit ihm verbunden."

Ein merkwürdiger Ausdruck glitt über Sophies Gesicht, und ein kleines, bitteres Lächeln krümmte ihre Lippen. „Er spricht nicht", sagte sie, „ist vermutlich traumatisiert. Man kann hoffen, dass er seine Sprache wiederfindet, wenn er genest. Ich habe das schon erlebt."

Während sie sich unterhielten, kam Arran mit einem Tablett an ihren Tisch. Er schaute Nikolas an. „Alle wurden bedient, mein Lord, wie Ihr es gewünscht habt. Was kann ich Euch bringen? Getränke und Abendessen?"

Nikolas warf Gawain einen Blick zu, und dieser erwiderte: „Die halbe Stunde ist fast um. Entweder müssen wir uns trennen, oder wir können sehen, was diese junge Dame für uns tun kann." Gawain wandte sich an Sophie. „Ich möchte nicht gezwungen sein zu gehen, ehe wir diese Unterhaltung beendet haben. Ich würde mich freiwillig für deinen Spruch melden, wenn du so nett wärst, ihn zu wirken."

Jeder Muskel in Nikolas' Körper spannte sich an. Es

ging gegen alle seine Instinkte, einer Fremden zu vertrauen, damit sie sie mit einem Zauber belegen konnte, besonders, wenn er vorher schon bei ihr angeeckt war, und selbst jetzt hielt sie während des Gesprächs noch ein Wesen auf dem Schoß, dem er nie ganz vertraut hatte.

Dann schaute er wieder Robin an, die hervorstechenden Knochen unter seiner Haut und die trüben Augen, in denen einst der düstere Funke der Intelligenz und des Schabernacks gelodert hatte. Der Puck wirkte zerstört, und Nikolas glaubte nicht, dass Robin so vertrauensvoll auf dem Schoß von jemandem sitzen würde, der in das verwickelt war, was ihm zugestoßen war.

Ihm fiel auch die sanfte Schutzgeste auf, in der sich Sophies Hand um die Schulter des Hundes legte, und ihm fiel ein, wie sie sich ihm und Gawain entgegengestellt hatte, um etwas zu verteidigen, das sie für ein misshandeltes Tier gehalten hatte.

Dazu brauchte man Mut und Anstand.

Sophie hatte seine Anspannung und sein Zögern bemerkt. „Auch wenn ich es begrüße, dass ich dir solche Angst einjage, kannst du dich entspannen", richtete sie als säuerliche Seitenbemerkung an ihn. „Es ist nur ein Bann, der mit magiesensitivem kolloidalem Silber gewirkt wird. Mit Wasser kann man ihn abwaschen, oder man kann draufspucken und ihn notfalls an der Jeans abrubbeln. Man braucht kein Amulett herumschleppen, und er schadet nicht. Und er hält stundenlang, wenn man will, solange man nicht schwitzt."

Bei ihrem Sarkasmus regte sich sein Widerstand, heiß und glühend, aber er riss sich zusammen, denn Gawain hatte recht. Sie waren zu lange im Krieg, und all seine Reaktionen auf Konflikte waren gewaltsam und tödlich.

Sie hatte es wohl in seinem Blick gesehen, zusammen mit der gefährlichen Art, auf die sich sein Körper anspannte, als wolle er zuschlagen, denn ihre Miene flackerte, während sie von ihm abrückte. Sie hatte vor diesem Augenblick weder geblinzelt, noch war sie zusammengezuckt.

Nikolas verwarf den Gedanken an sie, bevor er noch etwas tat, das er nicht zurücknehmen konnte, und wandte sich zu Arran, der immer noch wartete. „Bring uns Guinness und Abendbrot", sagte er. „Was immer du heute Abend auf der Tageskarte hast, ist gut."

„Sehr wohl, mein Lord." Der Wirt glitt davon.

„Ich weiß nicht, ob ich Guinness mag", sagte Sophie. „Das habe ich noch nie probiert. Und ich bin nicht sicher, ob ich hier sitzen und eine Mahlzeit hinunterbekommen möchte, während ihr beide mir zuschaut. Danke, dass du fragst, Arschloch."

„Um der Liebe aller Götter willen, du dummes Weib", stieß Nikolas zwischen zusammengebissenen Zähnen hervor. „Ist diese kleinliche Sache wirklich das, worauf du dich im Augenblick konzentrieren willst?"

Er hatte nicht gemerkt, dass er in die alte Sprache verfallen war, bis ihm das Unverständnis in ihrem Gesicht auffiel. Gawain hustete sich leise in die Hand und stieß ihn mit einem Fuß unter dem Tisch an.

Sophie hob eine Schulter. „Ich weiß nicht recht, was du da eben gesagt hast, aber ich habe das Gefühl, es war nichts Nettes. Lasst uns mal ein paar Sachen für euch prähistorisches Volk klarstellen – auch wenn das wahrscheinlich nicht so bald wieder eine Rolle spielt. Berührt mich nicht ohne Erlaubnis. Bestellt nichts mehr für mich. Sprecht nicht für mich, wenn ich das selbst übernehmen kann. Öffnet mir keine Türen, und kommt mir nicht mit diesem bevormundenden Herr-über-alles-so-weit-das-Auge-reicht-Tonfall. Nicht, wenn ihr wollt, dass ich auch nur einen gottverdammten Finger für euch rühre. Ihr schuldet mir noch was für den Angriff vor zwei Wochen – und dafür." Sie deutete auf die Blessuren, die auf ihrem Handgelenk sichtbar wurden. „Verstanden?"

Nikolas kräuselte die Nase und ließ sich nicht zu einer Antwort herab. Gawain hustete wieder. „Ich zumindest habe das perfekt verstanden."

Sie lächelte Gawain angespannt zu. „Ich hole mal meine Phiole. Bin gleich zurück."

Gawain nickte. „Danke."

Beim Aufstehen wollte sie Robin auf ihren Platz setzen, aber der Hund jaulte plötzlich so laut auf, dass sämtliche Gespräche verstummten und alle zu ihnen schauten.

„Na gut", brauste sie auf. Sie steckte ihn sich unter den Arm, und zusammen gingen sie.

Als sie wieder allein waren, schauten Nikolas und Gawain einander an. „Was ist los mit dir?", fragte Gawain. „Du hast sie gepackt und an die Wand geschubst, und das nur, weil sie angehalten hat, um einem verletzten Tier zu helfen?"

Der scharfe Tonfall in den leisen Worten des anderen wurmte Nikolas. „Da steckt doch noch mehr dahinter", fuhr er ihn an.

„Na, ich habe noch nie gesehen, dass du dich so aufführst." Der Mann musterte ihn durchdringend. „Was hat sie gemeint, als sie sagte, du hättest sie angegriffen?"

„Erinnerst du dich, wie ich vor zwei Wochen vier Jagdhunde getötet habe, direkt vor der Versammlung zur Sommersonnwende?"

Gawain runzelte die Stirn. „Ja."

„Nebel bedeckte innerhalb von Sekunden den Park, und die Jagdhunde griffen an. Ich hatte gerade den letzten getötet, da spürte ich eine Präsenz. Als ich mich umdrehte, war sie da. Nicht körperlich. Es war eher eine Vision. Ich dachte, sie hätte zum Hinterhalt gehört, wäre vielleicht für den Nebel verantwortlich, und ich warf einen Morgenstern nach ihr." Nikolas bleckte die Zähne. „Und wir wissen immer noch nicht, ob sie darin verwickelt war. Wir wissen eigentlich nur, dass Robin an ihr zu hängen scheint, also ist es unwahrscheinlich, dass sie an seiner Folter beteiligt war."

Gawains Stirnrunzeln vertiefte sich beim Nachdenken. „Der Wirt hat gesagt, sie wäre gerade erst in England angekommen."

„Er sagte, dass sie *heute* in England angekommen ist." Nikolas betonte das Wort. „Das hat nichts damit zu tun, wo sie vor zwei Wochen war. Sie hätte hier sein können, ist zurückgereist und wieder hergekommen. Oder sie könnte involviert gewesen sein, während sie sich woanders aufhielt. Wir waren nie körperlich verbunden. Es war alles geistig, alles magisch."

„Verdammt. Ok." Gawain schnaubte, während er sich den Nacken rieb. „Wenn sie an dem Angriff beteiligt war, könnte sie vielleicht abhauen wollen."

„Wir werden es mitbekommen, wenn sie versucht, sich aus dem Staub zu machen", sagte Nikolas. „Und ich bin mir sicher, darauf ist sie schon gekommen."

Es herrschte Schweigen, während sie beide dem normalen Treiben des Pubs zuhörten, und Nikolas lauschte mit mehr als nur den Ohren. Er konnte ihre Präsenz über ihnen spüren, im ersten Stock, und hörte ihre leichten, entschlossenen Schritte.

„Ich glaube nicht, dass sie gehen will", sagte Gawain

plötzlich. „Sie ist zu tief in die Geschehnisse eingedrungen. Und sie würde den Hund nicht aufgeben, wenn sie denkt, dass wir ihm wehtun wollten. Das klingt nicht nach jemandem, der eine Nebeldecke herbeirufen würde, um einen Mord zu vertuschen.“

„Nein, gar nicht, oder?“, murmelte Nikolas. Er legte den Kopf schief. „Sie war nicht einmal bereit, Robin eben abzusetzen, als er nicht wollte, dass sie ihn allein ließ.“

Es gefiel ihm immer noch nicht, dass sie zur selben Zeit aufgetaucht war, als Robin wieder erschienen war, aber das konnte auch Zufall sein. Was vor vierzehn Tagen passiert war, konnte ebenfalls ein Zufall sein — aber das war schon verteufelt viel Zufall. Es machte ihn unruhig.

Auf jeden Fall musste er ihr die Anerkennung zollen, die ihr gebührte. Sie mochte nervig und frech sein, und offenbar trug sie mehr als einen Widerspruch in sich, aber sie schien auch eine ehrlich freundliche Ader zu haben.

Die Frau besaß am Ende noch mehr Seele als er.

„WAS WÜRDE ICH nicht für meine Glock geben“, sagte Sophie tonlos zu dem Hund, der kein Hund war, und in ihrer Armbeuge saß. Zu dem Puck. Was auch immer ein Puck war. „Du hast gar keine Ahnung. Ich weiß, dass eine Knarre nicht die Antwort auf alles ist. Ich weiß, dass ich viele andere Talente habe, auf die ich mich verlassen kann, aber weißt du, eine Schusswaffe ist bereit, wenn Zauber es vielleicht nicht sind. Sie kann unter deinem Kissen liegen, wenn du schläfst, kann Wache halten, während du träumst, die ganzen Kugeln sitzen schön an ihrem Platz und warten nur drauf, dass man sie abschießt.“

Robin blinzelte zu ihr herauf, sah sie an, als versuche er

zu verstehen, was sie sagte. Er spielte den Hund wirklich gut.

„Ich weiß, dass es nicht attraktiv ist, sich ständig über etwas zu beschweren, an dem man nichts ändern kann", murmelte sie. „Aber solange du bei mir bist, musst du dich wohl damit abfinden."

Während sie redete, sperrte sie ihr Zimmer auf, öffnete ihren größeren Koffer und wühlte sich durch den Inhalt, bis sie die richtige königsblaue, verschlossene Flasche mit dem kleinen, dünnen Pinsel fand, den sie mit einem Gummiband daran befestigt hatte. Nachdem sie wieder abgesperrt hatte, ging sie die Treppe hinunter.

Sie ignorierte die Seitenblicke der Gäste, die sie noch nicht vergrault hatten, lief zurück in den Vorderraum und glitt wieder auf ihren Sessel. Die beiden Männer hatten sich leise unterhalten. Als sie sich zu ihnen gesellte, lehnten sie sich zurück und wandten ihr ihre Aufmerksamkeit zu.

Gawain war derjenige, dem sie vorerst vertraute, zumindest bis zu einem gewissen Grad. Er war derjenige, der sich um etwas Anstand bemühte. Nikolas mochte zwar seine Waffe in die Scheide gesteckt haben, aber seine Präsenz war nach wie vor schneidend.

Er beobachtete sie jetzt, seine dunklen Augen kalt und abschätzig. Er hatte ein vollkommen schönes, absolut hypnotisierendes Gesicht, das von der messerscharfen Bösartigkeit zerstört wurde, die seinen Zügen nie fern war.

Zumindest war sie nie fern, wenn er sie anschaute. Wenn er sich Gawain zuwandte, erschien etwas viel Wärmeres und Wahreres, wie ein winziger Blick auf eine goldene Stadt, verborgen hinter einem Vorhang der Mitternacht.

Ihr wurde es dabei auf eine Weise schwer ums Herz, die sie nicht verstand, weil der eine Teil dieses Mannes so von

Groll erfüllt war, während der andere Teil, der, den sie kaum erahnen konnte, so … so …

So edel war. An ihm war eine gewisse Vornehmheit, oder hätte sein können, wenn die eisige Wildheit zurückging und der anderen Seite eine Chance zum Luftholen ließ.

Naja. Was sie bei diesem tödlichen Fremden spürte oder über ihn dachte, spielte nicht die geringste Rolle für irgendjemanden außer ihr. Sie schob ihre Überlegungen beiseite und lächelte Gawain an. Es sagte auch etwas über einen Mann aus, wenn ein Säbelzahntiger die sicherere, freundlichere Alternative war.

Als ihr der faszinierte Ausdruck auf Gawains Gesicht auffiel, hielt sie ihm die Flasche hin, damit er sie betrachten konnte. „Kolloidales Silber. Du weißt, was das ist, oder?"

Mit einem Kopfschütteln öffnete Gawain die Flasche und zog den Verschluss ab, damit er daran schnüffeln konnte. Er drückte ein paar Tropfen auf die Spitze seines klobigen Fingers, dann verschloss er die Flasche wieder und reichte sie Nikolas, der sie genauso unter die Lupe nahm.

Während sie sich vergewisserten, dass die Flüssigkeit in der Flasche im Prinzip harmlos war – zumindest in diesem unbelebten Stadium –, sagte sie: „Kolloidales Silber ist ein einfaches Präparat aus Silberpartikeln in demineralisiertem Wasser. Manche Leute nehmen es als Nahrungsergänzung für die Gesundheit ein. Ich habe keine Ahnung, ob es ihnen hilft. Einige Internetseiten, etwa der staatlichen Gesundheitsinstitute, listen schwerwiegende Nebenwirkungen auf, die auftreten können, wenn man es regelmäßig oral zu sich nimmt. Zumindest bei Menschen."

Genauso wie Gawain nahm Nikolas ein paar Tropfen auf den Finger und probierte vorsichtig davon. „Du hast gesagt, es besteht aus magiesensitivem Silber."

„Richtig. Im Augenblick ist die Flüssigkeit neutral, wie ein unbeschriebenes Blatt." Sie lächelte Gawain an. „Bereit?"

„Bereit, wenn du es bist."

„Gib mir deine Hand."

Gehorsam hielt er seine Hand über den Tisch. Sie ließ Robin auf ihren Schoß hinab und brachte Gawain dazu, die Hand umzudrehen, so dass der breite Handrücken oben war.

„Ich mache langsam", sagte sie. „Wenn du dich unwohl fühlst oder irgendwann willst, dass ich aufhöre, musst du es nur sagen. Und vergiss nicht, um diesen konkreten Spruch loszuwerden, musst du nur irgendeine Flüssigkeit drüberkippen und ihn abrubbeln. Ok?"

„Ok", sagte er mit ruhiger Stimme.

Er sah ihr unbewegt zu, während sie den Verschluss abzog und den dünnen Pinsel in die Flüssigkeit tauchte. Dann begann sie ganz leicht eine Rune auf seine Haut zu streichen, während sie den Annullierungszauber flüsterte, der in das silberne Muster einsinken würde. Gawain blieb ruhig und interessiert, ganz im Gegenzug zu Nikolas.

Den Göttern sei gedankt, dass der Bann technisch so simpel war, dass sie ihn auch im Schlaf sprechen konnte. Dem atomaren Sprengkopf, der sie bei der Arbeit beobachtete, standen nämlich so viele schreckliche Racheverheißungen im Gesicht, falls sie irgendetwas tat, das seinem Freund schadete, dass es für wochenlang Alpträume reichte.

Als ob sie noch mehr Nahrung für Alpträume gebraucht hätte.

Sie war es gewohnt, mit einem gewissen Maß an Druck umzugehen, aber ihre Finger zitterten trotzdem leicht, bis sie fertig war. Sobald der Bann verlässlich gewirkt war, spürte sie, wie die Energie im Raum sich beruhigte. Nun glühte nur noch Nikolas wie eine Flammensäule vor ihrem geistigen Auge.

Sie blickte zu Gawains Gesicht auf. „Alles gut?“

Er nickte. „Alles gut. Du hast eine leichte Hand mit deiner Magie.“

Während sie die Phiole verschloss, murmelte sie: „Warum mit einem Vorschlaghammer kommen, wenn es ein Schmetterlingsnetz tut?“

Sie blickte allzu betont nicht nach links, wo der Vorschlaghammer saß.

Entweder war sich der Vorschlaghammer nicht bewusst, dass es um ihn ging, oder er war nicht amüsiert. Er strahlte eine eisige Stille aus, während Gawain sich wieder in die Hand hustete. Sophie konnte sehen, wie sich sein Mundwinkel kurz erheitert hob.

„Ich kann spüren, wie der Bann auf meiner Haut liegt, aber er stört mich nicht“, sagte er. „Ist ein bisschen wie ein abwaschbares Tattoo, was?“

„Gewissermaßen.“

„Wo hast du diese Fähigkeit erlernt?“ Er streckte die Hand aus und drehte sie. Sie schimmerte leicht, wo die Rune auf seiner Haut lag. „Kann man diese Flüssigkeit kaufen?“

„Als ich von zu Hause wegging, traf ich eine alte amerikanische Ureinwohnerin in Nevada, die mir zeigte, wie man mit magiesensitivem Silber arbeitet. Sie brachte mir bei, wie man das kolloidale Silber herstellt und damit Zauber wirkt. Ich habe noch nie von jemand anderem mit diesem Talent gehört, und ich habe noch nie gesehen, dass jemand magiesensitives kolloidales Silber verkauft.“ Sie schüttelte die Phiole, bevor sie sie in ihre Tasche steckte. „Das habe ich selbst gemacht.“

„Faszinierend.“

Nachdem sie Gawain angelächelt hatte, drehte sie sich um, um Nikolas in die dunklen, kalten Augen zu blicken. „Ihr habt Fragen. Ich habe Fragen. Da ich dir gerade dazu verholfen habe, mit deinem Freund gemeinsam zu Abend essen zu können, fange ich an. Was ist ein Puck?“

Sie machte sich bereit für irgendeine Vergeltungsmaßnahme wegen der ganzen abfälligen Bemerkungen, mit denen sie ihn eingedeckt hatte, aber er überraschte sie mit einer direkten Antwort.

„Manche nennen sie niedere Fae, aber sie sind eigentlich keine Fae“, sagte er. „Sie sind ein bisschen wie Kobolde oder Brownies. Normalerweise sieht Robin fast wie ein Junge aus. Er ist mit der Natur verbunden und kann sich in viele verschiedene Gestalten verwandeln, und er ist äußerst magisch. Normalerweise.“

Alle drei schauten sie Robin an, der still auf ihrem Schoß saß. Der Puck schien die Schatten zu betrachten, die sich über die Wand bewegten, und nicht auf sie zu achten.

„Ich bin dran“, sagte Nikolas. Die Intensität in seiner Miene verstärkte sich. „Wo warst du vor vierzehn Tagen, und was hast du getan?“

Aus irgendeinem Grund spürte sie, wie ihre Wangen warm wurden, als hätte man sie dabei erwischt, wie sie ihn beobachtete, obwohl sie das gar nicht getan hatte. „Ich war in Los Angeles, wo ich gewohnt habe, und habe die Runen geworfen, um sie zu lesen. Ich habe mich auf meine nahe Zukunft konzentriert, die Steine geworfen, und eine Vision von dir erschien. Du hattest ein blutiges Schwert in der Hand, du hast mich gesehen und hast etwas nach mir geworfen. Ich konnte spüren, wie es kam, und es fühlte sich nicht gut an, also habe ich die Steine zerstreut und die

Verbindung unterbrochen. Das ist alles."

Sie hielt inne. Beide Männer hörten ihr konzentriert zu und beobachteten jede ihrer Bewegungen. Sie hatte keine Zweifel, dass sie einen hochentwickelten Wahrheitssinn besaßen und ihn auch benutzten. „Ich bin dran", sagte sie. „Was hast *du* vor zwei Wochen getan? Warum war dein Schwert blutig? Und warum hast du mich angegriffen?"

„Ich wurde gerade selbst angegriffen und dachte, du wärst an dem Hinterhalt beteiligt. Ich habe mich verteidigt." Er kniff die Augen zusammen. „Warst du daran beteiligt?"

„*Nein*", sagte sie betont. „Auf gar keinen Fall. Ich werde das so deutlich wie möglich sagen, damit du die Wahrheit in meiner Stimme hörst. Ich bin dir noch nie zuvor begegnet. Ich habe von keinem von euch schon einmal gehört. Ich habe keine Ahnung, was ihr vorhabt oder gegen wen ihr kämpft, und ich habe nichts mit dem zu tun, was dir zugestoßen ist. Tatsächlich weiß ich nicht, warum meine Runen sich nicht normal verhalten haben. Du hättest mich niemals sehen können sollen, und ich habe nicht wahrgesagt. Es war nur ein wenig Hellseherei. Das sind zwei völlig unterschiedliche Magiearten."

„Natürlich sind sie das", murmelte Gawain, der sich nachdenklich das Kinn rieb.

„Wie sind wir dann auf diese Weise aufeinander-geprallt?", fragte Sophie. Sie war auf eine Erklärung aus, denn sie wollte, dass es nie wieder dazu kam.

Seit diesem Morgen vor zwei Wochen hatte sie sich nicht mehr entspannt gefühlt, wenn sie die Runen warf. Sie hatte es trotzdem ein paar Mal getan, aber sie war immer auf höchster Alarmstufe und hielt nach Gefahr Ausschau, und dieses Gefühl hatte sie beim Runenlesen noch nie zuvor gehabt. Sie dienten ihr als Quelle des Trostes und der Information, und sie vermisste die vertraute Leichtigkeit, mit der sie sie früher benutzt hatte.

„An diesem Tag war andere Magie im Spiel." Nikolas lehnte sich zurück und verschränkte die Arme. Die Wand neben ihm tauchte einen Teil seines Gesichts in den Schatten und betonte dabei die unmenschliche Schönheit seines Knochenbaus. Sein schwarzes Hemd öffnete sich am Kragen, und die starke, klare Linie seines Halses kam zum Vorschein. Er schaute den Puck mit zusammengekniffenen Augen an. „Es war noch etwas im Spiel. Ich arbeite nach wie vor daran, es herauszubekommen. Ich dachte, es wäre Teil des Hinterhalts, aber jetzt bin ich mir nicht mehr so sicher. Vielleicht war es so, vielleicht aber auch nicht."

Ihr Gespräch wurde unterbrochen, als Arran mit einem Tablett voller Essen und Getränken an den Tisch kam. Sophie nutzt diese Zeit, um sich neu zu orientieren, während sie über alles nachdachte, was sie besprochen hatten.

Sie besaß nicht den hochentwickelten Wahrheitssinn, den sich viele aus den Alten Völkern durch Erfahrung und Alter aneigneten, aber sie dachte trotzdem nicht, dass sie sie angelogen hatten. Sie hatten einen gefährlichen Feind, der auch für die Misshandlung von Robin verantwortlich war.

Nikolas hatte geglaubt, dass sie den Angriff auf ihn unterstützt hatte. Das erklärte, warum er so auf sie reagierte hatte, sowohl vor zwei Wochen als auch gerade eben. Dadurch wurde er weder liebenswert noch nett, und es machte ihn ganz bestimmt nicht weniger gefährlich, aber dieses Wissen löste ein wenig ihre Anspannung.

Der Teller mit Rindereintopf und selbstgebackenem Brot, den Arran vor ihr abstellte, duftete plötzlich verlockend, und sie glaubte, dass es ihr nun doch möglich sein sollte, am selben Tisch wie die beiden Männer zu essen.

Sobald das Essen kam, begann Robin so wild zu beben, dass er fast von ihrem Schoß rutschte.

Sie bot ihm ein Stück duftendes Brot an. Er biss sie beinahe in den Finger, als er es ihr entriss. „Ich werde dir etwas Eintopf auf einem Teller geben", sagte sie sanft zu ihm. „Da du in Hundegestalt bist, ist es dir vielleicht angenehmer, auf dem Boden zu essen."

Während er damit beschäftigt war, das Brot zu verschlingen, setzte sie ihn auf den Boden. Als sie sich aufrichtete, erwischte sie Nikolas dabei, wie er sie beobachtete, sein Gesicht undurchschaubar. Sie beschloss, dass es das Beste war, es zu ignorieren.

Sie löffelte Eintopf auf ihren Brotteller, wobei sie die feinsten Stücke Fleisch und Kartoffel heraussuchte, während sie zu Nikolas sagte: „Eines war an dem Ganzen sehr glaubhaft. Ich habe um eine Vision meiner nahen Zukunft gebeten, und du kamst darin vor. Und jetzt haben wir es getan. Wir sind uns begegnet. Also ist dieser Teil vorbei. Wir können alle unserer jeweiligen Wege gehen."

Sie stellte den gefüllten Brotteller auf den Boden, und Robin stürzte sich darauf. Es war schwer, ihm zuzusehen, wie er das Essen hinunterschlang, während sein Körper immer noch bebte. Prickelnde Feuchtigkeit drängte in ihre Augen, und nach einem Moment musste sie wegschauen – zurück zu Nikolas, wie es der Zufall wollte, der sie immer noch beobachtete.

„Warum bist du in England?", fragte er. „Was machst du hier?"

Sie blinzelte die Feuchte weg und konzentrierte sich auf ihr Essen. „Das ist eine lange Geschichte. In der Kurzversion bin ich hier drei Monate im Urlaub. Ich bin hier, um zu sehen, ob ich irgendwie in das alte Weston-Anwesen gelange. Wenn ich das schaffe, erbe ich das Haus und das Grundstück, zusammen mit einer Pension. Ziemlich verrückt, hm?"

Während Nikolas noch kein Besteck zur Hand genommen hatte, aß Gawain mit jener Art konzentrierter Aufmerksamkeit, die bedeutete, dass er das heiße, satt machende Mahl wirklich zu schätzen wusste. „Was machst du in L.A.?", fragte Gawain.

„Ich war Hexenberaterin beim LAPD", sagte sie zu ihm, während sie Robin ein weiteres Stück Brot zusteckte. Sie sollte sich dazu zwingen, darüber zu sprechen. Es war nur ein Vorfall in ihrer Vergangenheit. Aussprechen. Darüber wegkommen. Weiterleben. „Es gab eine Schießerei. Ich war darin verwickelt. Ich brauchte eine Pause, und als dann diese Gelegenheit kam, habe ich zugeschlagen."

„Jemand hat auf dich geschossen?", fragte Nikolas.

Woher hatte er gewusst, dass er diese Frage stellen musste? Sie warf einen Blick auf ihn. Sie hatte nicht vor, ihm in die Augen zu schauen, aber sie tat es trotzdem, und der Schock der Verbindung war wieder da, rüttelte sie durch bis hinab in die Schuhe. Sie räusperte sich und sagte heiser: „Ja, so ist es. Ich bin drüber weg."

Selbst in ihren Ohren konnte sie die Lüge hören. Natürlich hatten sie sie auch bemerkt. Sie preschte weiter vor. „Ihr habt mir nie erzählt, wer euer Feind ist."

„Manche Namen sagt man nicht in der Öffentlichkeit", erklärte Nikolas leise.

Ihre Gabel hielt mitten in der Luft inne, als sie verarbeitete, was das hieß. Sie griff telepathisch aus. *Wie ist es mit Telepathie?*

Manche Namen sollte man auch telepathisch nicht aussprechen.

Seine geistige Stimme war tief, ein echter Bariton. *Nicht, wenn wir alle unserer getrennten Wege gehen. Das Schlaueste, das bei weitem Sicherste wäre es für dich, wenn du uns Robin überlässt und wieder zu deinem eigenen Vorhaben zurückkehrst.*

Aber sie war nicht gerade talentiert darin, sich das Klügste und Sicherste auszusuchen. Sie blickte auf den Puck hinab. Robin war fertig mit dem Essen, und er kam, um sich an ihren Fußknöchel zu lehnen. Sie beugte sich hinab, schaute in seine trüben Augen und sagte sanft: „Robin, ich habe dir versprochen, dass ich dafür sorge, dass alles in Ordnung kommt. Das hat sich nie geändert, nur weil ich weiß, dass du kein Hund bist. Willst du mit Nikolas oder Gawain gehen, oder würdest du lieber bei mir bleiben, bis es dir besser geht?"

Er antwortete nicht mit Worten. Stattdessen richtete er sich an ihrem Bein auf und bettelte darum, dass sie ihn hochnahm. Als sie ihn in die Arme nahm, spürte sie seinen Bauch, der nach dem Mahl sichtlich gerundet war.

Sie richtete sich auf und schaute Nikolas und Gawain an. Sie beobachteten sie beide mit besorgt gerunzelter Stirn. „Er bleibt vorerst bei mir", sagte sie zu ihnen.

Nikolas' Stirnrunzeln wurde finster. „Du machst einen Fehler."

Ihre Stimme war frostig. „Ich entscheide mich, ein Versprechen zu ehren, das ich gegeben habe. Das ist niemals ein Fehler."

„Nein, aber du kanntest nicht alle Fakten, als du es gegeben hast." Nikolas nickte Robin zu. „Er war irgendwie in unseren Krieg verstrickt, und das könnte sehr schlimm sein, sowohl für dich als auch für ihn."

Sie ließ sich nicht aus der Ruhe bringen. „Ich wusste von dem Seil, als ich es ihm vom Hals nahm. Ich wusste, dass er ein großes Problem mit demjenigen hat, der es geschaffen hat, und dann habe ich es ihm versprochen. Du entschließt dich, mir Informationen vorzuenthalten, die nützlich sein könnten, aber das ändert gar nichts."

Gawain rieb sich übers Gesicht. „Wir erzählen dir nichts, Mädchen, weil wir dich schützen wollen."

„Ich hätte noch etwas auf meine Liste setzen sollen." Sie lächelte sie kalt und dünn an. „Versucht nicht, mich gegen meinen Willen zu beschützen."

Kurz flammte Zorn in Nikolas' dunklen Augen auf. „Du hast keine Ahnung, wo du da hineingerätst."

„Tja, nun, wessen Schuld ist das wohl?" Sie schauten einander an, blieben aber still, daher stand sie auf und klemmte sich Robin unter den Arm. „Ich bin froh, dass wir die Gelegenheit hatten, reinen Tisch zu machen. Danke fürs Abendessen. Wiedersehen."

Als sie wegging, versuchte keiner der beiden, sie aufzuhalten. Sie war nicht überrascht. Sie hatte nicht damit gerechnet. Sie hatten sich vielleicht ausgesprochen, aber das war alles, was sie erreicht hatten.

Denn sie wussten genauso gut wie Sophie: Der Feind ihres Feindes war nicht unbedingt ihr Freund.

Kapitel 6

WIEDER IN IHREM Zimmer setzte Sophie Robin aufs Bett und ging auf und ab. Sie hatten reinen Tisch gemacht, aber die Nachwehen ihrer Konfrontation mit Nikolas zuckten noch in ihren Muskeln. Sie war zu angespannt, und nach diesem schrecklichen Nickerchen würde sie nie einschlafen können.

Beinahe hätte sie sich ihre Tasche und ihre Schlüssel geschnappt, um zu gehen, doch der Zusammenstoß mit Nikolas war ein heftiger Weckruf gewesen. Stattdessen setzte sie sich in den alten, abgenutzten Sessel, der sich in eine Ecke des Raums schmiegte, und zog ihr kolloidales Silber heraus. Nicht das wasserbasierte kolloidale Silber, das sie bei Gawain benutzt hatte. Diesmal nahm sie eine andere Phiole aus dem Koffer.

Robin hatte sich auf dem Bett zusammengerollt, aber als sie die Phiole entkorkte, setzte er sich auf, um sie zu beobachten. Seine Augen schienen klarer und fokussierter.

Nachdem sie ihm einen abschätzenden Blick zugeworfen hatte, machte sie sich an die Arbeit. Fünfzehn Minuten später, nachdem sie die Sprüche geflüstert hatte, die sie sich auf die Hände und Unterarme gemalt hatte, fühlte sie sich endlich bereit, ihr Zimmer zu verlassen. Als der letzte Zauber getrocknet war, verschloss sie die Phiole, stand auf und griff nach ihrer Tasche.

Robin sprang vom Bett. „Kein Grund für dich, mitzukommen, nur weil ich nicht einschlafen kann“, sagte sie zu ihm. „Du solltest hierbleiben und dich ausruhen.“

Anstatt ihren Vorschlag anzunehmen, ging er hinüber und stellte sich an die Tür. Er schien sich auch besser bewegen zu können, wie ihr auffiel, also zuckte sie mit den Schultern und öffnete ihm die Tür. Zusammen gingen sie leise nach unten.

Der Andrang im Pub ließ nach. Sie suchte Maggie, die die Gläser spülte. Die Frau grüßte sie mit mehr Zurückhaltung als vorher. Sophie tat das leid, doch sie machte ihr keinen Vorwurf. „Ich fahre ein Stück“, sagte sie. „Wie hättet ihr denn gern, dass ich wieder rein komme?“

„Wir schließen die Vorderseite des Gebäudes ab, wo der Alkohol aufbewahrt wird“, erklärte Maggie, „aber du kannst den Hintereingang nehmen. Wir werden heute noch spät wach sein für eine private Zusammenkunft.“ Sie musterte Sophie neugierig. „Du wirst nichts finden, das offen hat. Im Ort sind um diese Zeit alle Bürgersteige hochgeklappt.“

„Das ist in Ordnung. Die Landschaft ist schön, und ich kann sowieso nicht einschlafen.“

Außerdem wurde sie von Neugier zerfressen. Sophie wandte sich zum Gehen, Robin direkt hinter ihr. Sie ließ den Puck als erstes in den Mini springen, dann stieg sie auf den Fahrersitz.

„Wird schon schiefgehen“, murmelte sie und griff nach dem Zündschlüssel.

Das Auto startete perfekt. Auch das GPS funktionierte, das verdammte Scheißding. Verärgert, aber nicht überrascht, schlug sie mit dem Handrücken dagegen, prüfte noch einmal, wo sie war, und fuhr dann vom Parkplatz.

Innerhalb von Minuten lag die Straßenbeleuchtung von

Westmarch hinter ihr, und sie tauchte tief in die Landschaft ein. Über ihr stand der Mond voll und wunderschön in einem mitternachtsblauen, klaren Himmel, und die Sterne waren so hell und schienen so nahe, dass Sophie das Gefühl hatte, sie könnte sie aus dem Himmel pflücken.

Die Straßen, auf denen sie fuhr, waren schmal und krumm, mit Baumgruppen und Hecken, die tiefe, beinahe undurchdringliche Schatten darüberlegten, daher fuhr sie langsam. Das Land wimmelte dermaßen von alter Magie, dass sie sich nach ein paar Augenblicken davon berauscht fühlte. Sie ließ die Fenster hinunter, um eine launische Brise ins Auto stöbern zu lassen. Neben ihr auf dem Beifahrersitz saß Robin still, seine Augen glitzerten in der schwachen Armaturenbeleuchtung.

Als sie näherkamen, konnte sie ihn spüren, den zerrütteten Übergang. Dann kamen Steinsäulen aus der Dunkelheit, umrissen von den Autoscheinwerfern. Sie hatten einst Eisentore gehalten, die die Zufahrt zum Haus versperrt hatten, aber als sie sanft auf den Schotterweg einbog, sah sie, dass die Tore nun an den Säulen lehnten, von Efeu bewachsen.

Das Geräusch der Reifen, die den Schotter plattfuhren, wirkte in der schweren Stille sehr laut. Das Gras zu beiden Seiten der Zufahrt sah frisch gemäht aus, während ein tiefer, ungebändigter Wald an den grünen Rasen grenzte. Nachdem sie in die Zufahrt eingebogen war, kam ein kleines Haus in Sicht. Das war wohl das Torwächterhäuschen, ihr Zuhause für die nächsten drei Monate.

Das konnte sie morgen erkunden. Sie fuhr weiter, noch etwa hundert Meter, und als sie eine Baumgruppe umrundet hatte, kam das Haus in Sicht.

Das Haus. Der Familien-Albatros.

Im vollen Mondlicht war das riesige Anwesen ein hingekauertes, schattiges Rätsel. Sie ließ das Auto ausrollen, dann stellte sie den Motor ab und stieg aus, hielt Robin die Tür auf, damit er ihr folgen konnte. Auf sie wirkte das Haus befrachtet mit all der herrlichen, zersplitterten Magie des Übergangs.

Während sie das Dach musterte, zählte sie. Anfangs schienen es fünf Giebel zu sein, aber dann, genau wie auf dem Foto, das sie betrachtet hatte, verschob sich ihre Sicht, und es gab sieben. Sie lachte leise, denn sie spürte, wie sie das Blödeste tat, was sie seit Jahren getan hatte.

Sie verliebte sich in den Albatros. An Ort und Stelle, im Mondlicht, verliebte sie sich in die vermutlich nutzloseste Immobilie Großbritanniens.

Eines der Dinge, die sie für die Fahrt eingepackt hatte, war eine kompakte Taschenlampe, die problemlos in ihre Tasche passte. Sie zog sie jetzt heraus, um auf den Boden zu leuchten, während sie sich einen Weg über die zerbrochenen Steinplatten zu den breiten Eingangstüren suchte. Sie waren dick und robust, aus Eiche und mit Eisen beschlagen. Überrascht, dass die Taschenlampe so dicht am Haus funktionierte, fragte sie sich, ob das hieß, dass sie vom Inneren Fotos machen konnte.

Sie hatte die Schlüssel zum Torwächterhäuschen und dem Anwesen dabei, aber sie wollte sich nicht die Mühe machen, den alten Schlüssel zum Anwesen hervorzukramen. Stattdessen schaltete sie die Taschenlampe aus, schob sie in die Gesäßtasche ihrer Jeans und platzierte beide Handflächen auf den Eichentüren, um zu sehen, was das Haus selbst zu sagen hatte.

Intensive Dunkelheit senkte sich auf sie herab, während sie im Schatten des Hauses stand. Lange Augenblicke verlor sie sich, spürte den Scherben der Übergangsmagie nach. So viel Magie. Sie konnte komplett darin eintauchen, als würde sie in den tiefen Teil eines Teiches sinken.

Da war er, der Teil, den sie gesucht hatte, der Teil, der leicht daneben war. Als sie es auf den Fotos gesehen hatte, hatte sie sich schon Gedanken gemacht, doch nun wusste sie es sicher.

„Du wirst mir gehören", flüsterte sie dem Haus zu.

Aber selbst sie hatte ihre Grenzen. Der Versuch, dieses Gebäude zu betreten, war nichts, was man mitten in der Nacht anfangen sollte. Sie würde bis morgen warten, um zu sehen, ob sie recht hatte.

Als sie sich im Geiste voller Freude selbst umarmte, wurde hinter ihr eine Stimme laut. Eine tiefe Stimme mit leichtem Akzent, leider vertraut.

„Es ist nicht klug", sagte Nikolas, „nachts bei Vollmond durch diese Gegend zu streifen."

Ihr Herz klopfte an ihre Rippen wie ein wildes Tier, das sich aus einem Käfig befreien wollte. Sie wirbelte herum, so dass die Türen aus Eiche und Eisen in ihrem Rücken waren, und starrte die hochgewachsene, beeindruckende Gestalt an, die ein paar Meter entfernt stand. Er war ein Schatten in einem Schatten, ein intensiver Mitternachtsstern aus Magie, die sehr viel mächtiger war als all die Magie des Landes um sie herum.

Sie ballte die Hände zu Fäusten, dankbar, dass sie diesmal sowohl Verteidigungs- als auch Angriffssprüche vorbereitet hatte, anstatt sich so nackt und wehrlos zu fühlen wie am Tag ihrer Geburt. „Was machst du hier?"

Ihre kalte, wütende Intention trat atemlos und bebend in Erscheinung.

„Dir folgen." Der schwarze Schatten marschierte auf sie

zu. „Was zum Teufel hat dich dazu getrieben, mitten in der Nacht hinaus zu diesem götterverlassenen Ort zu fahren?"

Ich war zu neugierig. Es verlangt mich so brennend danach, mich als Teil von etwas zu fühlen, meinen eigenen Raum und Grund und Boden zu besitzen, selbst wenn es ein leeres Spukhaus ist, dass ich nicht bis morgen warten konnte.

All diese wahren Worte waren wirr und gaben zu viel preis. Sie schluckte schwer und fuhr ihn an: „Was ich tue oder nicht tue, geht dich verdammt nochmal nichts an. Bleib stehen."

„Was du sagst, ergibt keinen Sinn. Warum um alles in der Welt sollte ich stehenbleiben?" Der schwarze Schatten bewegte sich immer noch auf sie zu, mit einem unbekannten, zielgerichteten Vorhaben.

Es beunruhigte sie so sehr, dass sie ihre Taschenlampe hervorholte, sie anschaltete und auf sein Gesicht richtete.

Was sie sah, erschreckte sie derart, dass sie die Taschenlampe fallen ließ. „Himmel Herrgott."

Als Nikolas bei ihr ankam, bückte er sich, um die Taschenlampe aufzuheben. Ich schätze", sagte er kalt, „das heißt, du hast die Fähigkeit zu sehen, was der Mondschatten enthüllt."

„Ich habe keine Ahnung, wovon du sprichst", flüsterte sie und starrte ihn an.

Einen Moment lang, gleich beim ersten Anblick, hatte sie die Raubtieraugen eines Leoparden gesehen, der zu ihr zurückschaute. Dann war der Leopard verschwunden gewesen, und an seiner Stelle stand ein hochgewachsener Ritter in Kettenrüstung, sein schwarzer Umhang fiel auf die Schäfte hoher Stiefel.

Es war Nikolas, und doch nicht Nikolas. Er besaß die gleiche schreckliche, unsterbliche Schönheit, die gleichen

Augen, den gleichen Mund, aber sein Haar war nicht kurz. Es fiel ihm auf die breiten Schultern, und sein Gesicht war geprägt von klarer, unbeugsamer Entschlossenheit.

Dann war auch dieses Bild weg, und der echte Nikolas stand vor ihr, hagerer, härter und düsterer. Er war in dieselbe schwarze Hose und das Hemd gekleidet, das er im Pub getragen hatte. Die Falten aus dunklem Stoff verschoben sich, als er sich bewegte, fingen den starken Strahl der Taschenlampe in tiefen Schatten ein, die den kräftigen Körper erahnen ließen, den sie umhüllten.

„Nein?" In den schrägen Lichtstrahlen, die er von ihnen weg hielt, war sein Gesicht versteinert, während seine dunklen Augen wie Onyx glitzerten. „Dann sag mir, was ich getan habe, um dir einen solchen Schrecken einzujagen?"

„Ich war nicht erschrocken", sagte sie offen, getrieben von ihrer Wut, ihn hier anzutreffen. Sie hielt inne, aus irgendeinem Grund zögerte sie, den Ritter zu beschreiben, den sie gesehen hatte. „Ich war überrascht. Ich dachte, ich hätte einen Leoparden aufblitzen sehen. Bist du zum Teil Wyr?"

„Ja. Und elfisch. Und Dunkler Fae." Seine Stimme war eisig, gelangweilt. „Warum, hältst du mich jetzt für monströs?"

„Natürlich nicht!", fuhr sie ihn an. „Warum sollte ich so etwas sagen?"

„Weil es bei vielen so ist. Der Feind, den wir bekämpfen, will uns wegen unseres gemischten Erbes auslöschen."

„Dann sind sie dumm. Ich bin nicht dumm." Sie streckte die Hand nach der Taschenlampe aus. „Was hat der – wie hast du es genannt? – Mondschatten damit zu tun, dass ich das sehe?"

„Dieses Land ist von so viel Magie durchtränkt, die du

nicht verstehst, Geschichte, die du nicht kennst, und Gefahren, die du nicht einschätzen kannst."

„Nur weil ich etwas nicht weiß, heißt das nicht, dass ich es nicht lernen kann", wies sie ihn scharf zurecht. „Intoleranz und Rassismus sind Makel. Informationen zurückhalten, weil man glaubt, man wisse es besser, ist ein Makel. Unwissenheit ist kein Makel."

Er reichte ihr die Taschenlampe, und sie schaltete sie ab, wodurch sie beide in tiefe Dunkelheit getaucht wurden. Nach einem Augenblick sagte er: „Wenn man im Schatten steht, den der Mond wirft, enthüllt sich jenen mit der Fähigkeit zu sehen die wahre Natur einer Person."

Seine wahre Natur, Leopard, Ritter und Fürst. Sie war immer noch gegen ihren Willen erschüttert und ehrfürchtig. Emsig rannte sie in ihrem Kopf herum, um überall das verstohlene Aufflackern von Ehrfurcht auszutrampeln, auf das sie stieß.

„Also was genau bedeutet das?", fragte sie. „Was siehst du, wenn du mich anschaust?"

„Genauso, wie du den Wyr in mir siehst, sehe ich den Dschinn in dir."

✧   ✧   ✧

Vorhin im Pub war Nikolas froh gewesen, als Sophie verstimmt davongestapft war. Das hieß, dass er sich friedlich auf den Rest seiner Mahlzeit konzentrieren und die seltene Gelegenheit genießen konnte, sich mit Gawain zu entspannen.

Der Rindereintopf war hervorragend. Er beendete sein Mahl in ein paar Happen. Während er sich die Mundwinkel abwischte, murmelte Gawain: „Ich weiß, dass wir nicht für jeden die Verantwortung übernehmen können, der uns über den Weg läuft, aber manchmal stößt mir das sauer auf. Das Mädchen wird sich umbringen lassen."

„Sie ist kein Mädchen", sagte Nikolas. „Wie sie vorhin klargestellt hat, ist sie eine Frau, die vollkommen fähig ist, ihre eigenen Entscheidungen zu treffen, wie idiotisch sie auch sein mögen. Und nehmen wir es mal genau. Robin ist derjenige, der sie das Leben kosten wird. Er hätte bei uns bleiben anstatt mit ihr gehen sollen. Wenn wir recht haben und die Königin ihn gefangen hielt, wird sie nach ihm suchen. Und er wird sie direkt zu Sophie führen."

„*Arrgh*." Gawain fuhr sich mit den großen Händen durchs Haar. „Ich will sie mit bloßen Händen erwürgen."

Nikolas wusste, dass Gawain nicht von Sophie sprach. Er trank sein Guinness aus. „So gut es war, eine Weile mit dir hier zu sitzen, wir müssen uns trennen."

„Aye, ich weiß." Gawain blickte auf seinen Handrücken hinab. Leise sagte er: „Es ist ein guter Zauber, eine gute Technik."

„Ja, ist es. Das muss man ihr lassen." Nach kurzem Zögern sagte Nikolas zu ihm: „Du ziehst weiter. Ich bleibe."

Ein erleichterter Ausdruck glitt über das Gesicht des anderen Mannes. „Du passt auf sie auf?"

„Ich werde sie auf jeden Fall beobachten, zumindest eine Zeitlang." Sein Tonfall war trocken, als er Gawains kleine, aber wichtige Anmerkung umformulierte. „Vielleicht kann ich noch einmal mit ihr reden und sie überzeugen, den Puck mit mir gehen zu lassen. Oder vielleicht kann ich mit Robin reden und ihn überzeugen, sie zu verlassen."

Gawain schnaubte. „Wenn du willst, kann ich hierbleiben und auf sie aufpassen."

„Nein." Seine Antwort kam so rasch und entschlossen, dass der andere Mann innehielt, um ihn anzustarren. „Ich mache das.“

Wenn Gawain blieb und die Aufgabe erledigte, würde er zu nett sein. Er könnte zögern, wenn es zu einer schwierigen Entscheidung kam, wohingegen Nikolas’ netter Teil schon längst verschwunden war.

Außerdem wollte er nicht, dass ein anderer Mann um Sophie herum war, sie beobachtete, vielleicht sogar Zeit mit ihr verbrachte. Das war seine Aufgabe, nicht die eines anderen. Er runzelte die Stirn, als er sich bei diesem ungewöhnlichen Gedanken erwischte.

„Ich weiß nicht, Mann. Sie hat auf dich nicht so gut reagiert“, erklärte Gawain. „Und ehrlich gesagt hast du auch nicht gut auf sie reagiert. Sie war auf mich besser zu sprechen.“

„Machen wir uns jetzt schon Sorgen um ihre Gefühle?“ Nikolas kniff die Augen zusammen und blickte sein Gegenüber düster an. „Ich glaube nicht. Ich bin derjenige, der bleiben muss. Sie hat eine Vision mit mir gesehen, und irgendetwas hat uns so stark miteinander verbunden, dass ich sie auch sah. Irgendeine andere Art Magie. Sie sagte, ihre Vision sei nun erfüllt, da wir uns begegnet sind, aber ich weiß nicht, ob ich ihr glaube. Außerdem besitzt sie vielleicht weitere Fertigkeiten, die uns nützlich sein könnten.“ Er hielt inne. „Es wäre auch praktisch, wenn sie einem von uns die Technik beibringen könnte, die sie benutzt hat, um den temporären Annullierungszauber zu wirken, den sie auf deine Hand gemalt hat.“

„Da habe ich keine Einwände“, sagte Gawain. Er stand auf, und Nikolas tat es ihm gleich, um ihn in eine harte Umarmung zu ziehen. „Willst du, dass ich die anderen auf dem Laufenden halte?“

„Kannst du, wenn du willst. Noch gibt es nicht viel zu

berichten.“

Gawain drückte seinen Arm. „Pass auf dich auf, Nik.“

„Und du auch.“

Er beobachtete, wie Gawain sich auf den Handrücken spuckte und ihn mit seiner Serviette abwischte. Innerhalb von Sekunden löste sich der Annullierungszauber auf. Die Hexe hatte die Wahrheit gesprochen.

Gawain marschierte hinaus, und Nikolas blieb nur noch, um die Rechnung zu zahlen, dann ging auch er und musterte die Außenseite des Gebäudes, bis er das Fenster von Sophies Zimmer fand. Er lehnte sich mit dem Rücken an einen Baum und schaute hinauf, bis ihr Licht ausging. Ein paar Augenblicke später verließ sie das Pub.

Jetzt, als er ihr im Schatten des verfluchten Hauses gegenüberstand, war er froh, dass sie die Taschenlampe ausgeschaltet hatte. Seine Nachtsicht passte sich schnell an, bis er beinahe so gut sah wie am Tag.

Nur war es kein Tageslicht. Die Magie des Mondes ergoss sich um sie herum, und da es relativ dunkel war, konnte er nach Herzenslust die Frau anstarren, die vor ihm stand.

Sie war herrlich. In der Wahrheit, die vom Mondschatten enthüllt wurde, glitzerten ihre Augen hell wie Diamanten, und ein unsichtbarer Wind spielte in ihrem dunklen Haar. Ihre scharfen Gesichtszüge verbanden sich harmonisch zu einem starken, femininen Ganzen. Die großzügigen Wölbungen ihres Mundes ließen alles weicher wirken. Silberrunen leuchteten auf ihren Händen und Armen, darauf glänzten Zaubersprüche, die von weiteren Zaubersprüchen überlagert wurden.

Sie war eine Zauberin, gefährlich und mächtig, und zum ersten Mal, seit er ihr persönlich begegnet war, erkannte er ganz, dass sie eine ernstzunehmende Macht darstellte.

Als er sie als Dschinn-Abkömmling bezeichnete, starrte sie ihn an. „Niemand konnte mir je zuvor sagen, was ich bin. Ich musste es selbst herausfinden."

„War das so?" Er ertappte sich dabei, interessiert zu sein, während seine Aufmerksamkeit auf die leuchtenden Sprüche auf ihren Armen gerichtet blieb. Sie ließen sie zugleich elegant und barbarisch wirken. „Wie hast du dein Wesen entdeckt, wenn es dir niemand sagen konnte? Hat es deine Familie nicht gewusst?"

„Als ich fünf war, wurde ich von einer Hexen-Familie adoptiert. Es war keine gute Erfahrung, und mit achtzehn habe ich mein Zuhause verlassen. Aber ich habe viel geübt, während ich bei ihnen war, und als ich ging, wusste ich bereits, dass an mir etwas sonderbar war. Etwas nicht ganz Menschliches."

„Hat das deine Adoptivfamilie gestört?"

Sie schnaubte. „Als ich jünger war, habe ich die Art, wie sie mich behandelten, gern auf diesen unbekannten Teil von mir geschoben, aber in Wahrheit waren sie einfach ausbeuterische Arschlöcher. Sie haben ihre Kinder in der Hexenkunst ausgebildet, damit sie im Familienunternehmen arbeiteten. Ich war sehr magisch und nicht ganz eine von ihnen, deswegen erwartete man von mir, dass ich härter arbeitete als alle anderen, um meinen Platz zu rechtfertigen. Sie haben ihre Zuneigung davon abhängig gemacht, wie gut ich mich schlug, und ich wurde dem nie ganz gerecht. Ich war nie wirklich gut genug, und ich musste immer noch härter arbeiten. Sie machten eine Zeitlang guten Profit mit mir, bis ich alt genug war, um zu erkennen, was sie taten, und mir ein besseres Leben zu suchen."

Er hob die Augenbrauen. „Das ist eine sehr

ausgeklügelte Grausamkeit, besonders gegenüber einem Kind, das sich nicht verteidigen und nicht filtern kann wie ein Erwachsener."

„Ja." Sie wandte sich vom Haus ab und suchte sich sorgsam einen Weg über das Pflaster zurück zum Mini, und er ging neben ihr her. „Auf jeden Fall habe ich mein Zuhause verlassen, sobald ich konnte, und ich bin von Domäne zu Domäne gereist und habe mich an jedem Ort mit den klügsten Leuten unterhalten, die ich finden konnte. Als ich die Dämonen-Domäne in Houston erreichte, fand ich meine Antwort bei den Dschinn. Ich bin eine Zeitlang bei ihnen geblieben und lernte, so viel ich konnte, dann machte ich mich nach Westen auf und verbrachte ein paar Jahre bei meiner Lehrerin in Nevada, bevor ich den Berater-Job in L.A. annahm. Da hast du es – neunundzwanzig Jahre, umschrieben in ein paar Sätzen."

„Damit du Dschinn-Magie in dir tragen kannst, muss der Dschinn in deiner Vergangenheit fleischlich geworden sein und sich mit deinem menschlichen Ahn gepaart haben."

„Soweit ich weiß, ja."

Nach dem wenigen, was Nikolas wusste, waren die raren Dschinn, die körperliche Form annahmen, normalerweise nicht fruchtbar und hatten keine Kinder. „Du bist eine sehr seltene Erscheinung, Sophie Ross", murmelte er.

„Man hat mich schon weniger schmeichelhaft bezeichnet. Als ‚Anomalität', ‚Abnormität'. Persönlich gefällt mir ‚statistischer Ausreißer' am besten." Ein paar Schritte von ihrem Auto entfernt fuhr sie herum, um sich ihm in den Weg zu stellen. „Ich mag es nicht, wenn man mir folgt. Was machst du hier?"

Er lächelte in sich hinein. Sie hatte ihn aus dem Schatten des Hauses gelockt, auf die offene Lichtung, wo sie besser sehen konnte. Wenn er nicht aufpasste, mochte er diese beinahe menschliche Frau am Ende sogar noch.

„Vorhin hast du gesagt, jetzt, da wir uns begegnet sind, sind wir fertig. Ich glaube dir nicht", sagte er. Er wechselte in die Telepathie. *Und Robin wird dich das Leben kosten. Wenn er derjenigen entkommen ist, die ihn gefangen gehalten hat, wird sie ihn verfolgen.*

Isabeau, meinst du?, fragte sie. *Die Fae-Königin des Hellen Hofes wird herkommen, zu mir?*

Er mahlte mit den Zähnen und warf ihr einen düsteren Blick zu.

Sie lachte, und der Wind nahm das Geräusch auf und trug es über das offene Feld. Der Wind liebte sie, fiel Nikolas auf. Er spürte nicht einmal annähernd so etwas wie eine Brise, doch in ihren Haaren spielte der Wind andauernd.

Sie sagte zu ihm: *Glaubst du denn, es ist mir nicht aufgefallen, dass du vorhin „Königin" sagtest, oder dass ich nicht kombinieren kann? Ich habe das eine oder andere gelesen, bevor ich herkam, also bin ich nicht ganz so unwissend, wie du vielleicht denkst. Dein Feind ist der Helle Hof, und ich schätze, das macht dich zu einem Mitglied des Dunklen Hofs, vermutlich einem sehr hochrangingen, aber ich möchte hier nicht spekulieren — aus allem, was ich über sie gehört und gelesen habe, schätze ich, dass Isabeau ein Talent dafür hat, sich Feinde zu machen.*

Ihm gefiel nicht, wie sehr er den Klang ihres Lachens genoss. Ihm gefiel nicht, wie sie nebenbei ihre Vermutungen aufstellte, selbst wenn sie richtig lag.

„Und je mehr ich über dich erfahre, desto mehr überzeugst du mich, dass du einen schlimmen Tod aufgrund deiner eigenen Torheit sterben wirst", knurrte er laut.

Daraufhin lachte sie nur noch mehr. „Na, das könnte

definitiv stimmen.“

Ein zorniger Impuls trieb ihn nach vorne in ihren persönlichen Bereich. Sie wandte das Gesicht zu ihm empor, und ihre Augen funkelten wie kostbare Juwelen, während das Mondlicht auf ihrer Haut unsagbar hübsch war.

Für seinen inneren Frieden wirkte sie zu ruhig, zu glatt und bei weitem zu schön, und seine abschweifenden Gedanken waren zu poetisch geworden.

„Du nimmst das nicht annähernd ernst genug“, fuhr er sie mit tiefer Stimme an. „Du magst talentiert in deiner Magie sein. Ich glaube dir. Ich sehe diese Botschaft deutlich in den Runen geschrieben, die du auf der Haut trägst. Aber wenn du versuchst, dich gegen sie zu stellen, *wird sie dich vernichten*. Sie hat mehr Macht zur Verfügung, als du dir auch nur vorstellen kannst, und sie hat viele von uns getötet – starke, gereifte Krieger, die genauso talentiert und erfahren waren wie du. Sie hat *das* bewirkt.“

Mit einer ausladenden, unbeherrschten Geste wies er auf die Landschaft um sie herum.

Sie schaute sich um, ihre Miene wurde endlich nüchtern. „Sie ist diejenige, die den Übergang zerstört hat?“

„Nicht sie persönlich.“ Die blutigen Erinnerungen ließen ihn die Fäuste ballen, während ein Muskel in seinem Kiefer zuckte. „Das war Morgan, der Hauptmann ihrer Jagdhunde.“

„Morgan le Fae“, flüsterte sie.

„Du hast von ihm gehört“, sagte Nikolas, der sich umdrehte, um ihr Gesicht genau zu mustern.

„Ich glaube, so gut wie jeder mit einer wie auch immer gearteten Verbindung zum Magischen hat vom berühmtesten Barden und Hexer des Mittelalters gehört. Ich kann mir nicht vorstellen, wie ein Mensch es geschafft haben soll, so lange zu leben, ganz zu schweigen von der Macht, die man braucht, um eine solche Zerstörung anzurichten." Ein Schauer schien durch ihren Körper zu gehen, und sie rieb sich über die Arme. Sie warf ihm einen Blick zu. „Warst du da, als es passiert ist?"

„Ja", erwiderte er knapp. „Es war eines der schrecklichsten Dinge, die ich je erlebt habe, und ich habe viele schreckliche Dinge gesehen und sehr lange gelebt. Sehr viel länger als deine neunundzwanzig Jahre."

„Wohin führte der Übergang?"

„In meine Heimat, Lyonesse." Er wandte sich ab und blickte über das im Schatten liegende Land. „Es war die längste, blutigste Schlacht, in der ich je kämpfte. Unsere Armeen zogen sich über das ganze Tal, und wir fochten tagelang. Wir hielten aus, und wir hatten sogar Hoffnung auf den Sieg, während wir darauf warteten, dass Oberon Verstärkung durch den Übergang brachte. Dann zerschmetterte Morgan den Übergang. Er stand auf dieser Anhöhe, dort drüben, blickte hinab auf die Schlacht. Es klang, als wäre die Erde entzweigebrochen."

„Wie hat er es gemacht?", flüsterte sie. „War es ein Bann oder irgendein magischer Gegenstand?"

„Ich bin mir nicht sicher. Anschließend wurde aus der Schlacht eine Niederlage, und die Hälfte unserer Truppen wurde getötet." Mit Mühe riss sich Nikolas aus der Vergangenheit los und schaute auf die Frau, die neben ihm stand. „Morgan brauchte Jahrhunderte, um alle Übergänge nach Lyonesse zu zerschmettern oder zu verhüllen. Inzwischen ist unser Land komplett von der Erde abgeschnitten, und wir können nicht nach Hause."

„Und sie können nicht zu euch", murmelte sie. „Wie schrecklich."

„Jetzt verstehst du vielleicht allmählich die Gefahr und die Risiken, die mit dem, was hier passiert, einhergehen." Aus einem Impuls heraus legte er ihr die Finger unters Kinn und hob ihr Gesicht an. Er spürte, wie sie erschrak, als er sie berührte, aber sie zuckte nicht zurück, nicht einmal nach allem, was sich vorhin im Pub zwischen ihnen zugetragen hatte. Ihre Haut wirkte im Mondlicht wie Marmor, aber sie war weich und warm. „Überlasse Robin uns. Das ist für dich am Sichersten. Du kannst deinen Urlaub genießen und dann sicher nach Hause zurückkehren."

„Robin gehört mir nicht", sagte sie. „Wie du mir ganz schnell klargemacht hast, ist er kein Hund, und ich besitze ihn nicht, daher kann ich ihn auch nicht weggeben. Ich habe ihm etwas versprochen, und Versprechen sind mir wichtig. Wenn er bei mir bleiben will, kann er das tun." Erst da entzog sie ihm ihr Kinn, um damit zu der dunklen, stillen Gebäuderuine neben ihnen zu weisen. „Und wenn ich dabei ein Wort mitzureden habe – und davon will ich doch ausgehen –, werde ich in dieses Haus gelangen und dieses Grundstück als meines beanspruchen. Das ist nicht nur ein Urlaub für mich. Ich habe vor zu bleiben."

Er wurde nicht schlau aus ihr. „Warum solltest du einen so verfluchten Ort für dich beanspruchen wollen?", knurrte er.

Sie warf ihm einen Seitenblick zu und hob eine Schulter. „Vielleicht bin ich ja verrückt. Vielleicht brauche ich einen Ort, der mir gehört, und vielleicht fühle ich mich zu zerbrochenen Dingen hingezogen. Es tut mir leid, dass die Deinen hier so schrecklich zu kämpfen hatten, aber vielleicht ist dieser Ort eigentlich sehr viel schöner, als deine Erinnerungen es dir wahrzunehmen gestatten."

„Wie willst du dich denn verteidigen – damit?" Er griff nach vorne, um eine der Runen auf ihrem Unterarm zu berühren.

Dieses Mal zuckte sie vor seinen Fingern zurück. „Das willst du nicht berühren, glaub mir."

„Warum nicht?" Er schaute sie mit zusammengekniffenen Augen an.

„Weil es dich bis auf die Knochen verbrennt, und die Rune wird weiterbrennen, bis sie schließlich deinen ganzen Körper verzehrt." Sie neigte ihren Unterarm, um ihn anzuschauen. „Das ist so eine Art magisches Napalm, schätze ich. Vertrau mir, das ist ein unschöner Tod."

„Wieso verbrennt sie nicht dich oder irgendwas anderes, das sie berührt?"

„Du meinst meine Tasche zum Beispiel?" Sie tippte mit ihrer Tasche auf die Silberrune auf ihrer Haut. „Es ist ein Verteidigungszauber, daher bleibt er im Ruhezustand, wenn etwas Neutrales ihn berührt. Du bist nicht neutral. Nach unserer Konfrontation im Pub vorhin bin ich mir nicht ganz sicher, was der Zauber machen würde, wenn du damit in Kontakt kämst. Am besten finden wir es nicht raus."

Er legte den Kopf schief, ihre Worte zogen ihn immer weiter in den Bann. „Ein Verteidigungszauber ... Machst du dir keine Sorgen, dass du ihn abspülst, wenn du schwitzt oder nass wirst?"

„Diese Runen sind stärker und etwas haltbarer als die, die ich auf Gawains Haut gezeichnet habe." Sie lächelte ihn verschmitzt an. „Ich nehme dafür winzige Späne aus magiesensitivem Silber in klarem Nagellack. Sie bleiben ein paar Tage dran, außer ich kratze oder ziehe sie ab, oder nehme sie mit Nagellackentferner ab."

Nagellack. Nagellackentferner. Er ließ die fremden,

femininen Wörter auf sich einströmen und betrachtete den schelmischen Ausdruck, der über ihr Gesicht glitt, während sie sprach.

„Was machen die anderen Runen?“

„Manche sind zur Verteidigung, und andere sind zum Angriff.“ Sie hielt eine offene Hand hoch. „Die hier ist telekinetisch. Sie ist stark genug, um einen Troll von den Füßen zu holen.“ Sie hielt ihm die andere Hand hin. „Diese erzeugt Verwirrung. Würde ich dich damit ins Gesicht schlagen, könntest du stundenlang deinen Autoschlüssel nicht finden, und wenn er in deiner Hosentasche wäre. Ich hab sie mal bei einem Betrunkenen eingesetzt, der mich begrapschen wollte. Als der Spruch langsam nachließ, war er nüchtern genug, um nach Hause zu fahren. Man kann sie alle nur einmal einsetzen, denn sie erfordern Kontakt. Entfernungswaffen habe ich nicht groß im Arsenal, deswegen vermisse ich meine Schusswaffe auch so.“

Er wusste, wie man verwirrende Netze wirkte, so dass die Unvorsichtigen stundenlang herumstreiften, verloren in dem Zauber. Er wusste auch, wie man einen Glanzzauber wirkte, um jemanden dazu zu verlocken, jedes Wort zu glauben, das man sagte, und wie man alte, schlafende Straßen zum Sprechen brachte, aber er war überrascht, dass sie so jung schon solche Fertigkeiten besaß.

„Die hast du alle selbst geschaffen?“, fragte er langsam.

„Nein, eigentlich nicht.“ Sie ließ die Hände sinken. „Meine Lehrerin hat mir die Grundlagen beigebracht, wie man das kolloidale Silber herstellt, und ich habe ein Faible für Runen, also habe ich das eine mit dem anderen kombiniert und mich kreativ ausgetobt. Ich denke, es könnte ein paar interessante Anwendungen in Form von permanenten Tattoos geben, wenn man es aushält, sich

Silber in die Haut tätowieren zu lassen, und weiß, wie man die Sprüche erneuert, nachdem sie benutzt wurden. Aber ich bin zu menschlich, und so viel Silber wäre Gift für meinen Organismus, also habe ich das nicht weiter verfolgt."

Sie war schlau und erfinderisch. Das gefiel ihm auch. Er mochte sie, und das war die größte Überraschung an diesem ganzen Abend.

Es verlangte ihn danach, die Hand auszustrecken und die Runen nachzuzeichnen, und er musste sich zurückhalten. „Bring mir bei, wie man diesen Annullierungszauber so wirkt, wie du es machst", sagte er. „Und verkauf mir eine Phiole deines kolloidalen Silbers."

„Warum?" Jetzt war es an ihr, ihn aus zusammengekniffenen Augen anzuschauen.

„Weil ich mit deiner Technik die acht übrigen Männer zusammenrufen kann, damit wir einen Abend miteinander verbringen können, vielleicht sogar ein oder zwei Nächte. Wir könnten einen von uns abseits halten, um zu wachen, und sogar Schichten einteilen, während die Übrigen sich unterhalten und ausruhen könnten." Er hielt inne. „Es ist lange her, dass wir das tun konnten."

Sie wirkte erschüttert, genauso wie an der Stelle, als er erzählt hatte, wie Morgan den Übergang zerschmettert hatte. „Das ist alles, was übrig ist, acht Leute?"

Er spürte, wie sein Gesicht sich verhärtete, wie es immer geschah, wenn er sich darauf konzentrierte, das Unerträgliche zu ertragen. „Von den Kriegern des Dunklen Hofes auf dieser Seite der Übergänge, ja, nur acht Männer — neun zusammen mit mir. Andere Mitglieder des Dunklen Hofs, die keine Krieger sind, und nicht nach Hause zurückkehren können, verbringen ihr Leben im Verborgenen oder sind in andere Länder ausgewandert."

„Das tut mir leid.“ Sie streckte den Arm aus und strich mit den Fingerspitzen über die Rückseite seiner Faust.

Die leichte Berührung ließ ihn die Faust fester ballen, damit er nicht ihre Hand packte, ein merkwürdiger, unerfreulicher Impuls. „Da unsere Zahl schwindet, tun es auch unsere Möglichkeiten. Einst wäre es uns noch möglich gewesen, uns mit Macht zu versammeln und gegen einen Angriff zu behaupten. Jetzt müssen wir sehr viel vorsichtiger sein. Und wie du brauchen wir einen Ort, den wir Zuhause nennen können. Aber bis dahin wäre es die zweitbeste Möglichkeit, unseren Aufenthaltsort verbergen zu können, wenn wir uns treffen.“

„Ich werde euch helfen“, sagte sie abrupt. „Ich werde dir zeigen, wie du das magiesensitive kolloidale Silber selbst herstellst, und ich werde dir beibringen, wie man es mit dem Annullierungszauber belegt. Keine Bezahlung nötig.“

Er warf ihr einen langen, düsteren Blick zu. Ein besserer Mann hätte auf einer Bezahlung bestanden, aber er tat es nicht.

Ein besserer Mann hätte auch erklärt, dass sie sich in immer größere Gefahr brachte, je mehr sie sich mit ihm einließ, doch auch das tat er nicht.

Sophie Ross bewies, dass sie ihm sehr nützlich sein konnte. Wenn seine Leute brauchten, was sie ihm beibringen konnte, würde er alles von ihr nehmen, was er bekam. Ganz egal, was sein altes, angeschlagenes Gewissen dazu womöglich zu sagen hatte.

Sein Gewissen half weder seinen Männern noch Lyonesse, daher sagte er ihm, es solle die Schnauze halten. Er hatte sie gewarnt, und sie hatte bereits klargestellt, dass sie fähig war, ihre eigenen Entscheidungen zu treffen.

Sie hatte keine magischen Runen auf ihr dunkles Haar

gemalt. Einem wortlosen Impuls folgend griff er nach einer abtrünnigen Locke und steckte sie ihr hinters Ohr, während ihre Augen groß wurden und sie ihn anstarrte. Sie zog sich auch nicht von ihm zurück, und als er die Hand sinken ließ, strich er mit den Fingern an ihrer Wange hinab, erstaunt von der Marmorblässe ihrer Haut und der zerbrechlichen Wärme des Lebens, das darunter pulsierte.

In dem Wissen, dass er ihr den Tod bringen könnte, sagte er: „Ich nehme dich beim Wort."

Kapitel 7

WARUM HATTE ER sie berührt?

Das wollte Sophie wissen.

Warum hatte er sie berührt, und warum hatte sie es zugelassen? Das Ganze war unerklärlich, aber er hatte es getan, und sie hatte es getan, und als seine Finger an ihrer Wange entlanggestrichen waren, hatten die Muskeln in ihren Oberschenkeln leicht gebebt.

Er war ein Mann mit einem Mördergesicht, der eine Tragödie durchlebte, während seine Leute dahinschwanden, und er kämpfte auf jede erdenkliche Art ums Überleben. Er benutzte sie, und sie wusste es, und sie würde es zulassen.

Zumindest, wenn es darum ging, ihm zu zeigen, wie man die Silberrune benutzte.

Das war *alles*. Nur die Rune.

Denn sie war im Lauf der Jahre reifer geworden, und sie hatte eine Menge über sich gelernt. Sie wusste, dass sie ein Arschlochmagnet war, und wenn es je ein Arschloch gegeben hatte, war es dieser Typ.

Also. Sie würde ihm *nur mit der Rune* helfen.

Das war mehr als genug, und es war mehr als großzügig nach der Art, wie er sich benommen hatte. Sie verstand, was geschehen war, und warum er sich so verhalten hatte. Sie konnte Vergangenes in der Vergangenheit belassen, aber sie würde keine magische Kehrtwendung hinlegen und im

Verlauf eines einzigen Abends zu seiner besten Freundin werden.

„Ich bin fertig mit der Unterhaltung", sagte sie. Es war unhöflich und ungelenk, aber das schien ihm gar nichts auszumachen. Sie hielt inne. „Ach, und wie bist du eigentlich hergekommen, ohne dass ich dich gehört habe?"

Er trat zurück. „Ich habe an der Straße geparkt und bin über die Auffahrt gelaufen."

„Oh. Na, wir können uns bald unterhalten, wenn ich dir beibringe, wie man das kolloidale Silber herstellt und die Rune wirkt, aber fürs Erste habe ich genug. Gute Nacht."

Erschöpfung begann die Ränder ihrer Gedanken einzutrüben. Als sie sich abwandte, um zum Mini zu gehen, schaute sie sich um. Sie war zwar nicht Robins Halterin, und er konnte jederzeit weglaufen, wenn er es wollte, aber sie würde sich Gedanken machen, falls er nicht auftauchte, bis sie das Auto anließ.

Sie hätte sich keine Sorgen zu machen brauchen. Als sie die Tür des Minis öffnete, raste ein dunkler Streifen aus dem Schatten des nahestehenden Waldes über den offenen Rasen, den Schwanz hoch erhoben und wedelnd. Sie hob die Augenbrauen, als der Hund an der offenen Tür ankam und hineinsprang. Es war erstaunlich, wie sehr er sich verändert hatte, seit sie ihm begegnet war, während er die Straße entlangstreunte.

„Du fühlst dich besser, nehme ich an", murmelte sie, als sie auf den Fahrersitz glitt.

Große, helle Augen blinzelten sie aus der schattenhaften Finsternis an. Einen kurzen Augenblick, während sie Robin ansah, erhaschte sie einen Blick auf etwas anderes. Etwas, das kein Hund war. Mit schnellem Blinzeln versuchte sie es noch einmal zu sehen, aber die Vision war verschwunden.

Der Mondschatten hatte ihr abermals seine Magie dargeboten.

„Ist es falsch, dich zu streicheln, als ob du wirklich ein Hund wärst?", fragte sie und streckte die Hand aus.

Obwohl sie nicht die Art Leben führte, die gut für einen Hund war, würde sie den Hund vermissen, für den sie Robin gehalten hatte. Er schnüffelte an ihren Fingern und schien nichts dagegen zu haben, als sie ihn sanft hinter dem Ohr kraulte.

Sie lächelte vor sich hin, startete das Auto und schaltete die Innenbeleuchtung ein, um die aufgeworfenen Blasen rund um seinen Hals zu betrachten. Sie waren völlig verheilt. Es ging ihm wirklich besser.

Sie schaltete das Licht aus und fuhr über die Auffahrt. Als sie zwischen den Torpfeilern hinausrollte, sah sie kein Auto neben der Straße parken, also musste Nikolas schon gefahren sein.

Obwohl sie auf den unbekannten Straßen langsam und vorsichtig war, dauerte die Fahrt zurück zum Pub keine zehn Minuten. Als sie auf den Parkplatz fuhr und die Tür öffnete, zerrissen Schreie die Nacht.

Die Schreie kamen aus dem Inneren des Pubs. Es war eine Frauenstimme.

Maggie.

Diesmal erwischte sie das Adrenalin heftig, und es gab nur einen einzigen Befehl: *Auf zum Kampf.*

Blöd. Durchgeknallt.

Sie hechtete aus dem Auto und sprintete zum Pub, versuchte mit allen Sinnen Informationen über das aufzuschnappen, was drinnen vorging.

Die Schreie kamen aus dem Vorderraum. Dem Pub-Bereich. Als sie um die Ecke des Gebäudes bog, knallte eine

Waffe. Ein Schuss.

Ein Affe sprang und rannte neben ihr her, kreischte sie an.

Ein … ein Kapuzineräffchen … ein Äffchen?

Ihre Schritte gerieten ins Stolpern, und sie starrte es an. Als es sie wieder ankreischte, erkannte sie im Licht einer nahen Straßenlampe, dass das Äffchen keine Zunge hatte. „Geh zurück ins Auto!", befahl sie.

Stattdessen sprang Robin und klammerte sich an ihr Bein. Er zerrte an ihr, wollte sie eindeutig davon abbringen, weiter zu laufen.

Sie versuchte ihn abzustreifen, während sie zum Vordereingang stürmte. Zu dem, was früher der Vordereingang gewesen war. Die Tür selbst war in Trümmern, ein Stück Holz hing noch in den Angeln.

Sie ignorierte das Äffchen, das sich an ihr Bein klammerte – zumindest hatte es das Kreischen aufgegeben, auch wenn die harten kleinen Affenfinger noch schmerzhaft in ihren Oberschenkel zwickten –, und wurde langsamer, ging leise zum Gebäude und spähte hinein.

Überall war Blut, Möbel waren umgeworfen, Körperteile überall wie Spielkarten verteilt, und es gab Monster.

Riesige, äußerst werwolfartige Monster. Ein Monster machte sich gerade über einen Körper her. Während sie es anstarrte, erhob sich Arran hinter dem Tresen und schoss ein Jagdgewehr aus nächster Nähe in die Fratze eines zweiten Monsters, das auf ihn zustürmte. Es fiel, rollte sich aber genauso schnell wieder hoch.

Ach, verdammt. Es war nie ein gutes Zeichen, wenn Kugeln eine Kreatur so gar nicht beeinträchtigten.

Sie hielt nicht zum Nachdenken inne. Stattdessen

handelte sie. Sie sprang auf das Monster zu, das sich gerade aufrappelte, und klatschte ihm den Verwirrungszauber auf den Rücken. Es stockte und warf ihr einen Blick über die Schulter zu.

Einen atemlosen Augenblick lang schaute sie auf eine riesige, blutige Schnauze mit langen, scharfen Reißzähnen. Das Monster drehte sich zu ihr um, und es drehte sich weiter im Kreis … und weiter. Sein Knurren wurde zu einem fragenden Wimmern.

Arran war totenbleich und bebte. „Was verdammt nochmal ist mit ihm los?"

„Egal." Sie keuchte. „Das macht es jetzt stundenlang."

Sie spürte einen Luftzug. Das Äffchen war an ihr hinaufgeklettert und kreischte ihr eine ohrenbetäubende Warnung ins Ohr. Arran riss das Gewehr an die Schulter und schoss direkt hinter sie. Als sie herumwirbelte, sah sie, wie das erste Monster schon wieder auf die Beine kam.

Sie hatte zwei Verwirrungszauber, einen auf jeder Seite der Hand; und zwei Telekinese-Sprüche, wieder einen auf jeder Seite der Hand, sowie die zersetzenden Verteidigungssprüche auf den Unterarmen. Bevor das Monster sich aufrappeln konnte, schlug sie mit dem zweiten Verwirrungszauber zu.

Ein weiterer Schrei durchschnitt die Nacht.

„Maggie", sagte Arran mit bebender Stimme.

„Hol Hilfe", trug Sophie ihm auf. Sie schnappte sich den Puck, zog ihn sich vom Rücken und warf ihn in den Bereich hinter dem Tresen, wo er in Deckung gehen konnte, dann stürmte sie in den hinteren Raum mit der Dartscheibe.

Auf der Türschwelle blieb sie stehen, um mit einem Blick alle Einzelheiten im Raum zu erfassen. Leichenteile, check. Blut überall, check. Eines der Monster zerhackte gerade eine Schranktür, während Maggie im Inneren schrie.

Echt üble Gesamtsituation, check.

O Mann. Wenn Schüsse ein solches Monster nicht niederstreckten, würde ihr Telekinese-Spruch dann so viel besser funktionieren?

Sie konnte nicht dastehen und zusehen, wie Maggie zerrissen wurde. Mit einem Schritt nach vorne verpasste sie dem Monster einen Haken in die breite, mächtige Flanke. Der Schlag hob die Kreatur hoch und schleuderte sie in die gegenüberliegende Wand. Sie brach halb durch den Gips und hing in dem Loch fest, das sie geschlagen hatte, halb im Raum und halb in der Küche dahinter.

Sophie drehte sich um und holte Maggie aus dem Schrank, wobei sie das schmerzhafte Ziehen in ihrer schlimmen Seite ignorierte. Die andere Frau war hysterisch, schluchzte und schrie unentwegt. Sophie packte sie an den Schultern.

Das verschaffte ihr die Aufmerksamkeit der Frau. Mit einem Schluckauf hörte Maggie auf zu kreischen und starrte sie an.

Hinter der Frau sah Sophie, wie sich das Monster aus dem Loch im Gips zog. „Lauf", sagte sie zu Maggie.

Während diese aus dem Raum rannte, wartete Sophie nicht darauf, dass das Monster sich ganz aus der zerstörten Wand befreite. Ihre Sprüche benötigten engen Kontakt und Eigeninitiative. Mit einem Schritt nach vorn schlug sie nach der Schulter des Monsters, aktivierte den verzehrenden Spruch und hüpfte dann ein paar Schritte zurück.

Sie sah zu, wie der Spruch sich in die Schulter des Monsters zu fressen begann. Mit einem letzten Ruck, der die halbe Wand in einer Wolke aus Gipsstaub zum Einsturz brachte, befreite sich das Monster und versuchte auf seine

Schulter zu klopfen.

Zur selben Zeit sprang das Äffchen auf Sophies Rücken und kreischte ihr wieder ins Ohr. „Nicht hilfreich!", fuhr sie es an.

Das Monster fixierte sie. Selbst während der verzehrende Spruch Fleisch und Knochen abbaute, kam es quer durch den Raum auf sie zu.

Ihre Gedanken rasten. Möglichkeit eins: Rennen, bis der Verzehrungs-Spruch es auffraß. Das klang großartig, aber im Moment konnte es auch noch rennen, und sie hatte bereits gesehen, dass diese Monster sehr viel schneller waren als sie.

Als sie rückwärtsging, kam es näher.

Sie hatte einen Telekinese-Spruch und einen Verzehrungs-Spruch übrig. Beide erforderten, dass sie sich in den Zuschnappbereich dieser fiesen Zähne begab. Das war doch wirklich zum Kotzen.

Langsam sagte sie zu dem Äffchen: „Geh schon, Robin."

Das Äffchen zwickte sie schmerzhaft ins Ohr. *Au! Nicht hilfreich!*

Den Blick auf das vordringende Monster gerichtet, bewegte sie sich zur Tür. Mit einer Hand schnappte sie sich das Äffchen von ihrer Schulter und warf es durch den Eingang. Die geröteten Augen des Monsters verfolgten die Bewegung. Einen Augenblick lang dachte sie, es würde Robin nachjagen. Dann richtete es seine Aufmerksamkeit wieder auf sie. Es sammelte sich, und sie spannte sich an.

Es würde springen, und wenn es das tat, würde es nicht erwarten, dass sie nach vorne tauchte, denn das wäre blöd und durchgeknallt™. Aber wenn sie unter das Monster gelangte, könnte sie es mit maximaler Härte mit ihrem letzten Telekinese-Spruch erwischen.

Was sie danach tun würde, wusste sie nicht. Eines nach dem anderen.

Das Monster sprang, und sie tauchte nach vorne. Das Manöver entwickelte sich nicht so gut, wie sie gehofft hatte. Sie landete hart auf dem Boden und drehte sich nicht schnell genug, um einen Hieb zu landen, während es über ihr war, daher lag sie auf dem Rücken und sah zu ihm auf, als es herumwirbelte, um sie erneut anzugreifen.

Gute Nachricht: Sie hatte den Telekinese-Spruch noch. Schlechte Nachricht: Sie würde ihn einsetzen müssen, während sie mit diesen Killerzähnen auf Tuchfühlung ging.

Bevor sie wegrollen konnte, humpelte das Monster vor und landete auf ihr, trieb ihr die Luft aus der Lunge. Bei den Göttern, es war so schwer, dass sie sich nicht bewegen konnte. Der verzehrende Zauber hatte eine Schulter und einen Teil seines Oberkörpers verzehrt, und sie wusste nicht, warum es sich überhaupt noch bewegte, aber das tat es.

Warum ging es nicht zu Boden?

Es fletschte riesige Zähne und schlängelte seinen Kopf zu ihr herab. Sie kämpfte darum, es am Hals zu packen und dieses Riesenmaul in Schach zu halten, zumindest so lange, bis der dummen Kreatur klar wurde, dass sie starb.

Hinter ihr erschien ein Racheengel, hager, dunkel und schnell, mit der gleichen eisigen, wilden Miene, an die sie sich vom ersten Mal erinnerte, als sie ihn gesehen hatte.

Wer hätte das gedacht? Sie war doch tatsächlich froh, dieses furchteinflößende Arschloch zu sehen.

Er hatte sein Schwert gezogen, und wieder tropfte Blut herab. In seinen Augen brannte dunkles Feuer, während er zu einem Schlag herumwirbelte. Sie spürte, wie der Hieb den Körper des Monsters erbeben ließ, als Nikolas ihm den Kopf abschlug.

Der Kopf flog durch die Luft, und sie sah ihn nicht mehr, als sich eine Blutfontäne über sie ergoss. Sie schaffte es, sich einen Arm über die Augen zu legen, bevor die warme Nässe sie durchtränkte, während der Körper des Monsters schwer auf ihrem zusammenbrach.

Draußen erklangen Schreie und Sirenen, aber im Raum wurde es still.

Sophie blickte unter ihrem Arm hervor. Nikolas stand über ihr, atmete schwer, und auf seinem harten, schönen Gesicht lag ein Ausdruck, von dem ihr nicht klar war, wie sie ihn zu deuten hatte. Zorn? Erleichterung? Unglaube?

Er wies mit dem tropfenden Ende seines Schwertes auf sie und sagte durch zusammengebissene Zähne: „Bist du wahnsinnig? Du bist *in das Gebäude* gelaufen."

Sie wischte sich Monsterblut von den Lippen. „Genau wie du, offensichtlich."

Er stierte sie an, während hinter ihm ein großes Gewicht auf den Stufen knarzte. Ehe sie ihm eine Warnung zurufen konnte, wirbelte Nikolas schon herum. Er war bereit, als ein weiteres Monster zum Angriff in den Raum stürmte.

Sophie hatte Mühe, unter der Masse auf ihr hervorzukommen. Das Monster sprang, und Nikolas tänzelte auf eine Seite, seine Schwertklinge blitzte silbern und scharlachrot auf. Als sie sich hervorgewühlt hatte und hochrollte, trat Nikolas in eine Blutlache und rutschte aus, so dass er auf ein Knie ging. Makellos verlagerte er seine Haltung, um seinen Sturz mit dem Schwert zu decken, während das Monster die Muskeln anspannte, um ihn anzuspringen.

Sowohl Nikolas als auch das Monster waren voll aufeinander konzentriert. Aus dieser Ablenkung zog sie einen Vorteil, sprang vor und schlug das Monster mit dem

Telekinese-Zauber aufs Gesäß. Der Schlag wirbelte es herum und schleuderte es seitwärts in die beschädigte Wand, was einen neuerlichen Gipsregen erzeugte.

Als es mit einem Fauchen auf sie zustürmte, kam Nikolas auf die Beine und stellte sich zwischen sie. Mit einem mächtigen Hieb, hinter den er seine ganze Masse legte, enthauptete er das Monster. Sie zuckte zurück und beobachtete, wie der Kopf in die Luft wirbelte und in eine Ecke rollte.

Wieder wurde es still. Draußen näherten sich Sirenen, und sie konnte Leute rufen hören. Nichts davon kam in dem Raum an, in dem sie und Nikolas einander anstarrten. Gipsstaub trieb wie Pulverschnee durch die Luft, bedeckte die Spritzer und Lachen aus rotem, flüssigem Blut.

Nikolas ließ sein Schwert fallen, kam herüber und packte sie an den Schultern. „Bist du verletzt? Wurdest du gebissen?"

„Was?" Sie verstand das Lodern in seiner Miene nicht, und ihre Aufmerksamkeit schweifte wieder über die Szenerie. Das Monster, das auf ihr gelandet war, war verschwunden, und an seiner Stelle lag ein toter, geköpfter Mann.

Was. Zum. Teufel.

Er schüttelte sie eindringlich. *„Sophie, hat dich einer von ihnen gebissen?"*

„Nein! Mir geht's gut!" Sie versuchte seine Umklammerung abzuschütteln. „Ich weiß, dass ich wie Carrie beim Abschlussball aussehen muss, aber nichts von dem Blut ist von mir. Nikolas, wohin ist das Monster verschwunden?"

Er schaute dorthin, wo sie hindeutete, auf den Körper des Mannes neben ihr. Grimmig erklärte er: „Das ist das Monster."

Sie nickte. Es war das Einzige, was einen Sinn ergab. Als er sich bückte, um sein Schwert aufzuheben, drehte sie sich um und ging durch den zerstörten Vorderraum, hinaus in die kühle Nacht.

Sobald sie nach draußen trat, bestürmten sie Maggie und Arran. Sie brachte ihre Fragen und überschwänglichen, weinend vorgebrachten Dankesworte hinter sich, so gut sie konnte, während die Polizei eintraf. Dann brachte sie auch deren Befragung hinter sich, beantwortete alles geduldig, manches mehrmals. Da sie mit Tatorten vertraut war, spürte sie, wie eine erschöpfte Ruhe von ihr Besitz ergriff, während sie zusah, wie sie den Bereich absperrten.

Da Sophie erst spät zu der Szene hinzugestoßen war, konzentrierte die Polizei viele ihrer Fragen auf Arran und Maggie, und als Nikolas herauskam, konzentrierten sie sich auch auf ihn, so dass sie eine Atempause bekam.

Sie ging ein paar Schritte weg, um etwas Platz zu haben, und holte tief Luft in der kühlen, feuchten Nacht. Eine Nachbarin brachte ihr ein warmes, feuchtes Handtuch, eine heiße Tasse Tee und eine Decke.

„Mach dir keine Sorgen um das Handtuch und die Decke, Liebes", sagte die Frau, als Sophie sie nicht annehmen wollte. „Das sind alte, zerschlissene Dinger, und es macht überhaupt nichts aus, wenn da Blut drankommt."

Sophie dankte ihr, ging ein paar Meter zur Seite und nahm das Handtuch, um das gröbste Blut von ihrem Gesicht und ihren Händen zu wischen. Dann zog sie sich die Decke um die Schultern und setzte sich auf den Bordstein, um den Tee zu trinken. Er war heiß, cremig und süß. So trank sie ihren Tee normalerweise nicht, aber er war ausgesprochen köstlich.

Als sie sich auf den Bordstein gesetzt hatte, war das

Äffchen wieder aufgetaucht. Es stieg an ihr empor und schob sich unter die Decke, wobei es sie missmutig anschnatterte.

„Sei nicht sauer auf mich“, sagte sie zu ihm, während sie einen Arm um ihn legte. „Ich bin gerade sehr genervt von dir. Was sollte dieses ganze Gezwicke?“

Das Äffchen meckerte wortlos zurück, seine dunklen Augen waren wütend.

Sie rieb sich über das müde Gesicht. „Schluss. Hör auf damit.“

Es wurde still und kuschelte sich an sie.

Warum hatte niemand etwas über das Äffchen gesagt? Ja, die Szene im Pub war dramatisch in ihrem Grauen, aber ein Affe war schon ziemlich ungewöhnlich. Konnten sie ihn nicht sehen, oder verschleierte der Puck seine Gestalt? Sie gab die Fragen auf und konzentrierte sich auf ihren Tee.

Neben ihr erschienen schwarz gekleidete Beine, der Stoff mit Blut verschmutzt. Als sie aufsah, ging Nikolas neben ihr in die Hocke. Dunkles Haar fiel ihm in die starke, breite Stirn, und sein Gesicht war verschlossen. Auch er hielt eine Teetasse.

„Ich bin überrascht, dass du geblieben bist, um mit der Polizei zu reden“, sagte sie zu ihm. „Ich hatte halb erwartet, du würdest durch den Hintereingang verschwinden, als sie kamen.“

„Wäre ich auch beinahe“, sagte er. „Aber zu viele Leute haben mich gesehen, und du hast deine Aussage gemacht, bevor wir beide die Gelegenheit hatten, sie durchzusprechen. Außerdem komme ich vielleicht wieder in den Ort. Da ist man besser offen. Wir haben nichts falsch gemacht, und wir haben verhindert, dass mehr Leute getötet wurden.“

Sie nickte. „Also, was ist mit diesen Werwolf-Monstern?“

„Sie sind Werwölfe“, erwiderte er.

Sie holte tief Luft. „Hast du mir deshalb gesagt, dass es nicht klug ist, bei Vollmond durch die Gegend zu streifen?“

„Ja, obwohl London und andere städtische Gegenden schlimmer sind.“

„London.“ Sie stellte ihre Tasse auf dem Bordstein ab und wandte sich ihm zu. „Du sagst, es gibt Werwölfe in London? Wie in dem Song – ‚Werewolves in London‘?“

Er hob eine schmale Augenbraue. „Natürlich. Daher kommt der Song. Hast du das nicht gewusst?“

Ein Lachen brach aus ihr hervor. Als ein Mann in der Nähe sie finster anschaute, hielt sie sich eine Hand vor den Mund, um das Geräusch zu dämpfen. Sobald sie wieder etwas sagen konnte, antwortete sie: „Nein, das wusste ich nicht.“

„Ihr habt keine Werwölfe in den Staaten, oder?“

Sie hob eine Schulter. „Keine Ahnung“, erwiderte sie, „vielleicht. Ich weiß von keinen. Falls wir welche haben, sind sie nicht so weit verbreitet, dass sie es in die Nachrichten schaffen. Die einzigen Wölfe, die ich kenne, sind Wyr-Gestaltwandler, und das ist nicht dasselbe.“ Sie hielt inne, runzelte die Stirn. „Ich schätze, ich sollte nichts als gegeben hinnehmen. Was meinst du, wenn du ‚Werwolf‘ sagst? Sprechen wir über dasselbe?“

„Ich meine Lykanthropie, ein Virus. Deswegen war ich so besorgt, ob du gebissen wurdest. Ein Opfer, das gebissen wird, hat nur ein kleines Zeitfenster zur Behandlung, bevor der Virus sich nicht mehr aufhalten lässt.“ Er rückte näher an sie heran und sagte mit leiser Stimme: „Das waren nicht bloß normale Werwölfe, die das Pub angegriffen haben.“

Das klang nach einer weiteren unerfreulichen Reihe von Konzepten. Es gab so etwas wie normale Werwölfe? Und anormale?

Sophie betrachtete seinen Mund, während er die Worte formte. Wirklich, sie hatte noch nie so einen sexy Mund gesehen.

Fasziniert und mit dem Gefühl, als wäre sie in einen seltsamen Traum getreten, murmelte sie: „Woran hast du das erkannt?"

„Werwölfe müssen sich laut Gesetz beim National Health Service registrieren und während Vollmond in einen Käfig einsperren. Es gibt für diejenigen, die sich selbst keinen Käfig bauen können, auch öffentliche. Diejenigen, die sich nicht einsperren, gelten als wild. Sie sind undiszipliniert und chaotisch wie wilde Hunde, und sie jagen Tiere, um sie zu fressen – Kaninchen, Rehe ebenso wie unvorsichtige Menschen. Sie brechen allerdings nicht in Häuser ein und greifen Leute an." Er stellte seine Tasse neben ihre. „Diejenigen, die in das Pub eingebrochen sind, haben das aus einem bestimmten Grund getan. Sie folgten Befehlen, was heißt, es waren die Jagdhunde der Königin."

Unter der Decke erschauerte das Äffchen. Sie stützte den Kopf auf die Hände und fragte telepathisch: *Isabeau hat eine Legion Werwölfe?*

Ja, aber ihre Werwölfe brauchen keinen Vollmond, um sich zu verwandeln. Sie können sich frei verwandeln, und sie bilden Gruppen und gehen planvoll vor. Gawain glaubt, dass sie auch in Tierform telepathisch miteinander sprechen können. Er hielt inne. *Das heißt, entweder haben die Jagdhunde nach Robin gesucht oder nach mir. Da wir sie alle getötet haben, können wir nur hoffen, dass niemand sonst schon auf deine Anwesenheit aufmerksam geworden ist.* Er verlegte sich auf gesprochene Sprache und sagte sanft: „Du hast immer noch Zeit, alldem den Rücken zu kehren und nach Hause zu gehen."

„L.A. ist nicht mein Zuhause", murmelte sie. „Es ist nur ein Ort, an dem ich eine Weile gewohnt habe."

Sie hob den Rand der Decke und schaute auf das Geschöpf, das sich hineinschmiegte. Große dunkle Augen beobachteten sie aus den tiefen Schatten. Der trübe Film hatte sich verzogen, und er sah sie mit scharfer Intelligenz an. Ihr fiel auf, dass das eine schiefe Auge gerade geworden war. Wenn das heilen konnte, war es wohl auch eine Verletzung, die er sich in der Gefangenschaft zugezogen hatte.

Mit einem sanften Finger drängte sie ihn, den Mund zu öffnen, und er tat es gehorsam. Eine neue fleischige Knospe war auf dem Stumpf in seiner Mundhöhle erschienen. Ihm wuchs eine Zunge nach. Er war immer noch zu dünn, und er brauchte noch einige Mahlzeiten, um das auszugleichen, aber er genas. Vielleicht würde er während der Genesung wieder zu sprechen beginnen.

Nikolas beobachtete sie. „Du wirst nicht gehen, oder?"

„Nö", sagte sie. „Aber ich werde von hier weggehen."

Sie setzte das Äffchen auf dem Boden ab und schob sich steif hoch. Jetzt, da der Kampf vorüber war, spürte sie langsam jede Prellung und jedes Ziehen. Scharfer Schmerz strahlte von ihrer schwachen Seite aus, und irgendwie hatte sie sich die Schulter verrissen. Sie schlang sich schützend einen Arm um den Oberkörper.

Der Tee hatte ihr einen kleinen Energieschub gegeben, aber tiefe Erschöpfung zerrte an ihr, und sie wusste, dass sie nur noch einen begrenzten Zeitrahmen hatte, bevor sie sich hinlegen musste.

Nikolas hatte sich zusammen mit ihr zu seiner vollen

Größe aufgerichtet, und er beobachtete sie genau. Er kam einen Schritt näher, bis sie die Hitze, die von ihm ausstrahlte, entlang einer Seite ihres Körpers spürte. „Du sagst, du wurdest nicht gebissen, aber du wurdest verletzt, oder?"

„Irgendwas im Weichgewebe", gab sie knapp zur Antwort. „Ich habe mir alte Verletzungen gezerrt. Das kommt schon in Ordnung, aber ich brauche deine Hilfe. Würdest du mein Gepäck runter zum Auto tragen? Ich kann hier nicht bleiben."

„Natürlich kannst du das nicht. Gehen wir und holen deine Sachen."

Die Polizei hatte die Vorderseite des Gebäudes abgesperrt, daher gingen sie zusammen zum Hintereingang. Maggie löste sich von ihrem Mann und einer Gruppe Nachbarn, um zu ihnen zu eilen. „Ich kann euch nicht genug für das danken, was ihr getan habt", sagte sie zu ihnen. Sie schaute Sophie an. „Du hast dein Leben riskiert, um mich zu retten."

Schuld nagte an Sophie, als hätte sie den verzehrenden Spruch abbekommen. Wenn sie und Robin erst gar nicht im Pub gewesen wären, wäre der Angriff nie geschehen. Sie begegnete Nikolas' Blick und sah dort düsteres Verständnis. Dann wandte sie sich an Maggie. „Ich bin froh, dass es etwas gab, was ich tun konnte. Ich kann heute Nacht nicht hier bleiben, deshalb hole ich meine Sachen."

„Natürlich kannst du nicht bleiben, Liebes, aber wo willst du um diese Zeit hin?"

„Ich ziehe weiter und gehe ins Torwächterhäuschen."

Maggies Gesicht legte sich in Falten. „Dort wird es kalt sein, und das Bett ist nicht gemacht, und du bist überhaupt nicht versorgt. Und mir gefällt nicht, wie abgelegen dieser alte, schimmelige Ort ist."

„Das wird schon", erwiderte Sophie. „Das spielt keine Rolle. Mir gefällt Abgeschiedenheit. Es ist ein Dach über dem Kopf, und ich kann morgen was einkaufen."

„Ich bleibe bei ihr", sagte Nikolas zu der Frau. „Sie wird nicht allein sein."

Aha? Sophie hob die Augenbrauen und schaute ihn betont an. *Danke, dass du fragst, Arschloch.*

Ihr beredter Blick perlte erstklassig an ihm ab. Erstklassig in der Tat. Seine angeboren elegante, hochaufgerichtete Haltung und die majestätische Neigung seines Hauptes fesselten alle um sie herum. Die Tatsache, dass auch Sophie davon angesprochen wurde, ärgerte sie maßlos. Mit Mühe musste sie sich davon abhalten, ihm eine Grimasse zu schneiden.

„Na ... also gut", sagte Maggie zögerlich. „Aber lass mich zumindest ein paar Dinge für dich zusammensuchen, Liebes." Als Sophie Einspruch erheben wollte, bestand die Frau darauf. „Nur eine kleine Kiste für den Anfang."

Lass dir von ihr helfen. Nikolas' tiefe telepathische Stimme erklang unerwartet in ihrem Kopf. *Es ist nur eine Kleinigkeit, und sie wird sich besser fühlen, wenn du gehst.*

Sophie warf ihm einen finsteren Blick zu, und als auch dieser Blick von seinen breiten Schultern abtropfte, sagte sie zu Maggie: „Das wäre toll. Danke."

„Dauert nur einen Augenblick." Maggie eilte in ihre zertrümmerte Küche, murmelte im Angesicht des Schlamassels vor sich hin.

Stumm wie ein Geist und genauso tödlich folgte Nikolas Sophie die Treppe hinauf.

Es war nicht nötig, die Tür zu ihrem Zimmer aufzusperren. Wie beim Vordereingang zum Pub gab es keine Tür mehr. Sie hielt im Türrahmen inne, um sich die Unordnung drinnen anzuschauen.

Die Möbel waren umgeworfen, das Bett war zertrümmert und zerfetzt.

Sie holte tief Luft und warf einen Blick über die Schulter. Nikolas' Gesicht war grimmig. Er wies mit dem Kopf auf den restlichen Korridor. Als sie den Gang entlangblickte, sah sie, dass alle anderen Türen unversehrt und verschlossen waren.

Ihr Magen verkrampfte sich. Entweder hatten die Jagdhunde den Puck gejagt, oder sie, oder beide.

„Hoffen wir, dass diese Zelle von Jagdhunden nicht die Gelegenheit hatte, Informationen in der Befehlskette weiterzureichen", sagte Nikolas.

Er klang nicht sonderlich hoffnungsvoll, und sie nahm es ihm nicht übel. Es klang auch für sie zu sehr nach unrealistischem Optimismus.

Sie humpelte in den zerstörten Raum. Da sie geplant hatte, nur eine Nacht zu bleiben, hatte sie nicht viel ausgepackt, und ihre robusten Samsonite-Koffer waren zwar herumgeschleudert worden, aber zumindest noch ganz. Sie durchsuchte das Durcheinander und sammelte ihre übrigen Sachen ein – ein Ladegerät fürs Telefon, eine saubere Garnitur Kleider für den nächsten Tag und ihren Reiseduschbeutel.

Mühsam richtete sie sich auf, eine Hand an die schmerzende Seite gepresst, und sagte atemlos: „Ok, ich bin fertig."

Nikolas hatte ihre Koffer eingesammelt. Er wartete an der Tür, beobachtete sie mit einem nicht zu deutenden Ausdruck. Als sie bei ihm ankam, hob er das Gepäck auf und ging voraus die Treppe hinab.

Maggie wartete unten auf sie. Sie hielt einen Pappkarton.

Sophie sah darin Teebeutel, eine Flasche Milch und einen Laib Brot, dazu noch einige andere Lebensmittel. „Viel ist es nicht", sagte Maggie, „aber es ist ein Anfang morgen früh."

„Es ist toll, danke." Sophie stellte ihren Waschbeutel oben auf die Kiste und nahm sie. „Es ist so nett von dir, dass du daran gedacht hast, wo doch sonst so viel los ist."

„Das ist das Mindeste, was ich tun konnte, im Gegenzug für das, was du für uns getan hast." Maggies Augen glitzerten feucht. „Du hast nicht nur mir das Leben gerettet, Arran sagt, du hast auch ihn gerettet." Sie wandte sich an Nikolas. „Danke, ihr beiden."

Er wirkte überhaupt nicht, als wäre es ihm unbehaglich, während Sophie fast mit der Wahrheit herausgeplatzt wäre. Sie schluckte den Impuls hinunter. Niemandem wäre damit geholfen, und das Wissen würde die Leute womöglich in noch größere Gefahr bringen.

„Es tut mir leid um die Leute, die ihr heute Nacht verloren habt", sagte sie stattdessen.

„Es ist ein harter Schlag", erwiderte Maggie. „Es wird hart für den ganzen Ort. Sie waren gute Männer, die nur ein bisschen Spaß beim Kartenspielen nach Feierabend hatten, wisst ihr."

„Ja", sagte Sophie sanft.

Maggie wandte sich wieder den Resten ihres Pubs zu. Als Sophie und Nikolas zum Mini gingen, murmelte Sophie zwischen zusammengebissenen Zähnen: „Ich will sie dafür tot sehen."

„Ich und die meinen ebenso", sagte Nikolas.

Kapitel 8

ALS SIE AM Mini ankamen, stellten sie fest, dass der Puck, immer noch in Gestalt eines Äffchens, darin wartete.

Zweifellos fand Robin frei bewegliche Daumen sehr viel nützlicher als Hundepfoten. Nachdem sie die Kiste und das Gepäck im Kofferraum verstaut hatten, trat Nikolas zurück und sah Sophie nach, während sie wegfuhr, dann ging er zu der Seitenstraße, in der er seinen Porsche geparkt hatte, und folgte ihr.

Ihm gefiel nicht, wie sie ausgesehen hatte. Unter dem getrockneten Blut war ihre Haut kalkweiß geworden, die Sommersprossen stachen hervor, und die Schatten unter ihren eindrucksvollen Augen waren dunkel wie Blutergüsse. Sie jammerte nicht, aber sie bewegte sich, als hätte sie Schmerzen, steif und unsymmetrisch.

Er bog in die Auffahrt des Anwesens und parkte neben dem Mini. Als er den Motor abgestellt hatte, war Sophie schon am Eingang des Häuschens und sperrte im Licht ihrer kleinen Taschenlampe die Tür auf.

Er zog seine Reisetasche aus dem Auto und holte ihr Gepäck aus dem Kofferraum des Minis. Als er hinein in eine alte, aber gemütlich wirkende Küche trat, hatte sie schon alle Lichter eingeschaltet und steckte gerade den Kopf in einen Schrank.

„Es gibt irgendeine Methode, um den Boiler anzuschalten", sagte sie mit gedämpfter Stimme. „Der Anwalt hat mir gesagt, wie es geht, aber ich erinnere mich nicht."

„Setz dich hin", befahl Nikolas.

Das holte sie aus dem Schrank hervor, so dass sie ihn finster anstarren konnte. Er hörte fast, wie sie sagte: *Danke, dass du fragst, Arschloch.*

„Im Ernst, setz dich", sagte er ungeduldig zu ihr. „Ich kümmere mich um den Boiler."

Sie fühlte sich offenbar noch schlimmer, als er gedacht hatte, denn sie richtete sich auf und setzte sich dann auf einen der vier Stühle am hölzernen Bauernesstisch.

Er ging schnell durch das Häuschen, um eine Bestandaufnahme zu machen. Die restlichen Möbel wirkten genauso alt und gemütlich wie die Küche. Es lag ein muffiger Geruch über allem, als hätte hier lange niemand gewohnt, und es fühlte sich etwas feucht an.

Das Wohnzimmer hatte einen Gasofen, und er hielt inne, um ihn anzuzünden, damit die Kälte und Feuchtigkeit aus den Räumen vertrieben wurden. Es gab ein minimal eingerichtetes Schlafzimmer mit einer nackten Matratze, ein halbwegs anständiges Bad mit einer Waschmaschine mit Trockner in einer Ecke, und die Küche, die tatsächlich der größte Raum des Häuschens war.

Der Kühlschrank musste erst eingesteckt werden. Nachdem er das getan hatte, stellte er die Milchflasche hinein und prüfte den Inhalt der Kiste, die Maggie ihnen mitgegeben hatte. Es gab Eier und Brot, eine Orange und einen Apfel, eine Packung Käse und Zucker für den Tee, dazu noch ein paar Päckchen Gästeseife.

„Du musst nicht bleiben", sagte sie.

Er warf ihr einen Blick zu. Sie saß da, die Stirn auf eine

Hand gestützt, und wirkte erschöpfter als alles, was er je gesehen hatte. „Doch, muss ich“, erwiderte er. „Es sind vielleicht noch mehr Jagdhunde auf Spurensuche. Ich werde nicht zulassen, dass du verletzt oder getötet wirst, nicht, solange du mir noch nützlich bist.“

Sie lachte und zuckte sofort zusammen. „Das ist atemberaubend kaltschnäuzig, sogar für dich.“

„Das ist es.“ Er hatte es auch in dem Augenblick bereut, in dem er es ausgesprochen hatte, aber er machte sich nicht die Mühe, sich zu entschuldigen. Einerseits war es die Wahrheit, andererseits glaubte er auch nicht, dass sie ihm eine Entschuldigung abgenommen hätte. Er wühlte sich durch die Küchenschränke und fand und füllte einen Teekessel, den er auf den Herd stellte, um Wasser zu erhitzen. „In einer halben Stunde oder so wirst du eine angenehme Dusche nehmen können, aber bis dahin gibt es hier in ein paar Minuten warmes Wasser, um sich in der Küchenspüle abzuwaschen.“

„Ist mir egal“, sagte sie, während sie ihren Waschbeutel durchsuchte, um eine kleine Reiseflasche mit einer Flüssigkeit herauszuholen. Sie erhob sich und ging zur Spüle, drehte den Wasserhahn auf und hielt den Kopf unter das laufende Wasser, wobei sie wegen der Kälte fluchte.

Er lachte leise. Sie hatten nur einen sehr langen Abend miteinander verbracht, aber sie hatte ihn bereits mehrmals überrascht. Das Wasser war dunkelrosa, als es im Abfluss verschwand.

„Wenn du es lange genug aushältst, helfe ich dir, dir das Blut aus den Haaren zu waschen.“

„Bitte“, sagte sie gepresst. „Aber mach schnell.“

Sie warf ihm die kleine Flasche blind zu, und er nahm sie und drückte etwas von der Flüssigkeit auf seinen

Handteller. Rasch arbeitete er das Shampoo in ihre Haare ein, massierte ihre Kopfhaut, bis es richtig schäumte. Das Wasser war so kalt, dass ihm die Knochen in den Händen wehtaten, und er spürte, wie ihr Körper bebte.

„Warte", sagte er. Er beugte sich weg und schnappte sich den vollen Teekessel. Er hatte noch nicht großartig warm werden können, aber es musste besser sein, als den Kopf wieder unter den Hahn zu halten. Sorgsam spülte er die dunkle Flut aus nassem Haar aus, bewunderte ihre widerspenstigen Locken, während er mit den Fingern durch die langen Strähnen fuhr. Während er arbeitete, rubbelte sie sich Gesicht und Hände ab.

Es schien ungehörig intim, ihr die Haare zu waschen. Sie waren so samtig weich, wie sie aussahen. Er fragte sich, wie die Haut an ihrem Halsansatz schmecken würde. Er fragte sich, was sie sagen würde, wenn er sich hinabbeugte, um es herauszufinden.

Nein, das musste er sich eigentlich nicht groß fragen.
Danke, dass du fragst, Arschloch!

Während er sich ein weiteres Lächeln verkniff, erwischte er sich dabei, dass er die Aufgabe nur zögerlich zu Ende brachte, aber dann war der Kessel leer und es gab keinen Grund, sie noch weiter über der Spüle hängen zu lassen.

„Danke", sagte sie zu ihm und drehte den Kopf auf eine Seite, um sich das überschüssige Wasser aus den Haaren zu wringen. „Meine Kleider fühlen sich schon schlimm genug an, aber irgendwie war es noch schlimmer, Blut überall am Kopf und in den Haaren zu haben."

„Bleib, wo du bist. Ich hole dir ein Handtuch." Am anderen Ende des kurzen Flurs fand er einen Wäscheschrank und brachte ihr ein Handtuch, in das sie ihre Haare wickeln konnte.

Als sie aufstand, war ihr Gesicht nicht mehr blass, sondern von einem hübschen, tiefen Rosarot, obwohl die Schatten unter ihren Augen immer noch zu dunkel waren. „Wenn noch welche von diesen Werwölfen hier hereinplatzen, werde ich keine große Hilfe sein", sagte sie. „Ich habe Jetlag und bin erschöpft, und auf meiner schlimmen Seite habe ich mir irgendwas richtig verrissen."

Er nickte vor sich hin. Es war in etwa so schlimm, wie er gedacht hatte. „Ich gehe raus und lege ein paar Abschreckungszauber rund um das Grundstück. Wenn wir Glück haben, ist die restliche Nacht ruhig."

„Ruhig wäre gut." Ihr Gesicht spannte sich an. „Diese Dinger haben kaum innegehalten, als Arran auf sie geschossen hat."

„Er hatte vermutlich kein Silber in seinen Kugeln", erklärte Nikolas. „Das haben die meisten Schusswaffenbesitzer nicht. Die Kugeln sind teuer, und wilde Lykanthropen sind ziemlich selten. Die meisten finden die Verwandlung verstörend, und sie sperren sich nur zu gerne bei Vollmond in einen Käfig."

Ihr Gesicht hellte sich interessiert auf. „Silberkugeln machen ihnen etwas aus?"

„Ja." Er hielt inne, zögerte, sich von diesen hypnotisierenden Augen abzuwenden. „Sie sind immer noch schwer zu töten, aber wenn man ihnen eine Silberkugel zwischen die Augen jagt, erledigt sie das ziemlich zuverlässig. Wunden, die ihnen mit Silberkugeln oder -waffen beigebracht werden, können sie auch nicht mit magischer Geschwindigkeit heilen."

„Gut zu wissen." Sie rang die Hände. „Ich werde hier nie auf legalem Weg an eine Schusswaffe kommen können, oder?"

„Da du nicht die britische Staatsbürgerschaft hast, ist das sehr zweifelhaft. Du würdest nur eine Genehmigung bekommen, wenn du sie in irgendeiner offiziellen Funktion bräuchtest und die Regierung dieser Begründung zustimmen würde. Einige Domänenanführer und ihr Gefolge erhalten Schusswaffengenehmigungen." Er legte den Kopf schief. „Warum, willst du eine?"

„O mein Gott, ja. Wie ich gesagt habe, meine Zauber sind nur im Nahbereich nützlich." Mit einem herausbrechenden Seufzen fuhr sie fort: „Das Wasser wird jetzt zumindest annehmbar sein, meinst du nicht? Ich werde mich mal ganz säubern."

Sie hatte sich mit Monstern angelegt, die mehr als zweimal so groß und schwer waren wie sie, und sie hatte es ohne Zögern getan. Er hatte gesehen, wie sie allein auf das Pub zulief. Es war eines der mutigsten Dinge, die er je erlebt hatte.

Als sie sich von ihm abwandte, nahm er sie am Arm. „Was du dort drüben getan hast –"

„Himmel, fass mich da nicht an!", schrie sie und entriss sich seinem Griff. Sie starrten einander an. „Ich hatte noch einen aktiven Spruch übrig", flüsterte sie.

Er spannte sich an. Sie griff nach seinem Arm und drehte ihn um, strich über seine Finger und den Handteller und wandte ihn hin und her. Nach einem Augenblick sank sie zusammen und schaute mit einem Blick überquellender Erleichterung wieder zu ihm auf.

„Gott sei Dank", sagte sie. „Der Spruch hat in dir keinen Feind erkannt."

Er gab schließlich seinem Drang nach und fasste nach ihrem Kinn, kam so nahe, dass er ihre Körperwärme spüren konnte. Es war eine feine Wärme, die ihn an Stellen berührte, die er nicht verstand, und von denen er längst geleugnet hatte, dass es sie gab. „Das liegt daran, dass ich nicht dein Feind bin, Sophie."

Während er hinsah, leckte sie sich über die Lippen. Als er beobachtete, wie ihre Zunge über die üppige, rosarote Wölbung ihrer Unterlippe glitt, wurde er hart, und es rief einen Hunger in ihm wach, den er jahrelang nicht für jemanden empfunden hatte.

Jahrelang.

Was zum Teufel passierte mit ihm? Er riss sich los und marschierte zur Tür. „Ich werde diese Zauber wirken, während du duschst", blaffte er.

„In Ordnung", sagte sie, ohne ihn anzuschauen. „Ich beeile mich, dann sollte noch etwas warmes Wasser für dich übrig sein."

Er machte sich nicht die Mühe, darauf zu antworten. Stattdessen stapfte er hinaus, atmete schwer in der kühlen, feuchten Nachtluft. Er sollte kein Verlangen nach ihr empfinden. Sie war jemand, der ihm vermutlich nützlich sein konnte, mehr aber auch nicht.

Sie hatte sich entschieden zu bleiben, obwohl sie es nicht hätte tun sollen. Vorhin hatte sie sich entschieden, sich auf die Jagdhunde zu stürzen – und auch das hätte sie nicht tun sollen. Sie hatte sich auch dafür entschieden, den Puck zu verteidigen, und, bei den Göttern, sie war bereits mehrmals gewarnt worden, dass sie das nicht hätte tun sollen.

Und er hatte seine Mission. Es gab nichts Bedeutenderes, nichts Entscheidenderes, als sicherzustellen, dass er alles tat, was ihm möglich war, um seine Männer am Leben zu halten, einen Weg zurück nach Lyonesse zu finden und Isabeau und Morgan auf jede erdenkliche Weise zu stürzen.

Er hatte kein Interesse und keine Zeit für irgendetwas sonst.

Nach ein paar Minuten ließ die unerfreuliche Spannung in seiner Leistengegend nach.

Er machte sich an die Arbeit und legte auf dem Grundstück eine Reihe von Abschreckungszaubern aus, ignorierte dabei grimmig die Geister in seinem Kopf und die alten Erinnerungen an die Schlacht, die an die Oberfläche drängten. Ob die Abschreckungszauber nützlich sein würden oder nicht, konnte man nur raten.

Der Effekt eines Abschreckungszaubers ließ sich direkt gegen die Intelligenz und Entschlossenheit der Kreatur aufrechnen, die ihm begegnete. Wenn etwas den Zauber auslöste, würde Nikolas es zumindest spüren, so dass er vorgewarnt wäre, bevor es dem Häuschen zu nahe kam.

Außerdem gab es keine direkten Geruchsspuren, die die suchenden Jagdhunde herführen konnten. Nur wenn die Jagdhunde einige Zeit in Menschengestalt verbrachten und die Leute im Ort ausfragten, würden sie eventuell herausfinden können, dass sie hierher kommen mussten. Nikolas und Sophie waren für diese Nacht vermutlich vor Angriffen sicher. Wesentlich länger wohl nicht, aber zumindest für heute Nacht hatte er ein gutes Gefühl.

Daher kam er zu dem Schluss, dass er getan hatte, was er tun konnte. Erst dann hielt er inne, um Gawain eine Nachricht zu schreiben.

Jagdhunde haben das Pub angegriffen. Sophie, Robin und ich sind an einen anderen Ort umgezogen.

Gawain antwortete beinahe sofort. Verdammt. Wurde jemand verletzt?

Vier Todesopfer. Uns geht es gut. Nikolas hielt

inne, dann tippte er langsamer. Sophie ist ins Pub gelaufen, um zu helfen, bevor ich sie aufhalten konnte. Sie hat Leben gerettet. Sie kämpft tapfer.

Er stockte, dann entschied er sich, nicht zu sehr über das Ganze nachzudenken, und drückte auf Senden.

Gawains Antwort brauchte ein paar Minuten. Ich bin froh, dass es ihr gut geht. Ich habe die anderen vorhin informiert, nachdem ich aufgebrochen bin. Wir begeben uns alle in Position, so dass keiner von uns zu weit entfernt ist. Ruf uns zur Verstärkung, wenn es nötig ist.

Werde ich.

Da die Unterhaltung beendet war, steckte Nikolas sein Telefon ein. Er blieb stehen, um das im Schatten liegende Anwesen zu betrachten, das sich über die zerstreute Landmagie erstreckte. Es war ein hässliches, nutzloses Gebäude, platziert auf einem verfluchten Ort. Nur die Götter mochten wissen, was Sophie darin sah.

Er wandte dem Anwesen den Rücken zu und marschierte zurück zum Haus.

Drinnen war alles still. Sophies Gepäck war verschwunden, während seine Reisetasche immer noch in der Ecke neben der Tür stand. Der Puck war nirgends zu sehen. Als er durch das Häuschen ging, sah er, dass das Schlafzimmer dunkel und die Tür halb geschlossen war.

Sanft schob er die Tür weiter auf, um hinein zu schauen. Als sie in den Angeln quietschte, sagte Sophies matte Stimme: „Ich kann mich nicht erinnern, dich hereingebeten zu haben."

Danke, dass du fragst, Arschloch.

Keiner von ihnen musste es aussprechen.

Sie hatte eine Decke aus dem Wäscheschrank genommen und sich darin eingewickelt auf dem Bett zusammengerollt, auf der blanken Matratze.

„Zu müde, um das Bett zu machen, wie ich sehe", sagte er leise.

„Ich bin sauber, trocken, und ich liege. Und ich lebe. Das reicht für heute Nacht." Sie verlagerte unter der Decke ihr Gewicht und knurrte. „Das Bett kann man morgen machen."

Er hatte viel zu viele Nächte mit einer sehr ähnlich reduzierten Überlebensliste verbracht und drehte sich beinahe um, um zu gehen, aber dieser leise Schmerzenslaut und die Erinnerung daran, wie steif sie sich nach dem Kampf im Pub bewegt hatte, hielten ihn zurück.

„Ich weiß, dass du noch Schmerzen hast", sagte er langsam. „Ich kann dir helfen und dir die Gelegenheit verschaffen, dich richtig zu erholen."

Einen langen Augenblick glaubte er, sie würde ihn ignorieren. Dann seufzte sie, und das zusammengerollte Knäuel unter der Decke löste sich. „Komm rein."

Er schob die Tür ganz auf und schlich nach drinnen. Dann sah er den Puck. Robin hatte sich auf das Kopfteil des Bettes gesetzt. Seine dunklen Augen glitzerten in den Schatten. Was dachte er nur?

Als Nikolas näherkam, glitt Robin vom Kopfteil und verschwand in einen anderen Teil des Häuschens. Mit gerunzelter Stirn sah er dem Puck nach. Er würde Robin nie verstehen, ganz gleich, wie lange jeder von ihnen lebte.

Dann stand er am Bett, blickte auf Sophie hinab. Selbst in einem schattigen Zimmer, das so dunkel war wie dieses, zogen ihre Augen sämtliche Lichtpartikel an und verstärkten sie, bis sie leuchteten wie Sterne. Er konnte sehen, dass es ihr unangenehm war, wenn er so über ihr stand, deswegen stupste er ihren Oberschenkel an. Als sie ihn verlagerte, setzte er sich auf den Rand der Matratze.

„Pass auf", sagte er. Er griff über sie, um ihre Augen zu schützen, ehe er die Nachttischlampe anschaltete. Er sah, wie sie unter seiner Hand zusammenzuckte.

„Ist das Licht wirklich nötig?", fragte sie säuerlich.

„Ich weiß nicht." Er nahm seine Hand weg und sah sie blinzeln.

„Wie hast du es geschafft, nicht mit Blut bespritzt zu werden?", murmelte sie und beäugte sein Hemd voller Abscheu. „Ich bin beinahe drin ertrunken."

„Ich habe mich schnell bewegt, während du auf dem Boden warst. Auf meine Beine ist etwas gespritzt." Er legte den Kopf schief. „Zeig mir, wo es dir wehtut."

Sie verzog das Gesicht. „Wenn es zwischen meinem Scheitel und meinen Fußsohlen ist, kannst du davon ausgehen, dass es wehtut."

„Du hast gesagt, du hast dir etwas in der Seite verrissen. War das die Stelle, an der du angeschossen wurdest?"

„Eine der Stellen", erwiderte sie mit einem Seufzen.

Sie war mehrfach angeschossen worden. Er holte tief Luft und stieß sie langsam wieder aus, während er die Neuigkeiten verarbeitete. Als er zuversichtlich war, dass er ruhig und gelassen klingen konnte, drängte er sie: „Zeig es mir."

Sie seufzte wieder, diesmal ungeduldig, und schlug einen Zipfel der Decke zurück. Darunter trug sie ein Top mit Spaghettiträgern und passende Shorts, die sehr kurz waren. Sie enthüllten die lange Linie ihrer schlanken, muskulösen Beine. Sie hob das Top ein Stück an, und er sah die Narbe.

Es war eine schräge Sternenexplosion von zerfurchter, geröteter Haut unter der rechten Seite ihres Brustkorbs, immer noch so frisch, dass die Röte nicht hatte verblassen können. Ohne seinen Impuls zu hinterfragen – ohne an etwas anderes zu denken als die Reaktion auf den sichtbaren Beweis, dass ihr Leben in Gefahr gewesen war – berührte er die zerfurchte Narbe leicht mit den Fingerspitzen.

Sie beobachtete ihn und sagte nichts, obwohl er an ihrer verkrampften Haltung erkennen konnte, dass es ihr Schwierigkeiten bereitete, ihm die Verletzung zu zeigen.

„Wo wurdest du noch angeschossen?", murmelte er.

„Rechter Oberschenkel, linke Schulter." Sie stieß die Worte hervor.

Jetzt, da sie es erwähnte, sah er den Rand der Narbe, die unter dem Top hervorleuchtete, auf der Haut ihrer Schulter, gleich über der linken Brust. Also war ihr Körper heute Nacht auf beiden Seiten überbeansprucht worden.

Er sah auch große Blutergüsse und Prellungen an ihren Beinen und Armen. Sie hatte zweifellos auch auf dem Rücken welche. Sie war hart auf dem Boden aufgekommen, und der Jagdhund war mit seinem ganzen, beträchtlichen Gewicht auf ihr gelandet.

Diesmal nahm er, ohne zu fragen, die Ecke der Decke und hob sie weiter an, um den gezackten Riss auf ihrem Bein zu enthüllen. Die Narbe war ein Affront gegen diese schöne, reine, mit zimtfarbenen Flecken gesprenkelte Haut. Sie hatte wohl bei allen drei Verletzungen chirurgische Hilfe gebraucht. Ihm war klar gewesen, dass sie sich noch irgendwie erholte, aber das war sehr, sehr viel schlimmer, als er es sich vorgestellt hatte.

Mit sanfter Stärke legte er eine flache Hand auf ihren Bauch, bedeckte ihre Narbe. Mit der rechten Hand bedeckte er die Narbe auf der Schulter. Sie fasste nach seinen Handgelenken, versuchte aber nicht, ihn wegzuschieben.

Dann sagte er in seiner Muttersprache eine heilende Beschwörung, und Macht floss in sie, bis ihr Körper davon glühte. Da er so mit ihr verbunden war, spürte er, wie ihr Schmerz nachließ. Gezerrte, entzündete Muskeln lockerten sich, und die riesigen Blutergüsse gingen zurück. Sie verschwanden nicht ganz und waren noch wie schwache Schatten der Sterblichkeit sichtbar, die ihre Haut verdunkelten. Aber das tiefe, wütende Rot war weg.

Als er fertig war, hob er die Hände nicht von ihrem Körper. Stattdessen beugte er sich über sie, drückte vorsichtig nach unten und begegnete dem Blick aus ihren großen, fragenden Augen, seine Miene verhärtet.

„Du hattest in diesem Pub nichts verloren, Sophie Ross", sagte er mit stiller Strenge. „Nichts dort verloren, besonders nicht mit ernsthaften Verletzungen, die noch so frisch sind."

„Du kannst mich mal, Nikolas, wie immer dein verdammter Nachname lautet", erwiderte sie ruhig. „Ich wollte Danke sagen, aber dann hast du ja den verdammten Moment ruiniert."

„Sevigny", sagte er.

Er erkannte an ihrer Miene, dass sie, ob sie nun erschöpft war oder nicht, eindeutig vorgehabt hatte, noch weiter auf ihn loszugehen, aber das ließ sie innehalten, brachte sie aus dem Takt.

„Es ist mein verdammter Nachname", erklärte er. „Sevigny. Und du sagst zu oft ‚verdammt'."

Etwas glomm in ihren Augen auf, und er konnte erkennen, dass sie beinahe – beinahe – lächelte. „Das mache ich, verdammt nochmal. Und es geht dich verdammt nochmal nichts an, wie oft ich ‚verdammt‘ sage. Genauso wenig wie es dich verdammt nochmal was angeht, wenn ich ins Pub laufe, weil dort Leute angegriffen werden, wenn ich einen Hund rette, der misshandelt worden ist, oder wenn ich mich entschließe, bei Rot über die Ampel zu gehen, weil mir danach ist –“

„Du machst einen wirklich wahnsinnig“, sagte er mit einem Anflug von Überraschung. „Du. Machst. Mich. Wahnsinnig.“

Sie verdrehte die Augen. „Sehe ich so aus, als würde mich das interessieren? Lass mich noch ein paar Sachen für dich klarstellen. Geh nicht davon aus, dass es mich einen Scheiß interessiert, was du denkst. Erwarte nicht, dass ich glaube, die Welt dreht sich um dich – denn das tut sie nicht, Freundchen. Kein bisschen. Und glaub ja nicht, nur weil du mir geholfen hast, mich besser zu fühlen – danke, übrigens, ich fühle mich echt besser –, dass ich mich an irgendwas von dem halte, was du zu mir sagst.“

„Oh, beim Herrn und der Herrin“, sagte Nikolas. „Hör auf zu reden.“

Sie schaute ihn finster an, und aus dem verständnislosen Ausdruck in ihren Augen schloss er, dass er wieder in die alte Sprache verfallen war.

„*Mmm-hmm*, und wenn du so redest“, sagte sie und ließ vor seinem Gesicht den Zeigefinger kreisen, „dann klingst du einfach nur eingebildet, denn du weißt, dass ich kein einziges Wort von dem verstehe, was du sagst.“

Er starrte sie an. „Eingebildet.“

Sie nickte. So müde sie auch aussah, die dunklen Schatten unter ihren Augen hatten sich aufgehellt, und in ihrem Blick funkelte Zorn. Sie wiederholte: „Eingebildet.“

Was für eine idiotische, unreife Aussage. Aus dem

Nichts schoss ein Lachanfall herauf. Er trampelte ihn aus, bis er erlosch. Sie war albern, und darüber hinaus vermutete er, dass ihr das bewusst war und es sie nicht kümmerte.

Ihre Haut unter seinen Händen fühlte sich herrlich weich und warm an. Er spürte den Rhythmus ihres Atems. Er fühlte sich an wie ein Herzschlag – lebendig, lebhaft und so notwendig wie Luft oder Wasser.

Sie war für das, woran sein Leben sich angepasst hatte, so fremdartig, dass er nicht einmal Worte fand, um es auszudrücken. Er hatte gedacht, sein Panzer der Isolation wäre undurchdringlich, unumkehrbar, aber mit ein paar Worten und diesem diamantartigen Feuer in ihren Augen hatte sie ihn zerschmettert.

Von demselben tief verborgenen, rätselhaften Ort, von dem das Lachen gekommen war, stieg brüllend ein enormer Hunger auf. Ein riesiger Hunger. Seine Finger spannten sich auf ihrer weichen Haut an. Sie öffnete den Mund, und am frechen Funkeln in ihrer Miene erkannte er, dass sie noch nicht damit fertig war, ihn herunterzuputzen.

Anstatt sich ihre Predigt noch länger anzuhören, beugte er sich über sie, Oberkörper an Oberkörper. „Du bist ein verdammt vorlautes Weibsstück", sagte er und küsste sie.

Ihre gewölbten, vollen Lippen waren so weich, wie sie aussahen. Als sein Körper sich über ihren legte, befriedigte das Gefühl, sie unter sich zu spüren, etwas Verborgenes und Urtümliches in ihm.

Er spürte die Wölbung ihrer Brüste, ihren schmaleren, leichteren Knochenbau. Ihre Wärme verbrannte ihn, und dieser Mund, dieser Mund – er hatte noch nie einen derartigen Hunger verspürt wie bei der Eroberung dieses weichen, üppigen Mundes.

Nach einem Augenblick entsetzten Schweigens kam die

allergrößte Überraschung. Sie neigte den Kopf und erwiderte den Kuss, passte ihre Lippen seinen an, bewegte sich, wenn er sich bewegte, gab nach, als er sie hart um eine Öffnung bedrängte und seine Zunge tief in sie stieß. Er spürte jeden einzelnen Finger, als sie ihm damit durchs Haar strich, in einer Liebkosung, die einen freudigen Schock durch seinen ganzen Körper gehen ließ.

Er konnte sich nicht erinnern, wann ihn das letzte Mal jemand mit irgendeiner Form von Sinnlichkeit oder Zuneigung berührt hatte. Dieser Teil seines Wesens war so lang erkaltet und unbenutzt, dass er mit der Kraft eines Tsunami brüllend zum Leben erwachte.

Hungrig verzehrte er sie. Er nahm sich ihren Mund, als wäre es die erste Mahlzeit, die er jahrelang zu Gesicht bekommen hatte. Ein weiterer Schreck der Erkenntnis durchdrang ihn, als ihre Zunge mit seiner wetteiferte.

Sie hob den Kopf vom Kissen, um den Kuss zu erwidern, folgte ihm begierig nach oben, als er versuchte sich zurückzuziehen, um zu Atem zu kommen und sich zu sammeln. Ihre Finger bearbeiteten seinen Nacken, baten ihn wortlos um mehr.

Das holte ihn wieder nach unten. Er umfing ihren Kopf mit beiden Händen und küsste sie wild, während sein Schwanz sich zu einem harten, schmerzhaften Dorn des Hungers versteifte, den er an die Wölbung ihrer Hüfte presste. Ruhelos verlagerte sie die Beine, schlang sie um seine.

Urplötzlich war er völlig versessen darauf, herauszufinden, wie sie sich nackt anfühlte. Als sich seine Hand um ihre Brust schloss, spürte er ihren Nippel durch den dünnen Stoff vorspringen. Er war bestimmt so üppig wie ihr Mund und genauso rosarot. Vielleicht etwas dunkler, rauchiger.

Er würde herrlich schmecken. Sie hatte wundervolle Brüste. Die Wölbung passte wunderbar in seine Hand. Er knetete die pralle Erhebung, während er ihren Mund leckte. Sie atmete schnell, in sanften, eindringlichen Stößen, die seine erhitzte Haut streiften und ihn zum Weitermachen trieben.

Ihre Finger schlossen sich um sein Handgelenk, und sie zog ihr Gesicht vor seinem Kuss zurück. „Stopp", sagte sie mit erstickter Stimme. „Das – wir – ich sollte das nicht machen."

Nikolas erstarrte. Sein Herz hämmerte, während er zu verstehen versuchte, was sie da sagte.

Dann kamen ihre Worte bei ihm an und sorgten dafür, dass in seinem überhitzten, lustvernebelten Gehirn ein Hauch von Vernunft durchdrang.

Ihr Herz hämmerte so fest wie seines, und sie atmeten beide schwer, ein abgehacktes Geräusch in dem stillen Raum.

In ihrem Gesicht lag eine ironische Verletzlichkeit, die er dort vorher nicht gesehen hatte. Vorsichtig nahm er die Hand von ihrer Brust und sagte zu ihr: „Ich hatte nicht die Absicht, es dazu kommen zu lassen."

„Nein", sagte sie. „Natürlich nicht. Ich genauso wenig. Ich kann dich in meinem Leben nicht brauchen, weder in nächster Zeit noch irgendwann."

„Und du stehst eindeutig auch in keiner Weise auf meiner Agenda." Er kniff die Augen zusammen. „Ich mag dich nicht einmal."

Sie warf die Arme auseinander und ließ sie aufs Bett fallen. „Ganz genau! Ich mag dich auch nicht! Du bist tatsächlich ziemlich unerträglich."

Daraufhin legte er den Kopf schief und warf ihr einen

finsteren Blick zu. „Genau wie du.“

Sie zuckte mit den Schultern. „Ich schiebe meinen Anteil an dem Ganzen auf den Jetlag. Ich habe so lange nicht geschlafen, dass mir alles unwirklich vorkommt. Warum nicht den heißen Typen in meinem Bett küssen? Es ist eh alles nur ein Traum, haha. Du musst dir schon eine bessere Erklärung für dein Benehmen einfallen lassen.“

„Ich habe keine Erklärung“, sagte er durch zusammengebissene Zähne. „Es ist unerklärlich. Du bist absolut furchtbar, du triffst idiotische, gefährliche Entscheidungen, und ich glaube nicht, dass du weißt, wie man sich normal unterhält.“

Sie holte tief Luft und ließ sie langsam entweichen, während sich ihre Miene verdüsterte. Es sah ein wenig nach Enttäuschung aus. „Gut, dass wir das geklärt haben.“

Sein Blick senkte sich, um zu beobachten, wie ihre Lippen die Worte bildeten.

Und da war dieser Mund, dieser unfassbar sinnliche, großzügige, reaktionsfreudige Mund. Langsam beugte er sich wieder vor, ließ ihr genug Zeit, um zu reagieren, während er seinen Mund auf ihren hinabsenkte. Sie schaute finster drein, schob ihn aber nicht weg, und sie sagte auch nichts. Und als seine Lippen ihre streiften, hob sie das Gesicht, um den Kuss zu erwidern.

Diesmal gab er ihr einen sanften und kurzen Kuss, während sein aufmüpfiger Schwanz pochte – der schmerzhafteste Ständer, den er je gehabt hatte. Er wollte nichts anderes, als ihr die Kleider vom Leib zu reißen und sie zu nehmen, bis sie vor Wonne schrie.

Als er den Kopf hob, sagte er zu ihr: „Schlaf jetzt. Morgen kannst du mir zeigen, wie man das kolloidale Silber macht und die Rune wirkt.“

Ein Glitzern trat in ihre Augen und warnte ihn vor. „Kann ich? Oh, danke, danke. Ich bin so froh, dass ich das tun darf, denn ich hatte morgen überhaupt nichts anderes geplant, außer deinen Bedürfnissen gerecht zu werden. Arschloch."

Vorhin hatte ihre Unbekümmertheit ihn wütend gemacht, aber diesmal lachte er. Als sie noch mehr sagen wollte, legte er ihr eine Hand auf den Mund.

Er schaute in ihre zornigen Augen. „Und wenn du es mir beibringst, besorge ich dir eine Schusswaffe, mit Silberkugeln. Das ist zwar nicht legal, deshalb musst du sie verborgen halten, aber zumindest hast du dann eine wirksame Waffe, die du einsetzen kannst, falls du einem weiteren Lykanthropen begegnest, und du musst dich nicht auf deine Kontaktzauber verlassen."

Ihre Miene veränderte sich, der Zorn löste sich auf. „Abgemacht", sagte sie, als er seine Hand wegnahm.

„Ruh dich aus." Er schob sich nach oben, weg von ihr, und die Abwesenheit ihres Körpers an seinem ließ die Luft kalt wirken.

Sie war nicht kalt genug.

Während sie sich in der Decke zusammenrollte, verließ er das Zimmer, zog die Tür zu, verriegelte sie jedoch nicht. Er schnappte sich seine Tasche aus der Küche und betrat das Bad, um eine eiskalte Dusche zu nehmen. Erst dann ließ die Erektion endlich nach.

Danach nahm er sich eine Decke aus dem Wäscheschrank und ging ins Wohnzimmer. Die Couch war bei weitem nicht der schlimmste Schlafplatz, den er je genutzt hatte.

Robin saß auf einer Stuhllehne in der Nähe des Gasofens, die dünnen, haarigen Arme um sich geschlungen.

Als Nikolas eintrat, warf der Puck ihm einen Blick zu, dann starrte er wieder ins Feuer.

Spricht nicht, hatte Sophie gesagt. Vermutlich traumatisiert.

Als Nikolas sich auf dem Sofa ausstreckte und sich ein Kissen unter den Kopf schob, sagte er leise: „Gute Nacht, Robin.“

Kurz bevor er die Augen schloss, glitt das Äffchen vom Stuhl und lief zurück ins Schlafzimmer.

Kapitel 9

ALS NIKOLAS DAS Schlafzimmer verlassen hatte, erwartete Sophie halb, dass sie wachliegen und mit sich hadern würde, weil sie sich diesem dummen Kuss hingegeben hatte. Stattdessen fiel sie sofort in ein dunkles Loch und schlief wie eine Tote, ohne Träume, bis sie ruckartig aufwachte.

Das Gefühl erinnerte sie an das erste Mal, als sie Nikolas zu Gesicht bekommen hatte, bei dieser verfluchten Vision, als sie noch in L.A. gewesen war. Sie spürte, dass der Tag bereits ein gutes Stück vorangeschritten war. *Bah*, wenn sie so weitermachte, würde sie Tag und Nacht nie wieder auseinandersortiert bekommen. Zumindest hatte sie geschlafen, wirklich geschlafen, sich nicht nur die ganze Nacht in Alpträumen herumgeworfen.

Ein langsames, rhythmisches Kratzen erklang aus einem anderen Teil des Häuschens. Es klang metallisch und ging ihr auf die Nerven. Sie schob sich aus dem Bett, fuhr sich mit den Händen durch die Haare – ein lahmer Versuch, sie ein wenig zu zähmen, aber sie rutschten ihr als wilde, ungezügelte Masse aus den Fingern.

Sie fühlte sich leer und verkatert, und, *o mein Gott*, hatte sie letzte Nacht wirklich Nikolas geküsst? Wo war ihre Vernunft geblieben?

Das schiebe ich nicht nur auf den Jetlag, dachte sie. *Ich schiebe es auf den emotionalen Aufruhr nach dem Kampf.*

Sie kannte Leute, die nach dem Kampf ein High erlebten. Die Typen, mit denen sie bei der Polizei gearbeitet hatte, waren nach einem gewaltsamen Konflikt oft übermütig und unruhig, und jene, die keine Beziehung hatten, ließen sich häufig auf One-Night-Stands ein.

Aber sie hatte das nie getan.

Sie warf einen finsteren Blick auf das Bett, als wäre es für ihre Fehleinschätzung verantwortlich, während der Gedanke an Nikolas' Mund auf ihrem eine Ekstase erinnerter Hitze durch ihren Körper jagen ließ. Er war sexy jenseits aller Ranglisten, verdammt, und ein Arschloch, zwei Dinge, die offenbar ihr Kryptonit waren.

Sophie Ross, sagte sie sich, *du brauchst dringend eine Therapie.*

Küss einfach keine Arschlöcher. Das ist alles, was du tun musst. Du kannst essen, was du willst, trinken, was du willst, du kannst alles andere tun, was du willst, und wenn du in dieses Anwesen gelangst — was dir vermutlich gelingen wird — kannst du jeden Morgen so lange ausschlafen, wie du willst.

Du hast nur einen Job. Küss einfach keine Arschlöcher.

Im Haus war es kühl, und sie zitterte, während sie ihr Gepäck durchwühlte, auf der Suche nach einer Flanellhose und einem langärmligen Strick-Shirt. Sie streifte sie über, schlüpfte in ihre Flip-Flops und zog los, um nachzusehen, was dieses nervige Geräusch verursachte.

Sie fand Nikolas in der Küche. Er schien frisch geduscht zu sein. Er trug eine weitere schwarze Hose, aber er hatte sein Hemd noch nicht an, und seine Haare waren feucht und glatt nach hinten gestreift, so dass der starke, anmutige Knochenbau seines Kopfes, Halses und seiner Schultern hervortrat.

Er hatte seinen Stuhl so aufgestellt, dass er in einem

Flecken Sonnenlicht saß, der durch das Fenster schien, und er ließ einen Schleifstein über den Rand seines Schwertes gleiten, das er in langsamen, ruhigen Zügen schärfte.

Sie starrte ihn an. Seine Schönheit war hart, kompromisslos und zweifellos absolut maskulin. Sie sah die Narben auf seinem nackten Oberkörper, und trotz seiner hageren Größe hatte er an Schultern, Armen und Rücken die massiven Muskeln eines Schwertkämpfers. Das schräg einfallende Sonnenlicht ließ sein Gesicht klarer erscheinen, betonte die scharfen Wangenknochen, die kühne, gerade Nase und den schmalen Kiefer, und es beleuchtete die flache Oberfläche seines Siegelrings in einem Glühen aus feurigem Gold.

Ja, er war so attraktiv, dass einem das Wasser im Munde zusammenlief. Unmenschlich attraktiv. Genieß es, solange du kannst.

Küss nur einfach keine Arschlöcher. Ein Job, Sophie. Nur einer.

„Ich weiß nicht, wie du es aushältst, ohne Hemd dazusitzen." Ihre Stimme war zu heiser, und *das* schob sie darauf, dass sie gerade erst aufgestanden war. „Ich erfriere."

Er warf ihr einen scharfen, durchdringenden Blick zu, dann machte er sich wieder ans Schwertschleifen. „In der Sonne ist es nicht so schlimm. Wenn du die Kühle aus der Küche vertreiben willst, kannst du den Herd anschüren. Es gibt nicht viel zum Frühstück. Du kannst trockenen Toast und Schwarztee haben, wenn du willst."

Sie warf dem großen, fremdartigen Herd einen Blick zu. Paul, der Anwalt, hatte ihn einen AGA genannt, aber er sah aus wie eine Maschine aus einem SciFi-Film aus den 1950ern. „Nicht viel zu essen? Was ist mit der Kiste voller Zeug, die uns Maggie letzte Nacht gegeben hat?"

„Ein gewisser Puck muss an die Vorräte gekommen sein." Seine Stimme war trocken, während er den Kopf über das Schwert beugte. „Als ich aufgestanden bin, musste ich feststellen, dass alle Eier aus den Schalen gesaugt waren. Die Butter und den Käse hat er auch gegessen, und die Milch getrunken. Positiv ist zu vermerken, dass das Haus glänzend sauber ist, was mich überrascht hat, denn normalerweise sind die Brownies diejenigen, die gern das Haus putzen.“

Als sie zu lachen anfing, warf er ihr einen beredten Blick zu.

Sie ging den Teekessel mit Wasser füllen und stellte ihn auf den Herd. „Ich mache ihm keinen Vorwurf. Er war schrecklich dürr, als ich ihn gefunden habe. Wenn er nur oft genug den Bauch voll bekommt, muss er vermutlich nicht mehr die Küche leer … putzen.“

Das Äffchen tauchte oben auf dem Kühlschrank auf und setzte zu einem Sprung auf ihre Schulter an. Seine kleinen Finger machten sich an ihren Haaren zu schaffen. Sie neigte den Kopf, um ihm einen misstrauischen Blick zuzuwerfen. Solange er sie nicht zwickte, stellte er wahrscheinlich nichts Schlimmes an. Sie durchsuchte die Schränke und fand einen alten, schweren Toaster, den sie einsteckte.

„Willst du Toast?“, fragte sie Nikolas. Die banale, häusliche Frage klang merkwürdig in ihren Ohren. Sie kannten einander kaum, und sie hatten die meiste Zeit über gestritten.

Und sich einmal geküsst. Ihre Wangen wurden heiß, und sie war froh, mit dem Rücken zu ihm zu stehen.

„Ja.“ Er hielt inne. Vielleicht klang die Unterhaltung auch für ihn komisch. „Danke.“

Während das Wasser für den Tee heiß wurde, steckte sie ein paar Scheiben Brot in den Toaster, dann drehte sie sich um, um sich an den Tresen zu lehnen und Nikolas bei der

Arbeit zuzusehen, während sie sich an die blitzartigen Bilder erinnerte, die sie beim Kampf von ihm erhascht hatte. Er hatte sich schnell, wild und mächtig bewegt, und ihr erster Eindruck war richtig gewesen – er war mit seinem Schwert vertraut, als wäre es eine Verlängerung seines Körpers.

Sophie wusste nicht viel über Schwerter, aber selbst sie konnte erkennen, dass es ein schönes, geschmeidiges Kunstwerk war. In einem keltisch wirkenden Muster war Silber in die Klinge eingearbeitet. Sie ging davor in die Hocke, und Nikolas hielt mit dem Schleifen inne, während er sie beobachtete. Seine Miene war nicht zu deuten. Was sah er, wenn er sie anschaute?

Sie strich leicht über die Klinge. „Das Silber. Hilft es, wenn du gegen einen Lykanthropen kämpfst?"

„Ja", sagte er. „Wenn ich sie damit verletze, können sie sich nicht beschleunigt regenerieren. Sie bluten, und sie sterben."

„Ich hätte Schwertkunst lernen sollen." Sie seufzte.

„Du hast sowieso nicht in einem Kampf gegen einen Lykanthropen verloren, also spielt es keine Rolle", sagte er zu ihr. „Sie sind schneller, doppelt so schwer und viel stärker als du. Du hast Glück, dass du letzte Nacht überlebt hast."

Sie warf ihm einen finsteren Blick zu. Wenn er nicht auf so kühle, analytische Art gesprochen hätte, hätte sie sich noch mehr aufgeregt, aber er hatte ja recht. Der Kessel pfiff, und sie stand auf, um den Tee aufzugießen. „Das mag sein, aber ich bereue nichts. Arran und Maggie leben noch."

Er legte den Schleifstein hin und steckte das Schwert in die Scheide. „Wegen dieses Angebots, das ich dir gemacht habe, dass ich dir eine Waffe und Silberkugeln beschaffe. Ich hätte fragen sollen. Kannst du schießen?"

„Ich habe nicht viel Erfahrung mit Gewehren oder

Schrotflinten, aber mit Handfeuerwaffen bin ich vertraut. Ich hätte am liebsten eine Glock.“

Als sie ihr karges Frühstück fertig zubereitet hatte, verließ das Äffchen ihre Schulter und kletterte wieder auf den Kühlschrank. Es hatte etwas mit ihren Haaren gemacht, während es auf ihrer Schulter gesessen hatte. Sie war sich nicht ganz sicher, was, aber es fühlte sich an, als hätte es etliche Zöpfe in die unzähmbare Masse geflochten, und zumindest hatte sie die Haare vorerst aus dem Gesicht.

„Wie gut?“, fragte Nikolas.

Sie reichte ihm eine Tasse Tee und einen Teller mit Toast. „Gut. Ich treffe das, worauf ich ziele.“

„Das ist die Waffe, die du gegen einen Lykanthropen brauchst.“ Er biss mit seinen starken, weißen Zähnen in ein Stück Toast. „Aber wenn dich die Behörden damit erwischen, wirst du ausgewiesen. Du könntest vielleicht ins Gefängnis kommen, außer ...“

Da er nicht weiterredete, beugte sie sich vor. „Außer was?“

„Außer du wirst ein Mitglied des Dunklen Hofs, vielleicht in einer Beraterfunktion, ganz wie der Job, den du in L.A. hattest. Wenn du offiziell mit unserer Domäne verbunden wärst, hättest du das Recht, eine Waffe zu führen.“ Seine Lider senkten sich, so dass sie seine Miene verschleierten. „Ich biete dir nicht unbedingt eine Stelle an. Ich sage nur, dass es eine Möglichkeit wäre, das Problem zu lösen, falls man dich mit einer Schusswaffe erwischt.“

Sie runzelte die Stirn. „Ok. Dafür spricht, dass ich dadurch rechtlich abgesichert wäre, falls ich es je brauchen würde.“

„Dagegen spricht, du wärst dann öffentlich mit dem Dunklen Hof verbunden, was dich auf jeden Fall zum Ziel für Isabeau und ihre Jagdhunde macht. Im Augenblick lebst du in einer gewissen Anonymität und hast keine klare Rolle. Nichts bindet dich an uns. Es gibt nur ein paar zufällige Begegnungen. Robin und ich könnten verschwinden, und du könntest erzählen, dass du einem entlaufenen Hund geholfen und ihn seinem Besitzer – mir – zurückgebracht hättest, und ansonsten nichts über einen von uns weißt. Weder wo wir hingegangen sind, noch wo wir leben."

Sie atmete tief ein und nickte. „Du wirst mir die Waffe und die Silberkugeln beschaffen."

„Ich habe es versprochen, und ich werde es tun. Und du wirst mir zeigen, wie man das kolloidale Silber herstellt und die Rune wirkt."

„Ich habe es dir zugesichert", erklärte sie. „Und ich werde es auch tun. Falls es dazu kommt und ich mit der Waffe erwischt werde, werde ich sagen, dass ich Mitglied des Dunklen Hofes bin, und du stehst für mich ein?"

Die ernste, schöne Linie seines Mundes verzog sich, als hätte er in etwas Saures gebissen. „Ja. Falls es dazu kommt."

„Naja, vielleicht tut es das ja nicht. Ich werde ja nicht durch die Hauptstraße der Stadt marschieren und mit meiner Waffe herumfuchteln. Ich werde sie verborgen halten, aber schnell verfügbar, nur für den Fall." Sie lächelte. „Ok, in Ordnung. Es wird mir besser gehen, wenn ich darauf zurückgreifen kann."

„Eigentlich würde auch ich mich besser fühlen, wenn du diesen Schutz hättest. Falls es so weit kommt, dass du die Waffe einsetzen musst, wird es das Geringste deiner Probleme sein, dich als Mitglied des Dunklen Hofes ausgeben zu müssen."

Sie verzog das Gesicht, während sie ihren Toast aß. „Du hast aber auch eine düstere und unheilschwangere Art."

„Habe ich." Er trank seinen Tee aus. „Nun zu dem kolloidalen Silber."

Sie rümpfte die Nase. „Nicht so schnell, Freundchen. Ich habe meine eigenen Pläne für den Tag. Erinnerst du dich an den Grund, warum ich überhaupt erst nach England gekommen bin? Ich will meine Theorie testen, wie man in das Anwesen kommt."

Seine dunklen Brauen senkten sich wieder. Er war tatsächlich sehr talentiert in finsteren Blicken, wenn ihm etwas nicht gefiel. „Und warum ist das nochmal wichtig?"

Sie warf ihm nicht vor, dass ihn seine eigenen Sorgen drängten. Sie konnte ihm eine Menge anderes vorwerfen, aber das nicht.

„Wenn ich hineingelange", erwiderte sie geduldig, „erbe ich fünf Morgen Land und erhalte eine Pension, und das bedeutet, dass ich mir dabei Zeit lassen kann, wieder an die Arbeit zurückzukehren. Ich kann in meinem Tempo trainieren und mich wieder in den richtigen Zustand versetzen, meine Muskeln und die Ausdauer, die ich durch die Operationen verloren habe, wieder aufbauen, und ich muss keine neuen Aufträge annehmen, solange ich mich ihnen nicht gewachsen fühle. Das ist mir sehr wichtig."

Sein Stirnrunzeln ließ nach. „Verstehe."

Sie trug ihren Tee und ihren Teller zur Spüle. „Wenn ich mich angezogen habe, will ich um das Haus herumgehen und bei Tageslicht ein Gefühl für die Dinge bekommen. Wenn ich damit fertig bin, schicke ich dich zum Einkaufen, mit einer Liste von allem, was wir brauchen, um das kolloidale Silber herzustellen."

Sein zwischenzeitlich verständnisvoller Blick verflüchtigte sich, als er gebieterisch eine Augenbraue hob. „Warum sollte ich derjenige sein, der einkaufen geht?"

„Weil ich nicht weiß, wo man die Dinge kauft", erklärte sie verärgert. „Ich will außerdem Lebensmittel kaufen." Sie legte den Kopf in den Nacken, um zu dem Äffchen zu schauen, das immer noch auf dem Kühlschrank saß, und fügte hinzu: „Eine Menge Lebensmittel."

„In Ordnung", sagte Nikolas. Auch er trug seine Sachen zur Spüle. „Ich stimme zu. Das klingt nach einem vernünftigen Plan."

Er stand an ihrer Schulter, während er den Teller und die Tasse in die Spüle stellte. Sie drehte sich um, wandte ihr Gesicht nach oben, bis sich ihre Nasenspitzen annäherten, um zu sagen: „Nicht, dass ich deine Zustimmung gebraucht hätte – aber gut. Ich bin froh, dass wir da einer Meinung sind."

Er kniff die Augen zusammen, und sein Blick richtete sich auf ihren Mund, während sie sprach. Guter Gott, wann würde er sich ein Hemd anziehen?

„Hör auf, mir auf den Mund zu starren", deklamierte sie leise.

Sein Blick verdüsterte sich, und sie sah, wie sich seine Pupillen weiteten. Er gab genauso leise zurück: „Was, wenn ich nicht aufhören will, dir auf den Mund zu starren?"

Die Atemluft entwich aus ihrer Lunge. Was war nochmal der eine Job, den sie gehabt hatte? Sie konnte sich nicht erinnern. Sie wusste nur noch, dass sie ihn im Geiste wiederholt hatte, als sie aus dem Schlafzimmer gekommen war. Sie leckte sich über die Unterlippe und flüsterte: „Ich habe immer noch Jetlag."

„Und ich habe immer noch keine verdammte Ausrede." Er schlang einen Arm um ihre Taille und zog sie an seinen Oberkörper, beugte den Kopf nach unten, um ihren Mund mit seinem zu bedecken.

Sein Kuss war genauso heiß, wie sie ihn in Erinnerung hatte. Er war besser als letzte Nacht. Letzte Nacht hatte es sich wirklich angefühlt wie ein Traum, aber jetzt wirkte es nur zu real.

Es fühlte sich schockierend und offen sexuell an, und ein Teil von ihr verging vor Entzücken, dass sie gegen diese breite, muskulöse Brust gepresst wurde, während der andere Teil in wortlosem Geplapper dahinschmolz.

Er fasste sie im Nacken und verzehrte sie, als würde er verhungern, schob sie mit dem Rücken an den Tresen, so dass sein verhärteter Körper dicht an ihrem lag. Ihre Arme hoben sich ohne ihr Zutun und schlangen sich um seinen Hals, während sie ihn ebenso hungrig küsste.

Erhitzte Szenen spielten sich vor ihrem inneren Auge ab. Was sie mit ihm machen wollte. Was sie wollte, dass er mit ihr machte. Sie grub die Nägel in seinen Nacken. Er knurrte, stieß die Wölbung einer langen, harten Erektion in ihr Becken, und sein Herz klopfte schwer und mächtig an ihren Brüsten.

Nichts anderes existierte, nur sie beide zusammen.

Männlich. Weiblich.

Ein elektronisches Geräusch erklang in der intensiven Stille. Es klang wie ein Telefongeräusch, aber von ihrem kam es nicht. Er hielt inne und hob den Kopf. Seine Lippen waren von ihrem Mund befeuchtet, und der düstere Blick seiner Augen war so erhitzt, dass ihr klar war, dass ihm dieselben Bilder durch den Kopf gegangen waren.

„Du bist immer noch unerträglich", sagte sie. „Wollte ich nur anmerken."

„Und du bist dasselbe vorlaute Weib wie letzte Nacht", knurrte er.

„Ich mag dich nicht mal", fuhr sie ihn an.

Da ging die Augenbraue wieder hoch. Diese gebieterische Geste beherrschte er perfekt. „Was hat denn Mögen damit zu tun?“

Sie fing an, atemlos zu lachen. „Verdammt nochmal gar nichts offenbar.“

Er hielt ihren Blick fest, nahm sie an den Hüften, so kräftig, dass sie den Druck eines jeden seiner langen Finger spürte, und stieß betont langsam seine Hüften gegen ihre. Es fühlte sich so gut an, dass sie den Kopf nach hinten fallen ließ, während sie ihn beobachtete.

„Nur die Götter mögen wissen, warum“, flüsterte er. „Aber ich finde dich verteufelt sexy. Bisher hast du nur Ärger gemacht.“

„Bah, hör auf zu reden“, erwiderte sie und legte ihm die Finger beider Hände über den Mund. „Du machst es kaputt, wenn du redest. Ich finde dich auch verdammt sexy, solange du still bleibst.“

Sie spürte an ihren Fingern, wie er lächelte. Er biss sie leicht in den Zeigefinger, dann trat er zurück. „Zieh dich an. Wir haben zu tun.“

Sie reckte das Kinn. „Ich glaube, ich entscheide mich jetzt, mich anzuziehen, und es ist mir herzlich egal, was du davon hältst oder denkst. Ich mache das, weil ich es will, und ich möchte heute gerne noch einiges erledigen. Aber danke, dass du fragst, Arschloch.“

Als sie aus dem Zimmer stapfte, folgte ihr der düstere Klang seines Lachens. Es hatte beinahe denselben Effekt, als hätte er ihr über den nackten Rücken geleckt. Zitternd, weil sie so reagierte, warf sie die Badezimmertür zu und starrte sich in dem alten Spiegel über dem Waschbecken an.

„Ein Job“, flüsterte sie der Frau zu, die ihr mit aufgerissenen Augen entgegensah. „Du hattest einen Job und hast ihn vermasselt. Schon wieder."

Da kam eine ernsthafte Überlegung in ihr auf: Sie fand ihn heiß, er fand sie heiß, solange sie nicht miteinander redeten. Was, wenn sie einfach nicht miteinander redeten? Wenn sie stattdessen alle Lichter ausmachten, sich auszogen und zueinanderfanden?

Männlich und weiblich.

Wie großartig wäre das? Bei dem Gedanken zerfloss sie beinahe. Ihr Körper wollte Sex, nur Sex, jede Menge überbordendes Vergnügen ohne irgendwelche emotionalen Wirrnisse.

Und das schlimmste war, ihr Körper wollte Sex mit Nikolas. Nicht nur irgendwelchen Sex mit irgendeiner Person. Keinen Sex mit seinem Gefährten Gawain, der auch ziemlich durchtrainiert und gutaussehend war, und obendrein noch, wie sie annahm, ein netter Kerl.

Nein, Sophie wollte nicht Gawain.

Sie wollte das Arschloch.

Darin könnte auch eine gewisse Freiheit liegen. Er mochte sie nicht. Sie mochte ihn nicht. Sie könnten (unfassbar überwältigenden, kreischenden, extrem fantastischen, ausgelassenen) Sex haben und dann ihrer jeweiligen Wege gehen. Keine Missverständnisse, keine längere Bindung, überhaupt keine Verpflichtungen, keine Freunde mit gewissen Vorzügen.

Nur die Vorzüge …

Wie durchgeknallt und blöd war sie, wenn sie das in Betracht zog? Sie war sich nicht sicher. Sie wusste nur, dass sie richtig gut darin war, durchgeknallt und blöd zu sein.

Ihre Aufmerksamkeit fiel auf ihre Haare, und sie bewegte den Kopf, um zu sehen, was der Puck damit angestellt hatte.

Er hatte an jeder Seite einige kleine Zöpfe geflochten, nur weit genug, um ihre Haare zu zähmen und aus dem Gesicht zu halten, so dass ihr der Rest wild über den Rücken fiel. Es sah eigentlich ziemlich nett aus, irgendwie nach Tribal Style.

Sie entschied sich, es so zu lassen, und machte sich ans Waschen und Zähneputzen. Dann ging sie leise ins Schlafzimmer, um sich Jeans, die Doc Martens und ein schwarzes T-Shirt mit weitem Ausschnitt anzuziehen. Sie warf einen Blick auf ihre Schminktasche, lachte tonlos – als ob es irgendwen interessierte, wie sie aussah, am allerwenigsten sie selbst – und ließ sie im offenen Koffer stecken. Dann schnappte sie sich ihr Telefon und die schweren, alten Schlüssel zum Anwesen und ging hinaus.

Nikolas hatte sich fertig angezogen, und er hatte sich das Schwert auf den Rücken geschnallt. Er stand still wie eine Statue, die Arme verschränkt, und starrte aus dem Küchenfenster zum Anwesen.

An ihm war nichts Gekünsteltes oder etwas von diesem männlichen Modebewusstsein, das sie bei vielen anderen Männern erlebt hatte. Gar nichts. Seine Haare waren kurz. Er trug einfache, schnörkellose schwarze Kleider und seine Waffe, doch er besaß eine schlichte, mächtige, tödliche Art, die ihr die Knie weich werden ließ.

Er sah aus, als könne er es mit einer Armee aufnehmen, und als wäre er auch voll und ganz dazu bereit.

Als sie sich räusperte, erwachte die Statue zum Leben, und er wandte sich zu ihr um.

„Gib mir deine Liste mit den Sachen, die ich für das kolloidale Silber kaufen soll“, sagte er. „Ich werde Gawain losschicken.“

Sie nickte. „Ok. Ich habe magiesensitives Silber dabei,

also braucht er seine Zeit nicht damit zu verschwenden, danach zu suchen. Ich weiß, dass es hier ziemlich selten und teuer ist, denn die meisten Minen sind in den USA. Du wirst dir welches besorgen müssen, aber in der Zwischenzeit können wir meines nehmen." Sie wischte über den Bildschirm ihres Telefons. „Wie lautet deine Telefonnummer? Ich schicke dir die Liste."

Er sagte sie ihr, und sie tippte die Nummer ein, kopierte die Liste, die sie bereits für ihn erstellt hatte, und schickte sie in einer Textnachricht. Sobald sie ankam, studierte er sie. „Interessant."

„Wir bauen eine Maschine", erklärte sie. „Es ist eine ganz einfache, aber diese Version wird in einem Anderland nicht funktionieren, weil sie Batterien benötigt. Man kann auch ein anderes System aufsetzen, das ohne Batterien auskommt, und ich kann dir auch zeigen, wie man das macht. In den USA konnte ich alles, was ich brauche, in einem Baumarkt kriegen. Bestimmt gibt es so etwas Ähnliches auch hier, aber ich weiß nicht, wo ich danach suchen soll."

„Kein Problem." Er tippte rasch auf seinem Telefon herum und schob es dann in die Tasche. „Gawain wird alles besorgen, was wir brauchen. Ich habe auch beim Metzger und Lebensmittelhändler im Ort angerufen, während du dich angezogen hast. Sie packen Lebensmittelbeutel zusammen. Die Bestellungen können wir dann in ein paar Stunden abholen."

Nicht: *Was würdest du gern essen, Sophie? Trinkst du Kaffee? Bist du allergisch auf Nüsse?* Natürlich nicht.

Er war so *arrogant*, dass sie langsam annahm, dass es ihm gar nicht auffiel, wenn er arrogant war. Wollte sie sich überhaupt die Mühe machen, es ihm darzulegen, schon wieder? Mit zusammengebissenen Zähnen beschloss sie, nicht die Zeit und Energie dafür aufzubringen. Wenn sie selbst Essen kaufen wollte, würde sie bei Gott in den Ort fahren und sich ein paar verdammte Lebensmittel kaufen.

Mit einem Kopfschütteln marschierte sie aus dem Haus, und sie hielt nicht an, bis sie vor dem Anwesen stand.

Nikolas holte sie ein und stapfte neben ihr her. „Ich habe mich mit ein paar Anrufen um alles gekümmert, was du brauchst", sagte er nach einer Weile zwischen den Zähnen, „und du benimmst dich, als hätte ich irgendein Verbrechen begangen. Was um Himmels willen ist jetzt dein Problem, Frau? Denn ganz offensichtlich gibt es ein Problem."

„Ich rede nicht mit dir. Still, lass mich nachdenken."

Er murmelte etwas in seiner Sprache. Es klang schön, und es hatte vermutlich etwas damit zu tun, dass sie wieder mal unerträglich war. Sie schürzte die Lippen in seine Richtung und richtete ihre Aufmerksamkeit wieder auf das Anwesen.

Der Tag war herrlich, ein perfekter heißer Sommertag in England. Bienen summten. Üppiges, ungezähmtes Grün quoll unter den Bäumen hervor, kaum in Schach gehalten von den rudimentären Mäharbeiten, die den weitläufigen Rasen davon abhielten, sich in eine überwucherte Wiese zu verwandeln.

Bald begann ihr das Shirt am Rücken zu kleben, und sie wünschte sich fast, sie hätte Shorts angezogen. „Wie viele Giebel siehst du?", fragte sie ihn.

Er hatte wieder die Arme verschränkt und stand da, das Kinn zur Brust gesenkt. Auf ihre Frage hin warf er einen unbeteiligten Blick auf das Haus und zuckte mit den Schultern. „Fünf."

Lächelnd schüttelte sie den Kopf in seine Richtung. „Es sind mehr als fünf. Ich will das ganze Haus umrunden."

Seine Aufmerksamkeit wurde schärfer, und er schaute das Haus ein zweites Mal nachdenklicher an. „Wie viele Giebel siehst du?"

„Das sage ich dir, wenn ich ganz herumgegangen bin."

Sie marschierten einmal schweigend um das Haus. Zum ersten Mal seit ihrer Ankunft erhaschte sie einen Blick auf den kleinen See hinter dem Gebäude. Nikolas blieb wachsam, sein Gesicht war grimmig. Es war für ihn wohl nach wie vor schwierig, sich am Ort einer so schmerzlichen Niederlage aufzuhalten. Er hatte hier Freunde und Kameraden verloren. Sie konnte sich nicht vorstellen, wie sich das wirklich anfühlen musste, und da sie nicht die richtigen Worte fand, die sie aus Mitgefühl hätte sagen können, überließ sie ihn seinen eigenen Gedanken.

Als sie schließlich wieder an derselben Stelle vor dem Haus standen, fragte sie: „Wie viele Giebel siehst du?"

„Immer noch fünf", sagte er. „Und du?"

„Auf dieser Seite des Hauses sehe ich sieben. Aber es gibt einen achten Giebel, der sich hinten hineinschmiegt."

„Ich möchte sagen, dass das unmöglich ist, aber ich denke, es ist vor allem unerklärlich", murmelte Nikolas. „Wieso siehst du mehr Giebel als ich?"

Sie hob die Hände und deutete um sich herum. „Ich glaube, es ist das Land. Der Übergang ist zerschmettert, aber alle Teile dieser Magie sind noch hier. Kathryn, das lebende Mitglied der Familie Shaw, sagte, ihr Vater hätte das Haus betreten können, als er jung war, aber das ist sehr lange her. Sie sagte nicht genau, wann, aber sie ließ durchblicken, dass es vor Jahrhunderten gewesen ist."

„Sie sind nicht menschlich", schloss er.

„Nein, sie sind Wyr. Der Geschichte, die sie mir erzählt hat, entnehme ich, dass ihr Vorfahr für den Hellen Hof gekämpft hat. Als ihr Vater zum letzten Mal versuchte, in das Haus zu gelangen, ließ sich der Schlüssel drehen, aber die Tür öffnete sich nicht. Niemand kann ein Fenster einschlagen, sagte sie, oder die Tür zum Nachgeben bringen." Sie drehte sich mit funkelnden Augen zu Nikolas um, der ihr aufmerksam zuhörte. „Ich glaube, das liegt daran, dass das Haus nicht ganz da ist. Es ist *größtenteils* da, aber es ist leicht – ganz, ganz leicht – asynchron mit der Erde, auf der wir stehen."

Er runzelte die Stirn. „Aber wir können es sehen und berühren."

„Du kannst einen Teil davon sehen und berühren. Ich sehe mehr." Sie legte die Fäuste aneinander, Seite an Seite, und richtete die Fingerknöchel jedes Fingers genau am Gegenüber aus. „Denk an tektonische Platten, und dann bewegt sich die Erde. Vielleicht bei einem riesigen Erdbeben, oder auch nur einer kleinen Verwerfung." Sie bewegte leicht eine Faust. „Dann passen die Platten plötzlich nicht mehr recht zusammen, und das Land ist nicht mehr ganz so ausgerichtet wie bisher. Ich frage mich, ob das hier nicht so ähnlich ist, nur noch stärker. Das ist nicht nur eine örtliche Verwerfung. Es ist eine Verwerfung in Zeit, Ort und Dimension."

Er war jetzt ganz bei ihr, lauschte genau jedem Wort. Er wies mit dem Kinn auf das Haus. „Glaubst du, du kannst mehr sehen, weil du zum Teil Dschinniya bist?"

„Ja, vielleicht. Wenn ich recht habe." Während sie zurück auf das Haus schaute, kaute sie an einem Daumennagel. „Kathryn sagte, die Familie hätte Experten angeheuert, um in das Haus zu gelangen, aber sie sagte nicht, wer diese Experten waren oder worin ihre Expertise bestand. Es ist alles schon lange her, und niemand hat genau aufgezeichnet, was sie getan haben. Ich schätze, keiner ihrer Experten war ein Dschinn. Warum sollte man sich einem Dschinn gegenüber zu einem nicht näher benannten und vermutlich gefährlichen Gefallen verpflichten, nur für etwas, das für sie nichts weiter als ein ärgerliches Rätsel war?"

„Und warum sollten sie überhaupt einen Dschinn für die Aufgabe in Erwägung ziehen?" Er rieb sich übers Kinn. „Sie konnten das Haus auch sehen und berühren, genau wie wir."

Sie nickte. „Genau. Aber mir ist die Anomalie schon auf den Fotos aufgefallen, die Kathryn mir gezeigt hat. Die Kamera hat etwas von der Magie dieses Ortes eingefangen. Ich habe seither ständig darüber nachgedacht, und ich wollte es unbedingt persönlich sehen."

Seine dunklen Augen musterten sie. „Und du glaubst immer noch, du könntest in das Haus gelangen."

„Vielleicht. Ich bin keine richtige Dschinniya. Ich kann mich nicht dematerialisieren – nicht ganz – und in ein paar Augenblicken auf die andere Seite der Welt zaubern, aber ich habe eine gewisse Affinität dazu, meinen Platz in Zeit und Raum zu manipulieren."

„Du kannst dich nicht ganz dematerialisieren", wiederholte er. Seine Augen glänzten fasziniert. „Willst du damit sagen, dass du dich *teilweise* dematerialisieren kannst?"

„Nein, das nicht." Sie hielt inne, frustriert von den Grenzen der Sprache. „Ich kann die Dinge um mich herum leicht verschieben. Oder, um es besser auszudrücken, ich kann mich selbst in Bezug auf alles um mich herum verschieben. Ganz leicht. Nicht genug, um mich wirklich zu dematerialisieren, aber genug, um manchmal unbemerkt zu bleiben, wenn ich es will.“

„Hast du dich so mit Robin vor Gawain versteckt?“

„Ja. In Gedanken sage ich, dass ich die Schatten um mich herum *ziehe*, aber eigentlich trete ich dabei in die Schatten, die irgendwann an diesem konkreten Ort existiert haben. Es ist – es ist, als würde man um eine Ecke biegen. Ich weiß, das klingt ziemlich schräg, aber glaube mir, es ist nichts im Vergleich dazu, richtigen Dschinn bei einer Unterhaltung zuzuhören. Sie nehmen die Realität anders wahr als wir.“

Er verlagerte das Gewicht auf eine Hüfte und machte eine Geste. Es war die fürstlichste Geste, die sie je bei ihm gesehen hatte. „Zeig es mir.“

Sie verzog das Gesicht. „Ich bin kein dressiertes Hündchen, das auf Kommando Befehle ausführt.“

„Nein, ein Hündchen kann einem nicht so wie du in die Parade fahren.“ Verärgerung sprach aus seinem Tonfall.

Was in aller Welt frustrierte ihn jetzt? Es reichte schon, dass *sie* von *ihm* frustriert war.

Sie verdrehte die Augen. „Außerdem funktioniert es in offenem Gelände und im vollen Sonnenlicht nicht so gut. Du weißt, dass ich hier stehe, und du würdest nach mir Ausschau halten, daher könnte ich dich nicht täuschen. Also, kommen wir zu dem zurück, was wirklich wichtig ist – was, wenn das Haus nicht mehr ganz im Einklang mit der Erde steht? Und was, wenn ich mich leicht verlagern könnte, genug, um mich daran auszurichten, die Tür zu öffnen und hineinzugelangen? Wenn ich recht habe, könnte das ein richtiger Dschinn, aber nochmal, wer will schon einem Dschinn einen nicht näher benannten, womöglich gefährlichen Gefallen schulden? Ich würde bestimmt keinen fragen wollen, und ich will es auch nicht Kathryn vorschlagen, denn wenn ich es schaffe, gewinne ich das Land und die Pension."

„Wenn du recht hast, ist das Haus gefährlich und vermutlich instabil", erklärte er. Er drehte sich wieder um, um sie zu mustern. „Laut der Geschichte, die Kathryn Shaw dir erzählt hat, hat es sich zu Lebzeiten ihres Vaters sogar noch weiter verschoben. Teile davon müssen in verschiedenen zerschmetterten Stücken der Landmagie existieren."

„Kathryn nannte es einen Zauberwürfel, bei dem die Farben nicht zusammenpassen. Es könnte vielmehr ein Puzzle sein, bei dem sich die Teile auf unterschiedlichen Ebenen befinden. Alle Teile zusammen ergeben ein vollständiges Haus, aber die Einzelteile existieren in verschiedenen Zeit-Raum-Dimensions-Realitäten." Sie zuckte mit den Schultern. „Was die Instabilität angeht – es ist in ein paar hundert Jahren nicht verschwunden, also nehme ich es damit auf. Ich meine, wer weiß, was da noch drin ist? Es könnte alles Mögliche sein. Die Familie hatte keine Aufzeichnungen über das, was sie zurückgelassen hat."

„Du sagtest, niemand konnte ein Fenster einschlagen, als sie es versucht haben", bemerkte er langsam. Auf seinem Gesicht dämmerte etwas, geschärfte Aufmerksamkeit oder eine Erkenntnis.

„Das hat Kathryn gesagt. Offenbar ist das Haus, so wie es jetzt dasteht, ziemlich unbezwingbar." Nun war es an ihr, ihn genau zu beobachten. Was dachte er nur?

„Wollen wir's ausprobieren?", fragte er.

Kapitel 10

SIE LEGTE DEN Kopf schief und zuckte mit den Schultern. „Es gehört mir nicht … noch nicht … aber Kathryns Familie hat es bereits probiert, daher nehme ich das Risiko auf mich und sage, klar, nur zu. Außerdem, wenn du ein Fenster einschlagen kannst, kann ich durchklettern und hineingelangen, und dann gehört das Haus sowieso mir."

Diesmal war sie diejenige, die ihm folgte, als er langsam über den Rasen schritt, den Blick auf den Boden gerichtet. Als er ein zerbrochenes Stück Pflaster entdeckte, ging er in die Hocke, nahm den Pflasterstein und packte ihn. Der Stein war so groß, dass er für sie unangenehm schwer zu heben gewesen wäre, aber er trug ihn, als wäre das Gewicht keine große Sache, ein kleiner, vielsagender Beweis dafür, wie unterschiedlich sie waren.

Sobald er einen Stein ausgewählt hatte, begab er sich zum nächstbesten Fenster. Dann wirbelte er herum wie ein Diskuswerfer und schleuderte den Stein auf die Scheibe. Er bewegte sich so unglaublich schnell, dass es schockierend und faszinierend war, ihm zuzusehen. Der Stein schoss nach vorne wie eine Kugel, und als er das Fenster traf, donnerte das Geräusch des Aufpralls über die Lichtung.

Aber das Fenster zerbrach nicht.

Aufgeregt lief sie zu ihm hinüber und nahm ihn am

Arm. „Das ist genau, wie Kathryn es beschrieben hat."

Es schien ihm nichts auszumachen, dass sie ihn berührte. Er rieb sich über den Nacken und murmelte: „Aber wenn es einen Aufprall gab, warum ist das Fenster nicht zerbrochen?"

„Es war ein Treffer", sagte sie. „Es hat nur nicht ganz genau getroffen."

Er legte den Kopf schief. „Aber wir können das Haus richtig berühren. Der Stein hat das Haus getroffen. Wir haben es gehört."

Sie rieb sich übers Gesicht und versuchte, die richtigen Worte zu finden. „Weißt du, wie du in einem Kampf zuschlagen kannst, aber den Gegner dann doch nur streifst? Oder wenn man an etwas stößt – es aber nur leicht berührt, nicht komplett."

„Du sagst, dass wir das Haus nicht richtig berühren", schloss er.

„Ich glaube schon." Sie hielt inne. „Oder vielleicht ist das eine bessere Erklärung: Ich habe nur ein paar Mal einen Übergang benutzt, deswegen bin ich keine Expertin, aber ich weiß, wenn man aus der falschen Richtung an einen herangeht, betritt man den Übergang nicht. Falls das Gelände es zulässt, kann man direkt über ihn hinweglaufen und trotzdem nie hineingelangen. Das ist Teil der Landmagie. Du berührst das Land, du gehst darauf – aber du bist nicht am Übergang ausgerichtet."

„Das Haus ist mitten in der Übergangsmagie, also kommt es auf die Ausrichtung an."

„Ja." Sie nickte. „Nur dass der Übergang zerschmettert ist. Er ist in seine Einzelteile zerlegt, also gibt es keinen nahtlosen Eingang wie bei Übergängen, die normal funktionieren."

„Ich werde es nochmal probieren", sagte er. „Tritt zurück."

Sie sprang nach hinten, beobachtete ihn neugierig. Diesmal griff er nicht nach etwas, das er werfen konnte. Stattdessen spürte sie einen massiven Anstieg seiner Macht. Plötzlich erschien ein Licht auf seinem Handteller, und er warf es. Wie ein Blitz sprang die Macht zum Fenster und traf es mit einem weiteren Krachen, das über die Lichtung hallte.

Ihr lief es eiskalt den Rücken hinab. Dieser Blitz – das war es gewesen, was er vor zwei Wochen auf sie geschleudert hatte.

Sie war eine gute, kompetente Magieanwenderin. Sie hatte einen ganzen Sack voller Tricks: ein Händchen für die Arbeit mit Silber und Runen, eine gewisse Fähigkeit der Vorausschau, die sie im Lauf der Jahre geschärft hatte, ein ordentliches Repertoire an Sprüchen und ein hübsches Stück Raum-Zeit-Dimensionsdingsbums durch ihr Dschinn-Erbe – nicht viel, nur ein bisschen. Sie war so talentiert, dass sie bisher ihre Fähigkeiten zu ihrem Vorteil hatte einsetzen können.

Aber in Sachen roher Kraft hatte sie nichts, das sich damit vergleichen ließ. Nikolas' Macht war Weltklasse, und er hätte es mit den schwersten Kalibern einer jeden Domäne aufnehmen können. Wozu war er noch fähig?

Er drehte sich zu ihr um und erwischte sie dabei, wie sie ihn anstarrte. Zum ersten Mal sah sie echte Aufregung in seinem Blick. „Ich habe so viel Macht in diesen Morgenstern gelegt, wie ich nur konnte, und es ist trotzdem nicht zerbrochen."

So also hieß der Zauber? Sie schaute auf das unbeschädigte Fenster, dann zurück zu ihm. Warum war er so aufgeregt? Sie murmelte: „Das ist doch an dieser Stelle keine echte Überraschung …"

„Dieses Gebäude mag vielleicht gefährlich sein", erklärte er. „Aber wenn man keine Dschinn-Magie hat, muss das Innere einer der sichersten Orte auf Erden sein. Eine echte Festung."

„Klar", sagte sie und schaute ihn unsicher an. „Vermutlich. So sieht es ja auch aus."

Er kam zu ihr, um sie bei den Schultern zu nehmen. Seine schönen Züge waren geradezu entflammt. „Und eines dieser Puzzleteile ist bestimmt mit meiner Heimat verbunden. Dorthin hat der alte Übergang hier doch geführt. Richtig?"

Sie nahm ihn an den Handgelenken, packte ihn so, wie er sie packte. „Ich – ich weiß nicht. Ich schätze, es ist schon möglich. Aber das wichtige Wort an dieser Stelle ist *möglich*."

„Dschinn können sich nicht dematerialisieren und von der Erde in ein Anderland und wieder zurück reisen", sagte er. „Sie können nur innerhalb einer bestimmten Dimension reisen. Sie müssen Übergänge nutzen wie jeder andere auch. Wir wussten das alle. Keiner von uns hat in all der Zeit in Betracht gezogen, dass ein Dschinn immer noch die Stücke der zerschmetterten Landmagie nutzen und die Reise von hier nach Lyonesse machen könnte."

Sie holte keuchend Luft. Auf seinem Gesicht lag so viel Hoffnung, dass es nach einem ganz anderen Mann aussah als dem harten, verschlossenen Fremden, den sie anfangs in ihm gesehen hatte. Es tat weh, ihn anzuschauen. In der Intensität seiner Hoffnung erkannte sie die wahre Tiefe der Tragödie und des Kummers, die er durchgemacht hatte.

„Oh, Nikolas, es ist alles nur eine Theorie", sagte sie sanft. „Wir wissen noch nicht, ob ich recht habe. Bitte, häng deine Hoffnungen nicht zu hoch."

Zur Antwort zog er sie an sich, küsste sie hart und schaute dann wieder auf das Haus. „Zu spät."

✧   ✧   ✧

SOPHIE WIRKTE BESORGT. Es war kein Gesichtsausdruck, der ihm bei ihr geläufig war. Merkwürdigerweise brachte es ihn dazu, innehalten zu wollen, um ihr mit der Hand über die schwere, lockige Haarmasse zu streichen.

Ein besserer Mann als er hätte sie noch einmal an die wachsende Gefahr erinnert, der sie sich aussetzte, wenn sie sich weiter mit dem Dunklen Hof einließ.

Aber er war kein besserer Mann. Er würde alles tun, jeden ausnutzen, und sich selbst am meisten von allen, um in die Heimat durchzubrechen, um diese sichere Festung für seine Männer zu finden, um die tödliche Flut aufzuhalten, die die Daoine Sidhe schon beinahe zur Erinnerung hatte werden lassen.

Und er wusste, was sie sagen würde, wenn er versucht hätte, sie zu warnen. Er würde noch eine Predigt über prähistorische Leute erhalten. Sie war selbstmörderisch mutig, das musste er ihr lassen.

Er folgte einem Instinkt, den er nicht in Worte fassen konnte, und drückte ihr die Lippen auf die Stirn. „Brich in das Haus ein", sagte er zu ihr. „Nimm es dir. Besitze es. Und ich werde es von dir für ein Vermögen mieten. Ich werde dir alles besorgen, was du willst. Geld. Juwelen. Eine Villa auf Capri. Ich werde dir ein Haus bauen, in dem man tatsächlich bequem und sicher wohnen kann."

Sie hob eine Schulter und schenkte ihm ein durchtriebenes, schalkhaftes Lächeln. „Ich will eigentlich gar keine Villa auf Capri. Das sage ich nur gern zu Arschlöchern."

Er verbiss sich das erwidernde Lächeln. „Und du nennst mich gern ein Arschloch, oder?“

Ihre Augen wurden groß. „Und *ob*. Tatsächlich ist das eine meiner Lieblingsbeschäftigungen geworden.“ Das ließ ihn laut auflachen – etwas, das er seit sehr langer Zeit nicht mehr getan hatte, soweit er sich erinnern konnte. Ihre Augen glitzerten zur Antwort, und dann wurde sie nüchtern. „Ich bin kein Mensch, der gern Vorteile aus dem Pech anderer zieht“, sagte sie, „und ich habe kein Interesse daran, dir ein Vermögen abzuknöpfen. Wenn ich in das Haus einbrechen kann, ziehe ich in Erwägung, es dir zu einem fairen Preis zu vermieten. Ich weiß nicht mal, was ein fairer Preis für einen riesigen, magischen, gefährlichen und unbewohnbaren Haufen Steine wäre. Machen wir einen Schritt nach dem anderen, ok?“

Sie war nicht nur selbstmörderisch mutig. Sie hatte auch ein gutes Herz. Nikolas glaubte nicht, dass es noch viele Leute mit einem guten Herzen gab, aber ihr begann er es abzunehmen. Leicht legte er ihr eine flache Hand mitten auf die Brust, auf die Stelle, an der ihr Herz pochte und seinen starken, aufrichtigen, steten Rhythmus schlug.

Ihr Gesicht wurde weich und verwirrt, aber sie schob seine Hand nicht weg. Stattdessen tätschelte sie sie, dann drehte sie sich um, um das Haus entschlossen anzuschauen. Auch er drehte sich um, um es neuerlich zu betrachten.

„Wenn es zum Schlimmsten kommt“, sagte er, „wäre es mir das wert, einen Handel mit einem richtigen Dschinn abzuschließen, um den Versuch zu machen, nach Hause durchzubrechen.“

„Du weißt nicht, ob es funktionieren würde“, warnte sie ihn. „Verschwende einen teuren, unvorhersehbaren Handel nicht auf ein so großes Risiko. Lass es mich erst probieren.

Ich werde dir nicht das Versprechen abnehmen, irgendetwas Beliebiges zu tun, etwa mir deinen erstgeborenen Sohn zu geben oder einen Landesführer zu ermorden oder mir eine Schale selbstgemachte Guacamole zu kredenzen. Dschinn sind seltsam. Vertraue mir. Ich habe ein paar Jahre bei ihnen verbracht. Ich weiß es."

Es war schwer, seine durchgehenden Gedanken zu zügeln, aber nach einem Augenblick nickte er.

Als sie den Rasen zu der großen, vorderen Flügeltür überquerte, folgte er ihr. Sie legte beide Hände an einen Türflügel, stand eine Weile mit gebeugtem Kopf da.

Er würde sie nicht stören wie ein undisziplinierter, halb ausgebildeter Jugendlicher. Würde er nicht. Mit verschränkten Armen warf er einen finsteren Blick über die Lichtung, während er die mächtigen, unkontrollierten Gefühle erstickte, die durch seine Adern strömten.

Es verging genug Zeit, um ihn seinen Entschluss noch einmal überdenken zu lassen und sie fragen zu wollen, was sie da tat.

Dann geschah etwas. Etwas so Feines und Subtiles, dass es ihm vielleicht entgangen wäre, wenn er nicht ohnehin sehr genau aufgepasst hätte.

Er ließ den Kopf herumfahren, um sie anzustarren. „Was war das?"

Sie schüttelte den Kopf. Nun lehnte sie mit dem ganzen Körper an einer der Türen, und sie hatte einen großen, alten Schlüssel ins Schloss geschoben. „Ich versuche, mit der Tür in Einklang zu kommen", murmelte sie. „Ich war schon so nahe dran, dass ich den Schlüssel im Schloss drehen konnte, aber ich kann die Tür nicht aufschieben. Vielleicht bin ich nicht gut genug mit der Tür im Einklang, oder sie klemmt. Sie wurde schon sehr lange nicht mehr geöffnet."

„Komm, lass mich helfen." Er stellte sich hinter sie, legte beide Hände flach auf das robuste Holz. „Lass es mich wissen, wenn ich schieben soll."

„Ok." Sie wurde wieder still, den Kopf auf eine Seite gelegt. Er betrachtete ihr Profil, die angespannten, winzigen Veränderungen in ihrem Gesicht. Ihre Augen waren geschlossen, die zarten Muskeln flatterten unter der feinen, cremefarbenen Haut.

Dann geschah wieder dieses subtile Etwas.

„Jetzt", sagte sie.

Er warf seine ganze Kraft und sein Gewicht gegen die schwere Eichentür, die ganze Macht seiner Frustration, seines Kummers und Zorns im Lauf der Jahre, alles.

Einen kurzen, herzzerreißenden Augenblick lang geschah nichts. Dann, mit einem gigantischen, rostigen Quietschen, sprang die Tür so plötzlich auf, dass Sophie nach vorne stürzte und flach auf die verstaubten Pflastersteine gleich im Inneren des Hauses fiel. Da er überrascht worden war, fiel er ungelenk auf sie.

Sie hustete. „Scheiße. *Au.*"

Die Tür war offen.

Nikolas nahm sein Gewicht hoch, stieß sie an, damit sie sich umdrehte, und als sie sich auf den Rücken fallen ließ, landete er wieder auf ihr und sagte ihr ins Gesicht: „*Die Tür ist offen.*"

Sie hustete noch einmal und lachte, warf ihm die Arme um den Hals und lachte noch mehr. Ein Hochgefühl jagte mit halsbrecherischer Geschwindigkeit durch seinen Körper. Er umfasste ihren Kopf und lachte mit ihr. In diesem Augenblick sah sie so schön aus, als ihre herrlichen Augen tanzten und ihr Gesicht von Freude erhellt war, dass er sich vergaß in seinem Verlangen, sie noch einmal zu küssen.

Sie erwiderte den Kuss, jede Regung und jede Liebkosung heftig, zart, sinnlich, nur um sich dann von seinem Mund zu lösen und wieder keuchend Luft zu holen. „Du bist schwerer, als du aussiehst."

„Ich bin auch schwer auf dir gelandet", murmelte er. Schließlich bemühte er sich um etwas Selbstkontrolle und zog sich von ihrem ausgestreckt liegenden Körper zurück. „Tut mir leid."

„Muss dir nicht leidtun! Wir sind drin. Ich bin drin! *Das ist jetzt mein Haus.*" Sie lag dort auf den Pflastersteinen, breitete die Arme aus und lachte wieder. Der Überschwang in ihrer Stimme war unwiderstehlich. Er grinste. „Mein Land. Meins. Weißt du, dass ich noch nie Grund besessen habe?" Plötzlich setzte sie sich hin und starrte ihn an. „Warte mal, der Grund gehört mir nicht wirklich, noch nicht. Ich muss den Beweis, dass ich nach drinnen gelangt bin, an Kathryn schicken, damit sie es bestätigen und mir das Eigentum übertragen kann."

„Was für einen Beweis braucht sie denn?" Nikolas rollte sich hoch und bot Sophie eine Hand an, die sie auch annahm. Er zog sie auf die Füße.

„Sie sagte, ein Foto würde genügen, aber ich glaube nicht, dass ich im Inneren des Hauses fotografieren kann. Meine Taschenlampe ging draußen, aber hier drin fühlt sich die Landmagie stark an." Sie runzelte die Stirn.

„Gib mir dein Handy und stell dich mitten in den offenen Eingang", sagte er zu ihr. „Ich werde aus einiger Entfernung ein Foto von dir machen. Das wird man nicht widerlegen können. Du bist drin."

„Gute Idee." Sie fischte ihr Telefon heraus und reichte es ihm.

Sie hatte ein normales Smartphone mit den bekannten

Apps. Während er über den Rasen lief, drehte er sich um und wischte durch die Apps, bis er die Kamera hatte und sie auf sie richten konnte. Sie stand da, eine Hand am Türrahmen, und grinste immer noch breit.

Er schoss einige Fotos, dann prüfte er das Telefon.

„Hab's!", rief er.

Sie rannte über den Rasen zu ihm, die Hände ausgestreckt, strahlend. „Gib her."

„Warte kurz", sagte er, und bewegte rasch die Finger über das kleine Tastenfeld.

„Was hast du gerade mit meinem Handy gemacht?"

„Du hast meine Nummer nicht gespeichert, als du mir vorhin die Textnachricht geschickt hast. Ich habe meine Nummer einprogrammiert." Er warf ihr das Telefon zu. Sie fing es aus der Luft und betrachtete das Display. Dann ging sie, während er sie beobachtete, ihre Kontakte durch, wählte einen, und schickte ein paar Fotos.

Als sie fertig war, drehte sie sich um, um die offene Tür anzustarren. Dann schaute sie auf ihr Telefon. „O Mann, ich werde immer wieder nachschauen, bis sie antwortet. Wie ist der Zeitunterschied zwischen hier und New York, wenn es hier Nachmittag ist?"

„Es sind fünf Stunden", sagte er, während er im Kopf rechnete. „Das ist nicht so früh für sie. Sie hat wahrscheinlich schon ihren Arbeitstag angefangen, daher schaut sie vielleicht eine Weile nicht auf ihr Handy."

„Sie ist Ärztin, und sie sagte, ihr Job wäre echt anstrengend. Ich will nicht warten." Sophie verzog das Gesicht. Während er zusah, drückte sie auf die Anruftaste und hielt sich das Telefon ans Ohr. Er konnte es schwach läuten hören.

Dann hörte das Läuten auf, und eine Frau sagte mit

ruhiger, professioneller Stimme: „Kathryn Shaw."

„Kathryn, hier ist Sophie Ross." Sophie schaute ihn an, ihre Augen glänzten vor Aufregung. „Prüfen Sie ihre Nachrichten. Ich habe Ihnen Fotos als Beweis geschickt, dass ich im Haus bin."

„Ist nicht wahr!" Die Stimme der Frau veränderte sich völlig. „Oder doch? Das ist unglaublich! Gratuliere! Wie in aller Welt haben Sie das gemacht? Warten Sie — lassen Sie mich die Fotos ansehen … O mein Gott, ich kann nicht glauben, dass es endlich jemand geschafft hat!"

Sophie lachte voller Freude. „Ich musste Sie einfach anrufen."

„Ich bin so froh, dass Sie das getan haben. Konnten Sie sich bereits umschauen? Bitte seien Sie vorsichtig. Nach einer so langen Zeit ohne Instandhaltung muss es eine Todesfalle sein. Nur die Götter wissen, was da drin sein mag."

„Nein, ich habe mich noch nicht umgesehen. Ich wollte erst Sie benachrichtigen."

„Aber wie sind Sie reingekommen?"

Sophie warf Nikolas einen Blick zu. „Das ist eine lange Geschichte. Kurz gesagt habe ich eine Theorie getestet, und sie hat funktioniert."

„Na, ich muss in zwanzig Minuten im OP sein, daher habe ich keine Zeit, mir jetzt die ganze Sache anzuhören, aber ich will es bald wissen!"

„Klar." Sophie drehte sie leicht von ihm weg, als sie fragte: „Also, was heißt das nun rechtlich gesehen? Wo stehen wir jetzt im Augenblick, heute?"

„Laut der Bedingungen im Testament haben Sie das Eigentum an dem Grund und der Pension in dem Augenblick erlangt, in dem sie durch die Tür getreten sind.

Aber wie Sie zweifelsohne gut wissen, braucht es etwas Zeit, die Dokumente zu erstellen. Es wird drei oder vier Wochen dauern, bis Sie die fertige Eigentumsurkunde und die Finanzunterlagen erhalten. Ich kann immer noch nicht glauben, dass Sie es geschafft haben! Sind Sie aufgeregt?"

Sophie schaute über die Schulter zu Nikolas. „Sie haben ja keine Ahnung."

„Ich halte jetzt seit ein paar Jahren einen Brief vorrätig, den ich meinem Anwalt schicken kann, falls es jemand schafft, die Bedingungen im Testament zu erfüllen. Es müssen nur noch das heutige Datum, Ihr rechtlich gültiger Name und meine Unterschrift drauf." Kathryns Stimme wurde gedämpft und kam von weit weg, als sie zu jemand anderem sagte: „Ich bin gleich da." Dann kehrte ihre Stimme stärker zurück. „Ich muss das jetzt leider abkürzen. In ein paar Stunden, wenn ich wieder am Schreibtisch bin, werde ich diesen Brief ausfüllen und unterzeichnen und dann die gescannte Kopie an Sie und Paul schicken. Sie können von dem Besitz nichts weiterkaufen – falls Sie das wollen –, bis Sie den Papierkram haben, aber in einem oder zwei Tagen können Sie schon etwas von der Pension bekommen. Ist das für den Augenblick genug?"

„Genug?" Sophie lachte. „Das ist unfassbar! Ich kann Ihnen nicht genug danken!"

„Danken Sie dem Geist meines Vaters. Er ist derjenige, der das eingerichtet hat."

„Ich weiß, dass Sie los müssen, aber ich habe noch eine kurze Frage. Es fällt mir schwer, das zu verinnerlichen. Ich bin schon jetzt die Eigentümerin der Immobilie?"

„Das sind Sie. In diesem Augenblick gehören Ihnen fünf Morgen Land in England, darauf das Anwesen und das Häuschen. Sie können das Land nicht verkaufen, bis Sie die

Papiere haben, und – tut mir leid, das hätte ich schon sagen sollen, aber ich bin abgelenkt – Sie müssen Eigentümerin des Anwesens bleiben, um die Pension zu erhalten. Das Erblehen ist an den Besitzer des Hauses gebunden. Ich weiß, dass das eine seltsame rechtliche Regelung ist. Wenn Sie die im Detail durchgehen wollen, kann Paul es besser erklären als ich. In Ordnung?"

„Ja. Danke!"

„Ich freue mich so für Sie! Noch einmal, ich gratuliere! Wir hören uns bald wieder!"

Während Sophie den Anruf beendete, schwenkte sie herum, um Nikolas anzustarren. „Ich nehme an, du hast das alles gehört?"

Mit einem Nicken kam er herüber, um ihr Kinn mit den Fingern zu heben. „Du kannst nichts aus dem Besitz verkaufen, solange du nicht die Papiere hast, aber er gehört dir. Wenn du das Anwesen verkaufen würdest, würdest du die Pension mit verkaufen, was es zu einer sehr wertvollen Immobilie macht, ob das Gebäude nun brauchbar ist oder nicht."

„Ich will es nicht verkaufen." Sie schaute zurück zum Haus. „Bitte mich nicht darum, das zu erklären, aber ich liebe jeden zerbröckelnden, gruseligen, unbewohnbaren Zentimeter davon."

Sie sagte das so heftig, dass er grinsen musste. Seine Aufmerksamkeit richtete sich wieder auf die offene, einladende Tür. „Warum schauen wir uns nicht an, was sich innerhalb dieser Mauern befindet?", fragte er.

„Ich kann es kaum erwarten." Sie drehte sich um, um zum Haus zurückzulaufen, und er holte sie ein und hielt mühelos Schritt.

Als sie über die Schwelle ging, war er einen halben

Schritt hinter ihr. Eine tiefe Stille erfüllte den riesigen Raum, den sie betraten. Sophie ging zur Mitte dieses Bereichs und drehte sich, um sich mit großen Augen umzuschauen.

„Es fühlt sich merkwürdig an, sich an einem Ort zu bewegen, wo seit Jahrhunderten niemand mehr gewesen ist", sagte sie mit gedämpfter Stimme.

„Ja, das tut es." Das Innere sah sehr solide aus, mit gepflastertem Boden und Wänden aus Stein. Am anderen Ende des offenen Raums gab es ein erhöhtes Podium. Er legte den Kopf schief, um die hohen Sparren über ihnen zu betrachten, auf der Suche nach möglichen Schwachpunkten, Anzeichen für Fäulnis oder Wasserflecken, die darauf hinwiesen, dass das Gebäude einsturzgefährdet war.

Als er sie wieder anschaute, betrachtete sie ihn neugierig. „Sogar für jemanden in deinem Alter?"

Sein Mund verzog sich. „Mehrere Jahrhunderte sind für jedes Wesen eine lange Zeit", sagte er trocken.

Eine schwache Röte glitt über ihre Wangenknochen. Sie nickte, dann blickte sie sich um. „Das ist ein sehr großer Raum, und ich weiß nicht, wo man von hier aus weitergeht."

„Das ist der Rittersaal", sagte er. „Der wurde wohl für formelle Anlässe genutzt, um wichtige Besucher zu empfangen, und damit der ganze Haushalt zusammen speisen konnte. Es sieht jetzt mit dem ganzen Stein ziemlich öde aus, aber früher gab es hier sicher überall Wandbehänge, damit Farbe hereinkam und die Wärme besser drinnen blieb."

„Sie müssen die Wandbehänge mitgenommen haben, als sie gegangen sind", sagte Sophie und starrte um sich herum.

„Es könnte immer noch an anderen Stellen Wandbehänge geben", erklärte er. „Bei einem Anwesen dieser Größe gibt es Einzelräume, einen Wohnbereich für die Familie oder einen Salon, also einen Privatbereich, Schlafgemächer, eine Küche, eine Vorratskammer, eine Räucherkammer, Abstellräume, Unterkünfte für die Dienerschaft und vermutlich auch einen Innenhof. Die Familie Shaw besaß eindeutig Reichtum und Bildung, also schätze ich, dass es auch eine Bibliothek, eine Kapelle und sogar eine Waffenkammer gibt.“

Sie stieß die Luft aus. „All das.“

„Ja. All das. Sie haben nicht nur den Familienhaushalt hier untergebracht. Hier wohnte eine ganze kleine Gemeinschaft.“

Der Saal schien überraschend gut in Schuss. Das Dach drohte nicht gleich einzustürzen. Oben erstreckte sich ein Balkon über seine ganze Länge, auf dem sich Leute versammeln und die Ereignisse unterhalb beobachten konnten. Zwischen Steinbögen erspähte Nikolas eine Ahnung von schattigen Gängen. Wenn das Haus wie andere Anwesen aus dieser Zeit war, würden sie zu den privaten Familiengemächern führen.

Es gab einen riesigen Kamin an einem Ende des Rittersaals, groß genug, dass ein Mann von Nikolas’ Statur dort aufrecht hineingepasst hätte. Er war beim Auszug der Familie gereinigt worden, aber die Feuer hatten den Stein mit dunklen Schattierungen verschmutzt.

Er betrat ihn und legte den Kopf in den Nacken, um den Schacht hinaufzublicken, aber es war zu dunkel, um mehr als ein paar Meter zu sehen. Gut möglich, dass etwas in der Spalte genistet hatte. Konnten in dem Haus irgendwelche Tiere leben? Wie überlebten sie, und wovon würden sie sich ernähren? Er konnte immer noch ein Feuer anschüren, um es herauszufinden.

Insgesamt wirkte der Saal auf jeden Fall groß genug, um

acht Männer zu beherbergen, die daran gewöhnt waren, unter rauen Bedingungen zu leben. Er war dick mit Staub bedeckt, aber trocken, ohne Anzeichen für Verschmutzungen oder Schimmel, und mit moderner Camping-Ausrüstung konnte man es sich eigentlich recht gemütlich einrichten. Gaskocher sollten funktionieren. Sie waren technisch nicht komplex genug, um im Umfeld der Magie der Anderländer den Dienst einzustellen. Im Grunde öffnete man nur ein Ventil, um Gas freizusetzen, zündete es an und stellte es unter einen Rost. Und der Kamin mochte auch brauchbar sein.

Also könnten sie sofort Unterschlupf finden und den Rest des Hauses nach Belieben erkunden. Sie könnten kochen. Sie würden eine Quelle mit sauberem Wasser und eine Latrine brauchen. Campingausrüstung, Feuerholz, einen großen Vorrat an Lebensmitteln, der es ihnen ermöglichen würde, auch eine längere Belagerung zu überstehen.

Es war machbar. Es würde ein relativ primitiver Aufbau werden, aber es war gut zu verteidigen und ließ sich hervorragend umsetzen.

Als er aus dem Kamin stieg und sich umschaute, war Sophie nirgends zu sehen. „He!", rief er scharf. „Ich dachte, wir wären uns einig, dass dieses Haus nicht sicher ist. Nicht verschwinden! Wo bist du?"

Rasche, leichte Schritte erklangen links von ihm im Gang, und sie kam in Sicht. „Ich bin nicht weit gegangen", sagte sie. Sie machte wieder große Augen. „Nur ein Stück den Gang entlang. Nikolas, gute fünf Meter weit im Gang gibt es eine Verwerfung."

Er marschierte schnell zu ihr hinüber, immer noch verstimmt, weil sie sich außer Sicht begeben hatte. „Du bist nicht reingetreten, oder?"

„Nein! Oh, nein.“ Sie erschauerte. „Ich denke nicht, dass jemand hier drinnen allein herumstreunen sollte. Kathryn sagte, zwei Kinder wären wochenlang verschwunden. Als sie wieder auftauchten, waren sie schmutzig und halb verhungert und haben von merkwürdigen Dingen gefaselt.“

Er stemmte die Hände in die Hüften, während er den Gang entlangspähte. „Wir müssen das Haus kartieren und markieren, wo die Verwerfungen auftreten.“

„Ja!“ Als er seine Aufmerksamkeit wieder auf Sophie richtete, leuchteten ihre Augen. „Wir brauchen Kreide in unterschiedlichen Farben, oder noch besser, Farbe. Der Rittersaal kann eine grüne Zone werden. Hier drüben kann eine rote Zone sein.“ Sie wedelte mit den Armen. „Die Farben spielen keine Rolle. Ich verteile sie nur zufällig. Die nächste Zone kann blau sein, und gelb, und orange und so weiter. Sobald wir einen Grundriss haben, können wir die Zonen einzeichnen und nachschauen, ob sich irgendwelche Muster feststellen lassen.“

„Und weil wir nicht wissen, was passiert, wenn man von einer Zone in die nächste geht, geht keiner allein auf Erkundung“, erklärte er.

Sie legte den Kopf schief und reckte das Kinn. „Wem gehört dieses Haus noch gleich?“

„Sophie“, fuhr er sie an. „Das ist keinen Streit wert. Es spielt keine Rolle, ob dir das Haus gehört. Setze nicht dein Leben dafür aufs Spiel.“

Sie schnaubte. „Ok. Ok! Dieses *eine Mal* hast du zufällig recht. Auch ein blindes Huhn findet mal ein Korn. Irgendwann musstest du ja mal recht haben, aber ernsthaft, du solltest nicht damit rechnen, dass das in den nächsten paar Jahren nochmal –“

Er kannte nur eine Weise, wie er sie zum Schweigen bringen konnte. Er packte sie am Handgelenk, zog sie heftig an seine Brust, und als sie dabei aufkeuchte und lachte, legte er ihr die andere Hand um den Hinterkopf und küsste sie.

Dieses Mal gab es keine Überraschung oder Unsicherheit. Er wusste, was er zu erwarten hatte, und es passierte auch. Als hätte man ein Streichholz angezündet, entflammte das sexuelle Verlangen und schoss durch all seine Nervenenden. Ihre üppigen, vollen Lippen bebten immer noch vom Lachen.

Er nahm sich alles. Gierig verschlang er sie. Sein Schwanz wurde zu einem schmerzhaften, harten Dorn der Begierde, während sie einen Arm um seine Taille legte, ihren Körper an seinen schmiegte und den Kuss erwiderte. Sie vergalt es ihm, Gier für Gier, abgehackten Atemzug um Atemzug. Er hatte sich noch nie so lebendig gefühlt, so verbunden.

So verblüfft von allem. Von ihr.

Er hob den Kopf und schaute finster auf sie hinab. „Was zum Teufel ist mit dir los?"

In ihrem Gesicht lag etwas Verletzliches, wie feines, zartes Kristall. Einen Augenblick wirkte sie geblendet, verloren, und ihre Unterlippe bebte, bevor sie sie zwischen ihre geraden, weißen Zähne saugte. Dieser Anblick verstörte ihn sehr. Er wollte ihr Gesicht an seinen Hals schmiegen und diese zerbrechliche Verletzlichkeit vor dem Rest der Welt beschützen, so dass niemand sonst sie je zu Gesicht bekam.

Während er sie anstarrte, verschwand der Ausdruck, und sie wurde wieder hellwach. Der Schalk kehrte nur langsam zurück, aber er kam.

Sie lachte zu ihm hinauf. „Ich habe immer noch Jetlag.

Ich werde drei oder vier Tage brauchen, um darüber hinwegzukommen. Aber für dich gibt es immer noch keine Ausrede."

Leicht berührte er die dunkle Verfärbung unter ihrem Auge. Von allen Scherzen einmal abgesehen brauchte sie wirklich mehr Schlaf.

„Sophie", sagte er ernst.

Bei seinem Tonfall verflüchtigte sich ihre Erheiterung. „Was ist?"

„Ich wusste nicht, dass ich nach dir suche, aber das habe ich", flüsterte er. „Du könntest der Schlüssel sein, um meine Männer zusammen und am Leben zu halten. Du könntest der Schlüssel zu allem sein."

Ihre Augen verdüsterten sich. „Leg mir keine solche Bürde auf. Ich werde tun, was ich kann, um dir zu helfen, und alles andere wird sich zeigen. Vielleicht reicht es aus. Ich hoffe es. Das ist alles."

„Es ist mehr als genug." Seine Finger waren zu schwielig, um richtig zu spüren, wie weich ihre Haut war, daher strich er mit der Rückseite der Finger über ihre Wange. „Wie klingen fünftausend pro Monat?"

Sie blinzelte. „Für was?"

„Um das Haus zu mieten, natürlich."

„Du meinst fünftausend *Pfund*? Im Monat?" Ihre dunklen Brauen zogen sich zusammen. „Ich weiß nicht, das klingt nicht richtig. Das ist zu viel."

„Dein Verhandlungsgeschick ist erbärmlich", erklärte er. „Ich würde das Doppelte zahlen und mich für die gute Gelegenheit bedanken."

Dieser durchtriebene Humor trat wieder in ihr Gesicht. „Na, ich weiß nicht. Es gibt keine Heizung, kein Warmwasser – überhaupt kein Wasser, das wir schon gefunden hätten –, keine Toiletten, kein Telefon und kein Kabelfernsehen. Ich glaube auch nicht, dass hier draußen der Bus anhält."

Er konnte nicht zurücklächeln. „Dieser Ort ist mit den meisten, wenn nicht allen Angriffsarten uneinnehmbar. Mit deinem kolloidalen Silber und dem Annullierungszauber können meine Männer hier halbwegs sicher ruhen und sich neu sammeln. Und wer weiß, was wir sonst noch erreichen können, wenn wir herausfinden, wie alle Puzzleteile zusammenpassen."

Sie neigte den Kopf, strich mit den flachen Händen über seine Brust und tätschelte ihn ganz sanft. „Ich habe wirklich Angst, dass du dir zu viele Hoffnungen machst."

Ihre Berührung beruhigte ihn auf eine Art und Weise, die er noch nie zuvor erlebt hatte. Er legte eine Hand auf ihre, drückte sie fester an sich.

„Vielleicht tue ich das", gab er zu. „Aber ich stelle fest, dass ich lieber mit zu viel Hoffnung lebe, als auf die Art und Weise dahinzuvegetieren, wie ich die letzten paar Jahrzehnte verbracht habe. Also, können wir das Haus von dir mieten?"

„Ihr könnt das Haus nutzen", sagte sie fest. „. Was die Miete betrifft, bin ich mir noch gar nicht sicher."

„Erbärmliches Verhandlungsgeschick", erklärte er.

Sie schnitt eine Grimasse, machte sich aber nicht die Mühe, zurückzuschießen. Stattdessen blickte sie sich mit einem eifrigen Lächeln um. „Ich kann es nicht erwarten, noch mehr zu erkunden."

„Belassen wir es vorerst dabei", sagte er. „Ich muss meine Männer kontaktieren, und wir haben jede Menge Sachen einzukaufen, unter anderem verschiedene Farben. Wenn wir vorbereitet sind, können du und ich zusammen durch das Haus gehen. Wir werden es unterwegs kartieren und die Verwerfungen markieren. Ok?"

„Du klingst so langweilig vernünftig!" Sie verdrehte die Augen. „Ich wette, du warst irgendwann in deinem Leben mal im mittleren Management."

„Außerdem", fügte er mit einem unnachgiebig gleichgültigen Tonfall an, „wenn hier zwei Kinder verschwunden und nach zwei Wochen ausgehungert zurückgekehrt sind, sollten wir nirgendwohin gehen, ohne Rucksäcke voller Vorräte dabei zu haben. Richtig?"

Mit einem Seufzen gab sie zu: „Richtig."

„Gut." Mit einem Arm fest um ihre Schultern steuerte er sie auf den Rittersaal und die offene Tür zu. „Und Sophie?"

„Jaaaaa?", erwiderte sie, das Wort gedehnt im Tonfall langen Leidens.

„Halte dich darüber bedeckt, ja? Erzähl den Leuten im Ort nicht, dass du in das Haus gelangt bist. Diese Jagdhunde haben letzte Nacht aus einem bestimmten Grund angegriffen, und es könnte sein, dass wir noch mehr von ihnen treffen, während sie in Menschengestalt Fragen stellen. Was die Leute nicht wissen, können sie auch nicht verraten."

Ihre spielerische Haltung verflüchtigte sich, es blieb nur ein nüchterner, wachsamer Ausdruck. „Natürlich", sagte sie.

Sie traten aus dem Haus, und sie zog die Tür hinter ihnen zu, dann holte sie den Schlüssel aus der Tasche und betrachtete ihn. Als sie zögerte, sagte Nikolas: „Lass mich etwas überprüfen."

Gehorsam trat sie zur Seite und beobachtete, wie er versuchte, die Tür zu öffnen. Er stemmte sich mit seinem ganzen Gewicht dagegen, aber die Tür gab nicht nach. Als er sich umdrehte, um mit hochgezogenen Augenbrauen zu ihr zu schauen, grinste sie und steckte den Schlüssel ein. „Du bist nicht im Einklang. Niemand kommt in mein Haus, ohne dass ich es will."

Er grinste. „Offenbar nicht."

Kapitel 11

WÄHREND SIE ZUM Häuschen zurückgingen, verflüchtigte sich die Aufregung, und plötzlich war Sophie so erledigt, dass sie kaum noch die Augen offen halten konnte. „Du hast irgendwas von Lebensmitteln gesagt", erwähnte sie gähnend.

Nikolas schaute sie nachdenklich und abschätzend an. „Ich fahre in den Ort, um alles abzuholen. Ruh du dich doch einfach aus. Du hattest ganz schön viel um die Ohren."

„Das stimmt allerdings." Als sie im Haus ankamen, durchstöberte sie die Küche. Plötzlich fühlte sich ihr Magen so leer an, dass sie sich mit jeglicher Nahrung zufriedengegeben hätte. Enttäuscht sagte sie: „Ich dachte, ich hätte hier vorhin zwei Stück Obst gesehen."

„Hast du", gab er zurück und schaute sich ebenfalls um. „Einen Apfel und eine Orange."

Sie warf die Hände in die Luft. „Na, die sind jetzt weg." Das Äffchen war nirgends zu sehen, daher hob sie die Stimme. „Du hättest mir die Orange übrig lassen können!"

„Ich fahre in die Stadt, um die Lebensmittel zu holen", sagte Nikolas. „Sollte nicht länger dauern als eine Stunde."

Sie hielt inne, um ihn anzustarren. Das klang auch seltsam, beinahe häuslich. Sein Angebot, die Lebensmittel zu holen, war, als würde ein Drache anbieten, ihr Tee zu

machen, unfassbar und beunruhigend. „Wie sind wir so …
so … ins Teamwork gerutscht?"

In seinen dunklen Augen glomm etwas auf, das
verdächtig nach Lachen aussah. „Du bist so eine Nervensäge, ich habe keine Ahnung."

Ihr Mund öffnete sich entrüstet. „*Ich* bin die
Nervensäge? Wer schießt erst und fragt dann? Ich schätze,
du bist das lausigste Date auf dem Planeten. Wer würde mit
sowas Beklopptem ausgehen wollen?"

„Was?" Seine Miene wurde ausdruckslos.

„Du …" Ihre Stimme verklang, als ihr die Erkenntnis
dämmerte.

Er hatte länger kein Date mehr gehabt, mindestens
jahrzehntelang nicht, und vielleicht auch noch nie, denn
historisch betrachtet ging man erst seit ziemlich kurzer Zeit
zu Dates. Er war schon so lange in diesen Konflikt
verwickelt, dass er inzwischen kaum noch handzahm war
und die meisten Freundlichkeiten abgelegt hatte.

Dass er angeboten hatte, die Lebensmittel zu holen, war
eigentlich eine große Sache. Und dass er entspannt genug
gewesen war, mit ihr zu scherzen, zu lächeln und
gelegentlich sogar zu lachen, war im Grunde ein Wunder.
Wenn jemand reif für einen langwierigen Fall von
posttraumatischer Belastungsstörung war, dann wohl
Nikolas.

Ihr Gesicht wurde weich. Sie griff nach vorne,
verschränkte die Finger mit seinen und drückte sie kurz.
„Ganz egal. Danke, dass du das Essen holst."

„Gern geschehen", sagte er stirnrunzelnd. „Schließ ab,
wenn ich draußen bin."

Sie verbiss sich ein Seufzen und sagte: „Ich könnte mich
vielleicht dazu hinreißen lassen, die Tür abzusperren,

nachdem du weg bist, weil es eine gute Idee ist, nicht, weil du es mir befohlen hast."

Er kniff die Augen zusammen. „Eines Tages wirst du einfach mal sagen: ‚Klar, Nik. Das ist eine gute Idee. Ich glaube, so mache ich es.'"

Nik. Das gefiel ihr.

„Das kann dauern." Sie lachte.

„Gib mir deinen Autoschlüssel", sagte er.

Das ließ ihr Lächeln verschwinden. „Warum?"

„In der Stadt würde sich niemand nach meinem Auto umdrehen, aber hier auf dem Land fällt es ziemlich auf. Ich muss es einmotten oder loswerden, aber im Augenblick würde ich gerne dein Auto benutzen."

Da war was dran. Sie fischte ihren Autoschlüssel heraus und reichte ihn ihm. Leise wie ein Schatten glitt er zur Tür hinaus, und einen Augenblick später schnurrte der Mini über die Auffahrt.

Als sie allein war, ging sie langsam durch das im Schatten liegende Häuschen und warf sich ausgestreckt auf die Couch. *Mein Häuschen,* dachte sie. *All das ist jetzt meins. Meine Couch, mein Sessel, mein — mein —*

Das Äffchen tauchte auf. Es hatte noch immer die gleichen dürren Arme und Beine, aber sein Bauch war gerundet. Es kletterte auf ihren Schoß.

Mit sanfter Hand streichelte sie ihm den Rücken. Ihr kam die Erkenntnis.

„Das *ist* mein Zirkus", sagte sie. „Du *bist* mein Affe. Zumindest vorerst, oder? Du weißt, der Porsche ist nicht das Einzige, was auf dem Land in England auffällt wie ein bunter Hund. Nur so als Hinweis."

Er betrachtete sie mit seinen traurigen Augen und seinem runzligen Altmänner-Gesicht. Als sie aufhörte, ihn zu streicheln, griff er nach ihrer Hand und legte sie auf seinen Kopf. Lächelnd fing sie wieder mit den Liebkosungen an.

„Ich hoffe, dass du dich eines Tages wohl genug fühlst, um dich in deine natürliche Gestalt zu verwandeln", sagte sie zu ihm, während sie sich wieder hinlegte. „Und vielleicht, eines nicht allzu fernen Tages, fühlst du dich auch sicher genug, das Sprechen wieder aufzunehmen. Was meinst du dazu?"

Während sie sich lang ausstreckte, kuschelte er sich an ihre Seite und legte den Kopf auf ihre Schulter, und das mochte eine Antwort gewesen sein oder auch nicht. Sie schlang einen Arm um ihn.

Trotz ihrer besten Bemühungen, sich auszuruhen, aber wach zu bleiben, stürzte sie in einen tiefen Schlaf, bis das Knirschen von Reifen auf Kies sie weckte. Sie rieb sich die Augen und setzte sich auf. *Verdammt!* Sie musste eine achtstündige Zeitverschiebung von Los Angeles ausgleichen, aber wenn sie so weitermachte, würde sie ihre Tage und Nächte nie auf die Reihe kriegen.

Das Licht hatte sich verändert, und die Schatten im Haus waren länger geworden. Der Affe lief in die Küche und zur Eingangstür. Als Nikolas die Lebensmitteltaschen hereintrug, zwang sie sich, aufzustehen und ihm zu helfen.

Er trug eine Menge Zeug, das aussah, als wäre es alles, was sie je brauchen könnten, von Geschirrspülmittel bis hin zu Waschmittel, Obst, Gemüse, Bohnen in Dosen, verpacktes Fleisch und Fisch, Brot, Eier, Käse, Butter, Joghurt und Milch, ein paar Fertiggerichte und sogar ein paar Flaschen Wein, ein Sixpack Bier und eine Flasche Brandy.

Hungrig riss sie eine Packung mit zwei Scotch Eggs auf

und biss in eines, wobei sie herausfand, dass ein Scotch Egg Wurstbrät war, in dem ein hartgekochtes Ei steckte. Wie lecker. Mit vollem Mund sagte sie: „Danke."

Nikolas hob einen Mundwinkel. „Gern geschehen. Ich habe meine Männer kontaktiert. Gawain wird als erster kommen, morgen Vormittag. Dann trudeln über die nächsten paar Tage verteilt alle anderen ein. So ziehen sie keine Aufmerksamkeit auf sich, und sobald jemand ankommt, kannst du ihm den Annullierungszauber aufmalen." Er hielt inne. „Wir brauchen den Annullierungszauber vielleicht gar nicht, wenn wir im Haus sind. Die Landmagie könnte unsere Energien verhüllen."

„Könnte sie. Sie scheint auf jeden Fall alles andere zu ersticken. Ihr müsst den Annullierungszauber vielleicht auch nur benutzen, wenn mehr als einer von euch das Haus verlassen will." Sie aß das Ei auf und wühlte sich durch die Lebensmittel. „O Mann. Du hast keinen Kaffee gekauft? Wer bitte kauft keinen Kaffee?"

„Ich habe mehr Tee gekauft", erklärte er, während er Packungen in den Kühlschrank räumte.

„Tee ist nicht dasselbe. Überhaupt nicht." Sie rieb sich übers Gesicht. „*Bah*. Deswegen fragt man Leute, was sie wollen, wenn man Lebensmittel kauft. Hat dir das niemand richtig beigebracht?"

„Hausarbeit stand bei meiner Ausbildung nicht auf dem Programm", sagte er trocken. Als sie zu ihm schaute, hielt er inne, um mit der Schulter zu zucken. Sobald er das Schwertgehänge zwischen seinen Schultern abnahm, ließ der Verhüllungszauber nach, und es wurde sichtbar. Er stellte es in eine Ecke.

„Nein, offenbar nicht", murmelte sie und starrte das Schwert in der Scheide an. „Ich fahre morgen in den Ort und hole Kaffee. Ich habe sowieso versprochen, beim Pub vorbeizuschauen und mich bei Maggie und Arran zu melden." Sie warf ihm einen Blick zu. „Wie war es im Ort?"

„Bedrückend. Die Leute haben schwarze Bänder in ihre Fenster gehängt. Der Metzger sagte, das wäre zur Erinnerung an jene, die getötet wurden."

Ihr verging der Appetit, und sie bot das zweite Scotch Egg dem Äffchen an, das es sich schnappte. Nikolas beobachtete ihre Bewegungen, sagte aber nichts. Stattdessen nahm er eine Flasche Cabernet Sauvignon und öffnete sie. Er goss den Wein in einen Becher und reichte ihn ihr.

Sie vergab ihm den fehlenden Kaffee sofort, als sie einen großen Schluck des schweren, rubinroten Getränks nahm und seufzte.

Er goss noch mehr Wein in einen zweiten Becher, stellte ihn auf den Tresen und zündete den wuchtigen, fremdartig wirkenden Herd an. „Ich habe eine Steak-Kidney-Pie zum Abendessen dabei. Die ist schon fertig, schmeckt aber besser, wenn man sie aufwärmt. Willst du einen Salat dazu?"

Sie trank noch mehr Wein, während sie ihm zusah. Er tat alles mit derselben tödlichen, fließenden Anmut, mit der er auch kämpfte, und es war hypnotisierend. Wenn sie nicht aufpasste, geriet sie noch in eine Trance, in der sie ausschließlich ihn beobachtete, wie wenn man den anmutigen Lauf eines Baches betrachtete, stundenlang.

Sie tranken Wein – naja, im Augenblick zumindest sie. Verrichteten gemeinsam den Haushalt, indem sie die Einkäufe einräumten. Sprachen miteinander über das Abendessen, als wären sie Freunde. Was in aller Welt ging hier vor?

Als ihr klar wurde, dass sie zu lange innegehalten hatte, sagte sie: „Klar, ich mache ihn gleich."

Sie stellte ihren Becher ab, suchte sich Salat und frisches Gemüse zusammen, um es in der Spüle abzuwaschen. Als sie einen Blick aus dem Fenster hinaus in den dunkler werdenden Abend warf, sah sie das schattenhafte Anwesen.

Ihr Anwesen. Die Begeisterung beim Aussprechen dieser Worte wurde auch nie alt.

Das erinnerte sie an etwas. Sie ließ ihre Aufgabe liegen und ging rasch ins Wohnzimmer, wo sie ihr Telefon gelassen hatte, um die E-Mail-App zu öffnen. Sie scrollte durch die Nachrichten, sah eine Mail von Rodrigo, ließ sie aber ungeöffnet, um sie später zu lesen.

Sie fand eine neue Nachricht von Kathryn, mit einem angehängten PDF, und klickte darauf. Es war der Brief, von dem Kathryn versprochen hatte, ihn an Paul zu schicken. Wärme breitete sich in ihr aus, zusammen mit einer hibbeligen Freude.

„Was ist es?", fragte Nikolas von der Tür her.

Sie drehte sich lächelnd um. „Kathryn hat ihren Brief an den Anwalt in Shrewsbury gemailt. Es ist offiziell. Dieses Land und alles darauf gehört mir."

Er marschierte zu ihr herüber und legte den Kopf schief, um den kleinen Bildschirm zu betrachten. „Gratuliere. Wenn du morgen in den Ort gehst, kannst du ein Bankkonto eröffnen, und ich werde dir die erste Monatsmiete darauf überweisen." Als sie den Mund öffnete, um zu widersprechen, sagte er: „Still. Das Gebäude mag ungemütlich sein und Annehmlichkeiten vermissen lassen, aber das macht es auf andere Arten mehr als wieder wett. Es ist ein fairer Handel."

Sie verzog das Gesicht. „Es gibt da noch etwas, das du anscheinend nicht kapierst. In Anbetracht der Tatsache, dass ich keine fünf Jahre mehr alt bin, bin ich nicht still, nur weil du es mir sagst.“

In seinem Gesicht loderte etwas auf, und ein Mundwinkel zog sich zu einem Lächeln nach oben. Er schlang einen Arm um sie, zog sie an seinen Oberkörper. „Muss ich wieder auf die eine Technik zurückverfallen, die ich habe, um dich zum Schweigen zu bringen?“

Die Intensität in seiner Miene wärmte sie bis in die Zehenspitzen. Sie neigte den Kopf und konzentrierte sich auf einen Knopf seines Hemdes. Das schwarze Hemd stand am Kragen offen, so dass die lange, anmutige Linie seines gebräunten Halses sichtbar war.

Sie spielte an dem Knopf herum. „Ich wollte dich ja nicht in Verlegenheit bringen, aber deine Technik könnte ehrlich gesagt etwas Übung vertragen.“

Da sie dicht an ihm stand, spürte sie, wie sein Oberkörper bei einem stillen Lachen bebte. „Du bist eine wahrhaft schreckliche Frau.“

Sie machte große Augen. „Natürlich denkst du das.“ Sie wedelte mit den Fingern einer Hand vor ihrem Kopf herum. „Das liegt daran, dass ich all diese modernen, neumodischen Ideen habe, weißt du. Ich weiß zum Beispiel, wie ich meine Meinung sage. Ich bin ein absolut kompetenter, autonomer Mensch auf eigenen Beinen. Ich verdiene es, möglichst großen Genuss zu empfinden, wenn jemand seine Technik an mir anwendet, und ich habe das Recht, Kritik zu — mmpf.“

Er senkte den Kopf, und ihre letzten Worte zerschellten an seinen Lippen, als er sich ihres Mundes bemächtigte. Seine heißen, verhärteten Lippen bewegten sich über ihre, während er ihr eine Hand in den Nacken gleiten ließ und ihren Kopf nach hinten zog.

Beim ersten Mal, als er sie geküsst hatte, war es ein

merkwürdiges, schockierendes Vergnügen gewesen. Die nächsten paar Male hatte sie sich ein wenig daran gewöhnt. Diesmal wusste ihr Körper, was kam, und nahm es eifrig in Empfang.

Das schockierende Vergnügen hatte nicht nachgelassen. Wenn überhaupt, war es größer geworden, da sie die Zweifel und den Unglauben hinter sich gelassen hatte und sich allein auf die sinnliche Erfahrung seines Munds auf ihrem konzentrierte, der sich mit so gerissener Expertise bewegte, dass Lustimpulse durch ihren ganzen Körper jagten.

Er wusste, was er tat, wenn er jemanden küsste. Er wusste es und genoss den Akt eindeutig, denn er legte die volle Kraft seiner erheblichen Konzentration dahinter. Talentiert neckte er ihre Lippen, bis sie sich öffneten und er tiefer eindringen konnte. Bis dahin schmolzen ihre Muskeln, und ihre Gedanken hatten sich abgeschaltet.

Sie schlang einen Arm um seinen Hals und erwiderte den Kuss. Es gab etwas, an das sie sich erinnern sollte. Eine Sache. Ein Job. *Was soll's.* Dieser Job war völlig egal, wenn sie ihm vorschlug, (unfassbar überwältigenden, kreischenden, extrem fantastischen, ausgelassenen) Sex zu haben.

Allein der Gedanke daran brachte sie noch mehr zum Schmelzen. *O mein Gott,* wenn sie sich entschlossen, Sex zu haben, *würde er sich ausziehen.*

Sie hatte bereits einen kleinen Ausblick darauf bekommen, als sie ihn ohne Hemd gesehen hatte. Der Gedanke, ihn ganz nackt zu sehen, vernichtete den logisch denkenden Teil ihres Gehirns. Begierde übernahm das Steuer und begann ihre Handlungen zu bestimmen.

Während sie die Finger durch seine Haare gleiten ließ, verlor sie sich in dem sinnlichen Genuss, seinen Mund zu spüren. Er packte sie an den Hüften, zog sie an sich und hielt sie fest, Becken an Becken. Sie spürte, wie er hart wurde, und ein Schweißfilm trat ihr auf die Haut. Sein ganzer Körper war hart wie Stein, die Muskeln fest unter ihren streichelnden Fingern, während sein Atem rauer wurde.

Er brach den Kuss ab, streifte mit dem offenen Mund seitlich an ihrem Hals hinab, und murmelte an ihrer Haut: „Was verdammt nochmal machen wir hier?"

Danach knabberte er sich an der empfindlichen Sehne ihres Halses abwärts und biss sie leicht. Ihre Knie drohten nachzugeben. Sie keuchte auf. „Ich kann immer noch nicht für dich sprechen, aber ich bin noch nicht aus dem Jetlag raus. Außerdem bin ich betrunken."

Das ließ seinen Kopf hochfahren. Er starrte auf sie hinab, die Augen zusammengekniffen. Er sah aus, als wäre er ordentlich geküsst worden. Seine eleganten Lippen waren dunkel verfärbt, die Haare fielen ihm in die Stirn.

Das hatte sie mit ihm gemacht. Das Wissen schickte einen weiteren Nervenkitzel durch ihren Körper. Sie hatte Hunger auf ihn, buchstäblichen Hunger.

„Du hast nur einmal von deinem Wein getrunken", warf er ihr vor.

Ihr war nicht klar gewesen, dass er sie so genau beobachtet hatte. Das war auch sexy. „Ich reagiere empfindlich auf Alkohol", log sie.

„Du erzählst doch bloß Mist." Er ließ seine große Hand unter ihr Shirt gleiten, und beim Gefühl, wie seine rauen Finger über ihre empfindsame Haut strichen, wogte eine Feuergarbe der Empfindungen über sie hinweg. Er griff nach ihrer Brust.

Sie ließ es zu. Sie schob eine Hand unter sein Hemd, strich mit der Handfläche über die Kuhlen und Wölbungen seiner muskulösen Brust. „Und deine Gründe sind immer noch unerklärlich."

„Ich habe sonst nichts zu tun", knurrte er.

Sie brach in Gelächter aus. „Dir ist langweilig? *Das* ist jetzt gerade deine Ausrede?"

„Warum?" Er senkte den Kopf, um an ihrer Unterlippe zu knabbern. Mit heiserer Stimme flüsterte er: „Hast du etwas Besseres zu tun?"

Ihre Fähigkeit zum kritischen Denken war bereits angeschlagen gewesen. Nun schaltete sich ihr Verstand ab, während er ihre Brust mit unglaublich raffinierten Fingern knetete und streichelte, die Spitze ihres Nippels durch den dünnen Stoff ihres BHs neckte.

Sie wollte sich in seine Hand pressen, wollte sich überall an ihm reiben wie eine Katze. Sie fühlte sich berauscht, abhängig. Es war, als würde er irgendein Pheromon freisetzen, das pure Lust versprach.

Keuchend murmelte sie: „Mir will nichts einfallen."

Er erstarrte. Einen Augenblick lang atmete er nicht einmal. Da sie so nah bei ihm stand, merkte sie es, während sein Herz einen raschen Marsch an ihren Fingern schlug.

Als er seine Hand unter ihrem Shirt hervorzog, stöhnte sie beinahe vor Enttäuschung. Er nahm mit beiden Händen ihr Gesicht. Während er mit den Daumen über ihre Lippen strich, sah er ihr einen langen Moment in die Augen, und sie wusste, dass sie jetzt jenseits aller Albernheiten angelangt waren.

„Sag mir, dass ich aufhören soll", flüsterte er. „Sag es mir, und ich gehe weg und spreche nie wieder davon."

Da war er: der Moment der Entscheidung. Sie glaubte ihm, dass er weggehen würde, denn trotz all ihrer Unterschiede hielt auch er sein Wort.

„Ich will nicht, dass du aufhörst", flüsterte sie zurück. „Wir wissen beide, was das ist. Wir haben eine Nacht vor uns, die Gelegenheit, etwas Zeit zusammen zu verbringen und aneinander etwas Freude zu haben – mehr als das ist es nicht."

Sie wollte hinzufügen, *wir mögen uns nicht einmal,* aber die Worte blieben ihr im Hals stecken, und sie wusste, dass es zumindest auf sie nicht mehr zutraf.

„Es kann nicht mehr geben", sagte er. Die Linie seines Kinns hatte sich verhärtet, und seine Finger strichen ruhelos über ihre Haut, als wolle er loslassen, könne es aber nicht. „Verstehst du? Ich kann einer Geliebten nichts bieten. Keine Sicherheit, kein Heim, nicht einmal die Verheißung meiner Zeit und Aufmerksamkeit. Alles, was ich habe, alles, was ich bin, geht darin auf, meine Männer und mein Volk zu retten."

Da war sie, diese edle Gesinnung, die sie am Vortag schon in ihm gespürt hatte, diese Wahrhaftigkeit sich selbst und seinem Ziel gegenüber. Wenn er sich je entschloss, eine Frau mit demselben Gefühl der Hingabe anzuschauen, wusste Sophie, dass diese Frau niemals Zweifel an ihm haben und niemals etwas missen würde.

Im Augenblick lag sogar eine gewisse Integrität darin, dass er darauf bestand, dieses Gespräch zu genau diesem Zeitpunkt zu führen. Er riskierte es, die Hitze des Augenblicks zu zerstören, um sicherzustellen, dass es zwischen ihnen kein Missverständnis gab.

„Ich weiß, wer du bist, und was für dich auf dem Spiel steht", erklärte sie. Sanft löste sie sich, und seine Hände sanken herab, als er sie gehen ließ. Sie wandte sich ab und sagte über die Schulter: „Ich hole mir mein Glas Wein und gehe ins Bett, und ich hätte es gern, wenn du dich mir anschließt, aber ich verstehe es, wenn du das Gefühl hast, das geht nicht."

Hinter sich hörte sie nur Schweigen.

Sie blieb nicht stehen. Nikolas hatte klargemacht, dass er seine eigenen Kämpfe auszutragen hatte, und diese Entscheidung war einer davon.

Als sie in der Küche ankam, war ihr klar, dass er nicht zu ihr kommen würde. Die Bürde seiner eigenen Mission hielt ihn davon ab. Enttäuschung ließ ihr die Glieder schwer werden, und erst da erkannte sie, wie sehr sie gehofft hatte, er würde ihre Einladung annehmen.

Das zeigte nur: Ihr Arschlochfluch blieb genauso aktuell wie ihr Technikfluch. Sobald sie herausgefunden hatte, dass ein Arschloch nicht ganz so sehr Arschloch war, wie sie anfangs gedacht hatte, erstarb die Magie, und jede Gelegenheit, die sie hatten, um zusammen zu sein, verflog. Sie griff nach ihrem Weinglas, um es auszutrinken.

Ein Luftzug strich an ihren Nacken. Instinktiv drehte sie sich um, als Nikolas hinter sie trat. Sein Gesicht war entschlossen, die dunklen Augen loderten. Bevor sie reagieren konnte, hob er sie komplett hoch und setzte sie auf den Tresen hinter ihr.

Er stellte sich zwischen ihre Beine und hielt sie fest, einen Arm unten um ihre Hüfte geschlungen, während der andere sie am Nacken hielt. Das ganze Manöver war so rasch, so entschieden geschehen, dass sie kaum Zeit gehabt hatte, aufzukeuchen.

Er sagte ihr ins Gesicht: „Ich will dich."

Die Worte wogten durch ihren Körper, verbannten die bleierne Enttäuschung und ersetzten sie durch Unglauben. Das Verlangen nach ihm erwachte so brüllend wieder zum Leben, dass sie unter seiner Macht zu beben begann.

Sie berührte sein angespanntes Gesicht und flüsterte zurück: „Ich will dich."

Ein Muskel zuckte neben diesem schönen Mund. „Wir nehmen uns heute Nacht."

Sie nickte. „Ja."

Es war, als hätte sie ihn in Brand gesteckt. Er küsste sie so heftig, dass es die Erinnerung an jeden anderen Kuss auslöschte, den sie je erlebt hatte. Es gab nur diesen einen, diesen Augenblick mit diesem Mann. Sie machte ein Geräusch tief in der Kehle. Es klang bedürftig und verletzlich und ganz und gar nicht nach einem Geräusch, das sie je von sich gegeben hatte.

Während er sie immer noch küsste, hob er sie erneut hoch. Sie schlang Arme und Beine um ihn, völlig erschüttert von all den Emotionen, die als Erwiderung in ihr aufwallten.

Die mühelose Kraft, mit der er sie hielt, die breite Wölbung seiner Schultern, die Wildheit seines Kusses, während sich seine verhärteten Lippen über ihre senkten — das alles sprach in einer Sprache zu ihr, von der sie nicht gewusst hatte, dass sie sie kannte, und sie hatte nie geahnt, dass sie sie hören musste.

Sie nahm alles auf, während sie undeutlich erkannte, dass er durchs Haus ging, sie in ihr Schlafzimmer trug. Für sie konnten sie dort gar nicht schnell genug ankommen. Er hielt ihr Gewicht nur zu mühelos; sie vertraute darauf, dass er sie sicher hatte und lockerte ihren Griff um seinen Hals lange genug, um sich ihr Shirt über den Kopf zu ziehen.

Sie ließ es zu Boden fallen, während er aufs Bett stieg und sie auf den Rücken legte, und zusammen zogen sie auch sein Hemd aus. Sein Anblick, sein Geruch, sein Gesichtsausdruck, jede einzelne Sinneswahrnehmung war wie ein Dorn, der in sie getrieben wurde, der ihre früheren

Ansichten, Barrieren und Erwartungen zersplitterte, der sie emotional bloßlegte, während er ihr alle Kleider vom Körper zog.

Sie war nicht einfach nur unbekleidet; sie fühlte sich auf eine Art und Weise nackt, die sie erschütterte. Guter Sex war ihr nicht unbekannt, aber das fühlte sich an, wie …

Es fühlte sich roh an, mächtig und einzigartig.

Es war keine Zeit, um das Warum zu analysieren. Sobald er geholfen hatte, sie auszuziehen, zog er sich zurück, um seine Hose loszuwerden. *Er zog sich vollständig aus* und stand nackt neben dem Bett.

Er war nackt.

Zum ersten Mal sah sie die nahtlose Schönheit seines Körpers ohne Einschränkungen, die katzenhafte Anmut seines Knochenbaus, die von langen, muskulösen Beinen über schmale Hüften zur breiter werdenden Ausdehnung seiner Brust und Schultern strömte. Er war überall wie rauchiges Gold, mit einem Hauch dunkler Haare auf der Brust, die wie ein Pfeil über die langen Muskeln seines Bauches hinab zu seinem großen, aufgerichteten Schwanz verliefen, der über den prallen, runden Hoden darunter aufragte.

Während sie ihn anstarrte, vergaß sie, wie bloßgelegt sie sich fühlte, wie seltsam und roh und mächtig dieser Augenblick auf sie wirkte, und verlor sich in Bewunderung. Als sie in sein hartes, schönes Gesicht aufblickte, das Gesicht, das nicht anders konnte als wild zu sein, da Wildheit sein angeborenes Merkmal war, mit diesen dunklen, glitzernden Augen, die sich nur auf sie richteten, erkannte sie, dass sie gewissermaßen an der Schwelle zu einer neuen Wirklichkeit stand.

Er stieg auf das Bett, und er *hatte nichts an*, das verhüllte, wie perfekt und unmenschlich fließend er sich bewegte. Sie hätte ihn jahrelang anstarren und dabei nie müde werden können.

Er hielt inne und begegnete ihrem Blick. „Alles in Ordnung?"

Teufel auch, nein, nichts war in Ordnung. Er nahm sie auseinander und fügte sie neu zusammen, und er hatte sie noch nicht einmal wieder berührt.

Aber er wartete auf ihre Antwort, und sie würde sich keinen Augenblick dieser einmaligen Erfahrung versagen, ganz gleich, was es aus ihr machte oder wer sie wurde, wenn sie die andere Seite erreichte.

Sie öffnete die Arme für ihn und sagte: „Alles ist perfekt."

✧   ✧   ✧

NIKOLAS FIEL ES schwer, eine Erklärung zu finden oder nachzuvollziehen, warum Sophie so stark auf ihn wirkte.

Er wusste einzig und allein, dass es so war. Ihr wahnwitziger Mut, die Art, wie sie dachte, die Art, wie sie lachte, die Art, wie in ihren unglaublichen Augen ein solch lebhafter Humor oder Zorn funkelten, und wie jedes Gefühl sich von einem Augenblick auf den nächsten verändern konnte.

Der kluge Einsatz ihrer Magie und die wilde Verteidigung der von ihr gesetzten Grenzen – zusammenge-nommen ergaben all diese Merkmale eine Person, die so vollkommen und so anziehend war, dass sie im Verlauf eines einzigen Tages mühelos zum Hauptschauplatz seiner Gedanken geworden war.

Er liebte ihre Kurven. Liebte sie. Sie waren so anders als sein eigener Körper, so anziehend. Er berührte ihre Lippen, die Spitzen ihrer Brüste, ließ die Finger leicht über die Rundung ihrer Hüfte streichen und spürte sie unter seiner Berührung erbeben.

Abgesehen von den drei zerfurchten Narben auf der Schulter, dem Bauch und dem Oberschenkel war ihre cremeweiße Haut makellos. Sie mochte es anders sehen, aber er fand, dass diese Narben schön waren. Jede war ein Mal, das ihren Mut und ihre Kraft ehrte.

Sie hatte gesagt, sie hätte Muskelmasse verloren, aber davon sah er nichts. Ihr Körper war schlank und durchtrainiert. Nur die Einbuchtungen an ihrem Bauch, unter dem Schlüsselbein und an den Wangenknochen ließen erahnen, dass sie abgenommen hatte. Ihre Brüste waren verführerisch gerundet, die prallen, dunklen Nippel waren aufgerichtet und einladend.

Ihre Augen zogen alles Licht des Raumes an sich. Einen Moment lang hatte er das höchst merkwürdige Gefühl, sie würden auch alles Licht in ihm anziehen, zumindest das, was die letzten paar Jahre überdauert hatte, und würden es verstärken, so dass es wie Sterne im gedämpften Licht des Schlafzimmers leuchtete. Er hatte die kühle, ferne Magie des Sternenlichts schon immer gemocht.

Er musste sie überall berühren und schmecken, so sehr, dass seine Hände leicht bebten, als er sie in seine Arme zog. Das Gefühl ihres Körpers an seinem, nackte Haut an nackter Haut, hallte durch sie beide, schuf eine Vibration, die weder der eine noch der andere war, sondern eine Kombination aus beiden.

Es gab im ganzen Universum nichts anderes, nichts als sie beide zusammen. Ihre Kurven, seine Kanten. Ihr Licht, seine Dunkelheit. Ihre Weichheit, seine exquisite, pochende Härte.

Männlich. Weiblich.

Ihr Kopf fiel zurück auf seinen Arm, als sie ihn anstarrte, und ihre prallen, köstlichen Lippen öffneten sich.

Eine weitere Einladung brauchte er nicht. Er gab dem inneren Feuer nach, das so heiß für sie brannte, und es verzehrte ihn.

Kapitel 12

ER RISS IHREN Körper an sich, verzehrte ihren Mund, unterwarf sich blindem Instinkt, während er seine Zunge in sie hineinstieß, so tief er nur konnte. Ihr Stöhnen bebte an seinen Lippen. Nicht ganz sicher, ob ihr diese stürmische Art gefiel, hielt er inne, und zur Antwort packte sie ihn an den Schultern und erwiderte seinen Kuss mit wilder Hingabe.

Ihr eindeutiger Eifer ließ den letzten Rest seiner Zurückhaltung in Rauch aufgehen. Er schob sie zurück aufs Bett, legte sich mit seinem Körpergewicht auf sie, um sie dort festzuhalten, und ließ eine Hand über ihren Oberkörper hinabgleiten, während er ihren Mund genoss.

Die weiche, schmiegsame Empfindlichkeit ihrer Lippen, die pralle Üppigkeit ihrer Brüste, die Art, wie ihre Beine sich ruhelos an seinen rieben, jede einzelne Sinneswahrnehmung verstärkte seinen Hunger, bis er sich fühlte, als wäre seine Haut nicht mehr als eine hauchdünne Decke über dem Licht und der Hitze, die in ihm brüllten.

Ausgehungert knabberte und saugte er an ihrer Haut, während er sich auf ihrem Körper nach unten vorarbeitete, über ihre verlockende Unterlippe, den zarten Punkt an der Stelle, wo Hals in Schulter überging und die herrliche Wölbung ihrer Brüste, o ihr Götter, ihre Brüste. Er verlor sich darin, ihre Nippel zu necken, die angeschwollenen

Spitzen sanft zu beißen, bis sie vor Lust wortlos aufschrie, während sie fieberhaft durch seine Haare strich und seinen Kopf an sich drückte.

Er saugte fester, und sie wölbte sich unter ihm, drückte sich vom Bett weg, während sie sich ihm entgegenschob. Sie war makellos, so köstlich empfindsam, dass der schwere Dorn des Verlangens, der zwischen seinen Beinen hing, immer fester, immer härter wurde.

„Ich will alles mit dir machen, alles auf einmal", murmelte er. „Ich will dich streicheln, ficken, dich festnageln, dich hochheben, dich nehmen. Ich will, dass du mich nimmst. Beim Herrn und der Herrin, Sophie, ich weiß nicht, ob ich heute Nacht Sanftheit in mir trage."

„Was du da sagst, klingt unfassbar heiß." Sie drehte sich, um bebend in sein Ohr zu flüstern, kurz bevor sie ihn so fest ins Ohrläppchen biss, dass der Schock dieser Empfindung bis hinab zu seinem Schwanz lief. „Aber wenn du mir wirklich etwas mitteilen willst, musst du es auf Englisch machen."

Er hob den Kopf und starrte auf sie hinab. Er hatte nicht einmal gemerkt, dass er in seine Muttersprache verfallen war. Er ließ die Hand über ihren Bauch gleiten, streichelte die sanfte Krümmung ihres Beckens, berührte den schwarzen Hauch seidigen Haares dort, wo ihre Beine zusammenkamen.

Er hatte schon beinahe vergessen, was er vorher gesagt hatte.

„Ich will dich in den neuen Tag ficken", sagte er zwischen den Zähnen. Als er vorsichtig zwischen ihre Beine vordrang, berührte er die weichen, köstlichen Falten ihrer Haut, die zum Beweis ihres Verlangens feucht wurden. „Ich will dich so hart ficken, dass du bis nächste Woche nicht mehr laufen kannst."

„Leere Versprechungen", keuchte sie mit einem unsicheren Lachen.

Während er sie erkundete, spreizte sie die Beine, ihr Gesicht verzog sich in einer Mischung aus Lust und Qual, und ihr Atem kam heftiger und abgehackter. Sie schob sich mit den Hüften nach oben, rieb sich an seiner Hand, während sie den Kopf hob und sie beide auf ihre Körper hinabschauten.

Ihre Beine umschlangen einander. Seine waren schwerer, von Muskeln überzogen und mit dunklem Haar gesprenkelt, während ihr zarterer Knochenbau ihre Beine leichter und schlanker wirken ließ. Seine starke, harte Erektion lag an ihrer Hüfte, der breite, pilzförmige Kopf war deutlich zu sehen.

„*Mmm*", sagte sie heiser zur Begrüßung, als sie mit beiden Händen danach griff. Der Schock der Lust bei dieser Berührung war so groß, dass er beinahe in ihrer Hand abspritzte. Sie strich mit dem Daumen über den kleinen, empfindsamen Schlitz an der Spitze, und als Reaktion erschien ein Tropfen Flüssigkeit. Sie rieb ihn in seine Haut.

Dann fand er bei der Erkundung ihrer sensibelsten Stelle die steife, zarte kleine Perle, die in ihren intimen Falten verborgen lag, und als er darüber rieb, stieß sie sich mit einem erstickten Schrei beinahe vom Bett hoch.

Oh, das gefiel ihm. Er *liebte* diese Reaktion. Während er heftig seine Selbstkontrolle bemühte, spielte er mit ihrer Klitoris und massierte sie in lockenden Kreisbewegungen, bis sie seine Handgelenke packte und mit sichtlichen Wogen reagierte, die ihren Körper durchliefen.

Da er seinen Hunger nicht länger bändigen konnte, beugte er sich hinab, um wieder einen ihrer üppigen Nippel in den Mund zu nehmen, und er saugte daran, während er mit ihrer Klit spielte. Die Spannung ihres Körpers wurde immer größer, bis leichter Schweiß auf ihrer seidigen Haut ausbrach und sie wie die gespannte Sehne eines Bogens vibrierte.

Gib es mir, sagte er in ihrem Kopf. *Komm für mich.*

Ich … ich kann nicht. Sie schnappte nach Luft und zitterte noch mehr. *Ich liebe das, ich liebe, wie es sich anfühlt, aber ich kann so nicht zum Höhepunkt kommen. Nicht bei unserem ersten Mal zusammen.*

Was war das? Er hob den Kopf, um finster auf sie hinabzuschauen. „Was meinst du damit, du kannst so nicht zum Höhepunkt kommen?"

Sie hob eine Schulter und lächelte ihn schief an. „Ich brauche eine Weile, bis ich genug Vertrauen in meinen Partner entwickle, um loszulassen. So ist das einfach bei mir; keine große Sache. So bin ich eben."

„Na, diese Argumentation akzeptiere ich nicht", knurrte er. „Du vertraust mir. Du wärst jetzt nicht mit mir hier, nackt in deinem Bett, wenn das nicht so wäre."

„Naja …" Ihre Stimme verklang, und sie runzelte die Stirn.

Sie wusste nichts zu sagen, weil er recht hatte. Das wusste er. Während er mit der Hand an ihrem wohlgeformten, schlanken Oberschenkel hinabstrich, sagte er zu ihr: „Entspann dich, meine Sophie. Atme tief ein. Genieße es, und wisse, dass du sicher bist."

Sicher. Warum hatte er das Bedürfnis gehabt, genau diese beruhigenden Worte zu ihr zu sagen, wenn er von allen doch am besten wusste, wie wenig sicher sie wirklich waren? Warum war das die einzige Antwort auf die Verletzlichkeit, die er in ihren Augen sah?

Sie belebte etwas in ihm wieder, den Mann, der er gewesen war, beschützend und aufmerksam zu jenen, für die er sorgte. Er wollte ihr eine Zuflucht bieten, nicht, weil sie darum bat oder weil sie sie überhaupt brauchte, sondern weil er derjenige sein musste, der sie ihr gab.

In dieser Schlussfolgerung lag eine gewisse Gefahr, eine Grenze in ihm, von der er entschlossen gewesen war, sie nicht zu überschreiten, aber das vergaß er, als sie reagierte, sich sichtlich entspannte, während er ihren Körper mit langen, beruhigenden Handstrichen liebkoste. Er glitt entlang ihres Körpers nach unten, drängte sie dazu, wieder die Beine zu spreizen, und als sie es tat, ließ er sich zwischen ihnen nieder und streichelte die zarten Falten ihrer Haut mit dem Daumen.

Dann öffnete er die Falten, um jene kleine, delikate Knospe freizulegen. Sie war schön dort, wie sie auch an jeder anderen Stelle schön war, die Vertiefungen ihrer Haut waren voll von satter Farbe, ihrem Geruch, Wärme und Feuchtigkeit. Bei diesem Anblick machte er ein leises, genussvolles Geräusch und legte seinen Mund über ihre Klitoris, schmeckte ihre intime Stelle zum ersten Mal.

Ihre Oberschenkel bebten, und sie gab einen schwachen, unsicheren Laut von sich. *Schhh*, flüsterte er in ihrem Kopf. *Entspann dich. Genieße es. Du bist das Köstlichste, was ich je geschmeckt habe. Du bist schön. Ich will mich in dich hineinversetzen, genau dort. Dich erfüllen. Dich ficken, dich lieben, dir Lust verschaffen, dich zum Schreien bringen.*

Während er mit ihr sprach, saugte er und ließ die Zunge an ihrer Klit schnalzen, bearbeitete sie rhythmisch, während er einen einzelnen Finger in ihre enge, feuchte Scheide gleiten ließ. Sie war so warm, so feucht, so bereit.

Er unterbrach seine Tätigkeit, hob den Kopf und sagte

zu ihr: „Als ich im Ort war, habe ich Kondome gekauft."

Sie hob die Augenbrauen. „Du hattest das bereits geplant?"

Über ihr Gesicht spielte ein vielschichtiger Ausdruck, aber er glaubte nicht, dass es Ekel oder Abneigung war. Stattdessen schien sie erfreut zu sein.

„Ich habe nichts geplant, aber ich hatte Gedanken", sagte er. „Und ich halte nichts von Sorglosigkeit. Ich mag zum Teil Wyr sein, aber nicht genug, um ihre Fähigkeit zu haben, Schwangerschaften zu verhindern."

„Nik, danke, dass du so verantwortungsvoll bist, aber ich bin zum Teil Dschinniya", flüsterte sie. „Ich weiß nicht, wie mein Vorfahre es geschafft hat, an einer Schwangerschaft mit Überlebenschance beteiligt zu sein, aber wie er oder sie es auch gemacht hat, ich habe diese Fähigkeit nicht. Ich war bei mehr als einem Arzt, um sicherzugehen, und sie waren sich einig. Ich kann nicht schwanger werden."

„Sophie", murmelte er. Er legte ihr eine Hand auf den flachen Bauch und hielt inne, um in ihrem Gesicht nach einem Anzeichen für Schmerz oder Trauer zu suchen.

Es gab keines. Ihre Miene war klar, ruhig und offen. Sie lächelte ihn an. „Du brauchst mich nicht so anzuschauen", erklärte sie. „Ich liebe Kinder, aber ich weiß schon sehr lange, dass ich nicht für die Mutterschaft geschaffen bin. Ich bin nicht einmal eine tolle Hundebesitzerin. Da die Alten Völker keine Menschenkrankheiten bekommen oder übertragen, brauchen wir keine Kondome zu nehmen."

Er lächelte. „Eins nach dem anderen. Ich bin hier unten noch nicht fertig."

Ihr Atem stockte, als er seine Aufmerksamkeit erneut ihrer Befriedigung zuwandte. Er schmiegte die Lippen an den sensibelsten Teil ihres Körpers und fand schnell seinen

Rhythmus wieder, leckte, knabberte und saugte, bis sich ihre Hüfte aufbäumte.

„Das – das ist herrlich, aber das reicht", keuchte sie. „Es ist zu scharf, zu intensiv –"

Ist dir das passiert, meine Sophie?, schnurrte er in ihrem Kopf. *Haben deine anderen Liebhaber dich zu früh aufgegeben? Waren es gierige Jungs, die nur auf sich und ihre Bedürfnisse konzentriert waren, ohne dir und den deinen Aufmerksamkeit zu schenken?*

Ja. Nein. Ich weiß nicht!, keuchte sie, ihr Kopf warf sich auf dem Kissen von einer Seite zur anderen, während ihr Körper unter seiner unnachgiebigen Aufmerksamkeit bebte.

Ich bin kein grüner, dummer Junge, murmelte er. *Ich weiß, was du brauchst, und wie ich es dir geben kann. Mach mit, meine Sophie. Gib nicht auf. Entspann dich, vertraue mir, lass mich in deinen Kopf. Du fühlst dich an wie feuchte, feste Seide. Du schmeckst nach Sex. Du bist das Köstlichste, was ich je geschmeckt habe. Mein Schwanz sehnt sich nach dir. Mein Körper sehnt sich nach dir.*

Während er sprach, ließ er einen zweiten Finger hineingleiten, massierte sie sanft von innen. Ihre Lust erreichte neue Höhen. Er spürte es an der zunehmenden Hitze in ihrem Körper, der Anspannung ihrer Muskeln, der Art, wie ihre Hände zitterten, als sie ihm durch die Haare strich. Es gab sonst nichts auf der Welt, nur ihren Körper, ihre Lust, ihre abgehackten Atemgeräusche und die exquisite Qual in ihrem Gesicht.

Sie begann zu betteln. „Nikolas – Nik – es ist auf der anderen Seite dieser Wand, ich weiß nur nicht, wie ich da hinkomme –"

Du musst nirgends hin, flüsterte er. *Lass los, meine Sophie. Lass es zu dir kommen. Ich werde es dir bringen. Ich verspreche es. Vertraue mir. Und wenn ich es dir bringe, werde ich in dir kommen.*

Ich bin so hart und bereit für dich. Meine Haut brennt für dich. Spür die Hitze, die davon ausgeht. Ich bin für dich entflammt.

Sie berührte sein Gesicht, und er wusste, dass sie es spürte. Noch nie hatte er so heiß für jemanden gebrannt. Sie hob den Kopf, um ihn anzustarren.

Ihre Blicke trafen sich. Nikolas begegnete der kühlen Sternenmagie in ihrem Blick mit dem dunklen Glühen seines eigenen. Sie tauschten eine Botschaft aus, eine Art Wahrheit.

Dann fiel ihr Kopf zurück aufs Kissen, und sie schrie auf, als sie zum Höhepunkt kam. Er spürte, wie es durch ihre inneren Muskeln wogte. Ihre winzige, köstliche Klit pulsierte. Heftige Gefühle liefen brüllend durch ihn hindurch.

Er hatte ihr das gegeben, niemand sonst, und indem er es ihr gegeben hatte, wurde ihr Höhepunkt zu *seinem*. Er beanspruchte ihre Befriedigung, ihm gehörte in diesem Moment ihre Reaktion.

Mein, dachte er. *Mein.*

Er zwang sich dazu, zu warten, warten, warten, bis der Rhythmus ihrer Lust nachzulassen begann. Erst dann erhob er sich, um ihren Körper mit seinem zu bedecken und seinen Bedürfnissen freien Lauf zu lassen. Er küsste sie, knabberte an ihrem Mund, nahm seinen Schwanz und rieb ihn an ihrem Eingang.

Sie griff zwischen ihren Körpern nach unten, nahm ihn in Empfang und half, ihn zu führen. Dann glitt er hinein, nur mit der Spitze, und als er über die Schwelle glitt, spürte er, wie ihr Körper seine sensibelste Stelle umfing, und ein Stöhnen brach aus ihm hervor. Er konnte sich nicht vorwärts bewegen, nicht zurückziehen, und erstarrte.

„Was ist?", flüsterte sie.

„Ich bin wieder an diesem Punkt", sagte er zwischen

zusammengebissenen Zähnen, legte die Stirn an ihre. „Ich weiß nicht, ob ich noch sanft sein kann."

Sie lachte, und es war ein vollkommener Freudenlaut, während sie ihm die Arme um den Hals warf, die Beine um seine Hüften schlang und ihn mit dem ganzen Körper umfing. Sie legte ihm die Lippen ans Ohr und keuchte: „Das brauchst du nicht, los jetzt. Mach es, Nikolas, lass locker. *Ich will, dass du mich jetzt richtig hart fickst.*"

Sie entflammte ihn so sehr, dass es mit ihm durchging, und es gab kein Halten mehr, keine Barrieren.

Das Feuer in seinem Körper übernahm die Führung. Er stieß in sie hinein, vollständig, bis zum Ansatz, und sie war so heiß, so eng, genau das, was er brauchte, so dass er sich zurückziehen und wieder ganz zustoßen musste. Sie erwiderte Stoß um Stoß, hob die Hüfte an, während er hinabhämmerte, und es war so verdammt perfekt, dass er nicht wusste, wie er je aufhören sollte. Er packte ihren Körper an der Hüfte, an der Brust, fluchte ihr ins Ohr, und er fickte sie, während das Feuer in ihm immer stärker loderte, bis es in einem flammenden Strom den Höhepunkt erreichte.

Sein Orgasmus schoss brüllend seine Wirbelsäule hinauf. Er hatte ihn hilflos im Griff, und er stieß immer wieder zu, mit jedem neuen Strahl. Sie ließ die Hände über seinen Rücken gleiten, hielt ihn eng an sich gepresst, wiegte sich mit ihm, bis das rhythmische Zucken seines Schwanzes langsam nachließ.

Entweder bebte er, oder sie war es. Seine Lunge pumpte heftig wie ein Blasebalg, während sie seinen Rücken, seine Schultern streichelte, und er vergrub das Gesicht in ihrer Halsbeuge, bis sein Höhepunkt endlich abebbte.

Einen Augenblick lang war er in den Fängen eines

höchst seltsamen Drangs. Er war nicht fertig, *noch* nicht fertig. Er brauchte mehr, musste sie festnageln und für sich beanspruchen, bis nirgendwo mehr ein Zweifel bestand, dass sie sein war. Sein Schwanz fühlte sich noch immer hart wie ein Dorn an, und genauso gequält.

Er spannte sich an, erstarrt auf einer Art Klippe.

Dann, als sie ihm die Arme um den Hals legte und ihn drückte, ging der Moment vorüber. „Das war wunderschön", flüsterte sie. „Danke."

Die Worte erdeten ihn, nicht sehr, aber gerade ausreichend. Vorsichtig trat er von der inneren Klippe zurück, während er sich von ihr zurückzog, obwohl jeder Muskel in seinem Körper ihn anbrüllte, damit aufzuhören, den Kurs zu ändern, sie für sich zu beanspruchen, bis sie beide mit absoluter Sicherheit wussten, dass sie ihm allein gehörte.

Er hielt lange genug inne, um sie ausdauernd auf den Mund zu küssen, ihren Hals hinab, und schließlich drückte er die Lippen auf die Narbe über ihrer linken Brust, wo ihr Herz stark und wahrhaftig schlug.

„Du bist schön", sagte er mit leiser Stimme zu ihr. „Was für eine Überraschung diese Nacht doch war. Du hast mir mehr Genuss verschafft, als ich jahrelang erfahren habe. Gute Nacht, meine Sophie."

Er hätte diese Worte nicht aussprechen sollen. Sie war nicht seine Sophie. Wie sie vorhin gesagt hatte, wussten sie beide, was das war: eine gestohlene Nacht der Lust, nicht mehr und nicht weniger. Sie waren kaum mehr als Fremde, die ihre Leben in zwei unterschiedlichen Sphären lebten.

Das war keine Paarung. Er würde sie nie für sich beanspruchen, falls sie so einen haarsträubenden Vorschlag überhaupt begrüßen würde. Doch seine Wyr-Seite verstand Logik und Vernunft nicht. Sie hämmerte durch sein Blut, drängte ihn, sie noch einmal zu nehmen, sich mit ihr zu paaren.

Aber Wyr-Paare blieben bis zum Tod zusammen, und in seinem Leben war für eine solche Verpflichtung kein Platz. Er hatte sein Leben bereits seinem Volk gewidmet. Der Gedanke, sich eine feste Liebhaberin zu nehmen, war lächerlich unangemessen, der Gedanke ans Paaren völlig utopisch.

Ihm war nie eine solche Erfahrung zuteil geworden. Er hatte nie einen so drängenden Zwang verspürt, mit jemandem dauerhaft zusammen zu sein, und er nahm dieses seltene Geschenk als das hin, was es war – einen Pfeil durchs Herz.

Als ihr klar wurde, dass er nicht vorhatte zu bleiben, wurde das Licht ihrer Augen trüb, und das war ein weiterer Pfeil durchs Herz. Sie verdiente es, gehalten zu werden, in diesem Augenblick mehr denn je, und sie verdiente es, dieses neue Reich der Lust zu erkunden, die er ihr verschaffen konnte, während er sie von Höhepunkt zu Höhepunkt trug, bis sie erschöpft war. Jeder Instinkt seines Körpers wies ihn an, zu ihr zu gehen, sie in die Arme zu nehmen und zu verhindern, dass das Licht in ihren Augen erstarb.

Ohne ein weiteres Wort wandte er diesen Instinkten und ihr den Rücken zu, hob seine Kleider vom Boden auf und schloss auf dem Weg nach draußen die Tür.

✧   ✧   ✧

ES WAR GUT, dass sie sich unmissverständlich klar gemacht hatten, worauf sie sich einließen, als sie Sex gehabt hatten.

Ansonsten hätte Sophie sich im Stich gelassen gefühlt und wäre enttäuscht gewesen, dass Nikolas sich entschied, hinauszugehen, anstatt zu bleiben und noch mehr Zeit zusammen zu genießen. Falls sich ihr Blick mit Nässe trübte, lag das nur daran, dass sie so müde war. Es hatte nichts mit der Tatsache zu tun, dass er sich nicht nur entschied, ihr Schlafzimmer zu verlassen, sondern auch das Haus.

Fast so, als könne er gar nicht schnell genug von ihr wegkommen.

Als sie die Tür des Häuschens zufallen hörte, rollte sie sich herum, um ein Kissen zu umarmen. *Aaah,* sie würde Männer nie verstehen. Soweit es sie betraf, hatten sie eine ziemlich spektakuläre Zeit miteinander verbracht. Er war …

Er war so viel mehr gewesen, als sie erwartet hatte. So viel aufmerksamer, so zärtlich und leidenschaftlich.

Sie schloss die Augen, aber sie konnte die Szene nicht ausblenden, die in ihren Gedanken ablief.

Sein Gesicht, während er sich in ihr bewegt hatte, heftig und sanft, entschlossen und sinnlich. Sie hatten gerade erst angefangen, verdammt. Es gab so einiges, was sie mit ihm anstellen wollte. Wirklich coole, sexy, spaßige Dinge. Sie hatte danach gehungert, sie auszuprobieren, und sie war noch immer hungrig. Aber offenbar war er nicht interessiert genug, um noch mehr mit ihr zu tun.

Natürlich war er das nicht.

Er war nicht mehr das Arschloch, für das sie ihn gehalten hatte. In ihm war etwas Anständiges, Wahrhaftiges und Edles, und als sie eben einen Blick darauf erhascht hatte, zog es sich zurück.

Sein Geruch war noch auf ihrer Haut. Sie liebte seinen Geruch. Liebte ihn. Sie würde niemals einschlafen, wenn sie weiterhin seinen Geruch wahrnahm, als wäre er noch bei ihr, während sie sich ausmalte, wie sie seinen Schwanz in den Mund nahm.

Sie schob sich aus dem Bett, nahm sich ein Nachthemd und ging ins Bad, um zu duschen. Als sie damit fertig war und nach ihrem Duschbad duftete, tappte sie in die Küche, um den Becher Wein zu trinken, der noch auf dem Tresen stand.

Während sie daran nippte, schaute sie aus dem Fenster und sah ihn. Der Mond wirkte immer noch ziemlich voll, und die Szenerie draußen war beinahe taghell.

Nikolas hatte sich angezogen, und er stand mit den Armen an der Hüfte in der Nähe des Anwesens, mit dem Rücken zum Häuschen, während er auf die Landschaft hinausblickte. Instinktiv warf Sophie einen Blick in den Winkel der Küche, wo sein Schwertgehänge gelegen hatte, aber es war nicht mehr da. Sie fühlte sich besser in dem Wissen, dass er bewaffnet war, selbst wenn der Verhüllungszauber verhinderte, dass sie es an ihm sah.

Er hatte so viele schlimme Erinnerungen, die mit diesem Ort verstrickt waren. Er hatte so viel Geschichte, Punkt. Sie kannte ihn kaum, weshalb zerrte dann der Anblick, wie er allein da draußen in der Nacht stand, so sehr an ihren Gefühlen?

Sie verspürte den Drang, hinauszugehen und sich ihm anzuschließen, beinahe so stark, dass sie ihm nachgab. Aber er war derjenige gewesen, der sie verlassen hatte, und ihr wurde schmerzhaft klar, dass ihn ihre Anwesenheit nicht freuen würde.

Während sie den Weinbecher austrank, kam das Äffchen in die Küche, sprang auf den Tresen und setzte sich neben sie, um aus dem Fenster zu schauen. „Robin, ich wünschte, ich wüsste, wie ich ihm helfen kann", sagte sie.

Das Äffchen nahm ihre Hand und tätschelte ihr die Finger.

„Ich weiß", sagte sie. „Ich tue, was ich kann. Und er hat mich sowieso nicht gebeten, noch mehr zu tun." Sie zwang sich dazu, von der einsamen Gestalt draußen wegzublicken, wandte ihre Aufmerksamkeit dem Puck zu. Er wirkte größer, kräftiger, und zum ersten Mal konnte sie einen Hauch seiner Macht spüren. „Dir geht es besser", sagte sie zufrieden.

Er nickte.

„Das freut mich so." Sanft strich sie ihm mit der Hand über den Hinterkopf, spülte den Becher aus und stellte ihn in die Spüle. Dann ging sie ins Bett.

Da fiel ihr auf, dass jemand das Bett gemacht hatte. Sie wusste, dass sie es nicht getan hatte, und war ziemlich sicher, dass es nicht Nikolas gewesen war.

Sie und Nikolas hatten sich auf der Tagesdecke geliebt. Geliebt, ach was. Sie meinte natürlich (unfassbar überwältigenden, kreischenden, extrem fantastischen, ausgelassenen) Sex, und er war jedem einzelnen dieser Adjektive gerecht geworden. Jedem einzelnen und noch mehr.

Ihre verdammten Augen drohten wieder feucht zu werden. Sie flüsterte vor sich hin: „Pass auf, was du dir wünscht."

Robin glitt in den Raum. Das Äffchen sprang auf das Kopfteil und ließ sich zum Sitzen nieder. Nun, da sie wusste, dass es weder ein Affe noch ein Hund war, war es vermutlich komisch, ihn die Nacht in ihrem Zimmer verbringen zu lassen, aber er war nie in ihre Privatsphäre gedrungen oder hatte versucht, herumzuhängen, während sie sich umzog, und sie zog Trost aus seiner Gesellschaft. Sie glaubte, dass es auch ihn tröstete.

Sie stieg unter die Decke, rollte sich auf die Seite und schlief schnell ein.

Diesmal hatte sie nicht so viel Glück mit ihrer Nachtruhe. Diesmal kamen die Alpträume.

Sie entkam dem Schützen nie. Das war nicht der Verlauf ihrer Geschichte, und ihr Körper wusste es. Der Schütze jagte und jagte sie durch das finstere, schattige Lagerhaus, wo sie ihn gestellt hatte, und nie kam es ihr in den Sinn, die Schatten um sich zu *ziehen*, bevor er seine Waffe hob und sie auf sie richtete.

Das *tat-tat-tat* des Schusses war inzwischen allzu vertraut. Und dann fiel sie wieder. Immer noch, irgendwo in ihren Gedanken, fiel sie ständig.

Das leise Geräusch von Stimmen weckte sie, aber bei Gott, sie wollte nicht wach sein. Sie drehte sich auf die andere Seite, steckte den Kopf unter eines der Kissen und versuchte wieder einzuschlafen.

Stimmen?

Noch während sie die Frage dachte, kam ihr die Antwort. Gawain war eingetroffen, und er und Nikolas unterhielten sich irgendwo in der Nähe. Der Klang ihrer Unterhaltung schien nicht durch das Fenster zu dringen, daher gab es nicht viele Möglichkeiten – entweder aus der Küche oder dem Wohnzimmer.

Nachdem ihr das alles so bewusst geworden war, stand fest, dass sie nicht wieder einschlafen würde. Mit einem tonlosen Fluch stand sie auf und zog sich an. Überall an ihrem Körper gab es Stellen, intime Stellen, die hypersensibilisiert und wund waren, und die gestern nicht dagewesen war.

Ihre Nippel spürten die Reibung des Stoffes, als sie den BH anzog, und die Muskeln auf der Innenseite der Oberschenkel taten weh. Die Falten ihrer Intimzone fühlten sich prall und zart an. Selbst bei der Erinnerung, die in ihren Gedanken aufblitzte, an seinen Kopf zwischen ihren Beinen, das Gefühl, wie er sich in ihr bewegte, ließ ein Impuls neuerlichen Hungers ein schmerzhaftes Sehnen aufkommen. Obwohl ihr Verstand nichts mehr wollte als weiterzuziehen und das Gefühl des Verlassenwerdens zu vergessen, das sie letzte Nacht gespürt hatte, erinnerte sich ihr Körper an das, was geschehen war, und wollte mehr.

Wieder in ihrer Flanellhose, dem weichen Langarmshirt und den Flip-Flops verließ sie das Schlafzimmer, um sich auf die Suche nach Kaffee zu machen. Ach ja, es gab ja keinen Kaffee. Dieser Tag hatte kaum begonnen, und schon nervte er sie.

Nikolas und Gawain saßen am Küchentisch. Als sie auftauchte, lächelte Gawain sie an. „Hallo schon wieder.“

Sie stellte fest, dass sie die Freundlichkeit in diesen Worten unmöglich mit einem Fauchen erwidern konnte, daher hob sie die Hand und knurrte eine Begrüßung, während sie direkt den Teekessel ansteuerte. Vorsichtig berührte sie ihn an der Seite. Er war heiß. Nachdem sie nachgeschaut hatte, ob auch Wasser darin war, zündete sie die Flamme darunter an. Während sie sich nach einer Tasse und einem Teebeutel umsah, trat Nikolas vor sie.

„*Öhm*“, sagte sie und blieb stehen, damit sie nicht gegen ihn stieß.

Er schaute sie finster an, die dunklen Augen aufmerksam. „Was ist mit dir los?“

„Hä?“ Sie hatte nicht die Energie, sich ihm gleich als erstes zu stellen, nicht nach letzter Nacht. Sie machte einen Bogen um ihn und murmelte mit heiserer Stimme: „Ich weiß nicht, wovon du redest.“

Sie fand eine Tasse und eine Schachtel Tee. Als sie sich wieder dem Kessel auf dem Herd zuwandte, stellte er sich so dicht neben sie, dass das Gefühl seiner Nähe ihre bereits wunden Nerven weiter reizte. Sein Stirnrunzeln war stärker geworden. Er berührte die zarte Haut unter ihren Augen.

„Du siehst furchtbar aus. Die Schatten unter deinen Augen sind schlimmer geworden, nicht besser. Bist du krank?", wollte er wissen.

Sie entzog sich ruckartig seiner Berührung. „Erst einmal, komm mir nicht so nahe. Zweitens, du hast keinen Kaffee gekauft. Drittens, rede nicht so laut – oder am besten, rede gar nicht. Viertens, ich habe nicht gut geschlafen. Geht mir meistens so. Ich bin nicht gerade ein Morgenmensch. Fünftens, habe ich schon erwähnt, dass du keinen Kaffee gekauft hast?"

„Des Öfteren", blaffte er.

„Deine Anwesenheit nervt mich." Sie klopfte sich auf die Brust. „Das tut richtig weh da. Nicht deine, Gawain", sagte sie nebenher. „Es ist schön, dich zu sehen."

„Es ist auch schön, dich zu sehen, Sophie." Gawain klang amüsiert, aber sie stellte dankbar fest, dass er seine Stimme so leise hielt, dass sie nicht weiter gereizt wurde. Betont schaute er zu Nikolas und sagte: „Ich dachte, ihr beide würdet nun besser klar kommen."

„Das war offenbar, bevor ich vergessen habe, Kaffee zu kaufen", erwiderte Nikolas trocken. Er nahm ihr die Tasse und den Teebeutel aus der Hand. „Ich mache dir eine Tasse."

„Mach zwei, wenn du schon dabei bist", murmelte sie. „Ich brauche bestimmt eine zweite Tasse."

„Mädchen, es tut mir leid, dich zu nerven, besonders im Augenblick", sagte Gawain in verändertem Tonfall, „aber gibt es eine Möglichkeit, dass du diesen Silber-Annullierungszauber auf mich wirkst, damit ich bleiben kann?"

„Verdammt", murmelte sie. „Natürlich. Ich bin gleich

wieder da.“

Sie ging, um ihre Phiole mit kolloidalem Silber zu holen, und als sie zurückkam, hielt ihr Gawain wortlos die Hand hin. Sie wirkte den Spruch, während sie die Rune malte, und nachdem sie fertig war, stellte Nikolas eine heiße, kräftigende Tasse Tee auf dem Tisch vor ihr ab. Sie klammerte sich daran fest und ließ sie nicht los, bis sie das ganze Ding geleert hatte. Er hatte auch Milch und Zucker hineingetan, und sie entschied, dass sie die Kombination mochte.

Die Männer gaben ihr den Raum, den sie brauchte, um richtig aufzuwachen, und redeten wieder über Leute, die sie nicht kannte, von denen sie aber annahm, dass sie sie in den nächsten Tagen treffen würde. Gawain stand auf und werkelte am Herd, und wenige Minuten später lag der Geruch von brutzelndem Speck und Eiern in der Luft.

Als sie die erste Tasse Tee ausgetrunken hatte, nahm Nikolas sie ihr wortlos ab und stellte eine weitere volle Tasse neben ihrem Ellbogen auf den Tisch. Diesmal schob auch Gawain ihr einen Teller mit heißem, gebratenem Frühstück hin.

Sie starrte den Teller an. Speck, Würstchen, Bohnen, Eier, gebratene Pilze, Tomatenscheiben und etwas, das nach frittiertem Brot aussah. Es schien genug Nahrung für jemanden zu sein, der doppelt so groß war wie sie. Einen Moment lang reagierte ihr Magen mit einem ungewissen, flauen Gefühl, dann machte sich stechender, ehrlicher Hunger breit. Zum letzten Mal hatte sie vor zwei Nächten im Pub eine ordentliche Mahlzeit zu sich genommen.

Sie machte sich über das Essen her und inhalierte es quasi, während Nikolas und Gawain ebenfalls aßen. Das Gespräch erstarb, und eine Zeitlang saßen sie alle drei einfach nur in der stillen Gemütlichkeit der sonnendurchflutenden Küche beim Frühstück. Zu ihrer Überraschung aß sie den Teller leer, und danach trank sie auch die zweite Tasse Tee aus.

Endlich fühlte sie sich angenehm satt und wach. Sie schob auch diese leere Tasse weg und blickte auf, nur um festzustellen, dass beide Männer sie beobachteten, Gawain mit einem leichten Lächeln, während Nikolas eine brütende Miene zeigte, die sie nicht zu deuten wusste.

Sie wusste, wie sein Mund schmeckte. Sie wusste, wie sich seine Haare anfühlten, wenn die kurzen, seidigen Strähnen durch ihre Finger glitten. Mit gerunzelter Stirn wandte sie das Gesicht ab und sagte zu Gawain: „Danke für das Frühstück. Das war toll.“

„Gern geschehen, Mädchen.“ Gawain stand auf. „Ich muss die Päckchen aus den Aufbewahrungsfächern meines Bikes holen. Bin gleich wieder da.“

Nachdem er hinausgegangen war, fragte Nikolas: „Warum hast du nicht gut geschlafen?“

„So ist das einfach bei mir“, sagte sie. „So bin ich eben. Keine große Sache.“

„Das sagst du öfter“, erwiderte er. „Ich nehme dir das nicht ab, genauso wenig wie beim letzten Mal.“

Sie erinnerte sich an das letzte Mal, als sie es gesagt hatte, und wie er sie entgegen ihrer Hemmnisse zum Höhepunkt gebracht hatte. Wärme strömte ihr ins Gesicht. „Tja, manchmal, wenn ich es sage“, stieß sie durch die Zähne hervor, „ist es eine Grenze, die du nicht überschreiten solltest. Diesmal ist es so.“

Sie stand auf, um ihre schmutzigen Teller zu stapeln und zur Spüle zu tragen. Er würde es nicht auf sich beruhen lassen, das wusste sie einfach. An diesem Morgen rieben sie sich aneinander auf, und das würde kein gutes Ende nehmen.

Aber genau in diesem Augenblick kam Gawain wieder, und der unsichtbare Druck, der in der Küche geherrscht hatte, ließ nach.

Er stellte einige Päckchen auf den Tisch und packte sie aus, während sie den Tisch fertig abräumte. Als sie anfing, das Geschirr zu spülen, sagte Gawain: „Setz dich, Mädchen. Du hilfst uns schon so sehr, dass du nicht auch noch abwaschen musst. Das mache ich gleich."

„Kannst du nicht", erklärte sie. „Nicht, wenn du den Annullierungszauber behalten willst."

Der Verdruss auf seinem Gesicht zeigte ihr, dass er das vergessen hatte. Nikolas stand auf. „Lass das erst mal stehen", sagte er zu ihr. „Komm und zeig uns, wie man das kolloidale Silber herstellt."

„Und das führt uns zu etwas, worüber wir gesprochen haben, bevor du dich zu uns gesellt hast", sagte Gawain. „Die Miete, die wir dir bezahlen werden, ist mehr als nur fair, aber wir sollten dich auch für deine anderen Dienste entlohnen – dafür, und weil du uns hilfst, die Möglichkeiten in deinem Hexenhaus zu erkunden."

Sie konnte nicht gleichzeitig abwaschen und dieses Gespräch mit ihnen führen. Sie wandte der Spüle den Rücken zu, wischte sich mit einem Geschirrtuch die Hände ab und schüttelte dabei den Kopf.

„Meine Beraterdienste haben das LAPD hunderttausend im Jahr gekostet", sagte sie. „Aber darauf haben wir uns nicht geeinigt. Ich bringe euch bei, wie man das kolloidale Silber mit dem Annullierungszauber kombiniert, und im Gegenzug gebt ihr mir eine Handfeuerwaffe mit Silberkugeln und das offizielle Recht, sie zu benutzen. Was das Erkunden des Anwesens betrifft: Das habe ich ohnehin vor. Es ist mein Haus. Ich sollte seine Stärken und Fallstricke kennen und wissen, ob etwas Wertvolles drinnen ist, das ich womöglich verkaufen will. Wenn ihr mich noch für etwas anderes anheuern wollt, können wir zu gegebener Zeit über eine Beratungsgebühr verhandeln. Zunächst ist die Abmachung, die wir geschlossen haben, mehr als fair."

„Eigentlich gibt es noch etwas, von dem wir möchten, dass du dir überlegst, ob du es machen willst", sagte Nikolas. „Wir hätten gern, dass du die Runen wirfst und für uns liest."

Sie hob die Augenbrauen. „Ich schätze, das ändert alles ein bisschen." Während sie von Nikolas zu Gawain schaute, fuhr sie fort: „Ich bin absolut dafür zu haben, meine Talente zu Geld zu machen, aber mal kurz für euch die Runen lesen ist kein großer Akt."

Nikolas kam zu ihr herüber und nahm ihr das Geschirrtuch aus der Hand. „Für uns ist es ein großer Akt", sagte er leise. „Wir müssen verstehen, wie und warum ich in einen Hinterhalt geraten bin, und was für eine andere Magie an diesem Tag noch im Spiel war, und ob sie weiterhin eine Gefahr darstellen könnte. Nach dem Angriff auf das Pub müssen wir auch herausfinden, wie viel die Jagdhunde womöglich über uns wissen, über den Puck und über dich."

Mit einem Stirnrunzeln schaute sie ihn zum ersten Mal seit dem Frühstück direkt an. „Das zu wissen, würde mir auch nützen", erklärte sie.

„Hier ist mein Vorschlag", sagte Nikolas. Er hatte ihr die Hände auf die Schultern gelegt. „Anstatt um jede Sache oder jede zusätzliche Dienstleistung einzeln zu verhandeln, will ich dir ein Blankogehalt für einen Monat deiner Beraterdienste bezahlen. Wenn du nicht weggehst, *was du tun solltest*, ist das ein faires Angebot.“

Warum kam er immer wieder zu ihr und berührte sie? Es reizte und verwirrte sie. Sie wollte in seine Arme fallen. Sie wollte seine Hände wegschlagen.

Am meisten wollte sie sich wieder an das machen, was sie gestern Nacht begonnen hatten, bevor er so schroff weggegangen war.

Sie warf die Hände in die Luft und duckte sich aus seinem Griff. „Wenn du mich für einen Monat Beratung bezahlen willst“, sagte sie, „nehme ich gern dein Geld, aber ich habe kein Arbeitsvisum.“

„Ich werde es zu dem Betrag hinzufügen, den wir als Miete bezahlen“, erklärte Nikolas. Er drehte sich, um sie mit einem heftigen Stirnrunzeln zu betrachten, während sie sich von ihm wegbewegte. „Fünfzehntausend.“

Das britische Pfund war mehr wert als der Dollar, und zehntausend Pfund zusätzlich, um ihre Beratertätigkeit zu decken, war weitaus mehr, als sie in L.A. verdient hätte. Aber es war nicht so übertrieben, dass ihr Gewissen sich dabei wand.

Aus zwei Metern Entfernung warf sie Nikolas ein dünnes, nicht allzu freundliches Lächeln zu. „Du willst mir dein Geld geben? Schön, ich nehme es gerne.“

Kapitel 13

DA SIE SICH geeinigt hatten, begannen sie mit der Arbeit. Rasch hatten sie den Tisch komplett abgeräumt und verschiedene Gegenstände ausgepackt, die Gawain hereingetragen hatte. Sophie hatte bereits ihre Phiole mit kolloidalem Silber in die Küche gebracht und holte die restlichen Sachen, die sie brauchte, aus ihrem Schlafzimmer – magiesensitive Silberstücke, einen Stift und einen Schreibblock.

„Es ist ein Kinderspiel, sich einen Generator für kolloidales Silber zu bauen", erklärte sie den beiden Männern, die sich ganz auf sie konzentrierten. „Es ist wie Einparken. Sobald man es kann, verlernt man es nicht mehr. Man braucht eine Energiequelle, Krokodilklemmen, Silber, destilliertes Wasser und Behälter. Wenn man von kolloidalem Silber begeistert ist und daran glaubt, es zu medizinischen Zwecken einzusetzen, kann man auch eine Stabilisatordiode verwenden, denn theoretisch werden bei höherer Stromstärke größere Silberpartikel abgeschieden. Das ist nicht gut für medizinische Zwecke, aber toll für unsere, also nehmen wir keine Stabilisatordiode. Wir wollen große Partikel, denn das macht das magiesensitive kolloidale Silber so nützlich."

Während sie sprach, deutete sie auf die unterschiedlichen Gegenstände, die sie zu ihrer Zufriedenheit aufstellte. Sie verband die Batterien miteinander, mit den Krokodilklemmen und mit zwei Brocken des magiesensitiven Silbers, die sie geholt hatte, dann stellte sie alles in einen Behälter und füllte ihn mit destilliertem Wasser.

„Und das ist es", sagte sie. „Wir sind so weit. Die Lösung wird in ein paar Stunden fertig sein, wenn sie einen gelblichen Farbton angenommen hat. Wir können heute Abend wieder nachschauen, bis dahin wird sie vermutlich brauchbar sein. Wie ich schon sagte, gibt es die Möglichkeit, einen Generator ohne Batterien zu bauen, indem man nur Sonnenlicht nutzt, aber diese Methode habe ich noch nie ausprobiert. Wenn ihr Interesse daran habt, kann ich ein paar Anleitungen heraussuchen."

Nikolas schoss einige Fotos von dem Apparat, während beide Männer Fragen stellten. Sie beantwortete sie nur zu gern, und als sie fertig zu sein schienen, zog sie ihre Phiole mit kolloidalem Silber heraus.

„Ihr habt das Endergebnis des Vorgangs bereits gesehen", sagte sie. Sie nahm ihren Stift und zeichnete eine Rune aufs Papier, dann zeigte sie sie den Männern. „Und das ist die Rune, die ich einsetze."

„Ist die nordisch?", fragte Nikolas, der den Kopf schieflegte, um die Rune zu betrachten.

„Ja." Sie hielt unsicher inne. „Das ist kein Problem, oder?"

Er schüttelte den Kopf. „Nein. Ich bin nur mit den nordischen Runen nicht so vertraut wie mit den keltischen."

„Sobald du die Technik kennst, kannst du mit deinen Zaubern kreativ werden und die Runen nutzen, die dir am vertrautesten sind", erklärte sie. „Die Rune zeichnen und sie mit dem Zauberspruch anreichern ist dieselbe Technik, die auch Juweliere benutzen, wenn sie magische Gegenstände schaffen. Wenn du weißt, wie man einen Verhüllungszauber auf eine Schwertscheide legt, kannst du das auch.“

„Ich verstehe. Es ist das Silber in der Lösung, das den Spruch bindet.“

„Genau.“ Sie lächelte. „Ich nehme die Rune Algiz für diesen speziellen Spruch. Es ist eine Schutzrune, was vielleicht unpassend scheint, aber man kann sie auch nutzen, um Energien auf eine gewisse Weise zu kanalisieren, um etwas abzuwenden. Zusammen mit dem Annullierungszauber lässt sie sich kombinieren, um Magie abzuwenden oder zu negieren. Es ist eine Negierung, keine Zerstörung, daher kann die Magie immer zurückkehren. Verstanden?“

„Du bist eine der klügsten Frauen, die mir je begegnet sind“, murmelte Gawain.

Überrascht von diesem Kompliment spürte sie, wie ihre Wangen warm wurden. „Danke. Bin ich nicht, aber danke. Vergiss nicht, ich habe vieles von anderen Leuten gelernt. Ich bin wie eine Elster. Ich sammle gerne Kleinkram. Dann spiele ich damit herum, und manchmal passt er auf überraschende Weise zusammen.“

„Du hast vielleicht einiges davon von anderen gelernt, aber du bist diejenige, die es zusammengeführt hat“, sagte Nikolas. „Gawain sagte, es ist beinahe wie ein temporäres Tattoo, und er hat recht. Du erschaffst temporäre magische Gegenstände.“

„Ja“, sagte sie. Die Umschreibung gefiel ihr. „Und wisst ihr, jemandem mit Zaubersprüchen bemalen ist keine neue Technik – Stammesschamanen machen das schon ewig. Wenn man sie mit magiesensitivem Silber malt, heißt das nur, dass die Sprüche stärker und haltbarer sein können. Das lässt sich in einem begrenzten Rahmen einsetzen, und ich kann auch magische Schmuckstücke herstellen, Amulette und sowas, aber ich mag es, mir gewisse Sprüche auf die

Haut zu zeichnen. Eine Halskette oder einen Armreif kann man im Kampf verlieren, und Ringe können sich irgendwo verhaken – ich kenne jemanden, der auf diese Weise einen Finger verloren hat –, aber es ist sehr viel unwahrscheinlicher, dass man einen Spruch verliert, der auf einem klebt.“

Auf Gawains verständnislosen Blick hin erklärte Nikolas: „Sie bezieht sich auf die Zauber, die sie bei dem Angriff gegen die Jagdhunde eingesetzt hat. Sie waren auf die Haut gemalt, mit …“

Als er ihr mit erhobenen Augenbrauen einen Blick zuwarf, grinste sie. „Es ist eine andere Lösung als diese. Ich habe kleine Späne aus magiesenstivem Silber in klaren Nagellack gegeben.“

„Wie ich sagte. Kluge, kluge Frau.“ Gawain tätschelte ihr die Schulter.

Nikolas übte den Annullierungszauber an Sophie, bis er ihn kompetent wirken konnte. Dann war es an Gawain, an ihr zu üben, während Nikolas den Annullierungszauber trug. Bis beide Männer zuversichtlich waren, dass sie den Zauber schnell wirken konnten, war es schon beinahe Mittag.

„Wir schulden dir eine Waffe mit Silberkugeln“, sagte Nikolas.

Sie richtete sich auf und zog die Schultern zurück, nachdem sie sich so lange über den Tisch gebeugt hatte. „Ja, tut ihr.“

Er hob das letzte Päckchen auf, das Gawain hereingebracht hatte, und zog einen kleinen Waffentresor aus Metall hervor, dazu Munitionskisten. Sie öffnete den Tresor, sah die Glock, die sich hineinschmiegte, und klopfte sich wieder auf die Brust. „Mir schwinden die Sinne.“

Gawain lachte, aber Nikolas nicht. Er beobachtete sie genau. „Jetzt zeig mir, dass du weißt, wie man sie benutzt“, sagte er.

Sie spürte einen kurzen Impuls der Verärgerung, aber er verblasste beinahe sofort zu einer gewissen Wertschätzung. Er war vorsichtig, und das war eines der Dinge, die ihr an ihm am besten gefielen. Er überließ nichts dem Zufall.

Ohne von seinem Gesicht wegzuschauen, nahm sie die Waffe auseinander und setzte sie wieder zusammen. Sie brauchte lediglich Sekunden. Dann lud sie sie, während die Männer jede ihrer Bewegungen beobachteten. „Ich sollte es schließlich auch im Dunkeln hinkriegen, wenn es sein muss", erklärte sie.

Nikolas schenkte ihr ein breites, anerkennendes Lächeln zu. „Ja, das solltest du."

Nicht, dass sie *irgendwas davon* getan, oder gelernt, oder trainiert hatte, um seine Anerkennung zu bekommen, aber das ließ auch ihren Mundwinkel ein wenig nach oben wandern. Nur ein wenig.

Sie legte die Waffe zur Seite und inspizierte die Silberkugeln. Wie sie vermutet hatte, bestanden sie nicht ganz aus Silber. Silber war ein hartes Metall, und außerdem wären Kugeln komplett aus Silber sehr viel teurer gewesen. Die Kugeln waren Mantelgeschosse, mit einem Metallkern, der in Silber getaucht war.

Während sie eine Kugel untersuchte, murmelte sie mehr oder weniger vor sich hin: „Wisst ihr, ich bin in den USA nie einem Lykanthropen begegnet, aber ich habe schon magiesensitives Silber benutzt, um mir eigene Kugeln zu machen. Sobald man die hohlen Metallhülsen hat, ist es leicht. Dann kann man diese Kugeln auf jede erdenkliche Art verzaubern. Lasst euch gesagt sein, eine Silberkugel mit einem Annullierungszauber ist extrem nützlich, wenn man gegen einen Magieanwender kämpft, der auf LSD ist und den Verstand verloren hat." Sie hob den Blick und stellte fest, dass sie sie anstarrten. „Was?", fragte sie. „Ich war dabei. Habe es selbst erlebt."

„Das Mädchen macht magische Kugeln", hauchte Gawain.

Falls sie vorher noch nicht ihre volle Aufmerksamkeit gehabt hatte, waren sie jetzt Feuer und Flamme.

Ja, sie versprach, ihnen magische Kugeln zu machen. Ja, sie würde ihnen beibringen, wie sie selbst magische Kugeln machen konnten. Ja, sie würden einen ordentlichen Brocken magiesensitives Silber brauchen, und dazu alle Werkzeuge, die man als Silberschmied benötigte. Ja, natürlich würde sie eine Liste erstellen – sie schrieb sie unter ihren aufmerksamen Blicken, dann nahm Gawain das Blatt und steckte es ein.

An dieser Stelle hob sie die Hände, stand vom Tisch auf und sagte: „Ich bin durch. Ich bin für heute komplett durch. Ich habe mich noch nicht mal geduscht oder ordentlich angezogen – und ich muss noch in den Ort, um bei Maggie vorbeizuschauen, ein Bankkonto zu eröffnen und Kaffee zu kaufen. Ihr Jungs werdet nach draußen gehen und allein spielen müssen."

Auch Nikolas erhob sich. „Wir haben den Faden verloren, weil wir viel mehr Informationen erhalten haben, als wir dachten. Das ist nichts Schlechtes. Alles davon ist nützlich, aber ich wollte dich bitten, die Runen zu lesen."

Nun, da sie nicht mehr mit anderen Dingen beschäftigt war, wurde sie sich seiner wieder äußerst genau bewusst. Sie schaute ihn nicht richtig an. „Kann es bis heute Abend warten?"

„Ja. Ich muss eine Stelle finden, an der ich den Porsche verstecken kann." Er schaute Gawain an. „Wir müssen dir auch den Rittersaal im Anwesen zeigen.“

„Ich habe mich heute früh ein bisschen umgeschaut“, sagte Gawain. „Es gibt einen gekiesten Zugangsweg, der zur Rückseite des Anwesens führt. Er endet bei einem brachliegenden Feld, daher ist er etwas verwachsen und offenbar unbenutzt. Du könntest deinen Porsche dort hinten abstellen, und keiner würde was davon mitkriegen.“

„Klingt gut.“ Nikolas schaute zu Sophie. „Würdest du uns ins Anwesen lassen, bevor du uns für diesen Nachmittag verlässt?“

„Klar“, sagte sie. „Lass uns das gleich machen.“

Zusammen gingen sie über den Rasen zur Vordertür des Hauses. Jetzt, da Sophie sich einmal vorgetastet hatte, um mit dem Haus in Einklang zu kommen, schaffte sie es beim zweiten Mal sehr viel schneller.

Nikolas stemmte die Hände gegen die Eichentür. Auf ihr Stichwort hin schob er fest, und sie öffnete sich quietschend. „Wir müssen die Angeln ölen“, sagte er. „Das wird die Türen nicht nur leiser machen, sie öffnen sich dann auch leichter.“

Während Gawain hineinspähte, drehte sich Nikolas um und wählte einen weiteren zerbrochenen Pflasterstein, den er als Türstopper benutzte, damit die Tür nicht zufiel und die Männer wieder aussperrte.

Nun, da sie so kurz davor stand, in den Ort zu fahren, konnte Sophie es kaum erwarten, ein wenig Abstand von Nikolas’ intensiver Präsenz und seinem unverständlichen Benehmen zu gewinnen. Als sie sich zum Gehen wandte, fasste Nikolas sie am Arm. Sein wildes Stirnrunzeln war wieder da, so dass seine schönen Gesichtszüge furchtein-flößend wirkten.

„Ich weiß nicht, ob ich mich damit wohlfühle, dass du

ganz allein in den Ort fährst", sagte er vor sich hin.

Sie hob die Augenbrauen und entzog sich seiner Berührung. „Ich weiß nicht, ob es mich kümmert, ob du dich wohlfühlst oder nicht."

„Sophie", stieß er mit abgehackter Stimme hervor. „Es könnten Jagdhunde in der Stadt sein. Denk dran, wir wissen nicht, was sie über dich wissen könnten, und sie können sich verwandeln, wie es ihnen beliebt. Und du weißt nicht, wer in den Ort gehört und wer nicht."

Sie spannte die Schultern an, als er sie daran erinnerte, und nach einem Augenblick nickte sie. „Ich denke dran", murmelte sie. „Ich werde bewaffnet sein, und ich passe auf."

Er reckte das Kinn. „Es gefällt mir trotzdem nicht."

„Wir haben alle was, das uns nicht gefällt", erwiderte sie sehr viel schärfer, als sie es vorgehabt hatte. „Ich bin sicher, du kommst damit klar."

Als sie sich umdrehen wollte, nahm er ihre Hand. Er verschränkte seine langen Finger mit ihren, und die Wärme seiner Berührung hallte durch sie hindurch. Sie starrte ihn mit einer Mischung aus Ärger und Schmerz an. Er war derjenige, der von ihr weggegangen war, warum berührte er sie dann immer wieder?

Sein dunkler, brennender Blick traf ihren. „Warum hast du nicht gut geschlafen?"

Ihr Mund spannte sich an. Wenn sie es ihm sagte, brachte ihn das vielleicht dazu, sich abzuwenden und ihr ein paar verdammte Stunden Ruhe zu lassen.

„Weil ich nicht gut schlafe. Tue ich einfach nicht", flüsterte sie. Die Worte brachen als Staccato aus ihr hervor. „Jedes Mal, wenn ich die Augen schließe, sehe ich, wie sich die Waffe auf mich richtet. Jedes Mal, wenn ich einschlafe, versuche ich auszuweichen, aber ich komme nie weg, denn so ist es nicht passiert. Ich bin nicht weggekommen. Er hat auf mich geschossen, mehrmals, und ich erinnere mich an jeden einzelnen Schuss. Und mein Gehirn lässt es einfach nicht los, deshalb durchlebe ich es immer wieder." Sie hielt inne, um Luft zu holen. Sein Gesicht hatte sich verhärtet, und sie wollte nicht deuten, was in seinen Augen stand. Wenn es Mitleid war, würde sie vielleicht ausholen und ihm eine scheuern. Sie entzog ihm ihre Hand und erklärte: „Wenn ich bereit bin, es loszulassen, wird es verfliegen. Bis dahin beiße ich einfach die Zähne zusammen."

„Sophie", sagte er.

„Ich habe dir doch gesagt, dass ich durch bin", fuhr sie ihn an. „Ich bin wirklich durch. Verzieh dich und lass mir ein paar Stunden für mich."

„Wir haben noch nicht zu Ende geredet", sagte er zu ihr, noch während er sich zurückzog. „Das ist nur eine Gesprächspause."

Wenn sie noch ein weiteres Wort mit ihm sprach, fürchtete sie, dass sie etwas schrecklich Erniedrigendes tun und in Tränen ausbrechen würde. *Teufel nochmal, Sophie.* Sie wandte sich ab und marschierte von dannen.

Zurück im Häuschen erwischte sie Robin, wie er eine Pastete aß. Sie sah aus wie die Steak-Kidney-Pie, die Nikolas am Abend zuvor fürs Abendessen besorgt hatte. In den kleinen Affenhänden wirkte sie riesig.

Als der Puck erstarrte, sagte sie zu ihm: „Iss sie, mein Lieber. Iss, was immer du willst. Gibt es was, das ich dir aus dem Ort besorgen soll? Sag es mir einfach, und ich bringe es dir mit."

Einen Augenblick hing der Blick des Äffchens an ihrem Gesicht, und sie dachte, dass es endlich sein Schweigen brechen und es ihr sagen würde. Sie hielt die Luft an, doch dann senkte es sein runzliges Gesicht wieder hinab zu der Pastete, die es fest umklammerte, und der Augenblick war vorüber.

„Schon ok", erklärte sie sanft, während sie ihm mit einer Hand über den kleinen Rücken strich. „Du sprichst, wenn du so weit bist. Ich bring dir einen Kuchen mit."

Da blitzte in den Augen des Äffchens Interesse auf, und sie wusste, dass sie die richtige Masche erwischt hatte. Lächelnd ging sie duschen und bereitete sich auf ihre Fahrt in den Ort vor. Sie nahm sich Nikolas' Warnung zu Herzen und malte sich sowohl Angriffs- als auch Verteidigungszauber auf die Arme.

Es war so viel Silber in dem Nagellack, dass die Runen im Licht schimmerten, daher wählte sie eines ihrer Lieblingsteile aus, ein dünnes, halbtransparentes Oberteil mit langen Ärmeln, das sich an den Handgelenken weitete, mit einem engen, schwarzen Spaghettiträgertop darunter. Dazu zog sie eine stonewashed Jeans und die Doc Martens an, und sie nahm sich sogar ein paar Minuten, um etwas Make-up aufzulegen, wobei sie die Augen mit einer rauchigen Schieferfarbe betonte, während sie auf den Lippen einen feuerroten Lippenstift auftrug.

Geschminkt sah sie anders aus, heißblütig. Wen wollte sie mit dem ganzen Zeug denn beeindrucken?

Nikolas' dunkle, intensive Augen kamen ihr in den Sinn.

„Du kannst mich mal. Du bist weggegangen", flüsterte sie ihm zu. „Ich bin geschminkt. Ich sehe sensationell aus."

Aha. Es schien, als wäre sie über die Geschehnisse der letzten Nacht noch nicht hinweg, nicht im Geringsten. Seufzend holte sie ihre Messenger-Bag hervor und steckte jedes winzige bisschen Identifikationsmaterial ein, das sie hatte, auch ihren Reisepass. Als letztes überprüfte sie ihre schöne neue Glock und vergewisserte sich, dass sie geladen und einsatzfähig war, und als sie zufrieden war – und weil alle ihre Taschen ein verborgenes Waffenfach besaßen –, schob sie sie in ihre Tasche.

Nachdem sie ihr Telefon in die Gesäßtasche ihrer Jeans gesteckt hatte, war sie endlich bereit zum Aufbruch. Ihre Laune hob sich, als sie das Grundstück verließ. Die englische Landschaft war herrlich, und als sie in den Ort kam, sah sie ihn zum ersten Mal seit ihrer Ankunft in der Sonne und konnte würdigen, wie malerisch er wirkte.

Als erstes hielt sie am Pub an, um mit Arran und Maggie zu reden. Sie waren mit Reparaturen beschäftigt, daher blieb sie nicht lange, aber sie umarmten sie beide so fest, dass es ihr das Herz wärmte. „Danke für meine Frau“, flüsterte Arran ihr ins Ohr.

Sie tätschelte ihm den Rücken und lächelte ihn an. „Ist doch gern geschehen.“

„Bist du nicht einsam da draußen bei diesem alten Gemäuer?“, fragte Maggie neugierig.

Sie lachte. Oh, wenn sie nur tatsächlich etwas Zeit für sich gehabt hätte. „Gar nicht“, erwiderte sie völlig wahrheitsgemäß. „Ich genieße es, so viel Platz zu haben.“

„Na, wenn es irgendwas gibt, das du brauchst, was auch immer es ist“, sagte Maggie, „dann lass es uns wissen.“

„Alles, *jederzeit*“, warf Arran ein, um es zu betonen.

„Dann melde ich mich, versprochen. Wann eröffnet ihr wieder?“

Sie schauten einander an, und ein Schatten zog über ihre Gesichter. „Wir müssen bald aufmachen“, sagte Arran. „Es ist Urlaubssaison, und wir brauchen den Umsatz, aber wir warten noch bis eine Woche nach den Beerdigungen.“

Sophie berührte Maggie am Arm. „Viel Glück, und ich

schaue in ein paar Tagen wieder vorbei."

„Ich freu mich auf dich", erwiderte Maggie. „Vielleicht sieht es hier bis dahin gut genug aus, dass ich dir einen Tee anbieten kann."

„Das wäre schön."

Als sie weiterging, vibrierte ihr Telefon. Es war ein Anruf von Paul, dem Anwalt, der ihr gratulierte. Sie blieb stehen, um sich ein paar Minuten mit ihm zu unterhalten, versprach, ihm ihre neuen Kontodaten zukommen zu lassen, sobald sie sie hatte, und dann war sie unterwegs in die kleine Barclays-Bank, um ein Konto zu eröffnen.

Als das erledigt war, stöberte sie in einigen der Läden im Ort und nahm sich etwas Zeit, um Rodrigos Mail zu lesen und zu beantworten. Er fragte, wie es ihr ging und wollte wissen, wie die Reise lief, und die Aufregung packte sie erneut, als sie ihm schrieb, dass sie jetzt Grundbesitzerin war.

Nikolas' Warnung blieb ihr im Kopf, deswegen hielt sie immer vorsichtig Ausschau, aber alles in der Stadt schien so friedlich und normal, dass ihre übermäßige Wachsamkeit nachließ, während sie beim Lebensmittelhändler haltmachte, um Kaffee zu kaufen. Im Haus gab es keine Kaffeemaschine, daher entschied sie sich für Instantkaffee und nahm sich vor, bald eine Maschine anzuschaffen.

Dann kaufte sie aus einem Impuls heraus noch Instant-Kakao, einen Strauß frische Blumen, um die Küche im Häuschen zu schmücken, und eine Schwarzwälder Kirschtorte, von der sie dachte, dass Robin sie mögen könnte. Als sie zurück zum Auto ging, zog ein kleiner Laden mit Kinderkleidung ihre Aufmerksamkeit auf sich. Im Fenster war ein herzallerliebstes marineblaues Jäckchen, das aussah, als würde es Robin passen. Ihr Blick blieb daran hängen, während sie mit der Versuchung kämpfte.

Er ist kein richtiger Affe, tadelte sie sich. *Und er ist gewiss kein Kind.*

Aber das Jäckchen war so süß, und vielleicht war ihm manchmal kalt. Er mochte ja in magischem Tempo heilen, aber er hatte immer noch Untergewicht. *Bah.* Sie schob sich durch den Eingang. Als sie das Jäckchen kaufte, sagte sie zu der freundlichen Angestellten: „Das ist für meinen Neffen."

„Das ist ein tolles Mitbringsel", erwiderte das Mädchen, während sie die Jacke sorgsam einpackte. „Er wird so süß darin aussehen."

„Ja, ganz bestimmt. Danke." Sie legte sich die Einkaufstasche in die Armbeuge, nahm die Kuchenschachtel wieder auf und ging zurück nach draußen.

Als sie aus der Tür glitt, kam der Blumenstrauß in Schieflage und fiel aus der Lebensmitteltasche. Mit einem gemurmelten Fluch jonglierte sie die Pakete, während sie in die Knie ging, um ihn aufzuheben.

Dunkle Stiefel kamen in Sicht, und die Hand eines Mannes hatte die Blumen schneller aufgehoben als sie. „Bitte, darf ich?", fragte der Mann mit einem angenehmen walisischen Akzent.

„Danke", erwiderte sie.

Sie und der Mann richteten sich gleichzeitig auf, während Sophie ihn sich genauer anschaute. Er hatte breite Schultern und war hochgewachsen, wenn auch nicht ganz so groß wie Gawain, und er war stark gebräunt. Er trug eine maßgeschneiderte graue Hose, in die Silberfaden eingewoben war, und ein passendes Hemd, das am Hals offenstand. Die Ärmel waren hochgekrempelt und gaben den Blick auf muskulöse Unterarme frei.

Die dezente Eleganz stand ihm. Sie sah genauer hin. Er

hatte kastanienbraunes Haar, ein starkes Gesicht mit gutem Knochenbau und eine intelligente, sogar nachdenkliche Miene, und auch wenn er wie ein menschlicher Mann von Mitte dreißig aussah, spürte sie, als sie in seine leuchtend haselnussbraunen Augen blickte, eine solch brüllende Macht, dass sie abrupt einen Schritt zurückwich.

Mit gerunzelter Stirn streckte er eine Hand nach ihr aus, hielt sich aber zurück. „Geht es Ihnen gut?"

„Alles bestens", sagte sie knapp und starrte ihn an.

Sie hatte seine Macht nicht gespürt, bis sie ihm in die Augen geschaut hatte, was bedeutete, dass er eine gigantische Kontrolle ausübte, um sie derart zu unterdrücken. Wie konnte eine Person so viel Macht besitzen und dabei geistig gesund bleiben?

Er lächelte sie freundlich an. „Wäre es in Ordnung, wenn ich Ihre Blumen für Sie zu Ihrem Auto trage?"

Im Geiste ging sie blitzschnell ihre Möglichkeiten durch. Die Waffe war tief in ihrer Tasche vergraben, nicht ihre beste, erste Wahl, falls er einen Angriff starten sollte. Sie würde ihn entweder mit dem Verwirrungszauber oder der Telekinese erwischen müssen, aber da er über eine solche Macht verfügte, würde er die Sprüche vielleicht einfach an sich abperlen lassen. Also war die Glock womöglich die einzige wirksame Waffe gegen ihn.

Wenn es denn so weit kam.

Verspätet bemerkte sie, dass sie seine Frage nicht beantwortet hatte. „Nein", erwiderte sie plump. Wenn er versuchen wollte, ihr etwas anzutun, dann musste er es schon auf der Hauptstraße machen, vor allen Leuten, nicht irgendwo ab vom Schuss auf einem Parkplatz. „Es ist nicht in Ordnung. Wer sind Sie, und was wollen Sie?"

Sein Lächeln ließ keinen Deut nach, und seine

Körpersprache blieb offen, locker. Kleine Falten zogen sich an seinen Augenwinkeln nach außen. Wenn er nicht alle Alarmglocken in ihrem Kopf zum Schrillen gebracht hätte, hätte sie ihn ziemlich attraktiv gefunden.

„Ich will ein paar Augenblicke Ihrer Zeit, das ist alles", sagte der Mann. Seine leise Stimme blieb genauso unbedrohlich wie seine Körpersprache. „Nur ein kurzes Gespräch, versprochen. Sind Sie zufällig Sophie Ross?"

„Woher haben Sie diesen Namen?", gab sie zurück und machte noch einen Schritt nach hinten.

„Die Leute im Ort sind sehr angetan von Ihnen", sagte der Mann. „Sie sagen, Sie hätten dem Pub-Besitzer und seiner Frau bei einem Angriff von Lykanthropen das Leben gerettet. Das war sehr mutig."

„Sie haben mir immer noch nicht gesagt, wer Sie sind", beharrte sie und schaute ihn aus zusammengekniffenen Augen an. Sie würde den Kuchen fallen lassen müssen, um an die Waffe zu kommen, und das Signal, das sie damit senden würde, gefiel ihr nicht.

Sein Lächeln wankte nicht. „Ich bin Morgan."

Morgan.

Der Klang seines Namens war wie ein Hieb in die Nieren. Der ganze Ort waberte um sie herum. O Gott, kein Wunder, dass er so viel Macht besaß. Wenn er versuchte, ihr irgendetwas anzutun, war sie erledigt.

„Könnte es möglicherweise in Großbritannien mehr als einen Morgan geben, der eine solche Macht besitzt wie Sie?", flüsterte sie.

Sein Lächeln verblasste. „Es war nicht meine Absicht, Ihnen Angst zu machen", sagte er. „Es tut mir leid."

„Warum sind Sie hier und reden mit den Leuten im Ort über mich?", fragte sie durch betäubte Lippen. „Was wollen

Sie wirklich?"

„Ich habe ernst gemeint, was ich gesagt habe, Sophie Ross", gab Morgan zurück. „Ich wollte nur reden und Ihnen ein paar Fragen stellen, das ist alles. Ich will Ihnen nicht schaden. Im Augenblick sind Sie sicher."

„*Im Augenblick?*", wiederholte sie. Da er ihr solche Angst eingejagt hatte, überkam sie nun eine Woge des Zorns. Sie hielt den Kuchen, als wollte sie ihn auf ihn werfen. „Was zum Teufel meinen Sie damit?"

Aus den Augenwinkeln sah sie, dass die Angestellte aus dem Laden sie besorgt beobachtete. Morgan bemerkte sie ebenfalls, und nachdem er die Finger einer Hand in einer subtilen Geste bewegt hatte, schien das Mädchen das Interesse zu verlieren und begab sich in den hinteren Teil des Ladens.

Morgan wandte seine Aufmerksamkeit wieder Sophie zu. Das Lächeln in seinen Augen war verschwunden. „Meine Königin weiß noch nichts von Ihrer Existenz, und es steht mir frei zu handeln, wie ich es möchte", sagte er mit leiser, höflicher Stimme. „Und ich möchte Ihnen keinen Schaden zukommen lassen, Sophie Ross. Aber wenn meine Königin von Ihnen erfährt und sie mir befiehlt, etwas zu tun, das müssen Sie verstehen – dann werde ich es tun. Ich muss."

Als beruhigende Ansage war das ja mal wirklich das Letzte. Immer noch zornig fragte sie: „Und warum sollte Ihre Königin etwas über mich erfahren? Was bin ich für sie schon?"

„Sie hat ihr Haustier verloren, und sie will es zurück", sagte Morgan. „Sie will es so sehr zurück, dass sie mich auf die Suche nach ihm geschickt hat. Im Pub haben mir die Besitzer erzählt, Sie hätten einen entlaufenen Hund dabei gehabt, als Sie eintrafen. Was ist mit ihm geschehen, wenn ich fragen darf?“

Bei dieser Frage entwickelte sich ihr Zorn zu einer ausgewachsenen Wut, und sie stürzte sich mit Wonne in Blöd und Durchgeknallt™.

Während sie auf einen der gefährlichsten Männer zuging, die sie je getroffen hatte, sagte sie zwischen zusammengebissenen Zähnen: „Der Hund war in einem erbärmlichen Zustand. Er wurde gefoltert und ausgehungert. Was für ein Mann sind Sie, dass Sie jemandem dienen, der ein Wesen so grausam behandeln kann? Besitzen Sie irgendeinen Rest Ethik oder Moral, oder einen Sinn für Anstand?“

Seine Miene verschloss sich wie eine Tresortür, während in seiner hageren Wange ein Muskel zuckte. „Meine Königin befiehlt, ich muss gehorchen“, sagte Morgan, immer noch so schrecklich, unaufgeregt höflich. „Haben Sie den Hund noch?“

„Nein, ich habe den Hund nicht mehr“, fuhr sie ihn an, warf das ganze Gewicht ihres Zorns in eine perfekte Mischung aus Wahrheit und Irreführung, und sie wusste instinktiv, dass sie genau den richtigen Ton getroffen hatte. „Er verschwand, als das Pub angegriffen wurde, und seither habe ich ihn nicht mehr gesehen.“ Sie musterte ihn von oben bis unten und fügte voller Abscheu hinzu: „Aber wenn ich diesen Hund wiedersehen würde, können Sie sich verdammt nochmal sicher sein, dass ich Ihnen nichts davon erzählen würde.“

„Ja, ich sehe deutlich, dass Sie das nicht tun würden“, sagte Morgan, der seinen Körper reglos hielt, sein Gesicht ruhend und versteinert. „Auf jeden Fall nicht freiwillig.“ Er reichte ihr den Blumenstrauß. „Ich wünsche Ihnen nur Gutes, Sophie Ross. Genießen Sie den Tag. Beten Sie, dass es keinen Grund gibt, dass wir uns wieder begegnen.“

Sie atmete schwer und nahm die Blumen vorsichtig an, als könnten sie beißen. Mit einer archaisch wirkenden Verbeugung neigte Morgan den Kopf in ihre Richtung, dann marschierte er davon.

Sie stand da und starrte ihm nach, bis er um eine Ecke bog. Erst dann gelang es ihr, die Füße wieder vom Bürgersteig zu lösen. Sie schaffte es zurück ins Auto, packte ihre Einkäufe hinten hinein, setzte sich auf den Fahrersitz und zitterte. Als sie das Gefühl hatte, dass sie wieder sicher fahren konnte, startete sie den Mini und bog vorsichtig auf die Straße.

Ihr Verstand sprang im Sechseck. Vielleicht sollte sie nicht zurück zum Anwesen fahren. Aber jeder im Ort wusste, dass sie dort wohnte. Vielleicht wirkte es noch schlechter, wenn sie nicht zurückkehrte.

Vielleicht waren bereits Jagdhunde auf ihrem Grundstück gewesen und hatten das Häuschen durchsucht. Vielleicht waren Nikolas und Gawain bereits angegriffen worden. Bis sie am Torwächterhaus parkte, war sie außer sich vor Sorge. Die bereits vertraute Szenerie wirkte friedlich, nicht von Gewalt berührt, aber sie wusste aus bitterer Erfahrung, dass ein solcher Eindruck tödlich täuschen konnte.

Als sie den Motor abstellte, öffnete sich die Tür zum Häuschen, und Nikolas kam heraus. „Was hat dich so lange aufgehalten?“, fragte er. „Ich bin beinahe losgefahren, um dich zu suchen.“

Sie war so erleichtert und froh, ihn unbeschadet und heil zu sehen, dass sie vergaß, wie sehr sie sein brüsker Tonfall normalerweise genervt hätte. „Nik“, flüsterte sie.

Er sah ihren Gesichtsausdruck, und seine Haltung

veränderte sich. „Was ist los?“ Er nahm sie bei den Händen, sein scharfer Blick war alarmiert. „Du zitterst wie Espenlaub.“

Sie ging nach vorne, bis sie gegen ihn prallte, dann legte sie ihm die Arme um die Taille. Während seine Arme sich um sie schlossen, sagte sie: „Ich bin Morgan im Ort begegnet. Er hat nach Robin gesucht.“

Kapitel 14

B EI IHREN WORTEN wurden Nikolas' Arme zu Eisenbändern. Er beugte den Kopf über sie und drückte ihren Körper an sich.

Ich bin Morgan im Ort begegnet.

Die Worte waren schlimmer als seine schlimmsten Befürchtungen, und beim Gedanken, dass sie Morgan allein gegenübergestanden hatte, zog sich sein Magen in einem Gefühl von Falschheit zusammen, wie Übelkeit.

Sie hustete. „Zu fest. Lass locker."

„Ich hätte dich nicht allein in den Ort lassen sollen", knurrte er. „Ich habe es trotzdem getan, obwohl ich es besser wusste."

Seufzend legte sie ihm den Kopf an die Schulter. „Du hast mich gar nichts *tun lassen*", sagte sie mit müder Stimme. „‚Lassen' und ‚erlauben' sind keine Wörter, die wir modernen Menschen in unserem Vokabular gestatten. Verstehen wir dieses Konzept schon?"

„Sophie, um Himmels willen", fuhr er sie an, während er ihr übers Haar strich. Er konnte einfach nicht anders. Seine Hände wollten ihren ganzen Körper erkunden, damit endlich in seinem überhitzten Hirn ankam, dass sie unversehrt zurückgekehrt war.

Dabei schien sie zu begreifen, wie aufgebracht er wirklich war. Sie hob den Kopf und musterte sein Gesicht.

„Es geht mir gut. Im Augenblick ist alles in Ordnung."

Zum ersten Mal fiel ihm auf, wie sie aussah, und er kniff die Augen zusammen. Ihre dunklen Locken glänzten und hoben sich deutlich voneinander ab, und sie fielen ihr in einer extravagant femininen Mähne über den Rücken. Und sie hatte etwas mit ihren Augen und ihrem Mund angestellt, so dass sie dramatisch und sinnlich wirkten. Die rauchigen Akzente, die sie an ihren Augen gesetzt hatte, machten sie noch faszinierender.

„Du bist so in den Ort gefahren?", fragte er. Er konnte nicht anders, er berührte mit dem Zeigefinger ihren roten, vollen Mund. Ein weicher Farbstreifen verschmierte seine Fingerspitze, und er leckte daran. Es schmeckte nach ihr. Sein Schwanz war in einer Sekunde von null auf hundert und drückte steinhart gegen die Nähte seiner Jeans.

Sie warf ihm einen misstrauischen Blick zu. „Wie … was genau?"

Die Wahrheit brach aus seinem Bauch hervor, roh und heiser. „Wie etwas, das ich sofort vernaschen möchte."

Ihre Pupillen weiteten sich in einer kurzen, unwillkürlichen Reaktion. Sie zog sich zurück, floh aus seinen Armen. „Zu spät", sagte sie barsch. „Du hattest deine Chance und hast dich entschieden, sie vorzeitig abzubrechen."

„Sophie, ich will dich noch immer", stieß er zähneknirschend hervor, während sie sich zurück zum Mini wandte.

„Nein." Sie steckte den Kopf hinten hinein und zog Päckchen heraus. Als sie wieder auftauchte, waren ihre Wangen gerötet, und in ihren Augen regte sich ein namenloses Gefühl. Sie begegnete seinem Blick, das Kinn fest angespannt. „Du bist letzte Nacht weggegangen, und das konntest du auch. Das war deine Wahl, also gut. Damit kann ich leben. Aber du darfst mich nicht von dir stoßen, nur um mich dann wieder an dich zu ziehen. Solche Spiele mache ich nicht mit."

„Ich spiele keine Spiele", fuhr er sie an.

Anstatt auf die hitzige Art zu antworten, die er inzwischen erwartete, wirkte sie einfach nur verletzt. „Ach nein? Na, ich weiß nicht, was du dann tust."

„Ich weiß es auch nicht", flüsterte er.

Das ließ sie innehalten. Unsicher betrachtete sie sein Gesicht, doch als er wieder nach ihr greifen wollte, sie auf jede mögliche Weise berühren, öffnete sich die Tür des Häuschens, und Gawain trat heraus.

„Hallo, Mädchen", sagte er. Sein intelligenter Blick wanderte von ihr zu Nikolas, der mit geballten Fäusten dastand. „Wie war die Fahrt in den Ort?"

„Sie ist Morgan über den Weg gelaufen", stieß Nikolas hervor. Als sich Gawains Gesichtsausdruck veränderte, sagte er telepathisch zu Sophie: *Wir haben noch nicht zu Ende geredet.*

Sie schaute ihn nur halb an. Die Röte in ihrem Gesicht hatte nachgelassen, so dass sie blass und erschöpft wirkte.

Oh, nein, wir sind am Ende, sagte sie. *Bis du nicht heraushast, was du da tust — was auch immer das sein könnte —, haben wir einander nichts Persönliches zu sagen.*

„Komm rein, Mädchen", sagte Gawain sanft, während er scharf ihre Umgebung musterte. Er legte ihr schützend einen Arm um die Schulter. „Erzähl uns alles, was passiert ist."

Als er Sophie berührte, wäre Nikolas ihm beinahe an die Kehle gegangen.

An die Kehle seines Freundes. Eines seiner engsten, zuverlässigsten Freunde.

Er stand wie angewurzelt und beobachtete, wie sie

zusammen das Haus betraten. Kurz bevor Gawain nach drinnen ging, warf ihm der Mann einen Blick zu, der eindeutig besagte, dass er fand, Nikolas habe seinen verdammten Verstand verloren.

Nikolas konnte es ihm nicht übelnehmen – oder Sophie. Er *hatte* seinen verdammten Verstand verloren. Er sah sich ein letztes Mal um, griff resolut nach seiner Selbstkontrolle und marschierte ins Haus.

Drinnen fand er Sophie auf den Knien dabei, wie sie Robin eine kleine, blaue Jacke anbot. Das verwirrt wirkende Äffchen blinzelte, als es sie nahm. „Es ist ok, wenn sie dir nicht gefällt", sagte sie sanft. „Ich dachte nur, dass dir vielleicht manchmal kalt ist."

Aus dem Nichts traf ihr Mitgefühl Nikolas mit einer üblen Treffsicherheit, tief drinnen, wo er keine Rüstung trug. Er drückte sich die Fingerknöchel an den Mund, während er zusah, wie das Äffchen lautlos *Uuh-Uuh* machte und die Jacke in seinen spinnenartigen Händen hin- und herdrehte. Sophie half dem Puck, hineinzuschlüpfen, und er setzte sich und blickte an sich hinab, betastete die Goldknöpfe.

„Ich habe dir auch einen Kuchen mitgebracht", flüsterte sie Robin zu. „Er ist dreimal so groß wie du, und er ist nur für dich."

Robins Augen glänzten. *Uuh-Uuh*, formte er mit dem Mund und legte ihr seine Hand an die Wange. Sie legte ihre Hand auf seine kleine.

Sie hat dem Puck eine Jacke und einen Kuchen mitgebracht, sagte Gawain zu Nikolas. *Und sie hat Blumen, heiße Schokolade und Kaffee gekauft. Das ist alles, was sie aus dem Ort wollte. Blumen, Teufel nochmal. Sie glüht vor Zaubern, und sie stellt magische Kugeln her. Jeder einzelne verdammte Mann aus unserer Gruppe wird sich in sie verlieben, Nik. Jeder einzelne verdammte Mann. Zum Teufel, sogar ich könnte mich ein bisschen in sie verlieben.*

Kannst du nicht, dachte Nikolas, und seine Hände ballten sich wieder. *Sie gehört mir.*

Die nackte Aggression in seiner Miene brachte Gawain dazu, sich zu bremsen, und Verständnis dämmerte im Gesicht des Mannes. „Oh, Junge", sagte Gawain leise, während sein Blick sich verdüsterte. „So ist das also?"

Ihr Gespräch mit Robin war vorbei, daher stand Sophie auf und schaute sie an. „Was ist wie?", fragte sie.

„Nichts", sagte Nikolas brüsk. Er warf dem anderen Mann einen warnenden Blick zu. „Sag uns, was mit Morgan passiert ist."

„Ok, aber ich brauche etwas von diesem Brandy, den du gestern gekauft hast." Sie zog einen Stuhl heran, setzte sich und stützte den Kopf in die Hände, während Gawain die Flasche öffnete und etwas von der bernsteinfarbenen Flüssigkeit für sie in ein Glas goss. Sie nahm einen tiefen, belebenden Schluck und erzählte ihnen dann alles.

Nur zu hören, wie sie sich Morgan wegen Isabeaus Grausamkeit entgegengestellt hatte, ließ Nikolas selbst nach der Brandyflasche greifen. Er goss sich eine ordentliche Portion in ein Glas und kippte sie hinunter. Sie brannte bis ganz nach unten. Dann drehte er sich um, um Sophie anzustarren.

„Was stimmt nicht mit dir?", wollte er wissen. „Willst du dich umbringen?"

Ihr schöner, üppiger Mund, der Mund, den er direkt verzehren wollte, öffnete sich. Sie starrte zurück. Dann trat eine Art Erheiterung in ihren Blick.

„Du bist echt ein Arschloch, was?", murmelte sie. „Du hast mich beinahe reingelegt, etwas anderes zu glauben, aber nein. Immer noch ein Arschloch. Ehrlich, ich weiß nicht, ob ich erleichtert oder enttäuscht sein soll. Mein Kopf ist ganz verdreht. Hauptsächlich bin ich, glaube ich, verstört."

„Du wusstest, dass er ein Killer ist, und hast dich ihm trotzdem entgegengestellt." Nikolas ging auf sie zu, der Zorn machte ihn blind. Ein verspäteter Zorn, der aus einer Angst erwuchs, die viel zu spät kam, um irgendjemandem zu helfen. „Während ich mir noch gratuliert habe, dass ich *modern* und *vernünftig* war, indem *zuließ*, dass du allein in den Ort fährst, hättest du entführt, getötet oder genauso schwer gefoltert werden können wie Robin, oder noch schlimmer. *Ist dir klar, was er dir hätte antun können?"*

Die Kraft, die durch seinen Körper strömte, ließ ihn beben. Aus den Augenwinkeln sah er, wie sich Gawain vom Tresen wegschob, an dem er gelehnt hatte, aber Sophie war schneller, stand auf und ging rasch zu Nikolas.

Zu ihm, nicht von ihm weg, genauso, wie sie es in der ersten Nacht im Pub getan hatte. Genauso wie beim Angriff. Genauso wie bei Morgan. Diese Frau, diese Frau – sie könnte noch sein Tod sein.

„He", sagte Sophie mit sanfter Stimme. Sie legte ihm die ausgebreiteten Finger an die Brust, und er griff nach ihren Handgelenken. „Ich weiß, was für ein ernster Trigger Morgan für dich ist, und das tut mir leid. Es war auch für mich ein ziemlich ernster Trigger, als ich herausfand, wer er war. Aber das ist in Ordnung. Im Augenblick ist alles in Ordnung."

Nichts war in Ordnung. Sein Kopf, sein Denken, seine Gefühle, alles lag in Scherben. Als er ihren leuchtenden Blick musterte, sagte er telepathisch: *Für mich wäre es nicht in Ordnung, wenn du dich in Gefahr bringst und dir deswegen etwas zustößt. Du musst besser auf dich aufpassen, meine Sophie.*

Ihre Augen wurden groß, und sie sah so verletzlich aus,

wie sie noch nie zuvor gewirkt hatte. Sie sagte zu ihm: *Ich habe ein furchtbares Temperament, und wenn es mit mir durchgeht, fliegt alle Vernunft aus dem Fenster. Ich weiß, dass das eine Schwäche ist, und ich werde mich bemühen, mich zu bessern. Ich verspreche es, Nik.*

Ihre stummen Worte, zusammen mit ihrer Berührung, beruhigten ihn, und der bebende Zorn ließ nach. Er nickte ihr knapp zu.

Sie blieb stehen, schaute ihn an und sagte laut: „Ok?"

„Ok." Es fühlte sich gut an, sie zu berühren, und er wollte nicht damit aufhören. Er ließ ihre Handgelenke los, trat zurück, wieder an den Tresen, wo er sich noch einen Brandy einschenkte.

Sophie tastete sich zu ihrem Stuhl zurück und sank darauf, während sich Gawain fest mit seiner riesigen Hand über das Gesicht rieb.

„Morgan mag vieles sein, aber er steht zu seinem Wort", erklärte er. „Er sagte, dass er dir im Augenblick nichts Übles will, aber er hat dich auch sehr heftig gewarnt, dass sich das ändern wird. Bist du sicher, dass er dir geglaubt hat, als du gesagt hast, dass der Hund verschwunden ist?"

„Ja", beteuerte Sophie. Sie fuhr sich durchs Haar, wodurch es nur noch mehr zur wilden, unzähmbaren Mähne wurde. „Ich bin mir sicher. Kennst du das Gefühl, wenn man weiß, dass man einen guten Schuss abgefeuert und einen Treffer gelandet hat? Dieses Gefühl hatte ich."

„Gutes Mädchen", murmelte Gawain. „Das hilft."

Sie schaute sie beide an. „Aber er muss im Grunde nur um die Ecke denken und berücksichtigen, wozu Robin fähig ist. Dann braucht er sich bloß ein paar neue Fragen zu überlegen, und er wird vermutlich hier herkommen und sie stellen. Und falls Isabeau etwas über mich herausfindet und ihm zum Beispiel befiehlt, mich zur Befragung zu ihr zu bringen, hat er sehr deutlich gemacht, dass er es tun würde." Sie runzelte die Stirn. „Eigentlich sagte er, dass er es tun müsse. Es war beinahe, als würde er sagen, er habe keine Wahl. Glaubt ihr – glaubt ihr, dass sie ihn unter einer Art Zwang hat?"

Nikolas schüttelte den Kopf, wies den Gedanken von sich. „Wenn Oberon einem von uns etwas befehlen würde, wären wir durch die Ehre gebunden, es zu tun. Und es ist ohnehin nicht von Belang, ob Morgan gezwungen wird oder ob er aus eigenem Willen handelt. Er wird es tun. Er hat es immer getan. Er würde Britannien in Stücke reißen, wenn Isabeau es von ihm verlangt. Darauf kommt es an."

Sie seufzte. „In diesem Fall denke ich, wir müssen damit rechnen, dass er eher früher als später hier aufkreuzt. Er wird Robin nirgends finden, was bedeutet, dass er seine Schritte zurückverfolgt und überall noch genauer nachsieht."

Während sie sprach, stieg das Äffchen auf ihren Schoß, und sie umarmte es und hielt es fest.

„Wir müssen unsere Optionen überdenken", sagte Nikolas und schaute Gawain an.

Gawain schnaubte. „Eine Möglichkeit ist, dass wir uns wieder zerstreuen. Wir müssen hier nicht zusammenkommen, wie wir es geplant haben. Wir nehmen Robin mit, wie wir es ursprünglich vorhatten, und Sophie leugnet alles."

Nikolas schüttelte den Kopf. „Inakzeptabel. Unsere Gerüche sind überall auf dem Grundstück, und es lässt sich nicht sagen, was Isabeau Morgan befehlen könnte, sobald sie von Sophie erfährt."

„Ja, mir hat die Idee auch nicht gefallen", murmelte Sophie. Sie vergrub das Gesicht im Fell des Äffchens, während Robin ihr einen dürren Arm um den Hals legte.

„Zweite Möglichkeit", sagte Gawain, der sie und den Puck besorgt anschaute. „Wir zerstreuen uns, kommen nicht zusammen, und wir nehmen sowohl Robin als auch Sophie mit. Tut mir leid, Mädchen, aber ich glaube, wir sind über den Punkt hinaus, an dem es dir noch etwas bringt, dich von uns zu trennen. Ich glaube, du wärst in größerer Gefahr, wenn wir dich alleine ließen."

„Das ist in Ordnung", sagte sie. „Ich wusste das in dem Augenblick, als Morgan auftauchte und meinen Namen nannte."

„Sowohl Sophie als auch Robin mitnehmen ist eine bessere Möglichkeit", sagte Nikolas. „Aber es ist immer noch nicht gut genug. So können wir nicht erkunden, was das Haus uns vielleicht zu bieten hat. Wenn es uns eine Möglichkeit eröffnet, Lyonesse zu erreichen, müssen wir sie nutzen, ganz gleich, was wir dabei riskieren."

„Sehe ich auch so", meinte Gawain.

Nikolas schaute Sophie an. „Ich kann immer noch mit einem Dschinn einen Handel abschließen, und Gawain kann dich und Robin irgendwo in Sicherheit bringen."

Sie richtete sich auf. „Kommt nicht in Frage. Du weißt nicht, was der Dschinn im Gegenzug von dir verlangen könnte, wohingegen das Schlimmste, was mit mir passieren kann, eine Rechnung für Dienstleistungen ist, und darüber sind wir uns bereits einig."

Das war nicht das Schlimmste, was passieren konnte. Sie könnte verletzt werden. Sie könnte sterben. Der bessere Mann, der er gewesen war, wollte wieder ins Leben treten. Er rieb sich die Augen. „Mir gefällt nicht, dass du in Gefahr gerätst."

„Nik", sagte sie mit sanfter, fester Stimme, „ich bin nicht dein Schoßtier. Ich bin nicht dein Besitz. Ich kann die relativen Gefahren für mich abschätzen und eigene Entscheidungen fällen.“

Er schaute über seine Hand zu ihr auf. „Das macht es für uns prähistorisches Volk nicht einfacher.“

In ihrem Gesicht leuchtete lächelnde Wärme. War das Zustimmung? Es geschahen noch Zeichen und Wunder. „Ich glaube an dich“, sagte sie. „Ich weiß, dass du damit klarkommst.“

Sie hatte mehr Glauben an ihn als er selbst, denn er wusste, wenn ihr etwas zustieß, würde er nicht klarkommen. Er wandte ihr den Rücken zu und starrte finster aus dem Küchenfenster.

Dieses Anwesen. Dieses hässliche, monströse, heruntergekommene Anwesen. Er würde das wahnsinnigste Risiko seines Lebens eingehen und alles darauf setzen. „Wir gehen in das Haus“, sagte er. „Und wir verbarrikadieren uns dort. Morgan kann nicht hinein, und wir haben Grund zur Hoffnung, dass er es auch nicht beschädigen kann.“

„Wenn er etwas beschädigen kann“, sagte Gawain, „werden du und das Mädchen Hilfe brauchen. Ich rufe die anderen zusammen, wir können uns treffen, wie wir es vorhatten – nur nicht nach und nach. Sie müssen so schnell wie möglich herkommen, noch heute Nacht.“

„Ja.“ Nikolas stand mit dem Rücken zu ihnen. „Danke“, sagte er zu Sophie.

„Das wird die dreckigste, unhygienischste Übernachtungsparty im ganzen Universum“, erklärte sie mit einem schiefen Grinsen. „Das wird ein Spaß.“

Unvermittelt blubberte Humor nach oben. Es fühlte sich gut an, ihn als Gelächter herauszulassen. „Wenn wir dort drin sind, suchen wir als erstes nach den Toiletten und hoffen, dass es eine Wasserquelle gibt, einen Brunnen vielleicht. Ziemlich sicher ist er schon vor langer Zeit ausgetrocknet, also werden wir graben müssen, um wieder auf Wasser zu stoßen. Wenn das nicht klappt, beten wir, dass es einen Hof gibt. Da der See so nahe ist, möchte ich wetten, dass wir irgendwie Wasser finden.“

Gawain wühlte sein Telefon heraus. „Ich kontaktiere die anderen und sage ihnen, sie sollen so schnell wie möglich herkommen und auf eine Belagerung vorbereitet sein.“

„Richte Gareth und Cael aus, sie sollen sich auf Waffen konzentrieren“, sagte Nikolas. „Wir brauchen Langbögen und Armbrüste, und einen ordentlichen Vorrat Pfeile. Wir werden vom Haus aus keine modernen Schusswaffen benutzen können.“

„Wird gemacht“, sagte Gawain. „Braden wollte Camping-Ausrüstung holen. Der Rest kann sich auf Nahrungsmittel und Brennstoff konzentrieren. Wir brauchen so viele Vorräte, wie wir nur in die Finger bekommen. Und Brennholz. Stapelweise Brennholz.“

Nikolas ging vor, um sich neben Sophie zu knien. Er schaute dem Äffchen in die Augen. „Robin, glaubst du, du hast dich ausreichend erholt, um heute Abend einen Sturm zu erschaffen, der unseren Geruch verbirgt?“

Während es eine lange Strähne von Sophies Haar flocht, nickte das Äffchen.

„Gut.“

„Es gibt einen Schuppen hinter dem Häuschen, in dem ein Aufsitzrasenmäher steht, außerdem eine Schubkarre, Gartenwerkzeuge und eine Axt“, erzählte Gawain. „Ich kümmere mich um das Feuerholz.“

„Es gibt tatsächlich Gartenwerkzeuge und einen Rasenmäher“, hauchte Sophie, als Gawain hinausging. „Ich habe nie dran gedacht, eine ganze Runde um das Torwächterhaus zu drehen.“

Nachdem Gawain fort war, glitt der Puck von Sophies Schoß, um zum Küchentresen zu gehen, die Arme um die Tortenschachtel zu schlingen und wieder auf den Boden zu springen. Er trottete ins Wohnzimmer.

Damit blieben Sophie und Nikolas allein zurück. Er kniete immer noch neben ihr, und anstatt wieder aufzustehen, nahm er ihre Hand.

Sie rutschte auf dem Stuhl herum, um zu ihm zu schauen. „Du wolltest, dass ich die Runen lese, wenn ich zurück bin. Was willst du mich herausfinden lassen?“

„Ich weiß nicht, ob das noch eine Rolle spielt.“ Geistesabwesend rieb er ihre Finger an seinen Lippen. Ihm wurde erst bewusst, was er tat, als ihre Hand sich in seiner versteifte, und sie die Hand nach unten zog. Doch sie machte keine Anstalten, seine Finger loszulassen. Stattdessen hielt sie seine Hand auf ihrem Schoß. Telepathisch sagte er: *Ich will immer noch mehr über die Jagdhunde herausfinden, die mich angegriffen haben, wenn ich kann — wessen Magie außer deiner noch im Spiel war. Jemand hat den Nebel herbeigerufen. Robin ist ein Naturkobold. Er hätte es tun können. Aber inzwischen halte ich es für möglich, dass er dazu gezwungen wurde.*

Könnte das der Grund sein, warum Isabeau ihr „Haustier“ so dringend zurück will?, fragte Sophie.

Vielleicht. Er schaute sie brütend an. *Ich würde auch gern erfahren, woher sie wussten, wie sie mich finden. Ich bin alles mehrmals durchgegangen, und ich verstehe nicht, wo ich einen Fehler gemacht oder eine Spur hinterlassen habe, deswegen stört mich das.*

Nein, einen solchen Fehler hättest du nicht gemacht. Sie lächelte ihn schief an. *Du bist zu vorsichtig.* Laut sagte sie: „Nebenbei bemerkt wird es nicht lange dauern, die Runen zu werfen und zu lesen."

Er nickte. „Machen wir's. Die Männer werden sowieso nicht vor Einbruch der Dunkelheit aufkreuzen. Wenn du fertig bist, können wir alles Nötige einpacken, das in den Rittersaal gebracht werden soll."

„Ich setze Wäsche auf, dann hole ich meine Runen." Sie drückte seine Finger, ließ die Hand los und erhob sich. „Wenn es zu einer Belagerung kommt, kann ich zumindest mit sauberen Klamotten einsteigen."

Auch Nikolas stand auf und schaute ihr nach. Dann ging er zurück zu seinem Brandyglas und nahm noch einen ordentlichen Schluck. Einen Augenblick behielt er die Flüssigkeit im Mund, konzentrierte sich auf den feinen, wärmenden Geschmack. Sie legten auf Gedeih und Verderb alles, was sie hatten, in diesen Versuch. Setzten alles auf Sophies Fähigkeiten.

Als sie wieder in die Küche kam, drehte er sich um. Sie trug ein kleines Bündel aus einem satt gefärbten Tuch, das sie auf den Tisch legte, während er sich hinsetzte. Er gesellte sich zu ihr, nahm ihr gegenüber Platz und sah fasziniert zu, wie sie den dunkelblauen, bestickten Stoff aufschlug. Magie breitete sich in der Luft aus.

Er hielt die Hand über den Stoff, um das kühle Gefühl der Magie zu genießen, dann sagte er: „Das hast du getan. Du hast das gemacht."

„Ja." Sie wirkte überrascht. „Woher weißt du das?"

„Es fühlt sich nach dir an."

Ein Hauch Farbe stahl sich auf ihre Wangen. „Ist das was Gutes?"

„Es ist etwas sehr Gutes", murmelte er und beobachtete sie. Diese Röte rief er hervor, nur war der Grund diesmal nicht Verzweiflung oder Wut. Überrascht davon, wie gut sich dieses Wissen anfühlte, drängte es ihn nach mehr. „Es ist eines der besten Dinge, die ich seit langer Zeit gespürt habe."

Die Röte in ihren Wangen leuchtete stärker auf, während der Ausdruck ihrer Augen wieder verletzlich wurde. „Was machst du da?", fragte sie.

Weil er sie spüren wollte, nicht nur ihre Macht, streckte er die Hand aus, um über die blütenzarte Haut ihrer Wange zu streichen. „Ich will, dass du mir vertraust", sagte er ruhig. „Ich bitte dich, mir zu glauben, dass ich gestern Nacht aus guten Gründen weggegangen bin, und keiner dieser Gründe hatte etwas mit dir zu tun. Keiner davon hatte etwas damit zu tun, wie sehr ich bei dir bleiben wollte. Wir können später noch weiter darüber reden, aber kannst du mir vorerst so weit vertrauen?"

Ihr Atem entwich als leiser, unsicherer Seufzer. Nachdem sie einen kurzen Augenblick lang die Lippen auf- einandergepresst hatte, nickte sie. „Ok. So weit vertraue ich dir."

„Danke, meine Sophie", flüsterte er.

Ihre Aufmerksamkeit fiel auf den Beutel, den sie hielt. Sie öffnete ihn und schüttete ein Häuflein polierter Steine in ihre Hand. Sie waren schön, aus Rosenquarz, in den Goldrunen graviert waren. Ihr Blick wurde unscharf. „Ich versuche herauszufinden, wie ich die Sache am besten formuliere. Du willst Antworten zu dem, was passiert ist."

„Ich schätze, es geht weniger darum, herauszufinden, ob ich Fehler gemacht habe." Er rieb sich den Nacken. „Sondern darum, dass das, was immer es war, nicht noch einmal passiert. Deswegen habe ich es bisher nicht auf sich beruhen lassen. Vielleicht *war* es ein Fehler, den ich gemacht habe. Vielleicht haben sie aber auch eine Fähigkeit, uns nachzuspüren, von der wir nichts wissen. Wenn Robin den Nebel geschaffen hat, kann ich das akzeptieren, aber vielleicht war er gar nicht dafür verantwortlich. Vielleicht ist diese Person dieselbe, die mich aufgespürt hat."

Sie hörte zu und nickte. „Also lautet die Frage: Was für Schwächen haben wir, von denen wir nichts wissen?" Sie schaute ihn kurz von der Seite an, schnell wie ein Silberfischchen, und dann wieder von ihm weg. „Bezogen auf diesen Konflikt", fügte sie hinzu. „Wäre das richtig?"

„Ja." Er lehnte sich zurück und verschränkte die Arme. „Das wäre die Essenz der Sache."

„In Ordnung. Damit kann ich arbeiten. Jetzt musst du still sein und mich ans Werk gehen lassen. Stell keine Fragen, bis ich fertig bin."

Während er sie beobachtete, hielt sie die Steine einen langen Augenblick mit beiden Händen umschlossen, während ihre Züge sich konzentrierten. Dann warf sie die Runensteine vorsichtig auf den Stoff.

Das war es, was sie getan hatte, als sie die Vision von ihm gehabt hatte, und als er die Verbindung zu dem Bild von ihr erhalten hatte. Er beobachtete sie genau, fasziniert von jeder kleinen, hauchfeinen Veränderung in ihrem Gesicht. Ihre Aufmerksamkeit richtete sich auf Dinge, die er nicht sehen konnte.

Während er hinsah, verdunkelte sich ihre Haut. Ihr Mund öffnete sich, als wollte sie etwas sagen, aber kein Geräusch wurde laut. Sie legte sich eine Hand an die Kehle, und da fiel ihm auf, dass sie nicht atmete.

„Sophie", sagte er. Sein Herz hämmerte.

Als sie nicht antwortete, stand er so schnell auf, dass sein Stuhl gegen die Wand geschleudert wurde. Er schob den Tisch aus dem Weg, so dass Tuch und Steine wegflogen, hob sie hoch und legte sie rasch auf den Rücken, auf den Boden.

Sie atmete immer noch nicht.

Panik brannte durch all seine Nervenenden. Sanft öffnete er ihre Lippen und fuhr mit dem Zeigefinger durch ihre Mundhöhle, um sicherzustellen, dass es keine Blockaden gab. Er hatte nicht gesehen, dass sie etwas in den Mund genommen hatte, aber er musste sichergehen. Dann versiegelte er ihre Lippen mit seinen und blies warme Luft in ihre Lunge. Dann noch einmal. Noch einmal.

„Komm schon", krächzte er zwischen den Atemzügen. Was sagte man, wenn die Welt zum Stillstand gekommen war? „Was zur Hölle ist mit dir los, Sophie? *Komm schon.*"

Nachdem er ihr dreimal Luft gegeben hatte, tastete er nach ihrem Puls. Ein Teil von ihm konnte nicht glauben, was er da tat. Es war ihr gut gegangen. Gerade war es ihr noch gut gegangen.

Plötzlich überkam sie ein Hustenanfall, und es war das Schönste, was er je gehört hatte. Ihre Augen waren weit aufgerissen. Sie starrte ihn an, dann rollte sie sich auf die Seite, keuchte und hustete erneut.

„Langsam, mach ganz langsam", sagte er heiser, während er ihr über den Rücken rieb. „Alles in Ordnung mit dir."

Aber beinahe nicht.

Als sie sich zum Sitzen aufrichtete, ließ er einen Arm unter sie gleiten, um ihr zu helfen, dann hob er sie weiter auf, bis er sie in den Armen hielt. Ihr schien es nichts auszumachen. Entweder zitterte sie, oder er war es. Gottverdammt, dieser Tag war die Hölle für seine Nerven, und er hatte noch nicht einmal gekämpft.

Er wusste, wie man kämpfte, und wie man gut kämpfte. Er wusste nicht, wie man mit so einem Scheiß fertig wurde.

An diesem Punkt wäre ein Kampf eine Erleichterung gewesen.

Mach mal langsam, Nik. Eines nach dem anderen.

Während er sein Gesicht in ihren Haaren vergrub, zwang er sich dazu, ruhig zu fragen: „Du hast aufgehört zu atmen. Ist dir klar, dass du aufgehört hast zu atmen?"

„Zu diesem Schluss bin ich gekommen", krächzte sie. Sie schnappte immer noch ausgiebig nach Luft. „Ich brauche einen Schluck Wasser."

Er stand sofort auf, spülte ihr Brandyglas aus und füllte es mit frischem Wasser, das er ihr brachte. Er ging auf ein Knie, während sie trank. Sie leerte das Glas, und er nahm es ihr ab und stellte es beiseite.

Als ihre Gesichtsfarbe sich wieder normalisierte, sagte er immer noch mit dieser allzu ruhigen Stimme: „Warum zum Teufel hast du mir nicht gesagt, dass das Runenlesen so gefährlich ist? Wenn ich das gewusst hätte, hätte ich es nie von dir verlangt."

„Ist es normalerweise nicht." Ihre Stimme versagte und klang heiser. Sie hustete noch einmal. „Üblicherweise sehe ich einfach eine stinknormale Vision. Das ist erst das zweite Mal, dass sie zu realistisch wurde. Ich muss aufhören, diese Steine zu werfen."

Er stimmte aus ganzem Herzen zu. Während er sich in der Küche umschaute, öffnete er seine Sinne weit, um nach gefährlicher Magie zu suchen. Lag da nicht ein Hinweis auf etwas in der Luft, das er schon einmal gespürt hatte, etwas von jenem ersten Tag, als ihm die Jagdhunde aufgelauert hatten? Eine andere Macht war im Spiel …

Da, ganz auf dem Boden, sah er, wie das Äffchen um die Ecke spähte, sie von der Wohnzimmertür aus beobachtete. Selbst für einen Affen hatte Robin eine merkwürdige Miene aufgesetzt und wirkte zugleich wild und traurig.

Zorn explodierte tief in ihm. Nikolas zischte: *Hast du ihr das angetan? Nach allem, was sie für dich getan hat?*

Der Puck huschte außer Sicht. Nikolas wollte aufstehen und ihn verfolgen. Das Einzige, was ihn zurückhielt, war Sophie, die nach seiner Hand griff. Sie wirkte so verstört und verlassen, dass er es aufgab, jetzt dem Puck nachzulaufen, und die Arme um sie legte.

Sie schmiegte ihr Gesicht in seine Halsbeuge und lehnte sich an ihn, und das war so weit von ihrer normalen forschen Art entfernt, dass er keine andere Wahl hatte, als sie zu umfangen, sie so fest an seiner Brust zu wiegen, wie er konnte.

Die explodierende Wut erstarb nicht. Stattdessen wurde sie stärker. „Was hast du in der Vision gesehen?", knurrte er.

„Ich will nicht darüber reden", flüsterte sie.

Ihre Stimme klang verwundet und leise, was einen Teil von ihm wirklich wahnsinnig machte. Es war ihm ein Gräuel, dass etwas in sie gelangen und sie so verletzen hatte können. Er nahm ihren Kopf in die Hände, als wolle er ihn von der Welt abschirmen.

Als wolle er sie ganz besonders vor sich abschirmen, noch während er mit leiser, harter Stimme sagte: „Es spielt keine Rolle, ob du es willst oder nicht. Du musst darüber sprechen."

Als sie nicht antwortete, ließ er eine Hand unter ihr Kinn gleiten und zwang sie dazu, aufzuschauen. Ihre Augen hatten sich mit Tränen gefüllt, und sie schaute ihn mit solchem … solchem Mitgefühl? … an, dass ein ganz anderer Alarm in ihm losschrillte.

„Was?", fragte er.

Ihr Gesicht spannte sich an. „In der Vision versuchte einer deiner Männer, mich zu töten."

Kapitel 15

„NEIN", SAGTE NIKOLAS. „Das akzeptiere ich nicht."
Er hielt sie immer noch genauso fest, aber sein Gesichtsausdruck verriet ihr deutlicher als seine Worte, dass er alles von sich wies, was sie gerade gesagt hatte.

Sie hatte gewusst, dass er so reagieren würde, noch bevor sie überhaupt gesprochen hatte. Wie konnte er auch nicht? Er kannte seine Männer sehr viel länger, als sie lebte. Sie waren seine Mitstreiter, seine Brüder und Kameraden, und er hatte bereits gezeigt, wie tief seine Hingabe an sie und sein Volk war.

„Vielleicht ist es ein schreckliches Missverständnis", sagte sie. „Vielleicht ist ihm nicht klar gewesen, dass ich auf deiner Seite stehe. Wirklich, ganz ehrlich, ich bin auf deiner Seite. Ich helfe dir, und ich will dir helfen. Wenn wir ihnen das klar machen, sobald sie ankommen, gibt es kein Problem, richtig?"

Er starrte sie an, als würde er sie fast hassen, und dieser Ausdruck in seinen Augen tat wirklich weh, aber sie hatte eine Ahnung, wie er sich fühlen musste, daher hielt sie es aus und nahm es hin.

„Du hast gefragt, welche Schwächen haben wir, von denen wir nichts wissen?", vergewisserte er sich durch angespannte Lippen. „Richtig?"

Sie nickte.

„Wie sah der Mann aus?“

„Ich weiß es nicht“, flüsterte sie.

In seinen dunklen Augen blitzte Zorn. „Was meinst damit, du weißt es nicht?“

„Ich meine, dass ich es nicht weiß. Jemand näherte sich mir von hinten und fing an, mich zu würgen. Wir waren im Inneren des Anwesens. Die Einzigen, die drinnen waren, waren du und deine Männer, ich und Robin.“

„Robin“, knurrte er und sah sich mit neu entfachtem Zorn um.

Seine Miene war furchterregend. Sie entzog sich seinen Armen, kam auf die Knie und stand auf. Als sie sich umdrehte und vor ihn stellte, sah sie, dass auch er aufgestanden war. „Warum bist du so wütend auf Robin?“

„Er hat irgendwie in deine Vision eingegriffen. Ich weiß nicht, was er getan hat. Er hat sie verstärkt, oder geführt. Vielleicht hat er sie verdreht.“ Nikolas knurrte in Richtung Wohnzimmer: „Komm raus, du kleiner Bastard.“

„Nikolas.“ Sie nahm ihn an den Handgelenken. „Hör auf. Du reagierst emotional, und warum auch nicht? Mein Gott, *ich* reagiere emotional. Ich wollte diese Worte nicht zu dir sagen, und ich kann mir nur vorstellen, wie du dich wahrscheinlich fühlst.“

„Kannst du das, wirklich?“ Er konfrontierte sie heftig. „Diese Männer sind meine Familie.“

„Ok“, sagte sie mit weicher Stimme, ihre Finger griffen fester nach ihm. „Es war ein Fehler. Die Vision ging schief, das ist alles. Wir können sie vergessen. Ich weiß nicht, was Robin vorhatte, aber ich glaube nicht, dass er mich absichtlich verletzen würde.“ Sie hob die Stimme. „Würdest du das, mein Lieber?“

Als ob er antworten wollte, kam Robin in die Küche

geschlichen. Um Nikolas machte der Affe einen großen Bogen und rannte zu Sophie. Als sie die Arme öffnete, sprang er hinein. Der Puck vergrub sein Gesicht an ihrer Brust, und sie drückte ihn fest.

Mit finsterem Blick auf Robin begann Nikolas, wie ein eingesperrtes wildes Tier auf und ab zu gehen. „Erzähl mir, was du gesehen hast."

„Nein. Das macht alles nur schlimmer."

Er fuhr zu ihr herum, seine Augen funkelten. *„Erzähl mir, was du gesehen hast."*

Sie ging einen Schritt rückwärts, während sie in seinem Gesicht nach jeglichen Anzeichen für Verständnis oder Glauben suchte. Er reagierte wie ein verwundetes Tier, und bei den Göttern, sie warf es ihm nicht vor.

„Ich glaube nicht, dass jetzt der richtige Zeitpunkt für dieses Gespräch ist", sagte sie zu ihm.

Nikolas breitete die Arme weit aus. „Wann dann, Sophie?", knurrte er. „Meine Männer werden bald hier sein. Wir sind ganz allein, nur du und ich. Sag mir, wann sonst sollten wir uns darüber unterhalten?"

Sie schaute hinab in Robins Augen. Er wirkte so traurig. Sie streichelte dem Puck den Kopf und sagte leise: „Wir waren alle im Anwesen, und ich wusste, dass wir nach Antworten wegen der zerschmetterten Stücke der Übergangsmagie suchten. Es ist nur der Hintergrund der Vision, dieses Wissen. Es verortet alles, verstehst du? Dann war ich allein, irgendwo in einem großen, oder vielleicht auch einem langen Raum. Ich war richtig aufgeregt über irgendwas, als jemand sich von hinten näherte, mir die Hände um den Hals legte und mich zu würgen begann. Ich wehrte mich, aber er war wirklich stark, wie … wie du dir sicher vorstellen kannst. Er war auch groß, vielleicht so groß wie du, oder sogar noch größer. Ein großer Mann mit großen Händen, niemand so kleines wie ein Puck." Sie küsste das Äffchen und flüsterte ihm zu: „Du warst es nicht, oder?"

Uuh-uuh, formte der Affe mit dem Mund, die Augen aufgerissen und ernst. Er schüttelte den Kopf.

Telepathisch fragte sie: *Robin, warum hast du in die Vision eingegriffen?*

Sie erwartete keine Antwort. Zu diesem Zeitpunkt rechnete sie nicht mehr damit, dass Robin irgendetwas von dem beantwortete, was sie zu ihm sagte, daher war es eine enorme Überraschung, als sie in ihrem Kopf eine Stimme vernahm, trocken wie das Rascheln von Herbstlaub: *Weil ihr es wissen musstet. Auch wenn er Robin das vielleicht nicht vergibt, muss er es wissen. Einige von uns sind nicht, was sie zu sein scheinen, mein Liebes.* Der Puck tätschelte mit beiden Händen ihren Hals. *Robin war nicht klar, dass sein Eingreifen dich verletzen könnte.*

Einige von uns sind nicht, was sie zu sein scheinen. Was meinte der Puck damit?

Ist in Ordnung, flüsterte sie zurück. *Aber mach es nicht nochmal.*

Seine Antwort war heftig. *Nein, niemals wieder.*

Robin, hast du in meine erste Vision von Nikolas eingegriffen? Als das Äffchen den Kopf hängen ließ, sagte sie: *Du hast, nicht wahr? Was hast du dir davon erhofft?*

Hilfe, flüsterte der Puck. *Ein Puck hoffte auf Hilfe. Die Königin ließ ihn Dinge tun, die er nicht tun wollte. Nebel schaffen, Morde verhüllen, wie ein Äffchen tanzen zu ihren bösen Launen.*

„Hoffte auf Hilfe …", murmelte sie laut und starrte ihn an. Sobald ihr Verstand anfing, die Einzelteile zusammenzusetzen, wollte er nicht mehr aufhören. „Robin, hattest du etwas damit zu tun, dass an dem Abend, als ich dich auf der Straße fand, mein Auto stehen blieb?"

Denn es war wirklich ungewöhnlich, dass ihr Technik-Fluch etwas so großes wie ein Auto dazu brachte, den Dienst zu versagen. Und es war sogar noch suspekter, dass das Auto gleich danach perfekt wieder angesprungen war.

Ein Puck hoffte auf Hilfe, wartete so lange, flüsterte Robin. *Wartete, dass jemand merkte, dass er fort war, gefangen und verloren, aber niemand kam. Also half Robin sich selbst. Als du ankamst, ganz gleich, wie ihn das schreckliche Seil bekämpfte und biss, befreite er sich und warf sich mit letzter Kraft auf eine Sophie.*

Er klang so verstört, dass sie ihn fest umarmte. „Niemand wusste, wo du hingegangen warst, aber jetzt hast du Hilfe, das verspreche ich. Du bist nicht mehr allein."

Auf der anderen Seite des Tisches stand Nikolas auf, die Hände an der Hüfte, und starrte sie an. Er war so von bitterer Wut erfüllt, dass seine Macht sich anfühlte wie ein Vulkan, der gleich ausbrechen würde, nur noch gefährlicher, weil er sich so gefasst hielt.

„Er spricht endlich, oder?", fragte Nikolas abrupt. „Er spricht mit dir."

„Die Königin hat ihn dazu gezwungen, Dinge zu tun", sagte Sophie. „Als er den Nebel geschaffen hat, tat er noch etwas anderes, das offenbar in meine Vision eingegriffen hat, genau wie gerade eben. Er sagte, er hätte Hilfe gesucht. Er ließ auch mein Auto anhalten, gleich nachdem ich angekommen war, und er hat seine letzte Kraft für die Flucht aufgewendet."

Während sie sprach, musste sie sich konzentriert bemühen, um dem dunklen, heftigen Brennen seines Blickes zu begegnen. Sie wusste nicht mehr zu sagen, ob Nikolas ihr Verbündeter war, und es war erstaunlich schwer, sich dieser

Wahrheit zu stellen. Sie hatte sich so schnell an die Verbindung gewöhnt, die sich zwischen ihnen entwickelt hatte.

„Robin, hast du den Jagdhunden der Königin geholfen, mich an jenem Tag zu finden?" Nikolas' Zorn hatte offenbar seinen Höhepunkt erreicht. „*Hast du?*"

Robin schien in Sophies Armen zusammenzuschrumpfen. Er tätschelte ihren Hals noch einmal sanft mit seinen Spinnenfingern und flüsterte in ihrem Kopf: *Robin hat versucht, es dir zu zeigen. Dinge sind nicht, was sie zu sein scheinen. Ein Bruder ist kein Bruder. Ein Haus, das zerbrochen ist, könnte immer noch den Schlüssel enthalten. Die stärkste Kraft könnte den Kampf noch gewinnen, und Wahrhaftigkeit kann alle Welten erschaffen und heilen, aber, mein Liebes, hüte dich vor dem Falschen, der verrät.* Er warf einen Seitenblick auf Nikolas. *Er kann diese Worte nicht hören. Er liebt an den falschen Stellen zu sehr.*

Ein Bruder ist kein Bruder.

Hüte dich vor dem Falschen, der verrät. O du lieber Gott.

Als die schwere Botschaft von Robins Worten sich setzte, lockerten sich ihre Arme. Robin sagte in Sophies Kopf: *Robin muss gehen und einen Sturm schaffen.*

Als Nikolas gerade einen Schritt machen und Robin packen wollte, sprang der Puck weg und verschwand im Flur. „Halt", sagte Sophie zu Nikolas. Er machte Anstalten, Robin nachzuhechten, und sie warf sich vor ihn und packte ihn an den Armen. „Nikolas, hör auf! Lass ihn in Frieden! Robin hatte nichts damit zu tun, wie dich die Jagdhunde fanden. Er hat nur den Nebel geschaffen."

„Wie kannst du ihm noch glauben, nachdem er dir so wehgetan hat?", fuhr Nikolas sie an. Er starrte sie an. „Bei allen Göttern, Sophie. Du. Hast. Aufgehört. Zu. Atmen.

Was hättest du getan, wenn du allein gewesen wärst?“

„Das ist nicht passiert.“ Irgendwie schaffte sie es, die Worte einigermaßen ruhig hervorzubringen. „Nik, du glaubst Robin vielleicht nicht. Das ist deine Entscheidung, aber ich glaube ihm. Er wollte mich nicht verletzen. Es war ein Fehler, und es tut ihm leid. Hör zu – *hör zu!*“ Als er ihren Griff wütend abschüttelte, packte sie ihn wieder. „Er wollte die Vision beeinflussen, aber er konnte sie genauso wenig kontrollieren wie ich. Das ist doch das Wesentliche bei der Magie des Hellsehens, verstehst du? Ich zwinge meine Bedürfnisse und Wünsche nicht dazu, Bilder zu entwerfen. Ich öffne mich für die Bilder, die zu mir kommen, basierend auf den Fragen, die ich stelle, und die Visionen bergen immer einen Aspekt der Wahrheit. Robins Eingreifen beim ersten Mal hat dazu geführt, dass du und ich einander sahen, was auf jeden Fall nicht normal ist, aber es war nicht falsch.“

Einen Augenblick lang dachte sie, sie wäre nicht zu ihm durchgedrungen. Die brutalen Gefühle, die durch seinen angespannten Körper pochten, fühlten sich an wie ein Pfeil, aufgelegt und so weit wie möglich zurückgezogen, bevor er zu einem tödlichen Schuss losgelassen wurde.

Dann ließ die Anspannung nach, und er hörte auf, sich gegen ihren Griff zu sträuben. Mit leiser Stimme voller Widerwillen murmelte er: „Ich höre zu.“

Sie entspannte sich etwas, ließ seine Arme los und bemerkte zum ersten Mal, dass ihr tatsächlich der Hals wehtat. Sie räusperte sich und sagte heiser: „Ich schätze, da haben wir etwas erreicht.“

Aber zu welchem Preis?

„Ich brauche frische Luft“, erklärte Nikolas. Ohne sie anzuschauen, wandte er sich ab und ging nach draußen.

Das Haus fühlte sich seltsam an, nachdem er gegangen

war: größer, kälter und leerer. Da sie gerade nicht weiterwusste, blickte Sophie sich um und sah die verstreuten Steine, das magisch bestickte Tuch auf dem Tisch und die Brandyflasche, die immer noch auf dem Tresen stand.

Sie nahm einen Schluck Brandy direkt aus der Flasche und schaute aus dem Fenster, als in der Ferne gerade Gawain mit einer Schubkarre voller Feuerholz das Anwesen betrat. Dann sammelte sie die Steine ein und steckte sie wieder in den Samtbeutel, faltete das Tuch zusammen und ging zurück in ihr Schlafzimmer.

Ihre Nerven waren überlastet, und ein leichtes Beben hatte ihre Hände ergriffen. Da sie sich nicht auf irgendetwas Kompliziertes konzentrieren konnte, richtete sie ihre Aufmerksamkeit auf die Aufgabe vor ihr.

Wäsche waschen. Packen. Sie zog das Bett ab, stopfte auch das Bettzeug in die Waschmaschine. Prüfte ihre Scheiß-Liste.

Sie hatte gedacht, sie hätte langsam genug irres Zeug erlebt, und dann war immer noch etwas dazugekommen. Sie erhielt allmählich einen Blick auf etwas Größeres, als sie sich je vorgestellt hatte. Sie waren alle in ein Netz von Ereignissen verstrickt, und keiner von ihnen hatte die Kontrolle.

Was für ein schreckliches Wort, Verrat.

Robin hatte recht. Sie konnte das Wort nicht zu Nikolas sagen, und er konnte es nicht hören. Er war zu treu. Er hatte alles, was er hatte, für diese Männer aufgegeben. Es war wirklich bewundernswert, und in diesem Fall tragisch. Wie hätte sie sich gefühlt, wenn sie herausgefunden hätte, dass Rodrigo sie verraten und versucht hätte, sie zu töten?

Es war undenkbar. Ihre Eingeweide zogen sich zusammen, ihre Augen füllten sich mit Tränen, als sie sich erinnerte, wie Rodrigo ihr Erste Hilfe geleistet hatte, bis der Krankenwagen gekommen war, das Gesicht verzerrt vor Angst und Sorge.

Gah, sie fühlte sich überreizt, ausgezehrt. Sie war zu stark verwickelt in alles, was geschah, emotional zu sehr involviert. Wie war sie da in so wenigen Tagen hineingeraten? Wann war aus dem (unfassbar überwältigenden, kreischenden, extrem fantastischen, ausgelassenen) Sex mit Nikolas plötzlich der Gedanke entstanden, dass sie sich liebten?

Sie war nicht so dumm, sich in ihn zu verlieben. Ihr war das sogar klar gewesen, bevor er sie überhaupt gewarnt hatte, warum also fühlte sie sich innerlich so zerrissen? Würde sie tatsächlich mit einer Gruppe Männer in das Anwesen gehen, von denen sie die meisten nicht kannte, und von denen einer versuchen würde, sie zu töten, nur weil sie etwas für Nikolas empfand?

Der Mini hatte genug Benzin, um sie nach Shrewsbury zu bringen. Sie konnte sich Robin schnappen – wenn er denn gehen wollte –, und sie könnten einfach losfahren und das erste Flugzeug nehmen, das sie zurück in die USA brachte. Wie würde sie den Puck in ein Flugzeug bekommen? Würde sie ihn beim Flug auf dem Schoß halten dürfen wie ein Baby?

Dann dachte sie an die angespannte, zornige Qual in Nikolas' Gesicht, und ihr war klar, dass sie ihre Vorstellungskraft und Energie verschwendete, wenn sie sich etwas ausmalte, das einfach nicht stimmte. Sie würde nirgendwohin gehen, nicht, solange er ihre Hilfe brauchte. Vielleicht würde er sie dafür nicht mögen – würde er es ihr wohl nicht einmal danken – und er vertraute ihr vielleicht nicht mehr, aber sie konnte ihn nicht verlassen.

Nicht, bis er sie darum bat.

In einem Akt so glorreich dysfunktional, dass sie nicht fassen konnte, dass sie es sich eingestand, schlug Blöd und Durchgeknallt™ wieder zu. Sie war nicht so dumm, sich in Nikolas zu verlieben, aber sie hatte es trotzdem getan.

„Warum bist du so angelegt, du dummes Weib?", murmelte sie, während sie ins Bad stapfte, um ihre Waschutensilien zu holen und die Wäsche in den Trockner zu legen. „Mit deinem Kopf stimmt doch was nicht. Woher hast du gewusst, dass du dich auf den absolut letzten Mann auf dem Planeten einschießen musst, mit dem du etwas anfangen solltest? Es gibt so viele Männer auf der Welt, Sophie Ross. So. Viele. Rodrigo zum Beispiel. Warum konntest du dich nicht in deinen guten, treuen, *verfügbaren* Kumpel Rodrigo verlieben?"

Während sie sich selbst ausschimpfte, versuchte sie aus dem schwarzen Kleidungsstück schlau zu werden, das sie in den Händen hielt. Was war das? So etwas besaß sie nicht.

Es war nicht nur zu groß, es war auch noch verkehrt herum. Als sie das Kleidungsstück schließlich auf die richtige Seite drehte, erkannte sie, was sie da hielt. Es war eines von Nikolas' schwarzen Hemden. Sie hatte seine Kleider automatisch zu ihren in die Wäsche geworfen.

Aus irgendeinem Grund machte sie das furchtbar betroffen. Es war lustig, oder schrecklich, oder sonstwas, sie wusste nicht, was. Sie zerknüllte das Hemd in den Fäusten und begann sich die Handballen an die Stirn zu schlagen, im Rhythmus der Worte, die ihr durch den Kopf gingen.

Sophie. Sophie. Sophie. Sophie.

Das. Ist. Der. Grund. Warum du. Keine Arschlöcher küsst. Er bringt dich zum Orgasmus, und plötzlich wäschst du seine Klamotten.

Sie kannte ihn noch nicht sonderlich lang. Vielleicht war

sie nur ein bisschen in ihn verliebt, wie eine Erkältung anstelle einer Grippe. Das würde bedeuten, dass sie schnell über ihn hinwegkam, oder?

Etwas, eine Veränderung in der Luft oder ein subtiles Geräusch, veranlasste sie dazu, den Kopf zu heben. In der Ecke des Badezimmerspiegels sah sie Nikolas im Türrahmen stehen. Sie erstarrte, musterte seine Miene von der Seite. Sein Gesichtsausdruck war verletzt und herzzerreißend.

„Du hast den Mann nicht gesehen, der dich gewürgt hat", sagte er.

Wortlos schüttelte sie den Kopf.

„Du hast nie die Frage gestellt, ob ich es sein könnte."

Sie blinzelte. „Natürlich nicht. Ich weiß, dass du es nicht warst. Du – du würdest mir das nicht antun."

„Weil du mir vertraust."

Die Gefühle in diesem Satz waren von Komplexität gesäumt, die sie nicht deuten konnte. Dachte er darüber nach, dass er seinen Männern so lange vertraut hatte? Im Vergleich kannte sie ihn nur so kurz, aber das änderte ihre Überzeugung nicht.

Sie wandte sich dem Hemd zu, das sie noch immer hielt, und nickte. „Ja. Weil ich dir vertraue."

Er legte von hinten den Arm um sie, vergrub das Gesicht in ihren Haaren. Das Blut wallte so heftig in seinem Körper, dass sie sein Herz an ihrem Rücken pochen spürte. Er atmete schwer, und er fühlte sich leicht verschwitzt an, als wäre er gerannt.

„Es ist nicht Gawain", flüsterte er. „Es kann nicht Gawain sein. Das glaube ich nicht von ihm. Er ist nicht zu einem solchen Verrat fähig. Er würde sich lieber die Hände abschneiden als dir wehzutun."

Verrat. Nikolas glaubte ihr. Er vertraute ihr, und er war

von allein auf das Wort gekommen. Ihre Brust verkrampfte sich vor Mitgefühl.

Sie lehnte sich an ihn und griff nach hinten, um seinen Hinterkopf zu umfassen. „Ich kann das auch nicht von ihm glauben“, flüsterte sie so sanft zurück, wie es ihr nur möglich war. „Sein Herz ist zu gut.“

Er hob den Kopf, um die lange, lockige Pracht ihrer Haare zur Seite zu schieben, dann legte er sein Gesicht an die Wärme ihres Nackens, Haut an Haut. „Wenn wir ins Haus gehen, bleibst du entweder bei Gawain oder bei mir, hörst du? Du gehst nirgends allein hin, nicht mal auf die Toilette.“

Jetzt war nicht der richtige Zeitpunkt, um für den freien Willen und gegen das Äußern unerwünschter Befehle Stellung zu beziehen. Er brauchte eine Zusicherung, und die gab sie ihm. „Ich gehe nirgends allein hin, das verspreche ich.“

Er hielt sie so fest, dass sie den Druck in den Knochen spürte, aber sie protestierte nicht und versuchte auch nicht, sich ihm zu entziehen. „Ich denke, ich weiß, wer es sein könnte“, murmelte er nach einem Augenblick. „Es geht hier nicht nur um das, was du ihn hast tun sehen. Es ist mehr als das. Ich denke, es geht um den Angriff der Jagdhunde vor zwei Wochen. Es könnte sogar den Angriff auf das Pub vor ein paar Nächten betreffen. Nur die Götter wissen, wie weit es reicht.“

Das hatte sie nicht erwartet. Als sie sich umdrehen wollte, um ihn anzuschauen, ließ er locker, damit sie den Freiraum bekam, dann griff er wieder fest zu. „Oh, nein.“

„Ich könnte mich irren“, sagte er. „Zu denken, dass irgendeiner von ihnen das tun könnte, ist falsch, aber bei einem von ihnen würde der Zeitpunkt gewisser Gespräche mit den Ereignissen zusammenpassen.“

„Du kannst nicht mit diesem Zweifel leben, wenn er dauernd an deinen Gedanken nagt“, erklärte sie. „Du kannst niemandem vertrauen, dir im Kampf den Rücken zu decken, wenn du denkst, er könnte versucht haben, dich töten zu lassen.“

„Nein“, pflichtete er bei. Seine Augen waren immer noch rot und wund, aber die Linien seines Gesichts hatten sich verhärtet. „Also stellen wir eine Falle, und wir werden sehen, ob er den Köder schluckt. Du wirst nie allein sein, keinen Augenblick lang, meine Sophie. Das schwöre ich, aber – wir können ihn glauben machen, dass du es bist. Wirst du mir helfen?“

„Natürlich“, sagte sie sofort. „Ich werde alles tun, was du verlangst.“

Als ihre Worte in der Luft hingen, horchte sie auf das, was sie gerade gesagt hatte, und zuckte innerlich zusammen. *Scheiße.* Das hatte ziemlich wahrhaftig geklungen.

Er strich mit der Rückseite seiner Finger über ihre Wange, den Blick nach innen gerichtet. „Ich werde es Gawain erzählen müssen, damit er versteht, warum du nicht allein gelassen werden darfst, wenn die anderen kommen, und damit er helfen kann, die Falle zu stellen.“

„Das wird ein schwieriges Gespräch“, flüsterte sie und rieb ihm über den Rücken. „Nik, es tut mir so leid, dass du das durchmachen musst.“

Mit einem Ruck konzentrierte er sich wieder, und er schaute sie an, als würde er sie zum ersten Mal sehen. Er nahm ihr Gesicht in die Hände und strich ihr mit beiden Daumen über die Lippen. „Dir muss nichts leidtun. Wenn du nicht wärst, wer weiß, wie viel Schaden dieser Mann noch anrichten könnte. Es ist schwer zu glauben, dass du erst vor ein paar Tagen in unser Leben getreten bist. Du hast schon geholfen, meine Hoffnung wiederherzustellen, und jetzt formst du uns neu. Dass ich letzte Nacht weggegangen bin …" Plötzlich beugte er den Kopf, um seine Lippen an ihre zu legen. Beinahe tonlos sagte er dicht an ihrem Mund: „Dass ich letzte Nacht von dir weggegangen bin, war eines der schwersten Dinge, die ich je getan habe."

Warum hast du es dann getan?

Der Aufschrei verletzter Gefühle hallte durch ihren Kopf, aber sie war nicht bereit, den Grund zu hören, also sprach sie es nicht aus. Sie wollte nicht hören, wie er den relativen Wert, bei ihr zu bleiben, gegen den aufwog, sie zu verlassen. Sie fühlte sich zu verwundet und ungeschützt, und sie wusste bereits, dass sie bei seiner Einschätzung nicht auf der Gewinnerseite gelandet war.

Stattdessen warf sie alles beiseite – ihre verletzten Gefühle, Unsicherheiten, alles – und schlang ihm die Arme um den Hals, um ihn mit aller Macht ihrer angestauten Emotionen zu küssen.

Es war, als hätte sie ein brennendes Zündholz auf Benzin geworfen. Er fing unter ihrer Berührung Feuer. Er drückte sie an seine Brust, neigte den Mund, um sie mit einer so rohen, zielstrebigen Intensität zu küssen, dass es ihr eine weitere Woge Feuchtigkeit in die Augen trieb.

Sein Feuer entzündete auch sie. Es floss ihre Nervenenden entlang wie Lava, schmerzte vor Hunger, Verlangen und purer, brüllender Lust. Ihre Gedanken zersplitterten.

Alles, was sie wollte, war ihn berühren. Das war alles. Sie riss sein Hemd nach oben und ließ gierig die Hände über seinen Oberkörper streichen.

Er zischte an ihrem Mund, versenkte beide Fäuste in ihren Haaren. Es war eine primitive, aggressive Geste, die ihre Bewegungen einschränkte, sie an seinem Mund festhielt, während er sie mit solch reiner, bebender Kraft küsste, dass ihre Verteidigungen einbrachen. Er drängte sie rückwärts, sein hagerer Körper setzte sie an der Wand fest.

Als sie seinen Kuss erwiderte, seiner Aggression nachgab, feuerte sie ihn noch mehr an, wobei sie sich mit seinem Hosenbund abmühte. Warum bekam sie diesen Verschluss nicht auf? Es trieb sie in den Wahnsinn. Mit einem gemurmelten Fluch an ihren Lippen streifte er ihre Finger beiseite, um zu helfen. Während er sie weiter küsste, zog er die Hose aus, und sie öffnete den Reißverschluss ihrer Jeans und legte sie ab.

Was sie hier taten, war jenseits aller Feinheiten. Es war nicht als animalischer Instinkt. Er riss ihr hauchdünnes Oberteil hoch, zusammen mit dem Hemdchen darunter, und sie hob die Arme über den Kopf, damit er es ihr ausziehen konnte. Als ihre Brüste herausfielen, machte er ein hungriges Geräusch weit hinten in der Kehle und umfing sie mit den Händen.

Etwas Vernünftiges wollte sich in ihr Gehirn schlängeln. Sie löste sich von seinen harten Lippen, um zu keuchen: „Was, wenn Gawain reinkommt?"

Ohne hinzuschauen, griff Nikolas nach hinten und warf die Badezimmertür zu.

Aus irgendeinem Grund fand sie das witzig. Sie fing berauscht an zu lachen, aber ihr Lachen wurde unterbrochen, als er sie an der Wand hochhob und seine Hüfte zwischen ihre Beine stieß. Seine gewaltige Erektion streifte die empfindsame Haut an der Innenseite ihres Oberschenkels, und sie wurde in einer nassen Woge feucht für ihn.

Sie war kein Leichtgewicht. Sie mochte zwar seit der

Schießerei und den daraus folgenden Verletzungen etwas Muskelmasse abgebaut haben, aber sie hatte nicht alles verloren. Es kostete Kraft, ihren Körper herumzutragen oder zu heben und an der Wand festzuhalten, aber er tat es so mühelos, dass sie sich dabei entspannte und ihm die Beine um die Hüfte schlang.

„Wir sollten das nicht tun", murmelte er an ihrer Wange.

Während sie sich bog, um nach seinem Schwanz zu greifen, keuchte sie: „Du hörst jetzt nicht auf, oder?"

„Scheiße, nein." Als sich ihre Finger um ihn schlangen, ließ er den Kopf zurückfallen, und seine Augen schlossen sich mit einem Ausdruck, der an Qual grenzte. Durch zusammengebissene Zähne sagte er: „Du müsstest mich schon erschießen, damit ich jetzt aufhöre."

„Komm in mir", flüsterte sie. Sie rieb die breite Spitze an ihrer Öffnung, brachte ihn genau richtig in Position, und mit einem langsamen, unnachgiebigen Stoß nach oben drang er in sie ein. In dieser Position, aus diesem Winkel, fühlte er sich riesig an, und sie hörte, wie sie ein hohes, wimmerndes Geräusch von sich gab, als ihre inneren Muskeln sich dehnten, um ihn in Empfang zu nehmen.

Nach letzter Nacht war sie besonders sensibel. Sein Eindringen brannte nicht nur durch sie hindurch, es fühlte sich auch vollkommen richtig an, unübertroffen gut.

Seine Brust hob sich, als er innehielt, um rau zu fragen: „Tue ich dir weh?"

Zur Antwort schlang sie die Beine fester um ihn, zog ihn noch tiefer in sich. „Nur auf die bestmögliche Art", hauchte sie ihm ins Ohr.

Er legte den Kopf schief, um sie anzuschauen. Eine Hand neben ihrem Kopf an die Wand gestützt, den Arm unten um ihre Hüfte geschlungen, begann er in sie hinein-zupumpen.

Sie hatte immer einen Schock der Verbindung gespürt, wenn sie ihm in die Augen schaute, und jetzt, gekoppelt an die wilde Fleischlichkeit ihres Akts, war es beinahe zu viel. Aber sie konnte auch nicht wegschauen. Der Hunger, die Hitze in seinen dunklen Augen, die Intensität verstärkten ihre Empfindungen. Sie konnte ihn gar nicht tief genug aufnehmen. Sie bog sich, streckte sich, dehnte sich, um an der Außenseite ihres Oberschenkels vorbei zu greifen und die Stelle, an der sie vereint waren, mit den Fingern zu bearbeiten.

Ein Stöhnen brach aus ihm hervor, und sie merkte, dass ihre Berührungen auch seine Lust steigerten. „Ich kann nicht genug von dir kriegen", murmelte er. „Das macht mich wahnsinnig."

„Mich auch", wimmerte sie. Das schockierte sie. War dieses Wimmern wirklich von ihr gekommen?

Seine Hitze und Härte, das rhythmische Gefühl, bauten einen Druck und ein Bedürfnis in ihr auf, die dafür sorgten, dass sie sich in seine Schultern krallte. „Komm schon." Er zischte es ihr ins Ohr und riss unnachgiebig an ihrer Hüfte, während er sich hart an ihr rieb. *„Komm schon."*

Es hatte etwas Forderndes, ihr den Höhepunkt zu befehlen, es war so durch und durch Nikolas und völlig herrschaftlich. Sie wusste nicht, ob sie lachen, beleidigt oder schockiert sein sollte. Stattdessen spürte sie eine urtümliche Reaktion tief aus sich aufsteigen. Sie bog sich von der Wand weg und packte ihn am Nacken, während sie in einen Orgasmus stürzte.

Er beobachtete jeden einzelnen Augenblick genau, während er sich in kurzen, schnellen Stößen weiterbewegte.

Die krümmende Lust rang ihr alles ab. Sie klammerte sich an ihn, bebend, bis die letzten Wogen nachließen.

Immer noch in ihr sank er auf die Knie. Sie saß mit geöffneten Beinen auf seinen muskulösen Oberschenkeln, schlang ihm die Arme um den Hals, während er sich wieder zu bewegen begann, härter und drängender. Sie biss ihn ins Ohr und trieb ihn weiter, bis er erstarrte, alle seine Muskeln hervortraten, und plötzlich brach die unerträgliche Spannung, und sie spürte, wie er in ihr kam. Mit sanften, wiegenden Bewegungen half sie ihm, wie er ihr geholfen hatte, holte jeden letzten Augenblick der Lust heraus.

Als sie gerade dachte, sein Höhepunkt würde nachlassen, packte er sie so fest an der Hüfte, dass sie den Druck jedes einzelnen Fingers spürte, und er nahm wieder Geschwindigkeit auf, um ein paar Augenblicke später in ihr Ohr zu keuchen, als er noch einmal abspritzte. Sein Gesicht war angespannt, wunderschön erschöpft. Sie liebte jede Empfindung, jeden Hauch, während sie die Fingernägel über seinen Rücken gleiten ließ, damit er sich erneut in ihr aufbäumte, mit einem weiteren wogenden Höhepunkt.

Es war merkwürdig, erfreulich, süchtigmachend. Sie hatte dergleichen noch nie erlebt, aber alle ihre bisherigen Liebhaber waren Menschen gewesen. Nikolas stellte sie auf ein völlig anderes, unbekanntes Terrain. Da sie nicht mehr mit ihrem eigenen Vergnügen beschäftigt war, atmete sie jeden Teil von ihm ein.

Schließlich hielt er sie an den Hüften fest, während er durch zusammengebissene Zähne sagte: „Wir müssen aufhören.“

Wir müssen aufhören, hatte er gesagt, nicht: *Ich kann nicht mehr*. Er fühlte sich in ihr immer noch so hart an wie zu dem Zeitpunkt, als sie losgelegt hatten. Hieß das, dass er tatsächlich noch weitermachen konnte, noch mehr tun, noch einmal kommen? Die Verwunderung ließ sie ins Taumeln geraten.

Aber er hatte recht. Sie hatten keine Zeit, es gemächlich auszuloten. Trotzdem wollten ihre Finger ihn halten, ihre Arme wollten um seinen Hals geschlungen bleiben. Es war körperlich und emotional schwer, sich zu lösen.

Ging es ihm genauso?

Beinahe, als hätte er ihre Gedanken gelesen, festigte sich sein Griff um sie. „Ich will dich nicht gehen lassen", knurrte er. „Und ich will jetzt nicht aufhören, aber der Tag verstreicht, und wir müssen Schluss machen. Deshalb habe ich einer Liebhaberin nichts zu bieten – es ist keine Zeit, dir die Aufmerksamkeit zu widmen, die du verdienst."

Oh, diese olle Kamelle.

Diese alte Übereinkunft, die sie letzte Nacht mit vollem Einsatz zwischen ihnen erarbeitet hatte. Das sollte nur Sex sein, nur ein Zwischenspiel. Sie brauchten einander noch nicht einmal zu mögen.

Wie hatte sie es formuliert? Eine Gelegenheit, sich aneinander zu erfreuen. Mehr war nicht dabei. Es war sicher nicht seine Schuld, dass sie einfach ohne ihn, nur in ihren Gedanken die Regeln geändert hatte.

Sei nicht komisch zu ihm, Sophie, tadelte sie sich heftig. In Sachen Lust, Aufmerksamkeit und erhebender Erfahrung hatte er ihr so viel mehr gegeben, als sie erwartet oder worum sie gebeten hatte. *Mach es jetzt nicht kaputt.*

Er beobachtete sie zu genau, seine Miene brütend, daher lächelte sie ihn rasch an und küsste ihn. „Danke", sagte sie. „Das war mehr, als ich erwartet habe."

Er runzelte die Stirn. „Was zum Teufel soll das heißen?"

Sie blinzelte. „Was meinst du mit ‚Was zum Teufel soll

das heißen'? Letzte Nacht sagtest du, du könntest einer Liebhaberin keine Zeit und Aufmerksamkeit widmen. Eben hast du das wiederholt. Deshalb habe ich mich bedankt. Hätte ich mir stattdessen an die Brust schlagen und sagen sollen: ‚O mein Gott, wir hatten Sex im Bad?' Denn wenn ja, habe ich das Memo nicht erhalten."

Er nahm ihren Kopf zwischen die Hände und sagte durch zusammengebissene Zähne: „Du hast genauso Danke gesagt, wie du dich bedanken würdest, wenn dich jemand zum Essen einlädt. Du machst mich wahnsinnig."

„Ich sagte, es war mehr, als ich erwarten konnte!", rief sie. „Was sollte ich denn sonst sagen?"

Zur Antwort richtete er sich auf, hob seine Kleider auf und marschierte hinaus. Völlig verwirrt saß sie da, die Beine auf dem Boden ausgestreckt, und sah ihm nach.

Nach ein paar Minuten regte sie sich, um ihre Kleider aufzusammeln. Sie schaute auf sie hinab, dann fing sie wieder an, sich den Handteller gegen die Stirn zu schlagen.

Sophie. Sophie. Sophie. Darum. Küsst. Du. Keine. Arschlöcher. Er verschafft dir noch einen Orgasmus, und plötzlich bist du in ihn verliebt. Und irgendwie zieht ihr euch beide aus, denn das ist eine wirklich geniale Idee, die niemals schiefgeht, und dann keift ihr euch gegenseitig aus keinem nachvollziehbaren Grund an.

Nach einem Augenblick legte sie ihre Kleider sorgsam beiseite und drehte die Dusche auf. Sie reinigte sich von jeglichem Hinweis auf das, was sie zusammen getan hatten, zog sich an und machte sich wieder an die Arbeit.

Ihre Ausrede war offenbar, dass sie keinen Verstand besaß.

Und seine Ausrede blieb genau wie eh und je – unerklärlich.

Kapitel 16

ALS DER ABEND in die Dunkelheit sank, sammelten sich am Horizont Wolken, und die Luft wurde von der Energie des bevorstehenden Regens schwül und elektrisch geladen. Der Puck war vor einiger Zeit verschwunden. Jetzt, da Sophie wusste, wie sich seine Magie anfühlte, erkannte sie seine Berührung im Wind.

Sie würden in dieser Nacht einen wunderbaren Sturm bekommen. Dafür dass er noch nicht vollständig genesen war, legte sich Robin ungemein ins Zeug.

Sophie hatte gedacht, sie würde Nikolas anbrüllen, sobald er ihr wieder unter die Augen trat, aber sie hatten keine Zeit mehr für persönliche Angelegenheiten. Zu dritt aßen sie ein schnelles Abendbrot. Nikolas packte Fleisch zwischen zwei Brotscheiben und schlang es hinunter. Gawain aß Bohnen aus der Dose, während er am Küchentresen stand. Sophie folgte Nikolas' Beispiel und aß so viel von einem Sandwich, wie sie trotz der Nervosität, die ihr Magenkrämpfe verursachte, hinunterbrachte.

„Robin kann zwar wohl eure Gerüche mit seinem Sturm verwischen", sagte Sophie besorgt, „aber er erregt auch Aufmerksamkeit. Wenn ich seine Magie im Wind spüren kann, wird es anderen genauso gehen."

„Wenn sie noch in der Nähe sind, werden sie auf der Suche nach ihm sein." Nikolas' Miene war düster geworden.

„Wir müssen damit rechnen und den anderen sagen, sie sollen sich beeilen. Diese Nacht könnte hässlich werden."

Da sie sich seine Warnung zu Herzen nahm, überprüfte sie die Zauber doppelt, die sie sich vorhin auf die Arme gemalt hatte, um sicherzustellen, dass sie noch brauchbar waren. Sie zog die Glock aus dem Mini-Waffentresor, inspizierte sie rasch und steckte sie sich hinten in den Bund ihrer Jeans.

Eine Waffe im Kreuz war nicht nur unangenehm, sie war auch unsicher. Sie könnte in einem Kampf aus dem Bund rutschen, und sie hätte lieber ein richtiges Holster gehabt, aber Sophie hatte nicht daran gedacht, eines aus den Staaten mitzubringen, und sie hatten ihr auch keins gegeben. Daher würde sie so klarkommen müssen. Als letztes schob sie sich zusätzliche Munition in jede Hosentasche. Sie wollte nicht riskieren, noch einmal unvorbereitet einem dieser monströsen Jagdhunde über den Weg zu laufen.

Mit der Schubkarre, die Gawain im Schuppen hinter dem Haus gefunden hatte, transportierten sie Sachen vom Häuschen zum Anwesen. Sie machten sich nicht die Mühe, alles im Rittersaal zu sortieren, sondern stapelten es durcheinander, um es später zu ordnen.

Sie räumten die Küche aus — alle Lebensmittel, das Geschirr, die Töpfe und Pfannen, den Tisch und die Stühle und selbst das Geschirrspülmittel. Sophie zog ihr Gepäck über den Rasen, während Nikolas sich das Sofa auf den Rücken schwang und damit hinüberjoggte. Gawain folgte kurz darauf mit dem Sessel auf der Schulter, während er den Wohnzimmertisch unter einem Arm hielt.

Als Sophie den Wäscheschrank ausleerte — Laken, Decken, Bettzeug, Handtücher und Waschlappen, Waschmittel und Toilettenpapier — und alles in die Schubkarre kippte, bestanden die Männer darauf, auch ihre gesamten Schlafzimmermöbel umzuziehen, sogar das Bettgestell.

„Du gibst sowieso schon genug auf", übertönte Nikolas ihre Widerworte. „Dir ein komfortables Bett zum Schlafen zu besorgen, ist das Mindeste, was wir tun können."

Gawain schob sogar seine Harley in den Saal. Zu Sophie sagte er: „Das Bike wird wegen der Landmagie nicht funktionieren, aber zumindest kann niemand es beschädigen oder kaputtmachen, während wir im Haus sind, und wir werden es für den Fall der Fälle zur Verfügung haben."

Sie richtete ihren schmerzenden Rücken auf und nickte. Das war ein guter Gedanke. „Ich wünschte nur, das könnten wir auch mit dem Mini machen."

Bei diesen Worten hielten die beiden Männer inne, um das kleine Auto abzuschätzen, und schauten einander an. „Sofern wir beide Eichentüren aufbekommen, könnte es durchpassen", sagte Nikolas. „Wenn wir mit dem Auto etwas Schwung holen, wird der Motor ausfallen, sobald es nahe ans Haus kommt, aber es sollte noch so weit heranrollen, dass wir es den restlichen Weg schieben können."

„Echt, Jungs?" Sophie wusste nicht, ob sie gegen ihre Bemühungen protestieren oder ihnen danken sollte.

„Ja, echt", erklärte ihr Nikolas. „Es ist ein Prinzip der Kriegsführung. Man überlässt dem Feind nichts, was er benutzen, auseinandernehmen oder zerstören kann, wenn es sich irgendwie vermeiden lässt. Der Porsche wird gegrillt werden. Er ist zu groß, um durch die Türen zu passen, und früher oder später finden sie ihn. Aber wir haben zumindest die Hoffnung, den Mini zu retten. Und man weiß ja nie. Wir könnten ihn brauchen."

Sein dunkles Haar war ihm bei den anstrengenden

Arbeiten in die Stirn gefallen. Er sah attraktiv aus, zugleich gefährlich und zum Küssen. Der Sex im Bad mochte zum Debakel geworden sein, aber trotz allem hatte sie es geschafft, sich noch mehr in ihn zu verlieben. Sie hatte Angst, dass sie schon weit über den Punkt hinaus war, eine schlimme, schlimme Erkältung zu haben. Das Gefühl verwandelte sich gerade in eine lebensbedrohliche Krankheit von Grippe-Ausmaßen.

Dann lenkte sie ihre Gedanken in fröhliche, makabre Bahnen um. Sie würden die Belagerung vermutlich ohnehin nicht überleben. Denn niemand von ihnen redete über das, was geschehen würde, wenn sie so lange im Anwesen waren, dass ihnen die Vorräte ausgingen, während sie möglicherweise feststellten, dass die Magie des zerschmetterten Übergangs nichts weiter war als das — zerbrochene Einzelteile, die nirgends hinführten.

Sie setzten alles, was sie hatten, auf eine bloße Möglichkeit. Sie liefen in eine Sackgasse, ohne den Beweis, dass es einen Notausgang gab.

Wir sind alle irre, dachte sie. *Also kann ich es genauso gut genießen, ihn zu lieben, solange ich noch kann, denn es macht auch nicht weniger Sinn als alles andere, was wir tun.*

In der Zwischenzeit warf sie die Hände in die Luft. „Wenn ihr Typen ihn durch die Türen kriegt, dann unbedingt. Es ist nur ein Mietwagen, aber ich habe keine zusätzlichen Versicherungen für Belagerungszustände und Beschädigung durch Jagdhunde des Hellen Hofs abgeschlossen, also spart ihr mir etwas Geld.“

Sobald sie alles, was nicht niet- und nagelfest war, aus dem Häuschen geholt hatten, sogar die Vorhänge, scheuchte Sophie die Männer hinaus.

„Geht jetzt nicht mehr hinein“, sagte sie zu ihnen. „Wir

mögen uns ja auf eine Belagerung vorbereiten, aber wir können auch an etwas Irreführung arbeiten. Wozu es auch gut ist, ich werde alles mit so vielen Haushaltschemikalien reinigen, wie ich kann. Ich hoffe, bis Robin und ich fertig sind, wird niemand mehr euren oder Robins Geruch aufnehmen können, weder im Häuschen noch irgendwo draußen auf dem Grundstück. Der Sturm könnte die Jagdhunde dazu veranlassen, auf dem Grundstück herumzuschnüffeln, aber mit etwas Glück sollte Morgan wieder gehen, wenn er nichts findet, richtig?"

„Wir können hoffen", sagte Nikolas und warf ihr einen düsteren Blick zu. „Außer Morgan erhält Informationen aus einer andere Quelle."

Dem rätselnden Blick auf Gawains Gesicht nach zu urteilen war Nikolas noch nicht dazu gekommen, dem Mann zu erzählen, was sie bei ihrer jüngsten Vision erfahren hatten.

Ihre Schultern senkten sich. „Naja", sagte sie müde. „Wir tun alles, was wir können, und dann sehen wir, wie sich die Dinge entwickeln."

Gawain tätschelte ihr den Rücken. „Mehr kann man ohnehin nie tun."

Indem sie durch schiere Willenskraft einen zusätzlichen Energieschub hervorzauberte, machte sie sich über das Innere des Häuschens her. Am Küchenfenster hielt sie kurz inne, um Nikolas und Gawain zu beobachten, wie sie im dunkler werdenden Zwielicht die zweite Eichentür aufstemmten. Dann lief Nikolas über den Rasen zurück, um den Mini zu starten und ihn zum offenen Eingang zu fahren.

Natürlich fiel der Motor des Autos etwa fünfzehn Meter vor dem Anwesen aus. Es rollte noch etwas weiter, aber der dichte Rasen und die zerbrochenen Pflastersteine waren eine zu große Blockade, so dass es ein ganzes Stück vom Eingang entfernt stehenblieb.

Nikolas sprang heraus, und Gawain schloss sich ihm hinter dem Auto an. Zusammen schoben sie den Mini scheinbar mühelos ins Haus.

Mmm-hmm, diese Zurschaustellung maskuliner Stärke war auch kein bisschen sexy.

Manchmal lachte Sophie sich über sich selbst kaputt. Sie wandte ihre Aufmerksamkeit wieder der Reinigung des Hauses zu. Im Grunde kippte sie einfach Bleiche auf alles, das sie vertrug, und auf alles andere Universalreiniger mit Zitronenduft. Als sie fertig war, konnte nicht einmal sie mehr die Gerüche drinnen ertragen. Sie stapelte die Reinigungsmittel vor der Tür, ging rückwärts aus dem Häuschen und schloss es ab.

Als sie sich umdrehte, stellte sie fest, dass Gawain auf sie zukam. An seiner harten, angespannten Miene erkannte sie, dass Nikolas endlich mit ihm gesprochen hatte.

Er legte einen Arm um sie und drückte sie so fest an seine Seite, dass sie knurrte. „Du wirst bei uns sicher sein, Mädchen", erklärte er. „Ich schwöre es."

Mit einem Seufzen ließ sie den Kopf auf seine Schulter fallen, während sie ihm einen Arm um die Taille legte. „Von nichts anderem bin ich ausgegangen", sagte sie ihm.

„Gut." Unerwartet wandte er den Kopf und drückte ihr einen Kuss auf die Stirn. „Wir sind jetzt alle ganz schön durch den Wind, aber du solltest wissen – du bist ihm wichtig. Sehr wichtig sogar. Er muss ein paar Dinge klarbekommen, deswegen kann er dir das vielleicht nicht selbst sagen. Wenn es dir wichtig genug ist, das zu machen, Mädchen, versuch ihm etwas Zeit zu geben, und es besteht Hoffnung, dass er sich durch das Schwerste durcharbeitet."

Bei seinen Worten ließ die Anspannung in ihrem Rückgrat nach. Sie drehte sich zu ihm, um ihm eine richtige Umarmung zu geben. „Danke, dass du das sagst, Gawain."

Er erwiderte die Umarmung und klopfte ihr auf den Rücken. „Du bist mir auch wichtig, weißt du. Hab Vertrauen, bleib auf Kurs. Wir werden dich gut behandeln."

„Ist in Ordnung", sagte sie zu ihm. „Ich kenne die anderen nicht, aber auf dich vertraue ich, und auf ihn vertraue ich auch. Was immer das heißt."

Als er sie losließ, lächelte er und berührte die Spitze ihres Kinns mit den Handknöcheln. Sie blickte in sein schroffes, attraktives Gesicht auf und dachte: *O Gawain, du bist so ein guter Mann. Du bist überhaupt kein Arschloch. Natürlich konnte ich mich nicht in dich verlieben.*

Während Gawain ihr half, die letzte Ladung Putzmittel in die Schubkarre zu verfrachten, begannen die ersten dicken Regentropfen zu fallen. Sie warnte ihn: „Dein Annullierungszauber wird in diesem Regen abgewaschen."

Nachdenklich hielt er inne. „Vielleicht spielt es keine Rolle, solange Nik im Inneren des Hauses beschäftigt ist", sagte er. Er schaute mit zusammengekniffenen Augen zum Anwesen. „Ich kann mit dem Annullierungszauber auf der Hand überhaupt nichts spüren. Spürst du seine Anwesenheit?"

Sie versuchte es, konnte es aber nicht. „Ich spüre nichts bis auf die Landmagie."

„Das sind gute Neuigkeiten, Mädchen. Vielleicht heißt das, dass das Haus unsere Anwesenheit deckt, wie wir gehofft haben."

Sie rannten hinüber zum Anwesen, als die ersten paar Tropfen zu einem steten Regen wurden, der sich schnell zu einem Guss steigerte.

Sie warfen alles durch die Vordertüren. Als sie nach drinnen schaute, sah sie, dass Nikolas auf einer Seite des riesigen Kamins ein kleines Feuer angezündet hatte, und er stand daneben, den Kopf zur Seite geneigt, während er in den Kamin hinaufschaute.

„Geht was durch?", rief Gawain.

„Irgendwas blockiert das Ganze", rief Nikolas zurück. „Ich werde hinaufklettern müssen, um es aus dem Weg zu räumen."

Unter ihren Blicken griff er hinauf, um etwas hoch oben im Kamin zu packen, dann zog er sich hoch, bis er komplett verschwunden war.

„Mach jetzt drinnen weiter", sagte Gawain zu Sophie und übernahm die Griffe der Schubkarre. „Du brauchst nicht noch nasser zu werden."

Sie musste die Stimme erheben, damit sie über dem Regen hörbar war. „Was machst du?"

„So viel Holz sammeln, wie ich kann", erwiderte er. „Ich habe vorhin im Hain nördlich ein paar umgestürzte Bäume gefunden. Die liegen schon da. Man muss sie nur noch einsammeln."

„Bist du wahnsinnig?", fragte sie, als es über ihnen blitzte. „Das wird ein ernsthafter Sturm."

„Ist nicht mein erster Sturm, Mädchen", sagte er und zwinkerte ihr zu. „Und wird auch nicht mein letzter sein. Wir brauchen so viel Brennstoff, wie wir kriegen können. Das Holz wird trocknen, und ich auch."

„Na, wenn du es so formulierst." Sie trat wieder hinaus in die Sintflut. „Gehen wir."

Nach wenigen Augenblicken waren sie durchnässt bis auf die Haut. Es war ein weiterer langer Tag gewesen, und es dauerte nicht lange, bis die Erschöpfung kam und Sophies

Gedanken sich auf das verengten, was direkt vor ihr lag.

Einen Fuß vor den anderen setzen. Das Holz stapeln, das Gawain hackte. Die Schubkarre noch einen Meter bewegen. Die Anstrengung schlug ihr immer mehr auf den Rücken sowie die Schulter- und Armmuskulatur, und bald strahlte von den alten Schussverletzungen heißes Feuer aus. Voller Elend biss sie die Zähne zusammen, krümmte sich und ertrug es.

Gawain hörte bald auf, das Holz in ordentliche Scheite zu schlagen. Stattdessen hackte er das Totholz nur so weit klein, dass man es transportieren konnte.

Während sie arbeiteten, erschienen Lichter, die durch den Wald leuchteten. Schwer atmend hielt sie inne, um hinzustarren, und Gawain tat es ihr gleich. Es war ein großes Fahrzeug, das auf der Straße fuhr, die zum Vordereingang führte.

„Ist das gut oder schlecht?" Ihre Stimme war heiser geworden.

Er wühlte in seiner Tasche, um auf sein Telefon zu schauen. „Die Männer haben sich in Telford getroffen und sind an einen Laster gekommen. Sie sind hier." Im schwachen Licht seines Telefonbildschirms schaute er sie scharf an. „Wir werden alle brauchen, um den Laster auszuladen, aber dein Trick mit dem kolloidalen Silber wird in diesem Guss nicht helfen."

„Nein", sagte sie und wischte das Wasser weg, das ihr die Nase hinablief. „Aber mein Trick mit dem Nagellack schon."

Das würde auch ihre letzten Vorräte aufbrauchen. Sie hatte genug Silber, um weitere Späne herzustellen, aber sie benötigte mehr Nagellack, verdammt. Sie hätte nie gedacht, dass sie das Fläschchen so schnell verbrauchen würde, und es fiel ihr schwer, es herzugeben.

Alles der Reihe nach. Ein Problem nach dem anderen lösen.

„Sie haben was riskiert, indem sie sich so zusammengetan haben", sagte Gawain. „Als Gruppe findet man uns sogar noch besser. Das hätten sie nie getan, wenn sie nicht in Bewegung gewesen wären."

Als der Laster in die Auffahrt fuhr und die Torpfosten passierte, lief Gawain zu dem Fahrzeug hinaus, während sie zurück zum Anwesen rannte. Sie stürmte hinein, hielt inne, um die Stapel mit Möbeln und Vorräten zu betrachten, die überall aufgetürmt standen. Das kleine Feuer, das Nikolas angezündet hatte, war eine miserable Lichtquelle, und es war schwer, im Halbdunkel etwas zu erkennen.

„Nik, sie sind da!", rief sie. „Wo sind meine Sachen?"

Anfangs dachte sie, er würde sie nicht hören, aber dann landete er in einem Regen aus Schutt und Ruß wie eine Katze in dem großen Kamin und rieb sich mit einem Hemdzipfel übers Gesicht. „Ich weiß nicht. Wo hast du sie zuletzt gesehen?"

„Ich dachte, ich hätte sie da drüben hingestellt. Wir brauchen den Nagellack, wenn wir in diesem Sturm den Annullierungszauber nutzen wollen." Sie sprang aufs Sofa und wühlte sich blind durch die Schatten dahinter. Ihre Finger stießen auf eine harte, genarbte Oberfläche, und sie erkannte ihren Koffer. „Gefunden!"

Während Nikolas weitere Scheite auf sein kleines Probefeuer legte, wuchtete sie ihren Koffer über die Rückenlehne des Sofas und rollte ihn hinüber zum Kamin, wo sie sich hinkniete, um ihre Sachen zu durchsuchen. Mit dem Sturm war Kälte in das Haus eingezogen, und ein feines Beben lief durch ihre Muskeln. Bald klapperten ihre Zähne.

Ihr Körper war ein Sammelsurium von Schmerzen.

Dann kam Nikolas zu ihr. Er hockte sich hin und wickelte sie in eine Decke. Einen Augenblick ruhten seine Hände auf ihrem Oberkörper, dann ließen sie los. „Du siehst aus wie eine ertrunkene Katze", sagte er, seine Augen sowohl im Schatten verborgen als auch vom nahen Feuer beleuchtet. „Bleib beim Feuer und wärm dich auf. Gawain und ich können den Zauber auf sie legen."

Sie fühlte sich ausgezehrt, und sie würde nicht mit ihm streiten. Sie fand das Fläschchen Nagellack und warf ihm einen Blick zu. „Haben du oder Gawain schon mal Nagellack benutzt?"

Er kniff die Augen zusammen. „Ich glaube, ich kann auch für ihn sprechen, wenn ich Nein sage."

Erschöpft grinste sie ihn an und drückte ihm das Fläschchen in die Hand. „Trag ihn nicht auf nasse Haut auf. Er muss ein paar Minuten trocknen, dann ist alles in Ordnung. Keiner sollte wieder hinaus in den Regen gehen, bis die Rune sich trocken anfühlt. Gawain und ich glauben, dass die Landmagie die Anwesenheit der Gruppe verhüllt, wenn ihr alle im Haus seid. Ich konnte dich hier drin nicht spüren."

„Wir werden es noch einmal überprüfen, wenn wir alle zusammen sind, aber es ist gut zu wissen." Er wollte aufstehen.

„Nik." Sie nahm ihn am Handgelenk, und er blieb sitzen. Sein Lächeln erstarb. „Verschwende nicht, was in der Flasche ist. Das ist alles, was ich habe."

Er runzelte die Stirn. „Verstanden."

Es blitzte über ihnen, und Licht fiel durch die dicken, archaischen Glasfenster und erhellte kurz den Innenraum. Nikolas marschierte durch den Saal und verschwand nach draußen. Sich selbst überlassen, zog Sophie die Decke fester um sich und rückte einen der Wohnzimmersessel so dicht an das wachsende Feuer, wie sie nur konnte. Sie rollte sich so zusammen, dass sie alles im Blick hatte, und beobachtete, wie sich einige Männer an der Schwelle versammelten.

Aufgrund der Entfernung und der tiefen Schatten erkannte sie nicht viele Details bei den Neuankömmlingen. Sie kamen rasch im Bereich gleich innerhalb des Hauses zusammen, dann lief einer wieder nach draußen. Sie hörte einen fernen Ruf: „Ich spüre gar nichts. Alles klar!"

Einige Männer schauten neugierig in ihre Richtung. Nikolas konnte sie nur zu leicht ausmachen. Seine hochgewachsene Gestalt und katzenhafte Anmut waren unverkennbar, während er sich zwischen den Männern bewegte und sich über ihre Hände beugte. Sie wusste, was er tat — er wirkte den Annullierungszauber —, und sie hoffte, sie würde noch etwas Nagellack übrig haben, wenn er fertig war.

Es war gut, dass die Landmagie nicht auch andere Magie blockierte, so wie sie es mit Technologie tat. Sie verlagerte ihr Gewicht, um es bequemer zu haben, und spürte die Glock im Kreuz, machte jedoch keine Regung, um sie zur Seite zu legen.

Zwar war die Waffe im Haus nutzlos, doch sie war nicht überzeugt, dass sie hier drinnen schon ihr Nachtlager aufgeschlagen hatte. Sie machte sich Sorgen um Robin. Er steckte so viel Energie in den Sturm, dass sie ihn wahrscheinlich jetzt schon jagten.

Nachdem zehn Minuten lang nicht viel los gewesen war, brach unter den Männern wilde Aktivität aus. Sie fuhren den Laster rückwärts ans Haus heran, so nahe es ging, ohne dass der Motor stoppte. Während er im Leerlauf lief, entluden sie das Fahrzeug schnell von hinten und trugen schwere

Armladungen voller Vorräte im Sturmlauf in den vorderen Saal.

Indirektes Licht von den Scheinwerfern des Lasters tauchte die Szene in eine scharfe, schräg einfallende Helligkeit, so dass alles zu Schwarz und Weiß wurde. Vor den doppelten Eingangstüren sah sie die Umrisse der Männer, die fieberhaft im prasselnden Regen arbeiteten. Zwei von ihnen nickten ihr grüßend zu, als sie in ihre Nähe kamen, aber niemand hielt inne, um mit ihr zu sprechen. Sprechen konnte man später.

Sie sah zu, wie Vorratsstapel um sie herum wuchsen, alles von Camping-Ausrüstung bis hin zu Kisten mit Wasser, Lebensmitteln in Dosen, Packungen mit Vorratsnahrung und Waffenstapel. Sie brachten sogar noch mehr Brennstoff – klafterweise Feuerholz, etwas, das nach Gasflaschen aussah, und andere Dinge, die sie von ihrem Sitzplatz aus nicht identifizieren konnte. So groß der Rittersaal auch war, langsam wirkte er wie ein überfülltes Lagerhaus, besonders durch den Mini und Gawains Harley, die an einer Wand standen.

Wenn diese Männer sich auf eine mögliche Belagerung vorbereiteten, dann richtig. Sie wusste nicht, ob sie das beruhigte oder verstörte. Allmählich zeigte sich die Realität hinter ihren Entscheidungen.

Schneller, als sie es für möglich gehalten hätte, war der Laster fertig entladen. Sie schätzte, dass sie insgesamt etwa vierzig Minuten dafür gebraucht hatten. Die Männer kamen wieder auf der Schwelle zusammen, um sich rasch zu beraten.

„Ich bringe den Laster weg", sagte Nikolas. „Gebt mir die Schlüssel. Ihr bleibt alle hier und trocknet."

„Nicht nötig, Mann", sagte einer der Männer, der die

Schlüssel hochhob und damit klimperte. „Ich mach das schon."

Nikolas wandte sich ihm zu. „Gawain, nimm du doch dein Motorrad und geh mit Ashe. Dann seid ihr beide schneller wieder da."

„Aber klar", sagte Gawain.

Ashe ging nach draußen, und Gawain schob seine Harley aus der Eingangstür. Ein paar Augenblicke später heulte der Motor des Lasters auf, als er wegfuhr.

Während sie diesen Austausch beobachtete, wuchs Sophies Sorge um Robin. Wo war der Puck hingegangen? Wie schuf er den Sturm, und warum war er immer noch nicht da? Sie schob sich aus dem Sessel und näherte sich der Gruppe Männer, die immer noch auf der Schwelle standen, als einer von ihnen eine Öllaterne anzündete und sie hochhielt. Gleichzeitig drehten sie sich um und schauten sie an.

Nikolas trat an ihre Seite. „Gawain und Ashe lassen den Laster auf der anderen Seite des Ortes stehen. Sie sollten nicht länger als eine Stunde brauchen. Wir werden die Türen wohl noch weit vor Mitternacht verbarrikadieren können."

Sie nickte, während sie die fünf hochgewachsenen Fremden musterte, die sie alle mit demselben Maß an Neugier anschauten. Wie sie waren sie alle nass bis auf die Haut. Die Wahrscheinlichkeit war groß, dass einer von ihnen versuchen würde, sie zu töten.

Nikolas stellte sie rasch vor, und einer nach dem anderen traten sie vor, um ihr die Hand zu schütteln. Sie bekam von jedem einen Eindruck zusammen mit einer Reihe Namen. Braden, Cael, Gareth, Rhys, Thorne und Rowan.

Alle waren sie größer als sie. Da ihre Macht durch den

Annullierungszauber gedämpft war, konnte sie kein magisches Gefühl für sie entwickeln, zumindest noch nicht, aber jeder einzelne von ihnen bewegte sich mit der mühelosen, raubtierhaften Athletik eines erfahrenen Kriegers.

Rowan, der letzte, war der Sex in Person. Sein langes, dunkles Haar fiel in feuchter Wirrnis um sein zynisches, attraktives Gesicht. Er war gebaut wie ein Läufer, hatte einen sinnlichen Mund, intelligente, düstere Augen und das angeborene Charisma einen Rockstars, das sie sogar durch ihre Erschöpfung und ihre unbequem klammen Kleider hindurch spürte.

Sein Gesicht erhellte sich vor Interesse, als er ihr etwas länger die Hand schüttelte.

„Danke", sagte er. „Ernsthaft, für alles."

„Gern geschehen", erwiderte sie. Man konnte sie als irre abstempeln, und sie mochte am Ende falsch liegen, aber irgendwie wusste sie einfach, dass dieser Rabauke ihr nicht die Hände um den Hals legen und versuchen würde, sie zu erwürgen.

Mit einer geschmeidigen, entschiedenen Bewegung ging Nikolas dazwischen. Er schlug Rowan mit der flachen Hand auf die Schulter, so dass der Mann einen Schritt zurückgeworfen wurde. In seiner harten Stimme lag eine Warnung: „Nein."

Eine Seite von Rowans verführerischem Mund hob sich zu einem Grinsen, während er an Nikolas vorbei auf Sophie blickte. *Ich könnte dir ein so verdammt gutes Gefühl geben,* sagte sein Schlafzimmerblick, während er laut und lässig erwiderte: „Was meinst du mit Nein? Ich habe ihr doch nur gedankt."

Diesmal nahm Nikolas beide Hände, um ihn noch einen Schritt zurück zu stoßen. „*Ich sagte Nein.* "

„In Ordnung, in Ordnung!" Lachend hob Rowan die Hände.

War das nur Disziplin, oder war Nikolas … tatsächlich eifersüchtig? Sophie konnte es nicht sagen. Sie wusste nur, dass ihr zum ersten Mal seit Stunden nach Lächeln war. Zum Teufel, Tage war das her. Sie grinste Rowan an, der ihr zuzwinkerte, sobald Nikolas sich von ihm abwandte.

Als Nikolas ihr einen finsteren Blick zuwarf, versuchte sie sich das Grinsen zu verkneifen, aber sie war nicht schnell genug.

Teufel nochmal, Sophie – nein!, fuhr er sie telepathisch an. Er wirkte ehrlich erzürnt, als er laut knurrte: „Ich spreche jetzt ein vollkommen prähistorisches Machtwort."

„Prähistorisches Machtwort?", fragte einer der anderen Männer ahnungslos. Sophie hatte noch nicht alle Namen und Gesichter sortiert, aber sie glaubte, dass es Braden war.

Es könnte wirklich, ehrlich Eifersucht sein. Sie sollte sich vermutlich nicht darüber freuen, denn vor allem war das verrückt. Sie und Rowan hatten gerade mal fünf Worte gewechselt. Und zweitens war es eine Beleidigung.

Was glaubte Nikolas, dass sie sofort einen seiner Männer bespringen würde, *ohne vorher zu reden,* wenn sie sich in den letzten vierundzwanzig Stunden gerade zweimal geliebt – *Sex gehabt* – hatten?

Sie verdrehte die Augen. „Du bist wahnsinnig", murmelte sie ihm tonlos zu und unterstrich es mit einem ausgeprägten Nicken.

Einen Augenblick sah Nikolas aus, als wolle er sie selbst erwürgen. Halb erheitert, halb zornig und völlig entnervt trat sie in seine Intimsphäre und stand direkt vor ihm, forderte ihn stumm mit erhobenen Augenbrauen auf, der scharfen Ermahnung, die auf seinen angespannten Zügen lag, Taten folgen zu lassen. *Was machst du jetzt, Nik? Was nun?*

Zu ihrer großen Erschütterung schlang er einen Arm um sie, mit Decke und allem Drum und Dran, so dass ihre Hände und Arme an seiner Brust eingeklemmt waren. Er legte den Kopf schief und gab ihr einen raschen, heftigen, siedend heißen Kuss, der ihren Verstand ausknipste und sowohl den Zorn als auch die Erheiterung wegwischte.

Als er den Kopf wieder hob, glitzerten seine Augen. *Was für ein Haufen primitiver Kacke.* Er hatte nicht gerade seinen Anspruch geltend gemacht, oder?

Bei Gott, das hatte er.

Sie beäugte Nikolas, bevor es ihr einfiel, abrupt den Mund zu schließen. Ein kurzer, verstohlener Blick in die Runde verriet ihr, was sie bereits wusste – die anderen Männer starrten sie mit unterschiedlichen Graden der Überraschung an.

Rowan wirkte entschieden enttäuscht. Sie zuckte mit den Schultern. *Was soll's.* Selbst wenn er beharrlich gewesen wäre, hätte sie ihn abweisen müssen.

Er schüttelte den Kopf in ihre Richtung. *Ich hätte es dir so schön gemacht,* sagte der heißblütige Ausdruck in seinen Augen.

Ich weiß, blinzelte sie ihm resigniert zu. *Es ist alles so traurig.*

Einer der anderen Männer – sie hielt ihn für Cael – hatte sich von dem Austausch abgewandt und blickte hinaus in die Nacht. „Wir sind zwar den Laster los, aber der Rasen ist so durchtränkt, dass trotzdem ziemlich deutliche Spuren geblieben sind."

Sie versammelten sich alle an der Tür, um zu schauen. Nikolas hatte Sophie nicht losgelassen. Stattdessen verlagerte er nur seinen Arm, um ihre Schultern zu umfassen. Auch wenn sie nicht sicher war, was sein Verhalten bedeutete, außer, dass er sich wie ein Hund mit einem Knochen benahm, war sie nicht zornig genug, um ihn abzuschütteln.

Das Gewicht des Lasters hatte den Rasen aufgeworfen, und es hatte tiefe Furchen hinterlassen. „Wie groß ist denn das Problem?", fragte sie. „Die Spuren zeigen doch nur, dass heute Nacht ein Laster hier war. Niemand wird sagen können, warum, nur dass sich irgendetwas auf dem nassen Boden abgespielt hat."

Während ihr ermüdeter Verstand herauszubekommen versuchte, ob es noch irgendwelche weiteren Probleme gab, glitt Nikolas' Arm von ihren Schultern. „Es wirft eine Frage auf und lässt sie unbeantwortet", sagte er, „was nahelegt, dass da noch mehr ist, das man genau unter die Lupe nehmen sollte. Wir wollen, dass sie dich in Ruhe lassen, wenn wir das irgendwie schaffen können. Die anderen tragen alle einen Annullierungszauber, also kümmere ich mich darum."

Er marschierte hinaus in den Sturm, ein hagerer, pantherartiger, herrschaftlicher Mann mit so viel Macht wie die Blitze des Gewitters. Durch irgendetwas an dem Anblick, wie er hinaus in die Elemente ging, bekam sie einen Kloß im Hals.

Als er etwa in der Mitte des Rasens angelangt war, ging er neben den Spuren auf ein Knie, legte die Hände auf den Boden und senkte den Kopf. Etwas, das sie nicht zu definieren vermochte, ging wogend von ihm aus. Die Spuren verschmolzen wieder mit dem Boden, der aufgeworfene Rasen fügte sich neu zusammen, das nasse Gras wirkte unbeschädigt.

Sophie neigte den Kopf, verbarg den Mund in einer Faust und der Decke, während sie zusah. Er konnte buchstäblich die Erde neu formen. Diesmal machte sie sich nicht die Mühe, durch ihren Kopf zu hasten, um all die verstohlenen Feuer der Ehrfurcht im Ansatz zu ersticken.

Als Nikolas sich zurück zum Haus wandte, tauchte hinter ihm eine Kreatur auf, die aus dem Waldsaum in der Nähe kam, und rannte auf ihn zu. Es war ein riesiges, werwolfsartiges Monster, und ihm folgten etliche weitere.

Viele weitere.

Grauen versetzte ihr einen Schlag in die Magengrube, als immer mehr aus dem Wald strömten.

Die Jagdhunde waren da.

Die Männer riefen Nikolas eine Warnung zu und sprangen zu den Waffen. Nikolas fuhr herum, sah die Gefahr auf sich zurasen und sprintete zum Haus.

Er war schnell, aber das waren die Jagdhunde auch, tödlich schnell. Abgesehen von der ihm eigenen Macht trug Nikolas keine Waffe. Wie die anderen hatte er sein Schwertgehänge abgenommen, um beim Einräumen der Möbel und Vorräte zu helfen.

Sophie trug immer noch alle ihre Waffen, sowohl die magischen, die auf ihre Arme gemalt waren, als auch die Glock, die ihr wertvolle Sekunden vor den anderen Männern verschaffte. Sie ließ die Decke fallen, hechtete sprintend los und zog die Glock aus dem Bund ihrer Jeans. Wie weit würde sie sich entfernen müssen, damit die Waffe funktionierte?

Sie kam auf zehn Meter, elf, zwölf. Nikolas brüllte sie wütend an, aber sie verstand kein Wort. Das war in Ordnung; wahrscheinlich wollte sie es ohnehin nicht hören.

Zu sehen, wie die Jagdhunde vorsprangen, während sie auf Nikolas zustürmte, war eines der schrecklichsten Dinge, die sie je erblickt hatte. Jeder Moment dehnte sich zur unerträglichen Unendlichkeit. Während sie lief, zielte sie auf den nächsten Lykanthropen an der Spitze des Rudels und begann abzudrücken.

Klick. Klick. Klick.

Noch nicht. Noch nicht. Noch nicht.

Kapitel 17

ALS SOPHIE AUF Nikolas und die Jagdhunde zusprintete, konnte er es nicht glauben. Sie war genauso wahnwitzig mutig wie neulich, als sie ins Pub gerannt war, und bei den Göttern, wenn er sie in die Finger bekam, würde er sie dafür *verdammt nochmal umbringen*.

„Geh zurück!", brüllte er. „Geh zurück, du gottverdammt irre Frau!"

Aber sie hielt nicht an. Hinter ihr brachen die anderen Männer mit Waffen aus den Doppeltüren hervor und rannten ebenfalls auf ihn zu. Sie würden Sophie in wenigen Sekunden einholen, aber Nikolas wusste nicht, wie dicht die Jagdhunde schon hinter ihm waren, und in diesem Fall kam es auf Sekundenbruchteile an.

Er wirbelte herum, um sich der Bedrohung zu stellen, die auf ihn zuraste. Genau in diesem Augenblick schoss Sophies Glock, und der führende Jagdhund, der Nikolas am nächsten war, sackte zusammen.

Mit bebender Brust starrte er ihn an. Sie war so gut, wie sie gesagt hatte. Sie traf, worauf sie zielte. Sogar bei Nacht, inmitten eines hämmernden Sturms.

Weitere Jagdhunde strömten aus dem Gehölz. Es war zu spät, um irgendeine raffinierte Strategie festzulegen. Er sammelte seine Macht und warf einen Morgenstern, gerade und hart, auf den zweitnächsten Jagdhund.

Wie ein horizontaler Blitz durchbrach der Morgenstern die Dunkelheit und explodierte an der breiten, felligen Brust des Jagdhundes. Die Kraft dahinter hob die Bestie hoch und wirbelte ihren Körper herum, bevor sie auf den Boden prallte. Sie stand nicht mehr auf.

Nicht viele Krieger konnten einen Morgenstern wirken. Morgensterne waren eine der tödlichsten Waffen, die Nikolas zur Verfügung hatte, aber sie laugten seine Energie teuflisch aus, und sie brauchten ein paar Sekunden, bis sie sich aufgebaut hatten. Er wirbelte wieder herum und rannte auf Sophie zu.

Nun ging sie vorwärts. Sie rannte nicht. Sie zielte am Arm entlang, hielt die Glock mit beiden Händen fest und schoss wiederholt auf die näherkommenden Jagdhunde. Noch während er zu ihr aufschloss, zählte er die Kugeln, und er kannte den genauen Moment, als sie ihr ausgingen.

„Du bist leer!", rief er ihr ins Gesicht. *„Geh zurück zum Haus!"*

Unglaublicherweise wühlte sie in ihrer Jeanstasche. „Muss nur nachladen", gab sie zurück.

Er schaute sich rasch um. Durch seinen Morgenstern und ihre Schießkünste lagen vier Leichen auf dem Boden, aber es gab noch mindestens fünfundzwanzig weitere Jagdhunde, die über den Rasen hetzten, während seine Männer sprinteten, um sich ihnen entgegenzustellen.

Bei den Göttern, er brauchte sein Schwert.

„Nik!" Der Schrei kam von hinten. Als er über die Schulter schaute, warf ihm Braden sein Schwertgehänge zu.

Nikolas fing es aus der Luft. „Geh hinter mich", fuhr er Sophie an. „Runter mit dir, ganz zum Boden, und bleib da!"

Wundersamerweise tat sie diesmal, was er ihr befahl, sprang nach hinten und ging hinter ihm tief in die Hocke. Er nahm viel von seiner Macht, um einen weiteren Morgenstern aufzubauen, und warf ihn auf den nächstbesten Jagdhund. Er zischte durch die Luft und erwischte das Tier mitten in der Seite.

Hinter ihm und weit unten wurde die Glock mehrmals abgefeuert. Sophie war mit dem Nachladen fertig, und er erinnerte sich an das, was sie gesagt hatte, als sie ihm gezeigt hatte, wie sie die Waffe zusammensetzen und laden konnte, ohne hinzuschauen: *Denn das sollte man auch im Dunkeln können, wenn es sein muss.*

Er war so wütend auf sie, weil sie ihr Leben riskierte, doch bei der Erinnerung an das großspurige, leichte, sexy Zucken ihres Mundes spürte er, wie sich ein wildes Grinsen auf seinem Gesicht ausbreitete.

Im besten Fall konnte er vier Morgensterne aufbauen, vielleicht fünf, bevor ihm der Saft ausging. Und Morgensterne waren nicht gut für Kämpfe auf beengtem Raum geeignet. Um ihn herum waren auch Braden, Gareth und Rowan mit Schusswaffen ausgestattet, und das flache, unregelmäßige Trommelfeuer durchdrang das unheilschwangere Donnern des Sturms. Der Rest seiner Männer warf sich in den Kampf gegen die Jagdhunde, daher zog er sein Schwert und ließ das Gehänge zu Boden fallen.

„Bei der Liebe aller Götter, tu, was ich sage, und schaff deinen Hintern zurück ins Haus", trug er Sophie auf. „Wenn du die Türen schließt, können die Jagdhunde nicht hinein. Niemand kann hinein, wenn du ihn nicht lässt."

„Du bist so ein sexistischer Kerl", fuhr sie ihn an. „Schau dich mal um — hat einer deiner Männer sich so entschieden, und meckerst du sie jetzt deswegen an?"

In meine Männer bin ich nicht verliebt. Der Gedanke sprang hervor, zischend und weiß glühend, wie ein Morgenstern in seinem Kopf.

„Meine Männer folgen Befehlen!“, brüllte er.

„Ich bin eine Beraterin!“, warf sie zurück. „Nicht dein Fußsoldat. Ich nehme keine Befehle von dir an.“

„Du bist gefeuert!“, knurrte er.

Er hatte keine Zeit, mehr zu sagen oder zu hören, ob sie etwas dagegen vorbrachte. Keine zehn Meter entfernt hatte es Cael mit zwei Jagdhunden zu tun. Nikolas bewegte sich schnell und nahm es mit der Bestie auf, die ihm am nächsten war.

Der Kampf verwandelte sich in Bilder, die er nur noch als sekundenbruchteillange Schnappschüsse sah. Der Hund wandte ihm sein geiferndes Maul zu, und sie täuschten beide an, bewegten sich in einem Kreis, während der treibende Regen jeden Schritt zum Risiko machte.

Natürlich war Sophie nicht zurück ins Haus gegangen. Stattdessen trat sie ruhig hinter den Jagdhund, dessen Aufmerksamkeit Nikolas galt. Während er ungläubig hinsah, tippte sie der Bestie auf die Flanke.

Schon vorher hatte er geglaubt, außer sich zu sein. Diesmal fuhr er beinahe aus der Haut.

„Was zum Teufel machst du da?“, brüllte er.

Der Hund wirbelte zu ihr herum, dann drehte er sich weiter. Er schaute nach oben, nach unten, drehte sich in die andere Richtung, den Kopf schiefgelegt.

„Verwirrungszauber“, sagte Sophie keuchend zu Nikolas. „Er macht das jetzt stundenlang. Ich habe noch einen übrig.“

Noch während er das Schwert hob, um die Kreatur zu köpfen, holte Nikolas Luft, um ihr alles an den Kopf zu werfen, was er hatte. Dann hielt er inne. „Er ist jetzt stundenlang so?“

„Jap." Sie hob die Glock und schoss mit einer Hand auf den zweiten Jagdhund, gegen den Cael kämpfte. Es war ein Kopfschuss, sauber und treffsicher. Der Jagdhund war tot, bevor er auf dem Boden aufkam.

Sie war so eingeschränkt und zerbrechlich. Sie war nicht annähernd so schnell wie seine Männer und nicht halb so groß oder stark wie die Jagdhunde, und trotz allem war sie in dieser Nacht einer der gefährlichsten Kämpfer auf dem Schlachtfeld, und er *betete* sie dafür *an*.

„Behalte ihn im Auge", sagte er, während er sah, wie Cael vor ihr salutierte und wegrannte, um sich einem weiteren Jagdhund zu stellen. „Ich will ihn befragen, wenn ich kann. Wenn du musst, schieß ihn in den Kopf."

„Verstanden", sagte sie. Während sie die Aufmerksamkeit auf den außer Gefecht gesetzten Jagdhund gerichtet ließ, lud sie rasch nach.

Abrupt durchlief ihn abermals eine brühend heiße Woge des Zorns. „Jetzt nimmst du meine Befehle an?", fauchte er.

Sie durchbohrte ihn mit einem kurzen, funkelnden Blick. „Ich akzeptiere deine Vorschläge. Du kannst dir deine Befehle sonst wo hinschieben."

Er würde nicht lachen. Nicht, während er so wütend war. Er fuhr herum und sprang in den Kampf, baute einen weiteren Morgenstern auf, um ihn auf einen Jagdhund zu schleudern, der vom Kampf zu fliehen versuchte.

Es war eine schmutzige, hässliche Schlacht. Nikolas konnte noch zwei weitere Morgensterne aufbauen, bevor er nichts mehr übrig hatte. Da er den letzten strategisch einsetzte, schaltete er zwei Jagdhunde auf einmal aus, und danach musste er sich auf seine Schwertkunst verlassen. Er bewegte sich nie weit von Sophie weg und erhielt um sie herum einen breiten Kreis der Verteidigung aufrecht.

Nach einer halben Stunde war der Kampf vorbei. Als Nikolas das Schwert aus der Kehle seines letzten getöteten Gegners zog, musterte er das Schlachtfeld. Ganze dreißig Leichen lagen auf dem Boden verstreut. Als die Jagdhunde anfangs aufgetaucht waren, hatte das Kräfteverhältnis eindeutig gegen Nikolas und die Seinen gesprochen, aber jetzt lagen fast alle Bestien tot da, verteilt über die Lichtung. Einige der Leichen hatten sich bereits in ihre menschliche Gestalt zurückverwandelt.

Sie hatten verdammtes Glück gehabt. Wenn Sophie nicht so schnell reagiert und so gut geschossen hätte, wenn Nikolas nicht die Morgensterne hätte aufbauen können, wenn die anderen drei Männer nicht mit Schusswaffen und Silberkugeln ausgerüstet gewesen wären, hätte der Kampf auch ganz anders laufen können.

Rufe hinter ihm ließen ihn auf dem Absatz kehrt machen.

Sophie und Rhys standen einander über der Leiche eines Jagdhundes gegenüber. Sie fluchte und klang so wütend, wie Nikolas es noch nie bei ihr gehört hatte. „Was zum Teufel ist mit dir los? Ich sagte, du sollst zurückgehen und ihn in Ruhe lassen! Ich hatte ihn unter Kontrolle!"

Rhys trat vor, bewegte seinen Körper wie eine Waffe, bis er direkt bei ihr war. Er stieß sie mit dem Handrücken vor die Brust, schubste sie zurück, während er sie heiser überschrie: „Du hast mir überhaupt nicht zu sagen, was ich zu tun habe, Frau! Er war ein Feind! Ich habe ihn niedergemäht wie den mörderischen Hund, der er war!"

Nikolas sprang hinüber und krachte so heftig gegen Rhys, dass dieser auf dem Gras ausrutschte und auf den Hintern fiel. Schwer atmend setzte Nikolas Rhys die Schwertspitze an den Hals.

„Sie hat das getan, was ich ihr aufgetragen habe", knurrte er. „Ich wollte diesen Jagdhund befragen."

„Ich habe versucht, es ihm zu sagen, aber er wollte nicht hören!", rief Sophie, während sie an Nikolas' Seite trat.

Rhys verzog wütend das Gesicht. „Du vögelst ein bisschen rum, und schon hältst du mir dein verfluchtes Schwert an den Hals? So ein Kommandant bist du also?"

Nikolas glühende Wut wurde zu Eis.

„Ja." Seine Stimme klang frostig. Er ging vor, bis die Schwertspitze an Rhys' Kehle drückte. „So ein Kommandant bin ich. Wenn du sie noch einmal so anfasst, schneide ich dir die verdammten Hände ab."

Neben ihm war Sophie reglos geworden. Nikolas merkte, dass alle anderen Männer zu ihnen gekommen waren und still die Konfrontation beobachteten.

Nikolas fletschte aus wilder, nackter Aggression die Zähne. „Das gilt für euch alle. Diese Frau hat ihre Sicherheit und ihr Leben für uns riskiert. Während ihr nach euren Waffen gewühlt habt, war sie die erste, die heute Nacht in den Kampf gegangen ist. Wir sind Gäste in ihrem Haus, und ihr werdet ihre Expertise respektieren. Und wenn ich herausfinde, dass einer von euch sie verbal oder körperlich auf irgendeine Weise bedroht, ist mir egal, wie lange wir schon zusammen kämpfen – ich werde ihn umbringen. Ist das klar?"

Rowan trat vor und legte Nikolas eine Hand auf den angespannten Unterarm. „Du hast recht, Nik", sagte er mit klarer und ruhiger Stimme. „So sind wir nicht. Rhys war einfach nur ein unfassbarer Riesenarsch, stimmt's, Rhys? Du wolltest nicht wirklich unsere Freundin, Gastgeberin und Verbündete schlagen. Und ich wette, du zählst schon die Sekunden, bis du dich entschuldigen kannst. Nicht wahr?"

„Richtig", sagte Rhys, seine argwöhnische Aufmerksamkeit auf Nikolas gerichtet. Er machte keine Anstalten aufzustehen oder sich von Nikolas' Schwert wegzubewegen, sondern blieb halb auf dem Boden liegend sitzen, das Gewicht auf beide Hände gestemmt. Er schaute Sophie an. „Ich entschuldige mich. Ich kann nicht glauben, dass ich dich geschlagen habe. So etwas habe ich noch nie zuvor getan. Es muss die Hitze des Kampfes gewesen sein."

„Klar, schon ok", sagte Sophie locker. Als Nikolas zu ihr schaute, lief ihr Regen über das ruhige Gesicht. Sie lächelte. „Das Kampffieber kann die Besten von uns zu Wahnsinnstaten verleiten. Diesmal ist nichts Schlimmes passiert. Mach es einfach nicht wieder, oder du kannst vergessen, was Nik dir antun will. Ich werde dich selbst vermöbeln, bis der Arzt kommt."

Wie zu erwarten, begann Braden zu lachen. „Ich habe in dieser Aussage Wahrheit gehört."

Andere fingen ebenfalls an zu lachen, und die Anspannung ließ nach. Rowans Griff an Nikolas' Arm festigte sich, bis er die starren Muskeln zur Entspannung zwang. Mit einem Schritt zurück beugte Nikolas sich hinab, um seine blutige Klinge im Gras zu säubern, dann suchte er sein Schwertgehänge. Auch wenn ihm nicht wohl dabei war, steckte er das Schwert in die Scheide, nass, wie es war, und schob das Gehänge zwischen seine Schultern.

„Haben wir sie alle erwischt?", fragte er.

„Das lässt sich nicht feststellen", erwiderte Cael. „Vielleicht. Wir haben alle erwischt, die uns angegriffen haben, und du hast einen ausgeschaltet, der aus dem Kampf fliehen wollte. Es könnten sich noch mehr zurückgehalten haben, im Wald, aber sie hätten auch angegriffen, außer sie hatten Befehle."

Und Rhys hat den einen getötet, der uns das hätte sagen können, dachte Nikolas. Aus den Augenwinkeln sah er, wie Sophie Rhys eine Hand anbot, um ihm aufzuhelfen. Nach kurzem Zögern nahm Rhys sie an. Es war eine freundliche, diplomatische Berührung. Ein wilder, kaum kontrollierter Teil von ihm wollte ihre Hände auseinanderschlagen.

Er sah genau zu, bis sie sich nicht mehr berührten. „Ich schätze, es spielt keine Rolle. Keiner dieser Hunde kehrt zurück, was auch eine Botschaft ist", erklärte er. Zu Sophie sagte er düster: „Ich fürchte, unsere ganze harte Arbeit in Sachen Irreführung ist gerade den Bach runtergegangen."

„Ist nicht wichtig." Sie klang müde und wischte sich über die tropfende Nase. „Irreführung war sowieso ein unwahrscheinliches Szenario." Sie fügte telepathisch hinzu: *Sie sind allerdings schrecklich schnell aufgetaucht, nachdem Robins Sturm losging. Glaubst du, Morgan dachte doch, ich hätte gelogen?*

Nikolas sagte: *Nein. Wenn Morgan geglaubt hätte, dass du lügst, wäre er selbst hergekommen, und er hätte nicht gewartet. Oder er hätte dich erst gar nicht gehen lassen.*

Sie seufzte auf, was sich in ein Husten verwandelte. *Es muss Robins Sturm gewesen sein, der sie hergeführt hat.*

Auch wenn er es nicht aussprach, war er anderer Meinung. Der Puck mochte vieles sein, aber er war weder naiv noch dumm. Ein Sturm dieser Größenordnung zog sich über Meilen, und Robin hätte nie das Anwesen in den Mittelpunkt gesetzt.

Und Morgan hatte nicht die tiefe emotionale Verbindung gesehen, die sich zwischen Sophie und Robin entwickelt hatte. Er hatte Sophie geglaubt, als sie behauptet hatte, der Hund wäre verschwunden, daher wäre er nicht sofort auf den Gedanken gekommen, Robin hier zu suchen. Als Teil einer übergreifenden Strategie hätte er sich das

Anwesen vermutlich schon einmal anschauen wollen, aber er hätte keine spezielle Dringlichkeit verspürt.

Nein, dafür, dass auf Sophies Schwelle keine Stunde nach der Ankunft der Männer ein Kampftrupp aus dreißig Jagdhunden aufgetaucht war, konnte Nikolas sich nur einen logischen Grund vorstellen.

Verrat. Es war nicht beabsichtigt gewesen, dass sie diesen Kampf überlebten.

In den nächsten paar Minuten beobachtete er Rhys genau, aber sobald die Spannung von der Gruppe abfiel, schien dieser wieder lockerer zu werden. Er trat sogar vor und murmelte etwas zu Sophie, das sie zum Lachen brachte.

Mit schnellen Bewegungen stapelten die Männer die Leichen der Jagdhunde dicht an den Bäumen auf. Während sie damit beschäftigt waren, tauchte das einzelne Scheinwerferlicht eines Motorrads auf. Gawain und Ashe waren zurück.

Sophie und Rowan gingen sie begrüßen und erzählten, was geschehen war, und wenig später hatte sich Ashe den übrigen angeschlossen, um zu helfen, während Gawain sein Motorrad ins Anwesen schob.

Jetzt, da Gawain wieder da war und auch ein Auge auf Sophie haben konnte, spürte Nikolas, wie der übertrieben wachsame Teil in ihm sich etwas entspannte, und er konnte seine volle Aufmerksamkeit der bevorstehenden Aufgabe zuwenden. Sobald alle Leichen auf einem Haufen lagen, traten die anderen ein Stück zurück. Unter ihrem wachenden Blick kniete er sich hin und legte wieder die Hände auf den Boden.

Es war ein verdammt langer Tag mit einem Höllenende gewesen, und Nikolas war nicht nur müde, sondern immer noch ausgezehrt vom Aufbau der Morgensterne. Aber diese spezielle Aufgabe hatte weniger damit zu tun, seine Macht einzusetzen, sondern eher damit, die Erde darum zu bitten, die ihre wirken zu lassen.

Er drang tief vor, verband sich mit der üppigen, im Übermaß vorhandenen Landmagie rund um ihn her und bat sie, die Leichen der Männer aufzunehmen. Solche Bitten brauchten immer Zeit, aber nach ein paar Augenblicken wogte der Boden sanft, und die Leichen sanken unter den Rasen. Als sie ganz verschwunden waren, dankte er der Magie und entließ sie, dann erhob er sich.

Als erstes schaute er nach Sophie. Sie stand neben Gawain hinten in der Gruppe. Irgendwann, während Nikolas gearbeitet hatte, war der Puck aufgetaucht, immer noch in Gestalt eines Äffchens. Robin saß wie ein Kleinkind auf Sophies Hüfte, seine dürren, haarigen Arme lagen um ihren Hals.

Niemand hatte am Grab der Jagdhunde etwas zu sagen. Sie bekamen ein respektvolles Begräbnis, aber sie würden keine Gebete vom Dunklen Hof erhalten.

„Das war es." Nikolas wischte sich an seiner durchnässten Hose die Hände ab. „Wir sind fertig. Gehen wir nach drinnen."

Die anderen zögerten nicht. Sie liefen zum Haus, und sobald alle eingetreten waren, schlossen Nikolas und Gawain die eisenbeschlagenen Eichentüren, beobachtet von allen anderen im trüben Glühen des Feuers auf der anderen Seite des Saals und der einzelnen brennenden Öllaterne, die jemand auf eine Kiste mit Dosenbohnen gestellt hatte.

Das Geräusch der zufallenden Türen wirkte in der Stille sehr laut. Nikolas drehte sich um und stellte fest, dass alle ihn anblickten. Sophie umarmte das Äffchen. Alle hatten denselben nüchternen Gesichtsausdruck, den auch er bei sich spürte.

Keiner von uns weiß, wann diese Türen sich wieder öffnen werden, dachte Nikolas.

Und einer von uns ist ein Verräter.

„Unsere Würfel sind gefallen", sagte er. „Jetzt beten wir, dass es das Risiko wert ist."

Gawain klatschte in die Hände. „In der Zwischenzeit haben wir zu tun. Trocknen wir uns ab und ziehen uns um. Nikolas hat den Kamin freigeräumt, so dass wir das Feuer aufschichten können, um die Kühle aus dem Saal zu vertreiben. Den Großteil dieses Schlamassels können wir morgen sortieren, aber wir sollten zumindest alles umräumen, damit wir heute Nacht auf dem Boden genug Platz für Bettlager haben. Und ich weiß nicht, wie es euch geht, aber ich könnte nach der ganzen Arbeit ein spätes Abendessen vertragen."

Während Gawain Befehle gab, wandte Nikolas seine Aufmerksamkeit Sophie zu. Sie war tropfnass wie die übrigen und zitterte sichtlich, und ihr Gesicht war vollkommen farblos. Er schaute sich um und fand die Decke, die sie zerknüllt auf der Schwelle hatte liegen lassen. Er wickelte sowohl sie als auch den Puck darin ein.

Seine Hände wollten sich nur ungern von ihr lösen. Er ballte die Fäuste in die Decke und zog sie an sich. Sie widersetzte sich nicht. Genauso wenig Robin, wobei der Puck das Gesicht abwandte und es ihr auf die Schulter legte.

„Du hast schon vor Stunden erschöpft gewirkt, und seither ist eine Menge passiert", murmelte Nikolas. „Sieh zu, dass du aus diesen nassen Kleidern kommst. Setzt du dich dann bitte ans Feuer und wärmst dich auf?"

Ihre Zähne klapperten. „Ich würde nichts l-lieber tun, als neben dem Feuer einschlafen, aber, Nik, wir haben die

Toiletten noch nicht gefunden.“

„Die Männer können eine Nacht lang in einen Krug pissen“, erklärte er.

Sie funkelte ihn an. „Ich n-nicht.“

Unerwartet fühlte er sich erheitert. Er zog die Decke über ihren Hals nach oben und sagte: „Wir werden einen Nachttopf für dich aufstellen, und eine Decke für die Privatsphäre. Morgen früh können wir nach den Toiletten suchen.“

„Nikolas Sevigny, ich werde nicht in einen Nachttopf pinkeln, während ich im selben Raum bin wie ihr anderen. Schlag dir diesen Plan einfach aus dem Kopf.“ Sie schniefte und rieb sich mit der Decke über die Nase. „Ich werde mich besser fühlen, wenn ich es warm und trocken habe. Es schadet nicht, wenn wir uns noch ein bisschen umschauen.“

Mit einem Seufzen knickte er ein. „In Ordnung, aber nur, wenn du dir trockene Sachen anziehst.“

Rasch zogen sie sich um. Erst hielt Nikolas eine Decke in einer der beiden Ecken hoch, die am dichtesten am Feuer waren, so dass sie mehr oder weniger privat ihre nassen Kleider ausziehen konnte. Sobald sie in einer frischen Jeans, Sweatshirt und ihren schwarzen Stiefeln steckte, zog auch er sich um. Da Sophie seine Kleider gewaschen hatte, hatte er genau vier Garnituren zum Wechseln in seiner Reisetasche dabei. Egal, wie lange es wirklich dauerte, es würde auf vielerlei Arten eine langwierige Belagerung werden.

Während er sich saubere Kleider anzog und das feuchte Schwertgehänge zwischen die Schultern gleiten ließ, sagte er zu Gawain: „Wir gehen kurz auf Erkundung, in der Hoffnung, die Toiletten und eine brauchbare Wasserquelle zu finden, ohne dabei größeren Verwerfungen zu begegnen.“ Er wechselte auf Telepathie und ergänzte: *Wenn du die Lager für die Nacht errichtest, sorge dafür, dass das von Sophie nah am Feuer ist, zwischen deinem und meinem. Sie spürt die Kälte mehr als wir, und wir lassen sie nicht einen Augenblick unbewacht.*

Aber klar, sagte Gawain, ohne dass sich in seinem Gesicht etwas regte. Laut erwiderte er: „Auf euch warten heiße Suppe und Brot, wenn ihr zurückkommt.“

„Danke.“ Sophie zitterte noch immer, als Nikolas sich ihr zuwandte, und sie hatte sich wieder in die Decke gewickelt, aber ihr Gesicht hatte etwas mehr Farbe. „Wo ist Robin?“

Sie zuckte mit den Schultern. „Versteckt sich in den Schatten. Durchwühlt das Essen. Das weißt du genauso gut wie ich. Er hat sich vom Acker gemacht, als ich mich umgezogen habe.“ Sie schenkte ihm ein müdes Phantomgrinsen. „Er ist etwas prüde, glaube ich.“

Nikolas schob Robin aus seinen Gedanken. Der Puck konnte auf sich selbst aufpassen, und er hatte das Talent, zu verschwinden, wenn er wollte. Nikolas nahm eine der Öllaternen in der Nähe und zündete sie an. „Bereit?“

„Ja.“ Sie betrachtete das Chaos um sie herum. „Moment, haben wir Kreide oder Farbe?“

„Ich habe die Schachtel gesehen“, schaltete Gawain sich ein. „Einen Augenblick.“ Er kramte zwischen zwei Stapeln und hob eine handbeschriftete Pappschachtel auf. „Hier haben wir's – Kreide und Farben und Papier, um Karten zu zeichnen.“

Sophie spähte in die Schachtel und zog eine Plastikpackung mit weißer Kreide heraus. „Das wird für heute Nacht reichen. Wenn wir Verwerfungen finden, können wir sie morgen permanent markieren.“

Nikolas war mit dem Plan einverstanden. „Folge mir“, sagte er.

So müde Sophie auch aussah, in ihrem Gesicht regte sich Interesse. Sie marschierte neben ihm her, während er sie zum riesigen Kamin führte. „Warum gehen wir in diese Ecke – oh!"

Sie stieß den Ruf aus, als er ihre Hand nahm und sie in einen tiefen Schatten neben dem riesigen Feuerplatz zog. Erst als sie näherkamen, enthüllte das Licht der Öllaterne einen dunklen, schmalen Gang, schlau neben der riesigen Masse des Kamins verborgen.

Er grinste, als sie die Augen aufriss. „Habe ich gefunden, als ich den Kamin gereinigt habe. Es ist nicht ganz ein Geheimgang, aber fast. Wahrscheinlich wurde er von Dienern benutzt, vermutlich um Essen und Getränke an den Ehrentisch und zu wichtigen Gästen zu bringen, daher wird er wohl zur Küche und den Vorratsräumen führen."

„Und hoffentlich zu einer Wasserquelle", sagte sie.

„Genau. Außerdem ist dieses Haus groß genug, da drücke ich die Daumen für einen Innenhof."

Die Geräusche der arbeitenden Männer verklangen, als sie dem dunklen, schmalen Gang folgten, bis von allen Seiten schwarze Stille auf sie eindrang. Sie konnten nebeneinander gehen, aber Nikolas' Ärmel streifte auf seiner Seite die Wand, und er sah, dass auch Sophie auf ihrer Seite nicht viel Platz hatte.

„Das ist verdammt gruslig", flüsterte sie fröhlich.

„Ist es, ein wenig." Mit einem leichten Lächeln verschränkte er ihre Finger in seinen. „Spürst du irgendwelche Verwerfungen?"

Sie schüttelte den Kopf. „Im Augenblick nicht. Ich sage es dir auf jeden Fall, wenn es so weit ist." Ihre Augen leuchteten, als sie einen Blick nach hinten warf. Sie verlegte sich auf Telepathie. *Der Mann, der versucht, mich zu erwürgen. Du vermutest, es ist Rhys, oder?*

Seine kurze Erheiterung verflog. *Er hat zu verdächtigen Zeitpunkten auf Informationen gedrängt. Ich schaue zurück auf Dinge, die er gesagt hat, und wie ich von Zeit zu Zeit eine gewisse Antipathie von ihm ausgehen spürte. Er wusste, dass Gawain Robin roch und ich auf der Old Friars Lane Untersuchungen anstellte. Und heute Nacht, nicht mal eine Stunde, nachdem die Männer eintrafen, werden wir von einem großen Rudel Jagdhunde angegriffen. Als wir von dem einen, den du mit einem Bann belegt hast, Informationen hätten bekommen können, hat er ihn getötet. Es ist alles unwesentlich und nichts davon eindeutig, aber ja, ich verdächtige ihn.*

Sie drückte ihm die Finger. *Das tut mir so leid.*

Die Wärme ihrer Hand in seiner war ein Trost, den er nicht erwartet hatte. Er erwiderte den Druck. *Danke.*

Während der Unterhaltung kamen sie an eine schwere Tür, und er reichte ihr die Öllaterne, bevor er sich die Tür vornahm. Das Holz war aufgequollen und saß fest, und die Angeln waren verrostet, daher musste er sein ganzes Gewicht dagegenstemmen. Die Tür kreischte laut, als sie schließlich nachgab, und zerbrach in zwei Teile. Das Holz war völlig durchgemodert.

Er stolperte hinaus in die kühle, feuchte Nacht. Hinter ihm lachte Sophie und jubelte. „Du hattest recht – es gibt einen Innenhof!"

Während er sich aufrichtete, hielt sie die Öllaterne hoch. Es war unmöglich, in dieser unzulänglichen Beleuchtung alles zu sehen, aber er bekam einen Eindruck von wirrer, verwachsener Pflanzenpracht, kniehohem Gras, Bänken und ein paar Obstbäumen, alles von Steinsäulen begrenzt. Es war nicht annähernd so grandios wie einige Höfe, die er schon gesehen hatte, aber es war trotzdem ein netter, geräumiger

Fleck.

Seine katzenhaften Augen passten sich an die Beleuchtung an, und er deutete über den Hof. „Dort sind deine Toiletten, und in der anderen Ecke ist mein Brunnen. Dieses Haus ist teils reiches Familienanwesen und teils Festung. Ich schätze, sie wollten einen bewachten Wasservorrat und Abtritte haben, die sicher vor Einflüssen von außen sind. Niemand will in so einer verwundbaren Lage angegriffen werden. Die Küche und die Vorratskammern werden irgendwo dort drüben sein, beim Brunnen.“

„Das ist fantastisch.“ Ihre Augen leuchteten.

Er lächelte. „Falls du dich erleichtern musst, gehst du im Augenblick lieber hinter einen dieser Bäume. Morgen sorgen wir dann dafür, dass man die Toiletten sicher betreten kann, und begutachten den Brunnen.“

„Tatsächlich, *ähem*.“ Sie schenkte ihm ein schiefes Lächeln und ließ ihre Hand aus seiner gleiten. Ihre Decke warf sie ihm in die Arme. „Ich bin gleich wieder da.“

„Lass dir Zeit.“ Er wartete, während sie sich um ihre privaten Angelegenheiten kümmerte, zufrieden damit, die Umgebung zu mustern.

Der Hof fühlte sich an, als wäre er von den Geistern der Vergangenheit erfüllt. Er konnte den Grund für alles sehen, was sie getan hatten. Die Bänke waren so aufgestellt, dass sie den meisten Schatten von den Obstbäumen erhielten. Den Brunnen hatte man abgedeckt, bevor der Haushalt ausgezogen war. Es musste eine instinktive Entscheidung gewesen sein, für den Fall, dass sie irgendwann einmal zurückkehren wollten.

Der Mond hing hoch am Himmel, kaum verhüllt von schattenhaften Wolken. Auf der anderen Seite der Vordertüren war diese Nacht die dritte Nacht des

Vollmondzyklus, aber hier war der Mond halbvoll. Dieser Anblick war eine weitere Erinnerung daran, dass sie nicht im Einklang mit dem Land außerhalb des Hauses standen, was zugleich tröstlich und verstörend war.

Sophie kehrte rasch zurück, nahm sich ihre Decke wieder und deutete dorthin, wo sie herkam. „Da drüben gibt es eine Verwerfung."

Er schaute in die Richtung. „Bist du darüber gegangen?"

„Oh, nein." Sie erschauerte. „Dass ich zwei Wochen verschwinde, wenn ich mal aufs Klo gehe, ist doch das Letzte, was irgendwer braucht."

„Da hast du verdammt recht." Er stellte die Laterne ab und zog sie in seine Arme. Sie lehnte sich in seine Umarmung und schmiegte den Kopf an seinen Hals. Er rieb die Wange an ihrem feuchten Haar und murmelte: „Du machst mich immer noch wahnsinnig."

Wahnsinnig vor Verlangen. Wahnsinnig mit einem so verstrickten Durcheinander aus Empfindungen, dass er nicht wusste, wie er ihnen allen nachspüren oder sie ordnen sollte. Sie schleuderte ihn durch eine manische Symphonie aus Reaktionen. Die Interaktion mit Sophie war, als müsse man mehrere Säcke Flöhe hüten.

„Ich mache *dich* wahnsinnig?" Sie ließ die Decke fallen und schlang ihm die Arme um die Taille. „Ich habe zehn Jahre meines Lebens eingebüßt, als ich sah, wie dich diese Jagdhunde verfolgten", flüsterte sie. „Es war das Schrecklichste, was ich je erlebt habe, Nik."

Er spürte, wie ihr Körper an seinem bebte. Als er sich an seine eigene rasche, brutale Abfolge von Gefühlen erinnerte, während er gesehen hatte, wie sie auf ihn zurannte, drückte er den Mund an die dünne, feine Haut ihrer Schläfen und sagte zu ihr: „Du bist trotzdem gefeuert.

Ich meine es ernst, Sophie. Ich arbeite nicht mit jemandem zusammen, der meine Befehle so offen ignoriert."

„*Pfft*", erwiderte sie. „Ich brauche deinen doofen Beraterjob nicht. Behalt doch dein Geld und deine selbstherrliche, arrogante Annahme, dass du mich herumkommandieren kannst, wie es dir gefällt. Ich mache immer noch, was ich will, und handle so, wie ich es für am besten halte. Ich meine auch ernst, was ich gesagt habe – ich bin keiner deiner Krieger. Leck mich."

Während dieser Absage rieb sie ihm über den Rücken, und die Berührung war zugleich beruhigend und erregend.

„Du bist eine wahrhaft schreckliche Frau", knurrte er. Er ließ seine Fingerspitzen unter den Saum ihres Sweatshirts gleiten, um eine Verbindung zur warmen Haut ihres Oberkörpers herzustellen. Das Bedürfnis, sie zu küssen, ihren vollen Mund schmiegsam und beweglich unter seinem zu spüren, hämmerte durch seinen Kopf. „‚Leck mich' klingt von Sekunde zu Sekunde besser."

„Und ich kann nicht glauben, dass du so ein Arschloch bist." Sie summte die Worte vor sich hin, beinahe, als würden sie sie glücklich machen.

Er wandte ihr Gesicht nach oben. „Sophie", flüsterte er. „Ich bin nicht gut für dich. Mein Leben ist ständig verzweifelt und brutal, nicht nur heute Nacht, und jetzt sitzt du in einem Konflikt fest, aus dem du nicht mehr herauskommst."

„Oh, Nik", murmelte sie und strich ihm übers Haar. „Es ist für dich wirklich unmöglich zu verstehen, dass ich völlig fähig bin, meine eigenen Entscheidungen zu fällen. Ich bin ganz autonom und für mich selbst verantwortlich. Ich werde dir nicht immer zustimmen, und ich werde keine Befehle von dir annehmen. Ich bin mein eigener souveräner

Staat, und ich stehe hier vor dir, weil ich hier sein will. Ich lasse mich schon lange nicht mehr von dir beleidigen. Im Augenblick bin ich nur müde. Wenn du mir nicht genug Respekt entgegenbringen kannst, um das zu akzeptieren, weiß ich nicht, was zum Teufel wir hier tun."

Während sie sprach, entzog sie sich ihm und wandte sich ab. Er packte ihr Handgelenk und zog sie zurück. „Wenn ich dich nicht respektieren würde, würde ich jetzt nicht hierstehen", knurrte er. „Willst du die Wahrheit wissen? Du hast mich heute Nacht erschreckt. Ich habe gesehen, wie du direkt in die Gefahr läufst, und ich dachte, das Herz würde mir aus der Brust springen. Und wenn du meine Befehle nicht befolgst und dich wie ein wandelndes Pulverfass benimmst, weiß ich nicht, wie ich meine Handlungen um dich herum planen soll. Dafür sind Befehle und eine zusammenstehende Kampfeinheit da."

In ihren Augen blitzte schattiges Feuer auf. „Alles schön und gut, und ich könnte damit leben – aber du hast mich zurück ins Haus befohlen, als wäre ich ein ungehorsames Kind. Vielleicht könnte ich deinen Befehlen folgen, wenn du mich behandeln würdest, wie du deine anderen Männer behandelst."

„Du bist nicht meine anderen Männer!", brüllte er wütend. „Ich bin in keinen davon verliebt!"

Sie erstarrte, dann flüsterte sie: „Was?"

„Ich sagte, ich bin in keinen davon verliebt!", fuhr er sie an. Er stieß ihr Handgelenk beinahe von sich und begann auf und ab zu tigern. „Alles an dir macht mich wahnsinnig. Seit unserer ersten Begegnung streiten wir und keifen uns an. Aber dann fing ich an, dich zu mögen. Du bist mutig, witzig und großzügig, und schöner als eine Frau es eigentlich sein sollte, und als wir uns zum ersten Mal geliebt haben …" Er hielt im Laufen inne, um sich mit den Händen durch die Haare zu fahren, während er versuchte, seine Gedanken zu sammeln.

„Uns geliebt haben?", murmelte sie.

„Uns geliebt haben", erwiderte er heftig und wandte sich um, um sie anzustarren, als könne sie versuchen, ihm diese Erfahrung zu entreißen. „Als wir uns zum ersten Mal geliebt haben, habe ich etwas gespürt, das ich noch nie zuvor empfunden habe. Instinkte, von denen ich nicht wusste, dass ich sie hatte. Ich bin zum Teil Wyr, und ich habe den Drang gespürt, mich mit dir zu paaren. Deswegen bin ich gegangen, denn das hatten wir für diese Nacht nicht abgemacht. Es hätte ein angenehmes Zwischenspiel sein sollen, nicht mehr. Aber ich konnte meine verdammten Hände nicht von dir fernhalten. Kann ich noch immer nicht."

Im goldenen, schrägen Licht der Öllaterne erkannte er den Schock auf ihrem Gesicht. Ihre Lippen öffneten sich, als ob sie etwas sagen wollte, aber er ertrug es nicht, es zu hören.

„Mach dir keine Sorgen", sagte er bitter. „Ich habe schon darüber nachgedacht. Ich bin nicht Wyr genug, um vom Paarungstrieb getötet zu werden. Du hast keinerlei Verpflichtung, dir darüber Sorgen zu machen."

Sie schlang die Arme um sich. „Also bist du nicht durch den Wyr-Paarungsinstinkt gezwungen, etwas zu tun, was du nicht tun willst. Du klingst, als würdest du das gar nicht wollen."

„Alles, was ich anfangs zu dir gesagt habe, trifft immer noch zu." Da er sie nicht länger anschauen und gegen den hämmernden Drang ankämpfen konnte, sie wieder in die Arme zu nehmen, wandte er ihr den Rücken zu. „Ich bin mitten in einem Krieg, und ich kann einer Geliebten immer noch nichts bieten – keine Sicherheit, keine Heimat, nicht einmal die Verheißung meiner Zeit und Aufmerksamkeit."

Ihr Atem klang harsch in der Stille des Hofes. „Tja, ich schätze, jetzt weiß ich, wo wir stehen. Weißt du, was lustig ist? Ich habe mich auch in dich verliebt, du Trottel. In deine Hingabe, deinen Mut, sogar deine herrschaftliche Haltung. Es tat weh, als du so schnell weggegangen bist, nachdem wir kaum damit fertig waren, uns zu lieben, aber ich habe es hingenommen. Du hast mich gebeten, dir zu vertrauen, als du sagtest, du hättest gute Gründe gehabt, um wegzugehen, und auch das habe ich hingenommen. Eigentlich habe ich alles hingenommen – die Gefahr, die Ungewissheit, die Kämpfe. Und nur, damit du es weißt, dein feines Zartgefühl dafür, warum du dir keine Geliebte nehmen solltest, ist von gestern und eine Wahnidee, weil wir vermutlich nicht mehr lebend aus diesem Haus kommen. Aber weißt du, was ich nicht hinnehmen kann?"

Er schaute sie über die Schulter an. „Was?"

„Ich kann nicht hinnehmen, wie unerwünscht das alles für dich ist. Wie unerwünscht ich für dich bin. Ich kann alles an dir akzeptieren, sogar deine schlimmsten, herrschaft-lichsten, größten Arschlochmomente. Aber du kannst mich nicht akzeptieren, und nicht akzeptieren, wer ich bin. Du kannst die Tatsache, dass ich in deinem Leben bin, nicht akzeptieren, wie lang oder kurz dieses Leben letztlich auch sein wird. Du kannst es nicht akzeptieren, dass ich alles an deinem Leben, wie einschränkend und gefährlich es auch sein mag, akzeptieren könnte, dass ich die Macht und die Fähigkeit habe, diese Entscheidung rational zu treffen und die Folgen zu akzeptieren, wie auch immer sie aussehen mögen." Sie hielt inne, rieb sich fest die Augen, bevor sie abgehackt fortfuhr. „Also kannst du zwar sagen, dass du in mich verliebt bist, aber du bist nicht auf die gleiche Art in mich verliebt wie ich in dich. Wir benutzen dieselben Worte, aber es stehen nicht dieselben Erfahrungen dahinter, und ich … ich werde das nicht mehr hinnehmen.“

Als sie die letzten Worte sagte, erklangen Schritte im Gang hinter ihr. Bevor Nikolas bewusst darüber nachgedacht hatte, hielt er schon sein Schwert in der Hand und war an ihre Seite gesprungen.

Gawain kam aus dem Gang, trat ins Licht. Der Mann betrachtete die Szene mit einem raschen Blick – ihre Anspannung, Nikolas’ gezogenes Schwert. Er räusperte sich. „Tut mir leid, dass ich störe. Ich wollte euch nur wissen lassen, dass es was Warmes zu essen gibt, wenn ihr fertig seid.“

Sophie wischte sich übers Gesicht, während sie sich Gawain zuwandte. „Das klingt gut.“

„Wir haben noch nicht zu Ende geredet“, sagte Nikolas brüsk.

Sie schaute nicht in Nikolas’ Richtung. „Doch, haben wir“, sagte sie. „Wir sind fertig.“

Sie bückte sich nach ihrer Decke und trat in den Gang. Nach kurzem Zögern folgte ihr Gawain, so dass Nikolas allein in dem überwachsenen Innenhof voller Geister zurückblieb.

Kapitel 18

WÄHREND SOPHIE GAWAIN zurück zum Rittersaal folgte, machte sich Erschöpfung in ihr breit, düsterer und schwerer denn je. Nicht nur ihr ganzer Körper schmerzte, sondern diesmal war die Erschöpfung auch emotional, und sie wusste, dass sie nicht noch einmal über diesen toten Punkt hinauskommen würde.

Zurück im Rittersaal hießen sie Licht, Wärme und ein gewisses Maß an Ordnung willkommen, zusammen mit dem appetitanregenden Geruch nach warmem Essen. Entweder hatten sie Fackeln gebaut, oder sie hatten welche mitgebracht, denn die brennenden Stäbe steckten in strategischen Abständen in den Halterungen.

Sie hatten den Mini und die Harley so aufgestellt, dass sie hintereinander an der Außenwand standen, unter den Fenstern. Die Vorräte waren sortiert und säumten die Innenwände. Es gab viele Vorräte, wodurch der verbleibende Raum deutlich verkleinert wurde, aber es war immer noch genug Platz, um mit dem Sofa und Sessel einen kleinen Sitzbereich vor dem Feuer zu schaffen, und einen Essbereich mit dem Küchentisch, der an einem Ende um ein paar Kisten erweitert worden war. Schlaflager waren neben den aufgestapelten Vorräten zu beiden Seiten aufgereiht.

Automatisch zählte sie die Schlafplätze und fand einen zu wenig vor, aber bevor sie Gawain deswegen fragen konnte, berührte er sie an der Schulter. „Komm hier rüber, Mädchen. Schau, was wir für dich gemacht haben."

Gehorsam folgte sie ihm zu einer der beiden Ecken, die dem Feuer am nächsten waren. Er hob einen Vorhang, der grob aus den Vorhängen des Torwächterhäuschens zusammengestückelt war, und mit einer Hand drängte er sie, nach drinnen zu gehen. Sie gab nach und stellte fest, dass sie ihr ein kleines Schlafzimmer gebaut hatten.

Zwei Wände waren die Steinmauern des Rittersaals, und die anderen beiden bestanden aus Kisten und Vorrats-schachteln. Das Doppelbett aus dem Häuschen befand sich darin, und jemand hatte es sogar gemacht, komplett mit Decken und Kissen. Auf dem Nachttisch stand eine Öllaterne. Ihr Gepäck war ordentlich am Fuße des Betts aufgestapelt, die Kommode in eine Ecke geschoben.

Der Bereich war eng und vollgestopft, aber er war privat, und er bot ihr ein gewisses Maß an Komfort, den sie nicht erwartet hatte. „Das ist unglaublich und unfassbar aufmerksam", sagte sie. Ihr Streit mit Nikolas hatte sie so aufgewühlt, dass sie Tränen wegblinzeln musste. Nachdem sie sich einen Augenblick verschafft hatte, um sich zu erholen, indem sie sich alles anschaute, drehte sie sich mit einem Lächeln zu Gawain um. „Vielen, vielen Dank."

Gawain war nicht hereingekommen. Es gab nicht genug Platz auf dem Boden, um seine massige Gestalt zusätzlich zu ihrer zu beherbergen.

Er lächelte kurz über ihre Freude, dann sagte er telepathisch zu ihr: *Bis wir herausfinden, wer der Verräter ist, werden Nikolas und ich direkt davor schlafen. Niemand kommt an uns vorbei, Mädchen.*

Laut fügte er hinzu: „Nun hast du für den Augenblick genug Wände. Früher oder später verschwinden sie, wenn wir unsere Vorräte aufbrauchen. Aber es steht zu hoffen, dass wir dann entweder wissen, ob es sicher ist, die Schlafkammern zu benutzen, oder eine andere Lösung gefunden haben."

„Es ist herrlich. Ich liebe es." Impulsiv umarmte sie ihn. Überrascht und zufrieden erwiderte er die Umarmung.

„Komm, hol dir Abendessen. Es gibt Ochsenschwanzsuppe und Sandwiches."

Ochsenschwanzsuppe klang entschieden merkwürdig, aber sie folgte ihm zum Esstisch, wo sie von freundlichen Blicken und einigen lächelnden Gesichtern begrüßt wurde. Nikolas war noch nicht zurück, und plötzlich war ihr klar, dass sie ihm an diesem Abend nicht noch einmal unter die Augen treten konnte.

Als einer der Männer – Gareth, dachte sie – Anstalten machte, zu rutschen, um ihr Platz zu schaffen, sagte sie zu ihm: „Lass es gut sein. Ich will nicht unfreundlich sein, aber ich bin so müde, dass ich kaum mehr aufrecht stehen kann. Ich will mir nur eines dieser Sandwiches schnappen und ins Bett gehen."

„Ist keine Schande, müde zu sein", sagte Gareth. „Du hast heute Nacht gut gekämpft."

„Danke."

„Warte", sagte Rowan und stand auf. Er wühlte eine große Tasse hervor, füllte sie mit dampfender Suppe von einem Camping-Kocher, und bot sie ihr an. „Nimm das mit."

Sie nahm die Suppe, zusammen mit einem Sandwich, und zog sich unter einem Chor von Gute-Nacht-Wünschen zurück. Sie stellte ihr Essen auf den Nachttisch, zog den Privatsphäre-Vorhang zu, und ihr Schlafzimmer wurde in Schatten getaucht.

Kurz verspürte sie den Drang, die Laterne anzuzünden, aber dann wurde ihr klar, dass sie nicht wusste, wie, und plötzlich wurden die kleine Aufgabe und ihr mangelndes Wissen zu Hindernissen, die zu groß waren, als dass sie sie hätte überwinden können. Sie zog ihre Jeans und ihr Sweatshirt aus und kroch zitternd zwischen die kalten Laken. Während sie darauf wartete, dass sich das Bett aufwärmte, nippte sie an der Suppe, genoss die Wärme und den köstlichen Fleischgeschmack und aß ein paar Bissen von dem Schinken-Käse-Sandwich.

Bis dahin hatte sich die schlimmste Kälte aus dem Bettzeug verzogen, daher streckte sie sich aus, und während sie der leisen Unterhaltung der Männer lauschte, stürzte sie in eine schwarze Grube.

Vorübergehend.

Dann rannte sie durch das Lagerhaus, während der Schütze sie verfolgte. Sie lief um eine Ecke, suchte nach einem Ausweg, aber es war eine Sackgasse. Als sie herumwirbelte, um in die andere Richtung zu laufen, kam der Schütze um die Ecke.

Er hob seine Waffe. Sie starrte den Lauf entlang und hörte das tonlose *tat-tat-tat*, als er auf sie schoss, und sie fiel.

Fiel bis in alle Ewigkeit.

Rodrigo, versuchte sie zu rufen. *Hilf mir.*

Sie stürzte ins Wachsein, als sich eine Hand über ihren Mund legte. Die Männer waren schlafen gegangen, und das indirekte Licht des Feuers war erloschen, so dass der Raum in beinahe völliger Finsternis lag.

Eine Gestalt beugte sich über sie, ein Gewicht drückte auf den Rand der Matratze, doch bevor sie in Panik verfallen konnte, flüsterte Nikolas: „*Schh*, ich bin's. Ist schon in Ordnung.“

Sie packte zitternd sein Handgelenk, und seine Hand hob sich von ihrem Mund, um ihr die Haare aus der Stirn zu streichen.

Telepathisch sagte er: *Du hattest einen Alptraum und hast gewimmert.*

Wenig überrascht nickte sie. *Tut mir leid, dass ich dich geweckt habe.*

Er atmete aus, ein ungeduldiges, beinahe unhörbares Geräusch. *Rück ein Stück, Sophie.*

Sie zögerte, hin- und hergerissen, weil sie es so sehr wollte, dass sie es praktisch schmecken konnte, und sich gleichzeitig an den Schmerz der letzten Dinge erinnerte, die sie einander gesagt hatten. Ihre telepathische Stimme klang leise und unsicher in ihren Ohren. *Vielleicht ist das keine so gute Idee.*

Er legte seine Stirn an ihre. *Nehmen wir eine Auszeit. Du hast trotzdem alles so gemeint, was du gesagt hast, und ich auch. Lass das hier für sich stehen. Wir können morgen weiterstreiten.*

War das ok? Vielleicht war es nicht ok. Vielleicht sollte sie aus Prinzip stark bleiben, aber er war hier und bot sich an, und das Prinzip hatte keine Arme, die es um sie legen konnte. Immer noch versuchte sie zu entscheiden, wie sie dazu stand, rutschte aber auf eine Seite des Bettes.

Er hob die Decke und schlüpfte neben ihr herein. Lange, haarige Beine schlangen sich um ihre, und er nahm sie in die Arme. Der Trost kam sofort und war erschütternd.

Sie drehte sich zu ihm, barg das Gesicht an seiner Brust, während er ihr übers Haar strich. Er trug nichts bis auf seidene Boxershorts, stellte sie fest, als sie den Körper an seinen schmiegte. Er war größer, breiter und muskulöser als sie, und das Gefühl seines nackten Körpers an ihrem sorgte dafür, dass die Anspannung, die sich in ihr zusammengezogen hatte, nachließ.

Besser?, fragte er.

Sie nickte.

Erzähl mir davon, sagte er. *Von dem Alptraum. Vielleicht vergeht er dadurch, dass du über das sprichst, was passiert ist.*

Sie seufzte. *Der Alptraum hat nicht viel mit der Realität zu tun. Ich bin im selben Lagerhaus, in dem es zu der Schießerei kam, aber im Traum habe ich mich verirrt, und der Schütze jagt mich. So ist es nicht passiert. Ich schaffe es nie nach draußen, und er erwischt mich immer. Ich sehe den Lauf seiner Waffe — so war es auch —, und er schießt auf mich, und ich falle. Ich falle immer.*

Während er zuhörte, strich er ihr durch die Haare. Das rhythmische Streicheln beruhigte sie wie nichts anderes je zuvor. Ihre Muskeln wurden geschmeidig und weich. *Du hast einen Namen gerufen*, sagte er. *Ich konnte ihn nicht verstehen.*

Sie brauchte einen Augenblick, um zurückzudenken, dann fiel es ihr ein.

Rodrigo, gab sie zurück. *Er ist ein guter Freund bei der Polizei. Er und ich sind die Einzigen, die überlebt haben. Wir waren zu fünft — ich und ein Team aus vier Polizisten. Wir wollten einen Magieanwender ausschalten, der eine Art psychotischen Zusammenbruch hatte. Wir haben ihn unterschätzt. Wir dachten, er wäre relativ harmlos. Jeder, mit dem wir gesprochen hatten, der ihn kannte, sagte das. Wir wussten nicht, dass er Waffen und Munition gehortet hatte.*

Leise sagte Nikolas: *Oh, nein.*

Wir hatten ihn mit Worten beruhigt — das dachten wir zumindest —, und dann gingen wir rein, um ihn in Gewahrsam zu nehmen, aber er hatte mit uns gespielt und nur so getan, als würde er mitmachen. Ich war bei dem Team, für den Fall, dass er mit Zaubersprüchen übermütig werden würde, aber stattdessen eröffnete er das Feuer auf uns, sobald wir drinnen waren und in Reichweite kamen. Er konnte schießen. Wir trugen kugelsichere Westen, und er schaffte es trotzdem, drei von uns mit Kopfschüssen zu töten. Er hatte sich vorbereitet.

Nikolas streichelte mit der Hand über ihren Oberkörper, berührte die Narbe auf ihrer Schulter, und die andere auf ihrem Bauch. *Er hat dich an den Rändern der Weste erwischt.*

Sie nickte. *Rodrigo hat ihn ausgeschaltet. Er hat mich reanimiert, bis der Krankenwagen kam. Er hat mir das Leben gerettet.*

Als sie den Rest ihrer Geschichte erzählte, drückte er ihr die Lippen auf die Stirn und bewegte sich einige Augenblicke lang nicht mehr. Er murmelte: *Nach allem, was du durchgemacht hast, stürzt du dich immer noch in die Gefahr.*

Nein, sagte sie müde. *Ich stürze mich in Situationen, die gefährlich sein mögen oder nicht. Ich helfe einem Hund am Straßenrand. Ich gebe einem Haufen obdachloser Jungs ein Dach über dem Kopf.*

Er berührte mit den Fingern ihre Lippen, strich leicht darüber. *Du rennst in ein Pub, um eine schreiende Frau zu retten. Du läufst direkt auf dreißig angreifende Jagdhunde zu.*

Das ist so bei mir, flüsterte sie. *Keine große Sache. So bin ich eben. Du bist auch in das Pub gelaufen.*

Ich bin in das Pub gelaufen, weil du dort warst, sagte er.

Sie weigerte sich, sich davon beirren zu lassen. *Du hättest es auch getan, wenn ich nicht dort gewesen wäre. Als diese beiden Jagdhunde Cael angegriffen haben, bist du zu ihnen gelaufen, nicht weg. Es ist dasselbe, Nik. Wir haben mehr Gemeinsamkeiten als Unterschiede, zumindest in diesem Punkt.*

Er rollte sie auf den Rücken, legte sich auf sie und stützte die Ellbogen zu beiden Seiten ihrer Schultern auf, seine Finger über ihrem Kopf ineinander verschränkt. Sie fühlte sich umschlossen, umzingelt. Anstatt sich eingeengt vorzukommen, empfand sie es als tröstlich und gut. Es schmerzte mehr als fast alles, was sie je erfahren hatte, wie richtig sich das anfühlte.

„Ich habe so viele Leute verloren", hauchte er an ihren Lippen. „So viele Leute, meine Sophie. Ich denke an ihre Namen und Gesichter, bis ich manchmal glaube, dass ich zu nichts mehr als einer Halle der Erinnerung geworden bin, die jede ihrer Geschichten und deren Ende bezeugt. Dieser Teil von mir ist hauchdünn und bis aufs Mark ausgezehrt, und bis du auftauchtest, dachte ich, ich wäre nicht mehr dazu fähig, mich wieder um jemand anderen zu sorgen. Aber inzwischen tue ich es, und ja, ich ringe damit, weil ich nicht glaube, dass ich es ertragen könnte, dich zu verlieren."

Zuvor, im Innenhof, hatte Schmerz ihre Seite der Unterhaltung angetrieben, aber als sie ihm jetzt zuhörte, trieb sie das Mitgefühl dazu, ihm über den Rücken zu streichen. Sie murmelte: „Ich dachte, wir nehmen eine Auszeit."

„Ich habe gelogen", sagte Nikolas und küsste sie.

Sie verlor sich in dem Gefühl seines Mundes, der sich auf ihrem bewegte, im Gewicht seines Körpers, in der Wärme, die von seiner Haut ausstrahlte. Verlangen packte sie tief und heftig. Ihr Körper fühlte sich leer und wund an, und als sie ein Knie beugte und ihren Fuß an seinem Bein hinaufgleiten ließ, versteifte sich sein Schwanz und drückte ihr hart und mächtig gegen die Hüfte.

Ich werde danach von dir weggehen, flüsterte sie in seinem Kopf, während sie die Hand um seine Erektion gleiten ließ und zudrückte. Er zischte an ihrem Mund und stieß die Hüfte vor, ließ seinen Schwanz durch ihre Handfläche gleiten. *Das ist das letzte Mal, Nik. Ich schwöre es.*

Wir gehen voneinander weg, versprach er. Er legte den

Mund schräg auf ihren und küsste sie mit so wilder Hitze, dass ein Stöhnen auf ihren Lippen zitterte. Er schluckte es hinunter, stieß tief mit der Zunge vor, während er die Fingerspitzen über den Rand ihres Höschens gleiten ließ. Die leichte Berührung hinterließ ein feuriges Gefühl. *Sobald ich dich aus meinem System bekomme, bin ich weg.*

Der Bastard sagte die Wahrheit. Wütend biss sie ihn in die Lippe, und ein Keuchen ging bebend durch ihn hindurch. Also würde er gehen, sobald er sie aus seinem System bekam. *Schön.* Das Spiel konnten auch zwei spielen.

Zumindest wusste sie jetzt, was das Ganze war. Es war (unfassbar überwältigender, kreischender, extrem fantastischer, ausgelassener) Sex.

Sie würde ihn fallen lassen, bevor er es mit ihr machte. Das war das allerletzte Mal, daher war sie entschlossen, das Beste herauszuholen. Sie drückte gegen seine Schulter und drängte ihn, sich auf den Rücken zu legen, und er gab nach, schob die Decke zurück, während er sich auf dem Bett ausstreckte.

Sie stützte sich auf einen Ellbogen und tat das, was sie schon hatte tun wollen, seit sie zum ersten Mal zusammen gewesen waren. Sie streifte mit den Lippen an seinem Körper entlang abwärts, entdeckte durch reines Tasten jeden Muskel und jede Kuhle, den Haarwirbel rund um seine flachen Männernippel, die Ader, die über seinen Bizeps verlief. Sie ließ die Zungenspitze um die Krümmung seines Nabels gleiten, während er scharf die Luft ausstieß und seinen langen, flachen Bauch anspannte.

Bis sie am Bund seiner seidenen Shorts ankam, hatte sie nicht mehr viel lockende Schüchternheit übrig. Sie zog den Stoff weg, fasste seinen Penis an der Wurzel und nahm ihn in den Mund, während sich sein ganzer Körper versteifte.

Seine Hände bebten, als er sie um ihren Kopf legte.

Sie mussten still sein, so still. Die übrigen waren gleich auf der anderen Seite der Kisten und Schachteln, aus denen ihr Schlafzimmer bestand. Es war quälend schwer, die Lustlaute zu dämpfen, die sie von sich geben wollte, als sie an der Spitze seines Schwanzes saugte.

Er schmeckte erdig, köstlich. Schwindlig und verzaubert leckte sie an der Seite seiner Erektion hinab, genoss die samtene Haut und das pralle, harte Fleisch darunter. Sie umschloss seine Hoden, knetete und streichelte ihn, während sie die Kehle öffnete, um ihn ganz aufzunehmen.

Bis dahin floss sein ganzer Körper unter ihrer Berührung wie geschmolzene Lava. Er fühlte sich an, als würde er verbrennen. Sie bearbeitete ihn unablässig, sog ihn ganz ein, bevor sie ihn wieder bis auf die Spitze herausließ, während er eine endlose Litanei telepathischer Obszönitäten herunterratterte.

Sie konnte die Geräusche, die sie von sich geben musste, nirgends artikulieren. Es musste alles in seinen Kopf. Sie gurrte und lachte manchmal über seine einfallsreichen Flüche, und sagte ihm, wie wunderbar er sich anfühlte und schmeckte, und wie sehr sie ihn in sich aufnehmen wollte.

Er griff nach unten, um mit einer Hand ihre Kehle zu umfassen, während er pumpte, in leidenschaftlicher Stille, zwischen ihren geöffneten Lippen. *Dein Mund ist wie Feuer und Seide.* Er warnte sie: *Ich glaube nicht, dass ich mich zurückhalten kann.*

Erfreut, hungrig auf ihn, keuchte sie: *Tu es. Ich will, dass du in meinem Mund kommst.*

Gottverdammt — hier. Hier kommt es.

Er hämmerte eine Faust auf die Matratze, als er sich

anspannte, und sein Schwanz begann zu pulsieren, spritzte ihr Samen in den Mund. Sie molk ihn, nahm alles auf, während sie mit der flachen Hand über die angespannten, bebenden Muskeln seines Bauchs glitt. Als sein Höhepunkt nachzulassen begann, hob sie den Kopf und wischte sich den Mund ab.

Komm her, knurrte er. *Ich bin noch nicht fertig.*

Es war der Wyr-Paarungsdrang. Er packte sie an den Hüften und hob sie über seinen Körper, bis sie auf ihm saß. Dann nahm er seine Erektion und rieb sie an ihrer überempfindlichen, intimen Haut, vergewisserte sich, dass sie bereit für ihn war, bevor er nach oben stieß.

Sie war so leer, dass es schmerzte, und sie bebte so sehr, dass sie sich kaum aufrecht halten konnte. Er fühlte sich größer und härter an als je zuvor, als er in sie eindrang. Als er hineinstieß, und weiter hinein, dehnte sie sich, um ihn aufzunehmen, bog sich über dem stechenden Wohlgefühl seiner Penetration.

Ihr Atem kam in leisen Schluchzern. Er legte ihr eine bebende Hand über den Mund. *Leise,* sagte er heftig. *Das gehört nur uns. Nur dir und mir.*

Sie schloss alle anderen aus. Nichts sonst spielte eine Rolle. Stolz, verletzte Gefühle, Erwartungen, sie verbannten alles, bis nur noch sie beide übrig waren.

Männlich. Weiblich.

Nikolas. Sophie.

Er stieß in sie, bis er einen harten, treibenden Rhythmus erreichte, und sie ritt ihn, so gut sie konnte. Er griff zwischen ihre Körper und streichelte sie sanft dort, wo sie verbunden waren. Als er ihre Klitoris mit dem Handballen fand, war sie so bereit zu kommen, dass es wie ein Sturm mit Orkanböen durch sie hämmerte.

Am ganzen Körper bebend wimmerte sie in seine dämpfende Hand, als sie zum Höhepunkt kam, bis der Gipfel sie so hoch hinauftrug, dass sie es nicht länger ertragen konnte, und sie stieß seinen Daumen weg.

Sie blieben zusammen, an der Leiste verbunden, in der kalten Stille des großen Raums. Das einzig hörbare Geräusch war das leise Sägen ihres abgehackten Atmens.

Dann setzte er sich hin, die Arme um sie geschlungen, und wechselte ihre Positionen, so dass sie wieder unter ihm lag. Er packte sie fest, einen Arm um die Hüfte, den anderen am Halsansatz, hielt sie auf der ganzen Länge seines Körpers umfasst. Es war eine angespannte, unbequeme Stellung. Sie konnte sich kaum bewegen. Sie konnte ihn nur mit den Beinen um die Hüfte packen, und ihre Arme um seinen Oberkörper schlingen.

Er war immer noch in ihr, immer noch groß und hart, und inzwischen war sie so sensibel, dass jede kleine Bewegung Schockwellen durch ihren Körper sandte.

Dann begann er sich wieder zu bewegen, harte, schnelle Stöße, die sie bis ins Innerste erschütterten. Sie dachte wirklich, wahrhaftig, dass sie es nicht länger aushielt, aber dann hielt sie es aus, immer noch in dieser extremen Stille, bis Tränen aufwallten und ihr aus den Augenwinkeln flossen.

Sie kam noch zweimal, bis er endlich fertig war. Zum Ende hin konnte sie nur noch das Gesicht an seinem Hals bergen und sich festhalten, während der Sturm, den er heraufbeschworen hatte, durch sie fegte.

Der Wyr-Paarungstrieb mochte ihn nicht dazu zwingen, bei ihr zu bleiben. Er war wohl immer noch fähig, zu gehen. Aber ganz gleich, wie sie sich auch zu belügen versuchte, sie war nicht mehr sicher, dass sie dazu in der Lage war.

Das ist keine Erkältung, dachte sie. *Das ist nicht die Grippe. Das ist eine seelenzerstörende Krankheit, die mich in Stücke reißt, bevor sie mich tötet.*

Danach zog er sie an seine Brust, drehte den Kopf, so dass seine Wange an ihrem Scheitel lag. Sie ruhte an seiner Schulter und fiel in eine weitere schwarze Grube, diesmal ohne Träume. Er hatte die Politik der verbrannten Erde gewählt und alles andere aus ihren Gedanken gesprengt, so dass nur noch er übrig war.

Sie schlief lange und fest, und als sie erwachte, war sie allein in ihrem Bett. Ihre Blase war voll, und ihr Magen unangenehm leer. Gefilterter Sonnenschein von den eisengerahmten, alten Glasfenstern am einen Ende des Rittersaals warf indirektes, schwaches Licht oben auf die Kisten und Schachteln und schuf tiefe Schatten in ihrem winzigen Schlafzimmer.

Seufzend rollte sie sich auf die Seite und zog ein Kissen an die Brust. Er hätte lange genug bleiben können, um ihr am Morgen einen Abschiedskuss zu geben. Sie mochten beide wissen, was das zwischen ihnen war, aber es ging auch höflich.

Schließlich wurde ihr körperliches Unwohlsein so groß, dass sie sich anziehen musste. Sie zog dieselbe Jeans und das Sweatshirt über, das sie nach der stürmischen Schlacht letzte Nacht getragen hatte, und versuchte sich mit den Fingern die Haare zu entwirren. Die Locken sprangen in einem irren, chaotischen Heiligenschein überallhin, aber sie fühlte sich zu mutlos, um nach ihrem Kamm und ihren Haargummis zu suchen und die Haare zu größerer Ordnung zu zwingen.

Sie hatte das Gefühl, dass sie wie etwas aussah, das die Katze hereingeschleppt hatte, bevor sie es liegenließ, weil es ihr zu erbärmlich für ihre Aufmerksamkeit erschien.

Das war ein sehr unglücklicher Vergleich.

Als sie sich aufs Bett setzte, um ihre Doc Martens anzuziehen, sah sie ein Fläschchen Nagellack auf dem Nachttisch stehen. Nikolas hatte ihr den Rest zurückgebracht. Sie nahm die Flasche in die Hand und schüttelte sie. Wie sie befürchtet hatte, war nur sehr wenig übrig geblieben.

Sie hatte noch die Sprüche, die sie sich gestern Nachmittag auf die Arme gemalt hatte, minus den einen Verwirrungszauber, den sie auf den Jagdhund angewendet hatte, aber die würden sich ablösen und nachlassen. Danach würde sie vielleicht noch einen weiteren Zauber wirken können, möglicherweise zwei, ehe ihr kleines Kosmetikarsenal aufgebraucht war.

Seufzend schob sie die Flasche in die flache Schublade des Nachttisches, hob den blickdichten Vorhang und trat hinaus in den Gemeinschaftsraum. Etliche Männer saßen am Tisch, tranken Tee und unterhielten sich. In der Luft hing der Geruch nach Speck.

Als sie auftauchte, drehten sie sich nach ihr um. Einen Augenblick lang herrschte Stille.

Dann sagte Rowan: „Ich meine das auf völlig platonische Art, aber es gibt ja wohl nichts, das so sexy ist wie dein irres Haar da.“

„Willst du sterben, Kumpel?“, fragte ihn Cael.

Rowan hob die Hände. „Ich sagte, dass ich das platonisch meine!“

Wärme strömte ihr über die Wangen. Nikolas stand bei Braden und Ashe, drüben bei den Fenstern zwischen dem Mini und der Harley, und schaute nach draußen. Er drehte sich bei dem Austausch nicht um.

Telepathisch sagte sie zu Gawain: *Ich muss wirklich ziemlich dringend. Ich weiß, ihr habt versprochen, dass entweder du oder Nikolas immer bei mir bleibt, aber ihr seid alle im Rittersaal. Ich glaube, ich bin völlig sicher, wenn ich allein ins Bad gehe.*

Er runzelte die Stirn. *Das wird im Augenblick wahrscheinlich gehen.*

„Privatsphärenalarm", sagte sie zur Gruppe. „Ich nehme mir ein paar nötige Augenblicke im Innenhof, deswegen wüsste ich es zu schätzen, wenn ihr alle hier bleibt, bis ich zurück bin."

So. Nun, da sie die Aufmerksamkeit darauf gelenkt hatte, würden sie alle verpflichtet sein, im Rittersaal zu bleiben.

„Es gibt Seife und einen Eimer Wasser auf der Bank", erklärte Gawain. „Es ist sicher kalt, aber du kannst dich auch etwas waschen, wenn du möchtest. Wir haben ein paar Solarduschen – schwarze Beutel mit Duschköpfen, die sich in der Sonne aufheizen –, daher wird es später am Nachmittag wärmeres Wasser zum Duschen geben."

„Das klingt toll", sagte sie mit so aufrichtiger Nachdrücklichkeit, dass ein paar Männer grinsten.

Sie ging in den Hof, um sich um alles zu kümmern und sich zu waschen, und sie nahm sich ein paar Minuten, um ihre Haare in einen langen, dicken Zopf zu zwingen, der ihr über den Rücken fiel. Als sie zurückkehrte, schob Cael ihr einen Teller mit Speck und Eiern hin, zusammen mit einer Tasse schwarzem Kaffee. Er sagte: „Die Eier sind nur noch ein paar Tage gut, deswegen sollten wir sie genießen, solange wir können."

„Vielen lieben Dank." Sie warf wieder einen Blick auf Nikolas und die anderen beiden Männer am Fenster, ehe sie ihre Aufmerksamkeit dem heißen Mahl zuwandte.

Während sie aß, schob ihr Cael ein paar Scheiben Toast auf den Teller. Anfangs stockte das Tischgespräch, aber dann, als sich die Männer an ihre Anwesenheit gewöhnten, redeten sie weiter.

Sie hatten sich viel zu sagen, nachdem sie so lange Zeit in erzwungener Einsamkeit verbracht hatten. Soweit Sophie es sich durchs Zuhören erschließen konnte, hatten sie sich nur zur Sonnwende versammelt, um die Energien aufzubringen, ihre Heimat zu kontaktieren. Trotz der bedrohlichen Lage und ihrer pessimistischen Sicht der Dinge genossen sie die Gelegenheit, sich gemeinsam zu entspannen, was Sophie zum Lächeln brachte.

Als sie ihr Frühstück beendet hatte, marschierte Nikolas herüber. Er war wieder schwarz gekleidet – sie glaubte nicht, dass er je eine andere Farbe trug –, und obwohl sie sein Schwertgehänge wegen des Verhüllungszaubers nicht sehen konnte, hätte sie gutes Geld darauf gesetzt, dass er es trug. Er wirkte hagerer, düsterer und härter denn je, und in seinen dunklen Augen glitzerte ein Ausdruck, den sie gar nicht erst interpretieren wollte.

„Bereit, an die Arbeit zu gehen?", fragte er.

Ihr Kiefer spannte sich an. „Dir auch einen guten Morgen", sagte sie. „Wie geht es dir heute, Sophie? Mir geht's gut, danke. Ich habe letzte Nacht gut geschlafen. Wie geht's dir, Nik? Oh, ich leide heute Morgen an einem schweren Fall von Unhöflichkeit, aber ansonsten ist alles in Ordnung."

Jemand auf der anderen Seite machte ein abgewürgtes Geräusch. Sie dachte, dass es vielleicht Gareth war. Ansonsten wogte Totenstille über die Gruppe. Niemand schaute Nikolas oder sie an, auch wenn Rowan plötzlich um einige Schattierungen röter wirkte als sonst.

Nikolas warf ihr ein gefährliches Lächeln zu. „Schön, dass wir die Höflichkeiten damit hinter uns haben", sagte er mit seidiger Stimme. „Bist du bereit, an die Arbeit zu gehen? Ich habe uns Vorräte zusammengepackt.“

Er griff an einem Ende des Tisches auf den Boden und hob zwei Rucksäcke auf.

O Gott. Sie würde den ganzen Tag mit Mr. Sonnenschein verbringen dürfen. Sie warf einen hilfesuchenden Blick zu Gawain, aber der schaute sie auch nicht an. Mit offensichtlichem Widerwillen sagte sie: „Schätze schon.“

„Wir haben viel zu tun. Los jetzt.“

Sie würde nicht das Gesicht verziehen. Sie würde ihm nicht die Befriedigung geben, ihn wissen zu lassen, wie sehr er sie getroffen hatte. Sie schob sich vom Tisch zurück und sagte zu Cael: „Danke für das Frühstück.“

„Gern geschehen“, erwiderte er.

„Wir wissen nicht, was passiert, wenn wir auf Ver-werfungen stoßen“, sagte Nikolas zur Gruppe. „Wir werden versuchen, euch auf dem Laufenden zu halten, aber werdet nicht unruhig, wenn wir nicht synchron zum Tag, wie ihr ihn kennt, wieder auftauchen. Und macht einen Plan für Wachen rund um die Uhr, mit zwei Männern in jeder Schicht.“

Sophie schloss sich ihm an. „Wachen?“

„Morgan ist hier“, verkündete er grimmig.

Ihr Magen zog sich zusammen. „Hast du deswegen aus dem Fenster geschaut?“

„Ja.“

Sie ging hinüber zu den Fenstern und murmelte Ashe „Entschuldigung“ zu, damit er Platz machte, um sie hinausschauen zu lassen. Die dicken, quadratischen Fensterscheiben waren klein und schmutzig, und die Sicht durch das alte Glas waberte und war verzerrt, aber sie sah trotzdem die vertraute breitschultrige Gestalt, die etwa zwanzig Meter entfernt auf dem Rasen stand.

Morgan hatte die Arme verschränkt und musterte das Haus mit gesenktem Kinn. Zu seinen beiden Seiten standen Männer und Jagdhunde aufgereiht, so weit sie blicken konnte. Sie musste es nicht sehen, um zu wissen, dass sie das ganze Haus umstellt hatten.

„Er steht seit der Morgendämmerung so da draußen", sagte Ashe. „Versucht einen Weg hinein zu finden, schätze ich."

Nikolas legte ihr eine Hand auf die Schulter. Sie wandte sich ihm zu. „Ich bin bereit."

Er reichte ihr den Rucksack. „Geh voraus. Wo willst du anfangen?"

Sofort wandte sie sich zu dem Gang, in dem sie die erste Verwerfung gefunden hatte. „Wir wissen, dass dort eine ist. Und wir wissen von der einen im Innenhof. Markieren wir als erstes die, dann ziehen wir weiter." Telepathisch fragte sie: *Warum hast du Wachen aufgestellt?*

Er sagte: *Das Haus mag nicht im Einklang mit dem Land draußen stehen, aber sobald diese Eingangstüren offen sind, kann jeder durchgehen. Man könnte entweder hereinkommen – oder hinaus. Und jeder im Inneren kann die Türen öffnen. Ich habe das gestern selbst probiert.*

Sie runzelte die Stirn. *Du denkst, der Verräter könnte versuchen, sie zu öffnen und den Feind hereinzulassen – oder hinauszukommen?*

Ich würde sagen, das wäre auf jeden Fall möglich. Sobald mir der Gedanke kam, bin ich aufgestanden und habe Wache gehalten, bis die anderen wach wurden.

Die Schwere, die seit dem Aufwachen auf ihr gelastet hatte, hob sich etwas. *Ich habe dich nicht Weggehen gehört.*

Gut. Ich wollte dich nicht stören. Du hattest die Ruhe nötig.

Sophie war so auf ihn konzentriert, dass sie fast vergaß, nach dem Ort Ausschau zu halten, an dem sie die Verwerfung gespürt hatte, bis sie beinahe darauf traten.

„Warte!" Sie packte ihn am Arm. „Wir sind hier."

Der Gang sah in beide Richtungen gleich aus. „Ich spüre es nicht."

„Vielleicht ist das hier eine kleinere Verwerfung, und du kannst erst eine größere spüren", sagte sie. Sie runzelte die Stirn. „Wie wollen wir messen, was auf jeder Seite einer Verwerfung passiert? Wir sehen den Gang deutlich – genauso wie wir das Haus von außen sehen können –, aber es wird einen Unterschied geben, sobald wir auf die andere Seite gehen."

„Ich denke, einer von uns muss hinübergehen, während der andere auf dieser Seite bleibt", erklärte Nikolas. „Dann zählen wir beide bis zehn. Wir können üben, wie schnell wir zählen, damit wir gleich lange brauchen. Der erste, der bei zehn ankommt, greift nach dem anderen. Da Uhren nicht funktionieren, wird es keine exakte Messung, aber es wird uns eine Vorstellung liefern, was wir zu erwarten haben."

„Ok, versuchen wir's."

Sie übten den Zählrhythmus ein paar Mal, dann sagte Nikolas zu ihr: „Bis auf der anderen Seite."

Er trat über die Verwerfung, und sie begann zu zählen. Als sie bei sieben ankam, griff er nach ihrer Hand und kam wieder auf ihre Seite. „Das ist so seltsam", murmelte sie.

„Bis zu welcher Zahl bist du gekommen?", fragte er.

„Sieben, und wir können nicht so weit voneinander abgewichen sein. Das heißt also, dass den Gang entlang in diese Richtung die Zeit schneller läuft als hier drüben und im Rittersaal." Sie kniete sich hin, öffnete ihren Rucksack und holte eine kleine Dose weißer Farbe und einen Pinsel heraus. „Sie haben uns keine Farben besorgt.“

„Ich glaube, sie haben nicht verstanden, was du wolltest.“

Sie zeigte ihm ein schiefes Grinsen. „Spielt keine Rolle. Wir können die Zonen einfach nummerieren.“

Nikolas holte einen Block heraus und zeichnete, während sie eine Linie durch den Gang zog, dann malte sie auf einer Seite an der Wand „7:10“ auf. „Die Sieben ist auf dieser Seite der Verwerfung, der Doppelpunkt ist die Verwerfung selbst, und die Zehn ist auf der anderen Seite. Ergibt das Sinn?“

Er nickte. „Durchaus.“ Er deutete den Gang entlang. „Eines noch – wir sollten diese Zone lieber nicht nummerieren. Wir könnten den ganzen Weg rund ums Haus gehen und von der anderen Seite in diesen Gang kommen. Wenn wir das jetzt ‚Zone 2‘ nennen und die Zonen weiter nummerieren, sobald wir Verwerfungen finden, könnte dieser Bereich am Ende als ‚Zone 9‘ auf der anderen Seite bezeichnet werden. Um Verwirrung zu vermeiden, denke ich, die einzige Zone, die wir momentan benennen können, ist der Rittersaal.“

„Daran habe ich nicht gedacht.“ Sie wippte auf die Fersen zurück. „Das Einzige, das wir im Augenblick kartieren sollten, sind der Grundriss und die Verwerfungen. Wir können anschließend alles genauer bezeichnen.“

„Richtig.“ Er hockte sich neben sie, beugte sich vor und gab ihr einen kurzen, harten Kuss.

Hey. Das war nicht nach den Regeln, die sie beide aufgestellt hatten. Sie verzog verstört das Gesicht, vielleicht etwas zornig, und vielleicht mehr als nur etwas erfreut. „Hör auf damit.“

„Ich muss hören, wie du es sagst.“ Nikolas’ dunkle

Augen waren intensiv, hitzig und für ihren Geschmack viel zu nahe. „Sag: ‚Nikolas, ich will, dass du damit aufhörst.‘“

Er wollte die Wahrheit oder Falschheit dessen hören, was sie sagte. „Nein. Ich mache bei deinen Spielen nicht mit.“

„Ich spiele keine Spiele, weißt du noch?“

Tränen stachen weit hinten in ihren Augen. Sie wandte das Gesicht ab, stand auf und fragte: „Was zum Teufel machst du dann?“

„Ich kann dich nicht in Ruhe lassen. Ich will nicht.“ Er stand auf, um sich neben sie zu stellen, immer noch zu nahe. „Ich habe die Lüge in deiner Stimme gehört, als du gesagt hast, letzte Nacht wäre die letzte Nacht.“

„Leck mich, Nik.“ Sie warf ihm einen Blick voll bitterer Verletzung zu. „Ich habe die Wahrheit in deiner Stimme gehört, als du sagtest, sobald du mich aus deinem System bekommst, bist du weg.“

Sein Gesichtsausdruck veränderte sich. Als er sich nach ihr ausstreckte, begann ein tiefes, rumpelndes Geräusch und wurde so laut, dass Sophie die Vibration durch die Füße spürte.

Grauen durchzuckte sie. „Was ist das? Es klingt wie ein Erdbeben.“

„Es ist Morgan“, knurrte Nikolas. „Er ruft die Landmagie an.“

Sie rannten zurück zum Rittersaal und dem Fenster zur Vorderseite, wo sich die übrigen Männer versammelt hatten, ihre Gesichter verdüstert. Langsam erstarb das Rumpeln. Nikolas schob sich zum Fenster vor. Es waren zu viele Männer im Weg, als dass Sophie ihm hätte folgen können, daher stieg sie auf die Motorhaube des Mini, um nach draußen zu schauen.

Das tiefe Rumpeln begann erneut und nahm an Intensität zu. Als sie einen Fleck auf der schmutzigen Scheibe sauber rieb, sah sie Morgan auf dem Rasen knien, die Hände flach auf dem Boden, seine Haltung ähnlich wie bei Nikolas, als er die Jagdhunde begraben hatte. Morgans Kopf und Schultern waren gebeugt, und sogar aus dieser Entfernung sah sie den Tribut, den dies von seinem Körper forderte. Hinter ihm fiel ein Baum um und krachte ins Dach des Häuschens.

Wut und Angst fielen gleichermaßen über Sophie her. „Er zerstört mein Eigentum."

„So hat er wohl die Übergänge zerschmettert", sagte Nikolas heiser. „Er nutzt die Landmagie, um zum Anwesen durchzudringen. Kann er das schaffen?"

Sie grub sich beide Hände in die Haare an den Schläfen und kniff die Augen zu, während sie nachzudenken versuchte. Konnte Morgan es tun? *Dieses* Stück Land war nicht im Einklang mit *jenem* Stück Land. Wie Nikolas' Morgenstern würde jegliches Geschoß keinen direkten Treffer landen können.

Aber es war kein Geschoß. Es war eine Art Magie, die ihr noch nie zuvor begegnet war, und wenn Nikolas die Landmagie anrufen konnte, um dreißig Jagdhunde zu begraben, wozu war dann Morgan fähig?

Irgendwie konnte er die Landmagie mit solcher Macht anrufen, dass ganze Übergänge zerbarsten.

Als sie die Augen wieder öffnete, sah sie sich neun Augenpaaren gegenüber, die sie gespannt anschauten. „Er verfügt nicht über Dschinn-Magie", erklärte sie zögerlich, „daher kann er zwar nicht ins Innere des Hauses gelangen, aber er kann das Haus vielleicht mit uns begraben."

Kapitel 19

NIKOLAS KNIFF DIE Augen zusammen. „Aber das Haus befindet sich nicht ganz in Morgans Dimension, richtig?"

„Wenn seine Reichweite groß genug ist und er ausreichend Schaden anrichtet, glaube ich, dass das keine Rolle spielt. Was, wenn er die Landmagie dazu bringt, den Großteil des Hauses zu verschlingen, und wir keinen Weg finden, aus den anderen Teilen zu entkommen? Wir werden immer noch festsitzen und immer noch sterben." Sie schüttelte den Kopf. „Ich gebe nicht vor zu verstehen, wie das alles funktioniert, aber er lässt die Erde da draußen beben – und wir spüren es hier drinnen –, also wird das, was er tut, zu einem gewissen Grad auch uns betreffen. Ich bin noch nie einem Magieanwender begegnet, der so stark ist."

„Wir müssen noch eine Schippe drauflegen", sagte Nikolas sofort. „Das Kartieren des Hauses und das Aufzeichnen der Verwerfungen sind gerade zur Gruppenaufgabe geworden. Wir müssen das erledigen, damit wir unsere Funde analysieren und feststellen können, ob es ein Muster gibt, das sich nutzen lässt, um Lyonesse zu erreichen."

Sophie fiel auf, dass er nicht sagte, was sie tun würden, falls sich Lyonesse nicht erreichen ließ, und niemand fragte ihn danach. Er fuhr fort und erklärte, wie sie das Kartieren angehen würden.

Sophie würde die Verwerfungen lokalisieren, und die Männer sollten paarweise die Grenzen einzeichnen, testen und die Zeitunterschiede festhalten. War ein Paar fertig mit seiner Aufgabe, würde es zum Rest aufschließen. Der Prozess würde holpern, und es würde ein paar Verzögerungen geben, wenn sie sich durch die Verwerfungen bewegten, aber es war immer noch die schnellste Methode, um die Aufgabe zu schaffen.

„Und es ist sehr wichtig, dass wir festhalten, was wir vor den Fenstern sehen", fügte Sophie hinzu. „Wir sollten herausfinden, ob es ein Muster gibt – oder ob euch irgendetwas vertraut vorkommt."

Als sie es sagte, betete sie stumm: *Bitte lass es ein Muster geben. Bitte lass irgendjemanden etwas sehen, das er von zu Hause kennt.*

„Schnappt euch Vorräte und beeilt euch", trug Nikolas ihnen auf. „Holt Lebensmittel, Wasser, Laternen und Werkzeuge. Wir müssen uns vielleicht mit Gewalt Zugang zu Räumen verschaffen. Sobald wir unterwegs sind, hören wir nicht auf, bis wir fertig sind."

Sie und Nikolas standen in angespanntem Schweigen da, während sie darauf warteten, dass die Männer sich ihnen anschlossen. Das tiefe Rumpeln fing wieder an, bebte durch ihre Füße. Es kam zu einem Höhepunkt, dann ließ es nach.

Sophie konnte sich nicht vorstellen, was für eine Macht nötig war, um diese Beben wiederholt hervorzurufen. Morgan konnte das nicht ewig aufrechterhalten. Irgendwann würde er sich ausruhen müssen. Wenn er bis zum Abend nicht durchgedrungen war, würden sie über Nacht vielleicht etwas Aufschub erhalten.

Das half ihr wenig, um sich im Augenblick besser zu

fühlen. Sie brauchte den einfachen, animalischen Trost von Nikolas' Nähe und trat vor, um sich neben ihn zu stellen. Zur Antwort legte er ihr eine Hand in den Nacken. Sie ließ die Finger durch die Gürtelschlaufe seiner Hose gleiten. Keiner von ihnen sagte etwas, dafür war sie dankbar. Sie hatten beide bewiesen, dass sie einen Augenblick mit Wonne ruinieren konnten, aber diesmal sahen sie davon ab.

Dann kehrten die Männer zurück, kamen joggend um die Ecke, und sie legten los. Sie folgten dem Gang, entdeckten eine Bibliothek, eine Kapelle und Treppen.

„Verwerfung", sagte sie und hockte sich hin, um mit weißer Kreide rasch eine Linie nahe einer Ecke der Kapelle zu zeichnen. Rhys und Cael hielten an, um die Untersuchung abzuschließen, während der Rest der Gruppe weiterging.

In der Bibliothek gab es Bücher, wie Sophie zu ihrer Überraschung feststellte, Manuskripte und Truhen, vermutlich voller Dinge. Offensichtlich hatten Kathryn Shaws Vorfahren nicht nur keine ordentlichen Aufzeichnungen geführt, sie hatten auch wenig Wert auf Lektüre gelegt, denn sie hatten sich nicht die Mühe gemacht, die Bibliothek mitzunehmen, als sie gegangen waren.

Wenn wir das überleben, schwor Sophie sich, *ist das der erste Ort, an den ich zurückkehre.*

An dieser Stelle kam Robin angelaufen, um sich Nikolas und Sophie anzuschließen. Er kletterte an Sophie hinauf und hängte sich an ihren Hals. Sie ließ ihn auf ihrem Rücken sitzen und zog Trost aus seiner Anwesenheit.

Sie nahmen zwei Stufen auf einmal, bis sie mit einem Ruck stehenblieb. „Verwerfung."

Während die anderen warteten, zog Sophie eine Linie über die Treppe. Diesmal hielten Ashe und Thorne an, um sie zu untersuchen, während der Rest sich weiterbewegte.

Oben fanden sie die Privatgemächer der Familie, sechs Räume insgesamt. Verschiedene Gegenstände waren zurückgeblieben, darunter ein paar mottenzerfressene Wandbehänge. Es gab ein weiteres Treppenhaus, das wieder hinab in den Innenhof führte, mit seinen Toiletten, Obstbäumen und dem Brunnen auf der anderen Seite.

Dann gab es die Küche, mehrere Vorratskammern, eine Räucherkammer und unter der Küche eine Speisekammer, in der, wie Sophie erfuhr, Sachen kühl gelagert werden konnten.

„Verwerfung“, sagte sie.

Und wieder. „Verwerfung.“

„Verwerfung.“

Jedes Mal, wenn sie eine Linie zog, bewegten sich Nikolas und sie weiter, während die anderen paarweise zurückblieben, um die Angelegenheit zu Ende zu führen. Vor den Fenstern erblickten sie nichts, das aussah, als könne es Lyonesse sein. Alles, was sie sahen, waren Variationen der Szenen rund ums Haus. Von einem Fenster aus lag der Innenhof im tiefsten Winter vor ihnen. Schnee sammelte sich in großen Verwehungen auf dem offenen Platz.

Es gab einen inneren Gang, der von der Küche zurück zum Rittersaal führte. Dann, hinten im Innenhof, kamen Dienerschaftsunterkünfte und etwas, das nach kleinen Baracken aussah, dann ein Raum mit modernden Regalen, von dem Gawain sagte, es wäre eine Waffenkammer, und sogar zwei Zellen am Ende eines Ganges.

„Es gibt eine Verwerfung in der Nähe, das spüre ich“, murmelte Sophie und drehte sich verwirrt in der Nähe der Zellen am Ende des Ganges. Sie fühlte sich wie Pac-Man, der in einer Ecke festsaß und keine gelben Punkte mehr zum Verspeisen fand. „Wie viele haben wir bisher gefunden?“

„Elf“, sagte Nikolas.

Sie hatten das Haus stundenlang durchkämmt. Sie war müde, durstig und hungrig, aber niemand schlug vor, dass sie aufhörten. Das periodische Beben, das aus der Erde aufstieg, wogte durch die alten Knochen des Hauses und trieb sie weiter.

Sie hatten zwei Paare verloren, Rhys und Cael sowie Rowan und Gareth. Nur Gott wusste, wann die vier sie wieder einholen würden.

Als sie sich wieder umdrehte und frustriert die Hände rang, wühlte Nikolas in seinem Rucksack und holte eine Flasche Wasser heraus. Er drückte sie ihr in die Hand. „Nimm dir einen Augenblick. Trink was.“

Sie akzeptierte, dass sie zumindest eine kurze Pause brauchte, und begab sich den Gang entlang, ein paar Meter weg von den anderen, während sie versuchte, nachzudenken. Robin sprang auf den Boden und rannte durch die Räume an diesem Korridor. Auch er schien zu suchen.

Sophie ließ ihren Rucksack fallen und setzte sich hin, den Rücken an der Wand. Sie richtete die Knie auf, stützte die Ellenbogen darauf und vergrub den Kopf in den Händen.

Niemand sagte etwas, aber sie fühlte sich wie eine richtige Versagerin. Es war ihre Schuld, dass sie alle in diesem Haus festsaßen. Sie hatte ihre große Klappe zu weit aufgerissen und über Dinge spekuliert, über die sie nicht genug wusste, und ihretwegen war nun das Leben der anderen in Gefahr.

Naja, Sophies Leben auch, aber im Moment hatte sie das Gefühl, dass sie verdiente, was immer sie bekam. Sie konnte nicht einmal diese dumme Verwerfung hier in der

Nähe finden, obwohl sie sich riesig anfühlte, so groß wie alle anderen Verwerfungen zusammen.

Ein weiteres tiefes Rumpeln begann, bebte durch das Haus. Es vibrierte im Stein. Sie spürte in ihrem Hintern und durch die Fußknöchel, wie es von unten heraufkam.

Wie es von unten kam, tief in der Erde, genauso wie die riesige Verwerfung.

Robin erregte ihre Aufmerksamkeit. Der Affe rannte im Kreis, in einer der Zellen. Während sie ihn anstarrte, klatschte er mit beiden Händen auf den Boden.

Aufregung vertrieb das Grauen. Sie sprang auf. „Ich habe sie! Die Verwerfung ist unter uns!"

Rasche Schritte kamen von hinten. Zuerst dachte sie, es wäre Nikolas, doch dann legten sich harte Hände wie Schellen um ihren Hals, würgten sie. Ihr Angreifer wirbelte sie herum, so dass sie den anderen Männern gegenüberstand, presste ihren Rücken an seine Brust, mit einer Hand um ihre Kehle, während sie aus den Augenwinkeln sah, dass er nach dem Messer in seinem Gürtel griff. Er zog es und hielt ihr die Spitze an die Halsschlagader.

Sie waren alle so viel schneller als sie. Es geschah so rasch, dass ihr kaum Zeit blieb, ihn am Unterarm zu packen.

Ein paar Schritte entfernt erhaschte sie einen Blick auf die anderen – Gawain, Braden, Thorne und Nikolas. Das bedeutete, dass Ashe derjenige war, der sie als Geisel genommen hatte.

Die Männer rannten alle den Gang entlang auf sie zu. Nikolas' Gesicht war wild verzerrt.

„Zurück", bellte Ashe. „Zurück, oder ich breche ihr das Genick! Ich meine es ernst, Nik – ich breche sie durch wie einen dürren Zweig. Zurück mit euch, Teufel nochmal!"

Die Männer kamen ruckartig zum Stehen.

„Ich bringe dich um", flüsterte Nikolas.

Seine Augen schwelten, und seine Züge schienen sich zu … verwandeln?

Sophie blinzelte. Er sah nicht ganz richtig aus, monströs, mit Klauen statt Fingern. Sie hatte gehört, dass Wyr sich manchmal teilweise verwandelten, wenn sie unter extremem emotionalen Stress standen. Passierte das gerade?

„Wir begeben uns jetzt zur Eingangstür, du und ich", knurrte ihr Ashe ins Ohr. „Und dann verlassen wir dieses gottverdammte Haus. Ich muss dir nicht wehtun, wenn du kooperierst und sie auf Abstand bleiben, verstanden? Was mit dir passiert, liegt bei dir."

Na klar, bis auf das Messer an ihrer Kehle, und außerdem, was würde mit ihr passieren, wenn Ashe aus der Vordertür trat? Er konnte sie nicht loslassen und noch hoffen, Nikolas zu entkommen, und sie hatte das Gefühl, dass Morgan nicht mehr ganz so freundlich und unbedrohlich sein würde, wenn sie sich erneut gegenüberstanden.

Welchen Spruch sollte sie nehmen, Telekinese oder Verwirrung? Die Messerspitze, die sich in ihre Haut drückte, war schrecklich nervig. Selbst wenn Ashe durch den Zauber verwirrt wurde, könnte er immer noch genug Geistesgegenwart behalten, um zuzustoßen.

O Mann, das würde wirklich nerven.

Sie musste beides gleichzeitig tun. Während sie sich hart gegen seine Brust drückte, schob sie an seinem Unterarm, so fest sie konnte, hob die Messerspitze einen Augenblick lang von ihrer Kehle – nur einen oder zwei Zentimeter, aber das würde hoffentlich reichen. Mit der anderen Hand griff sie nach hinten und schlug ihm auf den Kopf.

Der Schlag hob sie in die Luft und ließ sie beide ein paar Meter zurücksegeln. Als Ashe in die Wand prallte, löste sich sein Griff um sie. Sie prallte gegen Ashe, was nicht ganz so schlimm war wie Stein, aber immer noch schlimm genug. Eine Linie aus brennendem Schmerz flammte an ihrem Schlüsselbein auf, als die Klinge des Messers ihr über den Oberkörper schrammte. Sie stürzten zusammen als Masse aus Armen und Beinen zu Boden.

Sie musste diesen Kampf nicht gewinnen. Sie musste nur aus dem Weg gelangen. Sie trat um sich und löste sich von ihm, dann rollte sie sich weg und rollte immer weiter.

Ein schweres Gewicht hämmerte auf sie herab. *Bah!*

Sie war kurz davor, Ashe mit dem anderen Telekinese-Zauber zu schlagen, aber dann erkannte sie, dass der Mann ihren Körper mit seinem deckte.

„Ruhig, Mädchen", murmelte ihr Gawain ins Ohr, während er ihren Hinterkopf mit beiden Händen schützte. „Ich hab dich."

Über ihnen gab es einen Zyklon wilder Bewegung und atemloser Flüche. Sophie versuchte, den Kopf zu drehen, um zu sehen, was vor sich ging, aber Gawains Hände waren im Weg. „Ich sehe nichts", keuchte sie.

„Warte."

Als sich der Kampf weiter in den Gang hinein verlagerte, ging Gawain von ihr herunter. Er legte einen Arm um ihre Taille, hob sie hoch und entfernte sich einige Meter. Erst dann stellte er sie auf die Beine, und sie wandten sich gemeinsam der Auseinandersetzung zu.

Nikolas war der Zyklon, aber das hatte sie gewusst, bevor sie ihn gesehen hatte. Er hatte sein Schwert gezogen und schlug mit brutaler, heftiger Präzision auf Ashe ein, der durch den Gang rückwärtsging und mit dem Messer so gut parierte, wie er nur konnte.

„Hast du dem Hellen Hof verraten, welchen Weg ich

zur Sonnwend-Versammlung nehmen würde?“, fragte Nikolas. „Als ich an diesem Abend auftauchte, hast du mich gefragt, ob ich die M6 genommen hätte.“

„Es tut mir leid, dass ich sie gepackt habe! Komm, hören wir auf, und lass uns drüber reden.“ Ashe zog sich weiter in den Gang zurück. „Ich habe die Nerven verloren, Nik. Das ist alles. Ich schwöre es.“

Sogar Sophie konnte die Lüge darin hören. Ashes Gesicht verzerrte sich, und er fluchte tonlos.

Nikolas sprang so schnell vor, dass er nur verschwommen sichtbar war. Plötzlich erschien eine rote Linie an der Seite von Ashes Gesicht. „Hast du ihnen vom Puck erzählt? Wie Gawain und ich uns im Pub in Westmarch trafen? *Hast du das getan, du Hurensohn?*“

Nikolas bedrängte Ashe unnachgiebig, sprang erneut vor und stieß ihm das Schwert weit oben in die Schulter. Ashe taumelte zurück, dann drehte er sich unvermittelt und drang vor, um einen Hieb auf Nikolas’ Bauch zu führen. Mit katzenhafter Anmut sprang Nikolas zurück, und der angedachte Hieb ging daneben.

„Wie viele Leute, Ashe?“, fragte er. „Wie viele unserer Leute hast du mit kleinen verräterischen Handlungen getötet? Was haben sie dir bezahlt? Wie viel waren dir unsere Leben wert?“

„Es ging nicht darum, wie viel eure Leben wert waren!“, brüllte Ashe plötzlich. „Es ging darum, meines zu retten! Sie töten uns — sie töten uns seit *Jahrhunderten*! — ohne einen Weg nach Hause, ohne Ausweg.“

Nikolas hielt inne, seine Brust bebte. „Du hättest desertieren können.“

„Mit welchem Geld?“, fuhr Ashe ihn bitter an. „Wie weit wäre ich gekommen? Ich habe einen Handel abgeschlossen, um begnadigt zu werden und genug Kohle für ein neues Leben zu bekommen, und um diesem gottverlassenen Verhängnis zu entfliehen, das seit *Jahrhunderten* über dem Dunklen Hof liegt. Ich musste ihnen lediglich Informationen zukommen lassen, bis ich dich ihnen ausliefern konnte. Sobald der Kommandant der Streitmacht des Dunklen Hofs gefallen wäre, wäre ich frei gewesen. Dann kam *sie* und fand ihren Weg in diesen Scheißhaufen, und du hast entschieden, dass es eine super Idee wäre, daraus unser verdammtes letztes Gefecht zu machen."

„Die Jagdhunde haben mit dem Angriff gewartet, bis du und Gawain mit dem Laster weggefahren seid, oder? Deswegen hast du darauf bestanden, es zu machen." Nach seiner extremen Wut und seinen Angriffen hielt sich Nikolas reglos und klang unheimlich ruhig. „Du hast ihnen verraten, dass wir hierher kommen würden. Du hast es in unser verdammtes letztes Gefecht verwandelt, Ashe. Du hast das getan."

Im Gang waren die vier Männer aufgetaucht. Sie gingen weiter, starrten, ihre Mienen betroffen und schockiert. Der Schmerz und der Zorn, der von jedem von ihnen ausging, waren so roh und fassbar, dass Sophie es kaum ertrug.

Sie hatte das Gefühl, dass sie diese Konfrontation nicht sehen sollte. Das war der Verrat und der Schmerz dieser Männer, und sie hatten das Recht, im Privaten damit fertig zu werden. Doch sie konnte nirgendwohin entkommen. Sie blockierten den Weg in den Innenhof. Sie konnte sich nur mit Robin in die Zelle zurückziehen. Sie setzte sich auf den Boden und nahm ihn in die Arme.

Ein merkwürdiges, unpassendes Geräusch erfüllte den Gang, als Ashe zu lachen begann. Er wankte, seine

Schultern bebten. Das Blut aus seiner Schulterwunde war an seiner Seite hinabgelaufen.

„Ich schätze, du hast recht, Nik. Ich war zu gottverdammt blöd, dann ein Ende zu machen. Der Handel hing immerhin an deinem Leben."

„Warum haben sie die Gruppe nicht bei der Sommersonnwende angegriffen?"

„Weil sie dachten, sie würden dich schon vorher kriegen. Als wir herausfanden, was geschehen war, hatte ich mich bereits mit den anderen getroffen, und außerdem hättest du geflohen sein können. Ich dachte, ich könnte den Handel immer noch abschließen, indem ich sie ins Haus ließ, während alle schliefen, aber alle hatten einander so viel zu sagen, manche redeten die ganze Nacht, und dann kamst du heute Morgen auf die geniale Idee, Wachen aufzustellen. Was für ein Riesenscheiß, nicht wahr?" Er blickte auf den Kreis versteinerter Gesichter, die sie umgaben. „Das war alles nicht persönlich gemeint."

„Na, für mich hat es sich verdammt persönlich angefühlt", sagte Nikolas. Er sprang vor, sein Schwert blitzte wieder.

Diesmal war es ein direkter Treffer in Ashes Herz. Ashe versuchte nicht, ihm auszuweichen oder ihn zu parieren. Stattdessen ließ er die Arme zur Seite fallen und nahm den Hieb hin. Sophie legte sich eine Hand über den Kopf. Der Körper fiel mit einem hörbar dumpfen Geräusch auf den Boden.

Danach senkte sich schwere Stille auf den Gang.

„Ich hatte den Verdacht, dass jemand mit dem Hellen Hof zusammenarbeitet", sagte Rhys mit belegter Stimme. „Nik, es tut mir leid, ich dachte, du wärst es."

„Und ich dachte, du wärst es. Du hast so viele Fragen

gestellt, und ich dachte, du horchst mich aus, und du hast den Jagdhund getötet, den ich befragen wollte. Ich habe nicht begriffen, dass Ashe der Einzige war, der bis auf Gawain bei dem Angriff nicht anwesend war, bis er sich Sophie geschnappt hat." Nikolas klang so versehrt in der Seele, dass Sophies Augen feucht wurden. „Er hatte in einem Punkt recht. Bei den Göttern, was für ein Riesenscheiß."

Während die Männer sprachen, zupfte Robin an Sophies Sweatshirt. Sie wischte sich über die Augen und schaute den Puck an. *Uuh-uuh*, gab er lautlos von sich. Er klopfte auf den Boden neben ihrem Oberschenkel. Dann klopfte er wieder, so beharrlich, dass er ihre Aufmerksamkeit auf sich zog.

Hier, sagte Robin telepathisch. *Hier unten.*

Mit gerunzelter Stirn konzentrierte sie sich. Robin hatte recht. Direkt unter ihnen befand sich eine riesige Verwerfung. So nahe fühlte sie sich größer an als je zuvor.

Zum ersten Mal konzentrierte sie sich auf den Boden der Zelle. Er war zum Teil aus Holz. Sie ließ die Finger an einer Seite entlanggleiten, während sie das Viereck musterte. Es gab Angeln.

Ein Paar Stiefel tauchte in ihren Augenwinkeln auf. Sie schaute auf, als sich Nikolas neben sie kniete. Sein Gesicht war verbittert, aber gefasst, bis er an ihrem Sweatshirt hinabblickte.

Dann loderten seine Augen auf, und er packte sie mit angespannter Vorsicht. „Gottverdammt, Sophie. Warum hast du nichts gesagt?"

„Wozu?"

Ihr Blick folgte seinem, an der Vorderseite ihres Shirts hinab. Ok, das sah ziemlich schlimm aus. Blut hatte ihr

Sweatshirt durchtränkt, und es war an ihrer Seite hinabgelaufen. Sie sah so schlimm aus wie Ashe vorhin.

Sie verzog das Gesicht und sagte zu ihm: „Ich habe es vergessen. Es sieht schlimmer aus, als es ist. Er hat mich am Schlüsselbein erwischt. Nik, es gibt eine Falltür."

„Wen zum Teufel interessiert das?", fragte er. Seine Berührung war sanfter als sein Tonfall, als er den Kragen ihres Sweatshirts zur Seite schob, damit er die Wunde inspizieren konnte. Er drückte leicht auf die Haut in der Nähe des langen Schnitts.

„Au! Hör auf damit!" Sie versuchte, vor ihm zurückzuweichen.

„Gottverdammt", knurrte er. „*Halt still.*"

Etwas an der Art, wie er es sagte, verriet ihr, dass er kaum noch die Selbstkontrolle aufrechterhalten konnte. Sie zwang sich, still zu sitzen, obwohl sie nicht anders konnte, als deswegen herumzumaulen.

„Du wirst nie lernen, wie man höflich fragt, oder?", murmelte sie. „Wie schwer ist es, zu sagen: ‚Würdest du bitte einen Augenblick stillhalten, Sophie?' Na, ich sag's dir, es ist nicht schwer, denn ich habe es gesagt."

„Er hat dich bis auf den Knochen aufgeschlitzt, du dummes Weib", fuhr Nikolas sie an.

Sie riss die Augen auf. „Warum nennst du mich dumm, als wäre das *meine* Schuld?"

Sie hatte Nikolas schon wütend erlebt, aber diesmal schien sein Zorn übernatürlich. „Du hast ihn mit einem Telekinese-Zauber *geschlagen*, während er dir ein *Messer an die Kehle* gehalten hat!"

Seine angespannte Miene war so von Zorn und durchscheinender Angst erfüllt, dass sie innehielt und versuchte, die bissige Antwort hinunterzuschlucken, die ihr über die Lippen kommen wollte.

Sie legte die Hand sanft an die Seite seines wütenden, bedrohlichen Gesichts, und sagte mit leiser Stimme: „Ja. Das habe ich. Tut mir leid, dass ich etwas getan habe, um mich aus einer schlimmen Lage zu befreien, anstatt darauf zu warten, dass du oder einer vom Mannsvolk mich rettet. Als Nächstes setze ich mich in einen Turm und lerne stricken, ok?"

Also … das mit dem Schlucken der bissigen Bemerkung war nicht gerade ein Erfolg gewesen. Während sie einander anstarrten, sah sie einen Muskel an seinem Kinn zucken, und sie war beinahe so weit, kurz davor, ja wirklich ganz dicht dran, sich deswegen schlecht zu fühlen.

Er bedeckte ihre Hand an seiner Wange, legte ihr die flache Hand auf das verletzte Schlüsselbein, sammelte seine Macht und sprach in seiner keltisch klingenden Sprache. Wärme breitete sich in dem Bereich aus, und sie spürte, wie sich zerrissenes Fleisch zusammenfügte. Es war keine wirklich angenehme Empfindung, doch das war nur ein geringer Preis für die Heilung, daher biss sie die Zähne zusammen und nahm es hin.

Als er fertig war, drückte er ihr einen Kuss auf die Finger und flüsterte: „Du machst mich immer noch. So. Wahnsinnig."

Sie liebte ihn so sehr, dass es sie innerlich verdrehte. Sie strich ihm mit dem Daumen über die Lippen, lächelte, während sie zurückflüsterte: „Und du bist immer noch ein sehr großes Arschloch." Sie schob sich vor, um ihre Stirn gegen seine zu drücken. *Es tut mir leid wegen Ashe.*

Er holte tief Luft. *Es musste einer von ihnen sein. Ich bin froh, dass ich ihn getötet habe.*

Eine weitere Schockwelle stieg aus der Erde auf.

Diesmal war das Rumpeln so lang und anhaltend, dass das Gebäude über ihren Köpfen unter der Belastung ächzte. Nikolas' Gesicht spannte sich an. „Vielleicht sollten wir hinaus in den Innenhof gehen."

„Nein", erklärte sie. Sie klopfte auf den Boden. „Wir müssen nach unten."

Gawain und Rowan schoben sich in die Zelle. Gawain ließ sich neben ihnen auf die Knie nieder. „Mädchen, das ist vermutlich ein Verlies. Da unten ist nichts als eine Grube, und keine Möglichkeit, hinauszukommen, falls das Haus über unseren Köpfen einstürzt."

Sie drehte sich, um Robin anzuschauen, der an ihrem Ellenbogen herumtänzelte.

Hinab, sagte der Puck. Sie hatte ihn noch nie so verzweifelt erlebt. *Robin muss hinab.*

Robin geht nicht allein, erklärte sie ihm. Sie wandte sich an Nikolas. „Wenn wir hinaus in den Innenhof gehen, zögern wir unseren Tod nur hinaus. Auch wenn das überhaupt nichts garantiert, ist da unten eine riesige Verwerfung. Schauen wir zumindest nach."

Sofort nahm Nikolas sie in die Arme und hob sie hoch, während er aufstand. Er ging auf eine Seite der Zelle und befahl: „Ihr habt sie gehört. Öffnet die Falltür."

Sobald sie den hölzernen Teil des Bodens verlassen hatten, stellte er sie auf die Beine. Gawain und Rowan nahmen sich die Tür vor, während Rhys in die Zelle glitt, um zu helfen. Die anderen sammelten sich draußen, schauten herein. Sophie nahm zur Kenntnis, dass keiner von ihnen sich in Richtung Innenhof aufmachte.

Die Angeln waren rostig, und es war die vereinte Kraft aller drei Männer nötig, um den Zellenboden aufzustemmen. Als er quietschend aufging, zeigte sich ein lichtloser, schwarzer Raum unbekannter Tiefe. Das Äffchen sprang in das Verlies.

„Robin!" Sophie warf sich nach vorne, die Hand ausgestreckt, aber es war zu spät, um den Puck aufzuhalten.

Rowan rieb sich über das Gesicht und fluchte. Nikolas sagte: „Schafft eine der Laternen dort runter."

Die Gruppe hatte zwei Laternen dabei. Cael zündete eine an, riss ein Stück von seinem T-Shirt-Saum ab, um daraus einen Streifen zu machen, den man um den Griff binden konnte, und reichte sie nach vorne. Nikolas nahm sie und ließ sie in die Schwärze hinab.

Das Licht strich über grob behauenen Stein an den Seiten, und etwas, das aussah, als könne es ein Boden sein. Sophie beugte sich weiter vor, um besser zu sehen. Ganz am Rande des Lichtkreises erhaschte sie einen Blick auf den Puck. Sie war sich nicht ganz sicher, doch es sah aus, als würde er graben.

„Riesige Verwerfung, sagst du." Nikolas rieb sich übers Kinn.

Sie wiederholte: „Riesig."

Er schaute sich unter seinen Männern um. „Wir gehen runter. Wenn die Verwerfung so groß ist, lässt sich nicht sagen, wie lange das dauert. Wenn jemand von euch in den Innenhof gehen will, dann los."

„Verpiss dich", sagte Cael hinreichend milde. „Je früher du da runterkommst, desto eher können wir dir folgen."

Sophie streckte die Hände aus. „Lass mich runter."

Halb erwartete sie, dass Nikolas zu debattieren anfing, wer zuerst gehen sollte, aber stattdessen nahm er ihre Hände. Sie verschränkten die Finger um die Handgelenke des jeweils anderen, und als sie ihm nickend zu verstehen gab, dass sie bereit war, schwang er sie hinab in die

Dunkelheit. Als er sie so weit hinabgelassen hatte, wie er konnte, ließ er ihre Handgelenke los. Sie fiel und landete in der Hocke, um ihre Knöchel zu schützen.

Sobald sie unten ankam, kroch sie zur Seite, und Nikolas sprang nach ihr herab. Sie nahmen die Laterne und begaben sich tiefer in die Grube, während die Männer einer nach dem anderen ebenfalls heruntersprangen und sich ihnen anschlossen. Cael und Gareth zündeten die zweite Laterne an.

Die Grube war größer, als Sophie erwartet hatte. Gefolgt von Nikolas stieg sie über unebenen, felsigen Boden, um zu Robin zu gelangen.

Sobald sie an der Seite des Äffchens ankam, schaute es sie an, die Augen groß und wild. „*Zuhause*", sagte es laut.

Es war, als hätte Robin die Männer mit Benzin getränkt und angezündet. In ihnen loderte eine solche Hoffnung auf, dass es fast unerträglich war, sie anzuschauen.

„Er ist ein Naturgeist", sagte Nikolas. „Er erkennt sein Zuhause, wenn er es spürt." Er drehte sich um. „Holt alles, womit man graben kann!"

„Aus dem Weg, Mädchen." Ohne zu fragen, hob Gawain sie hoch und reichte sie nach hinten an die Männer weiter.

Braden nahm sie und reichte sie weiter an Rowan. Sie wehrte sich nicht dagegen, so herumgereicht zu werden. In diesem Fall war sie einfach unterlegen, und es gab nicht genug Platz für sie zum Herumstehen, nur weil sie neugierig war.

Sie attackierten die Erde mit Handäxten und Stemmeisen. Während Sophie hinten stand und zusah, erhaschte sie nur hin und wieder einen Blick auf Nikolas. Als die Männer ganz vorne innehielten, sah sie erst nicht, was vor sich ging, doch dann spürte sie vorne ein Wogen, und sie wusste, dass Nikolas mit der Landmagie arbeitete.

„Das hat uns sechs Meter weitergebracht", sagte Gawain. „Mach es nochmal."

Es gab eine Pause, dann wogte eine weitere Welle heran. Die Männer gingen nach vorne und gruben weiter.

Da sie im Augenblick sich selbst überlassen war, suchte sich Sophie einen Felsvorsprung und setzte sich hin. Etwas knirschte unter ihren Füßen. Als sie nach unten schaute, erkannte sie, dass sie auf einen langen Knochen getreten war, vielleicht einen Oberschenkelknochen. Ein blanker Schädel lag in der Nähe.

Sie hob ihn auf, um ihn zu mustern. Jemand war hier unten gestorben, allein in der Schwärze. Vielleicht war es ein Verbrecher gewesen, aber vielleicht auch nur ein Feind. Es war sogar möglich, dass das Opfer jemand aus Nikolas' Volk war.

Kathryn Shaw mochte ja wunderbar sein, und ihr Vater klang, als wäre er fast zu viel des Guten gewesen, aber diese älteren Shaws …

Lesen gefiel ihnen nicht, dachte Sophie. *Schreiben gefiel ihnen nicht.* Sie warfen Leute in schwarze Gruben. Sie stellten sich auf die Seite des Hellen Hofs. Diese älteren Shaws waren furchtbare Menschen gewesen.

Mit einem Seufzen setzte sie sich hin, legte sich den Schädel in den Schoß und schlang die Arme darum, während sie wartete.

Eine weitere Woge der Landmagie kam über sie, und eine steife, kalte Brise wehte in die Grube. Dünnes, blasses Licht folgte. Jemand brüllte – sie glaubte, es war Braden –, und dann schlossen sich die anderen an. Sie hackten und schlugen wie wahnsinnig auf den Boden ein, bis sie plötzlich nach vorne brandeten.

Immer noch mit dem Schädel in der Hand stand Sophie auf und suchte sich einen Weg durch den kurzen Tunnel, den sie geschaffen hatten. Einzelheiten wurden deutlicher, als einer nach dem anderen aus dem Loch stieg. Draußen umarmten sie einander trotz der beißenden Kälte eines winterlichen Windes, während jemand lachte. Ein anderer schluchzte.

Sophie kam als Letzte nach draußen, starrte auf den schweren Schneefall, der auf den Ästen nahestehender Kiefern lastete. Kiefern, die in Lyonesse wuchsen. Es war Dämmerung, und das trübe Licht kam von einem Mond, der von Sturmwolken umgeben war.

Als sie ungeschickt hinaufkletterte, erschienen Nikolas' Kopf und Schultern plötzlich in der Öffnung. Er bot ihr eine Hand, und sie nahm sie. Als er ihr aus dem Loch half, kam die wilde Freude auf seinem Gesicht ins Stocken, sobald er den Schädel bemerkte, den sie sich unter den Arm geklemmt hatte.

„Was um alles in der Welt machst du jetzt wieder, meine Sophie?", fragte er.

„Ich habe ihm versprochen, dass ich ihn nicht allein in der schwarzen Grube lasse", erklärte sie. „Obwohl es sein kann, dass ich Jahrhunderte zu spät bin."

Inmitten des Jubels der anderen Männer stand er reglos. Dann trat er vor und legte die Arme um sie. Weit hinten in der Kehle sagte er: „Danke, dass du uns alle nach Hause gebracht hast."

Zur Antwort lehnte sie sich an die harte Länge seines Körpers und schmiegte den Kopf an seine Schulter.

Dann lockerte sich sein Griff, und er drehte sich. Er sagte zu den anderen: „Wir können uns nicht entspannen.

Wir sind nicht fertig. Das ist der einzige Weg, den wir im Augenblick haben, um zurück zur Erde zu gelangen, und die Zeit vergeht hier so viel langsamer als dort. Wir müssen Nachricht an Annwyn in Raven's Craig schicken, so schnell wir können, Truppen ausheben und zurückklettern, um Morgan aufzuhalten, bevor er diesen Übergang für immer verschließt."

„Scheiße", fluchte Gawain. „Raven's Craig ist gute zehn Meilen entfernt. Sogar wenn wir so schnell laufen, wie wir können, werden wir bei diesem Wetter zwei Tage brauchen."

„Wir würden vielleicht zwei Tage brauchen", sagte Nikolas, „aber für Robin wäre es nicht so lang."

Zitternd, weil der Wind durch ihre Kleider fuhr, drehte sich Sophie, um in dieselbe Richtung zu schauen wie die anderen. Ein paar Meter entfernt spielte das Äffchen und rollte sich freudig durch den Schnee, warf ihn in die Luft.

Was meinte Nikolas damit, dass Robin nicht so lange brauchen würde, um zehn Meilen zu reisen? Wie weit war eine Meile hier? Wenn man annahm, dass die Männer zwei Tage laufen müssten, dann vielleicht dreißig amerikanische Meilen? Vierzig?

Und selbst wenn man davon ausging, dass sie so lange laufen konnten, Sophie konnte es nicht.

„Selbst wenn er zustimmen würde, eine Botschaft zu überbringen", sagte Gawain, „können wir Robin nicht allein schicken. Er war so lange fort. Annwyn würde ihm nie vertrauen."

„Jemand müsste mit ihm gehen." Nikolas hob die Stimme. „Robin, wir müssen dich um einen Gefallen bitte! Würdest du einen von uns nach Raven's Craig tragen?"

Während Sophie zuhörte, kamen ihr immer weitere

Fragen. Wie konnte ein Affe einen von ihnen dreißig oder vierzig Meilen weit tragen?

Aber Robin war eigentlich kein Affe.

Als Nikolas die Frage rief, hob der Puck den Kopf, drehte sich um und schaute zurück zur Gruppe.

„Nein", sagte er.

Nikolas ging auf den Puck zu. „Ich würde dich nicht darum bitten, wenn unsere Not nicht so groß wäre. Du kannst um alles handeln, was du willst, und wenn es in meiner Macht steht, es dir zu geben, werde ich es tun."

Der Affe hob einen haarigen Arm und deutete auf die Gruppe. „Nicht einer von euch hat nach Robin gesucht. Nicht einer von euch hat gefragt, ob mit einem Puck wohl alles in Ordnung ist, was mit ihm passiert sein könnte oder wie ihr helfen könntet."

„Robin", sagte Gawain, der auch vortrat. „Wir wussten es nicht besser, und mir tut es auf jeden Fall leid."

„Mir tut es auch leid", sagte Nikolas. „Sehr, sehr leid. Du hättest verdient gehabt, dass jemand diese Fragen stellt."

Sophie konnte die Aufrichtigkeit in den Stimmen beider Männer hören. Sie hielt die Luft an. Konnte Robin es auch?

Das Äffchen schüttelte den Kopf. „Trotzdem sage ich Nein. Worum ich gehandelt hätte, wofür ich meine ganze Seele gegeben hätte, habt ihr mir bereits verweigert. Ich werde nur bei einer von euch zustimmen, sie zu tragen — denn sie ist die Einzige, die mich getragen hat und im Gegenzug um nichts bat."

Sophie war so in der Unterhaltung aufgegangen und auch so müde, dass sie erst bemerkte, von wem der Puck sprach, als alle sich nach ihr umdrehten. „Wer, ich?", sagte sie. „Ich kann nicht an diesen Ort gehen und mit eurem Volk reden. Sie würden mir auch nicht mehr vertrauen als

Robin.“

Nikolas ging schnell zu ihr hinüber.

„Sophie, du musst“, sagte er. „Du trägst Erdenkleider. Du sprichst mit einem merkwürdigen Akzent. Annwyn wird sich anhören, was du zu sagen hast, besonders, wenn du das mitnimmst.“ Er zog seinen Siegelring ab und bot ihn ihr dar. „Die einzige Möglichkeit, wie du den Ring des Kommandanten des Dunklen Hof tragen könntest, wäre, wenn du von der Erde hergekommen bist. Vertraue mir — sie wird dir glauben.“

Jede angespannte Linie seines Körpers war eine dringende Bitte. Es war unmöglich, dass sie so weit gekommen war, nur um ihm jetzt diese Bitte abzuschlagen.

„O Gott, na gut“, sagte sie. „Ich gehe.“

Sie streckte die Hand aus, und er schob ihr den Ring auf den Daumen. Dafür reichte sie ihm den Schädel. Macht schimmerte in der Luft. Als sie in die Richtung des Pucks schaute, war der Affe verschwunden, und an seiner Stelle stand ein großer, schwarzer Hengst.

Er war herrlich, mit feurigen Augen und einer Mähne und einem Schweif, durch die Magie floss. Das blasse Mondlicht glänzte auf der Muskelmasse seiner Schultern und Flanken. Mit einem königlichen Ruck seines Kopfes trat der Puck an ihre Seite.

Sie legte ihm eine Hand auf die samtige Nase und murmelte: „Ich bin noch nie auf einem Pferd geritten.“

„Ich werde dich nicht fallen lassen“, erklärte der Puck.

Als Sophie sich wieder Nikolas zuwandte, zog er sie in seine Arme und küsste sie fest. „Keiner von uns wird dir genug für all das danken können, was du getan hast.“

„Sei still“, sagte sie. Unter all den Dingen, die sie von ihm hören wollte, war Dankbarkeit nicht vertreten. *Deshalb küsst du keine Arschlöcher, Soph – doch du küsst ihn trotzdem immer weiter.* Der Wind wehte, und sie zitterte noch mehr. „Hilf mir, auf seinen Rücken zu kommen, bevor ich es mir anders überlege."

Nikolas stellte den Schädel auf den Boden, legte ihr die Arme um die Taille und hob sie mühelos auf den breiten Rücken des Hengstes. Zum Glück strahlte der Puck Hitze aus, so dass sie etwas Hoffnung bekam, nicht auf den ersten zehn Metern festzufrieren.

Als sie sich unter den Männern umschaute, wirkten sie alle so ernst, dass ihr langsam bange wurde.

Sie versenkte die Hände in die Mähne des Hengstes. „Lauf, bis dir das Herz aus der Brust springt, Robin."

Der Hengst stieg. Als er wieder auf dem Boden aufkam, schlugen seine Hufe feurige Funken.

„Wir werden beide laufen, bis uns das Herz aus der Brust springt, mein Liebes", erwiderte Robin.

Kapitel 20

IM NACHHINEIN KONNTE sie die Erfahrung dieses Ritts nie ganz beschreiben.

Er bestand aus wilder Geschwindigkeit und so viel Magie, und das Land raste unfassbar schnell vorbei. Funken von den Hufen des Hengstes erhellten die Nacht, und zur Antwort lachte etwas im Wind.

Entgeistert und durchfroren lag sie auf dem Rücken des Hengstes und hielt sich mit den Knien fest, während sie die Hände so fest in seine Mähne klammerte, dass sie ihre Finger nicht mehr spürte. Sie versuchte, sich die Landschaft anzuschauen, aber die Luft war zu kalt, und Tränen liefen ihr übers Gesicht. Schließlich gab sie es auf und vergrub das Gesicht in der Mähne des Pucks, während er an Abgründen entlangrannte und über Schluchten sprang.

Als sie gerade dachte, sie könnte sich nicht mehr festhalten und würde trotz Robins Hilfe hinabstürzen, raste er einen langen Hang hinauf, vorbei an von Fackeln beleuchteten Wachposten, Zelten, Lagerfeuern und behelfsmäßigen Häusern. Hinter ihnen wurden Rufe laut, viel zu spät, um den Vorwärtsdrang des Pucks aufzuhalten.

Schließlich galoppierte Robin zu einem Steingebäude auf einem Felsvorsprung empor. Einer der Wächter, die herbeiliefen, machte Anstalten, ihn zu berühren, und im Gegenzug stieg der Hengst und kreischte eine Warnung, schlug so wild aus, dass die Wächter hastig zurückwichen.

Jemand lief in das Gebäude, während Robin herumwirbelte, um die Wächter zu bedrohen, die sie umkreisten.

„Hör damit auf, oder mir wird noch schlecht!", rief Sophie heiser, während sich die Welt drehte.

Mit gebleckten Zähnen hörte Robin mit den Drehungen auf.

Bald strömten weitere Wächter aus dem Gebäude, zusammen mit einer großen Frau in Rüstung und mit kastanienbraunem Haar. „Was ist los? Robin! Wo warst du?"

„Fort", sagte Robin. „Ich bin fort gewesen und wurde vom Bösen gefangen."

„Ich muss mit Annwyn sprechen." Sophies Zähne klapperten. „Wir kommen von der Erde, und es ist dringend."

„Ich bin Annwyn", sagte die Frau und verschränkte die Arme. „Steig ab und sag, was du gekommen bist zu sagen."

Das war leichter gesagt als getan. Der Boden war so weit weg, und ihre Fäuste hatten sich in Robins Mähne versteift. „Robin", murmelte sie. „Hilf mir."

Der Hengst beugte den Kopf und ging vorne auf die Knie. Sophie glitt in einem unbeholfenen Stolpern von seinem Rücken. Als sie die Hände löste, riss sie lange, schwarze Strähnen aus seiner Mähne, aber er beschwerte sich nicht.

Sie war nicht zuversichtlich, dass sie aufstehen konnte. Stattdessen drehte sie sich auf den Knien, um Annwyn und dem Kreis ihrer argwöhnischen Wächter entgegenzuschauen, die auf sie herabstarrten. Sie streckte eine bebende Hand aus und zeigte ihnen den goldenen Ring des Kommandanten an ihrem Daumen. Zum ersten Mal bemerkte sie den steigenden Löwen oben auf dem Ring.

„Nikolas", flüsterte Annwyn. Sie sprang vor und kniete sich vor Sophie. „Bringt einen Mantel und etwas Heißes zu trinken!" Annwyn wandte sich wieder an Sophie. „Bist du verletzt? An dir ist überall Blut. Du bist wahnsinnig, bei diesem Wetter so gekleidet zu reiten. Wie bist du hergekommen – und wo ist Nikolas?"

„Ich wurde verletzt, aber ich bin jetzt geheilt. Wir haben keine Zeit für Plaudereien. Hör zu." Sophie packte ihre Hände, und obwohl Annwyn bei ihrer anmaßenden Berührung erstarrte, schüttelte die Frau sie nicht ab.

Worte sprudelten aus Sophie hervor. Erde. Ein ausgesetzter Hund. Das Anwesen. Geborstener Übergang. Nikolas und die anderen Männer. Der Angriff im Pub. Lykanthropen. Morgan.

Ashe erwähnte sie nicht. Diese Angelegenheit fühlte sich zu privat und wund an, und sie verlangte nach einer eigenen Erzählung, die jemand anders als sie vorbrachte.

„*Warte!*" Diesmal war es Annwyn, die sie packte. „Sie sind *hier*, in Lyonesse? Du sagst, du hast einen Weg hindurch gefunden?"

„Ja, aber wir könnten ihn v-v-verlieren", stotterte sie. Jemand legte ihr einen pelzgesäumten Umhang um die Schultern, und jemand anders schob ihr einen Krug mit Glühwein in die Hand. Er war zu heiß für ihre eiskalte Haut, und der Krug glitt durch ihre unbeholfenen, von der Kälte tauben Finger und ergoss sich auf den gefrorenen Boden. „Die Zeit vergeht auf der Erde schneller als hier, und als wir gingen, hat Morgan gerade versucht, das Haus einzureißen. Er könnte den Weg zurück zerstören, wenn wir ihn nicht aufhalten."

Annwyn fluchte, dann rief sie über die Schulter: „Hebt

eine Streitmacht von fünfhundert aus. Wir reiten innerhalb der nächsten halben Stunde los." Als die Wächter losrannten, um ihre Befehle auszuführen, sagte sie scharf: „Puck! Dein Meister liegt in einem Zauberschlaf, und wir müssen Hilfe von der Erde holen. Wenn wir Oberon nicht die ärztliche Hilfe verschaffen, die er braucht, wird er sterben, und der Gedanke von Lyonesse stirbt mit ihm. Wirst du uns in deinem Wind reiten lassen? Ich fürchte, wenn wir allein reiten, sind wir zu langsam – und treffen wieder zu spät ein."

Der Puck stand schützend in Sophies Rücken. Er schnaubte in ihre Haare. *Robin schuldet ihnen nichts,* sagte er in ihrem Kopf. *Denn Nichts ist das, was sie für ihn getan haben.*

Sie schaute über die Schulter, in die feurigen Augen des Hengstes. *Robin, du wurdest im Herzen genauso verletzt wie am Körper, und ich verstehe, wie schrecklich das war. Aber, Schatz, nicht alle konnten wissen, dass sie nach dir suchen oder Hilfe schicken mussten. Nicht alle haben dich aufgegeben. Die Leute in Lyonesse waren genauso eingesperrt wie du. Lass dich von deinem Schmerz nicht für das blenden, was wahr und richtig ist, denn wenn du das tust, hat Isabeau dich zerstört. Dann hat sie gewonnen. Bitte gib ihr nicht diesen Sieg. Du gehörst nicht mehr in den Käfig deiner Misshandlerin. Entscheide dich dafür, stärker zu sein als das. Entscheide dich dafür, frei zu sein.*

Das Feuer in den Augen des Hengstes wurde heißer, heller. Er sagte: *Und wenn wir nicht zurück zur Erde kommen, können wir sie nicht schlagen.*

„Ja", erwiderte sie laut.

„Ihr dürft in meinem Wind reiten, dieses eine Mal", beschied der Puck Annwyn.

„Danke", erwiderte die Frau. Sie richtete ihre Aufmerksamkeit auf Sophie. „Du solltest hier bleiben, dich ausruhen, essen und dich aufwärmen. Du bist nicht in der Form, noch einmal mit dem Puck zu reiten."

„Nein", erwiderte Sophie so heftig, dass die andere Frau verblüfft wirkte. „Bindet mich auf Robins Rücken, wenn ihr müsst, aber ich muss zurück."

„Wenn du darauf bestehst", sagte Annwyn.

NACHDEM SOPHIE UND Robin verschwunden waren, fühlte sich die Nacht in der Leere noch kälter und trostloser an.

Schließlich zwang Nikolas sich dazu, ihnen nicht mehr nachzuschauen. Als er sich zu den anderen Männern umdrehte, fand er Braden, der an seinem Ellbogen stand.

„Vicansha und die Kinder sind so nahe", flüsterte Braden.

Nikolas' Brust wurde eng. So schwierig die letzten Jahrzehnte für ihn und die anderen Männer gewesen waren, für Braden waren sie noch härter gewesen.

Er packte Bradens Schulter. „Sobald wir Verstärkung bekommen, entlasse ich dich aus der Pflicht. Du kannst zu deiner Frau und deinen Kindern gehen."

Tränen flossen das angespannte Gesicht des anderen Mannes hinab. „Danke, Sir."

Nikolas hielt inne. „Wie machst du das?", fragte er. „Wie gehst du so eine Verpflichtung ein, wenn wir ein so gefährliches Leben führen?"

Braden zuckte mit den Schultern und wischte sich das Gesicht ab. „Die Liebe muss größer sein als alles andere. Die Isolation, die Trennung, die Gefahr. Wenn die Lieber größer ist als all das — tu es einfach. Du zahlst den Preis in Unsicherheit und manchmal Verlust, weil jeder Augenblick, den ihr zusammen verbringt, diesen Preis wert ist. Wenn die Liebe groß genug ist, und du diese Gelegenheit nicht wahrnimmst ... Mann, dann ist es egal, wofür du kämpfst. Du hast verloren."

Nikolas spannte die Finger an, dann ließ er die Hand fallen und bückte sich, um den Schädel wieder aufzuheben.

Gawain beobachtete ihn mit düsterem Gesicht. „Wir könnten diesen armen Kerl gut gekannt haben. Vielleicht war er ein Freund."

„Wer immer er war, wir müssen ihn ordentlich begraben", sagte Nikolas. „Sophie hat es versprochen." Er stellte den Schädel sorgsam zur Seite, damit man sich später darum kümmern konnte, und sagte zu den anderen: „Wir müssen ein Feuer anzünden und einen Windschutz errichten."

Sie machten sich an die Arbeit. Nach einigen raschen Bemühungen hatten sie einen großen Unterstand und lehnten ihn an die Hügelflanke, um das Loch zu verdecken, das zum Verlies führte. Er war aus Kiefernästen voller Nadeln, so dass er den schlimmsten Wind abhielt.

Während einige den Unterstand bauten, suchten die anderen nach Totholz, und bald hatten sie ein Feuer. Es fühlte sich nicht so sehr an, als würde es das Umfeld wärmen, sondern schien eher die bittere Kälte etwas zu lindern, aber zumindest konnten sie ein wenig Wasser und Essen aufwärmen, das sie in ihren Rucksäcken hatten, was Kalorien und Wärme lieferte und durchaus half.

Nikolas dachte an Sophie, die in diesen Elementen auf dem Puck ritt, und verbiss sich ein Aufwallen der Sorge. Keiner von ihnen war für den Winter gerüstet, aber sie waren robuster als Sophie und besaßen immerhin rudimentären Schutz.

Die Zeit verging, und der Mond glitt über den Himmel. Die meisten anderen kauerten sich dicht aneinander, um Körperwärme zu teilen, während sie schliefen, aber Nikolas fand keine Ruhe. Er legte Holz nach und hielt Wache.

Sophie und Robin mussten inzwischen Raven's Craig erreicht haben. Er stellte sich vor, wie sie mit Annwyn sprachen. Was würde als Nächstes passieren? Sie würde eine Streitmacht aufstellen, und auch wenn sie den Vorteil hatten, über Pferde zu verfügen, würde der Weg bei Schnee und Eis gefährlich sein. Es konnte noch weitere sechsunddreißig bis achtundvierzig Stunden dauern, bis jemand kam.

Er setzte sich auf einen Baumstamm an einem Ende des Unterstands, den Kopf in den Händen. Zwei Tage in Lyonesse wären Wochen auf der Erde. Morgan könnte Wochen haben, um so viel Schaden anzurichten, wie er nur konnte. Nach so vielen Mühen kehrten sie am Ende womöglich doch nicht rechtzeitig zurück.

Donner erklang in der Ferne und wurde lauter. Er kam zu schnell, um ein Gewitter zu sein.

Es klang nach galoppierenden Pferden.

Cael regte sich und murmelte: „Was ist das?"

Nikolas stand auf, schaute auf, als der erste einer Armee aus fünfhundert über einer Anhöhe auftauchte, mit einem feurigen schwarzen Hengst, der ihnen vorauseilte. Annwyn hatte die Zwei-Tages-Reise in wenigen Stunden geschafft.

Robin kam schlitternd vor Nikolas zum Stehen, gefolgt von Annwyn auf einem gefleckten Wallach, zusammen mit Hershel, Rogier, Dihanna und vielen anderen, die Nikolas erkannte.

Aber er hatte nur Augen für die Gestalt im Umhang, die ausgestreckt auf dem Rücken des Hengstes lag. Er lief hinüber zu Robin und hob die Kapuze, um in Sophies weißes Gesicht zu starren. Als er ihre kalte Wange berührte, flüsterte sie mit blutleeren Lippen: „Mir geht's gut. Mir ist nur superkalt und ich bin müde. Sie haben mich festgebunden, damit ich nicht runterfalle."

„Ach, Scheiße", fluchte er. Er tastete an ihren Armen hinab, um das Seil zu finden, das um ihre Handgelenke gebunden war, und machte sich daran, die Knoten zu lösen.

Ihr Mund bebte. „Schrei mich jetzt nicht an."

„Ich werde dich nicht anschreien, meine Sophie", flüsterte er. „Ich werde sie anschreien."

Annwyn kam näher. Sie packte Nikolas' Arm mit festem Griff und warf ihm einen Blick zu, in dem ungeweinte Tränen glitzerten. Dann ging sie Sophies anderes Handgelenk losbinden.

„Ich habe versucht, sie zu überreden, in Raven's Craig zu bleiben, aber sie war beharrlich", erzählte Annwyn.

„Ich nehme es zurück", sagte Nikolas zu Sophie. „Ich werde dich anschreien."

Als ihre Hände frei waren, hob er sie vom Rücken des Hengstes und wiegte sie in den Armen. Er beugte den Kopf über ihren und umarmte sie fest.

„Gut", sagte sie durch zusammengebissene Zähne, bebend. „Aber erst bekomme ich eine Tasse Kaffee."

Er schaute zum Puck auf, der zurückstarrte, wild und unfreundlich. Telepathisch sagte er zu Robin: *Danke, dass du sie sicher getragen hast. Und dafür, dass du die anderen hergebracht hast. Wir schulden dir etwas — wir schulden dir so viel.*

Ein wenig Härte schien aus der Miene des Hengstes zu weichen, noch während Robin heftig sagte: „Du wirst einen Puck nicht wieder vergessen."

„Nie wieder", sagte Nikolas. „Das schwöre ich." Er schaute Annwyn an. „Sosehr ich gerne ein ruhiges Wiedersehen hätte, wir haben keine Zeit."

„Wir werden uns auf der anderen Seite Zeit nehmen." Sie klopfte ihm auf die Schulter, dann drehte sie sich um, um

Befehle zu geben.

Ein Teil der Streitkräfte würde zurückbleiben, ein Winterlager aufbauen und sich um die Pferde kümmern. Annwyn hatte ihre Planung auf Hoffnung gegründet. Vorübergehende Unterstände würden aufgestellt werden müssen, während im Lauf der nächsten Tage Wagen voller Vorräte und weitere Truppen eintreffen würden. Die Truppen, die zurückblieben, würden daran arbeiten, dauerhaftere Gebäude zu errichten.

In der Zwischenzeit würden Nikolas und Annwyn an die vierhundertfünfzig Krieger zur Erde hinüberbringen – vorausgesetzt, sie kamen durch.

Nikolas schaute auf Sophie hinab, die wieder lebendig genug war, um ihn betont anzustarren. Ihre Augen blitzten im Mondlicht, als sie sagte: „Pssst. Fang bloß nicht an zu schreien. Mein Kaffee ist im Rittersaal.“

Gelächter schoss aus seinem Bauch nach oben. Er packte sie fester, so dass er sein Gesicht in ihren Haaren bergen konnte. „Dann holen wir ihn lieber.“

Falls es noch einen Rittersaal gab, in den man zurückkehren konnte. Keiner von ihnen sprach es aus.

„Setz mich ab“, sagte sie.

„Bist du sicher, dass du stehen kannst?“ Vorsichtig stellte er sie auf die Beine.

Sie wankte, blieb aber aufrecht. Neben ihnen, in einem Schimmer von Magie, verschwand der Hengst, und ein Äffchen nahm seinen Platz ein.

Das Äffchen sprang auf Sophies Rücken, und sie taumelte. „Ich kann stehen. Ich kann nicht rennen, und ich stehe keinen weiteren Kampf mehr durch, aber ich kann stehen.“

„Du hattest deinen Kampf. Der nächste gehört

uns." Verärgert sagte Nikolas: „Robin, kannst du nicht aus eigener Kraft gehen?"

„Wir gehen zusammen", sagte der Affe und schlang die Arme um Sophies Hals. „Wir gehen zur selben *Zeit*."

Die Betonung, die er auf das letzte Wort legte, war ein guter Hinweis darauf, wie viel Zeit ihnen auf dem Weg zurück entgleiten würde. „Du und ich gehen auch zur selben Zeit", sagte Nikolas zu Sophie, „und ich gehe vor."

Sie schaute kurz hoch, als würde sie den Himmel um Hilfe bitten. „Ich lasse mich dazu herab, zuzustimmen, aber nur, weil mir der Winter so wenig gefällt und auf der Erde mein Kaffee ist. Die Tatsache, dass meine Entscheidung mit deiner übereinstimmt, ist reiner Zufall."

Er holte tief, stärkend Luft und suchte nach Geduld. „Ich bin mir dessen sehr bewusst."

Er ging voraus zum Loch, wo er alle seine Männer bis auf Braden vorfand. Er sagte zu ihnen: „Ihr seid auch aus euren Pflichten entbunden."

Gawain schüttelte den Kopf. „Das gibt's nicht, Kumpel."

„Bei mir auch nicht", sagte Rowan.

Auch die übrigen schüttelten den Kopf.

Er war so verdammt stolz auf sie. So verdammt stolz.

Knapp nickte er ihnen zu. „Los geht's."

Danach schienen sich die Dinge rasch abzuspielen. Die erste Welle der Truppen, darunter Nikolas, Sophie, der Puck und seine restlichen Krieger, gingen durch den engen Tunnel ins Verlies.

„Ich habe nachgerechnet", sagte Rowan beinahe fröhlich. „Vierzehn Tage in Lyonesse sind etwa sechs Monate auf der Erde. Sophie hat ungefähr vier Stunden gebraucht, um Annwyn zu kontaktieren und die Truppen zu holen. Das bedeutet, dass es auf der Erde zweieinhalb Tage waren, nicht eingerechnet die Zeitverluste, als wir im Haus herumgelaufen sind, natürlich."

„Wenn du uns ermutigen willst, ist das keine große Hilfe", knurrte Gawain.

Zusammen hoben sie Cael hoch, dann Rhys, die eine Strickleiter mitnahmen. Nach einem langen, langen – langen – Augenblick warfen die beiden ein Ende der Leiter nach unten. Der Mann, der hinaufkletterte, trug eine weitere Strickleiter, und der vierte noch eine, und dann war kein Platz für mehr.

Nikolas stieg vor Sophie hinauf, und als sie mit Robin auf dem Rücken kletterte, wartete er, um sie den Rest des Weges hinaufzuheben. Sie marschierten den Gang entlang. Jemand, der vor ihnen gekommen war, hatte Ashes Leichnam weggetragen. Nikolas erhaschte einen Blick auf eine reglose Gestalt, die in der Rüstkammer lag, von einem Wandbehang bedeckt.

Cael traf sie im Innenhof. „Passt auf", warnte er sie. „Es gibt Schäden am Gemäuer, und der Bastard hat noch nicht aufgehört."

„Natürlich hat er das nicht", knurrte Nikolas. Er wechselte einen Blick mit Sophie, und dann rannten sie beide durch den Gang, der den Innenhof mit dem Rittersaal verband.

Sobald sie dort waren, drehten sie sich um die eigene Achse und musterten, was vor ihnen lag. Der Saal hatte sie drastisch verändert. Riesige Risse verunzierten die Halle. Die eisengefassten Fenster hatten sich verzogen, und der Kamin über der großen Feuerstelle war gebrochen. Steine waren von den Balkongängen gefallen, und Dachbalken lagen kreuz und quer auf dem offenen Boden.

Das Äffchen sprang von Sophies Schultern und lief zum Fenster. Sophie legte sich beide Hände an den Kopf, ihr Gesicht bestürzt.

„Mein schönes Spukhaus." Ihr Mund verzog sich. „Ich habe keine Kamin- oder Dachversicherung für ein Haus, das auf einem zerstörten Übergang errichtet wurde."

„Denk jetzt nicht drüber nach", sagte Nikolas. „Wir sind hier, und wir sind noch nicht von der Erde abgeschnitten."

„Ich weiß, das ist das Wichtigste", erwiderte sie bitter. „Aber ich habe diesen Ort gemocht, und er reißt ihn in Stücke. Wenn er meinen Behälter mit Instantkaffee kaputtgemacht hat, kommt es hier gleich zur Kernschmelze."

Während sie die Lebensmittelvorräte durchsuchte, trat Nikolas zu Robin ans Fenster, um durch die gesprungenen Scheiben zu schauen. Ein Grollen begann tief in der Ferne und wuchs an, vibrierte durch das ganze Gebäude. Nikolas spürte die Belastung in den Pflastersteinen unter seinen Füßen.

Das Innere des Hauses war ernsthaft beschädigt, aber draußen wirkte die Szenerie offen apokalyptisch. Bäume waren entwurzelt, und breite, tiefe Spalte verliefen auf dem Boden über der Lichtung. Der Großteil des Torwächterhäuschens war zu Schutt zusammengefallen. Die Torsäulen selbst, an Rande der Straße, waren umgestürzt.

Morgan kniete draußen, die Hände flach auf den Boden gelegt, während Jagdhunde in einem Kreis um das Haus herum Wache hielten. Nikolas überprüfte den Stand der Sonne. Er schätzte, dass es später Vormittag war. Es sah aus, als habe der Bastard drei Tage lang keine Pause gemacht.

Nikolas sagte über die Schulter zu Sophie: „Dir wird

auch nicht gefallen, was er mit dem Rest deines Grundstücks angestellt hat."

„Gottverdammt! Ich habe noch nicht einmal meine Eigentumsurkunde!", jammerte sie, den Mund voller Essen.

Sie kam zu ihnen ans Fenster, in einer Hand hielt sie einen halb gegessenen Proteinriegel, in der anderen eine Flasche mit schwarzem Wasser. Sie hatte ihr blutdurchtränktes Sweatshirt gegen ein sauberes, langärmliges graues Shirt ausgetauscht. Unter seinen Blicken schüttelte sie die Wasserflasche, drehte sie auf und nahm einen langen Schluck, während sie aus dem Fenster starrte.

Abgelenkt von dem Anblick verzog er angeekelt die Lippen. „Du trinkst kalten Instantkaffee, schwarz."

„Es ist Koffein und hydriert mich", murmelte sie. „Ich bin immer noch auf den Beinen. Außerdem fühle ich mich unwohl dabei, einen der Gaskocher anzuzünden."

„Gutes Argument." Er drückte ihr den Arm und drehte sich dann zum Rittersaal um.

Soldaten strömten herein.

„Bogenschützen nach vorne", sagte er. Vier Frauen und drei Männer traten vor. „Wir werden nicht denselben Fehler machen, den wir beim letzten Mal gemacht haben, als wir auf diesem Land kämpften", sagte er zu ihnen. „Alles, was wir haben, konzentrieren wir darauf, Morgan zu Fall zu bringen. Die Jagdhunde mögen gefährlich sein, aber sie sind Nebensache."

Sophie stopfte sich den letzten Rest des Protein-Riegels in den Mund, ehe sie sich umdrehte, um zuzuhören. Als er innehielt, sagte sie telepathisch: *Jeder gute Magieanwender, den ich kannte, hatte eine Version eines Ablenkzaubers zur Verteidigung. Und Morgan ist eindeutig ein Teufelsmagier.*

Er hob eine Augenbraue. *Worauf willst du hinaus?*

Na, ihr wollt nicht nur auf ihn schießen, oder? Sie trank ihren Kaffee aus. *Ihr wollt auch seine Magie ausschalten.*

Laut sagte er: „Der Annullierungszauber. Wir brauchen den Annullierungszauber auf so vielen Pfeilen, wie wir kriegen können. Wie viel magiesensitives Silber hast du?"

„Nicht genug, um alle ihre Pfeile zu verzaubern", sagte sie düster mit einer Geste zur Gruppe hin. „Ich war im *Urlaub.* Wähle deine besten Schützen aus, und wir machen von da aus weiter."

Während Nikolas die Gruppe einteilte, holte Sophie ihr Gepäck und zog ein kleines Päckchen heraus. „Gawain?", rief sie in die zusammenkommende Schar.

„Gleich hier, Mädchen." Gawain schob sich zu ihr vor.

„Hast du die Metallbearbeitungswerkzeuge für mich bekommen?"

„Die Zeit hatten wir nicht."

Ihre Schultern sanken nach unten. „Ok. Nicht so wichtig. Das muss nicht hübsch werden. Wir zünden einen Gaskocher an und nehmen einen der Kochtöpfe. Wir müssen das Silber nur so weit schmelzen, dass wir die Pfeilspitzen eintauchen können, und dann können wir den Zauber wirken."

„Verstanden."

Während sie sich an die Arbeit machten, organisierte Nikolas die anderen, damit sie die Vorräte in die Seitengänge umräumten, zusammen mit den herabgestürzten Balken und Steinen, um mehr Platz für die eintreffenden Truppen zu schaffen. Sie würden nicht alle vierhundertfünfzig in den Rittersaal bekommen, aber wenn die Truppen sich Schulter an Schulter aufstellten, würde der Großteil hineinpassen. Der Rest würde sich hinten im Innenhof aufstellen müssen.

„Beachtet die aufgemalten Linien!", rief er den

Arbeitenden zu. „Sie markieren Zeit-Raum-Verwerfungen. Entlang einer Seite des Innenhofs gibt es auch eine Verwerfung – Rhys, geh mit ihnen zurück und stelle sicher, dass die Leute wissen, wie man sie umgeht."

„Schon dabei." Rhys drängte sich wieder nach hinten.

Annwyn erschien an Nikolas' Seite. Sie starrte den Mini und die Harley einen langen Augenblick an, als ob sie eine Frage stellen wollte. Doch dann, im nächsten Augenblick, schien sie es sich anders zu überlegen, denn sie schüttelte den Kopf und ließ es auf sich beruhen.

„Wie viele sind durchgekommen?", fragte Nikolas.

„Knapp dreihundert", sagte sie zu ihm.

Mit einem Nicken ging er zu Gawain und Sophie, die sich über einen kleinen Gaskocher auf dem Esstisch beugten. „Wie viel habt ihr?", fragte er.

Als er redete, setzte ein weiteres tiefes Grollen ein. Diesmal wurde es lauter und lauter, und ein scharfes Knacken erklang über ihnen. Sofort löschte Gawain die Flamme, während Nikolas vorsprang, um Sophies Kopf und Schultern mit seinen zu decken, und Leute fluchten und drängten sich an die Wände, so dicht sie konnten.

Einen langen Augenblick hielten sich alle im Saal angespannt und reglos, während sie warteten, aber nichts stürzte ein. Dann sagte Sophie mit missvergnügter, gedämpfter Stimme unter Nikolas: „Wir werden dir zehn verzauberte Pfeile machen, sobald du von mir runtergehst. Jeden Augenblick jetzt."

Mit einem Knurren stieß er scharf die Luft aus und rieb sein Gesicht in ihre Haare.

Wahnsinnig. Sie machte ihn wahnsinnig. Trotzdem war er irgendwie noch verliebter in sie als je zuvor.

Er richtete sich auf und sagte zu allen: „Geht an die

Arbeit."

Die Aktivitäten wurden wieder aufgenommen. Gawain entzündete den Gaskocher erneut, und er und Sophie kehrten zurück an die Arbeit, Pfeile zu verzaubern. Annwyn kam zu ihnen. „Ich schätze, dass dieses alte Gemäuer nicht mehr allzu viel aushält."

„Glaube ich auch nicht", sagte Nikolas. „Sobald Gawain und Sophie fertig sind, setzen wir uns in Bewegung."

„Wir sind so weit", sagte Gawain. Er löschte die Flamme wieder, und er und Sophie lehnten sich zurück. Sie reichte Nikolas zwei Hände voller Pfeile.

Er ging zu den Schützen und übergab den stärksten je zwei Pfeile. „Die sollen nur für Morgan verwendet werden", sagte er. „Das ist eure einzige Aufgabe."

„Verstanden", sagte die Anführerin der Schützen, ihr Blick direkt und klar.

Als Sophie sich ihnen anschloss, sagte Nikolas: „Morgan weiß nicht, dass wir nach Lyonesse durchgedrungen sind. Er weiß nichts von euch. Halten wir das auch so, während wir zuschlagen. Ich verberge euch mit einem Verhüllungszauber. Wir öffnen die Türen, und ihr schießt alles auf ihn, was ihr habt."

„Ja, Sir."

Sie gingen hinüber zu den Türen. „Haltet euch bereit", sagte Annwyn zu den Kriegern.

Die Krieger zogen ihre Schwerter und machten die Schilde bereit, dann breitete sich Stille im Rittersaal aus.

Als Nikolas, Gawain und Sophie bei den Türen ankamen, wirkte Nikolas einen gewaltigen Verhüllungszauber über die fünf Schützen, die sich neben ihnen aufgestellt hatten. Dann starrte Nikolas Sophie streng an. „Du hältst dich raus."

Sie machte große Augen. „Oh, glaub mir, das ist nicht mein Kampf.“

Dann zogen sie die Türen auf. Morgan hob den Kopf.

Sophie betrachtete die Zerstörung der Landschaft mit zusammengepressten Lippen. Sie rief: „Ich weiß nicht, ob du ein Monster bist oder nur heftigst missverstanden. Aber eines weiß ich.“

Morgan erhob sich. Selbst auf die Entfernung von zwanzig Metern konnte Nikolas spüren, wie er Macht sammelte, während er fragte: „Und das wäre, Sophie Ross?“

„Du musst runter von meinem Rasen“, sagte Sophie. Sie trat zur Seite.

„Jetzt“, flüsterte Nikolas.

Fünf Pfeile flogen durch die Luft. Morgan wich aus und bewegte sich so schnell, dass er verschwamm. Die meisten Pfeile gingen daneben.

Einer nicht.

Er traf ihn am Arm. Die Jagdhunde zu beiden Seiten von Morgan begannen zu rennen, rasten auf das Haus zu.

Noch während Morgan zurücktaumelte, schleuderte er die Hand in Richtung der offenen Türen. Nichts geschah. Hinter Nikolas erklang deutlich das Geräusch der Schützen, die ihre Bögen spannten. Nikolas hob die Hand, hielt den Blick auf Morgan und die näherkommenden Jagdhunde gerichtet.

Morgan zog sich den Pfeil aus dem Arm. Die Schützen ließen los, und er verschwamm wieder, als er auswich. Ein weiterer Pfeil traf ihn, diesmal in die Seite. Er stolperte und fiel auf die Knie.

Nikolas ließ die Hand fallen und brüllte: „Los! Los!“

Krieger rannten durch die offenen Türen und krachten gegen die Jagdhunde. Immer weitere strömten an Nikolas vorbei, während er sein eigenes Schwert zog. Er sprang begierig auf das Schlachtfeld, auf der Suche nach Morgan.

Dieses Mal, nach Jahrhunderten, kamen die Daoine Sidhe nicht zu spät.

Kapitel 21

DIE SCHLACHT WAR ein vollständiger Sieg.

Sophie stieg auf den Mini, um aus dem Weg zu sein, als die Truppen vorbeizogen. Das Geräusch der Schreie, das Knurren und das Kreischen tönten durch die offenen Türen zurück nach drinnen, hallten durch den zerstörten Rittersaal.

Robin war verschwunden. Nikolas, das wusste sie, würde im dichtesten Getümmel sein. Er hatte dafür gelebt, dass diese Schlacht stattfinden könnte. Als die letzten Streitmächte das Anwesen verlassen hatten, humpelte sie zu den Eingangstüren und blickte hinaus.

Sie hatte die Wahrheit gesagt – sie war nicht mehr zu einem Kampf fähig. Nachdem sie durch jede Verwerfung im Haus gelaufen war, sich nach Lyonesse durchgegraben hatte und wieder zurückgekehrt war, konnte sie sich nicht einmal mehr vorstellen, sich auszurechnen, wann sie zuletzt geschlafen hatte.

Sie hatte einen Jetlag auf Steroiden. Sie hatte seit langer Zeit lediglich einen Protein-Riegel gegessen, vermutlich seit mindestens einem Tag. Der Kampf mit Ashe war kurz gewesen, aber sie war verwundet und herumgeschleudert worden, und der wilde Ritt nach Raven's Craig und wieder zurück hatte ihr Schmerzen in jedem Gelenk ihres Körpers beschert.

Trotzdem strömte das Adrenalin so stark in ihrem Blut, dass ihre Hände bebten. Sicherheitshalber holte sie ihre Pistole aus dem kleinen Tresor und lud sie, damit sie irgendeine weltliche Waffe bei sich hatte. Die Runen auf ihren Armen juckten und begannen aufzureißen und sich abzulösen, aber im Augenblick hatte sie noch einen Telekinesezauber und einen Verwirrungszauber übrig – sie zählte immer ihre Zauber, genauso wie sie ihre Kugeln zählte –, und sie wollte vom Eingang aus zusehen, wie die letzten Jagdhunde getötet wurden.

Sie sah keine Spur von Morgan, keine von Nikolas. In der Ferne erblickte sie Rhys und Rowan, und Annwyn schritt mit zwei blutigen Schwertern über die Lichtung, wirkte wild und glorreich. Schließlich, als die Kämpfe nachließen und es ruhig genug schien, um hinauszugehen, trat Sophie nach draußen und begutachtete das volle Ausmaß der Zerstörung.

Leichen lagen überall ringsum verstreut, so weit das Auge reichte. Die nahestehenden Baumgruppen waren alle so gut wie abgeholzt. Der kleine See hinter dem Anwesen war in einen riesigen Spalt im Boden abgelaufen. Das Häuschen war ein Haufen Schutt. Ein Mensch hatte das getan. Ein Mensch hatte die Erde aufgerissen, weil er versucht hatte, zu ihnen zu gelangen.

Ihre Hände hörten nicht auf zu beben.

Flucht oder Kampf. Flucht oder Kampf.

Sie hatte Robin nicht gesehen, seit sie zum Anwesen zurückgekehrt waren, aber sie machte sich keine Sorgen. Als sie nach Lyonesse durchgebrochen waren, war der Puck neu belebt worden, und in ihm hatte eine Art Macht gestrahlt, die bei der ersten Begegnung mit ihm noch nicht dagewesen war.

Sie ging zu den Ruinen des Häuschens und schnupperte nach Gas. Sie fand nichts, daher zuckte sie mit den Schultern, suchte sich ein gutes Stück Mauer, auf das sie sich setzen konnte, und sah sich die Nachwehen an. Die Jagdhunde waren dezimiert worden, aber es hatte auch auf der anderen Seite Verletzte und Tote gegeben.

Etwas später kamen Nikolas, Gawain und Cael aus dem Wald. Sophie sank vor Erleichterung zusammen. Sie bewegten sich langsam, als wären sie schnell gelaufen und müde. Selbst von ihrem Platz aus konnte sie sehen, wie Annwyn fragend eine Hand hob und Nikolas zur Antwort den Kopf schüttelte.

Er beschattete die Augen und hielt inne, um alles zu betrachten. Er schaute in ihre Richtung und ging über das Schlachtfeld zu ihr. Sie stand auf, als er näherkam, ließ hungrig den Blick über ihn wandern. Er war blutverschmiert. Ihre Hände verkrampften sich.

Sie schaffte es, ohne Beben in der Stimme zu fragen: „Bist du verletzt?“

„Ist nicht von mir.“

Vor Erleichterung wurde ihr schwindlig. „Und Morgan? Ich habe gesehen, wie du Annwyn ein Zeichen gegeben hast. Ihr habt ihn nicht gefunden?“

„Er ist entkommen.“ Er schüttelte grimmig den Kopf. „Ich weiß nicht, wie er sich so schnell bewegen konnte, denn er war schwer verletzt, und das mit Silberpfeilen. Er hatte wohl in der Nähe ein Fahrzeug geparkt. Wir hofften, wir würden ihn erwischen, bevor er dort ankam.“

„Wenn er so schlimm mit Silber verwundet wurde, heißt das, dass er eine Weile aus dem Spiel ist, oder?“ Sie zwang die angespannten Muskeln zwischen ihren Schulterblättern, sich zu lockern. „Das ist doch immerhin was.“

„Ja. Heilzauber und Tränke werden ihm nicht helfen. Der Bastard wird in den nächsten paar Monaten einige Schmerzen erleiden", sagte er, erfüllt von wilder Befriedigung. Er warf einen Blick zurück auf das Schlachtfeld, und sie tat es ihm nach.

„Ich hatte den Drang zu helfen", sagte sie leise. „Aber die meisten von ihnen wissen nicht, wer ich bin."

„Du hast bereits mehr als genug getan", sagte er zu ihr. „Ich habe von ein paar Soldaten ein Zelt für dich aufstellen lassen, und du kannst schlafen gehen."

„Bitte nicht", sagte sie. „Es gibt zu viele Verwundete, nicht genug Unterstände, und ihr habt im Augenblick alle schon genug vor euch. Ich gehe in ein Hotel."

Daraufhin wandte er ihr seine gesamte Aufmerksamkeit zu. „Nein, tust du nicht. Du bleibst genau hier, wo ich dich im Auge behalten kann. Warte einfach. Ich schicke jemanden, der dich holt, wenn sie ein Zelt aufgestellt haben."

Sie gab ein bellendes, wütendes Lachen von sich. Er *verbot* ihr, in ein Hotel zu gehen. Hatte es einen Sinn, darüber zu streiten? Sie war mit ihrer Geduld und Energie schon weit über ihre Grenzen, und mit allem anderen auch.

Nach einem Augenblick erklärte sie trocken: „Klar, Nik. Was immer du sagst."

„Was?", fuhr er sie an. „Ich habe dafür keine Zeit." Noch während er redete, rief ihm Annwyn vom Anwesen aus etwas zu, und er hob zur Antwort eine Hand.

„Natürlich hast du das nicht, und ich streite nicht mit dir", entgegnete Sophie. Sie ging einen Schritt zurück. „Los, und tu, was du tun musst."

Er runzelte die Stirn in ihre Richtung. „Wir werden darüber später reden."

Sie lächelte ihn düster an. „Wenn du es sagst."

Sie beobachtete, wie er über den Rasen lief und sich Annwyn anschloss. Nach ein paar Augenblicken gingen beide zur Rückseite des Hauses.

Sophie rieb sich über das müde Gesicht und schätzte die Lücke zwischen den beiden umgefallenen Torsäulen ab. Es sah aus, als wäre genug Platz, damit ein kleines Auto durchpasste.

Sie humpelte hinüber zu Rowan – die vertraute Gestalt, die ihr am nächsten war.

„Es tut mir leid, dass ich dich störe", sagte sie zu ihm. „Aber könntest du jemanden holen, der dir hilft, den Mini rauszuschieben?"

„Klar, wenn du willst", sagte Rowan mit einem Stirnrunzeln. „Willst du gehen?"

„Es sind hier zu viele Leute und nicht genug Unterstände", erklärte sie. „Ihr – ihr alle – braucht Zeit um euch zu begrüßen, und bei so vielen Leuten wird das auch die Möglichkeiten im Ort ausschöpfen." Sie hielt inne. „Ich fahre nach Shrewsbury und gehe in ein Hotel."

Rowans Stirnrunzeln vertiefte sich. „Hast du das Nikolas gesagt?"

„Ja, habe ich, und er hat mir verboten, zu gehen", sagte sie mit so grimmiger Betonung zu ihm, dass er große Augen machte.

„Ich bin mir sicher, dass er nicht wirklich vorhatte, dir das zu verbieten", sagte Rowan unsicher.

„Es ist egal, was er wirklich vorhatte. Es kommt auf das an, was er gesagt hat." Sie lächelte ihn angespannt an. „Also ziehe ich hier eine Linie im Sand, die er nicht überqueren kann. Na, was ist nun mit dem Mini?"

Rowan tippte zwei strammen Kerlen auf die Schulter. Zu dritt schoben sie den Mini aus den offenen Türen und über den unebenen Boden, bis sie einen Abschnitt der Schotterauffahrt erreichten, der noch einigermaßen eben war. Sie ging ein letztes Mal zurück ins Haus, um sicherzustellen, dass sie alle ihre Sachen eingesammelt hatte, und Rowan half ihr, ihr Gepäck zum Auto zu bringen.

Als sie den Kofferraum schloss, sprach Rowan sie noch einmal an. „Bist du sicher, dass ich dich nicht überreden kann zu bleiben?"

„Nein, kannst du nicht", sagte sie ruhig. „Morgan ist schwer verletzt. Die Jagdhunde sind gründlich dezimiert. Das ist für mich der perfekte Zeitpunkt zum Gehen, und es ist nicht nur eine gute Entscheidung für euch – es ist die richtige Entscheidung für mich. Ich werde duschen und in einem sauberen Bett schlafen. Meine Mails lesen. Mit meinem eigenen Leben Verbindung aufnehmen." Dann, als es ihr einfiel, zog sie den Kommandantenring von ihrem Daumen und reichte ihn ihm. „Geh und verbring Zeit mit deinen Leuten. Trauere, feiere, besuche jemanden. Umarme Freunde, die du seit Jahrzehnten nicht gesehen hast. Wenn jemand mich erreichen muss, mein Anwalt in Shrewsbury ist Paul Shipman." Sie lächelte ihn leicht an. „Pass auf dich auf."

Er zog sie in eine ungelenke Umarmung. „Ruh dich aus."

Sie klopfte ihm auf den Rücken. „Du auch."

Wenn jetzt nur das verdammte Auto anspringen würde.

Der Motor schnurrte schon beim ersten Versuch. Vorsichtig fuhr sie zwischen den Torsäulen durch und bog auf die Straße, und sie hörte nicht auf zu fahren, bis sie in Shrewsbury ankam. Sobald sie dort war, hielt sie am ersten Hotel an, das sie sah.

Nein, sie hatten keine Einzelzimmer frei, sagte die

höfliche Angestellte, als sie nach drinnen ging, um zu fragen. Sie hatten eine kleine Zweizimmersuite, falls sie Interesse hätte.

Es war Luxus, *aber warum zum Teufel nicht?*, dachte sie. Man lebte nur einmal.

Sie unterschrieb, wo sie unterschreiben musste, legte ihren Pass und ihre Kreditkarte vor und gab jemandem Trinkgeld, damit er ihr Gepäck hochtrug. Dann fiel sie, schmutzig, wie sie war, voll bekleidet auf das saubere Doppelbett und stürzte in den Schlaf.

Sie hörte Schreie, das Brüllen der Jagdhunde, das Klirren von Schwertern.

Sie wurde ruckartig, verkrampft wach. Orientierungslos starrte sie in dem merkwürdigen Schlafzimmer umher, lauschte aufmerksam nach jeglichem Kampfgeräusch, aber es gab keines. Sie warf einen Blick aus dem Fenster. Draußen war es grau, nass und neblig, doch es war eindeutig Tag. Es schien, als hätte sie ziemlich lange geschlafen, und der Kampf wäre gestern gewesen.

Zumindest hatte sie nicht mehr davon geträumt, am Lauf einer Schusswaffe entlang zu starren. Ihre Alpträume wandelten sich.

Sie schob sich vom Bett, kramte ihren Waschbeutel hervor, Unterwäsche, Flanellhose und ein T-Shirt, und humpelte ins Bad. Ihre Muskeln hatten sich über Nacht noch mehr versteift. Eine heiße Dusche lockerte alles einigermaßen auf, und nachdem sie sich die Haare und den Oberkörper in Handtücher gewickelt hatte, putzte sie sich andächtig und dankbar die Zähne.

Die heiße Dusche hatte auch die Runen auf ihren Armen abgelöst. Sie kratzte den letzten Nagellack herunter. Sie war immer noch erschöpft. Irgendwie hatte sie sich schon wieder eine ordentliche Ansammlung blauer Flecken angelacht, und sie fühlte sich so hohl wie ein Schilfrohr, aber, bei Gott, zumindest war sie sauber. *Hurra!*

Sobald ich dich aus meinem System bekomme.

Aus dem Nichts kamen die Tränen. Sie setzte sich auf die Toilette, vergrub das Gesicht in beiden Händen und weinte.

Der gepeinigte kleine Hund mit herausgerissener Zunge. *Ein Puck hoffte auf Hilfe. Wartete, dass jemand merkte, dass er fort war, gefangen und verloren, aber niemand kam.* Das Verlies. Der Schädel. Die zerrissenen Leichen, im Pub, auf dem Schlachtfeld verteilt. Nikolas' wunde Stimme und verzerrtes Gesicht, als er gegen Ashe antrat.

Die Ruine des Torwächterhäuschens und des Anwesens. Sie hatte kaum die Gelegenheit gehabt, sich in ihr Eigentum zu verlieben. Nun war es ruiniert.

Nikolas' Mund, seine Hände, das Gefühl, ihn in ihren Körper aufzunehmen. Der leidenschaftliche, feste Halt, in dem er sie umklammert hatte, als er sich wieder und wieder in ihr bewegt hatte.

Sobald ich dich aus meinem System bekomme, bin ich weg.

Der Sturm der Tränen schüttelte ihren Körper durch. Sie schaffte es genauso wenig, ihn aufzuhalten wie eine Frau das Gebären.

Es ist in Ordnung, dachte sie. *Ich bin nur erschöpft. Ich bin überreizt.*

Ich bin untröstlich.

Ich hole mir was zu essen. Ich reiße mich zusammen. Essen und vielleicht ein Nickerchen, und ich werde mich fühlen wie neu.

Aus der Nähe kam ein Schimmern vertrauter, wilder Magie. Sie hob den Kopf, als die Tür zu ihrer Suite sich öffnete und wieder schloss. Sie zog die Handtücher weg, fuhr in ihre Kleider und platzte aus dem Bad in den kleinen Sitzbereich hinaus.

Eine unmenschliche, schlanke Gestalt stand an den Fenstern, blickte nach draußen. Er war vielleicht so groß wie ein dreizehnjähriger Junge und trug Skinny Jeans, Stiefel, eine braune Lederjacke und einen marineblauen Schal mit Goldknöpfen. Er hatte stachliges, nussbraunes Haar und spitze Ohren.

Sie wischte sich die Wangen ab und fragte: „Robin?“

Die Gestalt drehte sich um. Der Puck hatte ein schmales, dreieckiges, alt-junges Gesicht, feurige Augen, und wenn er lächelte, sah man zu viele Zähne. „Robin hat dir Kuchen gebracht, mein Liebes.“

Als der Puck vortrat, stürzte sie blind durch den Raum und warf die Arme um ihn. Weitere dumme Tränen flossen. Er zog sich zurück, um sie ihr vom Gesicht zu wischen, und sie sah, dass er auch zu viele Finger hatte.

„Es tut mir leid, ich bin heute Vormittag leckgelaufen“, murmelte sie. „Du siehst – du siehst –“

„Geheilt“, sagte der Puck. „Ganz.“

Ihr fiel sein Schal auf. Das Material und die Goldknöpfe waren ihr vertraut. Sie betastete einen der Knöpfe. „Du hast das aus der Jacke gemacht?“

„Ich trage eine Freundlichkeit um den Hals“, sagte Robin zu ihr. „Wenn der Käfig droht, meine Gedanken zu übernehmen, berühre ich meinen Schal und erinnere mich, dass ich frei bin.“

„Ich bin so froh“, flüsterte sie. Sie richtete den Schal um seinen Hals sinnloserweise und glättete ihn auf seiner schmalen Brust.

„Ich bin gekommen, um Lebewohl zu sagen.“ Robin legte die Hände über ihre.

„Oh, nein, nicht Lebewohl", sprach sie ihm bestürzt nach. Immer dann, wenn sie sich in die Dinge verliebte, schien sie dazu verdammt zu sein, sie zu verlieren. „Gehst du zurück nach Lyonesse?"

„Kein Zuhause für Robin", sagte er. „Noch nicht. Ich gehe, um Unheil für eine Königin und ihren grausamen Hof zu stiften. Ich ziele einen Schlag auf das Herz ihrer Stärke. Es wird schwierig sein. Man muss an Fäden ziehen, und ich bin nur ein Puck. Ich habe keine wahre Macht über das, was die Herzen anderer beherrscht, aber ich weiß, welche Macht sie zu Fall bringen wird. Wir Alten spielen unsere Kriegs- und Herrschaftsspiele, und wir vergessen, weißt du. Wir vergessen, wie viel Stärke das Herz hat, und wie viel von der Liebe verwandelt und besiegt werden kann. Beim Herrn, wir sind Narren."

„Es klingt gefährlich", sagte sie leise. „Ich will nicht, dass du gehst."

Er küsste sie auf die Wangen. „Mach dir keine Sorgen, mein Liebes. Sie haben mich einmal hereingelegt, sie werden mich nicht noch einmal fangen. Ich werde auf Besuch kommen, wenn ich kann."

„Versprochen?"

„Immer, Sophie." Er lächelte, wirkte zugleich wild und sanft. „Lass dir deinen Kuchen schmecken."

Er glitt aus der Suite wie ein Schatten. Sophie stand auf, lauschte der Leere im Raum. Dann fiel ihr der Karton auf dem Beistelltisch auf. Sie setzte sich auf die Sofakante und öffnete den Deckel.

Darin waren winzige Küchlein, glasiert und mit unmöglichen Farben und fantastischen Formen aus Zuckerwatte und Fondant verziert. Zarte Magie stieg mit dem Aroma der zuckrigen Herrlichkeit auf. Ihr lief das

Wasser im Mund zusammen. Sie suchte sich eine lavendelfarbene Süßigkeit aus und steckte sie sich in den Mund. Sie war extrem köstlich und schmolz mit einem Prickeln von Magie, das sich in ihrem Körper ausbreitete, das Schmerzen und Krämpfe löste und ein Gefühl der Erfrischung und des Wohlbefindens zurückließ.

Heiliger Strohsack. Was für ein außergewöhnliches, erfreuliches Geschenk. Kurz rang sie mit sich, um sich zurückzuhalten und sie nicht alle auf einmal zu essen, aber sie war zu hungrig und konnte nicht anders. Sie fiel über die Kuchen her und verputzte sie allesamt.

Als sie fertig war, fühlte sie sich, als könne sie es wieder mit der Welt aufnehmen. Aber eines nach dem anderen. Sie prüfte ihr Telefon, und es war komplett tot. Klar war es das. Das verfluchte Scheißding.

Sie musste sich ein neues Telefon kaufen. Sie sollte auch Paul anrufen, um ihn darüber zu informieren, was mit dem Grundstück passiert war. Sie musste herausfinden, was mit der Pension geschah, falls das Haus zusammenbrach. Vielleicht sollte sie einfach im Büro vorbeischauen und persönlich mit ihm reden.

Sie suchte seine Karte heraus und nahm das Telefon in der Suite, um im Büro anzurufen. Als Pauls Schreibkraft Trevor abnahm, sagte sie: „Hi, hier ist Sophie Ross. Ist Paul da?"

„Sophie!", rief Trevor. „Paul hat versucht, bei Ihnen anzurufen. Wo sind Sie?"

„Ich bin in Shrewsbury", erklärte sie. „Ich … ich bin mir tatsächlich nicht ganz sicher, wo ich bin. Ich war ziemlich außer mir, als ich gestern eingecheckt habe. Ich bin in einem Hotel bei einer der Brücken."

„Da es hier neun Brücken gibt, schränkt es das auf so

einige ein", sagte Trevor. In seiner Stimme war die Belustigung zu hören. „Warten Sie, ich verbinde Sie jetzt."

Sie wartete den Augenblick ab, den die Vermittlung benötigte, dann ging Paul dran, der mit genauso viel Heftigkeit wie Trevor rief: „Sophie! Ich bin so froh, dass Sie anrufen. Ich habe gemailt und versucht, Sie zu erreichen. Geht es Ihnen gut?"

„Klar, natürlich", sagte sie erheitert. „Hören Sie, ich muss mit Ihnen reden."

„Ich muss auch mit Ihnen reden. Zwischen gestern Nacht und heute Morgen habe ich etwa ein Dutzend Anrufe vom Dunklen Hof angenommen. Einer von ihnen ist ein absoluter Irrer. Und – sitzen Sie?", fragte er. „Denn wenn nicht, sollten Sie das vielleicht tun."

Ein absoluter Irrer. *Oje.* Sie tastete hinter sich nach dem Rand des Stuhls und ließ sich darauf nieder. „Jetzt sitze ich."

„Annwyn, die Cousine des Königs – die, wie ich annehme, als Regentin handelt, da er erkrankt ist – hat ein ordentliches Angebot gemacht, um das Grundstück zu kaufen. Sophie, sie hat zehn Millionen Pfund geboten."

„Ich – sie hat *was?*" Die Welt waberte um sie herum, und sie konnte nicht glauben, was sie da gerade gehört hatte.

„Sie fragen sich wahrscheinlich gerade, ob Sie mich richtig verstanden haben", sagte Paul lachend. „Vergeben Sie mir, wenn ich wie ein Wahnsinniger kichere, denn eigentlich meine ich es vollkommen ernst. Der Dunkle Hof will Ihnen zehn Millionen Pfund für den Familienalbatros der Shaws bezahlen, mit allem Drum und Dran."

„Aber Paul, das Haus ist unbewohnbar. Es sind Risse in der Bausubstanz, und es steht kaum noch."

„Die Preise für Anwesen auf dem Land sind in Großbritannien astronomisch. Nur der Grund allein ist schon jede Menge wert. Ehrlich gesagt denke ich, dass Sie vermutlich bis zu fünfzehn Millionen bekommen, wenn Sie mit ihnen handeln wollen.“

Fünfzehn. Millionen. Ihr Verstand weigerte sich, diese Zahl zu begreifen.

„Mit allem Drum und Dran enthält auch die Bibliothek, richtig?“, erwiderte sie schwach. „Die wollte ich noch durchsehen.“

„Ja, sie wollen auch die Bibliothek. Derzeit ist sie noch unbesehen, natürlich, aber sie denken, dass sie dort möglicherweise nützliche Informationen finden. Offenbar haben die Shaws in der Vergangenheit gegen sie gearbeitet. Annwyn sagte, sie habe das Gefühl, es sei das finanzielle Risiko wert. Damit, mit der Pension, die mit dem Haus verknüpft ist, und indem sie Kontrolle über einen brauchbaren Übergang erhält, glaubt sie, dass sie einen fairen Preis bietet.“

„I-ich weiß nicht, was ich sagen soll“, murmelte Sophie.

Einerseits spürte sie einen unerklärlichen Widerwillen, andererseits war die Immobilie nun so beschädigt, dass sie nicht mehr den Reiz besaß, den sie anfangs daran gefunden hatte. Anstatt einen brauchbaren Wohnraum zu haben, würde sie, wenn sie nicht verkaufte, vor Renovierungskosten stehen, für die sie nicht flüssig genug war. Und außerdem hatte der Dunkle Hof einen legitimen Anspruch und einen sehr realen Bedarf.

„Sie müssen überhaupt nichts sagen“, erklärte Paul. „Nehmen Sie sich einfach ein paar Stunden, um die Neuigkeiten zu verdauen, und kommen Sie ins Büro. Wir können die Details durchgehen. Ich lade Sie zum Mittagessen ein und gebe Ihnen Champagner aus.“

„Nun … Ok, danke. Natürlich höre ich mir die

Einzelheiten an“, sagte sie. „Für zehn Millionen Pfund, wie könnte ich da nicht?“

„Genau. Bis bald.“

Betäubt legte sie den Hörer auf.

Was hatte der Irre zu sagen? Wollte er sie anschreien, jetzt, da sie ihren Kaffee gehabt hatte? Wollte er den Handel abschließen?

Nachdem sie sich Jeans, die Doc Martens, ein schwarzes, langärmliges Sweatshirt und eine Jeansjacke angezogen hatte, flocht sie sich die Haare, überprüfte die Glock und steckte sie in ihre Handtasche. Dann öffnete sie die Tür.

Draußen stand Nikolas, schwarz gekleidet und mit so viel Macht beladen, dass er sich anfühlte wie ein Blitz, der kaum von der Gestalt eines Mannes gezügelt wurde. Die Flächen und Winkel seines Gesichts, so scharf, dass sie wie aus einer unsterblichen Klinge geschnitten schienen, waren angespannt, und seine dunklen Augen glitzerten.

Die Wirkung seiner gebieterischen Präsenz traf sie so heftig, dass sie einen Schritt zurücktrat.

Er trat vor. Sie zog sich weiter zurück. Sie erkannte erst, dass sie ganz zurück in die Suite gegangen war, als seine Hand vorschoss, um die Tür zuzuwerfen.

„Was machst du hier?“, fragte sie.

Zwischen zusammengebissenen Zähnen sagte er: „Dir nachjagen.“

Sie starrte ihn an, atmete schwer. „Ich werde nicht mit dir streiten“, erwiderte sie nach einem Augenblick.

„Ich bin nicht zum Streiten hier.“ Er wandte sich ab und strich sich mit den Fingern durch die Haare. Dann glitt er mit schnellen, heftigen Bewegungen aus seinem Schwertgehänge und warf es durch den Raum. Mit leiser, rauer Stimme sagte er: „Du bist gegangen. Du bist einfach gegangen.“

„Ja, bin ich“, entgegnete sie leise.

„Du bist ohne ein gottverdammtes Wort gegangen. Du bist einfach weggefahren.“

„Stimmt nicht“, erklärte sie. „Ich habe mit Rowan geredet.“

Sie hörte, wie sein Atem in seiner Kehle kratzte, ein abgehacktes, verräterisches Geräusch. „Du bist ohne ein gottverdammtes Wort zu *mir* gegangen.“

„Vielleicht bin ich fertig mit Gesprächen mit dir“, flüsterte sie.

„Ich bin aber nicht fertig mit Gesprächen mit dir.“ Er drehte sich zu ihr um. „Es tut mir leid.“

Sie war so sehr auf einen Streit eingestellt, dass seine Worte anfangs keinen Sinn ergaben. „Was?“

„Ich sagte, es tut mir leid.“ Er kam herüber und nahm sie an den Schultern. „Rowan hat mir erzählt, was du gesagt hast, dass du eine Linie im Sand ziehst. Mir war nicht klar, dass ich dich so an deine Grenzen getrieben habe.“

„Du hattest gestern eine Menge zu tun. Außerdem spielt es keine Rolle mehr.“ Sie entzog sich ihm, schlüpfte aus ihrer Jacke, stellte die Handtasche zur Seite und ging, um sich aufs Sofa zu setzen. Sie beugte sich vor und stützte die Ellenbogen auf die Knie. „Wir haben erreicht, was du gebraucht hast. Du bist wieder mit deinem Volk vereint, und du hast Zugang zu deiner Heimat. Ich bin fertig.“

„Du kannst nicht fertig sein.“ Er kam zu ihr, ging vor ihr in die Hocke. „Komm zurück.“

„Nein“, sagte sie.

Er stützte eine Hand neben ihrem Oberschenkel auf die Sofakante und beugte sich dichter heran. „Sophie, komm zurück.“

„Nein, Nikolas.“ Sie hatte so lange und stark geweint, dass die Quelle versiegt war, aber ihre Brust fühlte sich an wie eine riesige Prellung. Sie konzentrierte sich auf den Boden zwischen ihren Beinen, um ihn nicht anschauen zu müssen.

Lange herrschte Schweigen. „Warum nicht?“, fragte er dann.

Das Starren auf den Boden verschaffte ihr nicht genug Abstand von ihm. Sie vergrub das Gesicht in den Händen. „Was meinst du, warum nicht? Du weißt, warum nicht. Dieses ganze Streiten oder Entschuldigen hat keinen Sinn, denn wir sind keine Partner. Wir sitzen nicht im selben Boot – wir sitzen nicht mal im selben Ozean. Ich komme nicht zurück, denn sobald du mich aus deinem System bekommst, bist du weg, und ich werde nicht hier herumhängen und mir das antun. Denn ich liebe zu sehr und zu heftig, zu lange. Wenn ich mit dir zurückgehe, werde ich mich nur noch mehr auf dich einlassen, und du wirst mich nur noch mehr zerstören –“

Als sie erkannte, wo sie mit diesem letzten Stück des Satzes hinsteuerte, brach sie ab, aber die ungesagten Worte hingen trotzdem im Raum.

Du wirst mich nur noch mehr zerstören, als du es schon getan hast.

Sanft ließ er die Finger um eine ihrer Hände gleiten und zwang sie nach unten. Dann nahm er ihre andere Hand und zog auch sie hinab. Er hielt sich ihre Hände an die Lippen und murmelte an ihren Fingern: „Wir haben manchmal ein paar ziemlich fiese Dinge zueinander gesagt, was?“

Ihre Kehle zog sich zusammen. Sie nickte.

Er küsste ihre Finger. „Es gibt verschiedene Ebenen der

Wahrheit, meine Sophie. Einerseits gibt es das – sobald ich dich aus meinem System bekomme, bin ich weg. Das war ein Verteidigungsmechanismus, in der Hitze des Moments gesagt, als du mir eröffnet hast, dass wir uns zum letzten Mal lieben. Aber andererseits gibt es auch das – ich werde dich nie aus meinem System bekommen. Nie. Hörst du die Wahrheit darin?"

Sie hörte sie, und ihr Herz fing an zu hämmern.

„Dann", sagte er, sogar noch leiser, „gibt es Wahrheiten, die sich ändern. Bevor ich dich getroffen habe, war ich eisern entschlossen, mich nicht auf eine Beziehung einzulassen. Ich war ständig auf der Flucht, mein Leben in Gefahr, und das ist etwas Schreckliches, um es mit ins Bett einer Frau zu nehmen. Und dann habe ich dich getroffen. Du bist stur, nervenaufreibend, mutig, erfinderisch, großzügig und freundlich. Du bringst mich zum Lachen. Du treibst mich in den Wahnsinn. Du lässt mich Dinge in mir wiederentdecken, von denen ich dachte, sie wären für immer abgestorben. Du machst mich hart wie Fels, bis ich nur noch daran denken kann, dir die Kleider vom Leib zu reißen. Wie lange kennen wir einander?"

„Vielleicht vier Tage, vielleicht siebzehn." Da sie es nicht wusste, schüttelte sie den Kopf. „Wer zum Teufel weiß das noch?"

Er lächelte sie schief an. „Ganz gleich, wie man es berechnet, oder durch wie viele Zeitverzögerungen wir gegangen sind, es ist nicht sonderlich lang."

„Nein", flüsterte sie. „Ist es nicht."

Er hielt inne. „Sag mir, dass du mich nicht liebst."

„Ich liebe dich nicht", erklärte sie.

Die Falschheit hing zwischen ihnen in der Luft. Er lächelte. „Sag mir, dass du mich nicht willst."

Sie schaute ihm in die Augen und sagte: „Ich will dich nicht."

Oh, das. Das war lächerlich falsch.

Sein Lächeln erstarb. „Als du nach Raven's Craig gegangen bist, habe ich Braden gefragt, wie er und seine Frau eine solche Verpflichtung eingegangen sind, wenn wir ein so gefährliches Leben führen. Er sagte, dass die Liebe größer sein muss als alles andere. Die Isolation, die Trennung, die Gefahr. Wenn die Liebe größer ist als das alles – dann tut man es. Man zahlt den Preis in Unsicherheit und manchmal Verlust, weil jeder Moment, den man zusammen verbringt, diesen Preis wert ist."

„Was für schöne Worte", flüsterte sie.

Er verstärkte den Griff um ihre Hände. „Ich kann nicht lügen. Ein Teil von mir hadert noch immer, denn wenn ich dich in mein Leben lasse, habe ich das Gefühl, dass ich dich in Gefahr bringe. Allerdings hat sich mein Leben im Lauf der letzten Woche etwas verändert. Wir haben jetzt Verstärkung, was bedeutet, dass wir sichere Nischen schaffen können. Aber es gibt immer noch Gewalt und Gefahr. Wir haben Morgan nicht getötet. Isabeau hasst uns noch immer. Oberon ist immer noch nicht bei Bewusstsein. Doch trotz alldem muss ich dich fragen. Können wir die Liebe größer machen als alles andere?"

Trotz seiner Verantwortlichkeiten hatte er alle Freunde und Kameraden verlassen und den Befehl über seine Armee aufgegeben, um heute Morgen zu kommen und ihr diese Frage zu stellen. Und sie auch ein bisschen anzumaulen, aber darüber würde sie wegkommen.

Sie beugte sich vor, schlang die Arme um seinen Hals, und er zog sie hinab auf den Boden, um sie zu halten. Es fühlte sich so gut an, wieder in seinen Armen zu sein. Sie schloss die Augen und konzentrierte sich fest darauf, jeden Augenblick davon in sich aufzusagen.

„Ja, das können wir", erklärte sie. „Ich kann mit allem klarkommen, solange du mich nicht wegstößt – und Nik, das meine ich ernst. Du musst gegen diesen Instinkt ankämpfen, denn Ablehnung tut fast mehr weh als alles andere auf der Welt, und damit werde ich nicht leben. Du musst dich ganz darauf einlassen."

„Ich lasse mich ganz darauf ein", flüsterte er.

„O Gott, wir werden streiten, oder?" Sie legte das Gesicht in seine Haare.

„Es wird hässlich." Er wiegte sie. „Du machst mich so wahnsinnig."

Sie lachte unsicher. „Dein selbstherrlicher Schwachsinn macht mich irre." Sie senkte die Stimme und sagte brüsk: „Ich werde jetzt Befehle erlassen, denn es käme mir nie in den Sinn, dass jemand einen eigenen Verstand besitzt."

„Sei still." Er versenkte die Fäuste in ihren Haaren. „Sei still."

Sie öffnete die Augen sehr weit. „*Siehst du?* Du hast gerade einen Bef-"

Knurrend bedeckte er ihren Mund mit seinem. Telepathisch sagte er zu ihr: *Es gibt wirklich nur eine Methode, von der ich weiß, dass sie dich zum Schweigen bringt.*

Na klar, erwiderte sie sarkastisch. *Himmel nochmal. Es gibt wirklich, wahrhaftig nur eine einzige Methode, um mich zum Schweigen zu bringen.*

Er hob den Kopf. Seine Miene war entflammt. „Orgasmen", knurrte er.

Überrascht ging ihr Mund auf. „Ich wollte sagen, du müsstest mich k.o. schlagen, aber deine Idee klingt, als würde sie mehr Spaß machen."

„Das denke ich doch auch." Er stand auf, nahm sie in die Arme und ging mit ihr ins Schlafzimmer.

O guter *Gott*, er *trug* sie ins *Schlafzimmer*. Das war so typisch Nikolas, dass sie beinahe außer sich war vor entnervter Freude. Sie streckte ein Bein aus und betrachtete amüsiert den robusten Doc Martens-Stiefel an seinem Ende.

Er würde es nie lernen.

Nie.

Kapitel 22

IM DÄMMRIGEN SCHLAFZIMMER setzte Nikolas Sophie ab. Noch bevor ihre Füße den Boden berührten, küsste er sie schon, nahm sich diesen weichen, großzügigen Mund. Er riss das Band aus ihren Haaren und öffnete den Zopf, versenkte die Fäuste in die duftende, lockige Masse.

Es war eine so lange, schwierige Nacht gewesen, und er hatte keine Geduld. Er hatte sich um die Bedürfnisse seiner Armee gekümmert, mit Annwyn in kurzen Ausbrüchen die Strategie besprochen, so sie Zeit fanden. Nach Sophie gesucht, wann immer er einen Augenblick gehabt hatte, bis er schließlich Rowan begegnet war, der ihm seinen Ring gegeben und ihm erzählt hatte, was sie gesagt hatte, und dass sie nach Shrewsbury gefahren war.

Diese Nachricht war ein Schlag in die Magengrube gewesen. Sie war gegangen, einfach gegangen. Kein Wort der Erklärung. Keine Information darüber, wo sie übernachtete.

So sterben Leute, dachte er. *Man erwartet, dass sie da sind, und dann sind sie es plötzlich nicht.*

Ein gutes Stück nach Mitternacht, als er das Gefühl gehabt hatte, er könne endlich gehen, hatte er Gawains Harley genommen, um nach ihr zu suchen. Sie ging nicht an ihr Telefon. Ihr dummer Anwalt wusste gottverdammt nochmal gar nichts. Er musste sich darauf verlegen, von

Hotel zu Hotel zu ziehen, bis er endlich den Mini erkannte, der an der Straße geparkt stand.

Diese Erfahrung hatte Angst und Wut in ihm aufkommen lassen. Nicht, dass er wirklich geglaubt hätte, sie könnte sterben. Sie hatte recht gehabt, als sie zu Rowan gesagt hatte, dass das der perfekte Zeitpunkt für sie war, um zu gehen.

Es hatte ihn ängstlich und wütend gemacht, weil sie ihn verlassen hatte.

Mit dieser Möglichkeit konfrontiert zu sein, brannte alles andere weg, und er verstand, was Braden gesagt hatte. Während sie die Leichen ihrer gefallenen Kämpfer eingesammelt und sie für den Rücktransport durch den Übergang vorbereitet hatten, damit sie zu Hause beerdigt werden konnten, musste er sich der Tatsache stellen, wie sein Leben aussehen würde, wenn Sophie wirklich daraus verschwunden war, und er erkannte, dass er alles getan hätte, um so viel Zeit mit ihr zu verbringen, wie es ihm möglich war.

Er schob jene Nacht in die Vergangenheit, wo sie hingehörte, und konzentrierte sich auf das Hier und Jetzt. Sophie stand vor ihm, gesund und vollständig. Sie breitete die Hände auf seiner Brust aus, und ihre Berührung linderte die letzte Verwundung.

Seine Bedürfnisse übernahmen die Herrschaft über seine Taten. Er riss ihr das Shirt über den Kopf, und als ihre Arme frei waren, griff sie nach ihrem BH. Seine Haut brannte, und die Einengung durch seine Kleider fühlte sich unerträglich an. Er riss sie sich vom Leib, während sie aus dem Rest ihrer Sachen schlüpfte.

Dann kamen sie zusammen, Haut an Haut, mit nichts zwischen sich. Es fühlte sich so notwendig und richtig an, dass er innehielt, sein Mund auf dem Puls an ihrem Halsansatz, und sie einatmete, sie in jede verdüsterte, einsame Ecke seiner Seele aufnahm, so dass sie ihn mit ihrer Anwesenheit erhellen konnte.

Sie schien zu verstehen, dass er diesen Moment brauchte. Während sie ihm über die Arme rieb, warf sie den Kopf zurück, um die schlanke Wölbung ihrer verwundbaren Kehle bloßzulegen.

„Ich werde trotzdem versuchen, dich zu schützen“, flüsterte er.

Sie strich ihm übers Haar. „Ich werde trotzdem auch versuchen, dich zu schützen, und ich werde nie in einem Turm sitzen und stricken lernen.“

„Es liegt so viel Krieg vor uns.“

„Ich weiß, Nik“, sagte sie, sanft und ruhig. „Ich kann das alles akzeptieren. Ich werde versuchen zu lernen, wie ich die bestmögliche Partnerin sein kann, für dich.“

„So wie ich für dich.“ Er küsste sie, während er mit den Fingern an der Unterseite ihrer Brüste entlangstrich. Mit dem letzten rationalen Gedanken murmelte er: „Wir werden gut zusammenarbeiten, sogar wenn wir streiten und uns gegenseitig in den Wahnsinn treiben.“

„Das tun wir, oder?“ Sie schmiegte sich an ihn. „Wir funktionieren auch auf andere Art gut zusammen.“

Das Feuer in seinen Adern übernahm die Führung, und er zog sie aufs Bett. Die Zeit löste sich auf, während sie ihren eigenen Übergang überschritten, von Unsicherheit, Angst und Wut in Akzeptanz, Optimismus und Leidenschaft übergingen. Ihr Geschmack machte ihn wild. Er leckte und biss sie überall, hinterließ Spuren, während sie sich unter ihm wand und keuchte.

Sie feuerte ihn zu mehr an, kratzte mit den Fingernägeln

über seine empfindlich angeregte Haut, versenkte die Zähne in seine Unterlippe, rieb sich über die ganze Länge seines Körpers mit so sichtlicher Lust an ihm, dass er beinahe an ihrer Hüfte abspritzte.

Schließlich konnte er sie nicht mehr necken. Als sie sich auf die Kissen zurücklegte, erhob er sich und schob sich zwischen ihre Beine. Sie hieß ihn willkommen, ihr Gesicht gerötet und sinnlich, griff zwischen sie, um seinen Schwanz zu streicheln und ihn zu ihrem Eingang zu führen.

Er stieß hinein und wiegte sich sanft, arbeitete sich sorgsam in sie vor, während sie das allerköstlichste Geräusch von sich gab, ein bebendes, bedürftiges Stöhnen, und ihm ihren Oberkörper entgegenbog.

Dann glitt er ganz hinein, schob sich so hart gegen ihren Körper, wie er konnte, während er sie mit der Macht all der heftigen Emotionen küsste, die in ihm tobten. Er saugte ihren Anblick in sich auf, das samtige, quälende Gefühl ihrer inneren Muskeln, die ihn fest packten wie eine Faust. Er saugte sie ganz auf.

Als er Tränen in ihren Augen glitzern sah, hielt er inne, schwer atmend. „Meine Sophie", flüsterte er. Es gefiel ihm, es zu jeder möglichen Gelegenheit zu sagen, und er trieb seine Inbesitznahme weiter, als würde er in einen reifen, üppigen Pfirsich beißen. „Alles in Ordnung?"

„Ja, alles." Sie streichelte ihm den Rücken, und dann trat ein schalkhaftes Lächeln auf ihr Gesicht. Mit ehrlicher Freude sagte sie: „Danke, dass du fragst, Arschloch."

Er brach in Gelächter aus und küsste sie zur Strafe besonders heftig. Er war sich beinahe sicher, dass es eine Strafe war. Um sicher zu gehen, küsste er sie wieder und wieder, während er begann, sich in ihr zu bewegen. Sie nahm den Rhythmus auf und bewegte sich mit ihm.

„Ich liebe dich", flüsterte sie an seinem Mund.

Die Lust schraubte sich auf glänzenden Flügeln höher. Er stieß härter zu, tiefer, sah, wie sich ihre Lippen keuchend öffneten. „Ich liebe dich auch", stieß er hervor. „Du gehörst jetzt mir, Sophie. Verstehst du das?"

Sie nickte, berührte seine Haare, sein Gesicht. „Du gehörst auch mir. Ich weiß nicht, was in aller Welt ich mit dir tun werde – was wir miteinander tun werden –, aber du gehörst mir."

„Wir werden die Liebe größer machen als alles andere", sagte er.

Die Worte erstarben, als er sich in Bewegung und Feuer verlor. Er nahm sie mit, bearbeitete sie mit genau der richtigen Dosis Zärtlichkeit, bis sie unter ihm keuchte und erbebte. Ihre inneren Muskeln pulsierten beim Höhepunkt, was ihn über die Schwelle stieß.

Dann nahm er sie dort wieder, und wieder, spielte auf ihrem Körper wie ein Musiker, während er in ihr sein Zuhause fand, bis das Einzige, was noch im Raum war, etwas Leuchtendes, Neues und Reines war.

Danach schloss er sie in die Arme, und sie legte ihm den Kopf auf die Brust. Sie schlummerten ein wenig, bis Sophie plötzlich fluchte und sich aufrichtete. „Verdammt, ich hab's vergessen. Ich wollte mich zum Mittagessen mit Paul treffen. Ich rufe ihn lieber an."

Nikolas ließ sich auf die Kissen zurücksinken, sah sich an den wohlgeformten Linien ihres Rückens satt. „Zwischen dem Termin und dir stand eindeutig was", sagte er gedehnt und ließ die Finger ihre Wirbelsäule hinaufwandern.

Sie warf ihm über die Schulter einen lachenden Blick zu. „Oh, ich kichere."

Er grinste. „Du rufst besser schnell an, solange du

kannst. Ich glaube, da steht gleich wieder was."

NACHDEM SIE DIE Nacht in Shrewsbury verbracht und Paul zum Frühstück getroffen hatten, machten sie sich zurück nach Westmarch und zum Anwesen auf.

Ihr Kampf darum, wer den Mini fahren würde, war kurz und idiotisch. Schließlich warf er ihr vor: „Du willst doch nicht mal fahren. Du hast selbst gesagt, dass du nicht gern auf der falschen Straßenseite fährst."

„Na … naja." Sie verzog das Gesicht. „Du hat einfach nur deine Hand auf diese vorwegnehmende Weise nach den Schlüsseln ausgestreckt, und dann musste ich aus Prinzip widersprechen."

Er seufzte. Es war ihm wirklich ein Rätsel, wie glücklich sie ihn machte. „Steig ins Auto, Sophie."

Sie warf ihm einen schelmischen Blick zu. „Ich steige ins Auto, weil ich mich entscheide, ins Auto zu steigen. Nicht, weil du es mir befohlen hast."

Er stieß ein bellendes Lachen aus.

Glück. Diese Empfindung fühlte sich fremd an, zerbrechlich. Auf dem Weg zurück griff er hinüber, verschränkte die Finger in ihren und lenkte das Auto mit einer Hand.

Als er auf das Grundstück abbog, sah er, dass die Truppen begonnen hatten, den Schutt des Häuschens und die gestürzten Bäume wegzuräumen. Er stellte den Motor ab, und sie blickten über das Land. Ein Armeelager war errichtet worden. Die Türen des Anwesens hatte man entfernt, und an der Außenseite waren zwei sichtbare Risse.

„Zehn Millionen Pfund ist so viel Geld", sagte sie zweifelnd.

„Du bist die schlechteste Feilscherin der Welt", erklärte

er. „So ernst unsere Probleme sind, die Schatzkammer von Lyonesse ist voll. Jetzt, da wir einen brauchbaren Übergang haben, benötigen wir Zugriff darauf. Nimm den Handel an.“

„Ich habe ja nicht wirklich eine Wahl.“ Sie deutete mit der Hand auf den Schlamassel vor ihnen. „Ich habe nicht die Mittel, das zu reparieren, und ihr verdient es, diesen Grund zu besitzen. Ich bin nur etwas traurig darüber. Ich hatte vor, hier zu wohnen.“

„Das Land kann geheilt werden“, sagte er. „Es wird wieder grün sein. Wir pflanzen Bäume und stellen den See wieder her. Wir wollen das zu unserem dauerhaften Hauptquartier machen, also können du und ich uns hier ein Haus bauen. Wir werden einige Gebäude bauen müssen, um die stehende Streitmacht unterzubringen, die diesen Ort beschützt. Dieser Tunnel ist unser einziger brauchbarer Übergang, zumindest fürs erste. Ich denke, sogar das Anwesen lässt sich reparieren, zumindest so weit, dass der Bau wieder sicher wird, obwohl Annwyn ihn abreißen will. Sie sagt, die bloße Tatsache seiner Existenz sei für sie eine Beleidigung.“

Sophie verzog das Gesicht und seufzte. „Wenn ich daran denke, warum das Haus ursprünglich errichtet wurde, und an die Sicht des Dunklen Hofes auf das, was hier geschehen ist, kann ich es ihr nicht zum Vorwurf machen. Was würde mit der Pension passieren?“

„Das ist eine Frage, die wir Paul stellen können.“

Als sie aus dem Auto stiegen, kam Annwyn aus dem Anwesen und ging ihnen entgegen. Sie berührte Nikolas’ Schulter zum Gruß und drehte sich um, um Sophie offen zu mustern. Da er sich so an die Kleidungsmoden Über Erde gewöhnt hatte, waren Annwyns Stiefel, Leggings und Tunika für Nikolas eine verstörende Kombination aus Vertrautem und Seltsamem.

Sie war genauso, wie er sie in Erinnerung hatte – schlank und feurig wie ein Gepard, und genauso gefährlich. Die Sonne fiel auf weiße Strähnen an den Schläfen ihres kastanienbraunen Haars.

„Ich bin froh, dass du dich entschieden hast, zurückzukehren", sagte Annwyn zu Sophie und bot ihr eine Hand. „Ich habe Geschichten über dich von Gawain, Rowan und anderen gehört."

Sophies Wangen wurden rot, als sie Annwyn die Hand schüttelte. „Ich leugne alle negativen Teile."

Annwyn lachte. „Es gibt keine negativen Teile. Nimmst du mein Angebot an, dieses Land zu kaufen?"

„Ja, unter einer Bedingung. Ich will den Inhalt der Bibliothek mit euch erkunden. Wenn etwas Relevantes auftaucht, das den Dunklen Hof betrifft, gehört es euch, aber ich will alles andere." Sophie zuckte mit den Schultern. „Ich weiß nicht mal, ob es interessant wird oder ob ich es behalten will. Ich will nur nicht das ganze Ding unbesehen weggeben."

Annwyn legte den Kopf schief, während sie darüber nachdachte. „Das ist akzeptabel. Abgemacht." Sie hielt inne. „Ich will auch, dass du über etwas anderes nachdenkst. Es gibt weitere zerstörte Übergänge. Mit etwas Erkundung könnten wir es schaffen, noch einen oder zwei davon brauchbar zu machen. Wirst du uns helfen?"

„Ich werde tun, was ich kann", sagte Sophie. „Ich bin aber nicht so mächtig wie ein voller Dschinn. Wenn wir herausfinden, dass ich nicht helfen kann, könnt ihr immer noch feststellen, was sie für euch tun könnten. Falls ihr diesen Weg einschlagt, müsst ihr nur aufpassen, wenn ihr mit ihnen verhandelt."

„Dazu kommt eine Bedingung von mir", sagte Nikolas. Beide Frauen wandten sich ihm zu, die Augenbrauen gehoben. Zu Annwyn sagte er: „Sie geht nicht ohne mich zu einem dieser anderen zerstörten Übergänge."

„Abgemacht." Annwyn lächelte. Sie ging davon.

Sophie sah der anderen Frau über den Rasen nach. „Was ist mit den Übergängen, die Morgan verborgen hat?"

„Wir haben noch nicht herausgefunden, wie wir seine Zauber auflösen." Nikolas verschränkte die Arme. „Er hat auch die Übergänge versteckt, die nach Avalon führen, ins Land des Hellen Hofs. Wenn wir also herausfinden, wie man unsere Übergänge enthüllt, können wir auch ihre wieder entdecken. Dabei fällt mir ein, hast du Robin gesehen? Er ist irgendwie vor Isabeau geflohen, also hat er vielleicht eine Möglichkeit gefunden, ihre Übergänge zu nutzen."

Ihre Mundwinkel sanken herab. „Er ist gestern Vormittag vorbeigekommen, um sich zu verabschieden. Er will einen Schlag auf das Herz ihrer Stärke führen. Ich mache mir Sorgen, dass er meinte, er würde Morgan angreifen."

Nikolas drückte sich auf den Nasenrücken. „Wir müssen darauf vertrauen, dass er weiß, was er tut – oder dass er zumindest verhindern kann, wieder gefangen zu werden."

„Er versprach mir, zurückzukommen, wenn er kann. Ich hoffe, er kehrt bald zurück." Sie zog die Schultern hoch und drehte sich um, um Nikolas anzuschauen. „Wir müssen noch etwas besprechen, das du vorhin gesagt hast."

Sie sah aus, als wäre sie darauf aus, den Kampf wieder aufzunehmen. Er verschränkte die Arme und machte sich bereit. „Das wäre?"

„Du sagtest, wir werden zusammen ein Haus bauen,

aber Nik, ich ziehe nicht mit dir zusammen."

Der Impuls seines Lächelns erstarb. Er machte ein finsteres Gesicht. „Natürlich tust du das."

„Nein", sagte sie, „nein, tue ich nicht. Wir kennen uns erst seit vier Tagen."

„Siebzehn", erinnerte er sie.

Der Ansatz eines Lächelns bebte auf ihren Lippen. „Siebzehn", pflichtete sie bei. „Aber ganz gleich, wie man rechnet, es ist noch nicht sonderlich lang. Also haben wir beide zugestimmt, dass wir zusammen sind, aber das bedeutet nicht, dass wir zusammen leben müssen. Tatsächlich glaube ich, das wäre katastrophal. Du legst los und baust dein eigenes Haus, und ich finde irgendwas im Ort, das ich mieten kann."

„Nicht akzeptabel", fuhr er sie an.

Sie ruckte mit dem Kopf und stellte die Füße zu einem robusten, nicht aus der Ruhe zu bringendem Stand auf. „Es tut mir leid, dass meine Entscheidung dir Schwierigkeiten bereitet."

„Nein, Sophie – ich meine es ernst. Das ist nicht akzeptabel. Wenn du in den Ort ziehst, muss ich dir rund um die Uhr eine Wache stellen. Das wird mich fünfzehn bis zwanzig Männer kosten."

Sie riss die Augen auf. Ihr Blick war von Entsetzen erfüllt. „Oh, nein. Das machst du nicht. Keine Security."

„Doch, Security", knurrte er. „Stell unsere persönliche Beziehung mal kurz an den Rand. Du bist für uns jetzt eine wichtige Ressource, und das bedeutet, dass du zum wichtigen Ziel geworden bist. Wenn Isabeau dich in die Hände bekommt, würde sie dich für die Hälfte der Dinge, die du getan hast, ausweiden lassen."

„*Bah!*" Sie bohrte sich die Handrücken in die Augen und

wandte ihm den Rücken zu.

Sie war so eindeutig aufgeregt, dass sein Ärger über ihre Uneinsichtigkeit sich auflöste. Er näherte sich ihr von hinten, ließ die Arme um sie gleiten und legte die Wange oben auf ihren Kopf.

„Ich höre, was du sagst“, erklärte er nach einem Augenblick. „Es gibt hier fünf Morgen Land, und Annwyn will noch mehr kaufen.“ Er deutete in Richtung See, oder zumindest dorthin, wo der See gewesen war und wo er wieder sein würde. „Wenn wir den See wiederherstellen, werden wir dir dort eine Bleibe bauen. Wie würde dir das gefallen?“

Sie schnüffelte und lehnte sich rückwärts an ihn. „Das würde mir sehr gefallen.“

Er drehte sie herum, damit sie in die andere Richtung blickte. „Und wir werden mir ein Haus da drüben bauen. Wir werden so weit auseinander sein, wie es nur möglich ist, in Ordnung?“

„Oh, um Himmels willen“, rief sie. „Darum ging es nicht. Ich habe nicht gemeint, dass wir *so weit auseinander sein sollen wie möglich*, ich denke nur, dass es uns guttut, unsere eigene Bleibe zu haben, damit wir uns nicht an die Kehle gehen, während wir daran arbeiten, unsere Bezie-“

Er legte ihr eine Hand über den Mund, schnitt den Wortfluss ab und sagte in ihr Ohr: „Du brauchst mehr Orgasmen, oder?“

Sie erstarrte. Dann nickte sie.

„Dachte ich mir“, flüsterte er. Er biss sie leicht in den Hals. „Ich könnte auch selbst noch ein paar vertragen.“

Aber wo gehen wir hin?, fragte sie.

Er hob den Kopf. Seine Stimme wurde vor Dringlichkeit rau. „Sie haben mir bestimmt ein Zelt aufgestellt.“

Er hatte recht. Sie hatten ihm ein Zelt aufgestellt. Wie es einem Kommandanten geziemte, war es ein geräumiges Ding mit zwei Zimmern, einem Bett in einem Bereich und einem Wohnzimmer mit Tisch und Stühlen im anderen.

Sie rissen sich die Kleider vom Leib, fielen auf das Bett, und zusammen riefen sie diese reine, leuchtende Schöpfung ins Leben.

Eine Liebe größer als alles andere.

Das war ihre Erholung. Ihr Refugium.

In den folgenden Wochen nahmen Nikolas’ Pflichten lange, fordernde Stunden in Beschlag. Er koordinierte eine Suche nach Morgan und den aus der Schlacht entkommenen Jagdhunden, die sich letztlich als frustrierend erwies.

„Morgan wurde zweimal durch Pfeile mit Silberspitzen verletzt“, sagte Nikolas an einem Abend, während er seine Frustration ausbrannte, indem er im Sitzbereich des Zelts auf und ab ging. „Ich habe es gesehen. Diese Wunden wird er mit Magie nicht heilen können. Er ist jetzt am schwächsten, doch wir können ihn nicht finden.“

„Sagst du, Morgan ist selbst ein Lykanthrop?“ Sophie legte das Buch ab, das sie las.

„Er ist nicht nur der Hauptmann von Isabeaus Jagdhunden“, erklärte Nikolas. „Er ist selbst ein Jagdhund. So hat er all die Jahrhunderte überlebt. Wenn er ein Mensch geblieben wäre, wäre er schon vor langer Zeit gestorben. Er muss Avalon erreicht haben, um so vollständig von der Bildfläche zu verschwinden.“

Sie hatte sich von ihrem Platz auf dem Sofa erhoben und kam näher, um ihm den Rücken zu reiben. „Lass dich nicht entmutigen“, sagte sie. „Wir haben schon so viele Schritte gemacht.“

Wir, hatte sie gesagt.

Das kleine, einfache Wort wärmte ihn.

Er drehte sich um, zog sie in seine Arme und saugte den Trost auf, den sie ihm bot. Vor nicht allzu langer Zeit hatte er ein trauriges Dasein geführt, in dem es keinen Trost gegeben hatte. „Ja, wir haben Riesenschritte gemacht."

Als der Sommer schwül, üppig und golden wurde, wickelten sie den Verkauf des Anwesens ab, und Sophie wurde zu einer reichen Frau. Sie feierten, indem sie auf dem Boden von Sophies neuem Vierzimmerhäuschen picknickten. Als die Nöte des Dunklen Hofs weniger drängend wurden, redeten sie darüber, herauszufinden, was mit ihrer Familie geschehen war, allerdings bestand nie das Gefühl persönlicher Dringlichkeit. Sie wusste, dass ihre Eltern wahrscheinlich tot waren. Sie wollte nur irgendwann ihre Geschichte erfahren.

Sophie und drei Gelehrte des Dunklen Hofs begannen den Inhalt der Bibliothek zu durchsuchen. Es würde eine Weile dauern, alles zu bewältigen. Viele der Dokumente waren halb von Mäusen zernagt, und nichts davon war geordnet. Es gab Haushaltsbücher, Briefe, Verkaufsrechnungen und eine Sammlung illustrierter Bücher, die im besten Zustand zu sein schienen, da man sie in Truhen aufbewahrt und offenbar nie zur Hand genommen oder gelesen hatte.

Die Armeeingenieure errichteten im Anwesen Gerüste, um die Bereiche zu stützen, die geschwächt waren. Da sie wussten, dass sie bis zum Winter viele neue Gebäude fertigstellen mussten, wurden Baracken, Gemeinschaftshallen und kleine, einzeln stehende Häuschen schnell errichtet.

Diejenigen, die eine Neigung zur Landmagie hatten,

arbeiteten daran, die Narben zu heilen, die Morgan geschaffen hatte. Sie fuhren große Bäume herbei, um die Haine zu ersetzen, und heuerten Arbeiter aus dem Ort an, um die Elektrik, die Gasleitungen und alle anderen Techniken der modernen Erde zu übernehmen, die den Ingenieuren vom Dunklen Hof nicht vertraut waren.

Nikolas hatte sich Sorgen gemacht, was die Leute in Westmarch dazu sagen würden, dass eine so starke Streitmacht des Dunklen Hofs auf ihrer Schwelle saß, aber sie waren ein so großer wirtschaftlicher Vorteil für die Gegend, dass jeder, mit dem er sprach, sich erfreut zeigte, besonders, da er mit den örtlichen Behörden zusammenarbeitete, um die Sicherheit in der Gegend zu fördern.

Annwyn begann nach Ärzten zu suchen, um gegen die Krankheit vorzugehen, die Oberon in ihrem eisigen Griff hielt. Nachdem sie mit Sophie gesprochen hatte, erkundete Annwyn Kathryn Shaws Hintergrund und unternahm einen Vorstoß, um sie zur Beratung über Oberons Zustand heranzuziehen.

Kathryn erteilte Annwyn eine Absage. Obwohl sie nach eigener Aussage durchaus Sympathie für die Not des Dunklen Hofs hegte, war sie als offizielle Ärztin für die Wächter, die die Wyr-Domäne von New York beherrschten, mit eigenen Pflichten belastet, und die Zeitverzögerung zwischen Lyonesse und der Erde war zu extrem.

Nikolas zog in sein Haus und bekam ein neues Auto, da sein Porsche verschwunden war. Sophie zog in ihres. In der Theorie waren separate Wohnorte eine gute Idee, aber die Wirklichkeit sah so aus, dass entweder er bei ihr übernachtete oder sie bei ihm.

Außer sie stritten. Dann waren fünf Morgen nicht annähernd genug Platz zwischen ihnen.

Wir, hatte sie gesagt.

Nikolas konnte es nicht fallen lassen.

Eines Morgens verkündete Sophie in ihrem Häuschen: „Mein Visum läuft in ein paar Wochen ab. Paul sagt, ich muss das Vereinigte Königreich verlassen und wieder einreisen. Es sollte keine große Sache sein. Ich werde den Beweis vorlegen, dass ich Einkünfte habe, und mich um einen Wohnsitz hier bewerben.“

„Du musst das alles nicht mitmachen.“ Nikolas sammelte seine Kleider vom Boden auf, wo sie sie in der Nacht zuvor hingeworfen hatten. „Bewirb dich um Staatsangehörigkeit beim Dunklen Hof. Annwyn wird sie dir in zwei Sekunden erteilen.“

„Daraus wird nichts“, erwiderte sie.

Er zog sich das Hemd über den Kopf und schaute sie finster an. „Warum um alles in der Welt nicht? Du kannst immer noch deine amerikanische Staatsbürgerschaft behalten. Du hättest mehr rechtlichen Schutz, und du müsstest nicht gehen und wieder einreisen.“

„Nein, Nik. Ich werde kein Bürger deiner Domäne.“ Sie setzte sich auf den Bettrand, um sich die Schuhe zu binden.

„*Meiner* Domäne.“ Was war aus *wir* geworden? „Du musst rational darüber nachdenken.“

„Oh, glaube mir“, sagte sie. „Das habe ich.“

Er stemmte die Fäuste in die Hüfte und starrte sie finster an. „Beweis es.“

„Wenn ich ein Bürger deiner Domäne werde, werde ich deinen Gesetzen unterworfen. Und weil du hoch oben in der Regierung des Dunklen Hofs stehst, und du der militärische Kommandant bist, werde ich deiner Autorität unterworfen. Daraus wird nichts. Du bist so schon überwältigend genug. Denk dran, ich bin mein eigener souveräner Staat.“

„Das ist lächerlich“, fuhr er sie an. „Niemand ist sein eigener souveräner Staat. Du bist allen möglichen Gesetzen unterworfen. Außerdem, wenn du mich heiratest, wirst du sowieso Bürgerin des Dunklen Hofs.“

Sie wackelte mit einem Finger. „Nope. Nopers. Noperoni.“

„Das sind nicht mal Wörter!“, rief er.

Sie fixierte ihn finster. „Zunächst mal hat mich niemand *gefragt*, ob ich ihn heirate, und ich heirate nicht einfach zufällig Leute, weil sie es mir befehlen. Zweitens macht Sophie nichts, was Sophie nicht will. Ich bin nicht deine Angestellte, ich bin kein Soldat deiner Armee, und ich werde nicht deine Untertanin. Ich bin eine *Beraterin* im *Urlaub*.“

Er ging ums Bett herum, um sie an den Armen zu nehmen. „Du bist nicht im Urlaub. Das – du – ich – du bist eine Verpflichtung eingegangen. Warum sollten wir nicht heiraten?“

„Warte mal. Vielleicht kann ich es dir so in den Schädel hämmern.“ Sie zog ihr Telefon heraus. Er klammerte sich an seine Geduld und wartete, bis sie irgendeine unverständliche Suche durchgeführt hatte. Sie hielt ihm den Bildschirm ihres Telefons vors Gesicht. „Schau. Das bin ich.“

Er sah sich den Clip eines Oktopus an, der über den Meeresboden davoneilte. Die Worte „Nope. *Nope.* NOPE“, erschienen unten auf dem Bildschirm.

„Was zum Teufel sehe ich da?“, blaffte er.

„Das ist ein *Nope*-GIF. Hast du noch nie ein *Nope*-GIF gesehen? Es gibt hunderte im Internet.“ Sie lächelte. „Wir brauchen diese Unterhaltung buchstäblich nie mehr zu führen. Wenn du das Thema wieder aufbringst, schicke ich dir einfach ein GIF. Thema beendet.“

Aber sie wartete nicht, bis das Thema wieder aufkam. Sie fing an, ihm trotzdem *Nope*-GIFs zu schicken. Einmal stellte sich ein Gorilla auf die Hinterbeine und ging in den Wald davon. In einem weiteren baute eine Zeichentrickfigur eine Rakete, stieg ein und schoss sich zum Mond. In noch einem rannte ein Hund in einem Weihnachtspulli unter ein Sofa.

Aus irgendeinem Grund brachte der Hund das Fass zum Überlaufen. Als Nikolas' Telefon pingte und er sah, dass sie ihm schon wieder eine Mail geschickt hatte, stürmte er aus seinem Büro, das sich im Erdgeschoss seines Hauses befand.

Sophie sollte Abendessen kochen anstatt ihn zu nerven. Als er um die Ecke in die Küche bog, polterte er: „Hör auf, mir *Nope*-GIFs an die Arbeitsadresse zu schicken, oder ich pflanze meinen prähistorischen Fuß in deinen Arsch."

In der Küche herrschte Stille. Sophie hatte gerade die Hintertür geöffnet, und Annwyn und Gawain standen draußen. Sie starrten ihn alle drei an, als hätte er den Verstand verloren.

Ihm war klar, warum Annwyn und Gawain ihn so anschauten. Es war Sophies vollkommen ungerechte Miene, die ihn hochgehen ließ.

Gawain tat, was er immer machte, wenn er versuchte, ein Lachen zu verbergen, indem er sich in die Hand hustete.

Erheiterung glitzerte in Annwyns Augen. „Ich habe in diesem letzten Satz nur drei Wörter verstanden."

Nikolas reckte das Kinn und rieb sich darüber. „Ich würde es erklären, aber es ist eine lange, frustrierende Geschichte."

Sophie wickelte sich eine Locke um den Finger. „Ich werde euch drei zum Reden allein lassen."

Sie glitt zur Tür hinaus, bevor Nikolas sie aufhalten konnte. Nachdem er, Gawain und Annwyn ihre Angelegenheiten geregelt hatten, zog Nikolas los, um Sophie aufzuspüren.

Er fand sie auf dem Bauch liegend, auf dem Sofa in ihrem Wohnzimmer. Sie hatte die Schuhe von sich geworfen.

„Ich dachte, du wolltest Abendessen kochen", sagte er.

„Ich hatte keinen Antrieb mehr." Als er sich auf den Boden setzte und den Rücken ans Sofa lehnte, sagte sie: „Ich werde dir keine *Nope*-GIFs mehr an deine Arbeitsadresse schicken."

„Danke." Er legte den Kopf zurück, und sie ließ die Finger durch seine Haare gleiten. Ganz gleich, wie sehr sie stritten oder wie zornig er wurde, ihre Berührung beruhigte ihn immer. „Heirate mich."

„Nein."

Er griff hinter seinen Kopf, um ihre Hand zu fangen, und holte sie nach vorne, um ihr einen Kuss auf den Handteller zu geben. „Heirate mich."

„Nein, Nikolas."

Sie hatte die Fersen fest eingegraben. Er würde aus einer anderen Stoßrichtung kommen müssen. Er sagte: „Sag mir, dass du mich nicht heiraten willst."

Sie seufzte und drehte sich auf die Seite, legte sich um seine Schultern. „Ich will dich nicht heiraten."

Was Falschheiten betraf, war das ein ganz besonderes Kaliber. Überall blinkten Neonlichter und sagten *LÜGE*. Er begann zu lächeln.

Er bedachte all ihre Einwände. „Wirst du mich irgendwann in Zukunft heiraten, wenn wir beide dafür bereit sind, falls ich eine Sondererlaubnis von Annwyn einhole, die dich von meiner militärischen und/oder verwalterischen Autorität ausschließt, damit du Beraterin im Urlaub und dein eigener souveräner Staat bleiben kannst?"

Denn er war ziemlich sicher, dass sie eigentlich nichts gegen die doppelte Staatsbürgerschaft hatte.

Sie stützte sich auf den Ellbogen und sagte ihm ins Ohr: „Das war schrecklich wortreich."

„Du hattest schrecklich viele Einwände", erklärte er.

„Weißt du, was ich gehört habe?" Sie drückte ihm einen Kuss aufs Kinn.

Er drehte sein Gesicht zu ihr, genoss die Liebkosung. „Was denn?"

„Ich habe gehört, dass du mich fragst", flüsterte sie. Sie ließ einen Arm um seine Schulter gleiten und umarmte ihn.

Seine Stimme wurde rau. „Du hast noch nicht geantwortet."

„Ja."

Er drehte sich, um ihr Gesicht zu nehmen und küsste sie anhaltend, während er ihre Wange streichelte. „Das ist meine Sophie."

Sie schmiegte sich an ihn. „Jetzt, da wir das hinter uns haben, was hältst du von ein paar Orgasmen zum Feiern?"

Er lächelte. „Die beste Idee, die ich heute gehört habe."

Danke!

Liebe Leser,

vielen Dank, dass ihr Mondschatten gelesen habt! Ich hoffe, es hat euch gefallen, von Sophie und Nikolas zu lesen – sie sind zu einem meiner liebsten Paare geworden.

Würdet ihr gern in Kontakt bleiben und erfahren, wenn etwas Neues herauskommt? Ihr könnt:

- Euch für meine monatliche E-Mail eintragen auf: www.theaharrison.com
- Mir auf Twitter folgen unter @TheaHarrison
- Mir auf meiner Facebook-Präsenz folgen unter facebook.com/TheaHarrison

Rezensionen helfen anderen Lesern, Bücher zu finden, die sie gerne lesen. Ich weiß jede einzelne Rezension zu schätzen, ob sie positiv ist oder negativ.

Viel Spaß beim Lesen!
~Thea

Bald erhältlich

Bannknüpfer

Band 2 der Mondschatten-Trilogie

Anfang 2018

Suchen Sie nach folgenden Titel

von Thea Harrison

DIE ALTEN VÖLKER – ROMANE

Im Bann des Drachen
Gebieter des Sturms
Der Kuss des Greifen
Das Feuer des Dämons
Das Versprechen des Blutes
Das Lied der Harpyie
Die Versuchung des Vampyrs
Der Kuss der Hellen Fae
Das Ende der Schatten

DIE ALTEN VÖLKER – NOVELLEN

Das Herz des Wolfes (in: Berührung der Dunkelheit)
Die Stimme der Jägerin (in: Berührung der Dunkelheit)
Die Augen der Medusa (in: Berührung der Dunkelheit)
Die Verlockung der Assassine (in: Berührung der Dunkelheit)
Nachtschwingen
Dragos macht Urlaub (auch in: Familienalbum eines Drachen)
Pia rettet die Lage (auch in: Familienalbum eines Drachen)
Peanut kommt in die Schule
(auch in: Familienalbum eines Drachen)
Dragos geht nach Washington
Pia übernimmt Hollywood
Liam erobert Manhattan

RISING DARKNESS

Schattenrätsel
Schicksalsstunde